CONTOS DE HORROR DO SÉCULO XIX

Contos de horror
do século XIX

Organização e introdução
Alberto Manguel

8ª reimpressão

Copyright da organização e da introdução © 2005 by Alberto Manguel

Copyright dos contos: W. W. Jacobs, "The Monkey's Paw": Agradecimentos à Sociedade dos Autores, representantes do espólio literário de W. W. Jacobs; Giovanni Papini, "L'Ultima visita del gentiluomo malato": © Giovanni Papini; Lamed Schapiro, "Weisse chalah": Conto publicado em *O conto ídiche*, São Paulo, Perspectiva, 1966 (Coleção Judaica, dirigida por J. Guinsburg); Hugh Walpole, "The *tarn*": © Espólio de Hugh Walpole; H. G. Wells, "The cone": Autorização concedida por A. P. Watt em nome dos representantes legais do espólio literário de H. G. Wells. Fonte: *The Complete Short Stories of H.G. Wells*, org. John Hammond, Trafalgar Square Publishing, 1999.

Todos os esforços foram feitos para contatar os detentores dos direitos autorais dos textos publicados nesta antologia. Nem sempre isso foi possível. Teremos prazer em creditar as fontes, caso se manifestem.

Grafia atualizada segundo o Acordo Ortográfico da Língua Portuguesa de 1990, que entrou em vigor no Brasil em 2009.

Capa
Jeff Fisher

Preparação
Ciça Caropreso
Otacílio Nunes

Revisão
Isabel Jorge Cury
Cláudia Cantarin
Renato Potenza Rodrigues
Eduardo Russo

Dados Internacionais de Catalogação na Publicação (CIP)
(Câmara Brasileira do Livro, SP, Brasil)

Contos de horror do século XIX / organização de Alberto Manguel.
 — São Paulo : Companhia das Letras, 2005.

Vários autores
Vários tradutores
Bibliografia
ISBN 978-85-359-0631-8

1. Contos de horror 2. Contos de horror – Século 19 – História e crítica I. Manguel, Alberto.

05-2353   CDD-808.838738034

Índices para catálogo sistemático:
1. Coletâneas : Contos de horror : Século 19 :
   Literatura 808.838738034
1. Contos de horror : Século 19 : Coletâneas :
   Literatura 808.838738034

Todos os direitos desta edição reservados à
EDITORA SCHWARCZ S.A.
Rua Bandeira Paulista, 702, cj. 32
04532-002 — São Paulo — SP
Telefone: (11) 3707-3500
www.companhiadasletras.com.br
www.blogdacompanhia.com.br
facebook.com/companhiadasletras
instagram.com/companhiadasletras
twitter.com/cialetras

Índice

Introdução
9   *História do terror — Alberto Manguel*

W. W. JACOBS
13 A mão do macaco
    Traduzido por Rubem Fonseca

ALEKSEI KONSTANTINOVITCH TOLSTÓI
25 A família do *vurdalak*: Fragmento inédito das *Memórias de um desconhecido*
    Traduzido por Nina Horta

H. G. WELLS
51 O cone
    Traduzido por Moacyr Scliar

HENRY ST. CLAIR WHITEHEAD
64 Os lábios
    Traduzido por Carlos Knapp

GIOVANNI PAPINI
77 A última visita do Cavalheiro Doente
    Traduzido por Renato Xavier

RUBÉN DARÍO
83   A larva
     Traduzido por Davi Arrigucci Jr.

JOSEPH CONRAD
87   A Fera
     Traduzido por Laetitia Vasconcellos

PEDRO ANTONIO DE ALARCÓN
109 A mulher alta (conto de terror)
     Traduzido por Josely Vianna Baptista

AMBROSE BIERCE
125 A janela vedada
     Traduzido por Nelson Ascher

HENRY JAMES
131 A volta do parafuso
     Traduzido por Marcelo Pen

JACK LONDON
238 O chinago
     Traduzido por José Rubens Siqueira

PIERRE LOUŸS
253 A falsa Esther
     Traduzido por Rosa Freire d'Aguiar

VILLIERS DE L'ISLE ADAM
264 A tortura pela esperança
     Traduzido por Ecila de Azeredo Grünewald

JULES VERNE
271 Frumm-flapp
     Traduzido por Rubia Prates Goldoni

ACHIM VON ARNIM
280 Melück Maria Blainville, a profetisa particular da Arábia
     Traduzido por Betty Kunz

WALT WHITMAN
307 Morte na sala de aula
Traduzido por Hélio Guimarães

THEODOR STORM
314 A casa de Bulemann
Traduzido por Modesto Carone

LAMED SCHAPIRO
333 *Halá* branco
Traduzido por Jacó Guinsburg

GEORGE SAND
344 Esperidião
Traduzido por Milton Hatoum

HORACIO QUIROGA
353 O travesseiro de penas
Traduzido por Sérgio Molina

EDGAR ALLAN POE
358 Os fatos no caso do sr. Valdemar
Traduzido por Jorio Dauster

GUY DE MAUPASSANT
368 Uma vendeta
Traduzido por Amilcar Bettega

LÉON BLOY
374 A fava
Traduzido por J. A. Giannotti

HUGH WALPOLE
379 O *tarn*
Traduzido por Bia Abramo

BRAM STOKER
393 A selvagem
Traduzido por Sonia Moreira

GEORGES RODENBACH
407 O amigo dos espelhos
Traduzido por Paulo Werneck

EÇA DE QUEIROZ
412 A aia

VSÉVOLOD MIKHÁILOVITCH GÁRCHIN
418 A flor vermelha
Traduzido por Rubens Figueiredo

FITZ-JAMES O'BRIEN
435 O que foi aquilo? Um mistério
Traduzido por Roberta Saraiva

THOMAS HARDY
447 Bárbara, da Casa de Grebe
Traduzido por Alexandre Hubner

EDITH NESBIT
482 A Casa Mal-Assombrada
Traduzido por Adriano Schwartz

ARTHUR CONAN DOYLE
496 O cirurgião de Gaster Fell
Traduzido por Beth Vieira

ROBERT LOUIS STEVENSON
526 O rapa-carniça
Traduzido por Samuel Titan Jr.

545 *Títulos originais e data de publicação dos contos*

547 *Sobre o organizador*

Introdução

História do terror

Alberto Manguel

Por medo ao desconhecido construímos sociedades com muralhas e fronteiras mas, nostálgicos, contamos histórias para não esquecer sua pálida presença. Regras científicas, leis, filosofias empíricas, nossa própria linguagem que, com absurda fé, acreditamos que haverá de definir para nós o incompreensível universo, tentam convencer-nos de que somos seres racionais cuja inteligência acabará por compreender tudo. Não nos convencem. Basta uma noite escura, um ruído insuspeitado, um momento de descuido em que percebemos com o rabo do olho uma sombra passageira, para que nossos pesadelos nos pareçam possíveis e para que busquemos na literatura a dupla satisfação de saber que o medo existe e que ele tem forma de conto.

As trevas, os seres monstruosos, os fantasmas, os cemitérios, a magia, os bosques impenetráveis e (a partir do século XVIII) as ruínas e os mistérios da ciência são os elementos principais das histórias de horror. Eles surgem assim que a noite cai: na Mesopotâmia, no Egito, na Índia, no Japão, na China, na Grécia. Em Roma, curiosamente, o horror se confunde com o que é proibido ou vulgar. Quando o pai de Sêneca pede ao escritor Albúcio Silo que enumere alguns temas "horríveis"(*sordissima*), este responde: "Rinocerontes, latrinas e esponjas", e prossegue: "animais domésticos, pessoas adúlteras, fontes de alimento, a morte e os jardins".

É no mundo anglo-saxônico que se estabelecem as regras do gênero. Embora no século XVIII, por intermédio da literatura gótica, se apregoe oficialmente uma estética do horrível, é Edgar Allan Poe que, meio século mais tarde, de sua Boston europeia, oferece ao mundo seus primeiros terrores profissionais, hoje célebres: "A queda da casa de Usher", "O barril de Amontilado", "O gato preto", "O coração delator". Em Poe o terror é evidente: a aparição horripilante, o cadáver ressuscitado, a podridão visível, são espantosos porém definíveis; têm na página uma realidade "tangível" que, paradoxalmente, limita sua eficácia. Seu discípulo H. P. Lovecraft refina o terror ao retirar-lhe a definição. É recorrendo àquilo que "não se pode dizer" que Lovecraft aterroriza seus leitores. Suas atrocidades são tão terríveis (contam aqueles que as viram) que não há palavras para descrevê-las: nesse vácuo perfeito o leitor aplica seus próprios pesadelos.

Esse espaço em branco (ou preto) talvez explique nosso gosto por tais ficções. Entramos nele como se entrássemos num país desconhecido, que preenchemos com as mais terríveis suposições; com toda a fauna, com toda a estranha flora que cresce nas selvas do fundo de nossa mente. Que nos contem que o mundo tem uma face oculta, que atrás de uma árvore inocente ou dentro de uma inocente casa se ocultam coisas tão atrozes que mal se podem nomear, que o tempo e o espaço não são aliados fiéis de nossa razão mas que, ao contrário, a subvertem, e que, paralela a nossa vida de todos os dias, flui outra vida, maliciosa e aterradora, é algo que secretamente nos deleita. Talvez porque sua existência confirme nossas experiências mais secretas, como a de todas as noites, quando entramos no labirinto dos sonhos, e porque suas crônicas glosam ou traduzem esses terríveis milagres que são temas que todos conhecemos: a certeza da sepultura, a armadilha da loucura, a perda do que nos é querido e o fim do amor. Ao longo de nossa vida, intuímos várias vezes a verdade daquele verso sobre "a morte, irmã do sonho" que aparece pela primeira vez há 4 mil anos na *Epopeia de Gilgamesh*, e pedimos que nos contem histórias daquele outro reino de terror e trevas no qual tudo é possível.

Falei em "terror". Nossa época prefere definir a qualidade do gênero literário que popularizou o século XIX como "literatura de horror". Não são a mesma coisa. Já no final do século XVIII, Ann Radcliffe, uma das pioneiras desse tipo de relato, faz uma distinção clara entre as duas. "O terror e o horror", diz ela, "possuem características tão claramente opostas que um dilata a alma e suscita uma atividade intensa de todas as nossas faculdades, enquanto o outro as contrai, congela-as, e de alguma maneira as aniquila. Nem Shakespeare nem Milton em suas ficções, nem Mr. Burke em suas reflexões, buscaram no horror puro uma das fontes do sublime, embora reconhecessem que o terror é uma das causas mais elevadas do sublime. Onde situar, então, essa importante diferença entre terror e horror senão no fato de que este último se faz acompanhar de um sentimento de obscura incerteza em relação ao mal que tanto teme?"

O mal que tanto teme: há um par de décadas, George Steiner afirmou que, até a época do nazismo, o inferno era um lugar imaginário: os crematórios de Auschwitz arraigaram os teológicos horrores medievais em terra firme e os despojaram de toda e qualquer literatura. Até aquele momento o terror literário pressupõe um contexto ético e moral; na segunda metade do século xx, o horror prescinde de toda e qualquer justificativa. Mostrar, em vez de aludir, substituir medo por asco, habituar o leitor (ou o espectador) a vísceras e a sangue, a mutilações, a brutalidade cega, são gestos que correspondem menos a arte que a terrorismo, e que demonstram falta de fé na imaginação. Esta, para Horácio, era a definição exata do ódio.

W. W. JACOBS

A mão do macaco

"A mão do macaco", do inglês W. W. Jacobs, é o conto mais antologiado da literatura de horror, em todos os tempos. Obteve grande sucesso logo que foi editado, tendo sido teatralizado e adaptado para o cinema inúmeras vezes. Peças e filmes não obtiveram êxito. Mas o conto mantém, até hoje, o mesmo poder de atração alcançado em 1902, ocasião em que foi publicado.

Quando meus filhos eram pequenos, gostavam que eu lhes contasse histórias de terror. Algumas eram inventadas por mim, outras eu havia lido, e entre estas a que eles mais queriam ouvir era "A mão do macaco". Ficavam de olhos arregalados, ouvindo minha interpretação da história, que sempre era contada à noite, num lugar em penumbra — cenário e iluminação escolhidos por eles.

Cada vez que eu narrava, de memória, "A mão do macaco", introduzia uma modificação. O visitante que chegava com a mão do macaco deixava de ser um primeiro-sargento do Exército britânico na Índia para se tornar um peregrino que pedia abrigo na casa da família White devido a um temporal de neve, um velho sinistro, com barbas compridas e olhar esgazeado. E o sr. White, na minha história, queria ficar rico, e não apenas pagar a hipoteca de sua casa, conforme W. W. Jacobs. Ao sr. White não se aplica, como eu dava a entender, a fala de Timóteo, no Novo Testamento, "o amor ao dinheiro é a raiz de todos os males" — nem merece ele a maldição dos deuses por ter tentado interferir no destino. E o final da minha versão era ainda mais terrível, pois, enquanto contava a história, eu emitia sons assustadores e andava de um lado para o outro, fazendo gestos e caretas aterradores.

Mas o conto não é meu, melhor passar a palavra ao Jacobs.

Fora da casa era uma noite fria e úmida, mas na pequena sala de visitas da Vila Laburnam as cortinas estavam cerradas e o fogo ardia na lareira. Pai e filho jogavam xadrez. O primeiro possuía ideias sobre o jogo que envolviam jogadas radicais, expondo o rei a perigos desnecessários, o que provocava comentários da velha senhora que calmamente fazia tricô perto do fogo.

"Ouça esse vento", disse o sr. White, que, notando um erro fatal cometido quando já era tarde demais, queria evitar que o filho o percebesse.

"Estou ouvindo", disse o filho, observando atento o tabuleiro, enquanto estendia a mão.

"Xeque."

"Não imaginei que ele viesse esta noite", disse o pai, a mão erguida sobre o tabuleiro.

"Mate", respondeu o filho.

"Não há nada pior do que esta vida, tão afastada de tudo", exclamou o sr. White, com inesperada irritação. "Dentre todos os lugares desagradáveis, lamacentos e fora de mão para se viver, este é o pior. O caminho é um atoleiro e a estrada uma torrente. Não sei o que as pessoas estão pensando. Suponho que, como na estrada somente duas casas estão alugadas, acham que isso não tem importância."

"Não se preocupe, querido", confortou-o a esposa. "Talvez você ganhe a próxima partida."

O sr. White ergueu a vista subitamente, a tempo de interceptar um olhar de entendimento entre mãe e filho. As palavras morreram em seus lábios e ele escondeu na rala barba grisalha um sorriso constrangido.

"Lá vem ele", disse Herbert White, quando o portão bateu com estrondo e passos pesados se dirigiram para a porta.

O velho se levantou com presteza hospitaleira e, ao abrir a porta, foi possível ouvir como ele se lamentava com o visitante. Este também se queixou do tempo, o que levou a sra. White a lançar, em voz baixa, uma interjeição de desdém. Depois tossiu levemente assim que o marido entrou na sala, seguido por um homem alto e robusto, com olhos grandes e rosto corado.

"Primeiro-sargento Morris", disse, apresentando-se.

O sargento trocou apertos de mão e, aceitando a cadeira que lhe foi oferecida junto ao fogo, observou, satisfeito, o anfitrião trazer uísque e copos e colocar uma pequena chaleira de cobre no fogo.

Ao terceiro copo seus olhos se tornaram mais brilhantes e ele começou a falar, enquanto o pequeno grupo familiar olhava com grande interesse aquele visitante de terras distantes, que, sentado com os largos ombros numa postura ereta, discorria sobre acontecimentos estranhos e feitos valorosos, sobre guerras e pestes e povos exóticos.

"Vinte e um anos disso", disse o sr. White, fazendo um gesto com a cabeça para a esposa e o filho. "Quando ele partiu era um garoto magro de uma loja de varejo. Agora, olhem só para ele."

"Não parece ter sofrido muito", disse a sra. White delicadamente.

"Eu gostaria de ir à Índia", disse o marido, "apenas para dar uma olhada, entendem?"

"Melhor onde você está", disse o sargento, abanando a cabeça. Pousou o copo vazio e, suspirando, meneou a cabeça outra vez.

"Gostaria de ver aqueles velhos templos e faquires e malabaristas", disse o velho. "O que foi que você começou a me contar outro dia, sobre uma mão de macaco ou coisa parecida, Morris?"

"Nada", respondeu o soldado depressa. "Pelo menos nada que valha a pena ouvir."

"Mão de macaco?", perguntou a sra. White, curiosa.

"Bem, apenas o que se poderia chamar de magia, talvez", respondeu o sargento de maneira vaga.

Seus três ouvintes curvaram-se para a frente, ansiosos. O visitante levou aos lábios o copo vazio, distraído, e depois tornou a baixá-lo. O anfitrião encheu-o novamente.

"Olhando para ela, não passa de uma mão comum, seca e mumificada", disse o sargento, mexendo no bolso. Tirou algo e mostrou. A sra. White recuou com uma careta, mas o filho pegou aquilo e examinou com curiosidade.

"E o que há de especial nela?", perguntou o sr. White, tomando o objeto das mãos do filho e colocando-o sobre a mesa, após examiná-lo.

"Possui um encantamento que lhe foi conferido por um velho faquir", disse o sargento, "um homem muito santo. Ele queria mostrar que o destino rege a vida das pessoas e que aqueles que interferem nele correm o risco de se arrepender amargamente. De acordo com o encantamento, três pessoas diferentes podem ter, cada uma, três desejos atendidos."

Seu modo de falar era tão impressionante que os ouvintes tiveram consciência de que seus risinhos divertidos haviam sido, de alguma forma, inoportunos.

"Bem, por que não faz os seus três pedidos?", perguntou Herbert White, espertamente.

O soldado olhou-o da maneira que uma pessoa de meia-idade olha para uma criança presunçosa.

"Já fiz", disse em voz baixa, e seu rosto corado empalideceu.

"E conseguiu que os três desejos fossem concedidos?"

"Consegui", disse o soldado, e ouviu-se o barulho de seu copo indo de encontro a seus dentes fortes.

"E alguém mais já teve seus três desejos atendidos?", perguntou a velha senhora.

"A primeira pessoa teve os três desejos atendidos, sim. Não sei quais eram os dois primeiros, mas o terceiro era a morte. Foi desse modo que consegui a mão do macaco."

Sua voz era tão grave que um silêncio caiu sobre o grupo.

"Se já obteve seus três desejos, Morris, de que ela lhe serve agora?", perguntou o velho. "Por que ainda está com ela?"

O soldado balançou a cabeça:

"Um capricho, suponho", disse lentamente.

"Se pudesse obter três pedidos mais", perguntou o velho, olhando-o de maneira sagaz, "você os faria?"

"Não sei, não sei." O sargento pegou a mão do macaco e balançou-a entre o dedo indicador e o polegar. Subitamente, jogou-a às chamas que crepitavam na lareira.

White, com um leve grito, curvou-se e arrancou-a do fogo.

"Melhor deixá-la queimar", disse o soldado em tom solene.

"Se não a quer, Morris, dê para mim", disse o velho.

"Não", respondeu o amigo com firmeza. "Eu a atirei no fogo. Se ficar com ela, não me culpe pelo que acontecer. Jogue-a novamente no fogo, como um homem sensato."

O outro sacudiu a cabeça e examinou detidamente a nova aquisição.

"Como se faz isso?"

"Segure-a levantada com a mão direita e faça o pedido em voz alta", disse o soldado. "Mas saiba que haverá consequências."

"Parece as *Mil e uma noites*", disse a sra. White, levantando-se e começando a preparar a ceia. "Você não poderia desejar quatro pares de mãos para mim?"

O marido tirou o talismã do bolso, e os três estavam rindo quando o sargento, com uma expressão de advertência no rosto, agarrou-o pelo braço.

"Se quer formular um pedido", disse asperamente, "peça algo que faça sentido."

O sr. White recolocou o talismã no bolso e, dispondo as cadeiras em volta da mesa, convidou todos a sentar-se. Durante a ceia, a mão do macaco foi parcialmente esquecida. Depois, os três ficaram ouvindo, enlevados, uma segunda parte das aventuras do soldado na Índia.

"Se a história da mão do macaco for tão verdadeira quanto aquelas que ele nos contou", disse Herbert, assim que o soldado se retirou, em cima da hora para pegar o trem, "não conseguiremos grande coisa com ela."

"Você deu a ele algo em troca?", perguntou a sra. White, olhando firme para o marido.

"Uma ninharia", ele disse, ruborizando um pouco. "Não queria aceitar, mas eu o obriguei. E mais uma vez insistiu para que eu a jogasse fora."

"Como se isso fosse possível", disse Herbert, com fingida indignação. "Ora essa, vamos ser ricos, famosos, felizes. Deseje ser um imperador, papai, só para começar. Então não será mais dominado por nenhuma esposa."

Herbert correu em volta da mesa, perseguido pela injuriada sra. White, armada de uma vassoura.

O sr. White retirou a mão de macaco do bolso e olhou-a, indeciso. "Não sei o que desejar, isso é um fato", disse devagar. "Creio que tenho tudo o que quero."

"Se você apenas liquidasse a hipoteca da casa, já seria muito feliz, não seria?", disse Herbert, pousando a mão no ombro do pai. "Deseje duzentas libras, então. É só o que falta."

O pai, sorrindo, envergonhado da própria credulidade, ergueu o talismã enquanto o filho, com um olhar solene de certa forma adulterado por um piscar de olhos para a mãe, sentou-se ao piano e tocou alguns acordes solenes.

"Eu desejo duzentas libras", disse o velho em voz alta e clara.

Um agradável acorde de piano saudou as palavras, interrompido por um grito assustador do velho. A esposa e o filho correram para junto dele.

"Ela se moveu", exclamou, olhando com asco para o objeto que deixara cair no chão. "Quando fiz o pedido, ela se contorceu na minha mão como uma cobra."

"Bem, não estou vendo dinheiro nenhum e creio que nunca vou ver", disse o filho, enquanto pegava a mão de macaco e a colocava em cima da mesa.

"Deve ter sido imaginação sua", disse a mãe, olhando ansiosa para o velho.

"Não importa", disse ele sacudindo a cabeça. "Nada de grave aconteceu, mas mesmo assim levei um susto."

Sentaram-se novamente junto ao fogo enquanto os dois homens terminavam de fumar seus cachimbos. Lá fora, o vento estava mais forte do que nunca, e o velho sobressaltou-se ao ouvir uma porta bater no andar de cima. Um silêncio incomum e opressivo envolveu os três, e durou até que o velho casal se retirou para dormir.

"Espero que encontre o dinheiro em um pacote bem no meio da cama", disse Herbert, ao desejar boa-noite aos dois, "e que alguma coisa horrível agachada em cima do guarda-roupa observe você embolsar os ganhos obtidos dessa maneira maligna."

Herbert permaneceu sentado no escuro, contemplando o fogo se extinguir, vendo rostos nas chamas. A última face era tão horrenda e simiesca que ele a contemplou assombrado. Surgiu tão expressiva que, com um riso nervoso, procurou na mesa um copo com água para jogar sobre ela. Agarrou a mão do macaco e, com um leve calafrio, limpou a mão no casaco e foi para a cama.

II.

Na manhã seguinte, enquanto a claridade do sol de inverno iluminava a mesa do café, Herbert riu dos próprios receios. Havia na sala um ar sadio de normalidade, ausente na noite anterior; a pequena, suja e enrugada mão do macaco estava jogada no aparador de maneira descuidada, indicando falta de crença em suas virtudes.

"Suponho que todos os soldados sejam iguais", disse a sra. White. "Que ideia a nossa, dar ouvidos a essa bobagem! Como seria possível, nos dias de hoje, que tais desejos fossem concedidos? E, se fosse possível, como duzentas libras poderiam trazer algum mal?"

"Podem cair do céu sobre a cabeça dele", gracejou Herbert.

"Morris disse que as coisas acontecem tão naturalmente", disse o pai, "que, se quisermos, podemos atribuí-las à coincidência."

"Não vá gastar todo o dinheiro antes de eu voltar", disse Herbert, levantando-se da mesa. "Fico com medo que se transforme em um avarento mesquinho e tenhamos que repudiá-lo."

A mãe riu e acompanhou o filho até a porta. Olhou-o afastar-se pela estrada e voltou para a mesa do café, feliz às custas da credulidade do marido. Tudo isso não a impediu de correr para a porta ao ouvir o carteiro chegar nem de se referir, rapidamente, aos sargentos de hábitos etílicos quando notou que o carteiro trouxera uma conta do alfaiate.

"Herbert vai fazer mais um dos seus comentários jocosos, creio, ao chegar em casa", ela disse, quando sentaram para o jantar.

"Certamente", concordou o sr. White. "Seja como for, a coisa se mexeu na minha mão, posso jurar."

"Você pensou que se mexeu", disse a velha senhora, suavemente.

"Ela se mexeu", replicou o outro. "Não foi imaginação, eu... O que foi?"

A esposa não respondeu. Ela observava a misteriosa movimentação de um homem que espreitava a casa, parecendo indeciso se devia ou não entrar. Pensou nas duzentas libras, e notou que o estranho estava bem vestido e usava uma cartola de seda nova e brilhante. Por três vezes ele parou diante do portão e se afastou. Na quarta vez, depois de uma pausa, abriu resolutamente o portão e caminhou em direção à casa. A sra. White, no mesmo instante, desamarrou depressa os cordões do avental que usava, escondendo-o sob a almofada da cadeira.

Ela conduziu o estranho até a sala. Ele parecia pouco à vontade, olhando-a furtivamente e ouvindo, apreensivo, a velha senhora se desculpar pela aparência da sala e pelo casaco do marido largado ali, o qual costumava usar quando cuidava do jardim. Então, com a paciência que seu sexo permitia, aguardou que o homem explicasse o motivo da visita. Mas, durante algum tempo, ele permaneceu em silêncio.

"Pediram-me... que eu viesse aqui", ele disse, afinal. E parou para tirar um fiapo de linha da calça. "Venho da parte da Maw and Meggins."

A velha senhora assustou-se.

"Qual é o assunto?", perguntou, aflita. "Aconteceu alguma coisa com o Herbert?"

O marido interveio.

"Calma, calma", disse. "Sente-se e não tire conclusões apressadas. O senhor não trouxe más notícias, tenho certeza", disse, olhando ansioso para o outro.

"Sinto muito...", disse o visitante.

"Ele está ferido?", perguntou a mãe.

O visitante assentiu com um movimento de cabeça.

"Muito ferido", disse delicadamente, "mas já não sofre mais."

"Ah, graças a Deus", exclamou a velha senhora, apertando as mãos. "Graças a Deus. Obrigada..."

Calou-se de súbito, ao perceber o significado funesto do que ouvira e ver seus receios confirmados no rosto do visitante. Ofegante, voltou-se para o marido, que nada entendera ainda, e colocou as mãos trêmulas sobre a dele. Houve um longo silêncio.

"Ele ficou preso na maquinaria", disse o visitante, em voz baixa.

"Preso em uma máquina", repetiu o sr. White, aturdido.

Sentou-se, olhando absorto pela janela e apertando a mão da esposa entre as suas, como costumava fazer no tempo em que a cortejava, quase quarenta anos antes.

"Era o único que nos restava", disse ele, voltando-se gentilmente para o visitante. "É difícil."

O outro tossiu, levantou-se e caminhou devagar até a janela. "A empresa encarregou-me de transmitir nossas condolências pela grande perda que sofreram", disse, sem olhar à sua volta. "Espero que entendam que sou apenas um empregado cumprindo ordens."

Não houve resposta. A face da velha senhora estava lívida, o olhar atônito, a respiração quase inaudível. No rosto do marido, uma expressão decerto parecida com a de seu amigo sargento ao entrar em ação pela primeira vez.

"Devo dizer que a Maw and Meggins se exime de qualquer responsabilidade", continuou o outro. "Não admite nenhuma obrigação pecuniária, mas, em agradecimento aos serviços prestados por seu filho, deseja oferecer-lhes uma certa soma em dinheiro como compensação."

O sr. White soltou as mãos da mulher e, levantando-se, olhou com horror para o visitante. Seus lábios secos conseguiram articular a palavra: "Quanto?".

"Duzentas libras", foi a resposta.

Sem notar o grito de sua mulher, o velho sorriu de leve, estendeu as mãos como um cego e abruptamente caiu ao chão, desfalecido.

III.

No vasto cemitério novo, distante cerca de três quilômetros, os velhos enterraram seu morto e voltaram para casa, mergulhada em sombras e silêncio. Tudo acontecera tão depressa que, a princípio, mal podiam entender o que se passara, e permaneceram em estado de expectativa, como se algo mais fosse acontecer — algo que aliviasse o sofrimento que seus velhos corações já não podiam suportar.

Mas os dias passaram e a expectativa deu lugar à resignação — a resignação sem esperança dos velhos, algumas vezes chamada erroneamente de apatia. Às vezes eles mal trocavam palavras, porque agora nada tinham para conversar, e seus dias eram longos e entediantes.

Cerca de uma semana depois, o velho acordou no meio da noite, estendeu a mão e notou que estava sozinho. O quarto estava escuro e da janela vinha o som de soluços abafados. Sentou-se na cama e ficou ouvindo.

"Volte para a cama", disse carinhosamente. "Você vai ficar com frio."

"Mais frio está sentindo o meu filho", disse a velha, soluçando.

O som dos soluços foi morrendo aos poucos nos ouvidos dele. A cama estava quente e seus olhos pesados de sono. Ele cochilou e logo dormiu, até que um grito exaltado da mulher o fez acordar-se sobressaltado.

"A mão do macaco!", ela gritou freneticamente. "A mão do macaco!"

"Onde? Onde? O que está acontecendo?", perguntou ele, alarmado.

Ela veio cambaleando pelo quarto, na direção dele. "Eu quero a *mão*", ela disse em voz baixa. "Você não a destruiu, não é?"

"Está na sala, na prateleira", ele respondeu, admirado. "Por quê?"

Ela chorava e ria ao mesmo tempo e, curvando-se, beijou o rosto dele.

"Só pensei nisso agora", ela disse histericamente. "Por que *você* não se lembrou?"

"Lembrar do quê?", ele perguntou.

"Dos outros dois desejos", ela respondeu. "Só fizemos um pedido."

"E não foi o bastante?", ele respondeu, com veemência.

"Não", ela gritou, exultante. "Nós faremos mais um. Vá lá embaixo, pegue a mão do macaco e manifeste o desejo de que nosso filho esteja vivo de novo."

O homem sentou-se na cama, afastando bruscamente os lençóis de cima das pernas trêmulas.

"Meu Deus, você está louca", exclamou, horrorizado.

"Vá buscá-la, rápido", ela disse, ofegante, "e faça o pedido. Ah, meu filho, meu filho."

O marido riscou um fósforo e acendeu a vela.

"Volte para a cama", falou, vacilante. "Você não sabe o que está dizendo."

"Nosso primeiro desejo foi satisfeito. Por que não fazer o segundo?", disse, a mulher, exaltada.

"Uma coincidência", gaguejou o velho.

"Vá buscá-la e peça", gritou a velha, tremendo de excitação.

O velho olhou para ela.

"Ele está morto há dez dias", falou, hesitante. "Além disso... não sei como dizer... mas eu só conseguiria reconhecê-lo pelas roupas. Se antes ele já estava horrível de se ver, imagine agora."

"Traga-o de volta", gritou a velha, empurrando o marido na direção da porta. "Acha que posso temer o filho que criei?"

Ele desceu, tateando na escuridão, procurando o caminho para a sala e, em seguida, foi até o aparador. O talismã estava no mesmo lugar e o velho foi dominado por um medo horrível de que o pedido talvez trouxesse o filho mutilado de volta antes que pudesse fugir do aposento. Prendeu a respiração, quando viu que havia perdido a direção da porta. Com a fronte coberta por um suor frio, achou o caminho e, tateando pela parede, alcançou o estreito corredor com a mórbida coisa na mão.

O rosto de sua mulher lhe pareceu mudado quando entrou no quarto. Estava pálida e sôfrega, e, para aumentar sua inquietação, tinha um aspecto sobrenatural. Sentiu medo dela.

"Ande, faça o pedido", ela ordenou, com voz forte.

Ele hesitou.

"É loucura, uma crueldade."

"Peça", a mulher repetiu.

Ele ergueu a mão do macaco.

"Eu peço que o meu filho viva novamente."

O talismã caiu ao chão e o velho olhou para ele assustado. Em seguida, sentou-se trêmulo em uma cadeira enquanto a esposa, os olhos como brasas, ia até a janela e abria as cortinas.

Ficou sentado até sentir muito frio, espiando, de vez em quando, a figura da velha mulher olhando atenta pela janela. A vela, que ardera até embaixo da borda do castiçal de porcelana, lançava sombras bruxuleantes no teto e nas paredes; depois, com uma cintilação mais forte, se apagou. O velho, com uma inexprimível sensação de alívio pelo insucesso do talismã, voltou para a cama. Um minuto ou dois mais tarde, a mulher foi para perto dele, silenciosa e apática.

Nenhum dos dois falou; ficaram ambos deitados em silêncio, ouvindo a batida cadenciada do relógio. Um degrau da escada rangeu e um rato correu ao longo da parede, emitindo um guincho agudo. A escuridão era opressiva e, depois de permanecer algum tempo deitado, o marido, enchendo-se de coragem, pegou a caixa de fósforos, riscou um e desceu a escada em busca de outra vela.

No fim da escada o fósforo apagou. Ele parou para riscar outro e, nesse momento, uma batida, tão leve e furtiva que mal se ouvia, soou na porta da rua.

Os fósforos caíram de suas mãos. Ele permaneceu imóvel, a respiração presa, até que a batida se repetiu. Então correu de volta para o quarto, fechando a porta atrás de si. Uma terceira batida ressoou pela casa.

"O que foi isso?", exclamou a velha senhora, sobressaltada.

"Um rato", disse o velho com voz trêmula. "Um rato. Ele passou por mim na escada."

Sua esposa sentou-se na cama, escutando. Uma batida mais forte tornou a ressoar pela casa.

"É o Herbert!", ela gritou. "É o Herbert!"

Correu para a porta, mas o marido agarrou-a pelo braço e a segurou com força.

"O que você vai fazer?", sussurrou em tom rouco.

"É o meu menino, é o Herbert!", ela gritou, lutando para se livrar. "Esqueci que eram três quilômetros de distância. Por que está me agarrando? Me largue, tenho que abrir a porta."

"Pelo amor de Deus, não o deixe entrar", disse o velho, atemorizado.

"Você está com medo do seu próprio filho", ela gritou, debatendo-se. "Me largue. Já vou, Herbert, já estou indo."

Ouviu-se outra batida, e mais outra. A velha, num arranco súbito, soltou-se e saiu do quarto. O marido seguiu-a até o patamar da escada, chamando-a, suplicante, enquanto ela descia correndo. Ele ouviu a corrente da porta ser retirada e a chave girando com dificuldade na fechadura. Depois a voz da velha, tensa e arquejante.

"O ferrolho", ela gritou. "Desça, não consigo alcançá-lo."

Mas o marido estava de joelhos, as mãos apoiadas no chão, procurando, desesperado, a mão do macaco. Se ao menos pudesse achá-la antes de aquela coisa lá fora entrar. Uma saraivada de batidas ecoou pela casa e ele ouviu a cadeira ser arrastada; era a mulher aproximando-a da porta. Ouviu o ferrolho correndo devagar, e nesse instante achou a mão do macaco. Freneticamente expressou seu terceiro e último desejo.

As batidas cessaram de súbito, embora o eco ainda ressoasse pela casa. Ouviu a cadeira ser afastada e a porta abrir-se. Um vento frio subiu pela escada, e o longo e alto gemido de desapontamento e angústia da mulher deu-lhe coragem para descer correndo até a porta. Depois, foi até o portão e olhou. A luz do lampião em frente brilhava numa estrada calma e deserta.

Apresentação e tradução de Rubem Fonseca

ALEKSEI KONSTANTINOVITCH TOLSTÓI

A família do *vurdalak*
Fragmento inédito das *Memórias de um desconhecido*

Prefiro os contos de horror modernos, como os do Cortázar. Como aquele do homem que sentiu uma dor no pulso esquerdo. Tirou o relógio e viu uma ferida redonda, marcada por cinco dentes afiadinhos. Seria o tempo vampirando sua vida? Sei lá. Tan, tan, tan, tan....

Mas o nosso Aleksei Konstantinovitch Tolstói foi o mais comportado e clássico dos chupa-cabras. Não é quem vocês estão pensando. Este Tolstói não é o da Ana Karenina, é o primo. E que sina ser escritor, primo do outro! Sem chance. Poucos o conhecem, apesar de seus romances históricos.

Nasceu em São Petersburgo em 1847 e morreu em 1875. Infância feliz na Pequena Rússia de natureza generosa e farta, rico, mimado, correndo pelos campos, ouvindo os lobos à noite junto à lareira quente, com o chá de ervas e o leite gordo. E a ama a lhe contar as histórias de seu povo, as cabecinhas dos vampiros apontando entre cada colherada de mingau. Não deu outra. Um dia lembrou-se de tudo isso (cova, luar, crucifixo, sangue) e escreveu "A família do vurdalak".

Delicado, fino, romântico, o primo de Tolstói nos dá esses vampiros em família, com seu momento de suspense, e trazendo uma heroína feminina, isso sim, provavelmente raro, nas vampiragens daquele tempo.

E vamos ao Tolstói que não é ele, é o outro.

O ano de 1815 reuniu em Viena o que havia de mais distinto em matéria de erudições europeias, espíritos de sociedades brilhantes e grandes talentos diplomáticos. Entretanto, o Congresso fechara.

Os emigrados monarquistas se preparavam para voltar definitivamente a seus castelos, os soldados russos para rever suas casas abandonadas, e alguns poloneses descontentes para levar à Cracóvia seu amor pela liberdade e abrigá-lo sob a tripla e duvidosa independência que lhes havia sido concedida pelos príncipes de Metternich e de Hardenberg e pelo conde de Nesselrode.

Como ao fim de um baile animado, a reunião havia pouco tão barulhenta reduzira-se a um pequeno número de pessoas dispostas ao prazer, que, fascinadas pelos encantos das damas austríacas, demoravam para fazer as malas e adiavam a partida.

Essa alegre sociedade, da qual eu fazia parte, encontrava-se duas vezes por semana no castelo da senhora princesa de Schwarzenberg, a alguns quilômetros da cidade, depois de uma vila chamada Hitzing. O comportamento generoso da dona do castelo, destacado por sua graciosa amabilidade e pela delicadeza de seu espírito, tornava a estada em sua casa extremamente agradável.

Nossas manhãs eram dedicadas aos passeios; jantávamos todos juntos, ora no castelo, ora nos arredores, e à noite, sentados perto de um bom fogo de lareira, divertíamo-nos conversando e contando histórias. Era terminantemente proibido falar de política. Todo mundo estava farto do assunto, e nossos relatos eram emprestados ora das lendas dos nossos países respectivos, ora das nossas próprias lembranças.

Uma noite, uma vez que cada um contara alguma coisa e que nossos espíritos se encontravam naquele estado de tensão que a obscuridade e o silêncio, de ordinário, só fazem aumentar, o marquês de Urfé, velho emigrado de quem todos nós gostávamos por causa de sua alegria tão juvenil e pela maneira picante como falava de suas velhas aventuras, aproveitou um momento de silêncio e tomou a palavra:

"Essas suas histórias", nos disse ele, "são deveras espantosas, mas falta-lhes um ponto essencial que é a autenticidade. Que eu saiba, nenhum dos senhores testemunhou com os próprios olhos essas narrativas maravilhosas nem pode jurar por elas, como cavalheiros que são."

Fomos obrigados a concordar, e o velho continuou, acariciando o jabô:

"Quanto a mim, senhores, só conheço uma aventura desse gênero, ao mesmo tempo tão hedionda e verdadeira que bastaria para fulminar de terror a imaginação dos mais incrédulos. Fui infelizmente tanto o protagonista como a testemunha da história, e apesar de não gostar de me lembrar dela, contarei o caso com prazer, se as senhoras presentes assim permitirem."

A concordância foi unânime. Alguns olhares apreensivos se dirigiram na verdade para os quadrados luminosos que a claridade começava a desenhar sobre o assoalho de parquê; mas logo o pequeno círculo se estreitou e todos se calaram para escutar a história do marquês.

O senhor de Urfé pegou um pouco de tabaco, aspirou-o lentamente e começou:

"Antes de tudo, senhoras, peço perdão se, no curso de minha narrativa, acontecer de eu falar sobre meus casos de amor com mais frequência do que conviria a um homem de minha idade. Mas é preciso que os mencione, para que a história fique mais clara. Além de tudo, perdoam-se à velhice seus momentos de esquecimento, e a culpa será das senhoras se eu for tentado a me julgar mais jovem, vendo-as tão bonitas à minha frente. Começo, então, sem preâmbulos, dizendo que no ano de 1759 estava perdidamente enamorado pela bela duquesa de Grammont. Essa paixão, que eu então acreditava profunda e duradoura, não me dava descanso nem de dia nem de noite, e a duquesa, como fazem com frequência as mulheres bonitas, com sua coqueteria, divertia-se em aumentar o meu tormento. E fazia-o tão bem que, num momento de desilusão, cheguei a solicitar e obter uma missão diplomática junto ao principado da Moldávia, na época em negociações com o gabinete de Versalhes, negociações que, se as explicasse agora, seriam tão tediosas quanto inúteis. Na véspera de minha partida, apresentei-me à duquesa. Ela me recebeu com um olhar menos zombeteiro do que de costume e me disse com uma voz tocada por certa emoção: 'De Urfé, você está fazendo uma grande loucura, mas, conhecendo-o, sei que jamais voltaria atrás de uma decisão já tomada. Sendo assim, só lhe peço uma coisa: aceite esta pequena cruz como penhor de minha amizade e guarde-a junto ao peito até sua volta. É uma relíquia de família à qual sempre demos muito valor'.

"Com uma galanteria talvez pouco adequada ao momento, beijei, não a relíquia, mas a mão sedutora que a oferecia — e pendurei no pescoço esta mesma cruz que veem, e que desde aquele dia jamais larguei.

"Não as fatigarei mais, senhoras, com os detalhes de minha viagem, nem com as observações que fiz dos húngaros e dos sérvios, esse povo pobre e ignorante, mas corajoso e honesto, que, subjugado como estava pelos turcos, não havia esquecido nem sua dignidade nem a antiga independência. Seria o bastante contar que, tendo aprendido um pouco de polonês durante uma estada em Varsóvia, a língua sérvia me foi fácil, pois esses dois idiomas, assim como o russo e o boêmio, não passam, como sem dúvida sabem, de ramificações de uma só e mesma língua, o eslavo.

"Pois então sabia eu o bastante da língua para me fazer compreender, até que um dia cheguei a uma aldeia cujo nome não lhes interessaria o mínimo. Parei e desmontei numa casa cujos habitantes se encontravam num estado de consternação total, o que me pareceu mais estranho ainda por ser um domingo, dia em que os sérvios têm o costume de se entregar a diferentes prazeres, como a dança, o tiro com arcabuzes, a luta etc. Atribuí a atitude de meus hospedeiros a alguma desgraça recente e ia me retirar quando um homem de cerca de trinta anos, alto e imponente, se aproximou de mim e me pegou pela mão.

"— Entre, entre, estrangeiro — me disse ele —, não se sinta repelido por nossa tristeza; logo a compreenderá ao saber o que a causa.

"Ele me contou, então, que seu velho pai, de nome Gorcha, homem de caráter inquieto e difícil, um belo dia se levantara da cama e retirara da parede seu grande arcabuz turco.

"— Meus filhos — dissera ele a Georges e a Pierre —, eu vou agora mesmo às montanhas, juntar-me aos bravos que perseguem aquele cão do Alibek (nome de um bandido turco que havia algum tempo devastava o país). Podem me esperar durante dez dias e se eu não voltar lá pelo décimo dia mandem dizer uma missa, porque é sinal que me mataram. Mas — juntou o velho Gorcha, dando às feições sua expressão mais séria — (que Deus os livre), se eu voltar depois dos dez dias, pela salvação de todos, não me deixem entrar de jeito algum. É uma ordem que lhes dou, esqueçam que sou seu pai, e peço que me furem com uma estaca afiada, independentemente do que eu diga ou faça, pois não passarei de um maldito *vurdalak* que terá vindo sugar o sangue da família.

"É bom que lhes diga, senhoras, que os *vurdalaks*, ou vampiros do povo sérvio, não passam, na opinião de todo o país, de defuntos saídos de seus túmulos para sugar o sangue dos vivos. Até aí seus costumes são os de todos os vampiros. Mas possuem um outro hábito que os torna ainda mais terríveis. Os *vurdalaks*, senhoras, sugam, de preferência, o sangue de seus parentes mais próximos e de seus amigos mais íntimos, que, mortos, tornam-se por sua vez vampiros, de modo que se acredita terem sido vistas na Bósnia e na Hungria aldeias inteiras povoadas por *vurdalaks*. O abade Augustin Calmet, em sua interessante obra sobre os fantasmas, dá exemplos aterradores. Os imperadores da Alemanha muitas vezes nomearam comissões para esclarecer casos de vampirismo. Lavraram autos, exumaram cadáveres túrgidos de sangue e os queimaram em praça pública depois de lhes terem perfurado o coração. Os magistrados, testemunhas dessas execuções, escutaram os cadáveres a uivar no momento em que os carrascos lhes enfiavam a estaca no peito. Deram seu depoimento formal e o corroboraram com juramento e assinatura.

"Diante dessas informações, será fácil compreenderem, senhoras, o efeito que tiveram as palavras do velho Gorcha sobre seus filhos. Os dois se jogaram aos pés do pai e suplicaram que os deixasse ir no seu lugar, mas, como resposta, ele lhes virou as costas e se foi, cantarolando o refrão de uma balada antiga. O dia em que cheguei à aldeia era exatamente aquele no qual deveria expirar o prazo fixado por Gorcha, e não tive problemas para entender a ansiedade de seus filhos.

"A família era boa e honesta. Georges, o mais velho dos dois, tinha traços viris e bem marcados, parecia um homem sério e resoluto, casado e pai de duas crianças. Seu irmão Pierre, belo jovem de dezoito anos, ostentava na fisionomia mais doçura do que valentia, e parecia o favorito de uma irmã caçula, Sdenka, que poderia bem passar pelo modelo da beleza eslava. Independentemente dessa beleza, incontestável sob todos os aspectos, sua leve semelhança com a duquesa de Grammont me tocou logo à primeira vista. Tinha sobretudo um traço característico na testa que nunca encontrei na vida a não ser nessas duas mulheres. Era uma marca que poderia não agradar à primeira vista, mas que cativava irresistivelmente depois de nos termos acostumado com ela.

"Fosse por eu ser muito jovem na época, fosse por essa semelhança, unida a um espírito original e ingênuo, eu não havia conversado com Sdenka por mais de dois minutos e já sentia por ela uma simpatia viva demais, que ameaçava transformar-se num sentimento mais terno caso eu prolongasse minha estada na aldeia.

"Estávamos todos reunidos em frente à casa, em torno de uma mesa repleta de queijos e tigelas de leite. Sdenka fiava, sua cunhada preparava a comida das crianças que brincavam na areia, Pierre, com indiferença fingida, assobiava ao limpar seu alfanje, uma grande faca curva, turca. Georges, mudo, com os cotovelos na mesa, a cabeça entre as mãos e o cenho franzido de preocupação, devorava com os olhos a grande estrada.

"Quanto a mim, vencido pela tristeza geral, olhava melancolicamente as nuvens da tarde enquadrando o fundo dourado do céu e a silhueta de um convento meio escondido por uma negra floresta de pinheiros.

"O convento, como eu soube mais tarde, havia sido muito famoso por causa da imagem da Virgem, que, segundo a lenda, fora trazida pelos anjos e depositada sobre um carvalho. Mas, no começo do século passado, os turcos haviam invadido o país; esganaram os monges e saquearam o convento, de que só restavam as paredes e uma capela cuidada por uma espécie de eremita. Este último fazia as honras da casa aos peregrinos curiosos, que, indo a pé de um lugar de devoção a outro, gostavam de parar no convento da Virgem do Carvalho. Como já disse, eu só soube disso depois, porque naquele dia tinha tudo na cabeça, menos a arqueologia da Sérvia. Como acontece sempre que se deixa voar a imaginação, eu sonhava com os tempos passados, com os belos dias da minha infância, com minha linda França, que trocara por um país longínquo e selvagem.

"Sonhava com a duquesa de Grammont e, por que não confessar?, com algumas outras contemporâneas das senhoras suas avós, cujas imagens, sem que eu me desse conta, se insinuaram no meu coração depois da duquesa sedutora.

"Logo esqueci meus hospedeiros e sua ansiedade.

"De repente, Georges rompeu o silêncio.

"— Mulher — disse ele —, a que horas partiu o velho?

"— Às oito — respondeu a mulher. — Escutei com clareza o sino do convento bater.

"— Então, tudo bem — continuou Georges —, não pode ser mais do que sete e meia. — E calou-se fixando de novo os olhos no grande caminho que se perdia na floresta.

"Esqueci de contar, minhas senhoras, que logo que os sérvios suspeitam do vampirismo de alguém, evitam nomeá-lo ou designá-lo de maneira direta, pois pensam que se o fizerem podem chamá-lo do túmulo. Assim, depois de algum tempo, Georges, ao falar do pai, só o chamava de 'velho'.

"Passaram-se alguns instantes de silêncio. De repente uma das crianças disse a Sdenka, puxando-a pelo avental:

"— Tia, quando é que nosso avô vai voltar para casa?

"Um sopapo de Georges foi a resposta à pergunta intempestiva.

"A criança se pôs a chorar, mas seu irmãozinho perguntou, de um jeito espantado e medroso:

"— Por que, pai, o senhor nos proíbe de falar no vovô?

"Outro sopapo lhe fechou a boca. As duas crianças se puseram a berrar e a família inteira se persignou.

"Ainda estávamos lá, no mesmo lugar, quando escutei o relógio do convento bater lentamente as oito horas. Apenas a primeira batida soou nos nossos ouvidos, vimos uma forma humana se destacar do bosque e vir em nossa direção.

"— É ele, Deus seja louvado! — gritaram ao mesmo tempo Sdenka, Pierre e a cunhada.

"— Deus nos tem na sua santa guarda! — disse Georges solenemente, mas como saber se os dez dias se passaram ou não?

"Todo mundo o olhou assustado. Enquanto isso a forma humana não parava. Era um grande velho de bigodes de prata, de rosto pálido e severo, que caminhava com dificuldade com a ajuda de um bastão. À medida que ele avançava, Georges ia ficando mais triste. Quando o recém-chegado se aproximou de nós, parou e passeou pela família olhos que pareciam não ver, de tão baços e afundados nas órbitas.

"— Muito bem — disse ele com voz cava —, ninguém se levanta para me receber? O que significa esse silêncio? Não estão vendo que estou ferido?

"Percebi, então, que o lado esquerdo do velho estava ensanguentado.

"— Ajude seu pai — disse eu a Georges —, e você, Sdenka, deveria lhe preparar uma bebida forte, porque está prestes a perder os sentidos!

"— Meu pai — disse Georges, aproximando-se de Gorcha —, mostre-me o seu ferimento, eu sei lidar com essas coisas, posso fazer um curativo...

"Dizendo isso, fez menção de abrir-lhe a roupa, mas o velho o empurrou rudemente e cobriu o flanco com as duas mãos.

"— Saia, desastrado, você me machuca!

"— Mas, então, o senhor está ferido no peito! — gritou Georges, muito pálido. — Vamos, vamos, tire o casaco, é preciso, estou dizendo!

"O velho se levantou, ereto e duro.

"— Cuide-se — disse com voz surda —, se me tocar, eu o amaldiçoo!

"Pierre se colocou entre o pai e o irmão.

"Deixe-o — disse ele —, não vê que sente dor?

"Não o contrarie — acrescentou sua mulher —, você bem sabe que ele odeia ser contrariado.

"Nesse momento vimos um rebanho que voltava do pasto em direção à casa, numa nuvem de pó. Talvez o cão que acompanhava os animais não tivesse reconhecido o velho dono, talvez tivesse sido levado a isso por um outro motivo, mas, já de muito longe, ao perceber Gorcha, parou, seu pelo se eriçou, e ele se pôs a ganir como se visse algo de sobrenatural.

"— Que diabo tem esse cachorro? — disse o velho, cada vez mais contrariado —, o que significa tudo isto? Terei me tornado um estranho na minha própria casa? Dez dias passados nas montanhas me transformaram a tal ponto que mesmo os meus cães não me reconhecem mais?

"— Você ouviu? — perguntou Georges à mulher.

"— Ouvi o quê?

"— Ele próprio diz que se passaram dez dias!

"— Não, não se passaram, pois ele voltou no tempo estipulado!

"— Vá lá, vá lá, tudo bem, sei o que é preciso fazer.

"Como o cão continuava a ganir, Gorcha gritou:

"— Quero que matem esse cachorro! Estão me escutando?

"Georges não se mexeu; mas Pierre se levantou com lágrimas nos olhos e, pegando o arcabuz do pai, atirou no cão, que rolou na poeira.

"— E era o meu cachorro favorito — disse baixinho —, não sei por que o pai quis que o matássemos.

"— Porque mereceu ser morto — disse Gorcha. — Vamos, está frio, quero entrar em casa!

"Enquanto tudo isso se passava lá fora, Sdenka preparara para o velho uma tisana de aguardente fervida com peras, mel e passas, mas o pai a empurrou com repugnância. Mostrou a mesma aversão pelo prato de arroz com carneiro que Georges lhe ofereceu, e foi sentar-se no canto da lareira, murmurando entre os dentes palavras ininteligíveis.

"Um fogo de pinho crepitava na lareira e animava com seu luar tremeluzente a figura do velho, pálida e tão abatida que naquela claridade se poderia tomá-lo por morto. Sdenka foi se sentar ao lado dele.

"— Meu pai, o senhor não quer comer nada, nem descansar; e se nos contasse suas aventuras na montanha?

"Ao dizer isso a jovem sabia estar tocando uma corda sensível, pois o velho adorava falar de guerras e combates. Na verdade uma espécie de sorriso se formou nos lábios sem cor, mas os olhos não riram, e ele respondeu passando a mão nos belos cabelos louros da filha.

"— Claro, Sdenka, claro, quero muito contar o que me aconteceu nas montanhas, mas vou deixar para outra vez, porque hoje estou muito cansado. Só lhe digo que Alibek morreu e morreu pelas minhas mãos. Se alguém tem dúvidas a respeito — continuou o velho, passeando os olhos por toda a família —, eis a prova!

"Desamarrou uma espécie de mochila que carregava nas costas e tirou dela uma cabeça lívida e sangrenta, porém não mais pálida que o próprio Gorcha. Viramos os rostos, horrorizados, mas Gorcha entregou a cabeça a Pierre:

"— Tome — disse ele —, pendure isto acima da porta para que todos os que passarem saibam que Alibek morreu e que as estradas estão livres de bandidos, embora eu faça exceção aos janízaros do Sultão!

"Pierre obedeceu, nauseado.

"— Agora estou entendendo tudo — disse ele —, aquele pobre cão que matei só uivava tanto porque farejava carne morta!

"— É verdade, ele farejava carne morta — respondeu com expressão sombria Georges, que saíra sem que ninguém visse e que voltava naquele momento carregando na mão um objeto que encostou num canto e que me pareceu uma estaca.

"— Georges — disse sua mulher a meia-voz —, você não vai... espero...

"— Meu irmão — acrescentou a irmã —, o que se passa na sua cabeça? Você não fará nada, não é?

"— Deixem-me — respondeu Georges —, sei o que tenho de fazer e só farei o que for necessário.

"Nesse vaivém, a noite caiu e a família foi se deitar numa parte da casa que era separada da minha por um tabique bem fino. Confesso que o que eu havia presenciado durante a tarde impressionara minha imaginação. Minha luz se apagara, e a lua se infiltrava toda por uma pequena janela baixa, bem perto de minha cama, banhando o assoalho e as paredes num luar esbranquiçado, assim como acontece agora, minhas senhoras, nesta sala onde estamos. Eu queria dormir e não conseguia. Atribuía minha insônia à claridade da lua; procurei alguma coisa que me servisse de cortina, mas não encontrei. Então, escutando vozes confusas atrás do tabique, prestei atenção.

"— Deite, mulher — dizia Georges —, e também você, Pierre, e você, Sdenka. Não tenham medo, ficarei acordado e vigiando por todos.

"— Mas, Georges — respondeu a mulher —, eu é que deveria ficar acordada, você trabalhou a noite passada inteira, deve estar cansado. Além disso, teria que ficar acordada de todo jeito para tomar conta do nosso filho mais velho. Você bem sabe que ele não está muito bem desde ontem!

"— Fique tranquila e vá se deitar — disse Georges —, ficarei de guarda por nós dois!

"— Mas, meu irmão — disse Sdenka com sua voz mais doce —, me parece que é inútil passar a noite acordado. Nosso pai já dormiu, e veja só como tem uma expressão calma e cheia de paz.

"— Vocês não estão entendendo nada, nem uma nem outra — disse Georges de um jeito que não admitia réplicas. — Vão dormir e deixem que eu tomo conta.

"Fez-se então um profundo silêncio. Logo senti minhas pálpebras pesarem e o sono tomou conta de mim.

"Tive a impressão de ver a porta se abrir lentamente e o velho Gorcha aparecer na soleira. Mas eu mais pressentia sua forma do que a via, pois estava bem escuro no quarto de onde ele vinha. Parecia-me que seus olhos apagados tentavam adivinhar meus pensamentos e seguiam o movimento de minha respiração. Depois deu um passo para a frente, e mais outro, e com cuidado extremo pôs-se a andar na minha direção pé ante pé. De súbito deu um pulo e ficou ao lado de minha cama. Passei por angústias difíceis de contar, mas uma força invisível me conservava imóvel. O velho se curvou sobre mim e aproximou tanto o rosto lívido do meu que acreditei sentir sua respiração cadavérica. Fiz um esforço sobrenatural e me levantei, banhado em suor. Não havia ninguém em meu quarto, mas, dando uma olhada pela janela, vi distintamente o velho Gorcha, que lá de fora colava o rosto na vidraça e fixava em mim um olhar de dar medo. Tive a força de vontade de não gritar e a presença de espírito de ficar deitado, como se nada tivesse visto. Na verdade parece que o velho só viera certificar-se de que eu dormia, pois não tentou entrar, entretanto, depois de me examinar bem, afastou-se da janela, e eu o escutei entrar no quarto ao lado. Georges tinha adormecido e roncava de fazer tremer as paredes. A criança tossiu, e reconheci a voz de Gorcha.

"— Você não está dormindo, criança?

"— Não, vovô — respondeu o menino —, e bem que eu queria conversar com o senhor!

"— Ah, quer conversar comigo; e sobre o que quer conversar?

"— Quero que me conte como brigou com os turcos, porque eu também um dia vou lutar contra eles!

"— Pensei nisso, meu neto, e trouxe para você uma pequena latagã que vou lhe dar amanhã.

"— Ah, vovô, me dê agora mesmo, já que está acordado.

"— Mas, meu pequeno, por que não conversou comigo durante o dia?

"— Porque o papai me proibiu.

"— Ah, muito prudente, o seu papai. Então, quer o seu pequeno sabre?

"— Quero e muito, mas não aqui, porque o pai pode acordar!

"— Mas, onde, então?

"— Se sairmos lá fora, prometo ter juízo e não fazer nem um barulhinho!

"Escutei alguma coisa que parecia um riso de troça de Gorcha e ouvi o menino se levantando. Não acreditava em vampiros, mas o pesadelo que acabara de ter mexera com meus nervos, e, não querendo que nenhum remorso viesse me atormentar depois, levantei-me e dei um murro no tabique. Seria o bastante para acordar sete pessoas, mas nada me levou a achar que alguém da família houvesse escutado. Decidido a salvar a criança, joguei-me contra a porta, no entanto estava fechada por fora e os ferrolhos não cederam a meus esforços. Enquanto tentava arrombá-la, vi passar diante de minha janela o velho com a criança nos braços.

"— Levantem-se, acordem! — gritava eu com todas as minhas forças, e desmontei o tabique com meus golpes. Mas somente Georges acordou.

"— Onde está o velho? — perguntou.

"— Corra — gritei —, ele acabou de pegar seu filho!

"Georges arrebentou a porta com um pontapé, pois, do mesmo jeito que a outra, estava trancada por fora, e se pôs a correr na direção do bosque. Afinal consegui acordar Pierre, sua cunhada e Sdenka. Juntamo-nos em frente à casa e depois de alguns minutos de espera vimos Georges voltando com o filho. Havia encontrado o menino desmaiado no caminho, mas ele logo recobrara a consciência, e não parecia mais doente do que antes. Pressionado por perguntas, respondeu que o avô não lhe fizera mal algum, que haviam saído juntos para conversar mais à vontade, mas que depois de sair de casa desmaiara, sem saber por quê. Quanto a Gorcha, havia desaparecido.

"O resto da noite, como podem imaginar, passou-se sem que ninguém dormisse.

"No dia seguinte, soube que o Danúbio, que cortava a grande estrada de terra a um quarto de légua da aldeia, havia começado a arrastar no seu curso pedaços de gelo, o que sempre acontece nessas regiões lá pelo fim do outono e começo da primavera. A passagem estava impedida por alguns dias e eu não podia nem sonhar em ir embora. E na verdade, mesmo que pudesse sair dali, a curiosidade, unida a uma atração mais poderosa, me teria feito ficar. Quanto mais eu via Sdenka, mais me sentia atraído. Não sou desses, minhas senhoras, que acreditam em paixões súbitas e irresistíveis como vemos nos romances; mas acho que há casos em que o amor se desenvolve mais rapidamente do que de costume. A beleza original de Sdenka, aquela semelhança singular com a duquesa de Grammont, de quem eu fugira em Paris e que reencontrava ali, vestida com trajes pitorescos, falando uma língua estrangeira e harmoniosa, aquele traço característico no rosto pelo qual, na França, eu, por mais de vinte vezes, quisera me matar... Tudo isso, unido à singularidade de minha situação e aos mistérios que me envolviam, deve ter contribuído para que amadurecesse em mim um sentimento que em outras circunstâncias talvez só se manifestasse de forma vaga e passageira.

"Durante o dia escutei Sdenka conversando com o irmão caçula.

"— O que é que você acha de tudo isso? — perguntava ela. — Será que você também desconfia de nosso pai?

"— Não ouso desconfiar — respondeu Pierre —, ainda mais que a criança diz que ele não lhe fez mal algum. E quanto ao seu desaparecimento, você bem sabe que ele nunca nos deu satisfação de suas ausências.

"— Eu sei — disse Sdenka —, mas então é preciso salvá-lo, você bem conhece Georges...

"— Claro, claro, eu o conheço. Falar com ele seria o mesmo que nada, mas podemos esconder a estaca e ele não vai pensar em procurar outra, pois destes lado da montanha não há uma única faia negra!

"— Certo, vamos escondê-la sem comentar nada com as crianças, pois poderiam dar com a língua nos dentes na frente de Georges!

"— Ficaremos bem quietos — disse Pierre. E se separaram.

"A noite chegou sem que soubéssemos novidade alguma do velho Gorcha. Eu estava, como no dia anterior, deitado em minha cama, e a lua enchia de luz meu quarto. Quando o sono começou a embaralhar meus pensamentos, senti, instintivamente, a aproximação do velho. Abri os olhos e vi sua cara lívida colada em minha janela.

"Dessa vez quis me levantar, mas não consegui. Parecia que todos os meus membros estavam paralisados. Depois de ter me olhado bem, o velho se afastou. Escutei-o dar a volta na casa e bater docemente na janela do quarto onde dormiam Georges e a mulher. A criança se virou na cama e gemeu num sonho. Passaram-se alguns minutos de silêncio e escutei de novo as batidas na janela. A criança gemeu outra vez e acordou.

"— É o senhor, vovô? — perguntou.

"— Sou eu — respondeu uma voz surda —, e trouxe sua pequena latagã.

"— Mas eu não tenho coragem de sair. Papai me proibiu!

"— Você não precisa sair, abra somente a janela e me dê um abraço!!

"A criança se levantou e escutei a janela se abrindo. Então, chamando a mim toda a energia de que era capaz, saltei da cama e corri a bater no tabique. Georges levantou-se num segundo. Ouvi-o praguejar, sua mulher deu um grito muito alto e logo a casa inteira estava reunida à volta da criança inanimada. Gorcha desaparecera como na véspera. À custa de muitos cuidados, conseguimos que a criança retomasse a consciência, mas o menino estava bem debilitado e respirava com dificuldade. O pobre pequeno ignorava a causa de seu desmaio. Sua mãe e Sdenka o atribuíam ao pavor de ter sido apanhado conversando com o avô. Eu não me manifestava. Enquanto isso, tendo-se acalmado a criança, todo mundo voltou para a cama, com exceção de Georges.

"Quando a aurora raiou, escutei que ele acordava a mulher e que conversavam em voz baixa. Sdenka juntou-se a eles e ouvi que soluçavam, eles e a cunhada.

"A criança estava morta.

"Não descreverei o desespero da família. Ninguém, no entanto, atribuía a causa da morte ao velho Gorcha. Pelo menos não se falava nisso abertamente.

"Georges não proferia uma palavra, mas sua expressão sempre lúgubre tinha agora qualquer coisa de terrível. Durante dois dias, o velho não apareceu. Na noite do terceiro dia (dia em que enterraram a criança) escutei passos à volta da casa e a voz do velho a chamar o irmãozinho do defunto. Pareceu-me também por um momento ver o rosto de Gorcha colado contra minha janela, mas não consegui distinguir se era realidade ou efeito de minha imaginação, pois naquela noite a lua estava embaçada. Acreditei, entretanto, que seria meu dever contar a Georges. Ele fez perguntas ao menino, que respondeu que realmente escutara os chamados do avô e que o vira pela janela. Georges deu ordens severas ao filho para acordá-lo se o velho aparecesse de novo.

"Todos esses acontecimentos não impediam que minha ternura por Sdenka aumentasse a cada minuto.

"Eu não pudera, de dia, conversar com ela sem testemunhas. Quando anoiteceu, a ideia de minha partida próxima me cortava o coração. O quarto de Sdenka era separado do meu só por uma espécie de corredor, que dava para a rua de um lado e para o pátio do outro.

"A família de meus hospedeiros já fora dormir quando me veio à cabeça a ideia de dar uma volta no campo para espairecer. Ao entrar no corredor, vi que a porta de Sdenka estava entreaberta.

"Parei involuntariamente. Um arrastar de vestido muito conhecido fez bater meu coração. Depois escutei palavras cantadas a meia-voz. Eram os adeuses que um rei sérvio, indo para a guerra, cantava para sua amada.

"'Oh, meu jovem álamo', dizia o velho rei, 'parto para a guerra e você me esquecerá!'

"'As árvores que crescem ao pé da montanha são esbeltas e flexíveis. Mas são maiores que o comum!'

"'Os frutos da sorveira balançados pelo vento são vermelhos, e minha barba é mais branca que a espuma do Danúbio!'

"'E você me esquecerá, oh, minha alma, e morrerei de tristeza pois o inimigo não ousará matar o velho rei!'

"E a moça responde:

"'Juro permanecer fiel ao senhor e não esquecê-lo jamais! Se eu faltar à minha promessa, pode depois da morte vir sugar todo o sangue de meu coração!'

"'E o velho rei diz: Que assim seja. E vai embora para a guerra. E logo a amada o esqueceu!...'

"Aqui Sdenka parou, como se tivesse medo de acabar a canção. Não me contive mais. Aquela voz tão doce, tão expressiva, era a voz da duquesa de Grammont... Sem refletir nem um pouco, empurrei a porta e entrei. Sdenka acabara de tirar uma espécie de casaquinho usado pelas mulheres de seu país. Sua blusa, bordada de ouro e seda vermelha, estava presa em volta de sua cintura por uma simples saia xadrez, e isso era tudo o que ela vestia. Suas lindas tranças louras estavam desfeitas e seu à vontade realçava-lhe os encantos. Sem se irritar com minha entrada brusca, pareceu confusa e corou ligeiramente.

"— Ah — me disse ela —, por que você está aqui, e o que pensarão de mim se nos surpreenderem?

"— Sdenka, minha alma, fique tranquila, tudo dorme à nossa volta, só o grilo na relva e o besouro nos ares podem escutar o que tenho a lhe dizer...

"— Ah, meu amigo, fuja, fuja! Se meu irmão nos apanha, estou perdida!

"— Sdenka, só vou embora depois que você prometer me amar para sempre, como a bela prometeu ao rei da canção. Vou embora em breve, Sdenka, e quem sabe quando nos veremos de novo? Sdenka, eu a amo mais que a minha alma, mais que a minha salvação... Minha vida e meu sangue são seus... não me daria uma hora em troca desse amor?

"— Muitas coisas podem acontecer em uma hora — disse Sdenka, com ar pensativo; mas deixou a mão na minha. — Você não conhece meu irmão — disse, num arrepio —; tenho o pressentimento de que ele aparecerá.

"— Calma, Sdenka — falei —, seu irmão está cansado de tantas vigílias, ficou entorpecido pelo vento que brinca entre as árvores; seu sono é bem pesado, muito longa é a noite, e só lhe peço uma hora! E depois, adeus... talvez para sempre!

"— Ah, não, para sempre, não — disse vivamente Sdenka; depois recuou, como assustada com a própria voz.

"— Ah, Sdenka — repliquei, emocionado —, só vejo você, não sou mais dono de mim, obedeço a uma força superior. Perdoe-me, Sdenka! — E, como um doido, apertei-a contra meu peito.

"— Ah, você não é meu amigo — disse ela, soltando-se de meus braços, e foi se refugiar no fundo do quarto. Não sei o que lhe respondi, pois eu próprio estava confuso com minha audácia, não que em outras ocasiões semelhantes a audácia não me houvesse ajudado, mas porque, apesar de minha paixão, eu não podia esconder um respeito sincero pela inocência de Sdenka.

"Eu, no começo, arriscara algumas daquelas frases galantes que não desgostavam às mulheres de nossa época, mas logo me envergonhei, vendo que a simplicidade da jovem a impedia de compreender o que as senhoras, que me ouvem esta noite, vejo em seus sorrisos, já entenderam com meia palavra.

"Eu estava lá, diante dela, sem saber o que dizer, quando de repente a vi estremecer e fixar os olhos aterrorizados na janela. Segui a direção do seu olhar e vi claramente o rosto imóvel de Gorcha, que nos observava do lado de fora.

"No mesmo instante senti uma mão pesada apoiar-se em meu ombro. Olhei para trás. Era Georges.

"— Que faz você aqui? — perguntou ele.

"Desconcertado com a repreensão brusca, eu lhe mostrei seu pai, que nos olhava pela janela e que desapareceu assim que Georges o viu.

"— Escutei o velho e vim avisar sua irmã — falei.

"Georges me olhou como se quisesse ler o fundo de minha alma. Depois me pegou pelo braço, me levou até meu quarto e foi embora sem dar uma palavra.

"No dia seguinte a família estava reunida em frente à porta da casa, em torno de uma mesa cheia de leites e queijos.

"— Onde está a criança? — perguntou Georges.

"— Está no pátio — respondeu a mãe —, brincando sozinho. Seu passatempo favorito. Ele se imagina combatendo os turcos.

"Apenas pronunciara ela essas palavras quando, para nossa grande surpresa, vimos aproximar-se, vinda do fundo do bosque, a grande figura de Gorcha, que andava devagar em direção ao nosso grupo e que se sentou à mesa como havia feito no dia de minha chegada.

"— Meu pai, seja bem-vindo — murmurou a nora com um fio de voz quase ininteligível.

"— Seja bem-vindo, meu pai — repetiram baixinho Sdenka e Pierre.

"— Meu pai — disse Georges, com voz firme, mas empalidecendo —, estávamos esperando-o para fazer a oração!

"O velho se virou, franzindo o cenho.

"— A oração, imediatamente! — repetiu Georges —, e faça o sinal da cruz, senão... por são Georges...

"Sdenka e a cunhada se curvaram sobre o velho e suplicaram que rezasse.

"— Não e não e não — disse o velho —, ele não tem o direito de me ordenar nada. E se insistir, eu o amaldiçoo!

"Georges se levantou e correu para dentro de casa. Logo voltou, os olhos enfurecidos.

"— Onde está a estaca? — gritou. — Onde a esconderam?

"Sdenka e Pierre trocaram olhares.

"— Cadáver! — disse então Georges, dirigindo-se ao velho —, o que fez o senhor com meu filho mais velho? Por que matou meu filho? Me dê meu filho de volta, cadáver!

"E ao falar assim, ia ficando cada vez mais pálido e seus olhos mais acesos.

"O velho o olhava maldosamente e nem se mexia.

"— Ah, a estaca — gritou Georges. — Que aquele que a escondeu seja responsável pelas desgraças que nos esperam!

"Nesse momento escutamos alegres risadas do caçula e o vimos chegar a cavalo sobre um grande pau pontudo que arrastava fazendo meias-voltas, imitando com sua vozinha fina o grito de guerra dos sérvios quando atacavam o inimigo.

"Ao ver isso, os olhos de Georges chamejaram. Ele arrancou a estaca do menino e se precipitou contra o pai. O velho Gorcha uivou e se pôs a correr na direção do bosque com uma velocidade tão pouco característica de sua idade que mais parecia coisa sobrenatural.

"Georges o perseguiu através dos campos, e logo os perdemos de vista. O sol já se pusera quando ele voltou para casa, pálido como a morte e com os cabelos eriçados. Sentou-se perto do fogo, e achei eu que escutava seus dentes baterem. Ninguém teve coragem de interrogá-lo. Lá pela hora em que a família tinha o costume de se separar, ele pareceu recuperar toda a sua energia e, me levando para um canto, disse, da maneira mais natural:

"— Meu caro hóspede, acabei de ver o rio, o gelo se foi, o caminho está livre, nada o impede de continuar viagem. É inútil — acrescentou, olhando para Sdenka — despedir-se da minha família. Ela lhe deseja, através de minhas palavras, toda a felicidade com a qual se pode sonhar aqui na Terra, e espero que também guarde de nós uma boa recordação. Amanhã, ao nascer do dia, encontrará seu cavalo arreado e um guia pronto a acompanhá-lo. Adeus, lembre-se por vezes de seu hospedeiro e perdoe se a sua estada aqui não o livrou de tribulações, como ele bem o desejaria.

"Os traços duros de Georges tinham, naquele momento, uma expressão quase cordial. Ele me levou até meu quarto e apertou minha mão uma última vez. Depois estremeceu, e seus dentes bateram como se tremesse de frio.

"Sozinho, eu nem cogitava ir para cama, como podem imaginar. Outras ideias me preocupavam. Eu amara muitas vezes na vida. Tivera momentos de ternura, de rancor e de ciúme, mas jamais, mesmo ao deixar a duquesa de Grammont, sentira tristeza semelhante à que me rasgava o peito naquele instante. Antes de o sol aparecer, vesti minha roupa de viagem e gostaria de ter tentado ver Sdenka de novo. Mas Georges me esperava no vestíbulo. Toda possibilidade de revê-la me fora arrebatada.

"Subi no cavalo de um salto e o esporeei. Prometi a mim mesmo que, quando voltasse de Jassy, passaria pela aldeia, e essa esperança, por longínqua que fosse, rechaçou pouco a pouco minhas preocupações. Eu já pensava, feliz, no momento da volta, e a imaginação já me desenhava todos os detalhes, quando um movimento brusco do cavalo quase me deixou cair os arções. O animal parou de repente, retesou-se sobre as patas dianteiras, fazendo com as narinas aquele ruído que mostra aos outros animais que um perigo se aproxima. Olhei com atenção e vi que uma centena de passos à minha frente um lobo escavava a terra. Com o barulho que fiz, ele fugiu. Esporeei o cavalo nos flancos e consegui seguir em frente. Percebi, então, que no lugar onde estivera o lobo havia um buraco coberto com terra ainda fresca. E me pareceu também distinguir algumas polegadas de uma estaca enfiada na terra que o lobo acabara de remexer. Entretanto não afirmo nada, pois passei depressa demais junto àquela cova."

Aqui o marquês se calou e pegou um pouco de tabaco.

"Então, isso é tudo?", perguntaram as senhoras.

"Infelizmente não!", respondeu o senhor de Urfé. "O que ainda tenho a contar é para mim uma lembrança extremamente dolorosa, e eu daria tudo para não ter passado por ela.

"Os negócios que me levavam a Jassy me retiveram mais tempo do que eu esperava. Só os terminei depois de seis meses. O que posso dizer? É uma verdade triste de confessar, mas não deixa de ser uma verdade. Há poucos sentimentos duráveis na terra. O sucesso de minhas negociações, os encorajamentos que recebi do gabinete de Versalhes, em uma palavra, a política, essa política vil, que tem nos incomodado com tanta violência nestes últimos tempos, não tardou a fazer enfraquecer em meu espírito a lembrança de Sdenka. Além disso, a mulher do príncipe, mulher muito linda e que conhecia nossa língua com perfeição, não fez outra coisa desde minha chegada senão me distinguir entre outros jovens estrangeiros que passavam algum tempo em Jassy. Educado como fui nos princípios da galanteria francesa, meu sangue gaulês se teria revoltado de pagar com a ingratidão a bondade da linda mulher. Assim, respondi cortesmente às propostas que me foram feitas, e para fazer valer os interesses e direitos da França comecei a me entrosar com todos os habitantes do principado.

"Chamado de volta a meu país, retomei o caminho que me levara a Jassy.

"Não pensava mais em Sdenka nem em sua família quando uma tarde, cavalgando pelo campo, escutei um sino que batia as oito horas. O som me pareceu conhecido, e o guia me disse que vinha de um convento próximo. Perguntei o nome, e soube que era o da Virgem do Carvalho. Apressei o passo de meu cavalo, e logo batemos à porta do convento. O eremita veio abrir e nos conduziu ao aposento dos estrangeiros. Achei-o tão cheio de peregrinos que perdi a vontade de passar a noite lá, e perguntei se encontraria um albergue na cidade.

"— Vai encontrar mais do que um — me respondeu o eremita, dando um suspiro profundo. — Graças ao incréu do Gorcha, não faltam casas vazias!

"— Como? O velho Gorcha ainda está vivo? — perguntei.

"— Ah, não, aquele lá está bem e belamente enterrado com um pau espetado no peito. Mas ele sugou o sangue do filho de Georges. A criança voltou, uma noite, chorando à porta, queixando-se do frio e querendo entrar. A boba da mãe, que o enterrara ela própria, não teve coragem de mandá-lo de volta para o cemitério e abriu a porta. Então ele se jogou sobre ela e a sugou até a morte. Enterrada, por sua vez, ela voltou para beber o sangue do segundo filho, depois o do marido, e depois o do cunhado. Todos morreram.

"— E Sdenka? — perguntei.

"— Ah, essa ficou doida de dor; pobre criança, nem me fale!

"A resposta do eremita era vaga e não tive coragem de repetir a pergunta.

"— O vampirismo é contagioso —, ele continuou, persignando-se. — Muitas famílias da aldeia perderam todos os seus membros, até o último, e se o senhor duvida de mim, deveria passar esta noite no convento, pois mesmo que não fosse devorado na aldeia pelos *vurdalaks*, só o medo do que poderia acontecer seria o bastante para embranquecer seus cabelos antes que eu tenha feito soarem as matinas. Não passo de um humilde religioso — continuou ele —, mas a generosidade dos viajantes me colocou na posição de poder atender às suas necessidades. Tenho queijos excepcionais, passas de dar água na boca só de olhá-las e algumas garrafas de vinho de Tokay que não envergonham em nada aquele que servem a Sua Santidade o Patriarca!

"Pareceu-me nesse momento que o eremita se transformava em dono de albergue. Achei que ele me contara de propósito aquelas histórias terríveis para me dar ocasião de agradar aos céus, imitando a generosidade dos viajantes que haviam colocado o santo homem na posição de atender às suas necessidades.

"E acontece que a palavra *medo* tinha sempre sobre mim um efeito de clarins sobre um corcel de guerra. Teria me envergonhado de mim mesmo se não saísse imediatamente. Meu guia, tremendo inteiro, me pediu permissão para ficar, que lhe dei de bom grado.

"Demorei meia hora para chegar à aldeia. Encontrei-a deserta. Não brilhava uma luz através das janelas, nenhuma canção se ouvia. Passei em silêncio diante de todas aquelas casas, na maioria conhecidas, e cheguei afinal à de Georges. Fosse por lembrança sentimental, fosse por temeridade de jovem, foi lá que resolvi passar a noite.

"Desci do cavalo e bati na porta da cocheira. Ninguém respondeu. Empurrei-a, ela se abriu, chiando nos gonzos, e entrei no pátio.

"Amarrei o cavalo todo arreado sob um telheiro onde encontrei suprimento de aveia suficiente para uma noite e avancei resolutamente em direção à casa.

"Nenhuma porta estava fechada, mas todos os quartos pareciam desabitados. O de Sdenka parecia só ter sido abandonado na véspera. Algumas roupas ainda estavam sobre a cama. Alguns berloques que eu havia lhe dado, entre os quais reconheci uma pequena cruz de esmalte que comprara ao passar por Pestra, brilhavam sobre uma mesa ao luar. Não pude evitar uma dor no coração, apesar de não amá-la mais. Enquanto isso me envolvi em meu capote e me estendi na cama. Logo dormi. Não me lembro dos detalhes de meu sonho, mas sei que revi Sdenka, bela, ingênua e amorosa como no passado. Eu me censurava, ao vê-la, por meu egoísmo e minha inconstância. Como pude, eu me perguntava, abandonar aquela pobre menina que me amava, como pude esquecê-la? Depois a imagem dela se misturou à da duquesa de Grammont e vi nessas duas imagens uma mesma pessoa. Joguei-me aos pés de Sdenka e implorei seu perdão. Todo o meu ser, toda a minha alma se confundiam num inefável sentimento de tristeza e felicidade.

"Estava sonhando quando fui acordado parcialmente por um som harmonioso, semelhante ao barulho de um campo de trigo agitado por ligeira brisa. Parecia estar escutando as espigas entrechocando-se melodiosamente e o canto das aves misturando-se à queda de uma cascata e ao murmúrio das árvores. Depois, me pareceu que todos aqueles sons confusos não passavam do roçar de um vestido de mulher, e me fixei nessa ideia. Abri os olhos e vi Sdenka junto de minha cama. A lua tinha um brilho tão vivo que eu podia distinguir nos menores detalhes os adoráveis traços que eu tanto amara no passado, mas cujo valor somente agora, no sonho, eu sentia. Achei Sdenka mais bonita e mais desenvolvida. Vestia-se com o mesmo à vontade da última vez, quando a vira sozinha; uma simples blusa bordada de ouro e de seda e uma saia que se ajustava abaixo dos quadris.

"— Sdenka — disse-lhe eu, sentando-me —, é você mesma, Sdenka?

"— Sim, sou eu — respondeu-me ela com uma voz doce e triste —, sou bem a sua Sdenka que você esqueceu. Ah, por que não voltou antes? Tudo agora se acabou, é preciso que vá embora; um momento a mais, e estará perdido! Adeus, meu amigo, adeus para sempre!

"— Sdenka — disse-lhe eu —, você passou por muitas desgraças, foi o que me contaram! Venha, vamos ficar juntos e conversar, e isso a consolará!

"— Ora, meu amigo — disse ela —, não se deve acreditar em tudo o que dizem de nós. Mas vá embora, vá embora o mais depressa possível, pois se ficar aqui estará perdido, com certeza.

"— Mas, Sdenka, qual é então esse perigo que me ameaça? Não pode me dar uma hora, não mais do que uma hora para conversar com você?

"Sdenka estremeceu e toda a sua pessoa sofreu uma estranha mudança.

"— Está bem — disse ela —, uma hora, uma hora, assim como quando eu cantava a balada do velho rei e você entrou no quarto? É isso o que quer dizer? Ora, está bem, eu lhe dou uma hora! Não — disse ela, voltando atrás —, vá embora. Vá embora o mais depressa que puder, fuja!... Mas fuja o quanto antes!

"Uma energia selvagem animava sua fisionomia.

"Eu não entendia o motivo de ela falar assim, mas estava tão bonita que resolvi ficar, apesar de seus conselhos. Cedendo enfim aos meus pedidos, ela sentou-se perto de mim, conversou sobre os tempos passados e me confessou enrubescida que me amara desde o dia de minha chegada. Enquanto isso, pouco a pouco, comecei a perceber uma grande mudança em Sdenka. Sua modéstia de outrora dera lugar a um estranho abandono negligente. Seu olhar, antes tão tímido, tinha algo de atrevido. Enfim, percebi surpreso que em sua maneira de ser comigo ela estava longe da modéstia que um dia a fizera diferente.

"— Seria possível — eu me perguntava — que Sdenka não fosse a jovem pura e inocente que parecia ser dois anos antes? Teria ela fingido aquela aparência de medo do irmão? Teria eu sido vítima de um logro tão grosseiro, acreditando em sua virtude fingida? Mas, então, por que não me preparar para ir embora? Seria por acaso um refinamento de coqueteria? E eu que julgava conhecê-la! Que importa! Se Sdenka não é uma Diana como eu a imaginara, posso bem compará-la a outra divindade não menos amável e, por Deus, prefiro o papel de Adônis ao de Acteão!

"Se essa frase clássica que eu dizia para mim mesmo parece às senhoras fora de moda, pensem por favor que a história que tenho o prazer de contar-lhes se passava no ano da graça de 1758. A mitologia estava na ordem do dia, e não me importava a mínima não andar à frente de meu século. As coisas mudaram muito depois disso, e não faz muito tempo que a Revolução, jogando fora as lembranças do paganismo, assim como a religião cristã, colocou no lugar deles a deusa Razão. Essa deusa, minhas senhoras, não foi jamais minha protetora quando eu me encontrava na presença das mulheres, e na época de que falo eu estava menos disposto do que nunca a lhe oferecer sacrifícios. Eu me abandonava sem reservas à atração que sentia por Sdenka e corria alegremente atrás de suas faceirices. Já algum tempo se passara em uma doce intimidade quando, ao me divertir em enfeitar Sdenka com todos os seus penduricalhos, quis pôr-lhe no pescoço a pequena cruz de esmalte que encontrara sobre a mesa. A um movimento que fiz, Sdenka recuou, estremecendo.

"— Chega de infantilidade, meu amigo — disse ela —, deixe de lado essas bobagens e vamos falar de você e de seus projetos!

"O embaraço de Sdenka me deu o que pensar. Ao examiná-la com atenção, reparei que não tinha mais no pescoço, como antes, uma série de medalhas, relicários e saquinhos cheios de incenso que os sérvios têm o costume de usar desde pequenos e dos quais só se desfazem na morte.

"— Sdenka — disse-lhe eu —, onde estão as medalhas que você usava?

"— Perdi — respondeu ela impaciente, e em seguida mudou de assunto.

"Não sei que vago pressentimento, do qual não me dei conta, se apossou de mim. Queria ir-me embora, mas Sdenka não deixava.

"— Como, você me pediu uma hora — dizia ela —, e agora quer partir depois de alguns minutos!

"— Sdenka, você tinha razão ao querer que eu partisse; estou escutando um barulho e temo que nos surpreendam!

"— Fique tranquilo, meu amigo, tudo dorme à nossa volta, só o grilo da relva e o besouro nos ares podem escutar o que tenho a lhe dizer!

"— Não, não, Sdenka, preciso ir embora!...

"— Pare, pare — disse Sdenka —, eu o amo mais que a minha alma, mais que a minha salvação, você me disse que sua vida e seu sangue eram meus!...

"— Mas seu irmão, seu irmão, Sdenka, tenho o pressentimento de que ele virá aqui nos surpreender!

"— Acalme-se, minha alma, meu irmão dorme profundamente, embalado pelo vento que sopra nas árvores; seu sono é muito pesado, bem longa é a noite e não peço a você mais que uma hora!

"Ao dizer isso, Sdenka estava tão bonita que o terror vago que se apossara de mim começou a ceder ao desejo de ficar perto dela. Uma mistura de medo e volúpia impossíveis de descrever enchia todo o meu ser. À medida que eu enfraquecia, Sdenka tornava-se mais terna, de modo que decidi ceder, mas jurando a mim mesmo ficar atento e manter a guarda. No entanto, como disse há pouco, nunca fui totalmente ajuizado, e quando Sdenka, reparando em minha reserva, me propôs enxotar o frio da noite com alguns copos de um vinho generoso que me disse ter ganhado do bom eremita, aceitei a proposta com uma ansiedade que a fez sorrir. A partir do segundo copo, a má impressão que me ficara da história das medalhas e da cruz desapareceu completamente; Sdenka, na desordem de sua roupa, em suas belas tranças meio desfeitas, nas joias iluminadas pela lua, me pareceu irresistível. Não me contive mais e a apertei em meus braços.

"Então, minhas senhoras, aconteceu uma dessas misteriosas revelações que não saberei jamais explicar, que até aquele dia não me inclinava a admitir, mas nas quais aprendi a crer à força da experiência.

"O forte ímpeto com que abracei Sdenka fez entrar em meu peito uma das pontas da cruz que acabara de ver e que a duquesa de Grammont me dera quando parti. A dor aguda que senti foi como um raio de luz que me atravessou de um lado a outro. Olhei Sdenka e vi que seus traços, apesar de sempre belos, estavam contraídos pela morte, que seus olhos não viam e que seu sorriso era uma convulsão estampada pela agonia sobre o rosto de um cadáver. Ao mesmo tempo senti no quarto aquele cheiro nauseabundo que exalam os jazigos mal fechados. A verdade terrível se mostrou diante de mim, e me lembrei muito tarde dos conselhos do eremita. Entendi quanto minha posição era precária e senti que tudo dependia de minha coragem e de meu sangue-frio. Virei o rosto para esconder de Sdenka o horror de minha expressão. Meu olhar, naquele instante, encontrou a janela, e vi o infame Gorcha apoiado sobre a pontuda estaca ensanguentada, me observando fixamente com olhos de hiena. A outra janela estava ocupada pela cara pálida de Georges, que naquele momento se parecia assustadoramente com o pai. Os dois observavam meus movimentos, e não tive dúvida de que se atirariam sobre mim à menor tentativa de fuga. Fingi não vê-los e fiz um enorme esforço para continuar, sim, minhas senhoras, continuei a acariciar Sdenka do mesmo jeito que me dava prazer antes da terrível descoberta. O tempo todo, pensava angustiado num modo de escapar. Vi que Gorcha e Georges trocavam olhares cúmplices e começavam a se impacientar. Escutei também, lá fora, uma voz de mulher e gritos de crianças, mas tão horríveis que poderiam ser tomados como uivos de gatos selvagens.

"Eis que chegou a hora de arrumar as malas, sussurrei para mim mesmo, e quanto mais depressa melhor!

"Falei para Sdenka em voz alta, de modo a ser ouvido por seus medonhos parentes:

"— Estou cansado, minha pequena, queria me deitar e dormir algumas horas, mas preciso antes dar uma olhada em meu cavalo para ver se comeu sua ração. Eu lhe peço que não se vá e, por favor, espere minha volta.

"Pus então meus lábios sobre seus lábios frios e sem cor e saí. Encontrei o cavalo coberto de escuma, debatendo-se debaixo do telheiro. Não havia tocado na aveia, mas seu relinchar ao me ver chegar me arrepiou inteiro, pois tive medo de que ele traísse minhas intenções. Enquanto isso, os vampiros, que haviam provavelmente escutado minha conversa com Sdenka, não se alarmaram. Verifiquei se a cocheira estava aberta, lancei-me sobre a sela e enfiei as esporas nos flancos de meu cavalo.

"Tive tempo de observar, saindo da porta, que o grupo reunido perto da casa, cuja maioria tinha a cara colada nos vidros das janelas, era numeroso. Acredito que minha saída brusca os tenha confundido, pois durante algum tempo só distingui, no silêncio da noite, o galope uniforme de meu cavalo. Acreditava já poder me felicitar pelo ardil quando de repente escutei atrás de mim um ruído semelhante ao de um furacão que explodisse nas montanhas. Mil vozes confusas gritavam, uivavam e pareciam brigar. Depois todas se calaram, como de comum acordo, e escutei um atropelo precipitado como se uma trupe de fantasmas se aproximasse em corrida desabalada.

"Apressei meu cavalo, quase rasgando-lhe os flancos. Uma febre ardente fazia meu sangue correr depressa nas veias, e enquanto eu me esgotava em esforços inacreditáveis para conservar a presença de espírito, escutei por trás uma voz que gritava:

"— Pare, pare, meu amigo! Eu o amo mais do que a minha alma, mais do que a minha salvação! Pare, pare, seu sangue é meu!

"Ao mesmo tempo um sopro frio roçou minha orelha e senti que Sdenka saltara para minha garupa.

"— Meu coração, minha alma! — me dizia ela —, só vejo você, não sou dona de mim mesma, obedeço a uma força superior, perdoe-me, meu amigo, perdoe-me!

"E me enlaçando em seus braços, tentava virar-se para trás e morder minha garganta. Uma luta terrível teve início entre nós. Durante algum tempo me defendi com dificuldade, mas enfim consegui segurar Sdenka pela cintura com uma das mãos, enquanto com a outra agarrava suas tranças e, me apoiando com força sobre os estribos, joguei-a por terra!

"Imediatamente minhas forças me abandonaram e fui dominado pelo delírio. Mil imagens loucas e terríveis me perseguiam, rostos contorcidos... Georges e o pai margeavam a estrada e tentavam cortar meu caminho. Não conseguiram, e eu já me alegrava quando ao me voltar percebi o velho Gorcha, que usava sua estaca pontuda para dar pulos como fazem os montanheses tiroleses quando querem saltar abismos. Gorcha também ficou para trás. Então sua nora, que arrastava os filhos atrás de si, jogou-lhe uma das crianças, que ele recebeu com a ponta da estaca. Servindo-se dela como de uma balista, jogou a criança com toda a força em minha direção. Evitei o golpe, mas, com um instinto de verdadeiro buldogue, o sapinho grudou no pescoço de meu cavalo e tive a maior dificuldade para me livrar dele. O outro menino me foi mandado da mesma maneira, mas caiu na frente do cavalo e foi esmagado. Nem sei mais o que ainda vi, só que quando voltei a mim era dia claro, e me encontrei deitado na estrada ao lado de meu cavalo moribundo.

"Acabou assim, senhoras, um namorico que deveria ter me curado para sempre da vontade de procurar outros. Algumas contemporâneas de suas avós poderiam lhes contar se me tornei mais ajuizado com o tempo.

"De todo modo, estremeço ainda à ideia de que, se tivesse sucumbido a meus inimigos, teria me transformado também em vampiro. Mas o céu não permitiu que as coisas chegassem a esse ponto, e, longe de ter sede do sangue das senhoras, só lhes peço, velho como estou, que aceitem que eu derrame meu sangue a seu serviço!"

Apresentação e tradução de Nina Horta

H. G. WELLS

O cone

Na obra do novelista, jornalista, sociólogo e historiador inglês H. G. Wells (1866- -1946), o conto "O cone" é e não é uma exceção. É uma exceção porque o nome de Wells em geral é associado à ficção científica, graças a títulos famosos como A máquina do tempo (The Time Machine, 1895), A ilha do dr. Moreau (The Island of Dr. Moreau, 1896), O homem invisível (The Invisible Man, 1897) e A guerra dos mundos (The War of the Worlds, 1898), este último adaptado com grande sucesso para o cinema. Os primeiros homens na Lua (The First Men on the Moon, 1901) revelou-se uma profética descrição dos voos espaciais.

Ciência foi uma fascinação para Wells; concluído o colégio, ele obtev e uma bolsa de estudos na Normal School of Science, em Londres, e estudou biologia com o famoso Thomas Huxley. Tornou-se professor, mas sua vocação era mesmo a literatura — e a política. O comprometimento com a questão social levou-o a militar na Sociedade Fabiana (Fabian Society) de Londres, grupo de intelectuais socialistas entre os quais se destacava George Bernard Shaw. Mas Wells acabou se desentendendo com os fabianos, a quem viria a retratar em uma novela significativamente chamada Os novos Maquiavel (The New Machiavelli, 1911). Continuou, porém, tendo papel de importância no cenário político e cultural de seu tempo; trabalhou para a Liga das Nações, precursora da ONU, e por doze anos presidiu o PEN Club, organização internacional de escritores. Em O terror sagrado (The Holy Terror, 1939), Wells estudou o perfil dos ditadores modernos, baseado nas figuras de Stalin, Mussolini e Hitler. Durante a Segunda Guerra Mundial continuou, orgulhosamente, a morar em Londres, apesar dos bombardeios constantes dos nazistas.

"O cone", história realista e sombria, se insere na vertente sociopsicológica da obra de Wells. O que temos aqui é um caso de traição conjugal e de vingança que transcorre num cenário impressionante e macabro. Horrocks, o administrador de uma grande fundição, convida Raut, amante de sua mulher e homem de temperamento artístico, a visitar o lugar. Explicando o funcionamento das fornalhas, ele menciona o cone do título, um dispositivo que, inserido na "garganta" dessas fornalhas, economiza combustível, contendo as chamas que dali brotam. A visita terminará em tragédia. O aspecto mais interessante da história é a associação entre a fundição, símbolo maior da Revolução Industrial, e o rancor de Horrocks. Wells, militante socialista, estava falando da competição feroz que, junto com o desenvolvimento da indústria e da tecnologia, caracterizava o capitalismo inglês então em plena expansão.

Um conto impressionante, ao qual não falta uma sinistra beleza.

A noite estava quente e abafada, o céu vermelho, bordejado pelo lento crepúsculo de verão em curso. Sentaram-se à janela aberta, tentando obter um pouco de ar puro ali. As árvores e os arbustos do jardim permaneciam rígidos, escuros; mais além, na estrada, uma lâmpada de gás acesa brilhava laranja sobre o difuso azul da noite. Mais à distância, em contraste com o céu sombrio, as três lâmpadas de sinalização da ferrovia. O homem e a mulher conversavam em voz baixa.

"Ele não suspeita?", perguntou o homem, um tanto nervoso.

"Não, não ele", disse ela, irritada; aquilo também a incomodava. "Não pensa em outra coisa a não ser o trabalho, o preço dos combustíveis. Não tem imaginação. Não é poético."

"Como todos esses homens de ferro", ele disse, solene. "Eles não têm coração."

"*Ele* não tem coração", ela disse. Voltou-se para a janela, com uma expressão de aborrecimento no rosto. De longe vinha o ruído de algo estrondoso, veloz, que logo ficou mais próximo e mais barulhento; a casa vibrava; ouvia-se o metálico matraquear dos vagões. À medida que o trem passava, via-se um clarão através de um turbilhão de fumaça; um, dois, três, quatro, cinco, seis, sete, oito blocos negros — oito vagões — atravessaram o pálido cinza do aterro até desaparecer, um por um, na boca do túnel, o qual, com o último vagão, parecia ter engolido, de um trago, trem, fumaça e ruído.

"Este país já foi jovem e belo", ele disse, "e agora — é a Geena, o inferno. Naquela direção, nada a não ser fábricas de cerâmica e chaminés vomitando fogo e fumaça na cara do céu... Mas que importa? Um fim está próximo, um fim para toda esta crueldade... amanhã." Esta última palavra, ele a disse num sussurro.

"*Amanhã*", sussurou ela também, ainda olhando pela janela.

"Querida!", ele exclamou, pondo sua mão sobre as dela.

Ela voltou-se repentinamente, os olhos de um buscando os do outro. A expressão do olhar dela enterneceu-se diante do modo como ele a olhava.

"Meu querido!", ela disse, e continuou: "Parece estranho — que você tenha entrado na minha vida dessa maneira, para abrir...". Interrompeu-se.

"Para abrir?...", ele disse.

"Todo um mundo maravilhoso...", ela hesitou e disse, ainda mais suavemente, "... este mundo do *amor* para mim."

Subitamente, ouviu-se um estalido, e a porta se fechou. Voltaram-se; ele se retesou bruscamente. Nas sombras do aposento estava uma figura grande, sombria — quieta. Viam a indistinta face na meia-luz, manchas negras sem expressão sob as sobrancelhas cerradas. No corpo de Raut cada músculo estava, de súbito, tenso. Quando a porta teria se aberto? O que ele teria ouvido, se é que ouvira algo? O que teria visto? Um turbilhão de perguntas.

Depois de uma pausa que pareceu interminável, o recém-chegado por fim falou:

"E então?"

"Tive medo de não encontrar você, Horrocks", disse o homem à janela, agarrando o peitoril com a mão. A voz era insegura.

A figura desajeitada de Horrocks emergiu das sombras. Não respondeu à observação de Raut. Por um momento permaneceu diante deles.

A mulher era toda frieza.

"Eu disse ao senhor Raut que era bem possível você voltar", ela disse com voz firme.

Horrocks, ainda em silêncio, sentou abruptamente na cadeira, junto à pequena mesa de trabalho. Entrecruzou as grandes mãos; podia-se ver o brilho de seus olhos sob a sombra das sobrancelhas. Tentava acalmar-se. Seus olhos iam da mulher em quem havia confiado para o homem em quem havia confiado, e então de volta para a mulher.

A essa altura, e temporariamente, os três se compreendiam uns aos outros. Pelo menos em parte. No entanto, ninguém ousava dizer qualquer coisa para descarregar as emoções reprimidas que os esmagavam.

Foi o marido quem por fim quebrou o silêncio.

"Você queria me ver?", perguntou a Raut.

Raut vacilou:

"Vim ver você", disse, decidido por fim a mentir.

"Sim", disse Horrocks.

"Você prometeu", disse Raut, "me mostrar alguns belos efeitos do luar na fumaça."

"Prometi mostrar-lhe alguns belos efeitos do luar na fumaça", repetiu Horrocks com uma voz sem expressão.

"Pensei em encontrá-lo esta noite, antes que fosse trabalhar", continuou Raut, "e ir com você."

Nova pausa. O homem aceitaria aquilo calmamente? Será que afinal sabia de tudo? Havia quanto tempo estava no aposento? Mesmo no instante em que ouviram o estalido da porta, as atitudes deles... Horrocks mirou a mulher, de perfil, sombriamente pálida a meia-luz. Depois olhou para Raut e pareceu, de repente, recuperar-se.

"É verdade", ele disse, "prometi mostrar-lhe a siderúrgica e seu habitual espetáculo. Estranho eu ter esquecido."

"Se estiver perturbando você...", começou Raut.

"De maneira alguma", disse Horrocks, outra vez sobressaltado. Um brilho novo emergiu da sombra sufocante de seu olhar.

"Você falou ao senhor Raut sobre aqueles contrastes de chama e sombras que acha esplêndidos?", perguntou a mulher, voltando-se pela primeira vez para o marido, sua confiança retornando, a voz apenas meio-tom acima do habitual. "Sobre aquela sua assustadora teoria de que as máquinas são belas e de que tudo o mais no mundo é feio? Eu sabia que ele não o pouparia disso, senhor Raut. É a grande teoria dele, sua única descoberta artística."

"Sou lento em descobrir coisas", disse Horrocks, amargo, ignorando-a. "Mas o que eu descubro..." Interrompeu-se.

"Sim?", disse ela.

"Nada." Subitamente ele se pôs de pé.

"Prometi que lhe mostraria a siderúrgica", disse a Raut, pondo a mão grande e desajeitada sobre o ombro do amigo. "Está pronto?"

"Claro", disse Raut, e também se levantou.

Nova pausa. Cada um deles olhava, no impreciso lusco-fusco, para os outros dois. A mão de Horrocks continuava sobre o ombro de Raut. Este ainda tentava se convencer de que o incidente, apesar de tudo, fora banal. Mas a sra. Horrocks conhecia bem o marido; conhecia aquele tom de voz amargo. A confusão de emoções em que ela estava assumia agora contornos vagos de uma ameaça até física.

"Muito bem", disse Horrocks e, tirando a mão do ombro do outro, caminhou para a porta.

"Meu chapéu?", Raut procurava ao redor, na meia-luz.

"Isso aí é minha cesta de bordado", disse a sra. Horrocks, em meio a um riso histérico. As mãos dos dois se tocaram no encosto da cadeira.

"Aqui está!", ele disse.

Num impulso, ela ia adverti-lo baixinho, mas não conseguiu pronunciar nenhuma palavra. "Não vá!" e "Cuidado com ele!" era o que tinha em mente, porém o fugaz momento para advertências passara.

"Achou?", perguntou Horrocks, de pé, diante da porta entreaberta.

Raut caminhou na direção dele.

"Melhor despedir-se da senhora Horrocks", disse o administrador da siderúrgica, num tom ainda mais sombriamente contido.

Raut, sobressaltado, voltou-se:

"Boa noite, senhora Horrocks", disse. Suas mãos se tocaram.

Horrocks manteve a porta aberta com uma polidez cerimoniosa que não costumava demonstrar com homens. Raut saiu e, em silêncio, depois de lançar um olhar para a mulher, Horrocks saiu também. Ela ficou imóvel, ouvindo através do corredor o passo pesado do marido e o mais leve, de Raut, contrastantes como um baixo e um soprano. A porta da frente bateu com estrondo. Lentamente foi até a janela e, inclinando-se para a frente, ficou a observar. Os dois homens apareceram fugazmente junto ao portão que dava para a calçada, passaram sob a lâmpada da rua e desapareceram nas sombras dos arbustos. Por um instante a luz do poste recaiu sobre as faces, mostrando apenas fragmentos pálidos e inexpressivos que nada revelavam do que ela temia, do que era causa de suas dúvidas, do que ansiava em vão por descobrir. Depois afundou na grande poltrona, encolhida, os olhos muito abertos mirando o brilho das fornalhas que reluzia no céu. E ali permaneceu por mais de uma hora, na mesma posição.

O silêncio opressivo da noite pesava sobre Raut. Os dois seguiam pela estrada, lado a lado, em silêncio; e em silêncio entraram pelo caminho de cascalho que dava para o vale.

Um véu azulado de névoa e fumo imprimia ao vale um ar de mistério. Mais além ficavam Hanley e Etruria, grandes massas cinzentas, delimitadas tenuemente pelos pontos luminosos esparsos das lâmpadas da rua, aqui e ali uma vitrine com iluminação a gás, o clarão amarelado de alguma fábrica operando à noite, um lugar público iluminado. Dessas massas surgiam, nítidas e esbeltas contra o céu da noite, altas e numerosas chaminés, muitas delas fumegando, outras em repouso. Aqui e ali, pálidos remendos: construções fantasmagóricas em formato de colmeia indicavam uma fábrica de cerâmica; ou uma roda, negra e nítida contra o céu incandescente, assinalava alguma mina de onde vinha o carvão que queimava nas fornalhas do lugar. Não longe havia um desvio ferroviário, onde trens um tanto invisíveis se juntavam — num contínuo bufido e ribombo, cada movimento resultando em rangido dos choques, série rítmica de impactos e emissão de jatos de vapor branco. À esquerda, entre a ferrovia e a massa escura da pequena colina, dominando toda a paisagem, colossais, negros como tinta e coroados por fumaça e chamas vacilantes, erguiam-se os enormes cilindros da Companhia Jeddah de Altos-Fornos, a construção central da grande siderúrgica administrada por Horrocks. Ali estavam, maciços, ameaçadores, em meio a um turbilhão incessante de flamas e de ferro derretido revolto. Junto à base deles matraqueavam esteiras rolantes, e o martelo a vapor batia pesado, espalhando pelo ar fagulhas de ferro incandescente. No momento em que olhavam, uma carga de óleo foi injetada em um daqueles gigantes e chamas vermelhas se elevaram, um redemoinho de fumaça e pó negro erguendo-se para o céu.

"De fato você obtém belos efeitos de cor com suas fornalhas", disse Raut, quebrando um silêncio que se tornara ameaçador.

Horrocks respondeu com um grunhido. Tinha as mãos no bolso e — como se pensasse em algum problema complicado — olhava carrancudo para a ferrovia envolta em vapor tênue e para a movimentada siderúrgica lá embaixo.

Raut mirou-o e depois olhou para cima:

"No momento não se pode dizer que o efeito do luar tenha atingido seu auge", continuou. "A lua ainda está esmaecida pelos vestígios da luz diurna."

Horrocks olhou para ele com a expressão de um homem que despertara de repente de seu sono.

"Vestígios da luz diurna?... Claro, claro." Ele também contemplava a lua, ainda pálida no céu do meio do verão. "Vamos", disse e, tomando Raut pelo braço, dirigiu-se para o caminho que os levaria à ferrovia.

Raut deteve-se. Os olhos dos dois se encontraram e nesse instante viram coisas que não se expressavam pelo olhar. A mão de Horrocks contraiu-se e depois relaxou. Ele soltou o braço do outro e, antes que Raut se desse conta disso, estavam ambos andando lado a lado, quase automaticamente, caminho abaixo.

"Você pode ver o belo efeito das luzes da ferrovia na direção de Burslem", disse Horrocks, subitamente loquaz, andando a passos largos e pressionando o cotovelo do outro. "Pequenas luzes verdes, vermelhas, brancas, contra a névoa. Você tem um bom olho para efeitos, Raut. Esse é um belo efeito. E olhe as minhas fornalhas, olhe como se erguem à medida que descemos a colina. Aquela à direita é a minha preferida, mede vinte metros. Eu mesmo a planejei, e suas entranhas vêm queimando carvão por cinco longos anos. Tenho uma paixão especial por *ela*. Aquela linha vermelha ali (um belo alaranjado, você diria), aquilo são as fornalhas da fundição e lá naquela luz quente, três coisas negras — (vê o esguicho branco do martelo a vapor?) —, aquilo são as esteiras rolantes. Vamos! Clangor, tinidos, como o martelo vai matraqueando através do piso! Aço fino, Raut — coisa admirável. Espelhos que ali não estavam quando aquela coisa veio, moída. Outro golpe!... aí vai o martelo de novo. Vamos!"

Parou de falar para recuperar o fôlego. Seu braço envolveu Raut num aperto entorpecente. Como um possesso, andava a passos largos pelo caminho escuro que dava na ferrovia.

Raut não dizia uma única palavra; simplesmente tentava resistir a Horrocks, com todas as forças.

"Deixe-me perguntar", disse, rindo nervosamente, mas com um tom de desdém na voz, "a troco de que você está agarrando meu braço, Horrocks, e me arrastando desse jeito?"

Horrocks soltou-o. Sua atitude mudou mais uma vez.

"Agarrando seu braço?", perguntou. "Desculpe. Foi você quem me ensinou a caminhar assim, amistosamente."

"Então você não aprendeu a fazê-lo de maneira refinada", disse Raut, e seu riso de novo soou artificial. "Por Júpiter! Você até me machucou."

Horrocks não se desculpou. Haviam se aproximado do sopé da colina e da cerca que limitava a ferrovia. Agora que estavam mais perto, a siderúrgica parecia maior, mais extensa. As fornalhas já estavam acima deles, e não mais abaixo; e na descida Etruria e Hanley tinham desaparecido do campo de visão. Diante deles, junto a uma escada, havia uma tabuleta em que apareciam, semiocultas por manchas de lama e carvão, as palavras CUIDADO COM OS TRENS.

"Belos efeitos", disse Horrrocks, agitando o braço. "Aí vem o trem. O jorro da fumaça, o brilho alaranjado, o olho redondo do farol, seu melodioso matraquear. Belos efeitos! Mas minhas fornalhas eram ainda mais belas antes de introduzirmos cones em suas bocas para economizar gás."

"Como?", perguntou Raut. "Cones?"

"Cones, meu caro, cones. Quando chegarmos mais perto, mostro um a você. As chamas saíam para fora das bocas como grandes — (como chamar isso?...), como grandes pilares de nuvens durante o dia, uma fumaça negra e vermelha, e à noite como pilares de fogo. Agora canalizamos o combustível e o queimamos para aquecer o forno, e a extremidade das fornalhas é fechada por um cone. Você se interessará por ele."

"Mas de vez em quando", disse Raut, "brotam fogo e fumaça dali."

"O cone não está fixo; está preso por uma corrente a uma alavanca e equilibrado por um contrapeso. Você verá quando chegarmos mais perto. Não há outra maneira de introduzir o combustível na coisa. De vez em quando o cone sai do lugar e aí vem a labareda."

"Compreendo", disse Raut. Olhou por cima do ombro. "A lua está ficando mais brilhante", comentou.

"Vamos", disse Horrocks, abrupto, agarrando-o outra vez pelo ombro e conduzindo-o num movimento súbito para o cruzamento da ferrovia. Então aconteceu um desses incidentes sutis, vívidos mas tão rápidos que nos deixam em dúvida e vacilantes. Na metade do caminho, a mão de Horrocks repentinamente agarrou Raut como um torno, puxou-o para trás e o virou, fazendo-o ficar de frente para a ferrovia. Uma corrente de janelas iluminadas vinha em rápida sucessão na direção dos dois homens, e as luzes vermelhas e amarelas de uma locomotiva cresciam cada vez mais, precipitando-se para eles. Enquanto tentava entender o que se passava, Raut voltou-se para Horrocks e repeliu com toda a força o braço que o segurava entre os trilhos. A luta não durou mais que um momento. Assim como era certo que Horrocks o mantivera ali, também era certo que havia sido violentamente arrancado do perigo.

"Fora do caminho", disse Horrocks, arquejando, enquanto o trem vinha chacoalhando e eles ficaram ali parados, ofegantes, junto ao portão da siderúrgica.

"Não o vi chegando", disse Raut, que, apesar do susto, ainda tentava manter a aparência de uma conversa normal.

Horrocks respondeu com um grunhido.

"O cone", ele disse, e acrescentou, como alguém que se recupera: "Achei que você não tinha ouvido".

"E não ouvi", disse Raut.

"Por nada no mundo eu desejaria que você tivesse passado por isso."

"Por um momento perdi a coragem", disse Raut.

Horrocks deteve-se por alguns segundos e então voltou-se mais uma vez de forma abrupta para a siderúrgica.

"Veja a beleza desses meus grandes montes, dessas pilhas de detritos, no meio da noite. Aquele vagonete bem lá em cima! Ele vai subindo e despeja a escória. Olhe só aquela coisa vermelha, palpitante, descendo a encosta. À medida que chegamos mais perto, a pilha cresce e oculta os altos-fornos. Veja a tremulação sobre aquela grande. Não, não nessa direção. Naquela direção, entre as pilhas. Aquilo vai para os fornos de fusão, mas primeiro quero lhe mostrar o canal." Horrocks aproximou-se de Raut, pegou-o pelo cotovelo, e assim seguiram, lado a lado. Raut respondia de maneira vaga. O que realmente acontecera na linha férrea?, perguntava-se. Estaria se iludindo com fantasias, ou Horrocks o mantivera mesmo na linha do trem? Estivera a ponto de ser assassinado?

E se aquele monstro desalinhado e carrancudo soubesse de alguma coisa? Por um minuto ou dois Raut temeu de verdade pela própria vida, mas depois, refletindo melhor, a sensação desapareceu. Talvez Horrocks não tivesse ouvido nada. De qualquer maneira, ele o arrancara da linha férrea a tempo. Seus modos estranhos talvez fossem resultado do ciúme vago que já demonstrara certa vez. Agora estava falando dos montes de cinza e do canal.

"Hein?", perguntou Horrocks.

"O quê?", disse Raut. "Muito! A névoa ao luar. Magnífica."

"Nosso canal", disse Horrock, parando subitamente. "Nosso canal ao luar e à luz do fogo oferece um efeito fantástico. Nunca viu? Tem de ver. É que você passou noites demais namorando lá em Newcastle. Eu lhe digo: para efeitos realmente variados... Mas você verá. Água fervendo..."

Enquanto saíam do labirinto de montes de escória e pilhas de carvão e minério, o ruído da esteira rolante envolveu-os de repente, alto, claro, próximo. Três vultos — trabalhadores — se aproximaram, saudaram Horrocks tocando os bonés, os rostos indistintos na escuridão. Raut sentiu um impulso, baldado, de dirigir-se a eles, mas, antes que pudesse dizer uma palavra, os homens já haviam desaparecido nas sombras. Horrocks apontou para o canal diante deles: lugar estranho, com os reflexos sanguíneos das fornalhas. A água, quente depois de ter resfriado a tubulação dos altos-fornos, era despejada ali, uns cinquenta metros mais acima: um efluente revolto, quase em ebulição. O vapor subia da água em nuvens e faixas brancas e silentes, envolvendo-os na umidade: uma sucessão interminável de fantasmas saídos do turbilhão vermelho e negro, uma aparição branca que fazia a cabeça girar. A torre negra e reluzente do forno maior elevava-se sobre a névoa num tumulto ruidoso que lhes enchia os ouvidos. Raut, mantendo-se afastado da água, observava Horrocks.

"Aqui é vermelho", dizia Horrocks, "vapor vermelho-sanguíneo, tão quente e vermelho como o pecado; mais adiante, porém, onde a luz do luar cai sobre ele e onde ele passa entre os montões de escória, é branco como a morte."

Raut virou a cabeça naquela direção por um momento, mas em seguida voltou a vigiar Horrocks.

"Vamos passar pela laminação", disse Horrocks. Já não o segurava ameaçadoramente e Raut sentiu-se um pouco aliviado. Mesmo assim, o que Horrocks queria dizer com "branco como a morte" e "vemelho como o pecado"? Apenas coincidência?

Prosseguiram e pararam atrás da fundição por um momento; continuaram pela laminação, onde, em meio a estrondos incessantes, o martelo a vapor extraía o sumo do suculento ferro e titãs negros seminus introduziam entre as engrenagens as barras flexíveis, que lembravam cera quente.

"Vamos", gritou Horrocks no ouvido de Raut; e, continuando o percurso, espiaram pelos pequenos orifícios envidraçados atrás das tubulações e viram as chamas retorcendo-se no fosso do alto-forno. Aquilo deixava a pessoa momentaneamente cega. Em seguida, entre manchas verdes e azuis que dançavam na escuridão, aproximaram-se do elevador que levava para o alto do grande cilindro os vagonetes com minério, combustível e soda.

Lá em cima, na pequena grade sobre a fornalha, as dúvidas de Raut voltaram. Teria sido inteligente vir até ali? E se Horrocks soubesse... de tudo? Mesmo contra a vontade, não pôde deixar de tremer. Logo adiante, aquela profundeza de vinte metros. Lugar perigoso. Foi preciso empurrar um vagonete com combustível para chegar à balaustrada que encimava o lugar. Da fornalha desprendia-se um vapor sulfuroso, pungente, amargo, que tornava trêmula a imagem da distante colina de Hanley. A lua despontava agora de uma massa de nuvens, a meio caminho no céu, sobre as matas ondulantes que delimitavam Newcastle. O canal fumegante abaixo deles corria sob uma ponte indistinta e desaparecia na névoa tênue das planícies que conduziam a Burslem.

"Eis o cone de que lhe falei", gritou Horrocks. "E, abaixo dele, dezoito metros de fogo e metal derretido, o ar borbulhando naquilo como o gás na água tônica."

Raut agarrou-se à balaustrada com firmeza e olhou para o cone. O calor era intenso. O ferro em fusão e o tumulto do ar comprimido serviam de acompanhamento ruidoso à voz de Horrocks. Agora era ir até o fim. Talvez, apesar de tudo...

"No meio", gritou Horrocks, "a temperatura chega perto dos mil graus. Se você caísse ali... Sua carne flamejaria como um punhado de pólvora jogado na chama de uma vela. Estenda a mão para fora, sinta o calor dessa emanação. Mesmo daqui eu vi a água da chuva evaporar-se fervendo dos vagonetes. E aquele cone ali. Quente demais para assar bolos. Na parte superior a temperatura atinge trezentos graus."

"Trezentos graus!", exclamou Raut.

"Trezentos graus centígrados!", disse Horrocks. "Em uma fração de segundo ele fará seu sangue evaporar, fervendo!"

"Hein?", Raut voltou-se.

"Fará seu sangue evaporar fervendo em... Não, você não..."

"Me largue!", gritou Raut. "Largue o meu braço!"

Segurou-se com força no gradil, primeiro com uma mão, depois com as duas. Por um momento, ambos oscilaram. Então, de repente, com um movimento brusco, Horrocks arrancou-o do apoio. Raut tentou agarrar-se a Horrocks, mas não conseguiu, e caiu no vazio; seu corpo deu uma volta no ar e bateu no cone, rosto, ombro, pernas.

Raut agarrou a corrente da qual pendia o cone, que com o impacto cedeu um pouco. Um círculo vermelho brilhante apareceu em torno dele e uma língua de fogo, emergindo do caos lá de dentro, envolveu-o. Sentiu uma dor intensa nos joelhos, o odor de suas mãos queimando entrou-lhe nas narinas; pôs-se de pé, tentou subir segurando-se na corrente e então algo golpeou-lhe a cabeça. Negro, reluzindo ao clarão da lua, o forno erguia-se diante dele.

Viu Horrocks de pé ao lado de um dos vagonetes com combustível junto à balaustrada. A figura gesticulante, branca e brilhante ao luar, estava aos gritos:

"Derreta, seu tolo. Derreta, caçador de mulheres! Cão de sangue quente! Queime! Queime! Queime!"

Subitamente, pegou um punhado de carvão de pedra do vagonete e começou a atirar em Raut, pedra após pedra.

"Horrocks!", gritou Raut. "Horrocks!"

Segurou-se à corrente gritando, soerguendo-se e afastando-se do calor do cone. Cada pedra atirada por Horrocks o atingia. Suas roupas queimavam; enquanto ele lutava, o cone caiu e um jato de gás sufocantemente quente esguichou e ardeu ao redor dele, numa delgada lâmina de fogo.

Agora já não era um ser humano. Quando a vermelhidão se desfez, Horrocks viu uma figura negra carbonizada, a cabeça com estrias de sangue, ainda agarrando desesperadamente a corrente, estremecendo em agonia — um animal cinéreo, uma criatura não humana, monstruosa, que emitia a intervalos um guincho soluçante.

Vendo aquilo, a raiva do administrador desapareceu de imediato. Sentia-se mortalmente doente. O pesado odor da carne queimando invadia suas narinas. Recuperou a razão:

"Deus, tenha piedade de mim!", gritou. "Oh, Deus, o que é que fui fazer?"

Sabia que aquela coisa lá embaixo, mesmo que se movesse, mesmo que sentisse, já era um cadáver — o sangue do infeliz devia estar fervendo nas veias. Deu-se conta daquela agonia com intensidade pungente — e isso superou qualquer outro sentimento. Por um momento ficou ali, indeciso, e em seguida despejou o conteúdo do vagonete sobre aquela coisa espasmódica que antes fora um homem. A massa caiu com um baque, encobrindo o cone. Com isso o guincho se extinguiu, e chamas, fumo e pó subiram até ele num turbilhão. Quando este se desfez, viu o cone, de novo limpo.

Então recuou cambaleante e ficou ali tremendo, agarrado ao gradil com as duas mãos. Seus lábios se moviam, mas nenhuma palavra saía deles.

Abaixo, som de vozes, correria. O clangor da laminação cessou abruptamente.

Apresentação e tradução de Moacyr Scliar

HENRY ST. CLAIR WHITEHEAD

Os lábios

Construir uma realidade convencional e introduzir nela um único fato sobrenatural, eis uma boa receita para criar seja humor seja pavor numa narrativa. Henry Whitehead usa a fórmula com maestria neste conto escrito em 1929, uns cem anos depois da época em que se situa a história.

Hoje Whitehead não se atreveria a escrever o mesmo conto. Não porque o tráfico de escravos e a navegação a vela tenham perdido o interesse, e sim porque ele pressupõe que o leitor compartilhe o preconceito de cor do autor. O aludido fato sobrenatural, em "Os lábios", deriva de um poder maléfico, inexplicável, do personagem feminino, uma negra.

Em seu lugar o narrador jamais poderia ter colocado uma lady inglesa porque, branca, civilizada, esta não desempenharia o mesmo papel e invalidaria o argumento. O autor demonstra bons sentimentos cristãos ao referir-se à condição dos escravos, e nem podia deixar de fazê-lo, já que era clérigo. Para ele, no entanto, o negro é um ser diferente, imprevisível, mais bicho selvagem do que pessoa.

Raros são os escritores que não reproduzem em sua obra os valores da época em que viveram. É preciso lembrar que, há apenas algumas décadas, as pessoas de pele escura ainda sofriam nos Estados Unidos toda sorte de discriminação. Tinham lugares "reservados" nos transportes públicos, sua presença era proibida em certos recintos e deviam até andar on the sunny side of the street. Esse era o mundo, "a ordem natural das coisas" em que Henry Whitehead viveu. Não vamos crucificá-lo por isso. Nem vamos deixar de saborear uma história muito bem contada.

Procedente de Cartagena, o negreiro *Saul Taverner*, com Luke Martin no comando, deitou âncora no porto de St. Thomas, capital e cidade principal das Índias Ocidentais dinamarquesas. De uma escuna da Martinica, fundeada a seu lado, um bote tripulado partiu em direção ao cais, à procura do capitão de portos com um pedido de permissão para mudar de ancoradouro. O escaler de Luke Martin largou logo depois do francês. Quando viu o oficial do barco francês desembarcar, Martin gritou:

"Diga a Lollock que troco de lugar com vocês, e de bom grado. O que é que estão levando? Aguardente? Quero seis caixas."

Sem diminuir o passo nem olhar para trás, o oficial da escuna, um mulato das ilhas francesas, anotou o pedido numa caderneta de couro. Não era uma experiência agradável, aquela de estar à sombra de um navio negreiro, dentro de um porto semifechado. Era aconselhável apressar-se, apesar da prioridade dos pedidos de aguardente.

"Está certo, capitão", disse secamente o oficial.

Martin desembarcou quando o oficial já dobrava uma esquina à esquerda, em direção ao posto do capitão de portos. De cara amarrada, Martin o seguiu, murmurando:

"Ele se dá ares! Falando esse inglês das ilhas, mas pensando em francês, você e seus ares! Queira ou não, seu avô chegou num navio negreiro! Você e seus ares!"

Alcançando a esquina, Martin acompanhou por alguns instantes o oficial com os olhos, depois virou à direita, galgando uma pequena elevação. Seus afazeres em terra o levavam ao forte. Tinha a intenção de desembarcar sua carga, ou parte dela, naquela noite. Havia escassez de braços na colônia. Com a ajuda de tropas da Martinica, tropas francesas e forças espanholas de Porto Rico, o vizinho mais próximo, a colônia acabara de sufocar um levante sangrento na ilha de St. Jan. Muitos escravos morreram nessa repressão armada do ano de 1833.

Luke Martin obteve sem dificuldade a licença para descarregar e, sendo um daqueles marujos ianques que não deixam a grama crescer debaixo dos pés, mandou abrir os porões e, ao quarto toque do sino da tarde, a coberta do *Saul Taverner* se encheu de negros algemados para a cerimônia da lavagem.

Desordenada, ofuscada pelo sol ardente de uma tarde de julho sob o paralelo 18, latitude norte, aquela massa de humanidade escura foi ensaboada com generosos nacos de sabão retirados de um balde, em seguida esfregada com escovas de cabo curto e enxaguada com baldes d'água.

À sétima badalada o banho terminara e, antes do pôr do sol, uma fileira de botes, cada um vigiado por um par de gendarmes dinamarqueses armados com mosquetes de baionetas caladas, já se alinhava ao longo do costado, pronta para receber os cento e dezessete negros que deviam ser desembarcados, a maior parte deles destinada a substituir os trabalhadores das plantações de St. Jan, que ficava do outro lado, ao largo da ilha de St. Thomas.

Os procedimentos de descarga começaram logo depois do anoitecer, à luz de lampiões. Todos se preocupavam em evitar que alguém saltasse ao mar tentando fugir. Um conferente de terra anotava os negros que passavam para os botes e estes, à medida que ficavam completos, eram conduzidos a remo até o pontão de desembarque por outros escravos, debruçados sobre os seis grandes remos que guarneciam cada um dos pesados botes de madeira.

No grupo de corpos negros que faltava embarcar havia uma mulher, muito alta e magra, que levava ao peito um recém-nascido, preto como carvão. A mulher estava um pouco afastada dos demais, mais longe da amurada, embalando o filho. Luke Martin, impaciente por terminar a descarga, surgiu por trás e, com seu chicote de couro de rinoceronte, acertou-lhe uma chibatada nos tornozelos. A mulher não se abalou. Apenas girou a cabeça e balbuciou algumas sílabas em voz baixa, no dialeto eboê. Praguejando, Martin a empurrou para junto da massa de pretos, chicoteando pela segunda vez suas canelas delgadas. A mulher se virou, branda e silenciosamente, para encará-lo, e com suavidade inclinou a cabeça sobre o ombro de Martin para lhe dizer algo no ouvido. O gesto foi tão delicado que podia ser tomado por uma carícia, mas um palavrão morreu na garganta de Martin. Quando a mulher ergueu a cabeça, ele urrou de dor, a mão largou o chicote e foi para o ombro. Protegendo habilmente o filho, ela juntou-se ao grupo de negros. Uma dúzia ou mais deles colocou-se entre a mulher e Martin, que pulava numa perna só e proferia em enxurrada os piores palavrões. Sempre praguejando, ele correu para seu camarote, à procura de um antisséptico. Esqueceu qualquer ideia de vingança porque estava tomado pelo pavor supersticioso do que poderia lhe acontecer caso não cuidasse imediatamente da horrível ferida abaixo da orelha esquerda, aberta quando os alvíssimos dentes da negra se fecharam com firmeza no músculo de seu pescoço, entre o ombro e o maxilar.

Quando Martin reapareceu, dez minutos mais tarde, com o ferimento empapado em permanganato de potássio e precariamente coberto por um pano limpo, o último bote, empurrado por seis remos, estava a meio caminho do pontão; um funcionário do governo, vindo do forte, o esperava com uma bolsa de moedas, vigiada por dois gendarmes. Ele levou o funcionário para a cabina, onde, com os gendarmes à porta, passaram uma hora anotando e somando números e contando o dinheiro na companhia de uma garrafa de bom rum e dois copos.

Sob um luar claro, aproveitando-se do vento alísio noturno, o *Saul Taverner* já alcançava, ao soarem as duas badaladas, a barra do porto, a caminho de Norfolk, Virgínia, de onde, já sem carga, seguiria costa acima para Boston, Massachusetts, seu porto de origem.

No comando do navio, deixando para trás as águas calmas e seguras do porto de St. Thomas, o capitão Martin avistou à meia-noite o farol de Culebra, a bombordo. A chaga no alto do ombro continuava doendo e ele mandou chamar Matthew Pound, seu imediato, para lavá-la com mais permanganato e fazer um curativo adequado. O lugar era difícil de alcançar — aquela negra imunda, maldita! —, e ele não era capaz de arranjar-se sozinho.

Quando Martin tirou a camisa, com dificuldade, e levantou o pano com que havia tapado a brutal ferida, um trapo agora endurecido pelo sangue que coagulara, Pound ficou lívido e balbuciou algo. Nem a expressão nem a palidez do imediato ao ver o que havia em seu pescoço agradaram a Martin. Ele o dispensou e tratou de colocar um curativo sem a ajuda de ninguém.

Dormiu pouco na primeira noite, mas em parte por ficar pensando no bom negócio que fizera com aqueles dinamarqueses necessitados de mão de obra. Eles estavam ansiosos para pôr os negros a suar nos canaviais das encostas de St. Jan. Martin poderia ter vendido com facilidade a carga inteira, mas infelizmente isso estava fora de questão. Ele partira de Cartagena e, apesar de uma travessia excepcionalmente vagarosa e quente até o Caribe, mal sobrava carga bastante para entregar um certo número de cabeças em Norfolk. Bem que gostaria de ter podido esvaziar seus porões de todos aqueles malditos e navegar direto para

Boston. Pretendia casar-se no dia seguinte a sua chegada. Não via a hora de voltar para casa, e o *Saul Taverner*, armado com o máximo de velame que podia aguentar, vergava-se agora sob o sopro constante dos ventos próprios daquela latitude.

O ferimento latejava e doía e por isso era impossível acomodar-se numa posição relativamente confortável. O capitão passou a noite se revirando e praguejando. Ao amanhecer, caiu numa sonolência lenitiva.

Quando acordou e se ergueu, apoiando-se com cuidado nas mãos, toda a parte esquerda de seu pescoço e ombro era um vasto e dolorido inchaço. Não conseguia inclinar a cabeça nem, a princípio, girá-la. Penosamente, começou a se vestir. Queria ver que aspecto a mordida tinha, porém, como não costumava barbear-se durante as viagens, não havia espelho no camarote. Despejou rum sobre o ferimento, o que lhe provocou uma dor abominável e o fez praguejar de novo. Por fim, acabou de se vestir e subiu ao convés, passando pelo camareiro que estava pondo a mesa para o café. Teve a impressão de que o camareiro o fitava com curiosidade. Pudera. Andava de lado, como um caranguejo, por causa da dor no pescoço. Mandou içar mais velas e, uma vez colocadas e ajustadas, voltou para tomar o café da manhã.

No meio da manhã, a despeito da velocidade mais que satisfatória do navio e de seu progresso na longa etapa para Boston e Lydia Farnham, ele se encontrava num humor tão diabólico que os tripulantes evitavam, tanto quanto podiam, cruzar seu caminho. Ele deixou de assumir os quartos noturnos, que foram divididos entre os três oficiais, e, depois de um jantar solitário, sublinhado por numerosos insultos dirigidos a um camareiro mais intimidado do que de costume, fechou-se no camarote. Então tirou camisa e camiseta e untou toda a região afetada com óleo de coco. A dor agora descia pelo braço esquerdo até o cotovelo e permeava todos os tendões do pescoço, cujos músculos latejavam e ardiam de modo atroz.

A embrocação deu-lhe algum alívio. Lembrou-se de que a mulher murmurara alguma coisa. Não falara em eboê, a mistura de língua franca com a qual os traficantes de escravos faziam as poucas observações necessárias a seu gado humano. Falara num estranho dialeto tribal ou costeiro. Ele não retivera as palavras nem percebera seu sentido, mas sabia que naquelas poucas sílabas residia um germe de significado mortal. Lembrou-se vagamente da cadência das sílabas, embora desconhecesse o que queriam dizer. Esbravejando, enfermo, deprimido, ele se recolheu e dessa vez adormeceu quase instantaneamente.

E no sono aquelas sílabas lhe eram repetidas no ouvido esquerdo, infindavelmente, sempre de novo, e dentro do sono ele sabia o que significavam. Quando acordou, ao som da quarta badalada depois da meia-noite, sob um vacilante facho de luar que entrava pela escotilha, estava banhado em suor frio. O suor tornara o travesseiro pegajoso, empapara sua barba emaranhada e estava empoçado nas suas fossas oculares.

Queimando da cabeça aos pés, ele se levantou e acendeu o castiçal. Praguejava por achar-se um idiota, por não ter se lembrado de procurar um espelho durante o dia. Sumner, o jovem segundo-oficial, costumava barbear-se. Também um ou dois dos marujos do castelo de proa. Devia haver espelhos a bordo. Amanhã trataria de conseguir um. O que a mulher dissera — aquelas sílabas? Estremeceu. Não podia se lembrar. E por que deveria? Palavras sem nexo — conversa de negro! Não era nada. Meramente o ato de uma preta bestial. Eram todos iguais. Ele deveria ter arrancado a pele viva daquela puta. Ousar mordê-lo! Bom, por mais que doesse, a chaga estaria curada antes que voltasse para Boston e para Lydia.

Com grande esforço — porque todo o seu lado esquerdo estava intumescido e dolorido —, retornou para o leito, depois de assoprar a chama da vela. Aquele pavio! Cheirava tão mal. Deveria tê-lo apagado com os dedos molhados. Ainda fumegava.

Então as sílabas voltaram, e repetiam-se sem cessar. Agora que dormia, e de algum modo ele sabia que dormia e que não podia transportar seu significado para o próximo estado de vigília, *ele sabia o que elas significavam*. Adormecido, afogado no sono, ele se debatia no catre, e o suor frio descia em filetes oleosos para sua espessa barba.

Acordou à primeira luz da manhã, apavorado, num estado de meias certezas. Tinha a impressão de que não conseguiria se levantar. A dor tomara seu corpo inteiro; parecia que tinha sido surrado até esfolar. Ao alcance da mão estava uma das garrafas de aguardente da Martinica, aberta na noite em que partira de St. Thomas. Apanhou-a com dificuldade, sacou a rolha com os dentes e, segurando a garrafa na mão direita, tomou um longo sorvo daquele álcool quase puro. Sentiu a bebida penetrando como fogo líquido. Ah, como era bom! Ergueu a garrafa de novo e a devolveu semivazia para o lugar onde estivera. Fez um grande esforço para deslizar para fora do catre, mas falhou; abandonou-se no leito, a cabeça cantando e zumbindo como um enxame de abelhas furiosas.

Lá estava ele, prostrado, semiconsciente, com coisas vagas e assustadoras percorrendo-lhe a cabeça, a mente, o corpo; coisas fermentando, fervendo lá dentro, como se algo tivesse entrado nele e crescesse no lugar em que a dor mais latejava, no grande músculo do lado esquerdo do pescoço.

Assim foi encontrado uma hora depois pelo tímido camareiro, que se cansara de bater à porta do camarote. Por fim, o camareiro ousara abrir apenas uma fresta para espiar. Empalideceu, fechou a porta devagar e saiu à procura de Pound, o imediato.

Depois de trocar ideias com Sumner, o segundo-oficial, Pound acompanhou o camareiro até o camarote do capitão. Uma vez lá, apesar de marinheiro empedernido, ele hesitou. Ninguém a bordo do *Saul Taverner* sentia-se à vontade ou seguro ao se relacionar com o capitão Luke Martin. Pound repetiu o que o camareiro fizera — primeiro abriu só uma fresta da porta e espiou. Em seguida, entrou no compartimento, fechando a porta atrás de si.

Martin estava deitado sobre seu lado direito e os lençóis o cobriam até a cintura. Dormia de camiseta e a lateral esquerda do pescoço estava bem à mostra. Ao contemplar a chaga, o rosto de Pound ficou branco como cal, suas mãos e lábios trêmulos. Depois, retirou-se cuidadosamente e pela segunda vez fechou a porta atrás de si. Pensativo, subiu ao convés. Chamou o jovem Sumner e os dois conversaram por alguns minutos. Sumner desceu à sua cabina e, de volta ao convés, olhou furtivamente em torno de si. Seguro de que ninguém o observava, retirou do bolso um objeto que tinha o dobro do tamanho de sua mão e, certificando-se mais uma vez de estar sozinho, lançou-o ao mar. O objeto rodopiou no ar e brilhou à luz do sol da manhã, antes que as águas o recolhessem para sempre. Era um pequeno espelho de barbear.

Ao soar a quarta badalada da tarde, Pound tornou a descer ao camarote do capitão. Dessa vez a voz de Martin, uma voz fraca, respondeu à sua discreta batida à porta com um convite para entrar. Martin estava deitado de costas, o lado esquerdo mais afastado da porta.

"Como se sente, senhor?", perguntou Pound.

"Melhor", murmurou Martin. "Que coisa maldita!", disse, indicando com o polegar direito o lado esquerdo do pescoço. "Consegui dormir um pouco esta manhã. Acabo de acordar. Estou melhor, o pior já passou, eu sei."

O silêncio se fez entre eles. Parecia não haver mais nada a dizer. Enfim, depois de muito se mexer e se coçar, Pound contou algumas coisas sobre o navio, o modo mais certo de despertar o interesse de Martin a qualquer hora. Martin correspondeu e Pound se retirou.

Martin dissera a verdade ao afirmar estar melhor. Acordara com a sensação de que o pior já tinha passado. O ferimento ainda doía muito, mas o desconforto cedera sensivelmente. Ele se levantou, vestiu-se devagar e pediu o café pela porta da cabina.

Dez minutos depois, porém, surgiu no convés com o rosto crispado e transtornado; havia em seu olhar uma expressão que manteve os homens calados. Inspecionou o barco maquinalmente — a inspeção rotineira das seis badaladas da manhã; estava preocupado e a costumeira atenção que dedicava a tudo o que se referisse à embarcação foi meramente formal. Embora a dor brutal, constante, tivesse cedido um pouco e tendesse a não crescer tanto à medida que as atividades no convés limpavam o veneno de seu corpo e mente, aquelas últimas sílabas, as sílabas sussurradas em seu ouvido esquerdo, quando a cabeça da negra repousara por um instante em seu ombro, aquelas sílabas, que não foram proferidas em eboê, continuavam ecoando dentro dele. Era como se estivessem o tempo todo sendo repisadas em seu ouvido físico, e não apenas mentalmente; sílabas vagas, com uma palavra — *l'kunda* — sobressaindo e penetrando cada vez mais profundamente em sua consciência.

"Ouvindo coisas", disse para si mesmo enquanto descia para o camarote, depois de concluir, às onze e meia, a inspeção matutina. Não voltou ao convés para a vistoria da tarde. Ficou sentado quieto em seu compartimento, escutando o que era sussurrado sem parar em seu ouvido esquerdo, o ouvido acima da ferida no músculo do pescoço.

Como bem observou o camareiro para os demais, era inteiramente fora do comum que um marujo impetuoso e comunicativo como o capitão permanecesse calado. A explicação, no entanto, estava bem longe do que o camareiro pensava. Ele imaginava que o ferimento afetara seriamente os nervos do capitão, e nisso sua intuição estava certa. Mas suas noções de psicologia do camareiro não iam além disso. Se alguém lhe contasse a verdadeira razão do silêncio e da imobilidade de seu patrão, ele se mostraria admirado, cético e desdenhoso. O capitão Luke Martin, pela primeira vez em sua impulsiva e truculenta carreira, estava com medo.

Ele comeu pouco no almoço e em seguida se retirou. Contudo, voltou logo depois, subindo a escada que dava para o tombadilho. O *Saul Taverner*, a toda vela, deslizava a bons doze nós. Ao surgir na coberta, Martin parecia bem-disposto, um marinheiro saudável, mas o jovem Sumner, que o cumprimentou com uma continência, notou seu ar preocupado; o capitão parecia introvertido. Martin o chamou:

"Quero seu espelho emprestado", disse calmamente.

O jovem Sumner assustou-se e sentiu o sangue fugir-lhe do rosto. Bem que Pound o avisara; por isso tinha lançado o espelho ao mar.

"Sinto muito, senhor. Não tenho mais espelho nesta viagem. Eu tinha um até chegarmos a St. Thomas, mas perdi. Não pude me barbear esta manhã, senhor."

Como para comprovar, o rapaz passou a mão queimada de sol sobre a barba de um dia que crescia em seu rosto frágil e bonito. Esperou que o capitão soltasse um berro de contrariedade, mas, em vez disso, Martin apenas balançou distraidamente a cabeça e se afastou. Sumner o acompanhou com o olhar e viu-o aproximar-se do alçapão que levava ao alojamento da tripulação no castelo de proa. Então exclamou:

"Cáspite! Ele vai pegar o espelho de Dave Sloan!"

O jovem Sumner correu para dizer a Pound que o capitão provavelmente teria um espelho dentro de um minuto. Estava curioso para saber os porquês e os para quês do extraordinário interesse de seu oficial superior por um espelho. Tinha obedecido, mas queria saber; de fato, havia algo bem estranho ali. Pound simplesmente lhe dissera que não convinha que o capitão visse o ferimento em seu pescoço, localizado num ponto que, sem um espelho, ele não conseguiria vê-lo.

"Como é a ferida, senhor Pound?", atreveu-se a indagar.

"É o que chamaríamos de uma estranha protuberância", respondeu Pound devagar. "Cor entre o roxo e o violáceo. A forma lembra os lábios de um negro."

De volta ao camarote, Martin fechou a porta e começou a despir a camisa. Já estava no meio da operação, quando foi chamado ao convés. Recolocou rapidamente a camisa, quase envergonhado, como se tivesse sido surpreendido num ato reprovável, e subiu a escada. Pound o ocupou durante vinte minutos com assuntos de navegação. O capitão deu suas ordens naquele mesmo tom de voz desinteressado que era tão novo para os que conviviam com ele, e desceu novamente.

O pedaço de espelho que ele apanhara com Sloan no castelo de proa tinha desaparecido da pia. Com dificuldade, procurou-o por todo o aposento. Mas não estava lá. Normalmente, um acontecimento desses teria desencadeado nele uma verdadeira tempestade de impropérios. Contudo, limitou-se a se sentar, impotente, e percorreu o camarote com olhos que não viam. Mas seus ouvidos, sim, escutavam! A voz agora falava em inglês, já não eram as sílabas sem nexo agrupadas em torno de uma palavra clara, *l'kunda*. A voz em seu ouvido esquerdo era tensa, imperativa, repetitiva:

"Por cima do bordo", ela dizia sempre. "Por cima do bordo", repetia.

Ficou sentado ali por longo tempo. Por fim, talvez uma hora depois — não havia ninguém por perto para ver sua expressão fechada e vazia à luz da tarde refletida nas paredes brancas da cabina —, ele se levantou devagar e, com movimentos quase furtivos, começou a despir a camisa.

Tirou-a e a estendeu sobre o catre. Tirou também a camiseta que usava por baixo e, lentamente, tateando com a mão direita, procurou o ferimento no pescoço. Sentiu-se gelado e fraco ao aproximar a mão do lugar. Por fim, ainda tateando, tocou a região dolorida e sensível, até que seus dedos encontraram a própria chaga aberta...

Foi Pound quem o encontrou duas horas mais tarde, prostrado no soalho atravancado do camarote, despido até a cintura e inconsciente.

Foi Pound, o velho e duro Pound, quem levantou o corpanzil do capitão — pois ele era um homem grande, de mais de um metro e oitenta de altura — e o sentou na cadeira, vestiu-lhe a camiseta, depois a camisa, e em seguida instilou aguardente entre seus lábios azulados. Os procedimentos reanimadores do imediato — bebida, fricção de mãos, tapas naqueles pulsos largos e inertes — tardaram meia hora a fazer efeito; então as pálpebras do capitão Luke Martin se mexeram e o homenzarrão aos poucos foi voltando a si.

Pound achou enigmáticas e inadequadas as respostas monossilábicas que obteve para suas poucas e breves perguntas. Era como se Martin respondesse a uma outra pessoa, a uma outra voz. Ele dizia, monotonamente:

"Está bem." E repetia: "Sim, está bem!".

Foi então que, muito intrigado, o imediato contemplou o capitão de cima a baixo e percebeu sangue nos dedos da mão direita. Pegou a manzorra que jazia sobre o braço da cadeira.

Os três dedos do meio tinham sangrado por algum tempo. Agora o sangue estava seco e coagulado. Erguendo e examinando a mão à luz do sol que se punha, Pound viu que aqueles dedos haviam sido brutalmente cortados, ou melhor, pareciam ter sido *serrados*. Como se os dentes de um serrote tivessem triturado e rasgado os dedos, moendo-lhes os ossos. Um ferimento pavoroso.

Tremendo da cabeça aos pés, Pound remexeu na caixa de primeiros socorros e preparou uma tigela de solução de permanganato, com a qual ensopou a mão inerte; depois a envolveu em ataduras. Falou com Martin diversas vezes, no entanto os olhos do capitão estavam postos em alguma coisa ao longe e seus ouvidos, surdos para a voz do imediato. De vez em quando ele balançava a cabeça, aquiescente, e de novo, antes que o velho Pound o deixasse sentado ali, imóvel, balbuciava:

"Sim, sim! Está bem, está bem!"

Pound foi vê-lo pouco antes das quatro badaladas da noite, hora do jantar. Ele ainda estava sentado no mesmo lugar, o olhar perdido, todo encolhido e apático.

"Quer jantar, capitão?", perguntou o imediato, hesitante. Martin não moveu os olhos, mas seus lábios se mexeram e Pound se inclinou para poder ouvir o que diziam.

"Sim, sim, sim", dizia Martin. "Está bem, está bem. Sim, está bem!"

"A mesa está posta na cabina, senhor", arriscou Martin. Sem obter resposta, acabou se esgueirando para fora e fechou a porta atrás de si.

"Maguire, o capitão está doente", disse Pound ao camareiro. "Pode tirar a mesa e, assim que terminar, vá lá para a frente."

"Sim, senhor", respondeu, ressabiado, o camareiro, e começou a tirar a mesa, conforme lhe fora ordenado. Pound observou-o cumprir a tarefa, depois o seguiu até o convés e certificou-se de que fora em direção à proa. Então voltou silenciosamente.

Parou junto à porta do camarote e escutou. Havia alguém falando lá dentro, além do capitão — uma voz grossa, como a dos negros, porém muito fraca; grossa, gutural, mas fraca; parecia a voz de um menino — ou de uma mulher. Pasmo, Pound ouvia, com a orelha agora colada à porta. Por causa da espessura da madeira, não conseguia distinguir o que estava sendo dito, embora pela forma, pela alternância da voz do capitão com a voz leve e gutural, fosse claramente um diálogo, com pergunta e resposta, pergunta e resposta. Não havia meninos no navio. Quanto a mulheres, sim, havia algumas dúzias delas, mas todas estavam sendo emprenhadas lá embaixo, sob os alçapões, as mulheres negras dos fétidos porões. Além do capitão... não poderia haver uma mulher lá dentro com ele. Nenhuma mulher, nenhuma mesmo, poderia ter entrado. Quando ele deixara o camarote havia quinze minutos, apenas o capitão estava lá. E durante todo esse tempo não perdera de vista aquela porta fechada. Absolutamente intrigado com o estranho enigma, Pound apurou ainda mais o ouvido.

Quando conseguiu perceber a cadência das palavras de Martin, a mesma cadência das frases interrompidas, ele se deu conta de que o capitão repetia, em seu estado de semiletargia, o que dissera quando, horas antes, Pound lhe envolvera os dedos amputados em ataduras. Aqueles dedos! Estremeceu. O *Saul Taverner* era um barco maldito. Ninguém sabia disso melhor do que ele, que muito contribuíra, em suas numerosas viagens, para a formação dessa fama sinistra. Mas isso! Isso parecia o próprio inferno.

"Sim, sim, está bem, está bem, está bem." Era esse o ritmo, a cadência tonal do que Martin dizia lá dentro, em intervalos mais ou menos regulares, seguido pela voz fraca e gutural, as duas vozes se alternando, primeiro uma, depois a outra, sem pausas, naquela estranha conversação.

De repente a conversa parou, como se tivesse sido encerrada em uma caixa à prova de som. Pound se aprumou, esperou um minuto e então bateu na porta.

A porta se abriu abruptamente por dentro, e por ela saiu o capitão Luke Martin, o olhar esgazeado e perdido. Pound lhe deu passagem. O capitão parou, olhou em volta com olhos que pareciam não ver. Depois seguiu em direção à escada auxiliar. Aparentemente dirigia-se ao tombadilho. Vestia apenas a camisa amassada; as calças, amarfanhadas e manchadas por causa do tombo que sofrera, ficaram jogadas na cadeira em que Pound o havia instalado.

Pound foi atrás dele.

Uma vez na coberta, Martin caminhou para a amurada, e ali parou, olhando sem ver a sucessão de vagas. Já escurecera. O crepúsculo subtropical demorara a baixar. O navio estava silencioso, salvo pelo ruído da proa cortando, a doze nós, as águas do Atlântico Norte, a caminho da Virgínia.

Subitamente Pound deu um salto para a frente e agarrou o capitão, que começara a escalar a amurada — então era isso, suicídio. Aquelas vozes!

Ao ver-se impedido de fazer aquilo que parecia ser seu intento, Martin afinal despertou. Por trás daquele homem de meia-idade havia toda uma vida de mando, de imposição da própria vontade em tudo. Não estava acostumado a ser contestado nem a enfrentar resistências; a bordo de seu navio, elas sempre morriam, sempre abortavam diante de seus rugidos ou de seus punhos truculentos.

Atracou-se com o imediato; uma longa, desesperada e ao mesmo tempo silenciosa luta começou a se travar na coberta, iluminada apenas pela luz que subia da cabina do capitão, a luz do grande lampião de azeite de baleia, filtrada pelas claraboias das cobertas superiores que, durante o dia, iluminavam os compartimentos de baixo.

No correr da luta silenciosa e mortal, Pound tratava de afastar o capitão da proximidade da amurada, enquanto este se debatia e o golpeava com violência. Ao agarrar e puxar o superior, já todo desgrenhado, o imediato acabou por lhe rasgar a camisa branca e arrancar um grande pedaço dela, desnudando o pescoço e o lado esquerdo do ombro.

Pound largou o capitão, encolheu-se e se afastou cambaleante, cobrindo os olhos antes que o horror do que eles haviam visto os fizesse saltar das órbitas. Porque ali, no ombro exposto pelo pedaço da camisa arrancada, havia um par de lábios negros-violáceos, carnudos, perfeitamente formados. Chocado, horrorizado, Pound chegou a ver, antes de cobrir o rosto, os lábios se abrirem num amplo bocejo, revelando uma fieira branca de grandes dentes africanos e uma comprida língua rosada que surgia entre eles para lamber os lábios.

E quando o velho Pound, tremendo até a medula, gelado de horror pelo pavoroso prodígio que se dera ali no convés acalentado pelo sopro latejante do vento alísio, quando Pound conseguiu se recompor o bastante para encarar de novo o lugar, junto à borda, onde o capitão do *Saul Taverner* lutara com ele, já não havia ninguém ali. Vazio. Nenhum sinal de Luke Martin perturbava a esteira fosforescente e cremosa deixada pelo *Saul Taverner*.

Apresentação e tradução de Carlos Knapp

GIOVANNI PAPINI

A última visita do Cavalheiro Doente

Giovanni Papini (1881-1956), considerado extravagante e equívoco por alguns, merece ser tratado como um intelectual profundo com tendências múltiplas e diversas em sua obra. Mais citado por suas manifestações sobre a atividade cultural em seu tempo do que por sua extensa obra, Papini foi um autodidata que demonstrou ímpeto renovador em várias formas de expressão literária. Cético e depois católico, adepto do futurismo, partidário do fascismo, notabilizou-se pelas iniciativas de ruptura com uma realidade social e cultural que sentia estreita e acanhada, como um demolidor de lugares-comuns e de um pensamento moldado pelos interesses imediatos da burguesia de sua época.

Adepto da arte sem utilidade, Papini antecipou as correntes artísticas mais expressivas do século. Sua obra suscita polêmica e esquiva uma exegese abrangente, que fica dificultada pela ausência de um sistema de ideias convergentes e pela preeminência da experiência pessoal como fator determinante das convicções do autor. É na diversidade exuberante da obra de Papini que se exprime de modo mais amplo a complexidade de seu pensamento.

Para os futuristas, a filosofia e a religião são agentes criados para contra-arrestar entre os vivos o medo da guerra e da revolução e, além da vida humana, o medo do inferno. A arte, inseparável da vida, possui um princípio atuante que oferece meios para penetrar e modificar a realidade com força profética e adivinhatória.

De modo exemplar, o cavalheiro do conto foi pintado por Sebastiano del Piombo quatrocentos anos antes do tempo histórico do autor, tem a mesma aparência anacrônica e *refinada do personagem e repete o estado de abstração melancólica e sonhadora de alguns retratos daquele pintor.*

O cavalheiro doente deste conto existe graças ao consentimento de pessoas "reais", em cujo inconsciente manifesta os pensamentos e atos exaltados que concebe a seu grado, motivado pelo anseio de sobrevivência e, mais tarde, pela ansiedade de conseguir uma vida própria. Ao alimentar o inconsciente alheio, o cavalheiro defronta-se com a irrelevância de sua existência, descoberta na indiferença com que são recebidos os pensamentos que infunde nos outros. Apenas diante da admissão da própria inconsistência como parte integrante de uma realidade coletiva, complacente, se tanto, o cavalheiro renuncia a intervir de forma determinante no plano humano e assume sua invisibilidade diante dos demais, para ser visto pelo único que o pode ver e reconhecer.

Ninguém chegou a saber o verdadeiro nome daquele que era chamado por todos o Cavalheiro Doente. Nada dele permanece, após seu inesperado desaparecimento, salvo a lembrança de seu inesquecível sorriso e um retrato de Sebastiano del Piombo, que o representa oculto na sombra macia de suas vestes de pele, com a mão enluvada que tomba com a languidez de um adormecido. Todos os que o apreciaram — e estou nessa diminuta minoria — também se lembrarão de sua tez peculiar, amarelada e transparente, da leveza quase feminina de seus passos e de seu costumeiro olhar perdido. Gostava de falar muito, mas ninguém o entendia bem, e sei de quem não o *quisesse* compreender, porque dizia coisas atrozes.

Ele era, na verdade, um *disseminador de pânico*. Sua presença dava um tom fantástico às coisas mais simples. Tocado por sua mão, um objeto qualquer parecia passar a fazer parte do mundo dos sonhos. Seus olhos não refletiam as coisas presentes, mas sim coisas desconhecidas e distantes que aqueles que estivessem em sua companhia não eram capazes de distinguir. Ninguém jamais lhe perguntou qual era o seu mal ou a razão pela qual ele parecia não lhe dar importância. Caminhava o tempo todo, dia e noite, sem paradeiro. Jamais se soube onde era a sua casa; nunca se lhe conheceram pai ou irmãos. Um belo dia apareceu na cidade e depois de alguns anos desapareceu num outro dia.

Na véspera desse dia, de manhã cedo, mal começava a clarear, entrou em meu quarto para despertar-me. Senti a carícia branda de sua luva em minha testa e vi-o diante de mim envolto em peles, trazendo sempre na boca a lembrança de um sorriso e com um olhar mais perdido que o de costume. Verifiquei, pela vermelhidão de suas pálpebras, que passara a noite em claro e que devia ter esperado o amanhecer com grande ansiedade, porque suas mãos tremiam e seu corpo todo parecia agitado de febre.

"O que você tem?", perguntei. "É o seu mal que o aflige mais que de outras vezes?"

"Meu mal?", replicou. "Meu mal? Você acredita então, como todos os outros, que eu *sofra* de algum mal? Que exista um mal que *seja meu*? Por que não dizer que *eu sou*, eu mesmo, *um mal*? Não há nada que seja meu, percebe? Não há nada que me pertença. Eu é que sou de alguém, e existe alguém a quem pertenço!"

Eu estava habituado a suas conversas estranhas e por essa razão não respondi. Continuei a olhar para ele, e esse meu olhar lhe deve ter sido bem grato, porque se aproximou mais de minha cama e tocou novamente minha testa com a luva frouxa.

"Você não tem sinal de febre", prosseguiu, "está perfeitamente são e tranquilo. O sangue circula calmamente em suas veias. Posso então dizer-lhe algo que talvez o perturbe; por exemplo, posso dizer-lhe quem sou. Peço-lhe que me escute com atenção, pois talvez eu não possa dizer de novo as mesmas coisas e preciso dizê-las pelo menos uma vez."

Assim falando, atirou-se numa poltrona roxa ao lado de minha cama e prosseguiu, alteando a voz:

"Não sou um homem real. Não sou um homem como os outros, um homem de carne e osso, um homem gerado por homens. Não nasci como os seus companheiros; ninguém me embalou ou viu crescer; não conheci a inquietação da adolescência nem a doçura dos laços de sangue. Sou — e quero dizê-lo, ainda que talvez você não acredite — tão somente *o protagonista de um sonho*. Uma imagem de William Shakespeare tornou-se para mim literal e tragicamente exata: *sou da mesma matéria de que são feitos os sonhos humanos!* Existo porque *alguém* me sonha; *alguém*, dormindo, sonha e me vê em atividade, com vida e em movimento, e nesse instante sonha que estou dizendo tudo isto. No momento em que esse *alguém* começou a sonhar-me, comecei a existir; quando despertar, deixarei de existir. Sou fruto de sua imaginação, uma criação sua, um hóspede de suas longas fantasias noturnas. O sonho desse *alguém* é tão duradouro e intenso que me tornei visível até para os homens despertos. Mas o mundo da vigília, o mundo da realidade concreta, esse não é o meu mundo. Sinto-me tão deslocado em meio à vulgar solidariedade da existência de vocês! Minha verdadeira vida é a que transcorre vagarosamente na alma do meu adormecido criador...

"Não creia que estou falando por enigmas e símbolos. O que estou lhe dizendo é a verdade, a pura verdade mais simples e terrível. Pare, então, de arregalar os olhos de espanto! Não olhe mais para mim com esse ar penalizado de surpresa!

"Ser ator de um sonho não é o que mais me atormenta. Poetas há que disseram que a vida dos homens é a sombra de um sonho, e filósofos que sugeriram que toda a realidade é alucinação. Eu, em vez disso, sou perseguido por uma outra ideia: *quem é aquele que me sonha*? Quem é esse *alguém*, esse ser ignoto que não conheço e por quem sou possuído, que me fez surgir de repente da névoa de seu cérebro fatigado e que ao acordar me extinguirá de repente, como um sopro inesperado em uma chama? Há quanto tempo penso nesse meu adormecido proprietário, nesse meu criador que se ocupa do curso de minha efêmera vida! Decerto é grande e poderoso; um ser para o qual nossos anos são minutos, e que pode viver toda a vida de um homem em uma única de suas horas e a história da humanidade em uma de suas noites. Seus sonhos devem ser vivos, fortes e profundos a ponto de projetar as imagens para o exterior, de modo que pareçam coisas reais. Talvez o mundo inteiro não seja mais que o produto eternamente variável de um entrecruzar-se de sonhos de seres semelhantes a ele. Mas não quero generalizar demais: deixemos as metafísicas para os imprudentes! Basta-me a terrível certeza de ser a criatura imaginária de um imenso sonhador.

"Quem é ele, então? Essa é a questão que me ocupa há muitíssimo tempo, desde quando descobri a matéria de que sou feito. Você compreenderá a importância do problema para mim. Da resposta que pudesse dar-lhe dependeria todo o meu destino. Os personagens de sonho gozam de uma liberdade bastante ampla, e é por isso que minha vida não era inteiramente determinada por minha origem mas, em grande parte, por meu arbítrio. Eu necessitava, contudo, saber quem era o meu sonhador, para escolher o meu estilo de vida. De início, assustava-me a ideia de que bastaria um fato mínimo para despertá-lo, isto é, para me aniquilar. Um grito, um rumor, um sopro, e eu poderia afundar de vez no vazio. Na época eu tinha apego à vida, e por esse motivo torturava-me em vão para adivinhar os gostos e as paixões de meu ignorado possessor; só assim poderia dar à minha existência as atitudes e formas que ele mais desejasse. Tremia a cada instante diante da ideia de cometer algum ato que pudesse ofendê-lo ou assustá-lo, e desse modo acordá-lo. Imaginei durante algum tempo que ele fosse uma espécie de divindade paterna evangélica, e por isso me esforcei para levar a vida mais santa e virtuosa do mundo. Outras vezes, porém, pensava que fosse algum herói pagão, e aí me coroava com os fartos pâmpanos da videira e cantava hinos de ébrio e dançava com ninfas de tenra idade nas clareiras das florestas. Acreditei até, uma vez, que fazia parte do sonho de algum sábio sublime e eterno, que fora levado a viver em um mundo espiritual superior, e passei longas noites em claro vigiando o número das estrelas, as medidas do mundo e a composição dos seres vivos.

"Mas finalmente fiquei exausto e humilhado ao pensar que precisava servir de espetáculo a esse dono desconhecido e incognoscível; tive consciência de que minha vida fictícia não valia tanta baixeza e tanta adulação, por covardia. Desejei então ardentemente o que antes me causava horror: que ele despertasse. Esforcei-me para preencher minha vida com espetáculos de tal modo horripilantes que ele fosse levado a acordar de pavor. E tudo tentei para atingir o repouso do aniquilamento; vali-me de todos os meios para interromper a triste comédia da minha vida aparente, para destruir esse ridículo simulacro de vida que me assemelha aos homens!

"Nenhum crime me foi estranho: nenhuma abominação deixei de lado; não recuei diante de nenhum horror. Matei velhos inocentes com refinamentos de tortura; envenenei a água de cidades inteiras; incendiei a cabeleira de uma multidão de mulheres ao mesmo tempo; estraçalhei com os dentes, tornados selvagens pela gana de aniquilação, todas as crianças que encontrava pelo caminho. De noite, procurei a companhia dos monstros gigantescos, negros, sibilantes que os homens já não conhecem mais; participei de incríveis façanhas de gnomos, íncubos, elfos, fantasmas; precipitei-me do alto de uma montanha num vale desnudo e arrasado, circundado por cavernas cheias de ossos brancos; e as feiticeiras me ensinaram uivos de feras atormentadas, capazes de arrepiar mesmo os mais fortes no meio da noite. Mas ao que parece aquele que me sonha não se amedronta com o que faz vocês, homens, tremerem. Não sei se ele gosta de ver o que para vocês é o que há de mais horrível, ou se não se importa nem se assusta. Até hoje não consegui despertá-lo, e sou obrigado a continuar arrastando esta vida ignóbil, servil e irreal.

"Quem me libertará do meu sonhador? Quando despontará a manhã que o conduzirá a seus afazeres? Quando tocará o sino, quando cantará o galo, quando ressoará a voz que o desperte? Há tanto tempo espero a minha libertação! Espero com tanto desejo o fim deste sonho insípido em que desempenho um papel tão monótono!

"O que faço neste momento é uma última tentativa. Estou dizendo a meu sonhador que sou um sonho; quero que ele sonhe estar sonhando. Isso também acontece com os homens, não é certo? E quando acontece, eles não despertam ao perceber que sonham? Por esse motivo vim até você e lhe disse tudo isso, e gostaria que aquele que me criou se desse conta neste momento de que não existo como homem real, e no mesmo instante deixarei de existir até como imagem irreal. Acha que conseguirei? Acha que à força de repetir e de gritar o que lhe digo despertarei em sobressalto meu invisível proprietário?"

E ao pronunciar essas palavras o Cavalheiro Doente se agitava na poltrona, descalçava e tornava a calçar a luva da mão esquerda e me fitava com um olhar cada vez mais perdido. Parecia esperar que de um momento para outro acontecesse algum prodígio, algo de espantoso. Seu rosto assumia expressões de agonizante. Fitava vez por outra o próprio corpo, como se esperasse vê-lo dissolver-se, e acariciava com nervosismo a testa molhada.

"Você acredita em tudo isso, não é verdade?", recomeçou. "Entende que não estou mentindo? Mas por que não há de ser possível desaparecer, por que não ter a liberdade de sumir? Serei talvez parte de um sonho que jamais acabará? Do sonho de um adormecido eterno, de um sonhador eterno? Afaste de mim essa ideia tenebrosa! Dê-me algum consolo; sugira um estratagema, um expediente, uma fraude que me suprima! Peço-lhe com toda a minha alma. Então você não sente pena de um espectro enfastiado?"

E como eu continuasse calado, ele tornou a olhar para mim e se ergueu da poltrona. Pareceu-me agora mais alto que antes e observei ainda uma vez sua pele um tanto diáfana. Via-se que sofria imensamente. Seu corpo estava em completa agitação: parecia um animal que procura livrar-se de uma rede. A suave mão enluvada apertou a minha, e foi a última vez. Murmurando alguma coisa com voz sumida, saiu de meu quarto e *uma* pessoa apenas voltou a vê-lo desde então.

Apresentação e tradução de Renato Xavier

RUBÉN DARÍO

A larva

> Tudo Darío renovou: a matéria, o vocabulário, a métrica, a magia peculiar de certas palavras, a sensibilidade do poeta e de seus leitores.
>
> *Jorge Luis Borges*

Rubén Darío (1867-1916), o maior poeta da Nicarágua, foi o principal nome do modernismo hispano-americano, movimento que revigorou a literatura em língua espanhola ao remodelar sua linguagem e suas ideias. Fusão do simbolismo e do parnasianismo franceses, no modernismo hispano-americano a poesia se baseava em imagens rebuscadas e reluzentes e adotava as artes visuais como modelo. Mais tarde, resultado da influência de Darío, o movimento absorveu a evocação musical do simbolismo, bem como o preciosismo, o erotismo e as referências ao extraordinário.

O marco inicial do modernismo hispano-americano foi a publicação de Azul, livro de poesia de Darío, em 1888. Nesse livro já estavam presentes características que o tornaram famoso, como o virtuosismo, o vocabulário rico, que inclui a criação de novas palavras, e o interesse pelo oculto.

Apesar de a poesia constituir a maior parte de sua obra, e de hoje ele ser considerado um dos maiores poetas da língua espanhola, foi com narrativas curtas que Rubén Darío chamou a atenção dos críticos no começo de sua carreira. Escreveu aproximadamente uma centena de contos, marcados por um estilo que se vale de personagens galanteadores e referências a um imaginário mitológico, fantástico e exótico. O conto escolhido para esta antologia, "A larva", é um bom exemplo de como Darío mescla todas essas características em um texto escrito mais para entreter que para assustar.

Como falássemos de Benvenuto Cellini e alguém risse da afirmação que o grande artífice faz em sua *Vida* sobre ter visto uma salamandra, Isaac Codomano disse:

"Não riam. Juro que vi, como estou vendo todos vocês agora, se não uma salamandra, pelo menos uma larva ou um bicho-pau. Vou lhes contar o caso em poucas palavras.

"Nasci num país onde, como em quase toda a América, se praticava a feitiçaria e os bruxos se comunicavam com o invisível. O mistério autóctone não desapareceu com os conquistadores. Ao contrário, com o catolicismo, aumentou na colônia o costume de evocar forças estranhas, o demonismo, o mau-olhado. Na cidade em que passei meus primeiros anos falava-se, lembro-me bem, como coisa corriqueira, de aparições diabólicas, fantasmas e duendes. Numa família pobre, por exemplo, que morava na vizinhança de minha casa, o espectro de um coronel peninsular apareceu para um jovem e lhe revelou um tesouro enterrado no pátio. O jovem morreu da visita extraordinária, mas a família ficou rica, como são ricos ainda hoje seus descendentes. Um bispo apareceu para outro bispo a fim de indicar o lugar em que se encontrava um documento perdido nos arquivos da catedral. O diabo carregou uma mulher por uma janela, em certa casa que tenho bem presente. Minha avó me garantiu a existência noturna e pavorosa de um frade sem cabeça e de uma enorme mão peluda que aparecia sozinha, como uma aranha infernal. Tudo isso aprendi de ouvir dizer, quando criança. Mas o que vi de palpável foi aos quinze anos; o que vi e apalpei do mundo das sombras e dos arcanos tenebrosos.

"Naquela cidade, semelhante a certas cidades espanholas de província, todos os habitantes fechavam as portas às oito da noite, no mais tardar às nove. As ruas ficavam solitárias e silenciosas. Não se ouvia mais que o ruído das corujas aninhadas nos beirais dos telhados ou o latido dos cachorros ao longe, nos arredores.

"Quem saísse em busca de um médico, de um sacerdote, ou para outra urgência noturna, tinha que caminhar pelas ruas mal calçadas e cheias de buracos, sob a luz apenas dos lampiões de petróleo, que, isolados em cada poste, forneciam luz escassa.

"Às vezes ouviam-se ecos de músicas e cantos. Eram as serenatas à maneira espanhola, árias e romanças que diziam, acompanhadas pelo violão, das ternuras românticas do namorado à namorada. Variavam de um único violão com o namorado cantor, de poucos recursos, até o quarteto, o septeto e a orquestra completa com um piano, que algum senhoraço endinheirado fazia soar sob as janelas da dama de seus desejos.

"Eu tinha quinze anos, uma ânsia grande de vida e de mundo. E uma das coisas que mais ambicionava era poder sair à rua e ir com a gente de uma dessas serenatas. Mas como fazê-lo?

"A tia-avó que cuidou de mim na infância, uma vez rezado o rosário, tinha o cuidado de percorrer a casa toda, fechar bem as portas, levar consigo as chaves e deixar-me bem deitado sob o dossel de minha cama. Um dia, porém, eu soube que à noite haveria uma serenata. Mais ainda: um de meus amigos, jovem como eu, assistiria à festa, cujos encantos me pintava com as palavras mais tentadoras. Todas as horas que precederam aquela noite passei inquieto, pensando e preparando meu plano de evasão. Assim, quando foram embora as visitas de minha tia-avó — entre elas um padre e dois licenciados —, que vinham para conversar de política ou para jogar bisca ou voltarete, e após rezadas as orações e todo mundo deitado, não pensei senão em pôr em prática meu projeto de roubar uma chave da venerável senhora.

"Passadas cerca de três horas, isso custou-me pouco, pois sabia onde as chaves ficavam; além disso, ela dormia como um bem-aventurado. De posse da chave que buscava, e sabendo a que porta correspondia, consegui sair para a rua no momento em que, ao longe, começavam a soar os acordes de violinos, flautas e violoncelos. Considerei-me um homem. Guiado pela melodia, logo cheguei ao lugar em que se realizava a serenata. Enquanto os músicos tocavam, os ouvintes tomavam cerveja e licores. Em seguida, um alfaiate, que bancava o tenor, entoou primeiro 'À luz da pálida lua' e depois 'Recordas quando a aurora...'. Entro em todos essses detalhes para que vejam como me ficou fixado na memória tudo quanto ocorreu naquela noite, para mim extraordinária. Das janelas daquela Dulcineia, resolvemos ir às de outras. Passamos pela praça da Catedral. E então... Eu disse que tinha quinze anos, estava no trópico, despertavam imperiosas em mim as ânsias da adolescência... E na prisão de minha casa, de onde não saía senão para ir à escola, e com aquela vigilância, e com aqueles costumes primitivos... Eu ignorava, pois, todos os mistérios. Assim, qual não foi minha alegria quando, ao passar pela praça da Catedral, atrás da serenata, vi, sentada numa calçada, envolta em uma capa e como que entregue ao sono, uma mulher! Detive-me.

"Jovem? Velha? Mendiga? Louca? Que me importava! Eu ia em busca da sonhada revelação, da aventura desejada.

"A serenata afastava-se.

"A claridade dos lampiões da praça chegava escassamente. Aproximei-me. Falei-lhe; não direi que com palavras doces, mas com palavras ardorosas e prementes. Como não obtivesse resposta, inclinei-me e toquei o ombro daquela mulher que não queria me responder e fazia o possível para que eu não lhe visse o rosto. Fui insinuante e altivo. Quando já acreditava ter alcançado a vitória, aquela figura voltou-se para mim, descobriu o rosto e, oh! espanto dos espantos!, era um rosto viscoso e desfeito; um olho pendia sobre a face ossuda e purulenta; um ar úmido de putrefação chegou até mim. Da boca horrível saiu como que um riso rouco, e logo aquela 'coisa', fazendo a mais macabra das caretas, produziu um ruído que poderíamos indicar assim:

"— Kgggggg!...

"Com o cabelo eriçado, dei um grande salto, lancei um grande grito. Chamei por socorro.

"Quando alguns da serenata se aproximaram, a 'coisa' havia desaparecido.

"Dou-lhes minha palavra de honra", concluiu Isaac Codomano, "que tudo o que lhes contei é a mais completa verdade."

Apresentação de Alberto Manguel
e tradução de Davi Arrigucci Jr.

JOSEPH CONRAD

A Fera
Um caso de invectiva

    Polonês de terra firme lançado ao mar por circunstâncias políticas, Joseph Conrad (1857-1924) soube transformar seus anos de convés em matéria de grande ficção, mais que de mera confissão. Em romances e novelas como A loucura de Almayer *(1895),* Lord Jim *(1900, mesmo ano de* A interpretação dos sonhos, *de Freud),* O coração das trevas *(1902) ou* A linha de sombra *(1917), ele explorou o isolamento marítimo como situação-limite em que o homem se vê confrontado com forças e impulsos que mal adivinhava em si. O mesmo vale para "A Fera", conto incluído na coletânea* Seleta de seis, *de 1908. Na introdução ao volume, Conrad afirma ter ouvido a história de um antigo superior, um certo capitão Blake, que por sua vez a recordava de sua mocidade; daí surgiu a ideia de dar voz a um jovem narrador, em nome da "justiça poética". Não é preciso mais para que se instaure o jogo da ficção conradiana, aquele "jogo complexo de lentes de aumento" de que falou Antonio Candido e que semeia no leitor a incerteza sobre o teor e o sentido dos fatos. De resto, notem-se as afinidades que ligam o conto a outras obras de Conrad: o navio do título lembra o* Patna *de* Lord Jim, *assim como a situação inicial na taberna faz pensar no memorável relato do tenente francês, naquele mesmo romance.*

Ao entrar, esquivando-me da rua varrida pela chuva, troquei um sorriso e um olhar com a srta. Blank no bar das Três Coroas. O intercâmbio foi efetuado com extremo decoro. É um choque pensar que, se ainda estiver viva, a srta. Blank deve estar agora com mais de sessenta anos. Como o tempo voa!

Notando meu olhar direcionado inquisitivamente para a divisória de vidro e madeira envernizada, a srta. Blank foi amável o bastante para dizer, de modo encorajador:

"Apenas o senhor Jermyn e o senhor Stone no salão, com um cavalheiro que nunca vi antes."

Avancei para a porta do salão. Uma voz discursando do outro lado (era apenas uma divisória de madeira fina) atingiu tal volume que as palavras finais ficaram bem claras em sua atrocidade.

"Aquele sujeito, o Wilmot, praticamente estourou os miolos dela — e foi muito bem feito!"

Aquele sentimento bárbaro, visto nada haver de profano ou inconveniente nele, não teve sequer o efeito de refrear o leve bocejo que a srta. Blank efetivava ao abrigo da mão. E ela manteve o olhar fixo nas vidraças lavadas de chuva.

Enquanto eu abria a porta do salão, a mesma voz prosseguiu, no mesmo tom cruel:

"Fiquei feliz quando soube que a criatura finalmente tinha recebido o tranco de alguém. Embora com bastante pena do pobre Wilmot. Aquele sujeito e eu fomos bons camaradas em certa época. Isso, claro, foi o fim dele. Um caso evidente, se jamais houve algum. Sem saída. Absolutamente nenhuma."

A voz pertencia ao cavalheiro que a srta. Blank nunca vira antes. Ele escarranchara as pernas compridas no tapete da lareira. Jermyn, inclinado para a frente, segurava o lenço de bolso bem aberto diante das chamas. Olhou sombriamente por cima do ombro e, enquanto eu me esgueirava ao longo de uma das mesinhas de madeira, cumprimentei-o com um aceno de cabeça. Do outro lado da lareira, imponentemente calmo e maciço, estava instalado o sr. Stone, todo espremido numa espaçosa poltrona Windsor. Nada havia nele de pequeno — a não ser as costeletas curtas e brancas. Metros e metros de lã azul-marinho ultrafina, de alta qualidade (confeccionada sob a forma de um sobretudo), jaziam empilhados numa cadeira a seu lado. E ele devia ter acabado de trazer a porto algum vapor, porque outra cadeira sufocava sob um impermeável negro, amplo como uma mortalha, feito de três camadas de oleado de seda, recoberto de pespontos duplos. Uma bolsa masculina, de mão, do tamanho usual, repousava no chão, reduzida a brinquedo de criança perante as proporções espantosas daquelas botas.

Não o cumprimentei com um aceno de cabeça. Ele era grande demais para receber um aceno de cabeça naquele salão. Era um piloto Trinity sênior e somente nos meses de verão condescendia em cumprir seu turno na lancha guarda-costas. Estivera muitas vezes no comando dos iates reais, partindo de Port Victoria e para lá retornando regularmente. Além disso, é inútil cumprimentar um monumento com um aceno de cabeça. E ele parecia um monumento. Não falava, não piscava, não se movia. Apenas ficava ali, mantendo a bela e vetusta cabeça erguida, imóvel, quase como se estivesse ampliada. Era uma cabeça extremamente elegante. A presença do sr. Stone reduzia o pobre sr. Jermyn a um miserável esboço de homem, e fazia o desconhecido falastrão do tapete da lareira, em seu terno de tweed, parecer absurdamente juvenil. Este último devia ter pouco mais de trinta anos, e certamente não era o tipo de indivíduo que se envergonha com o som da própria voz, porque, arrebanhando-me, por assim dizer, com um olhar amistoso, continuou a falar sem interrupção.

"Fiquei feliz com o fato", repetiu, com ênfase. "Talvez vocês se surpreendam, mas é que não passaram pela experiência que tive com ela. Posso afirmar que foi uma coisa que me marcou. Claro, saí totalmente indene, como podem ver. Ela fez o que pôde para abater meu ânimo. Quase joga o melhor sujeito do mundo em um hospício. O que vocês me dizem disso — hein?"

Nem uma pálpebra tremeu no rosto enorme do sr. Stone. Magnífico! O orador me olhou direto nos olhos.

"Eu ficava doente só de pensar nela solta por aí, assassinando as pessoas."

Jermyn aproximou o lenço um pouco mais da guarda da lareira, e grunhiu. Era simplesmente um hábito que ele tinha.

"Eu a vi uma vez", declarou, com pesarosa indiferença. "Tinha uma casa..."

O desconhecido de roupa de tweed voltou-se para fitá-lo, surpreso.

"Tinha três casas", corrigiu com autoridade. Jermyn, porém, não estava disposto a ser emendado.

"Tinha uma casa, estou dizendo", repetiu, com lúgubre teimosia. "Uma coisa vistosa, grande, feia e branca. Dava para ver a quilômetros de distância — destacada na paisagem."

"De fato", assentiu o outro prontamente. "Era coisa do velho Colchester, embora ele estivesse sempre ameaçando abandoná-la. Não aguentava mais as encrencas em que ela se metia, afirmava; estava acima do nível dele; ia lavar as mãos e deixá-la seguir seu caminho, mesmo que depois nunca mais arranjasse outra — e assim por diante. Acho mesmo que ele a teria mandado às favas, se não fosse — vocês vão ficar surpresos — a patroa dele, que não queria nem ouvir falar no assunto. Engraçado, não? Mas, com as mulheres, nunca se sabe o que elas vão achar das coisas, e a senhora Colchester, com sua bigodeira e suas sobrancelhas grossas, era a criatura mais teimosa deste mundo. Costumava andar por aí num vestido de seda marrom, com um grosso cordão de ouro balançando sobre o peito. Vocês deviam ter ouvido como ela vociferava: 'Besteira!' ou 'Idiotice completa!'. Suponho que soubesse que estava com a vida feita. Os dois não tinham filhos e nunca estabeleceram um lar em lugar nenhum. Quando estavam na Inglaterra, ela se contentava em ficar hospedada em algum hotel ou pensão baratos. Imagino que gostasse de voltar para os confortos a que estava acostumada. Sabia muito bem que sairia prejudicada com toda e qualquer modificação do quadro. E, além do mais, Colchester, mesmo sendo um homem de primeira, já não estava na assim chamada primeira juventude, e quem sabe ela tivesse imaginado que já não seria assim tão fácil para ele arranjar outra (como ele costumava dizer). Seja como for, por essa razão ou outra qualquer, a boa senhora achava que era 'Besteira!' e 'Idiotice completa'. Ouvi uma vez o jovem senhor Apse em pessoa dizer-lhe confidencialmente: 'Posso assegurar-lhe, senhora Colchester, que estou começando a ficar muito incomodado com a fama que ela está adquirindo'. 'Oh', diz ela, com sua risadinha rouca e profunda, 'se a gente fosse dar atenção a todas as besteiras que escuta!', e mostrou a Apse todos os seus feios dentes postiços de uma só vez. 'Seria preciso mais do que isso para me fazer perder a confiança nela, posso lhe garantir.'

A essa altura, sem a menor modificação na expressão facial, o sr. Stone emitiu uma risada curta e sardônica. Foi uma coisa notável, mas eu não vi a graça. Olhei de um para o outro. O desconhecido do tapete da lareira exibia um sorriso desagradável.

"E o senhor Apse apertou as duas mãos da senhora Colchester, de tão feliz que estava por ouvir uma palavra boa sobre a queridinha deles. Todos aqueles Apse, tanto os jovens como os velhos, estavam completamente apaixonados por aquela abominável, perigosa..."

"Perdão", interrompi, pois ele parecia estar se dirigindo exclusivamente a mim, "mas de que diabo você está falando?"

"Estou falando da família Apse", ele respondeu cortês.

Ouvindo aquilo, quase soltei uma praga. Porém naquele exato instante a respeitada srta. Blank enfiou a cabeça pela porta e disse que o cabriolé estava lá fora, se o sr. Stone quisesse chegar a tempo para o trem das onze e três.

Imediatamente o piloto sênior ergueu o poderoso corpanzil e pôs-se a labutar para entrar no casaco, com convulsões de arrepiar os cabelos. Num impulso, o desconhecido e eu nos precipitamos para ajudá-lo, e, assim que encostamos as mãos nele, ele demonstrou perfeita aquiescência. Tivemos de levantar os braços muito alto e fazer força. Era como encilhar um elefante dócil. Com um "Obrigado, cavalheiros" ele encolheu a cabeça e se espremeu porta afora muito apressado.

Sorrimos um para o outro amistosamente.

"Eu me pergunto como ele consegue se içar pela escadinha lateral de um navio", disse o homem de tweed; e o coitado do Jermyn, que era um simples piloto do mar do Norte, sem posição oficial ou reconhecimento de nenhuma espécie, piloto apenas por cortesia, grunhiu.

"Ele ganha oitocentos por ano."

"Você é marinheiro?", perguntei ao desconhecido, que havia retomado sua posição no tapete.

"Fui, até um par de anos atrás, quando me casei", respondeu aquele indivíduo comunicativo. "Inclusive, a primeira vez que fui para o mar foi nessa mesma embarcação de que estávamos falando quando você entrou."

"Que embarcação?", perguntei, intrigado. "Não ouvi vocês mencionarem nenhuma embarcação."

"Acabo de dizer o nome dela, meu caro senhor", respondeu. "*Apse Family*. Certamente você já ouviu falar da grande firma Apse & Sons, armadores. Eles tinham uma frota bastante grande. Os navios se chamavam *Lucy Apse, Harold Apse, Anne, John, Malcolm, Clara, Juliet* e assim por diante — um sem-fim de Apses. Cada irmão, irmã, tia, primo, esposa — e avó também, pelo que sei — da firma tinha um navio batizado com seu nome. Eram também embarcações boas, sólidas, à moda antiga, construídas para transportar e para durar. Nenhuma estava equipada com essa parafernália moderna destinada a poupar trabalho, mas todas levavam muitos homens e muita carne salgada e comida à vontade a bordo — e lá ia você, na peleja, mar afora, para depois voltar para seu porto."

O infeliz Jermyn fez um som de aprovação, que soou como um grunhido de dor. Aqueles, sim, eram barcos para ele. Enfatizou, em tom lamentoso, ser impossível exclamar para esses instrumentos que poupam trabalho: "Vamos tocar este barco, pessoal!". Nenhum deles subiria para a coberta numa noite complicada com bancos de areia por baixo da quilha.

"Não", confirmou o desconhecido, piscando o olho para o meu lado. "Aparentemente os Apse também não acreditavam neles. Tratavam bem de seu pessoal — de um modo como as pessoas não são mais tratadas hoje em dia, e tinham um orgulho tremendo de suas embarcações. Nada jamais lhes acontecia. Esta última, a *Apse Family*, era para ser como as outras, só que ainda mais forte, mais segura, mais espaçosa e mais confortável. Acredito que a ideia deles era que durasse para sempre. Construíram-na com diferentes materiais — ferro e madeiras nobres, e o escantilhão era algo fabuloso. Se algum dia um navio foi encomendado com base em um sentimento de orgulho, foi aquele. Tudo do bom e do melhor. O capitão comodoro da firma seria o comandante, e suas acomodações foram planejadas como se fossem uma casa em terra firme sob uma popa grande e alta que se estendia até quase o mastro principal. Não admira que a senhora Colchester não quisesse que o velho desistisse dela. Afinal, era o melhor lar que ela jamais tivera em todos os seus anos de casada. Mulher de fibra, aquela.

"Não se falava em outra coisa enquanto aquele navio estava sendo construído! Vamos reforçar aqui, melhorar ali; e não seria melhor que aquele outro elemento fosse substituído por algo um pouco mais resistente? Os construtores entraram no espírito da coisa e lá estava o barco, virando a embarcação mais canhestra e maciça de sua tonelagem ali bem diante dos olhos deles, sem que ninguém, de alguma forma, se desse conta disso. O navio seria registrado com um peso de duas mil toneladas, ou um pouco mais; nada menos, de maneira alguma. Veja, porém, o que acontece. Quando foram medi-la, constatou-se que pesava um mil novecentos e noventa e nove toneladas e um pouquinho mais. Consternação geral! E dizem que o senhor Apse ficou tão aborrecido quando lhe contaram que caiu de cama e morreu. O velho senhor se retirara da firma vinte e cinco anos antes, e estava com uns noventa e seis anos, por aí, portanto sua morte não foi, talvez, tão surpreendente. Ainda assim o senhor Lucian Apse estava convencido de que o pai teria vivido até os cem anos. De modo que podemos considerá-lo o primeiro da lista. Em seguida foi a vez do pobre-diabo de um mestre de construção naval, que aquela fera pegou e esmagou enquanto se afastava do cais. Chamaram aquilo de lançamento de navio, mas ouvi dizer que foram tantos lamentos, tanta gritaria, tanta gente correndo para sair do caminho, que foi mais como soltar um diabo no rio. O navio rompeu todas as sogas que o retinham como se fossem fios de estopa e foi para cima dos rebocadores de apoio com fúria total. Antes que alguém se desse conta de suas intenções, mandou um deles para o fundo e deixou outro fora de serviço, precisando passar três meses no estaleiro. Um dos cabos se rompeu e então, de repente — ninguém entendeu por quê —, deixou-se rebocar pelo terceiro manso como um carneirinho.

"Era um navio assim. Impossível saber o que ia tramar em seguida. Há navios difíceis de manobrar, mas em geral dá para confiar no fato de que vão se comportar de forma racional. Com aquele navio, não importa o que se fizesse com ele, não dava para saber como a coisa ia acabar. Era uma fera malvada. Ou, talvez, fosse pura e simplesmente louco."

Ele proferiu essa suposição num tom tão sincero que não pude impedir-me de sorrir. Ele parou de morder o lábio inferior para me desafiar.

"E daí? Por que não? Por que não haveria algo em sua estrutura, em suas linhas que correspondesse a... O que é a loucura? Apenas alguma coisa levemente errada no nosso cérebro. Por que não existiria um navio louco — quero dizer, louco dentro da maneira de ser dos navios? De modo que, em circunstância alguma, você pudesse ter certeza de que ele ia fazer o que qualquer outro navio ajuizado faria naturalmente para você? Há navios que avançam descontrolados; outros cuja estabilidade não é confiável; outros que precisam de vigilância cerrada quando navegam sob vendaval; e também pode haver navios que se comportam como se estivessem em tempo borrascoso a cada ventinho. Mas nesses casos já se sabe que eles vão agir assim o tempo todo. Torna-se parte da personalidade do navio, exatamente como se levam em consideração as peculiaridades do temperamento de um homem ao lidar com ele. Mas com aquele navio, impossível. Ele era imprevisível. Se não fosse louco, então era a fera mais malévola, dissimulada e selvagem jamais lançada ao mar. Vi aquele navio navegar serenamente sob vendaval durante dois dias e, no terceiro, panejar até duas vezes na mesma tarde. Da primeira vez jogou o timoneiro de um só golpe por cima da roda do leme, mas como não conseguiu matá-lo, tentou novamente cerca de três horas depois. Encheu-se de água na proa e na popa, estourou toda a lona que havíamos colocado, deixou todos os marujos em pânico, e amedrontou até mesmo a senhora Colchester, lá embaixo, naquelas bonitas cabines da popa, de que tanto se orgulhava. Quando fizemos a chamada da tripulação, faltava um homem. Lançado ao mar, é claro, sem que ninguém o visse ou ouvisse, pobre-diabo! E meu único espanto é que outros de nós não tenhamos sido jogados também.

"Sempre aconteciam coisas assim. Sempre. Uma vez ouvi um velho piloto contar ao capitão Colchester que aquilo também tinha acontecido com ele, que ele ficara com medo até de abrir a boca para dar qualquer tipo de ordem. O navio era um terror tanto no porto como no mar. Nunca dava para ter certeza quanto à melhor maneira de comandá-lo. À menor provocação, começava a romper as cordas, cabos, espias de arame, como se fossem cenouras. Era pesado, desajeitado, de difícil manejo... mas isso não explica totalmente aquele poder de malefício. Sabe, quando penso nele não posso deixar de me lembrar das histórias que contam sobre os loucos incuráveis que de vez em quando conseguem se soltar."

Ele me lançou um olhar inquisitivo. Mas eu, naturalmente, não podia admitir que um barco pudesse ser louco.

"Nos portos em que era conhecido", continuou, "as pessoas se amedrontavam só de vê-lo. Ele nem ligava se destruísse vários metros da pedra maciça que reveste o cais ou se eliminasse a extremidade de um trapiche de madeira. Deve ter perdido quilômetros de correntes e centenas de toneladas de âncoras. Quando caía em cima de um infeliz de um barco inofensivo, era um trabalho dos diabos tirá-lo de cima do outro. Mas ele mesmo nunca se machucava — apenas, quem sabe, alguns arranhões. A ideia era construir uma embarcação forte. E era isso o que ela era. Forte o bastante para investir contra o gelo polar. E, assim como começou, continuou. Desde o dia em que foi lançado ao mar, aquele navio nunca deixou passar um ano sem assassinar alguém. Acho que os proprietários ficaram muito preocupados com isso. Mas aqueles Apse formavam uma estirpe de gente orgulhosa; não queriam admitir que pudesse haver algo de errado com o *Apse Family*. Nem o nome do navio quiseram mudar. 'Idiotice completa', como dizia a senhora Colchester. Deviam pelo menos tê-lo confinado perpetuamente em uma doca seca qualquer, bem rio acima, e impedi-lo para todo o sempre de voltar a cheirar a água do mar. Posso assegurar-lhe, meu caro senhor, que ele invariavelmente matava alguém a cada viagem que fazia. Isso era um fato consabido. Ele ficou famoso por isso, mundo afora."

Expressei minha surpresa com o fato de que um navio com uma reputação daquelas pudesse conseguir tripulação.

"Então o senhor não sabe o que é um marujo, meu caro senhor. Vou lhe explicar utilizando um exemplo. Certa vez, estando atracado em minha cidade, fui dar uma volta na ponta do castelo de proa e observei dois respeitáveis marujos passando, um deles de meia-idade, homem visivelmente competente e sólido, o outro um sujeito bem-posto, muito jovem. Os dois leram o nome da embarcação pintado nas laterais da proa e pararam para observá-la. Diz o homem mais velho: 'Apse Family. Essa embarcação é uma cadela sanguinária, Jack, que mata um homem por viagem. Eu não me engajaria nela nem por ordem do Capeta. Eu não'. E o outro diz: 'Se esse navio fosse meu, eu o rebocava para a vasa e tocava fogo, juro que fazia isso'. Aí o primeiro homem reforça: 'Eles não dão a mínima! Deus sabe como os homens são baratos'. O mais jovem cuspiu na água, ao lado. 'A mim eles não contratam... Nem dobrando os soldos.'

"Eles ficaram por ali durante algum tempo, depois foram andando pelo cais. Meia hora mais tarde, lá estavam os dois no nosso convés procurando pelo piloto, aparentemente muito ansiosos para serem engajados. E foram."

"Como você explica isso?", perguntei.

"O que você acha?", ele retorquiu. "Espírito desafiador! Orgulho de gabar-se à noite para os companheiros: 'Acabamos de nos engajar no tal de *Apse Family*. Grande coisa! Medo é que não temos'. Puro capricho de marinheiro! Uma espécie de curiosidade. Bem, um pouco de tudo isso, sem dúvida. Fiz a pergunta a eles no decorrer da viagem. A resposta do mais velho foi: 'Só se morre uma vez'. O mais moço me garantiu, em tom de gracejo, que queria ver 'como ele faria a coisa desta vez'. Mas vou lhe contar uma coisa; aquela fera exercia uma espécie de fascínio."

Jermyn, que parecia ter visto todos os navios do mundo, interrompeu, mal-humorado:

"Uma vez eu o vi, por esta mesma janela, sendo rebocado rio acima; uma coisa preta, grande e feia se deslocando como um grande ataúde."

"Havia algo sinistro em sua aparência, não é mesmo?", disse o homem de tweed, baixando os olhos para o velho Jermyn com expressão amistosa. "Eu sempre tive uma espécie de horror dele. Ele me deu um susto horrendo quando eu tinha não mais do que catorze anos, bem no primeiro dia — não, na primeira hora — em que me engajei. Meu pai veio para me ver partir e a ideia era que descesse conosco até Gravesend. Eu era o segundo filho a ir para o mar. Meu irmão mais velho já era oficial, na época. Subimos para bordo mais ou menos às onze da manhã, e já encontramos o navio pronto para desatracar, popa primeiro. Ele não tinha se deslocado nem três vezes seu comprimento quando, a um pequeno solavanco do rebocador ao passar pela entrada do ancoradouro, deu um dos seus arrancos bruscos e pôs tanta pressão na corda de controle — um cabo novo de dezesseis polegadas — que o pessoal da dianteira não teve a menor possibilidade de folgá-la a tempo, e ela se partiu. Vi a ponta partida voar pelos ares, e em seguida aquela fera jogou a alheta contra a ponta do molhe, provocando um abalo que desequilibrou todo mundo a bordo. Mas o navio nada sofreu. Claro que não! Só que um dos rapazes, que o oficial mandara subir na mezena para uma tarefa qualquer, caiu no convés da popa — um baque — bem na minha frente. Ele não era muito mais velho do que eu. Poucos minutos antes, sorríamos um para o outro. Devia ter sido descuido dele, que não esperava levar um safanão. Ouvi seu grito de susto — Oh! — num trêmulo agudo ao sentir-se caindo e olhei a tempo de vê-lo ficar com o corpo todo flácido enquanto caía. Ahh! Meu pobre pai estava visivelmente pálido quando trocamos um aperto de mão em Gravesend. 'Você está bem?', pergunta ele, olhando firme para mim. 'Sim, pai.' 'Tem mesmo certeza?' 'Sim, pai.' 'Bem, então adeus, meu filho.' Ele me disse tempos depois que se eu tivesse dito uma coisinha que fosse ele teria me levado para casa com ele naquele momento. Sou o caçula da família, sabe?", acrescentou o homem de tweed, alisando o bigode, com um sorriso cândido.

Acusei o recebimento desse interessante comunicado com um murmúrio compreensivo. Ele fez um gesto negligente com a mão.

"Isso poderia ter acabado totalmente com a coragem de um cara para subir na mastreação, sabe? Totalmente. Ele caiu a meio metro de mim e quebrou a cabeça na abita de amarração. Nem se mexeu. Completamente morto. Um garoto bonito. Eu tinha acabado de pensar que nós dois seríamos grandes companheiros. Mas aquela fera de navio era capaz de fazer coisas bem piores. Passei três anos de minha vida no mar, embarcado naquele navio, depois fui transferido para o *Lucy Apse* por um ano. O fabricante de velas do *Apse Family* também foi parar lá, e me lembro de ele me dizer, certa noite, depois de uma semana no mar: 'Este naviozinho não é mesmo um doce?'. Não é de espantar que achássemos o *Lucy Apse* um naviozinho amável e dócil, depois de nos livrarmos daquela fera grande e violenta. Era um verdadeiro paraíso. Seus oficiais me pareciam os homens mais descansados da terra. Para mim, que não conhecera outro navio senão o *Apse Family*, o *Lucy* era uma espécie de barco mágico que fazia por conta própria o que você queria que ele fizesse. Uma noite tivemos as velas jogadas contra o mastro por um feroz vento ponteiro. Em cerca de dez minutos havíamos controlado a situação e singrávamos a velas plenas, com as amuras arreadas, os conveses desimpedidos e o oficial de turno encostado na amurada, sereno. Parecia-me simplesmente maravilhoso. O outro navio teria ficado preso em ferros por meia hora, balançando os conveses cheios de água, atirando os homens para todos os lados — vergônteas estalando, escoras rompendo-se, vergas assumindo o comando, e um pânico absurdo tomando conta da popa por causa daquele leme incontrolável, que ele era capaz de tornar totalmente inútil, deixando todo mundo de cabelo em pé. Passei vários dias maravilhado com o fato.

"Bem, terminei meu último ano de aprendizado naquele simpático naviozinho — que nem era tão pequeno... Mas depois do demônio enorme de antes, manobrar o *Lucy* era brincadeira. Terminei meu treinamento e fui aprovado, e depois, justo quando estava pensando em passar três semanas divertindo-me à vontade em terra, recebi, durante o café da manhã em casa de meus pais, uma carta perguntando em quantos dias poderia me reunir à tripulação do *Apse Family* para assumir o posto de terceiro-piloto. Empurrei o prato com tanta força que ele foi parar no meio da mesa; papai me olhou por cima do jornal; mamãe ergueu as mãos, atônita, e eu saí sem chapéu para o nosso pedacinho de jardim, onde fiquei dando voltas e voltas durante uma hora.

"Quando tornei a entrar, mamãe estava fora da sala de jantar e papai trocara de lugar, tinha ido para sua grande poltrona. A carta jazia no consolo da lareira.

"'É muito honroso para você receber esse convite, e muito amável da parte deles fazê-lo', disse. 'E vejo também que Charles foi nomeado imediato do navio para uma viagem.'

"Havia, no verso, um PS nesse sentido na letra do próprio senhor Apse, em que eu não reparara. Charley era meu irmão mais velho.

"'Não gosto muito de ter dois de meus filhos juntos num navio', papai continuou, em sua maneira deliberada e solene. 'E posso lhe dizer que não me importaria de escrever uma carta ao senhor Apse nesse sentido.'

"Velho e querido papai! Ele era um pai maravilhoso. O que você teria feito? A mera ideia de voltar (e ainda por cima como oficial) para viver preocupado e aborrecido, noite e dia em estado de alerta por causa daquela fera, me deu náuseas. Mas aquela não era uma embarcação que você pudesse dar-se ao luxo de evitar. Além disso, a justificativa mais sincera não poderia ser oferecida sem ofender mortalmente a Apse & Sons. A firma, e creio que a família inteira, até as velhas tias solteironas que viviam em Lancashire, tornara-se extraordinariamente suscetível em tudo o que dissesse respeito ao caráter daquele barco amaldiçoado. A única alternativa era responder 'A postos', nem que fosse do próprio leito de morte, caso você desejasse morrer nas boas graças de todos eles. E foi precisamente isso o que respondi — por telegrama, para acabar de vez com a coisa.

"A perspectiva de ser companheiro de bordo do meu irmão mais velho me animava bastante, ainda que ao mesmo tempo me deixasse um pouco ansioso. Desde que eu me entendia por gente ele fora muito bom para mim, e eu o considerava o melhor sujeito do mundo. E era mesmo. Nunca melhor oficial pisou o convés de um navio mercante. E isso é um fato. Era um jovem bonito, forte, aprumado, queimado de sol, com seu cabelo castanho ligeiramente anelado e seus olhos de lince. Era simplesmente esplêndido. Fazia muitos anos que não nos víamos e, mesmo naquela ocasião, embora ele já estivesse na Inglaterra havia três semanas, ainda não aparecera em casa, pois estava passando o tempo de folga em algum lugar de Surrey cortejando Maggie Colchester, sobrinha do velho capitão Colchester. O pai dela, um grande amigo de papai, estava no negócio de corretagem de açúcar, e Charley tinha na casa deles uma espécie de segundo lar. Fiquei imaginando o que meu irmão mais velho ia achar de mim. Havia uma espécie de severidade no rosto de Charley que jamais o abandonava, nem mesmo quando ele estava na farra, em seu jeito um tanto frenético.

"Ele me recebeu com uma grande gargalhada. Parecia considerar minha nova posição de oficial a maior piada do mundo. Havia uma diferença de dez anos entre nós, e suponho que ele se lembrasse melhor de mim com roupa de bebê. Eu tinha quatro anos quando ele foi para o mar pela primeira vez. Fiquei surpreso ao descobrir até onde ia sua impetuosidade.

"'Agora vamos ver do que você é feito', bradou ele. E, mantendo-me à distância pelos ombros, socou-me as costelas e me empurrou para o seu beliche. 'Sente-se, Ned. Estou feliz pela oportunidade de ter você por perto. Darei o toque de polimento em você, meu jovem oficial, caso você seja dos bons. E, antes de tudo, enfie bem na cabeça que não vamos deixar esta fera matar ninguém na viagem. Vamos acabar com a brincadeirinha dela.'

"Percebi que ele estava falando sério a respeito do navio. Falava implacavelmente da embarcação e de como devíamos ser cuidadosos e nunca deixar aquela fera horrenda apanhar-nos distraídos com qualquer de seus malditos truques.

"Ele me fez uma verdadeira palestra sobre habilidades especiais a serem aplicadas ao *Apse Family*; então, mudando de tom, começou a falar descontraído, desfiando as bobagens mais doidas e engraçadas, até minhas ilhargas doerem de tanto rir. Eu percebia claramente que ele estava exagerando um pouco em seu bom humor. Não devia ser por causa de minha chegada. Não àquele ponto. Mas, é claro, eu nem sonharia em perguntar-lhe o motivo daquilo. Tinha o devido respeito por meu irmão mais velho, posso assegurar-lhe. Mas tudo se tornou bastante evidente um dia ou dois depois, quando eu fiquei sabendo que a senhorita Maggie Colchester ia fazer a viagem conosco. Seu tio estava lhe oferecendo uma viagem por mar por razões de saúde.

"Não sei o que poderia haver de errado com a saúde dela. Tinha belas cores e uma vigorosa cabeleira loura. Não se importava com o vento ou a chuva ou os borrifos de água ou o sol ou os mares verdes ou coisa alguma. Era uma jovem da melhor qualidade, alegre, de olhos azuis, mas a maneira como afrontava meu irmão mais velho costumava assustar-me. Eu sempre esperava que aquilo fosse terminar numa tremenda briga. No entanto, nada de decisivo aconteceu até depois de passarmos uma semana em Sydney. Um dia, na hora do jantar da tripulação, Charley enfiou a cabeça na minha cabina. Eu estava estirado de barriga para cima no sofá, fumando tranquilo.

"'Desça para terra comigo, Ned', disse ele, em seu estilo conciso.

"Pus-me de pé num pulo, é claro, e lá fui eu atrás dele passadiço abaixo e rua George acima. Ele andava a passos largos, como um gigante, e eu a seu lado, sem fôlego. Fazia um calor dos diabos. 'Para onde você está me arrastando, Charley?', tive a audácia de perguntar.

"'Para aqui mesmo', disse ele.

"'Aqui mesmo' era uma joalheria. Eu não conseguia imaginar o que ele haveria de querer ali. Parecia algum tipo de crise de maluquice. Ele empurra para baixo do meu nariz três anéis, que pareciam muito pequenos na vasta e bronzeada palma de sua mão, rosnando: 'Para Maggie! Qual?'.

"Levei uma espécie de susto diante daquilo. Não consegui dizer nada, mas apontei para o que lançava cintilações brancas e azuis. Ele o guardou no bolso do colete, pagou um monte de soberanos pelo anel, e saiu, brusco. Quando voltamos para bordo eu estava completamente sem fôlego. 'Toque aqui, meu velho', falei, ofegante. Charley me deu uma batidinha nas costas. 'Dê as ordens que quiser ao contramestre quando os marinheiros voltarem', disse ele. 'Esta tarde estou de folga.'

"Em seguida ele desapareceu do convés por algum tempo, depois saiu da cabine com Maggie e os dois desceram pelo passadiço publicamente, diante da marujada, para um passeio juntos naquele dia horrível, escorchante de quente, com nuvens de poeira esvoaçando por todo lado. Voltaram após algumas horas com ar calmo, porém não pareciam ter a menor ideia de onde haviam estado. Seja como for, foi essa a resposta que ambos deram à pergunta da senhora Colchester na hora do chá.

"E não é que ela se virou para o Charley com voz de cocheiro velho e disse: 'Bobagem. Não sabem onde estiveram! Idiotice completa. Você quase mata a garota de tanto andar. Nunca mais faça isso'.

"Era surpreendente a submissão de Charley diante daquela velha. Só uma vez ele cochichou para mim: 'Estou bem feliz por ela só ser tia de Maggie pelo casamento. Não é um parentesco para valer'. Mas na minha opinião ele deveria ser um pouco mais severo com Maggie. Ela ficava andando por todo lado naquele navio em sua saia de iatismo e de boina, uma boina vermelha como um pássaro colorido numa árvore negra e seca. Os velhos marinheiros costumavam sorrir para si mesmos ao vê-la chegar e se ofereciam para ensiná-la a dar nós ou a emendar cabos. Creio que ela gostava dos marujos, imagino que por causa de Charley.

"Como você pode imaginar, as inclinações maléficas daquele navio amaldiçoado jamais eram mencionadas a bordo. De todo modo, não na cabine. Apenas uma vez, no passadiço, Charley disse, impensadamente, algo a respeito de que, daquela vez, a tripulação inteira estava voltando para casa. Na mesma hora o capitão Colchester demonstrou constrangimento e aquela velha idiota durona foi para cima do Charley como se ele tivesse dito algo indecoroso. Eu mesmo fiquei bastante confuso; quanto a Maggie, ficou sentada, totalmente intrigada, arregalando ao máximo os olhos azuis. É claro que antes que o dia terminasse ela havia conseguido arrancar tudo de mim. Era muito difícil mentir para ela.

"'Que horror!', disse ela, muito solene. 'Tantos pobres coitados. Estou contente de que esta viagem esteja quase no fim. Não vou mais ter um único momento de paz em relação ao Charley.'

"Garanti a ela que Charley estava bem. Que era preciso mais do que as artimanhas daquele navio para vencer um marujo como o Charley. E ela concordou comigo.

"No dia seguinte pegamos o rebocador ao largo de Dungeness; e quando a corda de rebocar foi atada, Charley esfregou as mãos e me disse, em voz baixa:

"'Conseguimos enganar o maldito, Ned.'

"'É o que parece', disse eu, com um sorriso malicioso para ele. O tempo estava lindo e o mar tranquilo como um açude. Fomos rio acima sem sombra de complicação, a não ser por uma vez, quando, à altura de Hole Haven, a fera deu uma súbita guinada e por pouco não fez uma barcaça ancorada sair do canal. Mas eu estava na popa, cuidando de governá-la, e daquela vez ela não me pegou cochilando. Charley surgiu no tombadilho parecendo muito preocupado. 'Foi por pouco', disse.

"'Não se preocupe, Charley', respondi alegremente. 'Você domou a fera.'

"Deveríamos rebocar o navio até o cais. O piloto do rio veio para bordo abaixo de Gravesend, e as primeiras palavras que o ouvi dizer foram: 'O senhor faria bem em içar imediatamente sua âncora de bombordo, senhor Piloto'.

"Isso já havia sido feito quando avancei com a embarcação. Vi Maggie na cabeceira do castelo de proa divertindo-se com a confusão, e implorei-lhe que fosse para a popa, mas é claro que ela nem ligou para o que eu disse. Aí Charley, que estava muito ocupado com a engrenagem de vante, avistou-a e gritou o mais alto que pôde: 'Saia da cabeceira do castelo, Maggie. Você está atrapalhando aqui'. Como única resposta ela fez uma careta para ele, e vi o pobre Charley virar-se, escondendo um sorriso. Ela estava afogueada com a excitação de voltar para casa, e seus olhos azuis pareciam lançar fagulhas elétricas enquanto olhava para o rio. Um brigue carvoeiro havia acabado de entrar na nossa frente, e o rebocador teve de cortar as máquinas para evitar uma colisão.

"Num instante, como costuma ser o caso, todas as embarcações daquele trecho do rio pareciam ter se metido numa confusão total. Uma escuna e um rebocador arrumaram, a troco de nada, uma pequena colisão bem no meio do rio. Era excitante observar tudo aquilo e, nesse meio-tempo, nosso rebocador permaneceu parado. Qualquer outro barco que não fosse aquela fera poderia ter sido persuadido a manter-se em linha reta por uns poucos minutos — mas não ele. Sua proa desceu de repente e ela começou a derivar rio abaixo arrastando consigo o rebocador. Reparei num grupo de barcos costeiros ancorados a um quarto de milha de nós, e pensei que era melhor avisar o piloto: 'Se você se meter no meio daquele ajuntamento', falei, baixinho, 'o barco vai moer alguns deles em pedaços antes de conseguirmos retirá-lo'.

"'Como se eu não conhecesse este animal!', grita ele, batendo o pé, tomado pela fúria. E em seguida tirou o apito para fazer com que aquele incômodo rebocador erguesse novamente a proa da embarcação o mais depressa possível. Apitou como um louco, sacudindo o braço para bombordo, e logo pudemos ver que as máquinas do rebocador haviam sido ligadas. Suas rodas propulsoras agitavam violentamente a água, porém era como se estivessem tentando mover uma rocha — o rebocador não conseguia deslocar aquele navio nem um centímetro. O piloto soprou de novo o apito e balançou o braço para bombordo. Podíamos ver as rodas do rebocador virando cada vez mais depressa para longe da nossa amura.

"Por um momento o rebocador e o navio ficaram imóveis no meio de uma porção de embarcações em movimento, e aí a tremenda pressão que aquela fera malévola, de coração empedernido, sempre punha em tudo arrancou por inteiro o cepo de rebocamento. A corda de rebocar pulou para o alto, partindo os ferros de toldo um após outro, como se fossem bastões de cera de lacrar. Somente aí reparei que, a fim de ter uma visão melhor por cima de nossas cabeças, Maggie estava em pé na âncora de bombordo, largada no convés do castelo de proa.

"A âncora fora encaixada corretamente em seus nichos de carvalho, mas não houvera tempo para prendê-la com uma volta de cabo. De qualquer modo, do jeito que estava não haveria problema para entrar na doca; contudo logo vi que num segundo a corda de rebocar mergulharia por baixo da pata da âncora. Meu coração voou direto para a boca, mas antes tive tempo de berrar: 'Pule para longe dessa âncora!'.

"Só que não houve tempo para gritar o nome dela. Suponho que ela não tenha ouvido nada do que eu disse. O primeiro impacto da espia contra a pata da âncora jogou-a ao chão; ela se ergueu novamente, rápida como um relâmpago, mas pôs-se de pé no lado errado. Ouvi um som horrendo, rascante, e em seguida aquela âncora, virando-se, elevou-se como uma coisa viva; seu grande e áspero braço de ferro segurou Maggie pela cintura, pareceu enlaçá-la num horrível abraço, e atirou-se com ela para cima e para baixo num terrível clangor de ferro, seguido de fortes baques retumbantes que sacudiram o navio de proa a popa — porque a boca do aríete aguentou o tranco!"

"Que horror!", exclamei.

"Anos depois, eu costumava sonhar com âncoras agarrando moças", disse o homem de tweed, um pouco alterado. E estremeceu. "Com um urro de cortar o coração, Charley mergulhou no mesmo instante atrás dela. Mas, Deus do céu, ele não viu nem sombra da boina vermelha dela dentro da água. Nada! Nada mesmo. Num momento havia meia dúzia de barcos ao redor de nós, e Charley foi içado para um deles. Eu, com o contramestre e o carpinteiro, largamos depressa a outra âncora e paramos o navio de qualquer maneira. O piloto estava abobalhado. Andava para cima e para baixo pela cabeceira do castelo de proa torcendo as mãos e resmungando para si mesmo: 'Agora ele mata mulheres! Agora ele mata mulheres!'. E não era possível tirar dele nenhuma outra palavra.

"O crepúsculo desceu, depois uma noite negra como piche; e, prescrutando o rio, ouvi uma baixa e lamentosa chamada, 'Ó de bordo!'. Dois aguadeiros de Gravesend emparelharam conosco. Tinham uma lanterna na catraia e olharam pelo costado do navio acima, segurando a escada sem dizer palavra. Vi, lá embaixo, numa nesga de luz, um feixe de cabelos louros, soltos."

Ele estremeceu de novo.

"Depois que a maré mudou, o corpo da pobre Maggie havia flutuado, soltando-se de uma daquelas grandes boias de atracação", explicou. "Eu me arrastei até a popa, sentindo-me meio morto, e consegui disparar um foguete — para que os outros, que procuravam no rio, soubessem. Então avancei furtivamente para vante como um cão vadio e passei a noite sentado no calcanho do gurupés, de modo a ficar o mais longe possível do caminho de Charley."

"Pobre homem!", murmurei.

"É. Pobre homem", repetiu ele, pensativo. "Aquela fera não deixaria que ele — nem mesmo ele — a impedisse de pegar sua presa. Mesmo assim ele a amarrou ao cais na manhã seguinte. Não trocáramos uma só palavra — aliás, nem um olhar. Eu não queria olhar para ele. Quando o último cabo foi amarrado ele pôs as mãos na cabeça e ficou olhando para os pés como quem procura lembrar-se de alguma coisa. A tripulação esperava no convés principal pelas palavras que finalizam a viagem. Talvez fosse disso que ele estava tentando se lembrar. Falei por ele: 'Tudo bem, pessoal, terminou!'.

"Nunca vi uma tripulação deixar um navio em tamanho silêncio. Os homens se esgueiravam por cima da balaustrada um após outro, tomando cuidado para não bater os malotes com muita força. Olhavam para o nosso lado, mas nenhum teve coragem de se acercar e oferecer um aperto de mãos ao piloto, como é de praxe.

"Eu o segui por todo o barco vazio, de um lado para o outro, aqui e ali, sem vivalma além de nós dois, porque o velho vigia se trancara na cozinha, fechando as duas portas. De repente o pobre Charley murmura, numa voz alucinada: 'Acabei aqui', e desce em largas passadas o passadiço, comigo em seu encalço, avança pelo cais, cruza os portões na direção de Tower Hill. Ele costumava alugar quartos com uma honesta estalajadeira na American Square, para ficar perto do trabalho.

"De repente ele para, volta-se e vem direto para mim. 'Ned', diz. 'Vou voltar para casa.' Tive a sorte de avistar um carro de aluguel e enfiei Charley lá dentro na hora. As pernas dele estavam começando a fraquejar. No vestíbulo de nossa casa ele arriou numa cadeira, e nunca me esquecerei dos rostos espantados e absolutamente estáticos de papai e mamãe, debruçando-se sobre ele. Não conseguiam entender o que havia acontecido com Charley, até que balbuciei, chorando: 'Maggie se afogou ontem no rio'.

"Mamãe deixou escapar um gritinho. Papai olhou de Charley para mim e de mim para ele, como se comparasse nossos rostos, pois, juro por minha alma, Charley não estava nem um pouco parecido com ele mesmo. Ninguém se mexeu; e o pobre coitado ergue devagar as grandes e bronzeadas mãos para a garganta e, com um só puxão, rasga tudo de uma vez só — colarinho, camisa, colete —, um perfeito náufrago, os destroços de um homem. Papai e eu o levamos para cima de qualquer jeito, e mamãe quase se matou cuidando dele durante uma meningite."

O homem de tweed balançou a cabeça significativamente para mim.

"Ai! Não havia nada a fazer com aquela fera. Ela tinha o demônio dentro de si."

"Onde está seu irmão?", perguntei, esperando ouvir que estivesse morto. Mas ele estava no comando de um vapor moderno no litoral da China e nunca voltava para casa.

Jermyn soltou um fundo suspiro e levou suavemente o lenço, agora seco a contento, até o nariz vermelho e lamentável.

"Aquele navio era uma fera voraz", recomeçou o homem de terno. "O velho Colchester agiu com firmeza e se demitiu. E você acredita? A Apse & Sons escreveu para perguntar se ele não queria reconsiderar sua decisão! Qualquer coisa para salvar o bom nome do *Apse Family*! O velho Colchester foi então ao escritório e disse que assumiria novamente o comando, porém apenas para levar o barco até o mar do Norte e lá afundá-lo. Ele quase enlouqueceu. Sua cabeleira costumava ter uma cor cinza-metálico escura, mas em duas semanas ficou branca como neve. E o senhor Lucian Apse (eles se conheciam desde jovens) fez de conta que não tinha reparado. Hein? Veja só que paixão! Isso é que é orgulho!

"Pularam sobre o primeiro homem que puderam conseguir para assumir o comando, com medo do escândalo que seria se o *Apse Family* ficasse sem capitão. Era um homem de alma alegre, creio, mas se aferrou a seu navio com fé e arruda. Wilmot era seu segundo-piloto. Um tipo irresponsável, que fazia de conta que nutria grande descaso pelas garotas. O fato é que era realmente tímido. Mas bastava uma delas levantar um dedinho de encorajamento, e nada segurava o desgraçado.

Quando aprendiz, uma vez, no exterior, ele desertou atrás de um rabo de saia, e teria ficado entregue às baratas se seu capitão não tivesse se dado ao trabalho de encontrá-lo e puxá-lo pelas orelhas para fora de algum antro de perdição.

"Dizia-se que, uma vez, alguém da firma fora ouvido expressando a esperança de que aquela fera de navio encontrasse logo o seu fim. Mal posso acreditar nessa história, a não ser que fosse o senhor Alfred Apse, a quem a família não dava muita importância. Eles o mantinham no escritório, mas era considerado um mau-caráter total, sempre fugindo para corridas de cavalo e voltando para casa bêbado. Você pensaria que uma embarcação tão cheia de truques mortais teria se arremessado de encontro à terra algum dia, de pura maldade. Mas não! Ela ia durar para sempre. Tinha faro para se manter longe do fundo."

Jermyn soltou um grunhido de aprovação.

"Uma embarcação bem ao gosto de um piloto, hein?", caçoou o homem de tweed. "Pois bem, Wilmot conseguiu dominá-la. Era o homem certo para isso, mas mesmo ele talvez não tivesse executado o truque sem a governanta de olhos verdes, ou ama-seca, ou fosse lá o que ela era para os filhos do senhor e da senhora Pamphilius.

"Essas pessoas viajavam como passageiros no navio que ia de Port Adelaide para o Cape. Bem, o navio partiu e lançou âncora ao largo durante aquele dia. O capitão — alma hospitaleira — convidou uma porção de gente da cidade para um almoço de despedida — como costumava fazer. Eram cinco da tarde antes que o último barco do cais fosse embora, e o tempo parecia feio e escuro no golfo. Não havia razão para partir. Contudo, como ele anunciara a todo mundo que ia zarpar naquela data, imaginou ser mais correto fazê-lo de qualquer maneira. Mas, depois de todos os festejos, não estava com vontade de afrontar os estreitos no escuro, com pouco vento, e deu ordens para que o navio fosse mantido com as gáveas e a vela a ré do traquete mais baixas, o mais perto possível de terra, esgueirando-se ao longo da costa até o amanhecer. Em seguida, buscou seu virtuoso leito. O piloto estava no convés, de rosto muito bem lavado pelas fortes rajadas de chuva. Wilmot rendeu-o à meia-noite."

"O *Apse Family* tinha, como você observou, uma casa na popa..."

"Uma grande e feia coisa branca, espetada", Jermyn murmurou tristemente para o fogo.

"É isso: uma gaiuta para a escada da cabine e uma espécie de camarim de navegação combinados. A chuva caía em rajadas sobre o sonolento Wilmot. O navio derivava devagar para o sul, andando à bolina, com a costa de três milhas, mais ou menos, a barlavento. Nada havia para se ficar alerta naquela parte do golfo, e Wilmot movimentou-se para se esquivar das rajadas sob o sotavento daquele camarim de navegação, cuja porta, daquele lado, estava aberta. Era uma noite negra como um barril de alcatrão. Nisso ele ouviu uma voz de mulher sussurrar.

"Aquela amaldiçoada mulher de olhos verdes dos Pamphilius pusera as crianças na cama fazia muito tempo, claro, mas parece que ela própria não conseguia dormir. Ouvira bater seis badaladas, e o primeiro-piloto descer para recolher-se. Esperou um pouco, depois vestiu o penhoar, atravessou sorrateiramente o salão e subiu as escadas até o camarim. Ali, sentou-se no sofá perto da porta aberta. Para se refrescar, imagino.

"Suponho que quando ela sussurrou para Wilmot foi como se alguém tivesse riscado um fósforo no miolo do homem. Não sei como eles haviam se tornado tão íntimos. Suponho que ele tivesse se encontrado com ela em terra algumas vezes antes. Não tive como averiguar porque, quando contava a história, o Wilmot se interrompia para praguejar horrores a cada duas palavras. Havíamos nos conhecido no porto, em Sydney. Estava com um avental de pano de saco que lhe subia até o queixo e um grande chicote na mão. Era carroceiro. Feliz por fazer algo para não morrer de fome. Tinha chegado àquele ponto.

"No entanto lá estava ele agora, com a cabeça enfiada porta adentro, provavelmente no ombro da garota — um oficial de plantão! O timoneiro, ao dar seu testemunho depois, disse que gritara muitas vezes que a lâmpada da bitácula se apagara. Isso não importava para ele, porque recebera ordens no sentido de manter-se 'o mais perto possível de terra'. 'Achei engraçado', disse, 'que o navio continuasse sendo atingido pelas rajadas, mas a cada vez que isso acontecia eu orçava para cima, mantendo-o o mais perto possível de terra. Estava tão escuro que eu não conseguia ver nem minha mão diante do rosto, e a chuva caía em baldes de água sobre minha cabeça.'

"A verdade era que a cada rajada o vento coçava a ré um pouco, até que, gradativamente, o navio foi virando para a costa, sem que uma única alma dentro dele se desse conta disso. O próprio Wilmot confessou ter passado uma hora inteira sem se aproximar da bússola padrão. E como não confessar? Quando deu por si, o homem da vigia estava berrando como um doido, lá na frente.

"Ele se soltou da moça, contou, e gritou de volta: 'O que você disse?'.

"'Acho que estou ouvindo o barulho de vagalhões pela proa, senhor', berrou o homem, e foi correndo para a ré com o resto da vigia, 'sob o mais tremendo e cegante dilúvio que jamais caiu do céu', disse Wilmot. Por cerca de um segundo ele ficou tão assustado e desorientado que não conseguia se lembrar de que lado do golfo estava o navio. Não era um bom oficial, mas ainda assim era um marujo. Num instante, conseguiu se controlar e as ordens corretas pularam de seus lábios sem que ele precisasse pensar. Mandou orçar a barlavento com o leme e bracear as velas grande e as mezenas da gata a panejar.

"Parece que as velas realmente tremularam. Ele não podia vê-las, mas ouviu-as chacoalhando e panejando acima de sua cabeça. 'Não adiantava. Era um navio lento demais na largada', continuou, o rosto sujo contorcendo-se e o maldito chicote de carroceiro tremendo em sua mão. 'Ele parecia estar completamente imobilizado.' E nisso o tremular de lona acima de sua cabeça cessou. Nesse momento crítico o vento caçou a ré outra vez com uma rajada, inflando as velas e empurrando o navio num grande impulso de encontro às rochas com o costado de estibordo. Ele fora longe demais em seu último joguinho. Sua hora havia chegado — a hora, o homem, a negra noite, a traiçoeira rajada de vento —, a mulher certa para dar-lhe um fim. A Fera não merecia coisa melhor. São estranhos os instrumentos da Providência. Para mim, existe uma espécie de justiça poética..."

O homem de tweed olhou fixamente para mim.

"A primeira laje do recife em que ele subiu arrancou-lhe a quilha falsa. Rrrac! O capitão saiu correndo de sua cabine e encontrou uma mulher louca, vestindo um penhoar de flanela vermelha, andando em círculos ao redor da cozinha, guinchando como uma cacatua.

"O baque seguinte jogou-a diretamente para baixo da mesa da cabine. Ao mesmo tempo, deslocou o cadaste e carregou o leme, e com isso a Fera escalou uma margem de lajes rochosas, rasgando por completo seu fundo, até parar de súbito. O mastro de proa caiu por cima dos costados como um passadiço."

"Alguém morreu?", perguntei.

"Ninguém, a não ser aquele sujeito, o Wilmot", respondeu o cavalheiro que a srta. Blank não conhecia, olhando em volta em busca do boné. "E seu caso foi pior, para um homem, do que o afogamento. Todos desembarcaram sãos e salvos. A tormenta só se ergueu no dia seguinte, diretamente do oeste, e quebrou aquela fera num curto e surpreendente espaço de tempo. Era como se seu coração estivesse podre." Seu tom mudou. "A chuva passou. Preciso pegar minha

A FERA   107

bicicleta e ir depressa para casa jantar. Moro em Herne Bay — saí para dar uma volta hoje de manhã."

Ele acenou a cabeça para mim num gesto amistoso e saiu num passo afetado. "Você sabe quem é ele, Jermyn?", perguntei.

O piloto do mar do Norte balançou a cabeça, sombrio. "Imagine perder um navio desse jeito estúpido! Que coisa! Que coisa!", gemeu em tom lúgubre, esticando novamente o lenço úmido, como uma cortina, diante das chamas.

Ao sair, troquei um olhar e um sorriso estritamente decorosos com a srta. Blank, garçonete do Três Coroas.

Apresentação de Samuel Titan Jr.
e tradução de Laetitia Vasconcellos

PEDRO ANTONIO DE ALARCÓN

A mulher alta (conto de terror)

Desde a época em que pegou na pena e bateu-se em duelo, em Guadix, província de Granada, até os dias de hoje, a importância literária do espanhol Pedro Antonio de Alarcón (1833-91) tem sido matéria controversa para a crítica. Ainda que boa parte dela costume circunscrever a relevância de sua obra à novela El sombrero de tres picos e a suas crônicas de viagens (das quais se destaca o Diario de un testigo de la guerra de Africa, de 1860), não são poucos os que salientam, no cenário da literatura do século XIX, também suas vivas qualidades de autor de relatos curtos.

Entre eles sobressai "La mujer alta", um dos contos incluídos por Alarcón em seu Narraciones inverosímiles, dado à estampa em 1882. David Roas, organizador de uma antologia que reúne relatos fantásticos de autores espanhóis do período oitocentista — El castillo del espectro, publicada em 2001 pela Círculo de Lectores —, também destaca, entre textos de Bécquer, Pérez Galdós e Pío Baroja, este conto de Alarcón, ressaltando ser ele o autor que mais demonstra a influência de Edgar Allan Poe, e aquele "que poderia ter se transformado em uma grande figura da literatura fantástica do XIX espanhol se tivesse cultivado mais o gênero".

O mesmo conto integra, ainda, ao lado do relato "El amigo de la muerte", que lhe dá título, o volume 8 da prestigiosa Biblioteca de Babel, coleção de leituras fantásticas dirigida por Jorge Luis Borges a pedido do editor italiano Franco Maria Ricci, na qual

Alarcón figura ao lado de escritores como Jack London, Oscar Wilde, Julio Cortázar, Herman Melville e Poe, entre outros.

A personificação da Morte é comum a esses dois contos alarconianos. "El amigo de la muerte" a apresenta como uma figura alta, bonita, pálida, de capa preta e cabelos longos, que "parecia um ser humano sem sexo, um corpo sem alma, ou melhor, uma alma sem corpo mortal determinado", uma espécie, portanto, de ser andrógino. Já em "La mujer alta" a figura é inequivocamente a de uma mulher. Inspirado, segundo Borges, em uma lenda ouvida por Alarcón "dos lábios dos pastores de cabras de Guadix", o conto traz, assim, uma arquetípica figura de mulher como personificação da Morte, com características intrigantes cujo prazer de desvelar, no entanto, não usurparei de antemão ao leitor.

Alarcón tinha cerca de onze anos quando Poe publicou seu antológico poema "O corvo". E traduções de livros do escritor norte-americano começam a surgir na Espanha já em 1857, decorrentes, em grande parte, do empenho de Baudelaire, que se dedicou extensivamente à divulgação de sua obra. A versão que o autor de Fleurs du mal fez das Histórias extraordinárias, por exemplo, foi publicada em 1856, três anos antes da longa viagem de Alarcón por diversos países europeus, quando ele, autodidata em francês, pode perfeitamente ter topado com um assombrado exemplar nas livrarias de Montparnasse. Não é de estranhar, portanto, o fato de muitos estudiosos apontarem uma clara influência de Poe em "La mujer alta".

Neste conto, com efeito, não encontramos cenários e personagens esmeradamente horripilantes e fantasmagóricos, como é comum na literatura fantástica anterior a Poe: embora não com a profundidade psicológica deste, o medo e suas projeções é que dão o tom atemorizante à narrativa. Assim, nunca se sabe se a mulher alta é uma presença maldita prenunciadora de mortes ou se são as sortes do acaso que a colocam em cena antes de acontecimentos funestos. Ela é bastante prosaica, em todo caso, em comparação à sofisticada Morte do conto "El amigo de la muerte", em que imperam o alegórico e o sobrenatural. A supressão das "coisas acessórias", a "sobriedade cruel", como disse Baudelaire de Poe, traz ao primeiro plano a ideia central, "e o assunto se recorta ardentemente sobre esses segundos planos nus".

Isso, como ocorre nos Contos de terror, mistério e morte de Poe, ao aportar verossimilhança à narrativa, exacerba, paradoxalmente, o medo — que afinal irrompe como o personagem principal do conto no qual, caros leitores, ora podeis corajosamente debruçar-vos de corpo e... alma.

"Que sabemos?! Meus amigos... que sabemos?!", exclamou Gabriel, distinto engenheiro de Montes, sentando-se sob um pinheiro e perto de uma fonte, no cimo do Guadarrama, a légua e meia do Escorial, na divisa das províncias de Madri e Segóvia; lugar e fonte e pinheiro que conheço e que me parece estar vendo, mas de cujo nome esqueci-me.

"Sentemo-nos, como é de praxe e *está escrito*... em nosso programa", continuou Gabriel, "para o descanso e o repasto nesta amena e clássica paragem, famosa pela virtude digestiva da água desse manancial e pelos muitos cordeiros que aqui degustaram nossos ilustres mestres dom Miguel Rosch, dom Máximo Laguna, dom Agustín Pascual e outros grandes naturalistas; contar-vos-ei uma estranha e peregrina história para comprovar minha tese..., que se limita a manifestar, mesmo que me chameis de obscurantista, que no globo terrestre ainda ocorrem coisas sobrenaturais: isto é, coisas que não cabem na quadrícula da razão, da ciência ou da filosofia, tal e qual hoje se entendem (ou não se entendem) semelhantes *palavras, palavras* e *palavras*, como diria Hamlet..."

Endereçava Gabriel esse pitoresco discurso a cinco sujeitos de idades diferentes, nenhum deles jovem, e apenas um já entrado em anos; também engenheiros de Montes três deles, pintor o quarto e um pouco literato o quinto; que haviam subido com o orador, o mais moço deles, cada um em sua mula de aluguel, vindos do Real Sitio de San Lorenzo, para passar aquele dia herborizando nos aprazíveis pinheirais de Peguerinos, caçando borboletas em funis de tule, apanhando coleópteros raros sob a casca dos pinheiros enfermos e comendo os fiambres de um alforje de víveres pelos quais cada qual pagara seu quinhão. Isso se passava em 1875, e no rigor do estio; não me lembro se foi no dia de Santiago ou no de São Luís... Tendo a crer que no de São Luís. Como quer que fosse, desfrutava-se naquelas alturas de um frescor delicioso, e ali o coração, o estômago e a inteligência funcionavam melhor do que no mundo social e na vida cotidiana...

Assim que se assentaram os seis amigos, Gabriel continuou falando deste modo:

"Creio que não ireis tachar-me de visionário... Para minha ventura ou desventura, sou, por assim dizer, um homem moderno, nada supersticioso, e o mais *positivista* possível, embora inclua entre os dados *positivos* da Natureza todas as misteriosas faculdades e emoções de minha alma em matérias de sentimento... Pois bem: a propósito de fenômenos sobrenaturais ou *extranaturais*, ouvi o que eu ouvi e vede o que vi, mesmo sem ser o verdadeiro herói da singularíssima história que ora vou contar; e depois dizei que explicação terrena, física, natural, ou como quer que queiramos chamá-la, pode-se dar a tão maravilhoso sucedimento.

"O caso foi o que segue... Vamos lá! Bebamos um trago, que já se terá refrescado o odre dentro dessa buliçosa e cristalina fonte, posta por Deus neste pinífero cimo para esfriar o vinho dos botânicos!"

II.

"Pois bem, de uma feita... não sei se ouvistes falar de um engenheiro de Caminos chamado Telesforo X..., que morreu em 1860."

"Eu não..."

"Eu sim!"

"Eu também: um rapaz andaluz, de bigodes negros, que esteve para casar-se com a filha do marquês de Moreda... e que morreu de icterícia..."

"Esse mesmo!", continuou Gabriel. "Pois bem: meu amigo Telesforo, meio ano antes de sua morte, era ainda um jovem brilhantíssimo, como se diz agora. Alinhado, forte, brioso, com a auréola de ter sido o primeiro da turma na Escuela de Caminos, e já reconhecido na prática pela execução de notáveis trabalhos, era disputado por várias empresas particulares naqueles anos de ouro das obras públicas, e disputado também pelas mulheres casadoiras ou malcasadas, e, naturalmente, por viúvas impenitentes, e entre elas uma mui airosa que... Mas a tal viúva não vem ao caso agora, pois quem Telesforo quis com toda a cerimônia foi sua citada noiva, a pobre Joaquinita Moreda, e aquele outro não passou de um namorico puramente *usufrutuário*..."

"Senhor dom Gabriel, por ordem!"

"Sim... sim, vou por ordem, já que nem minha história nem a controvérsia pendente se prestam a graçolas ou troças. Juan, dá-me mais meia taça... Este vinho está deveras bom! Atenção, portanto, e agora sérios, que está começando o cavernoso. Aconteceu, como sabem aqueles que a conheceram, de Joaquina morrer de repente nos banhos de Santa Águeda no final do verão de 1859... Eu me encontrava em Pau quando recebi tão triste notícia, que me afetou muito especialmente pela íntima amizade que me unia a Telesforo... Eu só falara com ela uma vez, em casa de sua tia, a generala López, e por certo aquela palidez azulada, própria das pessoas que têm um aneurisma, logo pareceu-me indício de saúde ruim... Mas, enfim, a moça valia qualquer coisa por sua distinção, beleza e garbo; e como, além disso, era filha única de título, e de título que levava junto alguns milhões, julguei que meu bom matemático devia estar inconsolável... Por conseguinte, nem bem regressei a Madri, quinze ou vinte dias após o funesto sucesso, fui vê-lo certa manhã, bem cedo, em seu elegante endereço de moço de casa aberta e de chefe de escritório, rua do Lobo... Não lembro o número, mas sim que era muito próximo da Carrera de San Jerónimo.

"Contristadíssimo, se bem que circunspecto e aparentemente dono de sua dor, estava o jovem engenheiro trabalhando já àquela hora com seus assistentes em não sei que projeto de estrada de ferro, e trajado de rigoroso luto. Abraçou-me estreitíssimamente e por um longo momento, sem o menor suspiro; em seguida passou algumas instruções sobre o trabalho por fazer a um de seus assistentes, e levou-me, enfim, a seu gabinete, situado no extremo oposto da casa, dizendo-me pelo caminho, em tom lúgubre e sem dirigir-me o olhar:

"— Muito me alegro de que tenhas vindo... Diversas vezes, no estado em que me encontro, senti tua falta... Passa-se comigo algo muito particular e estranho, que só um amigo como tu poderia ouvir sem considerar-me imbecil ou insano, e sobre o que preciso ouvir alguma opinião serena e fria como a ciência... Senta... — prosseguiu dizendo, ao chegarmos a seu gabinete —, e não temas de modo algum que eu te angustie descrevendo o pesar que me atormenta, e que durará tanto quanto minha vida... Para quê? Poderás imaginá-lo muito facilmente, por pouco que entendas de aflições humanas, e eu não quero ser consolado nem agora, nem depois, nem nunca! O que vou te contar com a detença que o caso requer, ou seja, abordando o assunto desde sua origem, é uma circunstância horrenda e misteriosa que serviu de augúrio infernal para esta desventura, e que tem conturbado meu espírito a tal extremo que te causará espanto...

"— Fala! — respondi eu, começando a sentir, com efeito, um certo arrependimento por ter entrado naquela casa, ao ver a expressão de covardia que se estampou no rosto de meu amigo.

"— Ouve... — replicou ele, secando a testa suarenta.

III.

'Não sei se por uma fatalidade inata de minha imaginação, ou pelo vício adquirido ao ouvir um daqueles contos da carochinha com que tão imprudentemente se assustam as crianças no berço, o caso é que desde meus tenros anos não houve coisa que me causasse tanto horror e espanto, figurasse-a eu mentalmente ou encontrasse-a na realidade, como uma mulher sozinha, na rua, a altas horas da noite.

'Sabes que nunca fui covarde. Bati-me em duelo, como qualquer homem decente, de uma feita em que foi necessário, e, recém-saído da Escola de Engenheiros, enfrentei a paus e tiros em Despeñaperros meus sublevados peões, até que os reduzi à obediência. Durante toda a minha vida, em Jaén, em Madri, e em vários outros lugares, andei a horas mortas pela rua, sozinho, sem armas, atento apenas ao cuidado amoroso que me fazia velar, e se acaso topei com vultos de má catadura, fossem ladrões ou simples fanfarrões, eles é que fugiram ou se puseram de lado, deixando-me livre o melhor caminho... Mas se o vulto era uma mulher sozinha, parada ou andando, e eu também ia sozinho, e não se via mais alma viva em parte alguma... então (podes rir, se quiseres, mas acredita em mim) eu ficava de cabelo em pé; vagos temores assaltavam meu espírito; pensava em almas do outro mundo, em seres fantásticos, em todas as invenções supersticiosas que me faziam rir em qualquer outra circunstância, e apertava o passo, ou voltava atrás, agora sem que meu susto passasse e sem que pudesse distrair-me sequer um instante até ver-me em casa.

'Uma vez nela, também caía no riso e envergonhava-me de minha loucura, servindo-me de consolo pensar que ninguém a conhecia. Ali me dava conta friamente, pois não acreditava em duendes, nem em bruxas, nem em fantasmas, de que eu nada devia temer daquela fêmea magra, a quem a miséria, o vício ou algum acidente infeliz mantinham a tal hora fora de seu lar, e a quem seria melhor que eu oferecesse ajuda, caso necessitasse, ou desse esmolas, se ela mas pedisse... Repetia-se, contudo, a deplorável cena toda vez que se me apresentava outro caso igual, e conta que eu já tinha vinte e cinco anos, muitos deles de aventureiro noturno, sem que jamais me houvesse ocorrido qualquer lance penoso com as tais mulheres solitárias e tresnoitadas!... Mas, enfim, nada do que acabo de dizer chegou a ter verdadeira importância, nunca, pois aquele pavor irracional sempre se dissipava assim que eu chegava a casa ou via outras pessoas na rua, e em poucos minutos eu nem mesmo me lembrava disso, como não se recordam os equívocos ou as tolices sem fundamento nem consequência.

'Assim estavam as coisas, há cerca de três anos... (tenho vários motivos, infelizmente, para poder fixar a data: a noite de 15 para 16 de novembro de 1857!) voltava eu, às três da madrugada, àquela casinha da rua de Jardines, perto da rua Montera, na qual, deves lembrar, morei naquela época... Acabava de sair, em hora tão avançada, e com um tempo feroz de vento e frio, não de nenhum ninho de amor, mas de... (vou dizer-te, mesmo que te surpreendas) de uma espécie de casa de jogo, não conhecida por esse nome pela polícia, mas onde muita gente já caíra em ruína, e à qual me haviam levado naquela noite pela primeira... e última vez. Sabes que nunca fui jogador; entrei ali enganado por um amigo da onça, na crença de que tudo se limitaria a travar conhecimento com certas damas elegantes, de virtude equívoca (demi-monde puro), com o pretexto de jogar alguns maravedis no *enano*,* em mesa redonda, com saia de baeta; e o caso foi que por volta da meia-noite começaram a chegar novos frequentadores, que vinham do Teatro Real ou de salões verdadeiramente aristocráticos, e mudou-se de jogo, e começaram a reluzir moedas de ouro, depois notas e depois vales escritos a lápis, e eu me embrenhei pouco a pouco na selva escura do vício, cheia de febres e tentações, e perdi tudo o que levava, e tudo o que possuía, e ainda fiquei devendo uma fábula... com a promissória correspondente. Ou seja, arruinei-me por completo, e, não fossem a herança e os grandes negócios que fiz em seguida, teria ficado numa situação muito angustiante e em apuros.

'Voltava eu, como dizia, a minha casa naquela noite, a desoras, hirto de frio, faminto, com a vergonha, e o desgosto que podes figurar, pensando, mais que em mim mesmo, em meu pai velho e enfermo, a quem teria de escrever pedindo dinheiro, o que não lhe poderia causar menos dor que assombro, pois me considerava em muito boa e desafogada posição..., quando, um pouco antes de entrar em minha rua pelo extremo que dá na de Peligros, e ao passar diante de uma casa recém-construída na calçada pela qual eu seguia, percebi que no vão de sua porta fechada estava em pé, imóvel, rígida, como se fosse de pau, uma mulher muito alta e forte, de uns sessenta anos, cujos malignos e audazes olhos sem cílios se

---

* Referência ao antigo jogo francês de cartas e tabuleiro denominado *"nain jaune"* ("anão amarelo"; em castelhano *"enano amarillo"*). (N. T.)

cravaram nos meus como dois punhais, ao passo que sua desdentada boca me fez um esgar horrível à guisa de sorriso...

'O próprio terror ou delirante medo que se apossou de mim instantaneamente deu-me não sei que percepção maravilhosa para distinguir de chofre, ou seja, nos dois segundos que eu demoraria em passar roçando aquela repugnante visão, os pormenores mais ligeiros de sua figura e de sua roupa... Vou ver se consigo coordenar minhas impressões do modo e da forma que as recebi, e tal como se gravaram para sempre em meu cérebro sob a luz mortiça do lampião que iluminou com infernal relâmpago tão fatídica cena...

'Mas estou por demais excitado, ainda que não sem motivo, como verás adiante! Releva, no entanto, pelo estado de minha razão... Ainda não estou louco!

'A primeira coisa que me chocou naquela que denominarei *mulher* foi sua elevadíssima estatura e a largura de seus descarnados ombros; depois, a redondez e a fixidez de seus murchos olhos de coruja, a enormidade de seu saliente nariz e a grande falha central de sua dentadura, que transformava sua boca numa espécie de escuro buraco, e, por último, seu traje de moçoila de Lavapiés, o lencinho novo de algodão que levava na cabeça, amarrado sob o queixo, e um diminuto leque aberto que portava na mão, e com o qual cobria, afetando pudor, o centro do talhe.

'Nada mais ridículo e tremendo, nada mais irrisório e sarcástico do que aquele lequezinho em suas mãos tão enormes, parecendo servir de cetro de debilidade à giganta tão feia, velha e ossuda! Igual efeito causava o lençote de vistoso percal que lhe enfeitava o rosto, comparado com aquele nariz de talha-mar, aquilino, masculino, que me fez acreditar por um momento (não sem regozijo) que se trataria de um homem disfarçado... Mas seu olhar cínico e seu sorriso asqueroso eram de velha, de bruxa, de feiticeira, de Parca... sei lá de quê! De algo que justificava plenamente a contrariedade e o susto que me haviam causado a vida toda as mulheres que andavam sozinhas, de noite, pela rua!... Dir-se-ia que, do berço, eu pressentira aquele encontro! Dir-se-ia que o temia instintivamente, como cada ser animado teme e adivinha, e fareja, e reconhece seu antagonista natural antes de ter recebido dele qualquer ofensa, antes de tê-lo visto, assim que sente seus passos!

'Não larguei a correr, quando vi a esfinge de minha vida, menos por vergonha e varonil decoro do que por recear que meu próprio medo lhe revelasse quem eu era, ou lhe desse asas para seguir-me, para atacar-me, para... não sei! Os perigos sonhados pelo pânico não têm forma nem nome traduzíveis!

'Minha casa ficava no extremo oposto da prolongada e estreita rua na qual eu me encontrava só, inteiramente só com aquele misterioso espectro, que eu acreditava ser capaz de aniquilar-me com uma palavra... Que fazer para chegar até lá? Ah! Com que ânsia via ao longe a ampla e bem iluminada rua da Montera, onde a toda hora há agentes de polícia!

'Então, decidi tirar forças da fraqueza; dissimular e ocultar aquele pavor miserável; não acelerar o passo, mas ir ganhando terreno, mesmo à custa de anos de vida e de saúde, e dessa maneira, pouco a pouco, ir-me aproximando de minha casa, procurando muito especialmente não desabar antes no chão.

'Assim eu caminhava...; assim teria andado ao menos vinte passos desde que deixara para trás a porta em que estava escondida a mulher do leque, quando de repente ocorreu-me uma ideia horrível, espantosa e, no entanto, muito racional: a ideia de virar a cabeça para ver se minha inimiga me seguia!

'Das duas, uma... — pensei com a rapidez do raio —: ou meu terror tem fundamento ou é uma loucura; se tiver fundamento, essa mulher terá saído atrás de mim, estará me alcançando e não há salvação para mim no mundo. E se for uma loucura, uma apreensão, um pânico feito outro qualquer, vou convencer-me disso no presente caso e em todos os que venham a suceder-me, ao ver que aquela pobre anciã permaneceu no vão daquela porta protegendo-se do frio ou esperando que lha abrissem; com o que poderei continuar andando para casa muito tranquilamente e terei me curado dessa mania que tanto me apoquenta.

'Formulado esse raciocínio, fiz um esforço extraordinário e virei a cabeça.

'Ah! Gabriel! Gabriel! Que desgraça! A mulher alta me seguira com passos surdos, estava em cima de mim, quase me tocava com o leque, quase assomava sua cabeça sobre meu ombro!

'Por quê? Para quê, meu Gabriel? Era uma ladra? Era efetivamente um homem disfarçado? Era uma velha irônica, que tinha percebido que eu a temia? Era o espectro de minha própria covardia? Era o fantasma zombeteiro das decepções e fraquezas humanas? Seria interminável dizer-te todas as coisas que pensei em um momento! O caso foi que dei um grito e saí correndo como um menino de quatro anos que pensa estar vendo o bicho-papão, e que não parei de correr até desembocar na rua da Montera...

'Uma vez ali, meu medo desapareceu como que por encanto. E olha que a rua da Montera também estava deserta! Então virei a cabeça para a rua de Jardines, que se avistava em todo o seu comprimento, e que estava suficientemente iluminada por três lampiões e por um revérbero da rua de Peligros, para que não se obscurecesse a meus olhos a *mulher alta* caso ela tivesse recuado naquela direção, e graças aos céus que não a vi parada, nem andando, nem de maneira alguma!

'Entretanto, evitei a todo custo entrar de novo em minha rua.

'Aquela velhaca', disse-me, 'deve ter-se metido no vão de outra porta!... Mas enquanto os lampiões continuarem iluminando ela não se moverá sem que eu daqui perceba...

'Nisso vi aparecer um guarda-noturno pela rua do Caballero de Gracia, e chamei-o sem desviar-me do lugar: disse-lhe, para justificar o chamado e excitar seu zelo, que na rua de Jardines havia um homem vestido de mulher; que entrasse naquela pela rua de Peligros, à qual devia dirigir-se pela da Aduana; que eu permaneceria quieto naquela outra saída e que com isso não poderia escapar-nos aquele que a todas as luzes era um ladrão ou um assassino.

'O guarda obedeceu; seguiu pela rua da Aduana, e quando eu o vi avançar sua lanterna pelo outro lado da rua de Jardines, também entrei nela resolutamente.

'Logo nos reunimos no meio dela, sem que nem um nem outro tivéssemos encontrado ninguém, apesar de termos revistado porta por porta.

'— Deve ter-se enfiado em alguma casa... — disse o guarda.

'— Deve ser isso! — respondi, abrindo a porta da minha, com a firme resolução de mudar-me para outra rua no dia seguinte.

'Alguns instantes depois encontrava-me dentro de meu quarto terceiro, cuja chave também levava sempre comigo, a fim de não incomodar meu bom criado José.

'No entanto, este me aguardava naquela noite! Minhas desgraças do 15 para o 16 de novembro não tinham terminado!

'— O que houve? — perguntei-lhe com estranheza.

'— Esteve aqui — respondeu-me visivelmente comovido —, esperando o senhor das onze até as duas e meia, o senhor comandante Falcón, e me disse que, se o senhor viesse dormir em casa, não se desnudasse, pois ele voltaria ao amanhecer...

'Tais palavras me deixaram frio de dor e de espanto, como se houvessem anunciado minha própria morte... Sabedor de que meu amantíssimo pai, residente em Jaén, padecia naquele inverno de frequentes e perigosíssimos ataques de sua crônica enfermidade, escrevera a meus irmãos para que, no caso de um repentino desenlace funesto, telegrafassem ao comandante Falcón, que me daria a notícia da maneira mais conveniente... Não me restava, pois, dúvida de que meu pai havia falecido!

'Sentei-me numa poltrona para esperar o dia e meu amigo, e com eles a notícia oficial de tão grande infortúnio, e só Deus sabe como sofri naquelas duas horas de cruel expectativa, durante as quais (e é o que tem relação com a presente história) não conseguia separar em minha mente três ideias distintas, e aparentemente heterogêneas, que se empenhavam em formar monstruoso e tremendo grupo: minha perda no jogo, o encontro com a *mulher alta* e a morte de meu honrado pai!

'Às seis em ponto entrou em meu escritório o comandante Falcón, e fitou-me em silêncio...

'Atirei-me em seus braços chorando desconsoladamente, e ele exclamou, confortando-me:

'— Chora, homem, chora! E oxalá essa dor pudesse ser sentida muitas vezes!'

IV.

"Meu amigo Telesforo", continuou Gabriel depois de esgotar outro cálice de vinho, "descansou também um momento ao chegar a este ponto, e depois prosseguiu nos seguintes termos:

'Se minha história terminasse aqui, talvez não encontrasses nela nada de extraordinário ou sobrenatural, e poderias dizer-me o mesmo que então me disseram dois homens de muito tino a quem a contei: que cada pessoa de viva e ardente imaginação tem seu terror pânico; que o meu eram as tresnoitadas solitárias, e que a velha da rua de Jardines devia ser apenas uma coitada sem teto nem lar, que ia me pedir esmola quando soltei o grito e saí correndo, ou então uma repugnante alcoviteira daquele bairro, não muito católico em matéria de amores...

'Eu também quis acreditar que era assim; cheguei a acreditar nisso ao cabo de alguns meses; ainda que eu pudesse dar, então, anos de minha vida pela certeza de não voltar a encontrar a *mulher alta*. Em compensação, hoje daria todo o meu sangue para encontrá-la de novo!'

'Para quê?'

'Para matá-la no ato!'

'Não te entendo...'

'Vais me entender se eu te disser que voltei a topar com ela há três semanas, poucas horas antes de receber a notícia fatal da morte de minha pobre Joaquina...'

'Conta-me... conta-me...'

'Pouco mais tenho a dizer. Eram cinco da madrugada; eu estava voltando da última noite, não direi de amor, mas de amaríssimos prantos e dilacerante contenda, com minha antiga amante, a viúva de T..., de quem eu precisava separar-me por ter sido proclamado meu casamento com a outra infeliz que estavam enterrando em Santa Águeda naquela mesma hora!

'Ainda não era dia pleno; mas já clareava o alvorecer nas ruas alinhadas para o leste. Acabavam de apagar os lampiões, os guardas-noturnos tinham se retirado, e quando fui cortar a rua do Prado, ou seja, ao passar de uma a outra seção da rua do Lobo, atravessou-me a frente, como se estivesse vindo da praça das Cortes e dirigindo-se à de Santa Ana, a espantosa mulher da rua de Jardines.

'Não me olhou e pensei que não me tivesse visto...

'Usava a mesma roupa e o mesmo leque de três anos antes... Meu sobressalto e minha covardia foram maiores do que nunca! Cortei rapidissimamente a rua do Prado, depois que ela passou, ainda que sem perdê-la de vista, para assegurar-me de que não virava a cabeça, e quando entrei na outra seção da rua do Lobo, respirei como se tivesse acabado de cruzar a nado uma impetuosa correnteza, e apertei novamente o passo para cá com mais júbilo que medo, pois considerava vencida e anulada a odiosa bruxa, pelo mero fato de ter estado tão perto dela sem que me visse...

'De repente, e já perto desta minha casa, assaltou-me uma espécie de vertigem de terror, pensando se a matreiríssima velha me vira e me conhecera; se ela se fizera de desentendida para me deixar entrar na ainda escura rua do Lobo para atacar-me ali impunemente; se estaria vindo atrás de mim; se já a teria em cima de mim... Nisso me viro... e lá estava ela! Ali, a minhas costas, quase me tocando com suas roupas, fitando-me com seus olhetes vis, mostrando-me a asquerosa falha de sua dentadura, abanando-se irrisoriamente, como se caçoasse de meu pueril espanto!...

'Passei do terror à mais insensata ira, à fúria selvagem do desespero, e lancei-me sobre a corpulenta velhona; atirei-a contra a parede, pondo-lhe uma das mãos sobre a garganta, e com a outra, que nojo!, pus-me a apalpar seu rosto, a maçaroca ruim de seus cabelos sujos, até que me convenci simultaneamente de que era criatura humana e mulher.

'Ela havia lançado, entretanto, um uivo rouco e agudo ao mesmo tempo que me pareceu falso, ou fingido, como expressão hipócrita de uma dor e de um medo que não sentia, e depois exclamou, fazendo como se chorasse, mas sem chorar, olhando-me muito bem, antes, com olhos de hiena.

'— Por que o senhor se atracou comigo?

'— Logo vai se lembrar — gritei — de ter me visto em outra parte!

'— Acredito, minha alma! — respondeu, sardonicamente. — Na noite de São Eugênio, na rua de Jardines, faz três anos!...

'Senti um frio na espinha.

'— Mas, quem é a senhora? — disse-lhe sem soltá-la. — Por que corre atrás de mim? O que tem a ver comigo?

'— Sou uma frágil mulher... — respondeu diabolicamente. — E o senhor me odeia e me teme sem motivo!... Se não, me diga, senhor cavalheiro: por que aquele sobressalto quando me viu pela primeira vez?

'— Porque a senhora me atormenta desde que nasci! Porque é o demônio da minha vida!

'— De modo que me conhecia há muito tempo? Pois veja, meu filho, eu também já o conhecia!

'— Me conhecia! Desde quando?

'— Desde antes de seu nascimento! E quando o vi passar perto de mim há três anos, disse a mim mesma: *É este!*

'— Mas, quem sou eu para a senhora? Quem é a senhora para mim?

'— O demônio! — respondeu a velha cuspindo-me no meio do rosto, livrando-se de minhas mãos e saindo a correr velocissimamente com as saias levantadas acima dos joelhos e sem que seus pés movessem ruído algum ao tocar a terra...

'Loucura tentar alcançá-la!... Além do mais, pela Carrera de San Jerónimo passavam então algumas pessoas, e também pela do Prado. Era dia. A *mulher alta* continuou correndo, ou voando, até a rua das Huertas, já iluminada pelo sol; lá parou e ficou me olhando; ameaçou-me várias vezes esgrimindo o lequezinho fechado, e desapareceu detrás de uma esquina...

'Espera mais um pouco, Gabriel! Não julgues ainda este pleito, no qual se jogam minha alma e minha vida! Escuta-me por mais dois minutos!

'Quando entrei em minha casa encontrei o coronel Falcón, que acabava de chegar para dizer-me que minha Joaquina, minha noiva, toda a minha esperança de felicidade e ventura sobre a Terra, morrera no dia anterior em Santa Águeda!

O infeliz padre telegrafara a Falcón para que me contasse... a mim, que devia tê-lo adivinhado uma hora antes, ao encontrar o demônio de minha vida! Entendes agora por que preciso matar a inimiga inata de minha felicidade, essa velha imunda, que é como o sarcasmo vivo de meu destino?

'Mas, por que digo matar? É mulher? É criatura humana? Por que a pressinto desde que nasci? Por que *me reconheceu ao ver-me*? Por que só aparece para mim quando me sucedeu algum grande infortúnio? É Satanás? É a Morte? É a Vida? É o Anticristo? Quem é? O que é?...'"

V.

"Vou poupá-los, meus caros amigos", continuou Gabriel, "das reflexões e argumentos que eu empregaria para acalmar Telesforo; pois são os mesmos, mesmíssimos, que estais preparando agora para demonstrar-me que em minha história não há nada de sobrenatural ou de sobre-humano... Direis que meu amigo estava meio louco; que sempre esteve; que, quando menos, sofria a enfermidade moral chamada por uns de *terror pânico* e por outros de *delírio emotivo*; que, mesmo sendo verdade tudo o que referia sobre a mulher alta, isso deveria ser atribuído a *coincidências* casuais de datas e acidentes; e, enfim, que aquela pobre velha também podia estar louca, ou ser uma ladrona ou uma mendiga, ou uma cerzidora de vontades, como disse a si mesmo o herói de meu conto num intervalo de lucidez e bom senso..."

"Suposição admirável!", exclamaram os camaradas de Gabriel de formas variadas.

"Era isso mesmo que íamos responder!"

"Pois escutai ainda por uns instantes e vereis que me equivoquei, na época, como vos equivocais agora. Quem infelizmente nunca se equivocou foi Telesforo! Ah! É muito mais fácil pronunciar a palavra *loucura* do que encontrar explicações para certas coisas que se passam na Terra!"

"Fala! Fala!"

"Pois bem... e desta vez, por ser a última, reatarei o fio de minha história sem beber antes uma taça de vinho."

VI.

"Poucos dias depois daquela conversa com Telesforo, fui enviado à província de Albacete em minha qualidade de engenheiro de Montes; e não haviam transcorrido muitas semanas quando soube, por um empreiteiro de obras públicas, que meu infeliz amigo fora atacado por uma terrível icterícia; que estava inteiramente verde, prostrado em uma poltrona, sem trabalhar e sem querer ver ninguém, chorando dia e noite com inconsolável amargura, e que os médicos já não tinham esperança de salvá-lo. Compreendi então por que ele não respondia a minhas cartas, e tive de limitar-me a pedir notícias dele ao coronel Falcón, que cada vez me dava informes mais desfavoráveis e tristes...

"Depois de cinco meses de ausência, regressei a Madri no mesmo dia em que chegou o telegrama da batalha de Tetuán. Lembro-me disso como do que fiz ontem. Naquela noite comprei o indispensável *Correspondencia de España* e a primeira coisa que li foi a notícia de que Telesforo havia falecido e o convite para seu enterro na manhã seguinte.

"Compreendereis que não pude faltar à triste cerimônia. Ao chegar ao cemitério de San Luis, para onde fui num dos coches mais próximos da carruagem fúnebre, chamou-me a atenção uma mulher do povo, velha, e muito alta, que ria impiamente ao ver baixar o féretro, e que depois se postou em gesto de triunfo diante dos coveiros, indicando-lhes com um leque muito pequeno a galeria que deviam seguir para chegar à aberta e ansiosa tumba...

"Reconheci à primeira vista, com assombro e pavor, que era a implacável inimiga de Telesforo, tal e qual ele ma havia retratado, com seu enorme nariz, seus olhos infernais, a asquerosa banguela, com seu lencinho de percal e aquele minúsculo leque, que parecia em suas mãos o cetro do impudor e da galhofa...

"Instantaneamente reparou que eu a observava, e fixou a vista em mim de um modo particular, como se me reconhecesse, como se estivesse inteirada de que o finado me havia contado as cenas da rua de Jardines e da rua do Lobo, como se me desafiasse, como se me declarasse herdeiro do ódio que havia professado a meu infortunado amigo...

"Confesso que então meu medo foi maior que a maravilha que me causavam aquelas novas *coincidências* ou *casualidades*. Era evidente que alguma relação sobrenatural anterior à vida terrena existira entre a misteriosa velha e Telesforo; mas naquele momento só me preocupava minha própria vida, minha própria alma, minha própria ventura, que correriam perigo se eu viesse a herdar semelhante infortúnio...

"A *mulher alta* começou a rir, e apontou-me ignominiosamente com o leque, como se tivesse lido meu pensamento e denunciasse em público minha covardia... Tive de apoiar-me no braço de um amigo para não ir ao chão, e ela então fez um gesto compassivo ou desdenhoso, girou sobre os calcanhares e adentrou o campo-santo com a cabeça voltada para mim, abanando-se e cumprimentando-me ao mesmo tempo, e meneando-se entre os mortos com não sei que infernal coqueteria, até que, por fim, desapareceu para sempre naquele labirinto de pátios e colunatas cheios de túmulos...

"E digo *para sempre* porque se passaram quinze anos e não voltei a vê-la... Se era criatura humana, já deve ter morrido, se não, estou certo de que me desdenhou...

"Isso posto, vejamos, pois... Dai-me agora sua opinião acerca de tão curiosos fatos! Ainda os concebeis como naturais?"

Seria ocioso que eu, o autor do conto ou história que acabais de ler, estampasse aqui as respostas que deram a Gabriel seus companheiros e amigos, já que, ao fim e ao cabo, cada leitor haverá de julgar o caso segundo suas próprias sensações e crenças...

Por conseguinte, prefiro pôr o ponto final neste parágrafo, não sem antes dirigir o mais afável e expressivo cumprimento a cinco dos seis expedicionários que passaram juntos aquele inesquecível dia nos frondosos cimos do Guadarrama.

Valdemoro, 25 de agosto de 1881.

Apresentação e tradução de Josely Vianna Baptista

AMBROSE BIERCE

A janela vedada

Nascido no estado de Ohio em 1842, Ambrose Bierce, apesar de ser um dos autores clássicos de seu país, ainda é mal conhecido no exterior. Estabelecendo um nexo entre o lado "gótico" de Edgar Allan Poe e o satírico de Mark Twain, Bierce ajudou a consolidar um estilo tipicamente norte-americano que, durante o século XX, prosperaria nas mãos mais variadas.

A experiência decisiva de sua vida foi a mesma para toda aquela geração de americanos: a Guerra Civil (1861-5), na qual serviu com distinção como oficial do Exército da União, tendo sido gravemente ferido em combate. Os contos que escreveu a respeito do conflito estão entre os seus melhores e contribuíram imensamente para lhe assegurar, ainda em vida, uma reputação sólida.

Bierce tornou-se jornalista na costa Oeste, mas nunca abandonou o gosto pela linguagem precisa, observação aguda, expressão concisa e, sobretudo, pela ironia corrosiva. Seu temperamento se adaptava perfeitamente à brevidade do aforismo, e ele multiplicou os seus, um mais sarcástico do que o outro, em seus ensaios e na coletânea que batizou de The Devil's Dictionary [O dicionário do Diabo, 1911], sua obra mais conhecida.

O fim do escritor não destoou do restante de sua trajetória. Em 1913, com 71 anos de idade, o gringo viejo (título também de um filme de 1989 sobre seus últimos dias) foi ao México, então em plena revolução, para — segundo alguns — unir-se às tropas de Pancho

Villa ou — segundo outros — entrevistá-lo. Seja como for, não há, depois disso, notícias confiáveis sobre Bierce. Não se sabe onde e quando morreu.

Em 1830, a poucas milhas do que é agora a grande cidade de Cincinnati, estendia-se uma imensa floresta quase inviolada. A região inteira era esparsamente habitada por gente da fronteira — almas inquietas que, tão logo houvessem extraído daquele ermo lares decentemente habitáveis e alcançado o grau de prosperidade que hoje em dia chamaríamos de penúria, abandonavam tudo, impelidos por algum impulso misterioso de sua natureza, e se lançavam adiante, rumo ao oeste, para enfrentar novos perigos e privações, sequiosos que estavam de recuperar o parco bem-estar do qual haviam voluntariamente abdicado. Muitos destes já haviam trocado a região pelos povoados mais distantes, mas, entre os que ficaram, encontrava-se alguém que fora dos primeiros a chegar. Ele vivia sozinho numa habitação de madeira cercada de todos os lados pela vasta floresta a cuja escuridão e silêncio ele próprio parecia pertencer, pois ninguém jamais o vira sorrir nem o ouvira dizer uma palavra supérflua. Suas escassas necessidades eram supridas, na aldeia ribeirinha, pela venda ou troca de peles de animais selvagens, uma vez que ele nada plantava na terra que, se preciso, poderia reivindicar por usucapião. Havia sinais de "melhoramentos" — alguns acres ao redor da casa tinham sido desmatados e os restos apodrecidos das árvores se erguiam semiocultos pela vegetação recente à qual se permitira remendar o que o machado devastara. Aparentemente, seu entusiasmo pela agricultura se consumira numa chama tíbia antes de apagar-se em cinzas lúgubres.

O casebre de madeira, com sua chaminé primitiva, seu telhado de ripas arqueadas dispostas sobre vigas cruzadas e calafetadas com barro, tinha uma única porta no lado oposto ao da janela. Esta, contudo, estava vedada com tábuas e ninguém recordava quando é que não fora assim. Ninguém tampouco sabia o porquê da vedação. Decerto não era porque o ocupante sofresse de aversão à luz ou ao ar, já que, nas raras ocasiões em que um caçador cruzara aquele lugar solitário, o recluso, caso os céus lhe houvessem propiciado um bom tempo, fora frequentemente visto a tomar sol diante da casa. Creio que há poucas pessoas ainda vivas que saibam o segredo da janela, mas, como vocês verão, eu sou uma delas. Diziam que ele se chamava Murlock. Embora aparentasse setenta, tinha cerca de cinquenta anos. Outra coisa, além dos anos, contribuiu para seu envelhecimento. Seu cabelo e a longa barba cerrada eram grisalhos, tinha olhos castanhos, embaçados, fundos e um rosto singularmente sulcado de rugas que pareciam pertencer a dois conjuntos entrecruzados. Seu porte era alto e magro, com os ombros encurvados de quem carrega peso. Eu mesmo nunca o vi, e fui informado desses pormenores por meu avô, que foi quem, na minha infância, contou-me a história de Murlock. Ele o conhecera quando, naqueles dias remotos, vivia em sua vizinhança.

Um dia Murlock foi achado morto em sua cabana. Como aquela não era uma época de legistas e jornais, concordou-se, suponho, que ele morrera de causas naturais, pois, caso contrário, teriam me dito e eu me lembraria. Tudo o que sei é que, talvez com um sentido do que era apropriado, o corpo foi enterrado perto da cabana, junto à sepultura de sua mulher, que, por ter morrido tantos anos antes, mal deixara na memória local um traço que fosse de sua existência. Isso encerra o capítulo final desta história verdadeira, exceto, aliás, pelo fato de que anos e anos mais tarde, acompanhado de um espírito igualmente intrépido, aventurei-me no recanto e me aproximei da cabana o bastante para atirar nela uma pedra e sair correndo do fantasma que, como todo garoto bem informado sabia, assombrava o lugar. Há, porém, um capítulo anterior — aquele com que meu avô me presenteara.

Quando Murlock construiu sua cabana e se dedicou vigorosamente ao desmatamento com o intuito de lavrar uma roça, vivendo entrementes de seu rifle, era jovem, robusto e confiante. No país a leste do qual viera ele se casara, como era costume, com uma jovem que, em tudo merecedora de sua afeição sincera, compartilhava, de boa vontade e sem remorsos, os perigos e privações de seu destino. Não há, que se saiba, registro de seu nome. Sobre seus encantos espirituais e pessoais, tampouco há lembrança, e quem tiver dúvidas, que as tenha. Mas Deus me livre de endossá-las! Não faltaram, em cada dia vivido pelo viúvo, provas de sua felicidade e afeto mútuo; pois o que, senão o magnetismo de bênçãos relembradas, poderia ter acorrentado aquele espírito arrojado a tal sina? Certo dia, voltando de uma parte remota da floresta aonde fora caçar, Murlock encontrou a mulher alquebrada, febril e delirando. Não havia médico num raio de muitos quilômetros, nem vizinho algum. Tampouco ela estava em condições de ser deixada a sós enquanto ele buscava auxílio. Ele tentou cuidar dela, esperando que se recuperasse, mas, ao final do terceiro dia, a mulher perdeu a consciência e, sem jamais, ao que parece, tê-la recuperado, faleceu.

Pelo que sabemos de temperamentos como o dele, podemos imaginar alguns dos detalhes do quadro cujos contornos meu avô delineara. Uma vez convencido da morte dela, Murlock manteve a lucidez necessária para se lembrar de que os mortos devem ser preparados para o enterro. Cumprindo esse dever sagrado, cometeu erros de quando em quando, fez algumas coisas incorretamente e repetiu outras várias vezes até acertar. Sua incapacidade aqui e ali de executar uma ação comum o deixava atônito como alguém que, embriagado, não entende a suspensão de leis da natureza conhecidas. Que não chorasse, surpreendia-o e também meio que o envergonhava: decerto era insensível não chorar pelos mortos. "Amanhã", disse em voz alta, "terei feito o caixão e cavado a sepultura; então sentirei falta dela, quando não puder mais vê-la; mas agora — ela está morta, é claro, mas está tudo bem — deve estar tudo bem, de algum modo. Nada é tão ruim quanto parece."

De frente para o cadáver, à medida que escurecia, ele lhe arrumou o cabelo e deu os retoques finais a seu vestuário singelo. Fez tudo mecanicamente, com uma atenção despida de sentimentos. E, no entanto, uma sensação subjacente de certeza — de que tudo estava bem, de que ela voltaria para ficar com ele como antes e as coisas se esclareceriam — perpassava-lhe a mente. Sem experiência prévia de dor, sua capacidade de senti-la não fora exercitada pelo uso. Seu coração era incapaz de abarcá-la por inteiro e sua imaginação, de imaginá-la. Ele ignorava a dureza do golpe que sofrera. Tal conhecimento viria depois e nunca mais o deixaria. A dor é uma artista cujos poderes são tão diversos quanto os instrumentos nos quais toca seus lamentos para os mortos, despertando em alguns as notas mais agudas e penetrantes e em outros os acordes baixos e graves que palpitam repetidamente como as cadências lentas de um tambor distante. Alguns temperamentos, ela alarma; outros, entorpece. Há quem ela atinja feito uma flecha, excitando-lhe as suscetibilidades para uma vida mais ativa; há quem ela abata como uma clava que, num golpe, paralisa a vítima. Murlock foi provavelmente afetado desta última maneira, pois (e isto é mais do que mera conjetura), assim que terminou suas piedosas tarefas, afundou na cadeira junto à mesa sobre a qual jazia o corpo e, observando quão branco o perfil se mostrava contra as trevas cada vez mais espessas, depôs os braços na borda da mesa e, sem lágrimas mas indizivelmente exausto, deixou cair neles seu rosto. Naquele preciso instante, um gemido prolongado, semelhante ao grito de uma criança perdida no fundo da floresta que escurecia, entrou pela janela aberta. Ele, porém, não se mexeu. Ainda mais próximo, o grito sobrenatural soou de novo enquanto ele desacordava. Talvez fosse uma fera, talvez um sonho. Pois Murlock adormecera.

Algumas horas mais tarde, ou assim lhe pareceu depois, a sentinela irresponsável acordou e, erguendo a cabeça deitada nos braços, ouviu atentamente — sem saber por quê. Lá, no breu escuro junto à morta, recordando tudo sem sobressalto, ele se esforçou para ver não sabia o quê. Todos os seus sentidos em estado de alerta e a respiração suspensa, seu sangue, como que colaborando com o silêncio, parara de correr. Quem ou o que o acordara, e onde é que estava?

Súbito a mesa foi sacudida debaixo de seus braços e no mesmo instante ele escutou, ou julgou escutar, um passo leve, suave, e mais outro — sons de pés descalços pisando o chão!

Aterrorizado demais para gritar ou se mover, viu-se obrigado a aguardar — aguardar ali no escuro durante o que lhe pareceu serem séculos do maior pavor que se pode experimentar e ainda viver para contar. Ele tentou em vão pronunciar o nome da morta, tentou em vão estender a mão sobre a mesa para verificar se ela estava ali. Sua garganta estagnou, seus braços e mãos pesavam como chumbo. Foi então que ocorreu algo assustador. Um corpo pesado parecia ter sido arremessado contra a mesa com tamanho ímpeto que esta foi empurrada contra seu peito tão bruscamente a ponto de quase derrubá-lo. Ao mesmo tempo, ouviu e sentiu algo cair no chão com um baque cujo impacto violento fez a casa inteira estremecer. Seguiram-se um embate e um tumulto barulhento impossíves de descrever. Murlock se ergueu. O excesso de medo o privara do controle de suas faculdades. Ele lançou as mãos sobre a mesa. Não havia nada lá! Há um ponto no qual o pavor se converte em loucura e a loucura instiga a ação. Sem intenção clara ou motivo, salvo o impulso caprichoso de um louco, Murlock alcançou com um salto a parede e, após tateá-la brevemente, pegou seu rifle carregado e, sem fazer mira, disparou. Graças ao clarão que iluminou vividamente a sala ele viu uma pantera imensa arrastando a morta rumo à janela, seus dentes cravados no pescoço dela! O que veio em seguida foi uma escuridão ainda mais negra e o silêncio. Quando ele recobrou os sentidos, o sol estava alto e a floresta melodiosa com o canto dos pássaros.

O corpo jazia perto da janela onde, espantada pelo clarão e pelo estampido do rifle, a fera o deixara. A roupa estava desarrumada; a longa cabeleira, revolta;

os membros, contorcidos ao léu. Do pescoço horrendamente dilacerado jorrara uma poça de sangue ainda não de todo coagulado. A fita com a qual ele lhe atara os pulsos se rompera. As mãos estavam firmemente crispadas. Havia entre os dentes um pedaço da orelha do animal.

Apresentação e tradução de Nelson Ascher

HENRY JAMES

A volta do parafuso

"Uma amusette *para fisgar os não facilmente fisgáveis*." Foi assim que Henry James (1843-1916) descreveu, anos mais tarde, este longo conto ou novela inicialmente publicado em série, na revista Collier's Weekly, em 1898. O "pequeno divertimento" da frase de James, escrito sob encomenda e cuja inspiração proveio de um caso que lhe foi contado numa sombria casa de campo, numa tarde de inverno, tornou-se uma de suas histórias mais populares — ao lado de Retrato de uma senhora e Daisy Miller. As três narrativas apresentam mulheres que arrostam seu destino — a diferença reside, em "A volta do parafuso", no fato de o destino arrostado pela preceptora ser muito mais pavoroso, apesar de, ou justamente por, ele ter sido acaso provocado pela imaginação do personagem. Malgrado as inúmeras advertências, semeadas no próprio enredo e em textos posteriores, poucos leitores "não facilmente fisgáveis" duvidaram da existência das "entidades de ordem lendária, seduzindo suas vítimas para vê-las dançar ao luar" (James não gostava de chamar seus diabretes de fantasmas). Isso foi até 1934, quando Edmund Wilson reduziu a preceptora a "um neurótico caso de repressão sexual". Ou seja, a maldade só existiria dentro da mente da (na descrição de James) "moça confusa e ansiosa, saída de um presbitério de Hampshire" e, em menor medida, na de sua cúmplice, a iletrada Mrs. Grose. A polêmica faz recordar o famoso caso do não confiável narrador Bentinho, de Dom Casmurro: Capitu traiu ou não esse representante da elite nacional? E a verdade é que, numa leitura atenta, não se pode saber se houve ou não traição, ou se os demônios de "A volta" existiram ou não. O empenho tanto de Machado de Assis como de James está em manter em suspenso esse equilíbrio imponderável, essa dúvida que não pode ser solucionada dentro de uma narrativa que oferece tamanho realismo e tamanha ambiguidade. Não resta dúvida de que é terrível imaginar (pois, com a aridez dos índices externos, o leitor é forçado a imaginar — e a imaginação do leitor, sabia James, sempre sugere horrores maiores do que qualquer um possível de ser descrito) duas crianças em conluio com as forças inomináveis do Abismo. Mas decerto é muito mais cruel intuir que os pequerruchos, com suas artimanhas infantis, apavoraram a sensível preceptora e fizeram abater sobre si mesmos a tragédia da incompreensão. Muito mais cruel para eles e para a preceptora, que se aflige, a certa altura, diante do dilema lancinante: "Não era em direção à claridade que eu parecia flutuar, mas sim a uma escuridão ainda maior [...] pois se ele era inocente que diabos seria eu?". James nunca perde de vista essa possibilidade. E não poupa ninguém.

Observação: o título "A volta do parafuso" é um caso clássico, talvez mundial, de tradução equivocada. A rigor, não diz nada em português. *Tighten the screw, give the screw another turn* e expressões correlatas significam, em geral, aumentar a pressão sobre alguém que já se encontra em posição aflitiva. A expressão lembra o *thumbscrew*, os "anjinhos" — antigos anéis de tortura com que se apertavam os dedos das vítimas. Curiosamente, existe em português uma expressão equivalente (inclusive com a reminiscência à tortura) — *apertar o torniquete* —, que, conforme atesta Antenor Nascentes [*Tesouro da fraseologia brasileira*], quer dizer "pôr em situação difícil quem já não está em boa situação". Não propomos mudar o título do clássico de James, hoje consagrado, mas ajustamos a expressão vernácula nas ocorrências em que o autor usou, posto que com ênfases diversas, a angustiante locução inglesa.

A história nos mantivera quase sem fôlego, em torno da lareira, mas, salvo o comentário óbvio de que era medonha, como, em véspera de Natal, numa casa velha, um conto estranho de fato deveria ser, não me lembra nenhum comentário proferido até ocorrer de alguém reparar que era o único caso com que ele topara no qual uma desgraça como aquela recaíra sobre uma criança. O caso, devo mencionar, era o de uma aparição justamente numa casa velha como a que nos acolhera na ocasião — uma materialização, do tipo apavorante, que surgira diante de um menininho, que, dormindo no quarto com a mãe, acordara-a em pleno terror; acordara-a não para ela dissipar seu medo e acalmá-lo até que dormisse novamente, mas para ela própria também se deparar, antes que houvesse logrado tranquilizá-lo, com a mesma visão que o chocara. Fora essa observação que arrancou de Douglas — não imediatamente, porém mais tarde naquela noite — uma resposta que teve a interessante consequência para a qual chamo a atenção. Outra pessoa contou uma história não particularmente eficaz, que, percebi, ele não estava acompanhando. Tomei o fato como sinal de que ele próprio tinha algo a nos dizer; só deveríamos aguardar. Aguardamos, na verdade, por duas noites; mas naquela mesma ocasião, antes de nos separarmos, ele revelou o que tinha em mente:

"Concordo plenamente — em relação ao fantasma de Griffin, ou o que quer que seja — que o fato de ele ter aparecido primeiro ao garotinho, numa idade tão vulnerável, acrescenta-lhe um toque especial. Mas não é a primeira ocorrência dessa adorável espécie que sei estar relacionada a uma criança. Se uma criança concorre ao efeito com outro aperto do torniquete, o que diriam de *duas*...?"

"Diríamos, é claro", alguém exclamou, "que duas crianças concorrem com dois apertos! E que também gostaríamos de ouvir-lhes a história."

Ainda posso vê-lo: Douglas havia se erguido diante da lareira, para a qual dera as costas, e observava seu interlocutor com as mãos nos bolsos. "Ninguém exceto eu, até agora, jamais ouviu falar desse caso. É horrível demais." Isso naturalmente, várias vozes declararam, era o que conferia à coisa um valor supremo, e nosso amigo, com arte silenciosa, preparou seu triunfo volvendo os olhos para nós e prosseguindo: "A história supera todas as outras. Absolutamente nada do que eu conheço chega-lhe aos pés".

"Pelo puro terror que infunde?", lembro de haver perguntado.

Ele parecia dizer que não era tão simples assim; que não sabia como qualificá-la. Esfregou os olhos com as mãos, fez um pequeno esgar de estremecimento: "Pelo monstruoso, pela monstruosidade!".

"Ah, que delicioso!", gritou uma das mulheres.

Ele não lhe deu atenção; olhou para mim, mas era como se, em vez de mim, visse aquilo de que estava falando. "Pela sinistra fealdade, pelo horror e sofrimento."

"Então está bem", sugeri, "sente-se aqui e comece a contá-la para nós."

Ele se virou para a lareira, deu um chute numa acha e contemplou-a por um instante. Depois, voltou-se para nós: "Não posso começar. Terei de mandar alguém à cidade". Houve um alarido geral e muita reprovação; em seguida, com seu jeito preocupado, ele explicou: "A história foi escrita. Está trancada numa gaveta, não sai dali há anos. Eu poderia escrever a meu criado, anexando a chave; ele enviaria o pacote tão logo o encontrasse". Parecia ser para mim em particular que ele fazia essa proposta — parecia quase instar comigo para que o ajudasse a não hesitar. Ele quebrara uma espessa camada de gelo, acumulada durante muitos invernos; tivera suas razões para observar um longo silêncio. Os outros melindraram-se com o adiamento, mas foram justamente seus escrúpulos que me encantaram. Insisti para que escrevesse ao primeiro malote do correio e concordasse em conceder-nos uma leitura imediata; perguntei-lhe se a experiência em questão se dera com ele. Diante disso, a resposta não tardou: "Oh, graças a Deus, não!".

"E o relato é seu? Você o escreveu?"

"Apenas minhas impressões. Guardei a coisa toda *aqui*", ele tocou o coração. "Nunca a perdi."

"Então o manuscrito...?"

"A tinta está velha e desbotada. Foi escrito numa bela caligrafia." Interrompeu-se outra vez. "Por uma mulher. Morta há vinte anos. Enviou-me as páginas em questão antes de morrer." Todos ouviam agora, e claro que alguém se dispôs a fazer graça ou, de qualquer modo, a tirar conclusões. Mas se ele refutou tais inferências sem um sorriso, também o fez sem irritação: "Era pessoa das mais adoráveis, porém dez anos mais velha do que eu. Era a preceptora de minha irmã", disse com tranquilidade. "Foi a mulher mais agradável que já conheci de sua classe social; teria estado à altura de qualquer outra. Foi há muito tempo, e o episódio ocorrera muito antes. Eu estudava em Trinity e a conheci quando regressei de lá no segundo verão. Fui várias vezes para casa naquele ano — um belo ano; em suas horas de folga às vezes passeávamos pelo jardim, onde tivemos algumas conversas que deixaram transparecer sua grande bondade e inteligência. Oh, sim, não zombem: eu gostava muito dela e até hoje sinto-me feliz quando penso que ela também gostava de mim. Ou não me teria contado. Ela nunca a contara a vivalma. Não foi simplesmente porque me disse isso, mas porque eu sabia. Eu tinha certeza; podia perceber. Será fácil julgar quando ouvirem."

"Pelo fato de o caso ser tão assustador?"

Ele continuava a fixar-me com os olhos. "Será fácil julgar", repetiu. "*Você* verá."

Também o fixei. "Entendo. Ela estava apaixonada."

Ele riu pela primeira vez. "Você *é* perspicaz. Sim, ela estava apaixonada. Quer dizer, *estivera*. O fato veio à tona: ela não poderia contar a história sem que viesse. Notei, e ela notou que eu notei, mas nenhum de nós mencionou o assunto. Recordo-me da hora e do lugar, o canto do jardim, a sombra das grandes faias e as longas tardes quentes de verão. Não era um cenário que causasse arrepios; mas oh...!" Ele se afastou do fogo e deixou-se cair na cadeira.

"Você receberá o pacote na quinta-feira pela manhã?", perguntei.

"Provavelmente não antes do segundo malote."

"Quando então? Após o jantar...?"

"Todos me encontrarão aqui?" Ele olhou em torno, para nós, mais uma vez. "Ninguém vai embora?" O tom era quase de expectativa.

"Todos ficaremos!"

"Eu ficarei... eu ficarei!", gritaram as senhoras cuja partida já fora acertada. Mrs. Griffin, porém, expressou a necessidade de um pouco mais de esclarecimento. "Por quem ela se apaixonou?"

"A história lhe dirá", eu me incumbi de responder.

"Oh, mal posso esperar!"

"A história *não* dirá", afirmou Douglas, "não de forma literal, vulgar."

"Que pena, então. Pois esse é o único modo que eu entendo."

"*Você* não contará, Douglas?", alguém inquiriu.

Ele se pôs de pé novamente. "Sim, amanhã. Agora, preciso ir para a cama. Boa noite." E, rapidamente tomando de um candelabro, ele saiu, deixando-nos um tanto perplexos. De nossa extremidade do grande salão marrom, ouvimos seus passos na escada, após o que Mrs. Griffin falou: "Bem, se não sei por quem ela estava apaixonada, sei por quem *ele* estava".

"Ela era dez anos mais velha", retrucou o marido.

"*Raison de plus*... naquela idade! Mas é bastante admirável essa longa reserva dele."

"Quarenta anos!", Griffin apontou.

"E por fim esse desabafo."

"O desabafo", retruquei, "causará uma tremenda sensação na quinta-feira à noite"; e todos concordaram comigo que, em razão dele, perdemos o interesse por tudo o mais. A última história, malgrado incompleta e semelhante a mera introdução a um folhetim, havia sido contada; trocamos apertos de mão e "candelabraços", como alguém comentou, e fomos dormir.

Soube, no dia seguinte, que uma carta contendo a chave havia partido, com o primeiro malote, para sua residência em Londres; mas apesar da, ou talvez em virtude da, consequente divulgação desse informe, nós o deixamos em paz até depois do jantar, até, na verdade, uma hora noturna mais adequada ao tipo de emoção à qual se prendiam nossas expectativas. Ele então se pôs tão comunicativo quanto seria possível desejar, e realmente nos explicou a razão de seu comportamento. Deixamos que nos encantasse mais uma vez diante da lareira do salão, assim como haviam nos encantado nossas amenas surpresas da noite anterior. Ocorria que a narrativa que ele prometera ler-nos de fato requeria, para um entendimento satisfatório, algumas palavras de introito. Deixem-me dizer com clareza aqui, de uma vez por todas, que essa narrativa, extraída de uma transcrição literal que fiz bem mais tarde, é a que em breve devo apresentar. O pobre Douglas, antes de sua morte — quando ela se aproximava —, confiou-me o manuscrito que lhe foi entregue no terceiro daqueles dias e que, no mesmo local, com imensa comoção, ele começou a ler a nosso pequeno círculo silencioso, na noite do quarto dia. As senhoras que estavam de partida e que haviam prometido ficar, é claro, graças aos céus, não cumpriram sua promessa: elas foram embora, em decorrência de preparativos preestabelecidos, num alto estado de curiosidade, conforme confessaram, produzido pelos toques com os quais ele já nos vinha provocando. Mas isso só tornara seu pequeno e derradeiro auditório mais compacto e seleto, submetendo-nos, ali em torno da lareira, à mesma emoção.

O primeiro desses toques informava que a comunicação escrita alcançava a história num ponto em que ela já havia, de certo modo, começado. Devíamos ter em mente, portanto, que sua velha amiga, a mais nova de várias filhas de um pároco pobre de aldeia, havia, aos vinte anos de idade, no início de sua carreira no ensino, viajado a Londres às pressas, para responder em pessoa a um anúncio que já lhe fizera entabular uma breve correspondência com o anunciante. Esse senhor revelou-se, quando ela se apresentou a ele numa casa da rua Harley, que lhe chamou a atenção por seu tamanho e imponência — esse possível patrão revelou-se um cavalheiro, um celibatário no auge do vigor, uma figura tal como nunca surgira, exceto num sonho ou num romance antigo, na frente de uma moça confusa e ansiosa, saída de um presbitério de Hampshire. Podia-se facilmente determinar-lhe o tipo; este felizmente nunca fenece. Era belo, seguro de si e agradável, espontâneo, alegre e gentil. Pareceu-lhe inevitavelmente galante e esplêndido, mas o que a atraiu acima de tudo e lhe deu a coragem que ela depois demonstrou foi o fato de ele ter-lhe apresentado tudo como uma espécie de favor, uma obrigação que deveria reconhecidamente conceder. Ela calculou que fosse rico, embora temerosamente extravagante — viu-o por inteiro sob o brilho da alta-moda, da boa aparência, dos hábitos caros e dos modos graciosos com as mulheres. A própria residência citadina era uma grande construção cheia de despojos de viagem e troféus de caça; mas era para sua casa de campo, uma antiga propriedade da família em Essex, que ele desejava vê-la com brevidade partir.

Ao cavalheiro fora confiada a guarda de seus pequenos sobrinhos, cujos pais morreram na Índia e eram filhos de um irmão militar mais moço que ele perdera dois anos antes. Essas crianças eram, em virtude do mais estranho dos acasos capazes de ocorrer a um homem em sua posição — um sujeito solitário sem o tipo adequado de experiência ou migalha de paciência —, um fardo muito pesado para suas mãos. Tudo constituía uma grande preocupação e, para ele sem dúvida, uma série de contratempos, mas sentia imensa pena dos dois pobres rebentos e fizera tudo o que estava a seu alcance; ele os tinha, sobretudo, enviado para sua outra casa, pois o campo, claro, era o lugar adequado para eles, e deixado-os ali, de início com as melhores pessoas que encontrou para cuidar deles, e até mesmo mandado seus próprios criados para servi-los, enquanto ele mesmo os visitava, sempre que possível, para verificar como estavam passando. A dificuldade era que eles praticamente não tinham outros familiares e que os negócios do tio tomavam-lhe todo o tempo. Ele lhes assegurara a posse de Bly, lugar saudável e seguro, e pusera à testa de seu pequeno território — mas somente no domínio dos empregados — uma excelente mulher, Mrs. Grose, de quem tinha certeza sua visitante gostaria, e que anteriormente servira como aia à sua mãe. Ela era agora a governanta e também se encarregava, por enquanto, da supervisão da garotinha, a quem, não tendo ela própria tido filhos, era, por felicidade, bastante afeiçoada. Havia uma extensa criadagem, mas a jovem a ser contratada como preceptora evidentemente ganharia o comando da casa. Ela se encarregaria de, nas férias escolares, cuidar do garotinho, que estivera durante um período no colégio — para onde fora enviado jovem demais, mas o que poderia ter sido feito? — e que, com a chegada das férias, estava sendo aguardado a qualquer dia. No início, as crianças haviam contado com a ajuda de uma jovem, que elas tiveram a infelicidade de perder. Sua dedicação lhes fora preciosa — era uma pessoa assaz respeitável — até sua morte, cuja grande inconveniência não deixara alternativa exceto enviar o pequeno Miles para a escola. Mrs. Grose, desde então, no que tangia a boas maneiras, fizera o possível por Flora; e havia, além do mais, uma cozinheira, uma criada, uma empregada da leiteria, um velho pônei, um velho cavalariço e um velho jardineiro, todos outrossim perfeitamente respeitáveis.

Douglas apresentara seu quadro até aí, quando alguém fez uma pergunta:

"E de que morreu a preceptora anterior? De excesso de respeitabilidade?"

A resposta de nosso amigo foi imediata. "A narrativa lhes dirá. Eu nada antecipo."

"Perdoe-me... julguei que fosse justamente isso o que *estivesse* fazendo."

"Se eu estivesse no lugar de sua sucessora", sugeri, "teria desejado saber se o encargo acarretava..."

"Um necessário risco à vida?" Douglas arrematou-me o pensamento. "De fato, ela desejou sabê-lo, e o soube. Vocês ouvirão amanhã o que descobriu. Enquanto isso, a perspectiva, claro, lhe pareceu ligeiramente sombria. Era jovem, inexperiente e nervosa: tratava-se de um quadro de tarefas sérias e poucas companhias, de grande solidão na realidade. Ela hesitou... solicitou alguns dias para aconselhar-se e considerar a oferta. Mas o salário oferecido excedia em muito o padrão a que estava acostumada e, numa segunda entrevista, resolveu encarar a valsa, aceitou o emprego." Nisso, Douglas fez uma pequena pausa que, em proveito do grupo, encorajou-me a intervir.

"A moral da história foi, sem dúvida, a sedução exercida pelo esplêndido rapaz, à qual ela sucumbiu."

Ele se levantou, como fizera na noite anterior, dirigiu-se à lareira, ajeitou uma acha com o pé e permaneceu algum tempo de costas para nós.

"Ela só o viu duas vezes."

"Sim, mas essa é justamente a beleza de sua paixão."

Um pouco para minha surpresa, Douglas voltou-se para mim: "Essa *foi* a beleza daquela paixão. Houve outras", prosseguiu, "que não sucumbiram. Ele não lhe ocultou a principal dificuldade, ou seja, a de que, para várias outras candidatas, as condições se mostraram proibitivas. De certa forma, elas ficaram simplesmente assustadas. A proposta lhes soara maçante... estranha; sobretudo à luz da condição mais importante".

"Que era...?"

"Que ela nunca mais deveria incomodá-lo... mas nunca, nunca mais: nenhum apelo nem reclamação, nem ao menos escrever-lhe sobre qualquer coisa; bastava enfrentar todos os problemas sozinha, receber todos os pagamentos por intermédio de seu procurador, assumir toda a empresa e deixá-lo em paz. Ela prometeu que assim o faria, e mencionou-me que quando, por um momento, aliviado, encantado, ele tomou-lhe a mão e lhe agradeceu pelo sacrifício, ela já se sentiu recompensada."

"Mas foi essa toda a recompensa?", uma das senhoras indagou.

"Ela nunca mais o viu."

"Oh!", exclamou a senhora, e, na medida em que nosso amigo imediatamente mais uma vez nos deixou, esse foi o único comentário adicional de importância a respeito do assunto, até que, na noite seguinte, sentado ao canto da lareira, na melhor poltrona, ele abriu a capa vermelha e esmaecida de um álbum fino, antiquado, com as extremidades protegidas por douraduras. A coisa toda levou, com efeito, mais noites do que uma, mas na primeira ocasião a mesma senhora fez outra pergunta: "Que título lhe dá?".

"Não tenho nenhum."

"Ah, mas *eu* tenho!", eu disse. Douglas, contudo, sem me levar em consideração, começara a ler com elegante clareza, que pareceu traduzir aos ouvidos a beleza da caligrafia da autora.

I.

Lembro-me de todo o início como uma sucessão de altos e baixos, uma pequena gangorra de emoções corretas e erradas. Após mostrar-me pronta, na cidade, a aceitar seu desafio, ainda assim passei dois dias muito ruins — nos quais vi minhas dúvidas fervilharem novamente, tive de fato a certeza de que cometera um equívoco. Foi com esse estado de espírito que enfrentei longas horas de curvas e solavancos numa diligência que me levou ao ponto onde eu deveria ser apanhada pelo veículo que me conduziria à residência. Essa conveniência, disseram-me, fora solicitada e eu encontrei, ao final de uma tarde de junho, um amplo cabriolé ao meu aguardo. Ao viajar àquela hora, num dia adorável, através de um campo cuja doçura estival assemelhava-se a uma recepção calorosa, minhas forças se reergueram e, ao virarmos na avenida, alçaram voo, o que provavelmente apenas comprovava o quanto afinal elas haviam afundado. Suponho que estava esperando, ou temendo, algo tão lúgubre que aquilo com que me deparei constituiu uma boa surpresa. Tenho uma lembrança absolutamente agradável da fachada ampla e limpa, com suas janelas abertas, cortinas reluzentes e um par de criadas olhando para fora; recordo-me do gramado e das flores vívidas e do rangido das rodas sobre o cascalho e das abundantes copas das árvores acima das quais as gralhas circulavam e crocitavam no céu dourado. A grandiosidade do cenário insuflava-lhe um ar diferente do que havia em meu próprio lar modesto, e lá imediatamente surgiu à porta, segurando uma garotinha pela mão, uma pessoa cortês que me fez uma mesura, como se eu fora a patroa ou uma visitante ilustre. Eu obtivera na rua Harley uma noção mais estreita do local, e isso, tal como o recordo, fez-me pensar no proprietário mais ainda como um cavalheiro, sugerindo que o que me aguardava superaria as expectativas que ele me ajudara a criar.

Não sofri nenhuma recaída até o dia seguinte, pois nas horas subsequentes eu mantivera-me esplendidamente ocupada, travando conhecimento com a mais jovem de meus pupilos. A pequena menina que acompanhava Mrs. Grose logo me pareceu uma criatura tão sedutora que teria sido uma grande infelicidade não me ocupar dela. Era a criança mais bela que eu já vira, o que depois me fez pensar por que meu empregador não fora mais explícito sobre esse particular. Dormi pouco naquela noite — estava excitada demais, e isso também me surpreendeu, lembro-me, permaneceu comigo, somando-se à percepção de liberalidade com que estava sendo tratada. O amplo e esplêndido quarto, um dos melhores da casa, a grande cama imperial, como quase a senti, as cortinas fartas e estampadas, os longos espelhos nos quais, pela primeira vez, podia contemplar-me da cabeça aos pés, isso tudo sugeriu-me — como o maravilhoso encanto de minha pequena pupila — a concepção de coisas demais sendo-me concedidas. Logo insinuou-se em minha mente, outrossim, a ideia de que deveria falar com Mrs. Grose a respeito de algo que receio ter ruminado um pouco quando me dirigia para lá, na diligência. O principal aspecto desse quadro inicial que, na verdade, poderia reacender meus temores era o de ela ter-se mostrado tão singularmente feliz de me ver. Percebi em apenas meia hora que estava tão feliz — mulher forte, simples, cândida, limpa e saudável que era — que seguramente cuidou para não expor demais seu sentimento. Até perguntei a mim mesma, naquela altura, por que ela desejaria *esconder* o contentamento, e essa questão, de par com a cisma, com a suspeita, poderia, é claro, ter-me causado algum desassossego.

Mas era reconfortante não haver nenhum sentimento desagradável a respeito de coisa tão beatífica quanto a imagem radiante de minha garotinha, visão essa cuja beleza angelical tinha provavelmente mais do que todo o resto a ver com a agitação que, antes da manhã, várias vezes, obrigou-me a levantar-me e a andar pelo quarto, absorvendo todas as perspectivas da situação; a assistir de minha janela aberta à aurora esmaecida do verão, a observar quantos prolongamentos do restante da construção minha vista pudesse alcançar, e atentar, enquanto no lusco-fusco esgarçado os primeiros pássaros começavam a gorjear, para a possível recorrência de um ruído ou dois, menos naturais e não externos mas interiores, que julguei ter ouvido. Houve um momento em que acreditei reconhecer, indistinto e distante, o choro de uma criança; outro, em que me peguei quase conscientemente assustada ao ouvir, diante de minha porta, um barulho suave de passos. Mas esses caprichos da imaginação não foram fortes o suficiente para não serem descartados, e é tão somente à luz, ou deveria dizer, à sombra, de outros assuntos subsequentes que eles agora me vêm à lembrança. Observar, ensinar, "modelar" a pequena Flora daria evidentemente ensejo à formação de uma vida útil e feliz. Havíamos concordado no andar de baixo que, após essa primeira noite, ela viria, como consequência natural, dormir comigo, os arranjos para levar sua caminha branca a meu quarto já estavam sendo providenciados. A missão para a qual eu fora contratada consistia na educação integral de Flora, e ela ficaria desta última feita com Mrs. Grose, apenas em consideração à minha inevitável circunstância adventícia e à natural timidez da criança. A despeito dessa timidez — acerca da qual ela própria, do modo mais peculiar do mundo, fora bastante franca e corajosa, permitindo que essa peculiaridade, sem um sinal sequer de constrangimento, mas com a serenidade doce e profunda de um dos infantes sagrados de Rafael, fosse discutida, fosse-lhe imputada e determinasse nossos atos —, sentia-me bastante segura de que a menina logo viria a gostar de mim. Fazia parte daquilo que eu já estimava em Mrs. Grose o evidente prazer que eu a notava sentir por minha admiração e deslumbramento quando, sentada para a ceia, podia espiar, por entre as quatro velas altas, o pão e o leite, o rosto alegre de minha pupila, paramentada com seu babador numa cadeira alta. Naturalmente, havia coisas que, diante da presença de Flora, só podíamos discutir por meio de olhares prodigiosos e satisfeitos, de alusões obscuras e tergiversadoras.

"E o garoto, parece com ela? É também tão absolutamente notável?"

Não devíamos, e isso já estava acertado entre nós, lisonjear em excesso as crianças.

"Ah, Miss, *o mais* notável de todos. Se já pensa bem desta aqui...!" E deteve-se com um prato na mão, sorrindo para nossa companheira, que transferia de uma para outra um olhar plácido e encantador, que não continha nenhuma malícia.

"Sim, se penso...?"

"*Ficará* encantada com o pequeno cavalheiro!"

"Bem, foi para isso, creio, que vim para cá, para ficar encantada. Receio, contudo", lembro que senti o impulso de acrescentar, "ser facilmente levada pelo encantamento. Foi o que ocorreu em Londres!"

Ainda posso ver o rosto largo de Mrs. Grose refletindo sobre a informação. "Na rua Harley?"

"Na rua Harley."

"Bem, Miss, não foi a primeira nem será a última."

"Oh, não tenho a pretensão", fui capaz de gracejar, "de ser a única. Meu outro pupilo, de todo modo, pelo que entendi, chega amanhã?"

"Amanhã, não; na sexta-feira, Miss. Virá, como a senhorita, pela diligência, sob os cuidados de uma sentinela, e será apanhado pelo mesmo cabriolé."

Imediatamente quis saber se a providência apropriada, para não dizer agradável e amistosa, a ser tomada não seria, portanto, que, à chegada do transporte público, eu o aguardasse com sua pequena irmã; proposta em que Mrs. Grose conveio com tanto entusiasmo que de certo modo considerei sua atitude uma espécie de garantia consoladora — nunca falsa, graças a Deus! — de que nós duas deveríamos agir em uníssono em todas as questões. Oh, como ela estava feliz por eu estar lá!

O que senti no dia seguinte não foi, suponho, nada do que se podia chamar de reação pela alegria de eu estar lá; é provável que tenha sido, no máximo, apenas uma ligeira opressão produzida por um entendimento mais amplo da dimensão — à medida que caminhava em torno delas, fitava-as, absorvia-as — de minhas novas circunstâncias. Elas tinham, por assim dizer, uma extensão e um peso para os quais não me preparara e na presença dos quais me vi de novo tanto um pouco assustada como algo orgulhosa. Ministrar aulas regulares, sob essa agitação, certamente redundaria nalgum mal; refleti que minha primeira tarefa era, pela mais gentil das artes que eu fosse capaz de arquitetar, conquistar a criança no sentido de ela vir a conhecer-me. Passei o dia com Flora fora de casa; combinei com a menina, para sua grande satisfação, que caberia a ela, somente a ela, mostrar-me a propriedade. Mostrou-ma passo a passo, de aposento a aposento e de segredo a segredo, com uma prosa infantil deliciosa e divertida, e, como resultado, em meia hora, havíamo-nos tornado tremendas amigas. Jovem como ela era, impressionaram-me, durante nosso breve passeio, sua confiança e coragem, a maneira como — em quartos vazios e corredores sombrios, em escadarias retorcidas que me sustinham o passo e até mesmo no alto de uma velha torre quadrada e ameada que me causou tontura — sua garrulice matutina, sua disposição para me contar muito mais do que indagava repercutiam em mim e me faziam seguir adiante. Não voltei a visitar Bly desde o dia em que de lá parti, e ouso afirmar que na minha visão atual, mais velha e refletida, a propriedade hoje pareceria bem menor. Mas enquanto minha pequena guia, com seu cabelo de ouro e vestido de anil, dançava na minha frente pelos cantos e tamborilava com seus passinhos pelos meandros, tive a impressão de um castelo de romance habitado por um elfo róseo, um lugar tal que de algum modo tomaria emprestadas, para o entretenimento da percepção pueril, todas as cores dos livros para crianças e dos contos de fadas. Não era aquela justamente uma coletânea de fábulas na qual eu caíra em vigília e sem sonhos? Não; tratava-se apenas de uma casa grande e feia, antiquada mas conveniente, que incorporava algumas poucas características de uma construção ainda mais antiga, em parte degradada, em parte aproveitada, na qual tive a sensação de estarmos quase tão perdidos quanto um punhado de passageiros num imenso navio à deriva. Bem, por inusitado que fosse, eu estava ao leme!

II.

Essa sensação atingiu-me no íntimo, quando, dois dias mais tarde, fui com Flora encontrar-me, como disse Mrs. Grose, com o pequeno cavalheiro; e sobretudo por causa de um incidente que, ocorrido na segunda noite, desconcertou-me profundamente. O primeiro dia fora, no geral, como descrevi, tranquilizador; mas foi preciso que o visse terminar para sentir uma mudança de tom. O malote da noite — chegou tarde — continha uma carta para mim, a qual, contudo, escrita na caligrafia de meu patrão, descobri compor-se tão somente de algumas palavras apresentando outra missiva, endereçada a ele mesmo, com o lacre ainda intacto. "Esta, reconheço, é do diretor da escola, um homem terrivelmente enfadonho. Leia-a, por favor; resolva o assunto com ele; mas, note bem, não me informe de nada. Nem uma palavra. Estou de partida!" Quebrei o lacre com grande esforço — tão grande que custei a chegar à carta; levei-a ainda fechada a meu quarto e somente me lancei a ela antes de ir para cama. Deveria tê-la deixado para a manhã seguinte, pois causou-me outra noite insone. Sem ter com quem me aconselhar, no dia seguinte estava cheia de preocupação; fiquei tão aflita que decidi finalmente abrir-me com Mrs. Grose.

"O que significa? O menino foi dispensado da escola."

Ela lançou-me um olhar digno de nota; súbito, com uma expressão vaga, pareceu visivelmente querer disfarçá-lo. "Mas não estão sendo todos...?"

"Mandados para casa... Sim. Mas apenas enquanto durarem as férias. Miles nunca mais poderá voltar."

Embaraçada diante de meu olhar, ela corou. "Eles não o querem de volta?"

"Recusam-se terminantemente a aceitá-lo."

Nessa altura, ela ergueu os olhos, dirigindo-os para mim; vi quando se encheram de lágrimas. "O que ele fez?"

Refleti; então supus que o melhor era simplesmente entregar-lhe o documento, o que, porém, não surtiu o efeito esperado: ela não só não o pegou como simplesmente levou as mãos às costas. "Essas coisas não são para mim, Miss!"

Minha conselheira não sabia ler! Estremeci diante de meu equívoco, que atenuei como pude, e abri novamente a carta para repetir a ela seu conteúdo; em seguida, pensando melhor, tornei a dobrá-la e meti-a no bolso. "Ele é realmente *mau*?"

Ainda havia lágrimas em seus olhos. "Os cavalheiros dizem isso dele?"

"Não entram em detalhes. Apenas lamentam que é impossível mantê-lo ali. Só podem querer dizer uma coisa." Mrs. Grose escutava num silêncio emocionado; evitou perguntar-me o que poderiam querer dizer; de modo que, de chofre, para dar à coisa um pouco de coerência e contando apenas com sua presença para acompanhar-me o juízo, prossegui: "Que ele representa uma ofensa aos outros".

Com uma dessas bruscas mudanças de humor da gente simples, ela repentinamente inflamou-se. "O patrãozinho Miles? *Ele*, uma ofensa?"

Havia tamanha boa-fé em sua exclamação que, conquanto eu ainda não tivesse conhecido a criança, fui obrigada por meus próprios temores a rejeitar o absurdo da ideia. Vi-me, para melhor equiparar-me à minha amiga, sugerindo sarcasticamente no mesmo instante: "Para seus pobres coleguinhas inocentes!".

"É horrível demais", lamuriou Mrs. Grose, "dizer essas coisas cruéis. Ora, ele não tem nem dez anos."

"Sim, sim; seria inacreditável."

Ela ficou claramente agradecida pela declaração. "Veja-o primeiro, Miss. *Depois*, julgue por si mesma." Senti de imediato uma nova impaciência por conhecê-lo; era o início de uma curiosidade que, nas horas seguintes, esteve a pique de virar sofrimento. Mrs. Grose estava ciente, presumo, do que havia instilado em mim, e prosseguiu com segurança. "Pode acabar pensando o mesmo da pequena dama. Deus a abençoe", e acrescentou em seguida: "Olhe para ela!".

Virei-me e vi Flora, a quem, dez minutos antes, deixara na sala de estudos com uma folha de papel branco, lápis e uma cópia de belos "Ós redondos"; estava agora parada à porta, diante de nós. Com seu jeitinho, expressava um extraordinário alheamento das tarefas desagradáveis e fitava-me com uma grande luz infantil que parecia explicar semelhante atitude como mero resultado da afeição que concebera por mim, a qual a obrigara a vir atrás de mim. Era do que eu precisava para sentir toda a força da comparação feita por Mrs. Grose, e, apanhando minha pupila nos braços, cobri-a de beijos e deixei escapar um soluço de arrependimento.

Não obstante, durante o resto do dia aguardei uma nova ocasião para aproximar-me de minha colega, sobretudo quando, ao chegar a noite, comecei a imaginar que ela me evitava. Alcancei-a, segundo bem me lembro, na escadaria; descemo-la juntas e, embaixo, detive-a, mantendo-a ali com uma mão em seu braço. "Suponho que o que me disse à tarde é uma afirmação de que a *senhora* nunca teve conhecimento de que ele seja mau."

Ela jogou a cabeça para trás; era claro que dessa vez, com toda a franqueza, adotara uma atitude. "Que eu nunca tive conhecimento... Não foi *isso* que eu quis dizer!"

Aborreci-me de novo. "Então *teve* conhecimento de que ele...?"

"Decerto que sim, Miss, valha-me Deus!"

Refleti por um instante e aceitei a informação. "Quer dizer que um garoto que nunca é...?"

"Não é um garoto para *mim*!"

Segurei-a com mais força. "Prefere que tenham inclinação para comportar-se mal?" E, adiantando-me à sua resposta: "Eu também!", revelei, num ímpeto. "Mas não a ponto de eivar..."

"Eivar?" A palavra portentosa desconcertou-a.

Expliquei-a. "Corromper."

Ela fixou-se em mim, absorvendo o significado do que eu lhe dissera; mas no fim apenas soltou uma risada estranha. "Receia que ele possa corromper *a senhorita*?" Ela fez a pergunta com um humor tão franco e afável que, com uma gargalhada, um pouco tola sem dúvida, mas para ajustar-me à dela, dei lugar, naquele momento, à apreensão do ridículo.

Porém no dia seguinte, à medida que se aproximava a hora de minha partida, fui ter com ela em outro lugar. "Como era a moça que esteve aqui antes?"

"A última preceptora? Também era jovem e bela... quase tão jovem e quase tão bela quanto a senhorita."

"Ah, então creio que sua juventude e beleza a tenham ajudado!", lembro de ter dito. "Ele parece gostar que sejamos jovens e belas!"

"Oh, decerto que sim", Mrs. Grose assentiu: "Gostava de todas desse jeito!". Mal deixara escapar essas palavras, emendou-se. "Quero dizer, esse era o jeito *dele*... do patrão."

Eu estava perplexa. "Mas de quem falava antes?"

Seu olhar era inexpressivo, mas ela enrubesceu. "Ora, *dele*."

"Do patrão?"

"De quem mais?"

Parecia tão óbvio que não havia ninguém mais que, no momento seguinte, abandonou-me a sensação de que ela havia acidentalmente falado mais do que devia; apenas perguntei o que queria saber. "*Ela* percebeu algo no garoto...?"

"Algo que não era correto? Nunca me contou."

Venci um escrúpulo que me embaraçava. "Era cuidadosa... exigente?"

Mrs. Grose aparentemente tentava ser escrupulosa. "Com algumas coisas... sim."

"Mas com outras não?"

Mais uma vez, refletiu. "Bem, Miss... ela se foi. Não quero fazer intriga."

"Entendo como se sente", apressei-me a dizer; mas após um instante pensei que essa concessão não me impedia de continuar: "Ela morreu aqui?".

"Não. Foi embora."

Não sei o que havia na brevidade da resposta de Mrs. Grose que me soou ambíguo. "Ela foi embora para morrer?" Mrs. Grose deitou um olhar fixo através da janela, mas senti que, hipoteticamente, eu tinha o direito de saber o que se esperava que fizessem as jovens contratadas para trabalhar em Bly. "Quis dizer que ela adoeceu e foi para casa?"

"Ela não adoeceu, pelo que pudemos perceber, nesta residência. Voltou para casa no final do ano, para umas férias curtas, conforme nos contou, às quais o tempo que havia trabalhado aqui certamente lhe granjeara o direito. Na ocasião, tínhamos uma jovem... uma ama-seca que continuara oferecendo-nos seus préstimos e que era uma moça boa e inteligente; *ela* tomou conta das crianças durante esse período. Mas nossa jovem preceptora nunca voltou e, bem quando esperávamos que retornasse, o patrão nos enviou a notícia de que ela havia morrido."

Revolvi o assunto. "Mas de quê?"

"Ele nunca me contou! Mas, por favor, Miss", disse Mrs. Grose, "preciso voltar ao trabalho."

III.

Que ela tenha dado as costas para mim felizmente não foi, a despeito de minha justa preocupação, uma desfeita capaz de interromper o desenvolvimento de nossa estima mútua. Ficamos, depois de eu ter trazido para casa o pequeno Miles, mais íntimas do que nunca, por causa da estupefação, da emoção geral, que passei a sentir: pois estava pronta a declarar monstruoso o interdito sofrido por tal criança, que eu acabara de conhecer. Atrasara-me um pouco à cena da chegada do menino, e senti, enquanto ele me procurava com o olhar ansioso diante da porta da estalagem, onde a diligência o deixara, que o estava vendo de imediato, por fora e por dentro, no grande brilho do frescor, a mesma fragrância definitiva da pureza através da qual desde o primeiro instante eu havia admirado sua irmãzinha. Era inacreditavelmente belo, e Mrs. Grose acertara em cheio: tudo, salvo uma espécie de onda de ternura, desaparecia diante dele. Naquele preciso momento e lugar, tomei-o em meu coração por algo divino, que eu jamais encontrara, em mesmo grau, em nenhuma outra criança — seu pequenino e indescritível ar de nada conhecer no mundo exceto o amor. Impossível carregar tão má reputação com maior graça inocente e, até chegar a Bly com ele, permaneci meramente assombrada — se não ultrajada — com o significado da horrível carta trancada numa das gavetas de meu quarto. Assim que pude trocar uma palavra de confidência com Mrs. Grose, declarei que a missiva era grotesca.

Ela num pronto me compreendeu. "Refere-se à cruel acusação?"

"Não resiste a um só instante. Minha querida, basta *olhar* para ele!"

Ela sorriu da minha pretensão de haver descoberto os encantos dele. "Asseguro-lhe, Miss, é só o que faço! Que dirá agora?", ela logo ajuntou.

"Em resposta à carta?" Eu já me decidira. "Não direi nada."

"E para o tio dele?"

Fui incisiva. "Não direi nada."

"E para o próprio garoto?"

Fui maravilhosa. "Não direi nada."

Com o avental, ela esfregou a boca com gosto. "Então ficarei do seu lado. Vamos até o fim."

"Vamos até o fim!", repeti com ardor, dando-lhe minha mão para selar a promessa.

Ela deteve-me por um momento, então ergueu o avental de novo com a mão livre. "Se importaria, Miss, se eu tomasse a liberdade...?"

"De beijar-me? Não!" Acolhi a boa criatura nos braços e, após nos termos abraçado como irmãs, sentimo-nos inda mais fortes e indignadas.

De qualquer forma, isso bastou naquele período: um período tão pleno que, quando me recordo do modo como se desenrolou, acode-me à lembrança toda a arte de que agora necessito para torná-lo um pouco distinto. O que me surpreende, quando reflito no passado, é a situação que aceitei. Eu assumira a responsabilidade, com minha colega, de ir até o fim, e aparentemente estava sob a ilusão de que conseguiria aplanar as conexões extensas, distantes e difíceis de um esforço como aquele. Fui alçada numa grande onda de encantamento amoroso e piedade. Em minha ignorância, confusão e talvez orgulho, achei simples presumir que podia lidar com um garoto cuja educação para o mundo estava toda a ponto de iniciar-se. Sou incapaz até mesmo de recordar, hoje, que proposta forjei para o término de suas férias e o início dos estudos. Aulas comigo, sem dúvida, ao longo daquele adorável verão, todos concordávamos que ele precisava ter; mas agora sinto que, por semanas, fui eu quem na realidade aprendi. Aprendi algo — de início, com certeza — que minha pequena vida asfixiante não poderia ter-me ensinado; aprendi a divertir-me, até mesmo a ser divertida, e a não pensar no amanhã. Era a primeira vez, de certo modo, que eu conhecia espaço, ar e liberdade, toda a música do verão e todo o mistério da natureza. Além disso, havia a recompensa financeira — e esta era ótima. Oh, foi uma armadilha — não elaborada, mas profunda — montada para minha imaginação, delicadeza, e talvez para minha vaidade; para o que quer que houvesse em mim de mais excitável. A melhor maneira de descrever o caso é dizer que estava desprevenida. Eles me deram tão pouco trabalho — eram de uma gentileza tão extraordinária. Eu costumava especular — mesmo assim com uma vaga incoerência — sobre como o futuro árduo (pois todos os futuros são árduos!) iria acolhê-los e se poderia vir a machucá-los. Eles exibiam o frescor da saúde e da felicidade; contudo, tal como se me houvessem outorgado a responsabilidade sobre um par de pequenos próceres, uns príncipes de sangue em torno dos quais tudo, para correr à perfeição, teria de ser cerceado, estabelecido e organizado; a única forma que lhes figurava os anos vindouros era como uma extensão romântica, realmente aristocrática, do jardim e do parque. Pode ser, claro, que aquilo que sucedeu de inopino é que tenha emprestado ao tempo anterior o encanto da placidez — esse rumor de algo que se recolhe ou se arma para o bote. A mudança foi, com efeito, como o salto de uma fera.

Nas primeiras semanas os dias foram longos; muitas vezes, em seu apogeu, proporcionavam-me o que costumava chamar de minha hora particular, o período em que, tendo meus pupilos tomado seu chá e ido para cama, eu enfim gozava, antes de recolher-me, de um pequeno intervalo sozinha. Por mais que apreciasse meus companheiros, essa hora era a parte do dia que mais apreciava; e gostava ainda mais quando, enquanto a luz esmaecia — ou melhor, quando o dia prolongava-se e os últimos chamados dos últimos pássaros soavam, num céu afogueado, vindos das velhas árvores —, eu podia dar um passeio ao redor da casa e desfrutar, quase com um senso de posse que me divertia e me lisonjeava, da beleza e dignidade locais. Era uma delícia, naqueles momentos, sentir-me tranquila e justificada; assim como era sem dúvida agradável refletir que, em virtude de minha discrição, de meu tranquilo bom senso e alta compostura geral, estava proporcionando prazer — se ele um dia soubesse disso! — à pessoa a cuja pressão eu havia cedido. O que eu estava fazendo era o que ele rigorosamente esperava e diretamente me solicitara, e *poder* afinal atendê-lo enchia-me de uma alegria ainda mais intensa do que aquela à qual me acreditara destinada. Ouso dizer que me considerava uma jovem notável e alimentava a esperança de que essa característica se fizesse mais notória. Bem, eu tinha de ser notável para fazer frente às coisas notáveis que logo emitiriam seu primeiro sinal.

Desabou sobre mim, uma tarde, em meio a minha hora de lazer: as crianças tinham sido postas na cama e eu fora dar meu passeio. Uma das reflexões que — hoje não receio revelar — costumavam acompanhar-me nessas caminhadas era a de que seria adorável, como numa história adorável, de súbito deparar com certa pessoa. Alguém surgiria ali na quebrada da trilha e, de pé diante de mim, sorriria, mostrando sua aprovação. Não pedia mais do que isso — só pedia que ele viesse a *saber*; e o único modo de estar certa disso seria vê-lo, e ver a suave luz do reconhecimento em seu belo rosto. Foi assim que ele me foi apresentado — quero dizer, o rosto foi — quando, na primeira dessas ocasiões, ao cabo de um longo dia de junho, estaquei de repente ao emergir de um dos bosques e dei com a vista da casa. O que me reteve no local — e com um choque muito maior do que qualquer visão teria permitido — foi a sensação de que minha imaginação tinha, num abrir e fechar de olhos, se tornado real. Ele de fato estava ali! — mas bem no alto, além do gramado e no topo da torre à qual, na primeira manhã, a pequena Flora me conduzira. Essa torre fazia par com outra — eram ambas estruturas com ameias, quadradas e incongruentes, por alguma razão chamadas de a nova e a velha, embora eu mal pudesse divisar-lhes a diferença. Flanqueavam lados opostos da casa e eram prováveis absurdos arquitetônicos, remidas até certo ponto por não destoarem por completo nem exibirem altura pretensiosa demais; datavam, em sua antiguidade pomposa, de uma revitalização romântica que, por sua feita, já pertencia a um passado respeitável. Eu as admirava, fantasiava-as, pois todos podíamos deleitar-nos em certa medida com elas, especialmente quando surgiam das brumas, da grandeza de suas verdadeiras ameias; entretanto, o cume de tal elevação não parecia ser o lugar apropriado para a figura que eu tantas vezes invocara.

Essa figura produzira em mim, no crepúsculo claro, segundo me recordo, dois arquejos distintos de emoção, que foram, peremptoriamente, o choque de minha primeira e o de minha segunda surpresa. A segunda foi uma violenta percepção do equívoco da primeira: o homem que me fitava os olhos não era a pessoa que eu precipitadamente supusera ser. Fui, então, acometida por um desconcerto visual que, mesmo passados esses anos todos, não há descrição viva que eu possa esperar fornecer. Um homem desconhecido num local solitário é um natural objeto de receio para uma moça criada em reclusão; e a figura que me encarava não se parecia — uns poucos segundos mais asseguraram-me disso — com nenhuma pessoa conhecida nem com a imagem que acalentara em minha mente. Eu não a vira na rua Harley — não a vira em lugar nenhum. Além do mais, o local, do modo mais estranho do mundo, tinha num instante, e em razão mesmo da aparição, se tornado ermo. Para mim pelo menos, ao deitar aqui meu depoimento com uma deliberação até agora inédita, sinto retornar toda a sensação daquele momento. Era como se, enquanto a absorvia — o que pude absorver dela —, todo o restante da cena se deixasse afetar pela morte. Posso ouvir novamente, ao escrever, o intenso silêncio no qual os sons vespertinos mergulharam. As gralhas pararam de crocitar no céu dourado e a hora amistosa perdeu, durante aquele minuto indescritível, toda sua voz. Mas não houve nenhuma outra mudança na natureza, a não ser que se pudesse considerar como mudança o fato de eu perceber a cena com estranha nitidez. O dourado ainda estava no céu, a clareza no ar, e o homem que olhava para mim por sobre as ameias era tão definitivo como um retrato numa moldura. Foi assim que pensei, com extraordinária rapidez, em cada pessoa que ele poderia ser e que não era. Confrontávamo-nos a uma distância quase longa o bastante para eu perguntar a mim mesma, com intensidade, quem ele era e para sentir, por efeito de minha inabilidade em responder, um deslumbramento que, em poucos segundos, tornou-se mais intenso.

A grande interrogação, ou uma delas, é posteriormente, eu sei, com respeito a certos assuntos, a questão de quanto tempo eles duraram. Bem, esse meu assunto, pensem o que quiserem, durou enquanto ponderei uma dúzia de possibilidades, nenhuma das quais capaz de contribuir, pelo que percebi, para minorar o desconforto de haver ali na casa — e por quanto tempo, acima de tudo? — uma pessoa sobre a qual eu nada sabia. Durou enquanto eu me refreei apenas um pouco refletindo que minha posição parecia requerer que não houvesse tal ignorância nem tal pessoa. Durou enquanto meu visitante, de todo modo — e havia um toque de estranha liberalidade, pelo que me recordo, no jeito familiar com que ele não usava chapéu —, parecia fixar-me, de sua posição, com essa única questão, esse único escrutínio através da luz evanescente que sua própria presença provocava. Estávamos muito afastados para chamar um ao outro, mas deu-se um momento em que, a uma distância menor, alguma interpelação trocada entre nós, capaz de quebrar o silêncio, teria sido o resultado natural de nossa observação mútua. Ele estava em um dos cantos, o mais distante da casa, muito empertigado, segundo me pareceu, e com ambas as mãos no beiral. Assim eu o vi como vejo as letras que formo nesta página; então, após um minuto, como um adendo ao espetáculo, ele lentamente mudou de posição — passou, sem tirar os olhos duros de mim durante todo o tempo, ao canto oposto da plataforma. Sim, causou-me espécie que, durante o trajeto, ele nunca tenha desgrudado os olhos de mim; ainda posso ver o modo como sua mão, à medida que ele se movia, passava de uma ameia a outra. Deteve-se na outra ponta, mas por menos tempo, e, mesmo quando se voltou, ainda me manteve firmemente cativa. Depois se virou; só isso eu soube.

IV.

Não que eu não esperasse, na ocasião, por algo mais, pois estava tão profundamente pregada ao solo quanto abalada. Haveria um "segredo" em Bly, um mistério de Udolfo ou um parente insano, nefando, mantido em insuspeitado confinamento? Não posso dizer por quanto tempo refleti sobre isso ou por quanto tempo, num misto de curiosidade e pavor, permaneci no local onde levara o choque; apenas recordo que, quando voltei para casa, a escuridão já nos havia engolido. A agitação, nesse ínterim, certamente me atrasara e direcionara meus passos, pois devo ter caminhado cinco quilômetros, dando voltas pelas cercanias; porém, como depois eu viria a sofrer tormentos tão maiores, esse mero alvorecer de alarme foi um arrepio comparativamente suportável. A parte mais singular do caso — tão singular como fora o resto — ocorreu quando me dei conta, no saguão, de que topara com Mrs. Grose. A cena agora me vem à mente — a impressão que tive, em meu retorno, do amplo espaço revestido de painéis brancos, claro sob a luz das luminárias e com seus retratos e carpete vermelho, e do olhar surpreso de minha amiga, que imediatamente revelou ter sentido minha falta. Em sua presença, logo percebi que Mrs. Grose, com sinceridade, apenas demonstrava alívio por minha chegada e que ela não sabia de nada capaz de relacionar-se ao incidente que eu estava prestes a descrever-lhe. Não esperava que seu rosto confortável me desarmasse e, de certo modo, confrontei a importância do que eu vira com a hesitação que de súbito senti de mencionar-lhe o ocorrido. Quase nada na história inteira parece-me mais estranho que o fato de meu real início de medo ombrear, por assim dizer, com o instinto de poupar minha companheira. Dessa maneira, ali naquele saguão agradável e com seus olhos postos em mim, eu, por um motivo que não podia então ter formulado, passei por uma revolução interna — ofereci um pretexto vago para meu atraso e, sob a justificativa da beleza da noite, do orvalho denso e de meus pés úmidos, dirigi-me o mais rápido que pude a meu quarto.

Lá a questão foi bem outra; lá, durante muitos dias, o caso era bastante bizarro. Havia horas, dia após dia — ou, pelo menos houve momentos, surrupiados até mesmo das tarefas estabelecidas —, em que precisava refugiar-me ali para refletir. Não se tratava, ainda, de me encontrar mais nervosa do que podia suportar, mas de estar visivelmente receosa de vir a me surpreender nesse estado; pois a verdade que eu então tinha de ponderar era, de modo simples e claro: eu não podia chegar a nenhuma conclusão acerca do visitante com quem tinha andado não só tão inexplicavelmente mas também, conforme me pareceu, tão intimamente preocupada. Levei pouco tempo para perceber que, sem nenhuma espécie de inquirição nem comentário excitado, podia facilmente averiguar a existência de alguma complicação doméstica. O choque que eu sofrera deve ter-me aguçado os sentidos; ao cabo de três dias tive certeza, como resultado de uma mera atenção mais apurada, que não fora ludibriada pelos criados nem me tornara vítima de nenhum "jogo". Do que quer que eu soubesse, nada se sabia por ali. Havia apenas uma conclusão razoável: alguém tomara uma liberdade um tanto monstruosa. Era isso que, repetidas vezes, eu dizia a mim mesma, enfiada em meu quarto, com a porta trancada. Todos havíamos sido vítimas de uma intrusão; um viajante inescrupuloso, amante de casas antigas, insinuara-se sem ser notado, desfrutara do panorama oferecido pelo melhor ponto de vista e então saíra às ocultas, como chegara. O fato de ter-me lançado olhar tão ousado não passava de prova de sua indiscrição. O bom, afinal, era que decerto não o veríamos mais.

    Admito que isso não era tão bom que me impedisse de perceber que, em essência, apenas o caráter adorável de meu trabalho baldava inferências mais significativas. Meu adorável trabalho não passava de minha vida com Miles e Flora, e nada me fazia apreciá-lo mais do que compreender que me ocupar dele era também manter-me longe de problemas. A fascinação de minhas pequenas tarefas constituía fonte de uma alegria constante, o que me fez mais uma vez estranhar a futilidade de meus receios originais, o dissabor que começara a sentir pela provável qualidade prosaica de meu ofício. Não haveria de existir nenhuma qualidade prosaica, pareceu-me, tampouco nenhuma tarefa longa e maçante; pois como deixaria o trabalho de ser adorável se ele próprio se mostrava de uma beleza cotidiana? Havia todo o romance do quarto das crianças e toda a poesia da sala de estudos. Não quero com isso dizer que estudássemos somente ficção e verso, mas que não consigo expressar de outra forma o interesse que meus companheiros despertavam. Como posso descrevê-lo a não ser dizendo que, em vez de ficar excessivamente acostumada com eles — o que é um espanto para uma preceptora: conclamo a irmandade como testemunha! —, eu vivia fazendo novas descobertas? É certo que havia uma direção na qual as descobertas cessavam: uma obscuridade profunda continuava a cobrir a questão da conduta do garoto na escola. Logo percebi que teria de arrostar sem medo esse mistério. Talvez o mais próximo da verdade fosse dizer que, sem pronunciar palavra, ele próprio o esclarecera. Miles tornara absurda a acusação como um todo. Minha conclusão florescia ali com o róseo entusiasmo da inocência: ele era apenas refinado demais, delicado demais, para o pequeno, horrendo e corrompido mundo escolar, e pagara por isso. Eu refletia com fervor que a consciência de tais diferenças individuais, de tais qualidades superiores, sempre, da parte da maioria — na qual se incluíam até mesmo os estúpidos e sórdidos diretores de colégio —, infalivelmente concorre para a vingança.

    As duas crianças possuíam uma bonomia (tratava-se de sua única falha, mas que nunca fez de Miles um bobalhão) que as tornava — como posso expressá-lo? — quase impessoais e certamente muito difíceis de serem punidas. Eram como querubins de anedota, em quem não se tinha — moralmente, de qualquer modo — onde aplicar umas palmadas! Lembro-me de sentir, com Miles em especial, como se ele não tivesse nada capaz de ser classificado como a mais infinitesimal das histórias. Sempre esperamos de uma criança pequena parcos "antecedentes", mas havia naquele belo garotinho algo extraordinariamente sensível, ainda quando extraordinariamente feliz, que, mais do que em qualquer outra criatura de sua idade que eu tivesse conhecido, parecia renascer todos os dias. Ele nunca, nem por um segundo, sofrera. Considero esse fato prova direta de que jamais fora castigado. Se houvesse se comportado mal, teria sido "surpreendido", e eu o teria surpreendido indiretamente — teria encontrado o vestígio, teria sentido a ferida e a desonra. Não pude reconstituir nada disso; ele era, portanto, um anjo. Nunca falava de sua escola, nunca mencionou um colega ou um professor; e eu, de minha parte, sentia-me enojada demais para fazer qualquer alusão a respeito. Claro que eu estava sob um encantamento, e o melhor de tudo era que, mesmo então, tinha plena consciência disso. Mas me entreguei a ele; era antídoto para qualquer dor, e eu padecia de mais de uma. Naqueles dias recebera cartas de casa, onde as coisas não andavam bem. Mas, com aquela alegria proporcionada pelas minhas crianças, que mais no mundo poderia importar? Era essa a pergunta que costumava fazer-me em meus fragmentos de solidão. Achava-me ofuscada pela graça deles.

 Houve um domingo — continuando — em que choveu com tamanha força e por tantas horas que não pudemos seguir em procissão à igreja; em razão disso, à medida que o dia declinava, combinei com Mrs. Grose que, se à tarde houvesse uma melhoria, iríamos juntas à última missa. Felizmente a chuva cessou, e preparei-me para nossa caminhada, a qual, através do parque e pela estrada boa até o vilarejo, seria questão de vinte minutos. Ao descer a escada para encontrar-me com minha colega no saguão, lembrei-me de um par de luvas que precisara de três pontos e que os recebera — com alarde talvez não edificante —, quando me sentei com as crianças à hora do chá, servido excepcionalmente aos domingos naquele templo limpo e frio de mogno e cobre, a sala de jantar dos "adultos". As luvas haviam sido deixadas ali, e voltei para recuperá-las. O dia estava bastante cinzento, mas a luz da tarde ainda se prolongava, o que me permitiu, quando cruzei a porta, não apenas reconhecer, sobre uma cadeira perto da janela ampla, então cerrada, o artigo que buscava, como também tomar ciência de uma pessoa do outro lado da janela, olhando diretamente para dentro. Bastou-me dar um passo para dentro da sala; a visão foi instantânea; estava bem ali. A pessoa que olhava para o interior do recinto era a mesma que já aparecera diante de mim. Ele voltava, portanto, a aparecer não direi com maior nitidez, pois isso seria impossível, mas com uma proximidade que representava uma fase mais avançada de nosso relacionamento e que me fez, ao topar com ele, prender o fôlego e gelar. Era o mesmo — era o mesmo, e visto dessa vez como fora visto antes, da cintura para cima, pois a janela, conquanto a sala de jantar estivesse no andar térreo, não ia até o terraço onde ele se encontrava. Sua face estava pegada ao vidro, porém essa visão mais aproximada estranhamente apenas me fez perceber o quão intensa a anterior havia sido. Ele permaneceu ali não mais que alguns segundos — o bastante para convencer-me de que ele também me vira e me reconhecera; no entanto, era como se eu o tivesse fitado durante anos e o conhecesse desde sempre. Algo, porém, ocorreu dessa vez que não ocorrera antes; seu olhar fito em meu rosto, atravessando o vidro e percorrendo o cômodo, manteve-se tão profundo e duro quanto antes, mas abandonou-me por um momento, durante o qual ainda pude observá-lo, pude vê-lo fixar-se sucessivamente em várias outras coisas. No mesmo instante veio-me o choque da convicção de que não fora por mim que ele viera. Viera por outra pessoa.

 O clarão desse conhecimento — pois se tratava de conhecimento em meio ao terror — produziu em mim o efeito mais extraordinário, iniciando, enquanto continuava parada ali, uma súbita vibração de dever e coragem. Digo coragem pois eu estava, sem sombra de dúvida, já completamente perdida. Saí de imediato pela porta, alcancei a da casa, cheguei num instante à entrada e, passando pelo terraço o mais rápido que pude, dobrei um canto e pus-me bem à vista. Contudo não havia o que ver agora — meu visitante havia desaparecido. Estanquei, quase tombei, com verdadeiro alívio; mas observei toda a cena — dei-lhe tempo para reaparecer. Chamei de tempo, mas quanto durou? Sou hoje incapaz de discorrer a propósito da duração dessas coisas. Esse tipo de medida deve ter-me abandonado: não podiam ter durado tanto quanto verdadeiramente pareceram durar. O terraço e todo o local, o gramado e o jardim mais além, tudo o que podia avistar do parque estava vazio com a maior vacuidade. Havia arbustos e árvores altas, porém eu tinha certeza, recordo-me, de que nenhum deles o escondia. Ele estava lá ou não estava lá: eu não o via, portanto não estava. Prendi-me a isso; então, instintivamente, em vez de retornar por onde chegara, dirigi-me à janela. De modo confuso tive a ideia de que deveria posicionar-me no local onde ele estivera. Assim o fiz; grudei meu rosto à vidraça e olhei, como ele, para a sala. Nesse instante, como se fosse para mostrar-me exatamente o alcance de sua visão, Mrs. Grose, como eu me expusera a ele pouco antes, surgiu, vinda do saguão. Com isso obtive a imagem completa da repetição do que havia ocorrido. Ela me viu como eu vira meu próprio visitante; deteve-se bruscamente, assim como eu, pois lhe causei uma parcela do choque que eu mesma experimentara. Ficou lívida, e isso me fez indagar se eu empalidecera tanto assim. Minha amiga moveu-se, em resumo, e retirou-se sobre *meus* passos, e eu soube que ela então passaria para fora, contornaria a casa e em breve estaria diante de mim. Permaneci onde estava e, enquanto aguardava, pensei em muitas coisas. Mas apenas uma faço questão de mencionar. Perguntei-me por que *ela* se apavorara.

v.

Ah, ela me fez saber assim que, ao dobrar uma aresta da casa, assomou diante de mim. "O quê, em nome de Deus, aconteceu...?" Estava agora corada e sem fôlego.

Não disse nada até ela chegar bem perto. "Comigo?" Devo ter feito uma cara maravilhosa. "Pode-se notar?"

"Está pálida como papel. Sua aparência está péssima."

Refleti; eu precisava fazer frente à situação, sem escrúpulos, sem nenhum grau de inocência. Não sentia mais necessidade de respeitar o pudor de Mrs. Grose e, se hesitei por um instante, não foi pelo que lhe ocultava. Estendi-lhe a mão e ela a apanhou; segurei-a firme por um instante, gostando de senti-la próxima de mim. Havia uma espécie de apoio no tímido recrudescimento de sua surpresa. "Veio para acompanhar-me à igreja, é claro, mas não posso ir."

"Algo aconteceu?"

"Sim. Deve saber agora. Eu lhe pareci muito esquisita?"

"Na janela? Medonha."

"Bem", eu disse, "assustaram-me." Os olhos de Mrs. Grose expressavam claramente que *ela* não desejava ser assustada, mas que também conhecia deveras sua posição para deixar de compartilhar comigo qualquer inconveniência marcante. Ah, era ponto pacífico que ela *precisava* compartilhar! "O que acabou de ver na sala de jantar, um minuto atrás, foi consequência disso. O que eu vi... pouco antes... foi muito pior."

Sua mão crispou-se. "Que foi?"

"Um homem extraordinário. Olhava para lá."

"Que homem extraordinário?"

"Não faço a menor ideia."

Mrs. Grose olhou debalde ao redor. "Então, para onde ele foi?"

"Sei menos ainda."

"Já o viu antes?"

"Sim... uma vez. Na torre velha."

Ela apenas fixou-me com mais atenção. "Quer dizer que ele não é daqui?"

"Oh, com toda a certeza!"

"Mas não me contou..."

"Não... tive minhas razões. Mas agora que adivinhou..."

Os olhos arregalados de Mrs. Grose ponderaram a acusação. "Ah, mas não adivinhei!", exclamou com simplicidade. "Como poderia, se a *senhorita* mesma não tem noção?"

"Não tenho a mínima noção."

"Contudo não o viu alhures; somente na torre?"

"E neste lugar, agora há pouco."

Mrs. Grose olhou em torno de novo. "O que ele fazia na torre?"

"Apenas ficou parado ali, olhando para mim."

Ela refletiu um instante. "Era um cavalheiro?"

Descobri que não precisava pensar. "Não." Ela esbugalhou ainda mais os olhos, em assombro. "Não."

"Então, ninguém das redondezas? Ninguém do vilarejo?"

"Ninguém... ninguém. Não lhe contei, mas certifiquei-me disso."

Ela deixou escapar um suspiro de alívio: era, estranhamente, melhor assim. Porém, não foi muito longe. "Mas se ele não é um cavalheiro..."

"Que é, então? Ele é um horror."

"Um horror?"

"Ele é... Deus me perdoe se sei *o que* ele é!"

Mrs. Grose mais uma vez olhou em derredor; fixou a vista na distância mais sombria e então, recompondo-se, virou-se para mim com brusca inconsequência. "É hora de irmos para a igreja."

"Oh, não estou em condições de ir à igreja!"

"Não lhe fará bem?"

"Não fará nenhum bem a *eles*...!" Meneei a cabeça em direção à casa.

"Às crianças?"

"Não posso deixá-las agora."

"Tem medo...?"

Falei sem rodeios. "Tenho medo *dele*."

O rosto cheio de Mrs. Grose expressava, nesse ponto, pela primeira vez, a distante, a indistinta cintilação de uma consciência mais aguçada: de alguma forma divisei nela o surgimento tardio de uma ideia que eu própria não lhe dera e que ainda me era bastante obscura. Lembra-me que logo pensei nisso como algo que poderia arrancar dela; e senti que estava relacionado com o desejo que ela em seguida demonstrou de saber mais.

"Quando foi isso... na torre?"

"Em meados do mês. Neste mesmo horário."

"Quase tão escuro", disse Mrs. Grose.

"Oh, não, nem perto disso. Eu o vi então como a estou vendo agora."

"Mas como foi que ele entrou?"

"E como saiu?" Eu ri. "Não tive oportunidade de perguntar-lhe! Esta tarde, como pode ver", prossegui, "ele não foi capaz de entrar."

"Ele apenas espia?"

"Espero que seja só isso!" Ela soltou minha mão e virou-se um pouco. Esperei um instante, então propus: "Vá para a igreja. Adeus. Preciso vigiar".

Lentamente, ela fitou-me mais uma vez. "Receia por eles?"

Entreolhamo-nos por um longo tempo. "E a *senhora*: não?" Em vez de responder, ela aproximou-se da janela e, por um minuto, encostou o rosto na vidraça. "Pode ver como ele pôde ver", prossegui entrementes.

Ela não se mexeu. "Quanto tempo ele ficou aqui?"

"Até eu sair. Eu vim ao encontro dele."

Mrs. Grose por fim virou-se; ainda havia algo mais em seu rosto. *"Eu não poderia ter saído."*

"Nem eu!" Ri mais uma vez. "Mas saí. Senti-me na obrigação."

"Assim como eu tenho a minha", ela devolveu; em seguida, acrescentou: "Como ele é?".

"Estava ansiosa para lhe contar. Mas ele não se parece com ninguém."

"Ninguém?", ela ecoou.

"Ele não usa chapéu." Então, vendo em seu rosto que ela, ao tomar consciência desse dado, com consternação ainda mais profunda, descobrira uma parcela do quadro, eu rapidamente fui acrescentando outras pinceladas: "Tem cabelo ruivo, muito avermelhado, em cachos rentes, e um rosto pálido, alongado, com feições sólidas e regulares, além de suíças pequenas, um tanto curiosas, tão fouveiras quanto o cabelo. As sobrancelhas são um pouco mais escuras; parecem particularmente arqueadas, como se ele as movesse bastante. Os olhos são terríveis — aguçados, estranhos; mas apenas sei com certeza que são bastante pequenos e muito penetrantes. A boca é grande, os lábios finos. Exceto pelas suíças, mantém o rosto barbeado. Dá-me a impressão de estar olhando para um ator."

"Um ator!" Teria sido impossível parecer-se menos com um deles do que Mrs. Grose naquele momento.

"Nunca vi um, mas posso imaginá-los. Ele é alto, ativo, ereto", prossegui, "mas jamais... não, jamais!... um cavalheiro."

A face de minha amiga foi empalidecendo à medida que eu prosseguia; seus olhos redondos brilhavam e a boca quedou aberta. "Um cavalheiro?", ela arquejou, confusa, perplexa. "*Ele*, um cavalheiro?"

"Conhece-o então?"

Ela visivelmente procurava conter-se. "Mas ele *é* belo?"

Vi como podia ajudá-la. "Consideravelmente!"

"E vestia-se...?"

"Com roupas alheias. Elegantes decerto, mas não eram dele."

Ela rompeu num gemido afirmativo e sufocado. "São do patrão!"

Voltei à carga: "Conhece-o, portanto?".

Ela hesitou apenas um segundo. "Quint!", gritou.

"Quint?"

"Peter Quint... O empregado pessoal dele, o criado de quarto, quando ele esteve aqui."

"Quando o patrão esteve?"

Ainda boquiaberta, mas ouvindo-me, ela juntou todas as peças. "Ele nunca usava chapéu, mas certamente usou... bem, coletes desapareceram! Os dois estiveram aqui... no ano passado. Então o patrão foi embora, e Quint ficou sozinho."

Eu a escutava, mas vacilei um pouco. "Sozinho?"

"Sozinho *conosco*." Então, como se viesse de uma profundeza ainda maior: "No comando", ela acrescentou.

"E o que foi feito dele?"

Ela procrastinou por tanto tempo que fiquei mais desconcertada. "Ele também se foi", revelou por fim.

"Para onde?"

Seu semblante, nesse passo, tornou-se extraordinário. "Só Deus sabe! Ele morreu."

"Morreu?", quase soltei um grito esganiçado.

Ela parecia fazer um grande esforço para posicionar-se, aprumar-se, com maior firmeza, a fim de expressar o fato assombroso. "Sim. Mister Quint está morto."

VI.

Sem dúvida foi preciso mais do que essa determinada passagem para nos colocar juntas em presença daquilo que agora tínhamos de viver da melhor forma possível, minha pavorosa suscetibilidade a impressões, cujo grau fora tão vividamente exemplificado, e o conhecimento que minha amiga doravante passou a ter — um conhecimento em parte consternado, em parte solidário — dessa suscetibilidade. Naquela noite não houve como, após a revelação que me deixou por uma hora tão prostrada, nenhuma de nós assistir à missa, mas nos unimos numa pequena cerimônia de lágrimas e rogos, de preces e promessas, um clímax para a série de votos e desafios mútuos que imediatamente resultou em nossa retirada para a sala de estudos, onde nos encerramos e onde deitamos tudo às claras. O resultado dessa aclaração foi apenas o de simplificar nossa conjuntura, de modo a reduzi-la ao derradeiro rigor de seus elementos. Ela mesma não vira nada, nem mesmo a sombra de uma sombra, e ninguém na casa, exceto eu, encontrava-se na condição angustiosa a que me expusera; porém, ela aceitou, sem atacar diretamente minha sanidade, a verdade que lhe apresentei, e terminou por demonstrar nessa área um carinho atemorizado, um respeito por meu privilégio mais do que questionável, carinho esse cujo próprio alento permaneceu comigo como se fosse a mais doce das generosidades humanas.

O que dessa maneira combinamos entre nós naquela noite foi que devíamos enfrentar juntas a situação; e eu nem mesmo estava certa de que, a despeito de sua imunidade, era ela quem carregava o fardo menos pesado. Sabia então, creio, tanto quanto soube depois, o que era capaz de arrostar para salvaguardar meus pupilos; mas levei algum tempo para ficar inteiramente segura do que minha fiel companheira estava preparada para aceitar mediante acordo tão rigoroso. Eu era uma companhia estranha o bastante — tão estranha quanto a companhia de que desfrutava; mas, ao recapitular os fatos por que passamos, vejo quanto terreno comum devemos ter encontrado na única ideia que, por sorte, seria *capaz* de manter-nos de pé. Foi essa ideia, o segundo movimento, que me fez sair, como posso expressá-lo?, da câmara interna de meus temores. Sentia-me ao menos apta a tomar a fresca no corredor, e lá Mrs. Grose podia reunir-se a mim. Lembro-me hoje perfeitamente do modo como me enchi de coragem quando nos separamos naquela noite. Havíamos repassado repetidas vezes cada pormenor do que eu presenciara.

"Ele estava à procura de outra pessoa, então... alguém que não era a senhorita?"

"Estava à procura do pequeno Miles." Uma clareza portentosa então me possuía. "Era o menino a pessoa que ele buscava."

"Mas como sabe?"

"Eu sei, eu sei, eu sei!" Minha exaltação crescia. "E a *senhora* também sabe, minha querida!"

Ela não negou o fato, mas senti que eu nem mesmo precisava de sua confirmação. Ela retomou a conversa após um momento. "E se *ele* o vir?"

"O pequeno Miles? É isso o que ele quer!"

Ela pareceu imensamente assustada outra vez. "O que a criança quer?"

"Deus nos livre! O homem. Ele quer aparecer para *eles*." Que ele o fizesse era uma concepção horrível o bastante, mas ainda assim, de algum modo, sentia-me preparada para evitá-la; além do mais, foi isso que praticamente acabei provando no decorrer de nossa conversação. Tinha absoluta certeza de que veria mais uma vez o que já havia visto, porém algo dentro de mim me dizia que, ao oferecer-me com bravura como único objeto de tal experiência, ao aceitar, ao convidar, ao antecipar-me a ele, poderia servir como vítima expiatória e preservaria a tranquilidade do resto do lar. Era especialmente importante que eu protegesse as crianças, que as salvasse. Recordo-me de uma das últimas coisas que afirmei naquela noite a Mrs. Grose.

"Causa-me estranheza meus pupilos nunca terem mencionado...!"

Ela olhou-me com firmeza, enquanto eu parava para pensar. "O fato de ele ter estado aqui e a época em que estiveram com ele?"

"A época em que estiveram com ele, e seu nome, sua presença, sua história, qualquer coisa. Eles nunca fizeram uma alusão."

"A senhorinha não se lembra. Nunca ouviu falar ou soube."

"Das circunstâncias de sua morte?" Ponderei a possibilidade. "Talvez não. Mas Miles poderia lembrar-se... Miles saberia."

"Ah, não o interrogue!", instou Mrs. Grose.

Sustentei o olhar que ela me lançava. "Não se preocupe". Continuei a pensar. "*É* um pouco estranho."

"Que Miles nunca tenha falado nele?"

"Nem feito a menor alusão. E a senhora me diz que eram 'grandes amigos'."

"Oh, não era *ele*!", Mrs. Grose declarou, enfática. "Era um dos caprichos de Quint. Brincar com ele, quero dizer... mimá-lo." Ela interrompeu-se um momento; então acrescentou: "Quint tomava muitas liberdades".

O comentário causou-me, em conjunto com a visão que tivera de seu rosto — e *que* rosto! —, uma súbita sensação de repugnância. "Tomava muitas liberdades com meu menino?"

"Com todo mundo."

Refreei, então, o ímpeto de prosseguir esmiuçando essa descrição, salvo pela inferência de que parte dela podia ser aplicada a vários dos membros do quadro doméstico, a meia dúzia de criadas e empregados que ainda viviam em nossa pequena colônia. Agarrávamo-nos ao fato abençoado de que nenhuma história embaraçosa e nenhuma perturbação na ordem serviçal, jamais, do que se podia lembrar, estiveram ligadas ao velho e gentil lugar. Não o perseguiam nem um mau nome nem uma reputação infame, e era evidente que Mrs. Grose apenas desejava prender-se a mim e tremer em silêncio. Como tática extrema, cheguei a submetê-la a um teste. Foi quando, à meia-noite, ela estava com a mão na porta da sala de estudos, pronta para retirar-se. "Pelo que me contou — pois isto é de grande importância —, ele era definitiva e assumidamente mau?"

"Oh, não se admitia. Eu sabia... mas o patrão não."

"A senhora nunca lhe contou?"

"Bem, ele não gostava de diz que diz que... Detestava reclamações. Ficava terrivelmente zangado com qualquer coisa dessa espécie, e se as pessoas *o* satisfaziam..."

"Nada mais lhe importava?" Isso se encaixava muito bem com a impressão que eu tivera dele: não era um cavalheiro que apreciasse confusões, nem alguém talvez muito exigente para com algumas de suas companhias. Mesmo assim, pressionei minha informante. "Pois lhe garanto que *eu* teria lhe contado!"

Ela percebeu meu julgamento. "Atrevo-me a dizer que errei, mas sentia muito medo."

"Medo de quê?"

"Das coisas que aquele homem podia fazer. Quint era tão astuto... tão penetrante."

Atinei com isso bem mais do que provavelmente demonstrei. "Não receava nada mais? Não temia sua influência...?"

"Influência?", ela repetiu com o rosto angustiado e ansioso, quando eu titubeei.

"Sobre pequeninas e preciosas vidas. Elas estavam sob os cuidados da senhora."

"Não, não estavam!", ela retorquiu com ênfase e aflição. "O patrão acreditava nele e o deixou aqui porque supostamente não gozava de boa saúde e o ar campestre lhe faria bem. Ele tinha domínio completo. Sim", ela permitiu que eu soubesse, "mesmo sobre *eles*."

"Sobre *eles*... aquela criatura?" Contive uma espécie de gemido. "E a senhora suportava isso?"

"Não. Não podia suportá-lo... como não posso agora!" E a pobre mulher debulhou-se em lágrimas.

Do dia seguinte em diante, como disse, teve início um controle rígido; porém, com que frequência e com que paixão, durante uma semana, retornamos ao assunto! Por mais que o tivéssemos discutido naquela noite de domingo, ainda me aterrorizava, nas horas imediatamente posteriores em especial — pois se pode conjecturar se fui capaz de dormir —, a sombra de algo que ela me contara. Eu mesma nada havia escondido, porém havia uma palavra que Mrs. Grose não me revelara. Pela manhã eu estava outrossim certa de que não se tratava de falta de sinceridade, mas do fato de que, de todos os lados, havia temores. Pareceu-me na realidade que, pesando toda a situação, quando o sol do dia seguinte já ia alto no céu, eu infatigavelmente já depreendera dos fatos expostos quase todo o significado que viriam a tomar em razão de ocorrências subsequentes inda mais cruéis.

O que eles me forneceram, acima de tudo, foi a sinistra figura do homem ainda vivo — quanto ao morto, demoraria um pouco mais! —, foram os meses que ele continuamente passou em Bly, os quais, se reunidos, perfaziam uma temporada formidável. O término desse período nefasto ocorreu tão somente quando, na alvorada de uma manhã de inverno, Peter Quint fora encontrado, por um trabalhador a caminho da labuta, rijo como pedra, na estrada que seguia do vilarejo: o acidente fora explicado — superficialmente, pelo menos — por um ferimento visível em sua cabeça; um tipo de lesão que poderia ter sido produzida (e, como se concluiu por fim, *fora* produzida) por uma queda fatal, na escuridão e após ter saído da taberna, no íngreme e escorregadio aclive, uma trilha que tomara por engano, ao pé do qual ele jazia. O aclive congelado, o caminho errado à noite e a bebida explicavam muita coisa — praticamente, ao fim e ao cabo, após o inquérito e a infinita boataria, explicaram tudo; mas havia questões de sua vida, estranhas passagens e peripécias, escaramuças secretas, vícios mais do que suspeitados, que teriam explicado muito mais.

 Tenho dificuldade para traduzir em palavras minha história de forma que possa fornecer um retrato crível de meu estado de espírito; mas, naqueles dias, fui capaz de encontrar alegria no extraordinário esforço de heroísmo que a situação exigia. Hoje vejo que fui requisitada para um serviço formidável e dificultoso; e seria grandioso se se desse a conhecer — ah, na ocasião adequada! — que eu era capaz de triunfar onde muitas outras garotas teriam falhado. Foi-me de imensa valia — eu confesso, ou melhor, hoje me congratulo ao recordar! — o fato de ter compreendido, com tanta firmeza e de modo tão claro, o que tinha de fazer. Eu estava lá para proteger e defender as criaturinhas, as mais destituídas e as mais adoráveis do mundo, em cujo desamparo havia um apelo que repentinamente se tornara bastante explícito, uma dor constante e profunda a afligir nossa própria afeição empenhada. Juntos estávamos, com efeito, segregados, unidos por nosso perigo. Eles só tinham a mim, e eu... bem, eu tinha a *eles*. Era, em resumo, uma oportunidade de ouro que se me apresentava numa imagem ricamente concreta. Eu era um écran — tinha de postar-me diante deles. Quanto mais eu visse, menos eles veriam. Pus-me a observá-los num suspense contido, numa tensão disfarçada, que bem poderia, se houvesse continuado por muito tempo, ter-se convertido em algo próximo da loucura. O que me salvou, vejo-o agora, foi o fato de ter-se transformado em coisa completamente diversa. Não durou muito como suspense — foi superado por provas mais horrendas. Provas, eu digo, sim — desde o momento em que comecei a compreender a verdade.

Esse momento datou de uma hora vespertina que passei, acaso, no relvado com a mais jovem dos meus pupilos. Deixamos Miles em casa, sobre uma almofada vermelha, num amplo assento ao lado da janela; ele pedira para terminar de ler um livro, e fiquei feliz por encorajar um propósito tão louvável num homenzinho cujo único defeito era um certo desassossego imaginativo. Sua irmã, ao contrário, estivera ávida por sair. Caminhamos por meia hora, à procura de uma sombra, pois o sol ainda estava alto e o dia, excepcionalmente quente. A oportunidade de andar a seu lado permitiu-me renovar a impressão de como, à maneira do irmão, ela lograva — era uma característica adorável de ambos — deixar-me sozinha sem parecer abandonar-me e acompanhar-me sem parecer oprimir-me. Nunca se mostravam nem inoportunos nem indiferentes. Toda a atenção que lhes devotava consistia em vê-los divertir-se imensamente sem mim: tratava-se de um espetáculo no preparo do qual pareciam empenhar-se e para o qual me empregavam como admiradora ativa. Eu vagava num mundo inventado por eles — não houve chance de serem atraídos para o meu; de forma que, na maior parte do tempo, eu era algum vulto ou coisa notável que o jogo da ocasião exigia que eu fosse, o que não deixava de ser, graças à minha disposição superior e exaltada, uma sinecura feliz e altamente distinta. Esqueço o que eu era naquela tarde; apenas recordo que se tratava de algo muito importante, muito quieto, e que Flora estava entretida em sua brincadeira. Estávamos à beira do lago e, como nos últimos tempos iniciáramos geografia, o lago era o mar de Azov.

De súbito, em meio a esses elementos, tomei consciência de que, do outro lado do mar de Azov, tínhamos um espectador interessado. O modo como me dei conta disso foi a coisa mais estranha do mundo — ou seja, a mais estranha exceto pela muito mais estranha na qual ela rapidamente se fundiu. Sentara-me com um trabalho de costura de algum tipo — pois em nosso jogo eu era algo que podia sentar — num banco de pedra que dava para o lago; nessa posição, comecei a detectar, sem olhar diretamente, a presença distante de uma terceira pessoa. As velhas árvores e o arbusto cerrado formavam uma sombra grande e agradável, mas tudo estava mergulhado no brilho da hora mormacenta e parada. Não havia nenhuma espécie de ambiguidade; nenhuma pelo menos na convicção que dei comigo formando, de um momento para outro, acerca do que viria a encontrar adiante, do lado oposto do lago, assim que erguesse os olhos. Eles se achavam fitos, nesse momento crítico, na costura da qual me ocupava, e mais uma vez sinto o frenesi que havia em meu esforço de não movê-los até o instante em que pudesse acalmar-me e decidir o que fazer. Havia um objeto alheio à vista — uma figura a cujo direito de presença eu instantânea e apaixonadamente objetava. Recordo-me de ter enumerado as possibilidades, lembrando que nada era mais natural, por exemplo, do que o surgimento de um dos empregados do lugar, ou mesmo de um mensageiro, um carteiro ou um moço do comércio vilarinho. A ideia produziu tão pouco efeito sobre minha quase certeza quanto eu sabia — ainda sem levantar a vista — ter produzido sobre o caráter e a atitude de nosso visitante. Nada era mais natural que o fato de essas coisas serem necessariamente as outras coisas que não eram em absoluto.

Acerca da identidade positiva da aparição, eu teria certeza assim que o pequeno relógio de minha coragem tiquetaqueasse o segundo correto; entrementes, com um esforço que já era pungente o bastante, transferi meu olhar em cheio para a pequena Flora, que, naquele momento, estava a dez metros de distância. Meu coração parou de bater por um instante com o assombro e o terror contidos na possibilidade de ela também ser capaz de ver; e prendi o fôlego enquanto aguardava aquilo que um grito vindo dela, um súbito sinal inocente de interesse ou de alarme, pudesse indicar. Esperei, mas nada ocorreu; em primeiro lugar — sinto que havia algo de mais medonho nisto do que em qualquer outro elemento que eu tenha para relatar —, chamou-me a atenção que, num minuto, todos os sons espontâneos produzidos por ela haviam cessado; e, em segundo, que no mesmo minuto ela havia, durante a brincadeira, virado as costas para a água. Estava nessa atitude quando a fitei pela última vez — olhei com a convicção confirmada de que nós duas ainda estávamos sob direta observação pessoal. Ela apanhara um pedacinho achatado de madeira que porventura tinha um pequeno buraco que evidentemente lhe sugerira a ideia de enfiar outro fragmento à maneira de um mastro, transformando o objeto num barco. Enquanto a observava, vi que estava, acentuada e propositalmente, tentando ajustar a peça no lugar. A compreensão do que ela estava fazendo deu-me segurança, de modo que, passados alguns segundos, senti que estava pronta para mais. Então, outra vez, voltei o olhar — e encarei o que tinha de encarar.

VII.

Depois disso, fui ter assim que pude com Mrs. Grose; e sou incapaz de fornecer qualquer relato inteligível sobre como pelejei durante o intervalo. Contudo, ainda ouço o pranto que verti quando efetivamente me atirei em seus braços: "Eles *sabem*... é monstruoso demais: eles sabem, eles sabem!".

"Mas o quê, em nome de Deus...?" Senti sua incredulidade ao abraçá-la.

"Ora, tudo o que sabemos... e só Deus sabe o quanto mais!" Então, enquanto ela me soltava, compreendi, somente então compreendi, com uma coerência que eu mesma não conseguira alcançar antes. "Duas horas atrás, no jardim...", mal podia articular. "Flora *viu*!"

Mrs. Grose recebeu a notícia como se tivesse levado um soco no estômago. "Ela lhe contou?", arquejou.

"Nem uma palavra... eis o horror. Ela guardou segredo! Uma criança de oito anos, *essa* criança!" Ainda não conseguia expressar o assombro que havia naquilo.

Mrs. Grose, é claro, só fez escancarar ainda mais a boca. "Então, como sabe?"

"Eu estava lá... vi com meus olhos: ela tinha perfeita consciência."

"Quer dizer, consciência *dele*?"

"Não... *dela*." Eu estava ciente de que, enquanto falava, aparentava coisas prodigiosas, pois captei o lento reflexo delas no semblante de minha companheira. "Outra pessoa... desta vez; mas uma figura de um horror e de uma maldade quase tão inequívocos: uma mulher de negro, pálida, pavorosa... e com um aspecto, e com um rosto! — do outro lado do lago. Eu estava lá com a menina... quieta por uma hora; em meio a isso, ela veio."

"Veio como... de onde?"

"De onde eles vêm! Apenas surgiu e ficou ali... mas a uma distância um pouco maior."

"Não tentou aproximar-se?"

"Oh, com respeito ao efeito e à sensação, ela podia estar tão perto quanto a senhora!"

Minha amiga, tomada por um estranho impulso, deu um passo para trás. "Era alguém que a senhorita conhecia?"

"Não. Mas era conhecida da menina. Da *senhora* também." Então, para mostrar como eu pensara em tudo: "Minha antecessora... a que morreu".

"Miss Jessel?"

"Miss Jessel. Não acredita em mim?", teimei.

Ela virou de um lado para outro, desnorteada. "Como pode ter tanta certeza?"

A resposta causou-me, em razão de meu estado de nervos, uma súbita impaciência. "Então pergunte a Flora... *ela* tem certeza!" Mas, assim que falei, lamentei minhas palavras. "Não, pelo amor de Deus, *não*! Ela dirá que não sabe. Mentirá!"

Mrs. Grose não estava tão perplexa a ponto de desistir, instintivamente, de protestar. "Ah, e como *a senhorita* pode ter certeza?"

"Porque Flora crê que nada sei. Ela não quer que eu descubra."

"Ela apenas quer poupar a senhorita."

"Não, não... há abismos aí, abismos! Quanto mais penso no assunto, mais eu vejo, e quanto mais vejo, mais temo. Nem sei mais o que *não* vejo, o que *não* receio!"

Mrs. Grose tentava acompanhar-me. "Quer dizer que teme vê-la novamente?"

"Oh, não; isso não é nada... agora!" Então expliquei. "Temo *não* vê-la mais."

Minha companheira parecia lívida. "Não entendo."

"Ora, receio aquilo que a criança deseja ocultar — e ela sem dúvida o fará — sem que eu venha a saber."

Ao cogitar a hipótese, Mrs. Grose por um momento sucumbiu. Em seguida, porém, recompôs-se como se pela força positiva contida no senso de que, caso cedêssemos um milímetro, estaríamos realmente cedendo a tudo. "Minha querida, minha querida, não podemos perder a cabeça! Afinal, se ela não se importa...!" Minha amiga até mesmo ensaiou uma piada de humor negro. "Talvez ache divertido!"

"Divertir-se com *tais* coisas... esse tiquinho de gente?"

"Isso não comprova sua bendita inocência?", minha amiga bravamente inquiriu.

O que me fez retornar à carga. "Ah, precisamos tentar prender-nos a isso, precisamos agarrar-nos a isso! Pois se não é prova do que acaba de mencionar, é prova de... só Deus sabe o quê! Pois a mulher é o horror dos horrores."

Nisso, Mrs. Grose cravou os olhos um minuto no chão; por fim, levantando-os: "Conte-me como sabe", disse.

"Então admite que é isso o que ela é?", gritei.

"Conte-me como sabe", minha amiga simplesmente repetiu.

"Como sei? Só por tê-la visto! Só pela maneira como ela olhava."

"Está dizendo que ela olhava de maneira terrivelmente perversa?"

"Céus, não... Isso eu teria suportado. Ela não me fitou por um instante. Apenas fixou-se na criança."

Mrs. Grose tentou compreender. "Fixou-se nela?"

"E com olhos tão aterradores!"

Ela examinou os meus como se eles realmente pudessem assemelhar-se àqueles. "Quer dizer, com um olhar de abominação?"

"Valha-me Deus, não. De coisa muito pior."

"Pior do que abominação?" Estava completamente perdida.

"Com uma determinação... indescritível. Com uma espécie de fúria em sua intenção."

Meu comentário a fez empalidecer. "Que intenção?"

"De apoderar-se dela." Mrs. Grose, os olhos ainda fixos por alguns segundos nos meus, estremeceu e caminhou para a janela; e, enquanto ela estava ali, olhando para fora, completei minha frase. "É *isso* que Flora sabe."

Logo depois ela virou-se. "A pessoa vestia preto, a senhorita disse?"

"Estava em traje de luto... um tanto humilde, quase em andrajos. Mas... sim... era de uma beleza extraordinária." Eu agora percebia a que, por fim, pouco a pouco havia conduzido a vítima de minha confissão, pois ela, com toda a certeza, ponderava essas informações. "Ah, bela... muito bela", insisti, "maravilhosamente bela. Mas infame."

Ela lentamente aproximou-se de mim. "Miss Jessel... *era* infame." Mais uma vez tomou-me as mãos, segurando-as firme como se quisesse fortalecer-me contra o aumento do alarme que eu poderia extrair dessa revelação. "Os dois eram infames", disse por fim.

Então, por um momento, mais uma vez encaramos juntas a situação; decerto o fato de tê-la examinado de modo tão claro foi de alguma valia. "Agradeço", eu disse, "sua grande decência por não ter falado antes; mas chegou a hora em que é necessário contar a história toda." Ela pareceu concordar, mas ainda em silêncio, o que me fez prosseguir: "Preciso que me conte agora. De que ela morreu? Vamos, havia algo entre eles?".

"Havia tudo entre eles."

"A despeito da diferença?..."

"Oh, de classe, de condição social...", ela miseravelmente revelou. "*Ela* era uma dama."

Revolvi esse aspecto; mais uma vez, compreendi. "Sim... ela era uma dama."

"E ele, de condição tão terrivelmente mais baixa", disse Mrs. Grose.

Vi que era desnecessário insistir mais sobre o lugar de um criado na escala social; mas nada me impedia de concordar com a avaliação de minha companheira acerca do aviltamento de minha antecessora. Havia uma maneira de lidar com a questão, e eu lidei; de modo que pudesse compor, com maior facilidade, a visão completa — diante das evidências — do falecido, belo e astucioso criado "pessoal" de nosso empregador; um homem igualmente impudente, mal-educado, depravado. "O sujeito era um cão."

Mrs. Grose meditou como se talvez houvesse aí uma pequena conjuntura capaz de franquear o entendimento das sombras. "Nunca conheci outro igual. Ele fazia o que lhe aprouvesse."

"Com *ela*?"

"Com todos."

Foi como se, nos próprios olhos de minha amiga, Miss Jessel mais uma vez aparecesse. Tive por um instante a impressão, além do mais, de que eu rastreava a evocação que neles obtive, em confronto com a imagem que avistara no lago; revelei com decisão: "Deve ter sido o que *ela* também desejava!".

O semblante de Mrs. Grose confirmou minhas suspeitas, mas ela disse ao mesmo tempo: "Pobre mulher... pagou caro".

"Então, de que ela morreu?", indaguei.

"Não... não sei de nada. Não quis saber; fiquei feliz por não terem me contado; e agradeci aos céus o fato de ela estar bem longe daqui quando faleceu!"

"Mas a senhora tem uma ideia..."

"Da razão que a levou a partir? Oh, sim... quanto a isso, sim. Não podia ter ficado. Imagine só isto aqui... para uma preceptora! Depois, imaginei... ainda imagino. E o que imagino é pavoroso."

"Não tão pavoroso quanto o que eu imagino", devolvi; nesse ponto, devo ter mostrado — pois tive a perfeita sensação — uma fisionomia de miserável derrota. Despertei-lhe novamente toda a compaixão que sentia por mim, e, quando ela renovou seus toques de carinho, minha determinação de resistir se desfez. Irrompi, como da outra feita a fizera irromper, em lágrimas; ela me acolheu em seu colo maternal, onde minhas lamentações transbordaram: "Não posso salvar nem defender as crianças! É muito pior do que eu sonhava. Estão perdidas!".

VIII.

Minhas palavras a Mrs. Grose continham grande dose de verdade: havia, na história que lhe contara, abismos e possibilidades que eu carecia de coragem para examinar; de modo que, quando nos encontramos mais uma vez, no assombro suscitado por esses eventos, concordamos que devíamos resistir a fantasias extravagantes. Tínhamos de manter a cabeça no lugar, nem que fosse a última coisa a ser feita — por mais difícil que fosse, nas circunstâncias de nossa experiência prodigiosa, encarar aquilo que mais resistia à investigação. Naquela mesma noite, porém mais tarde, enquanto a casa dormia, tivemos outra conversa em meu quarto; desta vez, ela não duvidou que eu vira exatamente o que vi. Notei ainda que, para que acreditasse piamente em mim, só precisei perguntar como, se se tratava de uma "invenção", eu fora capaz de fornecer, sobre cada um dos personagens manifestados, um retrato que revelava, até o mais ínfimo detalhe, suas características especiais — um retrato diante de cuja exibição ela havia de imediato reconhecido e fornecido nomes. Ela desejava, é claro — quem poderia culpá-la! —, esquecer por completo o assunto; tive de ser rápida e assegurar-lhe que meu próprio interesse agora violentamente se transformara numa busca por uma forma de escapar a ele. Dei-lhe cordialmente razão acerca do tópico da probabilidade de eu vir, diante de uma recorrência — pois dávamos uma recorrência como algo inevitável —, a acostumar-me ao perigo; e declarei com todas as letras que minha própria exposição havia subitamente se tornado o menor de meus desconfortos. O que me oprimia era minha última suspeita; contudo, mesmo para essa complicação, as horas finais do dia trouxeram algum alívio.

Quando a deixei, após minha primeira confissão, eu havia, é claro, voltado a meus pupilos, associando o remédio certo para minha consternação à consciência que eu tinha de seu encanto, o qual eu já reconhecera como recurso que podia positivamente cultivar e que até então nunca me faltara. Em outras palavras, eu havia simplesmente mergulhado de novo no convívio especial que Flora oferecia e lá percebi — era quase um luxo! — que ela era capaz de deliberadamente pôr sua mãozinha bem onde doía. Após haver me contemplado em doce especulação, ela jogou-me na cara que eu havia "chorado". Eu supusera que os sinais feios do pranto haviam desaparecido por inteiro; mas na verdade pude — pela primeira vez, de todo modo — rejubilar-me, mercê dessa generosidade insondável, com o fato de não haverem. Fixar nas profundezas azuis dos olhos da criança e dizer que sua beleza era fruto de uma perspicácia prematura era ser culpada de um cinismo pelo qual naturalmente preferia renunciar a meu julgamento e, da mesma maneira, à minha agitação. Não podia renunciar por mero capricho, mas pude repetir a Mrs. Grose — como o fiz, muitas ocasiões, de madrugada — que, com as vozes de nossos pequenos amigos no ar, seu peso em nosso coração e seus rostos perfumados colados em nossas bochechas, nada restava de nossas suspeitas senão a inocência e a beleza que eles inspiravam. Era lamentável que, de alguma forma, para resolver o caso de uma vez por todas, eu me visse igualmente obrigada a enumerar de novo os sinais de sutileza que, à tarde, à beira do lago, fizeram de meu espetáculo de autocontrole um verdadeiro milagre. Era lamentável ser obrigada a reinvestigar a certeza daquele momento e repetir como ficara surpresa ao saber que a comunhão inconcebível que eu então surpreendera só podia ter sido, para ambas as partes, uma questão de hábito. Era lamentável que eu devesse tartamudear de novo as razões por não ter, em minha ilusão, nem sequer achado estranho que a menininha tenha visto nossa visitante do mesmo modo como eu própria via Mrs. Grose, e que quis, pelo tanto que de fato viu, fazer-me supor que não e, ao mesmo tempo, sem dar a perceber, tentar adivinhar se eu mesma vira! Era lamentável que eu precisasse recapitular essas pequenas mas portentosas atividades pelas quais ela procurou divertir minha atenção — o perceptível aumento da agitação, a maior intensidade da brincadeira, a cantoria, a troca de patacoadas e o convite à traquinagem.

Contudo, se não tivesse cedido a esses apelos, para provar que nada havia ali, nesse exame, teria perdido os dois ou três débeis elementos de conforto que ainda me restavam. Não teria, por exemplo, sido capaz de asseverar à minha amiga que eu estava certa — até aí não havia problema —, que *eu mesma*, pelo menos, nada havia deixado transparecer. Não teria outrossim sido levada, por força da necessidade, por um desespero mental — oh, nem sei como classificá-lo —, a invocar um adjutório ao entendimento, o qual logrei arrancar de minha amiga quando gentilmente a pressionei contra a parede. Ela já me havia pouco a pouco revelado, sob pressão, muita coisa; mas um pequeno ponto cambiante, no lado avesso da história toda, ainda às vezes me roçava a fronte como a asa de um morcego; e ocorre-me que, naquela ocasião — pois a casa adormecida e a concentração tanto de nosso perigo como de nossa vigilância pareciam ajudar —, senti necessidade de dar a última sacudida na cortina. "Não acredito em nada tão horrível", recordo ter dito; "não, estejamos de acordo, minha querida, eu não acredito. Mas se acreditasse, sabe, há algo de que precisaria, sem pretender poupá-la nem um pouco a mais — oh, vamos, nem mesmo uma migalha! —, que me contasse agora. O que é que tinha em mente quando, em sua aflição, antes da volta de Miles, acerca da carta enviada pela escola, disse-me, diante de minha insistência, que não pretextava que ele não houvesse, nem uma *única* vez, sido 'mau'? Realmente ele não foi mau em nenhum momento dessas semanas em que convivi com ele e o observei de muito perto; ele tem sido um imperturbável prodigiozinho de bondade deleitosa e adorável. Portanto, a senhora não teria dito aquilo se, como ocorreu, não houvesse visto uma exceção à regra. Qual foi essa exceção, e a que passagem de sua observação pessoal a senhora se referia?"

Era uma questão bastante grave, mas a frivolidade não fazia parte de nossa jurisdição, e, de todo modo, antes de a madrugada cinzenta nos obrigar a dizer adeus, obtive minha resposta. O que minha amiga tivera em mente provou ser excepcionalmente oportuno. Não era nem menos nem mais do que o fato específico de que, por um período de muitos meses, Quint e o garoto estiveram continuamente juntos. Era, com efeito, prova bastante apropriado o fato de ela ter-se outrora aventurado a criticar o decoro, a sugerir a incongruência de uma aliança tão próxima, e até mesmo a ter chegado tão longe quanto seria capaz, numa franca abordagem a Miss Jessel. Com modos superiores, Miss Jessel lhe sugerira que cuidasse de seus próprios afazeres, e a boa senhora, diante disso, foi ter diretamente com o pequeno Miles. O que *ela* lhe dissera, pois a pressionei que me contasse, era que gostava quando os jovens cavalheiros respeitavam a própria posição social.

Eu, evidentemente, voltei a insistir que ela fosse mais específica. "A senhora lembrou-lhe que Quint era apenas um reles serviçal?"

"Claro que sim! E foi a resposta dele, por um aspecto, que foi ruim."

"E por outro?" Aguardei. "Ele repetiu suas palavras a Quint?"

"Não, nada disso. Pois eis aí algo que ele *nunca* teria feito!" Ela ainda era capaz de impressionar-me. "Eu estava certa, de mais a mais", acrescentou, "de que ele não as repetiria. Mas ele negou certas ocasiões."

"Que ocasiões?"

"Em que eles estiveram juntos, quase como se Quint fosse seu tutor — e dos mais altivos —, enquanto Miss Jessel cuidava apenas da senhorinha. Ele saía com o sujeito; passavam horas juntos."

"Ele, portanto, tergiversou... disse que não gozava de sua companhia?" Sua confirmação foi tão clara que ajuntei em seguida: "Entendo. Ele mentia".

"Oh!", Mrs. Grose gemeu. Sua resposta sugeriu-me que isso não importava; o que, de fato, foi-me confirmado por um comentário adicional: "Afinal, veja a senhorita, Miss Jessel não fazia caso. Ela não o proibia".

Refleti. "Ele ofereceu-lhe esse motivo como justificativa?"

Ela deixou-se abater de novo. "Não, ele nunca falou disso."

"Nunca a mencionou em conexão a Quint?"

Ela percebeu, corando violentamente, aonde eu queria chegar. "Bem, ele não deixava transparecer nada. Ele negava", repetiu; "ele negava."

Deus, como a pressionei naquele momento! "De modo a fazê-la compreender que ele sabia o que se dava entre os dois desgraçados?"

"Não sei... Não sei!", a pobre mulher lamuriou.

"Sabe, sim, minha querida", retorqui. "Somente não possui minha terrível determinação mental e, mercê de sua timidez, modéstia e delicadeza, esconde até mesmo a impressão de que, no passado, quando tinha de virar-se em silêncio sem minha ajuda, quase tudo a fazia sentir-se miserável. Mas ainda a convenço a revelar-me! Havia algo no menino que lhe sugeria", continuei, "que ele acobertava e ocultava a relação dos dois."

"Oh, ele não podia impedir-me..."

"De saber a verdade? Não tenha medo! Mas, céus", um pensamento apoderou-se de mim, "como isso mostra até que ponto eles o transformaram."

"Ah, mas nada que já não esteja bem *agora*!", Mrs. Grose alegou com tristeza.

"Não me admira sua fisionomia estranha", persisti, "quando mencionei a carta do colégio!"

"Duvido que tenha sido mais estranha que a sua!", ela retrucou com familiaridade. "E se ele era, segundo consta, tão mau então, como pode ser um anjo agora?"

"Sim, de fato... se era um demônio na escola! Como, como, como? Bem", eu disse em meu tormento, "deve voltar a confiar em mim, mesmo que eu não lhe conte nada durante alguns dias. Apenas confie em mim mais uma vez!", exclamei de um modo que fez minha amiga arregalar os olhos. "Há direções nas quais eu não devo, no presente momento, seguir." Entrementes, retornei ao primeiro exemplo — aquele ao qual ela acabara de referir-se — sobre a oportuna capacidade do menino de ocasionalmente dizer algo inconveniente. "Se Quint, na recriminação que a senhora fez ao garoto, era um reles serviçal, uma das coisas que Miles lhe respondeu, posso adivinhar, era que a senhora não passava de outra." Mais uma vez sua admissão foi tão evidente que continuei: "Mesmo assim, perdoou-o".

"A senhorita não perdoaria?"

"Oh, sim!" Soltamos, no silêncio, a mais estranha das gargalhadas. Então, prossegui: "De qualquer maneira, enquanto ele ficava com o homem...".

"A pequena Flora ficava com a mulher. Era muito adequado."

Adequava-se a mim também, senti, e de maneira esplêndida; ou seja, quero dizer que se ajustava com exatidão ao perigoso ponto de vista que quase estive a pique de elaborar. Mas, como alcancei tamanho êxito em refrear a expressão desse conceito, abstenho-me igualmente de lançar aqui alguma outra luz sobre o caso exceto a oferecida por minha observação final a Mrs. Grose. "Que ele tenha mentido e se mostrado insolente não é tão interessante, confesso, quanto o que esperava que me contasse sobre a irrupção, no menino, do pequeno homem natural. Ainda assim", contemplei a questão, "deve bastar, pois, mais do que nunca, confirma minhas suspeitas de que é mister vigiar."

Enrubesci, em seguida, ao perceber, no rosto de minha amiga, o quanto ela irrestritamente o havia perdoado, e por caminhos muito mais amplos do que os atribuídos, em seu relato, a meu próprio sentimento caritativo. Dei-me conta disso quando, na porta da sala de estudos, ela despedia-se de mim: "Certamente não *o* acusa...?".

"De manter uma ligação que oculta de mim? Ah, lembre-se de que, até obter novas evidências, não acuso ninguém." Então, antes de dispensá-la por outra passagem que a levava a seus aposentos, concluí: "Só precisamos esperar".

IX.

Esperei longamente e, enquanto os dias corriam, era como se furtassem algo à minha consternação. Na verdade, bastaram uns poucos, em que mantive meus pupilos sob constante vigilância, mas sem nenhum incidente novo, para que as fantasias funestas e mesmo as reminiscências odiosas recebessem uma espécie de esfregadela de esponja. Já mencionei minha entrega à sua extraordinária graça infantil como algo que eu podia ativamente promover dentro de mim, e poder-se-ia imaginar se não estava deixando de zelar por essa fonte, em virtude do bálsamo qualquer que ela pudesse oferecer. Mais estranho, decerto, do que sou capaz de expressar, era o esforço que envidava na luta contra as novas luzes obtidas. Sem dúvida teria existido uma tensão ainda maior, porém, caso meu empenho não se pagasse com tanta frequência. Costumava perguntar-me se meus pupilos não adivinhariam que eu imaginava coisas estranhas sobre eles; e a circunstância de que tais coisas apenas os tornavam mais interessantes não ajudava em nada a determinação de mantê-los na ignorância. Apavorava-me que descobrissem que *eram* tão imensamente mais interessantes. Na pior das hipóteses, de todo modo, como costumava raciocinar, qualquer enevoamento de sua inocência só podia sugerir — impecáveis e predestinados que eram — uma razão a mais para correr riscos. Houve momentos em que dei por mim tomando-os num impulso irresistível e trazendo-os ao peito. Assim que os abraçava, costumava dizer a mim mesma: "O que pensarão eles disso? Não estarei deixando transparecer?". Teria sido fácil cair numa louca e triste divagação acerca do quanto eu poderia deixar transparecer; mas sinto que a verdade sobre as horas de paz que podia continuar a desfrutar era que o encanto imediato de meus companheiros constituía uma diversão ainda efetiva, mesmo sob a sombra da possibilidade que eu andava a examinar. Pois, se me ocorria que eu era capaz de ocasionalmente levantar suspeita sobre os pequenos arroubos de minha paixão mais aguçada por eles, também recorda-me ter perguntado a mim mesma se não percebia uma estranheza no visível aumento do afeto que os dois demonstravam.

Nesse período, eles agiam comigo com um carinho extravagante e sobrenatural; o que, aliás, eu podia imaginar, nada mais era do que a graciosa reação em crianças acostumadas a ser sempre reverenciadas e abraçadas. O fato de mostrarem-se tão pródigos nesse elemento produziu em meus nervos, na verdade, efeito semelhante ao que resultaria se eu aparentemente nunca tivesse, como posso dizê-lo?, descoberto que tinham um propósito nisso tudo. Creio que nunca desejaram fazer tantas coisas para sua pobre protetora; quero dizer — ainda que se esmerassem em suas lições, o que naturalmente mais a agradou —, em termos de diverti-la, distraí-la e surpreendê-la; liam-lhe passagens, contavam-lhe histórias, encenavam-lhe charadas, surgindo diante dela disfarçados de animais e personagens históricos, e, acima de tudo, surpreendiam-na com "peças" que secretamente haviam decorado e podiam recitar vezes sem fim. Nunca devo chegar ao fundo — para onde me deixo levar mesmo agora — do generoso comentário reservado, tudo sob probidade ainda mais reservada, com o qual naqueles dias eu registrava-lhes a plenitude das horas. Desde o início eles demonstraram facilidade para tudo, uma faculdade geral que, mesmo diante das novidades, proporcionava voos notáveis. Enfrentavam suas pequenas tarefas como se as adorassem; compraziam-se, pela mera exuberância de seu dom, nos milagrezinhos de memória mais inesperados. Não apenas apareciam de súbito na minha frente como tigres e romanos, mas como personagens de Shakespeare, astrônomos e navegadores. O caso era tão singular que presumivelmente estava relacionado com o fato para o qual, hoje, não consigo dar uma explicação diferente: aludo aqui à minha falsa tranquilidade em face da exigência de procurar uma nova escola para Miles. O que trago na lembrança é que me contentei, à época, em não mencionar a questão, e o contentamento deve ter derivado da percepção de seu sempre espantoso espetáculo de inteligência. Era inteligente demais para que uma preceptora inexperiente, filha de um pastor, pudesse estragá-lo; e o mais curioso, ou talvez o mais extraordinário, fio da meada ponderativa à qual me referi há pouco, foi a impressão que eu poderia ter tido, caso ousasse inferi-la, de que ele agia sob algum tipo de influência, a qual operava como um tremendo estímulo em sua pequenina vida intelectual.

Se era fácil imaginar, porém, que um menino como aquele pudesse postergar a volta à escola, era pelo menos tão assinalado que, para tal criança, ter sido "expulsa" por um diretor de colégio constituía um motivo incessante de perplexidade. Deixem-me acrescentar que, estando em companhia deles naquele passo — pois tomava cuidado para quase nunca perdê-los de vista —, não consegui farejar nenhuma pista. Vivíamos numa atmosfera nebulosa de música, afeição, conforto e encenações teatrais particulares. O sentido musical de ambos era bastante aguçado, mas o mais velho, em especial, exibia uma maravilhosa aptidão para decodificar e entender uma melodia. O piano da sala de estudos prorrompia com toda sorte de caprichos pavorosos; e, na falta disso, havia confabulações nos cantos, das quais resultava que um deles ia embora muito animado, a fim de "chegar" com algo novo. Eu mesma tive irmãos, e não me surpreendia a possibilidade de garotinhas serem idólatras devotadas de garotinhos. O melhor de tudo era dispormos afinal de um garotinho capaz de demonstrar tamanha consideração pela inteligência, sexo e idade inferiores. Os dois eram extraordinariamente unidos, e dizer que nunca brigavam ou reclamavam é oferecer um elogio indelicado à qualidade de sua doçura. Às vezes eu (quando recorria à indelicadeza) topava com vestígios de pequenas alianças que tramavam entre si, por meio das quais um deles mantinha-me ocupada enquanto o outro escapulia. Há um aspecto um tanto bisonho, creio, em toda diplomacia; mas, se meus pupilos a executavam por minha causa, decerto era com a mínima intenção de vulgaridade. Foi noutro campo que, após uma calmaria, a vulgaridade irrompeu.

Vejo que realmente hesitei; mas agora é preciso mergulhar no horror. Ao dar prosseguimento a meu relato dos aspectos chocantes de Bly, eu não apenas desafio a fé mais liberal — pela qual tenho pouca estima — como também (e isso é outra questão) renovo minhas aflições passadas, mais uma vez vou até o fim em minha medonha peregrinação. Repentinamente sobreveio uma hora após a qual, em retrospecto, parece não haver nada senão puro sofrimento; entretanto, eu pelo menos lhe atingi o âmago, e a estrada mais segura para a saída é sem dúvida a que está na nossa frente. Uma noite — sem que nada levasse a isto ou me preparasse para o evento —, senti o toque gélido da impressão que bafejou em mim na noite de minha chegada e da qual, sendo muito mais sutil da primeira vez, como já mencionei, teria guardado pouca lembrança, fosse menos agitada minha jornada subsequente. Ainda não tinha ido para cama; sentei-me para ler à luz de um par de velas. Havia uma biblioteca cheia de livros antigos em Bly — romances do século passado, alguns deles, que, em virtude de uma reputação positivamente depreciada, embora não a ponto de um exemplar desencaminhado, foram enviados ao lar distante e despertaram a recôndita curiosidade de minha juventude. Recordo que o livro que trazia à mão era *Amélia*, de Fielding, e que também estava totalmente desperta. Lembro-me, além do mais, tanto de uma convicção geral de que era horrivelmente tarde e de uma objeção particular de olhar para meu relógio. Por fim posso ver que a cortina branca e drapejada, à moda daqueles dias, que guarnecia a cabeceira da pequenina cama de Flora, ocultava, conforme me assegurara bem antes, a perfeição do descanso infantil. Ocorre-me, em suma, que, embora estivesse profundamente interessada em meu autor, dei comigo, ao virar a página e com a perda do encantamento na leitura, desviando o olhar do livro e cravando-o na extremidade do quarto. Houve um momento em que fiquei a escutar — trouxe-me à memória a débil sensação da primeira noite, quando vagamente imaginei que havia algo à solta na casa — e percebi a aragem suave de um caixilho aberto deslocar a persiana semicerrada. Então, com todas as marcas de uma deliberação que poderia ter parecido magnífica caso houvesse alguém para admirá-la, deitei meu livro, pus-me de pé, apanhei uma vela, saí num pulo do quarto e, no corredor, que meu lume mal distinguia, silenciosamente fechei e tranquei a porta.

Não sei dizer nem o que me impulsionou nem o que me guiou, mas segui diretamente pelo corredor, segurando minha vela no alto, até estar diante da janela comprida que encimava o lanço de escadas. Nesse ponto, precipitadamente tomei ciência de três coisas. Foram quase simultâneas, conquanto me atingissem em lampejos sucessivos. A vela, por causa de um movimento brusco, apagou-se, e eu percebi, pela janela desguarnecida, que a suave aurora da manhã nascente tornara-a desnecessária. De fato, sem ela, no instante seguinte, soube que havia uma figura na escada. Falo de sequências, mas não precisei de nenhum lapso de segundo para estacar enrijecida para um terceiro encontro com Quint. A aparição alcançara o patamar intermediário e, portanto, encontrava-se no local mais próximo da janela, onde, ao avistar-me, deteve sua marcha e fixou-me exatamente como o fizera da torre e do jardim. Ele me conhecia tanto quanto eu a ele; assim, na débil e fria alvorada, com um bruxuleio no alto da vidraça e outro sobre o verniz da escada de carvalho, mais abaixo, fitamos um ao outro em comum intensidade. Era um ser absoluto daquela vez, uma presença viva, detestável e perigosa. Mas não foi o assombro dos assombros; reservo essa distinção para circunstância bem diversa: a circunstância de que o pavor inequivocamente me abandonara, e não restara nada em mim que me impedisse de afrontá-lo e medir forças com ele.

Senti uma angústia terrível após esse momento extraordinário, mas, graças a Deus, não tive medo. E ele soube disso — dei comigo ao cabo de um instante fantasticamente consciente do fato. Tive a certeza de que, no rigor feroz da confiança, se não cedesse terreno por um minuto, eu não teria mais — pelo menos por ora — de preocupar-me com ele; e, durante esse minuto, portanto, a coisa era tão humana e odiosa como numa entrevista real; odiosa justamente porque *era* humana, tão humanamente constituída quanto um encontro de madrugada, numa casa adormecida, com um inimigo, um aventureiro, um criminoso. Foi o silêncio cabal de nosso olhar detido, em condições tão íntimas, que forneceu a todo esse horror, imenso que era, sua única nota de antinaturalidade. Se houvesse topado com um assassino em tal local e em tal hora, pelo menos teríamos falado. Algo teria ocorrido, em vida, entre nós; se nada houvesse passado, algum de nós teria se movido. O momento prolongou-se tanto que, pouco mais, teria sido levada a duvidar que *eu* mesma fazia parte da vida. Sou incapaz de expressar o que se seguiu, a não ser dizendo que o próprio silêncio — que era na realidade, de certo modo, um atestado de minha força — tornou-se o elemento no qual eu vi a figura desaparecer; no qual definitivamente a vi virar-se, como poderia ter visto o miserável, a quem ela outrora pertencera, voltar-se ao receber uma ordem, e em seguida, diante de meus olhos cravados em suas costas infames, que nenhuma corcunda poderia ter desfigurado mais, descer os degraus, passando para a escuridão na qual o próximo lanço estava mergulhado.

x.

Demorei-me ainda um pouco no topo da escada, sem, porém, iludir-me de que, quando meu visitante partia, partia a valer; então, voltei ao quarto. A primeira coisa que percebi ali, sob a luz da vela que deixara acesa, foi que a caminha de Flora estava vazia; e, diante disso, perdi o fôlego — fora tomada pelo terror ao qual, cinco minutos antes, lograra resistir. Disparei para o lugar onde a deixara deitada e sobre o qual — pois o pequeno acolchoado de seda e os lençóis estavam revirados — a cortina branca havia sido enganosamente puxada para a frente; então meu passo, para meu indizível alívio, produziu um ruído em resposta: notei uma agitação na persiana, e a menina, abaixando-se, emergiu galhardamente do lado de cá. Ela parou muito cândida, metida em sua pequenina camisola, os pés rosados e descalços e o brilho dourado de seus cachos. O olhar que deitava sobre mim era intensamente severo, e eu jamais experimentara tal sensação de perda de uma vantagem adquirida (cuja emoção me fora pouco antes tão prodigiosa) como quando percebi que ela dirigia-me uma reprimenda: "Sua travessa, *onde* esteve?". Em vez de pôr à prova seu próprio comportamento irregular, vi-me sob suspeita e à cata de explicações. Ela mesma ofereceu suas razões, por falar nisso, com a mais ardente e adorável simplicidade. Flora de repente notara que eu não estava no quarto e saltara da cama para ver o que sucedera comigo. Quanto a mim, feliz por tê-la a meu lado, desabei em minha cadeira — sentindo agora, e somente agora, uma ligeira vertigem; ela havia caminhado até mim, se atirado em meu colo e permitido que eu a amparasse enquanto a chama da vela iluminava seu belo rostinho, ainda afogueado de sono. Lembra-me ter fechado os olhos um instante, sabendo muito bem que me deixara seduzir pelo excesso de beleza que emanava do azul de seus olhos. "Procurava-me através da janela?", perguntei. "Pensou que eu estivesse caminhando lá fora?"

"Bem, sabe, achei que havia alguém ali." Ela não empalideceu quando sorriu para mim.

Oh, como cravei meus olhos nela então! "E viu alguém?"

"Ah, *não*!", ela respondeu (com todo o privilégio outorgado por sua inconsequência infantil) quase insolente, embora houvesse uma brandura na maneira arrastada como pronunciou a negativa.

Naquele momento, em meu estado de nervos, não tinha dúvida de que ela mentia; e se mais uma vez cerrei os olhos foi para matutar os três ou quatro caminhos possíveis para lidar com a situação. Um deles me tentou por um instante com tamanha força que, para resistir-lhe, devo ter agarrado minha garotinha com um sobressalto ao qual, espantosamente, ela submeteu-se sem um gemido ou sinal de temor. Cogitei contar-lhe ali mesmo que sabia de tudo — jogar a verdade em sua linda carinha iluminada. "Veja só, veja só, você *sabe* que viu e já desconfia que eu também sei; portanto, por que não confessa francamente para mim, de modo que possamos viver juntas com isso, quiçá até descobrir, na estranheza de nosso destino, em que pé estamos e o que isso significa?" Felizmente essa tentação esvaiu-se tão logo me atingiu: se, então, eu houvesse cedido a ela, poderia ter-me poupado... bem, vocês verão de quê. Em vez de sucumbir, de novo fiquei de pé, fitei sua cama e tomei um caminho intermediário, mais vulnerável. "Por que puxou a cortina sobre a cama, fazendo-me crer que ainda estava ali?"

Após meditar lucidamente, Flora lançou-me um sorrisinho divino e disse: "Porque não quis assustá-la".

"Mas se pensou que eu havia partido...?"

Ela não se deixava confundir; volveu os olhos para a chama da vela, como se a pergunta fosse tão irrelevante, ou pelo menos tão impessoal, quanto os livros educativos de Mrs. Marcet ou a tabuada do nove. "Ah, mas a senhora sabe", ela respondeu com bastante adequação, "que acabaria voltando, minha querida, e voltou mesmo!" Pouco depois, após ela ter ido para cama, permaneci longo tempo bem junto dela segurando-lhe a mão, para provar-lhe que eu reconhecia a importância de minha volta.

Vocês podem imaginar o que minhas noites se tornaram desde então. Inúmeras vezes fiquei sentada, acordada até não sei que horas; elegia momentos em que minha colega de quarto estava sem dúvida dormindo e, dando uma escapada, fazia rondas silenciosas pelo corredor. Fui até mesmo ao local onde encontrara

Quint pela última vez. Mas nunca mais voltei a encontrá-lo ali, e devo logo confessar que nunca mais tornei a vê-lo dentro da casa. Por pouco não tive, entretanto, na escada, uma aventura de diferente quilate. Olhando para baixo, do patamar onde me achava, reconheci a presença de uma mulher sentada em um dos degraus inferiores, de costas para mim, o corpo semicurvado e a cabeça, numa atitude de pesar, pousada sobre as mãos. Nem um instante se passara, porém, quando ela desapareceu sem virar-se para mim. Eu sabia, por tudo isso, exatamente que feição horripilante ela tinha para mostrar; e perguntei-me se, estando eu embaixo, ao invés de no alto, teria a mesma coragem para subir as escadas quanto a que demonstrara com Quint. Bem, houve muitas outras ocasiões para recorrer à coragem. Na décima primeira noite após meu último encontro com esse cavalheiro — pois agora as numerava —, tive um sobressalto que perigosamente rondou essa possibilidade e que, de fato, devido a seu caráter imprevisto, chego quase a considerá-lo o choque mais excruciante de todos. Foi precisamente a primeira noite dessa série em que, fatigada pelas vigílias, imaginei que poderia de novo, sem negligência a meu dever, ir para cama em meu horário habitual. Dormi logo e, como depois descobri, até uma da manhã; mas quando acordei foi para sentar-me num pulo, estava tão completamente desperta como se uma mão houvesse me chacoalhado. Havia deixado uma vela acesa, que agora se extinguira, e, num átimo, tive certeza de que Flora a apagara. Tal convicção me fez saltar na escuridão até sua cama, onde, descobri, ela não se achava. Um olhar relanceado para a janela esclareceu-me ainda mais, e o riscar de um fósforo completou o quadro.

A criança havia novamente se levantado — dessa feita apagando o lume — e mais uma vez, em virtude de algum propósito de observação ou de resposta, espremera-se atrás da persiana, de onde fitava a noite. Que ela agora podia ver — ao contrário da última vez, conforme eu me satisfizera — ficou provado pelo fato de que não se deixou perturbar nem pelo lume da vela que voltei a acender nem pela minha azáfama de botar os chinelos e vestir o penhoar. Oculta, protegida, absorta, ela evidentemente se debruçava sobre o peitoril — o batente abria-se para fora —, entregue à observação. Havia uma grande lua cheia para ajudá-la, e isso pesou sobre minha rápida decisão. Flora estava face a face com a aparição que encontráramos no lago, e podia agora se comunicar com ela como jamais fora capaz de fazer. Quanto a mim, precisava alcançar, sem perturbá-la, a partir do corredor, alguma outra janela voltada para o mesmo local. Cheguei à porta sem que ela desse por mim; saí, fechei-a e pus-me a escutar do outro lado, atenta a algum ruído denunciador. Enquanto me detinha no corredor, cravei os olhos na porta do irmão, que ficava menos de dez passos adiante e que, de forma indescritível, fez ressurgir em mim o estranho impulso que anteriormente descrevera como o de uma tentação. E se eu entrasse lá e marchasse até a janela *dele*? — e se, sob o risco de revelar minha motivação a seu espanto de menino, lançasse sobre o restante do mistério o longo cabresto de minha ousadia?

A ideia animou-me o bastante para me fazer cruzar o corredor até sua porta, onde parei de novo. Apurei os ouvidos para ruídos sobrenaturais; pus-me a figurar os prodígios que encontraria ali; perguntei-me se sua cama também estaria vazia e se ele igualmente observava às ocultas. Depois de um minuto de profundo silêncio, meu impulso esmoreceu. Miles estava quieto; ele podia ser inocente; o risco era horrendo; girei sobre os calcanhares. Havia uma figura lá fora — uma figura à caça de uma visão, o visitante de quem Flora se ocupava; mas esse visitante não estava muito preocupado com meu garoto. Vacilei outra vez, mas por outra razão e apenas por alguns segundos; então, cheguei a uma decisão. Havia bastantes aposentos vazios em Bly, apenas precisava escolher o certo. De súbito vi que o certo era um dos que se localizavam no andar inferior — embora ainda acima do jardim —, no ângulo sólido da casa que já chamei, neste relato, de "a velha torre". Tratava-se de um cômodo amplo e quadrado, mobiliado com os atavios de um quarto de dormir, mas cujo tamanho extravagante o tornava tão inconveniente que, durante anos, conquanto mantido em ordem exemplar por Mrs. Grose, não fora ocupado. Eu muito o admirara e conhecia-lhe a disposição dos móveis; apenas precisei, após titubear um pouco, mercê da atmosfera gélida da desocupação, cruzá-lo e destravar com o máximo de silêncio uma das venezianas. Durante a manobra, afastei a cortina sem produzir ruído e, dirigindo meu rosto à vidraça, fui capaz de perceber, pois a escuridão do lado de fora era muito menor do que a de dentro, que havia tomado a direção certa. Então, notei algo mais. A lua tornara a noite extraordinariamente clara, mostrando-me no gramado uma pessoa, diminuída pela distância, que se fincara ali como se fascinada, olhando para o alto, em minha direção — olhando, isto é, não bem diretamente para mim, mas para algo, tudo indica, acima de mim. Havia claramente outra pessoa acima de mim — na torre; mas a presença na relva não era de jeito nenhum quem eu esperava e, confiante, correra para encontrar. A presença no jardim — tive náuseas quando a distingui — era o próprio Miles.

XI.

Foi só mais tarde, no dia seguinte, que falei com Mrs.Grose, pois o rigor com que eu mantinha meus pupilos à vista limitou as oportunidades de nos encontrarmos a sós: ainda mais que nós duas sabíamos da importância de não despertar — tanto na criadagem como nas crianças — nenhuma suspeita de uma agitação secreta ou de uma confabulação sobre mistérios. Seu semblante impassível deixou-me segura quanto a esse particular. Ela não permitia que transparecesse aos outros o mínimo que fosse de minhas horríveis revelações. Eu tinha certeza de que me julgava digna de crédito: não fosse essa confiança, nem sei o que seria de mim, pois não teria suportado carregar o fardo sozinha. Mas ela era um exemplo monumental de falta de imaginação, e, se não conseguia ver, nos pequenos que estavam sob nossa tutela, nada senão sua beleza e amabilidade, sua felicidade e inteligência, não podia ter nenhuma comunicação direta com as fontes de minha inquietação. Se eles houvessem sido atormentados ou machucados de algum modo visível, Mrs. Grose sem dúvida, ao investigar as causas, também teria se posto num estado lastimável, para igualar-se a eles. Na atual situação, porém, podia sentir que ela, quando os perscrutava com os grandes braços brancos cruzados e sua costumeira aparência serena, agradecia à misericórdia divina o fato de que, se as crianças estavam arruinadas, as peças ao menos ainda serviam. Sua mente não se ajustava a voos da fantasia, mas ao calor constante de uma lareira, e eu já começava a notar que, com o fortalecimento da convicção — pois os dias corriam sem nenhum acidente público — de que nossos mocinhos podiam cuidar de si mesmos, ela dirigia sua maior solicitude para o caso lamentável representado pela tutora interina deles. Para mim, foi uma simplificação confortável, porque, se podia empenhar-me para que meu rosto não traísse para o mundo nenhuma suspeita, teria sido, naquelas circunstâncias, uma imensa inquietação adicional descobrir-me preocupada com a desconfiança que a fisionomia dela poderia despertar.

Na hora a que agora me refiro, obriguei-a a vir ter comigo no terraço, onde, com o fim da estação, o sol vespertino batia agradável; sentamos juntas, enquanto em nossa frente, ao longe, mas ainda ao alcance da voz, as crianças passeavam de um lado para o outro, exibindo um de seus humores mais controláveis. Moviam-se a passo lento, em harmonia, na parte baixa do jardim; enquanto caminhavam, o garoto lia em voz alta um livro de histórias, o braço ao redor da irmã, para mantê-la junto de si. Mrs. Grose os contemplava com verdadeira placidez; então captei o abafado ruído de resignação intelectual com que ela conscientemente se virou para que eu lhe fornecesse a visão do avesso da tapeçaria. Eu a fizera receptáculo de coisas atrozes, mas havia um estranho reconhecimento de minha superioridade — quer por meus feitos, quer por minha função — na paciência que demonstrava por minha dor. Ela oferecia sua mente para minhas revelações assim como, se eu houvesse desejado preparar um caldo de bruxedo e o propusesse com determinação, ela me teria conseguido uma caçarola grande e limpa. Essa havia sido exatamente sua atitude até o momento em que, durante minha descrição dos eventos ocorridos à noite, contei-lhe o que Miles me dissera quando, depois de tê-lo visto naquela hora monstruosa, quase no mesmo local onde agora ocorria de ele estar, eu descera para levá-lo para dentro, tendo preferido, ainda à janela, esse método a qualquer outro processo mais ruidoso, devido a uma necessidade diligente de não alarmar a casa inteira. Não dei, contudo, a Mrs. Grose nenhuma esperança de que seria capaz de representar com sucesso, mesmo diante de sua genuína solidariedade, o verdadeiro esplendor que senti estar contido na inspiração com que, após eu tê-lo levado para casa, o garoto enfim enfrentou meu repto verbal. Assim que surgi ao luar, no terraço, Miles dirigiu-se a mim com toda a celeridade; com o quê, tomei-lhe a mão sem dizer uma palavra e conduzi-o pelos espaços sombrios, pela escada onde Quint avidamente pairou à sua espera, pelo corredor onde eu escutara e tremera, até o quarto de onde ele saíra.

    Nem um murmúrio, durante o caminho, fora trocado entre nós, e eu me perguntara — oh, *como* me perguntara! — se ele não estaria vasculhando sua terrível cabecinha à cata de algo para me dizer que fosse plausível e não grotesco demais. Decerto haveria uma sobrecarga em seu esforço inventivo e eu, dessa vez, experimentava uma curiosa sensação de triunfo por seu verdadeiro embaraço. Tratava-se de uma nítida armadilha para qualquer jogo até então bem-sucedido. Ele não poderia mais jogar com perfeita propriedade, nem fingir que o fazia; assim, como é que escaparia dessa enrascada? Com efeito, palpitava em mim, com igual vibração apaixonada, o mesmo apelo surdo contido na questão de como é que *eu* escaparia. Eu fazia frente, afinal, como jamais até aquele momento, a todo risco associado mesmo agora à repercussão de minha própria nota desagradável. Trago de fato na lembrança que, ao penetrarmos em seu pequeno dormitório, onde a cama não fora desfeita, a janela, aberta ao luar, tornava o quarto tão claro que não houve necessidade de acender um fósforo — recordo que, de súbito, desabei, deixei-me cair na beirada de sua cama, tomada pela desconfiança de que ele sabia que efetivamente me "apanhara". Miles podia fazer o que quisesse, e dispunha de toda a sua inteligência para auxiliá-lo, bastando que, para tanto, eu continuasse a compactuar com a velha tradição criminosa daqueles guardiões da juventude que servem à superstição e aos temores. Ele realmente me "apanhara"; sentia-me entre a cruz e a caldeirinha, pois quem me absolveria, quem consentiria que eu escapasse ao cadafalso, se, pelo mais tênue tremor de um preâmbulo, fosse a primeira a introduzir em nossa perfeita conversa elemento tão medonho? Não, não: inútil tentar expressar a Mrs. Grose, quase tanto quanto é sugerir aqui, a arte com a qual, durante nossa breve e tensa troca de palavras no escuro, ele me fez tremer de admiração. Tratei-o o tempo todo, é claro, com amabilidade e compaixão; nunca, nunca até então, eu havia posto sobre seu pequeno ombro mãos tão carinhosas como as que, ao apoiar-me sobre a cama, detiveram-no ali sob meu escrutínio. Não tive alternativa senão apresentar-lhe o caso, pelo menos formalmente.

"Você precisa me dizer agora... e com toda a sinceridade. Por que saiu? O que fazia lá fora?"

Ainda posso ver seu maravilhoso sorriso, o branco de seus lindos olhos e o descortinar dos dentes límpidos, brilhando para mim no lusco-fusco. "Se lhe disser por quê, irá entender?" Meu coração saltou à boca. Ele me revelaria? Nenhum som de incentivo veio aos meus lábios, e notei que respondi apenas com um vago e repetido assentir de cabeça. Ele era a gentileza em pessoa e, enquanto eu meneava a cabeça, mais do que nunca se portava ali como um pequeno príncipe encantado. Foi sua vivacidade, de fato, que me forneceu o alívio. Seria o desafogo assim tão extraordinário se ele realmente viesse a contar-me a verdade? "Bem", ele enfim disse, "exatamente para que fizesse isso."

"Fizesse o quê?"

"Pensasse, para variar, *mal* de mim!" Nunca esquecerei com que delicadeza e jovialidade ele disse isso, nem como, para arrematar, debruçou-se e me beijou. Foi praticamente o fim de tudo. Deixei-me beijar e fui obrigada a fazer, enquanto o enlaçava por um minuto em meus braços, o mais estupendo esforço para não chorar. Ele me fornecera exatamente o relato de sua aventura que menos me permitia ver o que havia por trás dela, e foi apenas para confirmar que aceitara sua explicação que em seguida olhei em torno e pude dizer:

"Nem chegou a despir-se?"

Ele quase brilhava na escuridão. "De jeito nenhum, sentei-me e li."

"E quando desceu?"

"À meia-noite. Quando sou mau, sou mau mesmo!"

"Entendo, entendo... que adorável. Mas como tinha certeza de que eu saberia?"

"Ah, combinei com Flora." Suas respostas vinham com tanta rapidez! "Ela tinha de levantar-se e olhar para fora."

"Foi o que ela fez." Fora eu quem caíra numa armadilha!

"Então, ela a deixou perturbada e, para ver o que ela estava olhando, a senhorita também olhou... e viu."

"Enquanto você", concordei, "resfriava-se no ar noturno!"

Ele regozijou-se tanto com esse feito que se deu ao luxo de assentir, radiante. "E de que outro modo eu poderia ter sido mau o bastante?", perguntou. Então, após outro abraço, o incidente e nossa conversa encerraram-se com meu reconhecimento de todas as reservas de bondade de que ele, para sua brincadeira, fora capaz de dispor.

XII.

Essa determinada impressão, repito, não se mostrou tão bem-sucedida à luz da manhã, quando a apresentei a Mrs. Grose, embora ela viesse reforçada pela menção a outro comentário que ele fizera antes de nos separamos. "Tudo se resume a meia dúzia de palavras", eu alertei, "palavras que definem a questão. 'Pense no que eu *poderia* fazer!' Miles disse isso em tom casual, para provar que ele era bom. Miles sabe muito bem o que é capaz de 'fazer'. Deu-lhes uma amostra no colégio."

"Jesus, como a senhorita mudou!", exclamou minha amiga.

"Não mudei — apenas tirei minhas conclusões. Os quatro, não se engane, encontram-se sempre. Se em qualquer uma dessas últimas noites a senhora estivesse com uma das duas crianças, teria percebido com clareza. Quanto mais observei e esperei, mais senti que, se não houvesse outra coisa capaz de nos dar certeza, esta nos seria fornecida pelo silêncio sistemático de ambos. *Nunca*, nem por um tropeço na fala, ele chegou a fazer a menor alusão sobre seus velhos amigos, do mesmo modo que nunca mencionou sua expulsão. Oh, sim, podemos ficar aqui sentadas a observá-los, e eles podem exibir-se em seus folguedos até se cansarem; mas mesmo quando fingem estar absortos em seu conto de fadas, estão a bem da verdade imersos em sua visão dos mortos que lhes são restituídos. Ele não está lendo para ela", declarei, "estão falando *deles* — falam de horrores! Eu sigo aqui, eu sei, como se estivesse louca; e é de espantar que não esteja. O que vi teria enlouquecido a *senhora*; mas apenas tornou-me mais lúcida, fez que me assenhoreasse de muitas outras coisas."

Minha lucidez deve ter-lhe soado medonha, mas as adoráveis criaturas vítimas dela, passando várias vezes diante de nós em sua doçura combinada, deram à minha colega algo em que se apoiar; e eu senti a força com que ela se apoiava à medida que, sem deixar-se levar por minha paixão, ainda os guardava com os olhos. "De que outras coisas a senhorita assenhoreou-se?"

"Ora, das mesmas coisas que me deliciaram, fascinaram e, contudo, no fundo, como hoje percebo tão estranhamente, confundiram-me e perturbaram-me. A beleza mais que terrena deles, sua bondade absolutamente desnatural. É um jogo", continuei; "é uma tática e uma fraude!"

"Perpetradas pelos queridinhos...?"

"Que não passam de bebês adoráveis? Sim, por mais insensato que pareça!" O próprio ato de exprimi-lo realmente ajudou-me a investigar, a seguir a pista, a juntar todas as peças. "Eles não têm sido bons — apenas ausentes. É fácil viver com eles porque simplesmente estabeleceram uma existência própria. Não são meus... nem seus. São dele e são dela!"

"De Quint e da mulher?"

"De Quint e da mulher. Querem ser capazes de chegar a eles."

Oh, com que intensidade, nesse passo, a pobre Mrs. Grose pareceu examiná-los! "Mas por quê?"

"Pelo amor de toda a maldade que, naqueles dias calamitosos, o casal lhes incutiu. E o fato de continuarem a oferecer-lhes essa maldade, de preservarem o trabalho dos demônios, é que os traz de volta."

"Céus!", disse minha amiga num sussurro. A exclamação era costumeira, mas revelava uma real aceitação de minha prova complementar sobre o quê, em tempos ruins — pois houvera tempos piores do que esse! —, deve ter ocorrido. Para mim, tal justificativa não existiria se tivesse a certeza de poder contar com sua experiência, qualquer que fosse o nível de depravação que eu julgava possível descobrir em nosso enfrentamento dos vilões. Foi numa óbvia rendição a suas reminiscências que ela acrescentou, após um momento: "*Eram* patifes! Mas que mal podem fazer agora?", insistiu.

"Fazer?", repeti tão alto que Miles e Flora, que passavam à distância, interromperam um instante o passeio e olharam para nós. "Já não fizeram o bastante?", inquiri numa voz mais baixa, enquanto as crianças, após terem sorrido, meneado a cabeça e enviado-nos beijos, continuaram em sua exibição. Ficamos entretidas em observá-las por um minuto; então, respondi: "Eles podem destruí-las!". Diante disso, minha companheira de fato virou-se, mas a exortação que lançou foi silenciosa, obrigando-me a ser mais explícita. "Ainda não sabem muito bem como — mas estão determinados. Só podem ser vistos, por assim dizer, de modo oblíquo ou distante — em lugares estranhos ou altos, no cimo de torres, no telhado das casas, do outro lado das janelas, na extremidade oposta dos lagos; mas há um plano misterioso, de ambas as partes, para encurtar a distância e superar o obstáculo: de modo que o êxito dos sedutores é só uma questão de tempo. Apenas precisam aferrar-se a suas sugestões de perigo."

"Para atrair as crianças?"

"Que podem perecer tentando encontrá-los!" Mrs. Grose ergueu-se devagar, e eu escrupulosamente acrescentei: "A não ser, claro, que possamos impedi-los!".

De pé diante de mim, ela visivelmente refletia sobre o assunto. Permaneci sentada. "O tio deles é quem precisa impedir. Ele tem de levá-los daqui."

"E quem o convencerá?"

Ela estivera concentrada na distância, mas agora me voltava um semblante aparvalhado: "A senhorita, Miss".

"Quer que eu escreva que sua casa está envenenada e que seus pequenos sobrinhos enlouqueceram?"

"Mas se é verdade, Miss?"

"E se é verdade que eu também enlouqueci, a senhora quer dizer? Que notícia adorável de ser enviada pela pessoa que gozava de sua confiança e cuja obrigação primordial era não lhe trazer aborrecimentos."

Mrs. Grose ponderou, seguindo mais uma vez as crianças com os olhos. "Sim, ele realmente odeia aborrecimentos. Foi essa a grande razão..."

"Pela qual aqueles demônios o enganaram por tanto tempo? Sem dúvida, embora a indiferença dele deva ter sido horrível. Como não sou um demônio, de todo modo, não posso enganá-lo."

Minha companheira, após um instante, e como resposta, sentou-se de novo e segurou-me o braço. "Faça, então, que ele venha vê-la."

Fitei-a. "Ver-me?" Tive um súbito receio do que ela era capaz de fazer. "Ele?"

"Ele deveria *estar* aqui... deveria ajudar."

Rapidamente levantei-me; devo ter feito uma cara medonha, como ela nunca antes vira em mim. "É capaz de imaginar que eu lhe peça uma visita?" Não, com seus olhos fitos em meu rosto, ela não era. Em vez disso — como uma mulher entende a outra —, podia ver o que eu mesmo via: o desdém de nosso patrão, seu escárnio, seu desprezo pelo esmorecimento de minha resignação de ser deixada sozinha e pela fina maquinaria que pusera a funcionar de modo a atrair sua atenção a meus encantos negligenciados. Ela não sabia — ninguém sabia — como eu me orgulhava de servi-lo e de manter-me fiel a nosso acordo; assim mesmo, ela captou o sentido, creio, da advertência que eu agora lhe fazia. "Se a senhora perder a cabeça a ponto de recorrer a ele por mim..."

Ela ficou deveras assustada: "Sim, Miss?".

"Eu abandonaria os dois na mesma hora, tanto ele como a senhora."

XIII.

Não me incomodava reunir-me a eles, mas conversar com eles mostrou-se mais do que nunca um esforço que excedia as minhas forças, por apresentar, na intimidade, dificuldades tão intransponíveis como as de antes. Essa situação prosseguiu durante um mês, e com novas agravantes e notas particulares, sobretudo a nota cada dia mais penetrante da pequena consciência irônica de que meus pupilos pareciam dispor. Não era, estou segura disso hoje como estava segura antes, fruto de minha imaginação infernal: era evidente que sabiam de minha dificuldade e que essa estranha relação tornou-se, de certo modo, por um bom tempo, o ar no qual nos deslocávamos. Não quero com isso dizer que faziam troça ou que agiam com vulgaridade — com eles, não corria esse risco;

mas quero dizer, por outro lado, que o elemento do inominado e do intocável suplantou, entre nós, qualquer outro, e que tantos subterfúgios não poderiam ter sido bem-sucedidos sem uma grande dose de acordo tácito. Era como se, em alguns momentos, viéssemos sempre a topar com assuntos diante dos quais era preciso estacar, precisássemos de súbito desviar de alamedas que descobríamos não ter saída ou tivéssemos de bater com um ligeiro estrondo que nos fazia olhar uns para os outros — pois, como todas as batidas, esta soava mais alto do que planejáramos — as portas que indiscretamente abríramos. Todas as estradas levam a Roma, e houve ocasiões em que deveríamos ter percebido que quase todo ramo de estudo ou tema de conversa tangenciava território proibido. Esse território era a questão da volta dos mortos em geral e do que quer que fosse, em particular, capaz de ter sobrevivido na memória das criancinhas, acerca dos amigos que perderam. Havia dias em que teria jurado que um deles dizia ao outro, com uma pequena cutucada invisível: "Ela pensa que desta vez vai dizer... mas não *vai*!". Referiam-se a eu ter a liberdade de, por exemplo — e de uma vez por todas —, fazer uma menção direta à moça que os preparara para minha disciplina. Demonstravam um delicioso apetite sem fim por passagens de minha vida, que eu lhes contava repetidas vezes; tinham conhecimento de tudo o que ocorrera comigo, pois lhes participara, com todas as circunstâncias, a história de meus irmãos e irmãs, do gato e do cachorro, além de muitos detalhes da inclinação caprichosa de meu pai, da mobília e da disposição de nossa casa e da conversa das matronas de meu vilarejo. Havia numerosas coisas inter-relacionadas, para tagarelar: bastava ir com a devida rapidez e, por instinto, saber quando fazer circunlóquios. Eles manipulavam, com arte toda especial, os fios de minha invenção e de minha memória; e nenhum outro elemento talvez, quando mais tarde ponderei sobre essas ocasiões, levantou-me tanto a suspeita de estar sendo sub-repticiamente espionada. Era, de todo modo, somente às custas de *minha* vida, de *meu* passado e de *meus* amigos que nos podíamos sentir como que relaxados; o que às vezes os fazia recorrer sem a menor cerimônia a lembretes sociais. Eu era convidada — sem nenhuma conexão visível — a repetir o famoso caso do Gansinho Bonzinho ou de confirmar detalhes já fornecidos sobre a astúcia do pônei do presbitério.

Foi em parte em tais circunstâncias, em parte em outras bem diferentes, com a guinada que meus cuidados tinham dado, que minha dificuldade, como eu a chamara, tornou-se mais melindrosa. O fato de os dias correrem sem que eu me envolvesse em novos encontros deveria, pela lógica, ter contribuído para acalmar-me os nervos. Desde o ligeiro bafejo da segunda noite no patamar superior, ocasionado pela presença da mulher ao pé da escada, eu não vira mais nada, quer dentro, quer fora da casa, que fosse melhor não ter visto. Houve muitos cantos atrás dos quais eu esperava topar com Quint e muitas situações que, por sua natureza meramente sinistra, teriam favorecido a aparição de Miss Jessel. O verão declinara, o verão terminara; o outono caíra sobre Bly e extinguira metade de nossas luzes. O local, com um céu pardacento e guirlandas ressequidas, com seus espaços vazios e folhas mortas espalhadas, era como um teatro após o espetáculo — todo coberto de programas amassados. Havia, para ser exata, estados no ar, condições de som e de silêncio, impressões indizíveis *como* as de um momento consagrado, que me lembravam, pois duravam o bastante para eu poder captá-la, a sensação do ambiente em que, durante aquele passeio externo em junho, tivera minha primeira visão de Quint, e no qual também em vão por ele procurara no perímetro dos arbustos, naqueles outros instantes, após tê-lo visto da janela. Reconheci os sinais, os presságios — reconheci o instante, o local. Mas eles permaneceram desacompanhados e vazios, e eu segui imperturbada; se de imperturbada pode-se chamar uma jovem cuja sensibilidade não tinha, do modo mais extraordinário, decrescido, mas aumentado. Eu mencionara, em minha conversa com Mrs. Grose, a respeito da horrível cena de Flora à beira do lago — e a deixara perplexa com isto —, que, daquele momento em diante, angustiar-me-ia muito mais perder meu poder do que conservá-lo. Expressara o que tinha vívido na mente: a certeza de que, independentemente de as crianças terem visto ou não — pois tal suposição ainda não estava de todo comprovada —, eu preferia sem dúvida, como salvaguarda, a plenitude proporcionada por minha própria exposição. Estava preparada para conhecer o pior que havia para ser conhecido. O que, naquela ocasião, eu intuí desgostosa foi a possibilidade de meus olhos virem a cerrar-se, enquanto os deles continuavam bem abertos. Bem, parecia que meus olhos *estavam* cerrados agora — destino pelo qual poderia afigurar-se blasfemo não agradecer a Deus. Infelizmente havia uma dificuldade aí: eu Lhe teria agradecido de todo o coração, caso não houvesse tido, na mesma medida, a certeza do segredo que guardavam meus pupilos.

  Como hoje posso repisar os estranhos passos de minha obsessão? Houve horas em que estávamos juntos e eu teria jurado que, de fato, em minha presença, mas sem que eu dispusesse de uma percepção direta disto, eles recebiam visitantes que lhes eram conhecidos e bem-vindos. Seria então que, não houvesse me impedido a própria chance de que tal injúria se mostrasse maior do que o dano a ser evitado, minha exaltação teria irrompido. "Eles estão aqui, estão aqui, seus pequenos infelizes", eu teria gritado, "e agora vocês não podem negar!" Os pequenos infelizes o negaram com todo o volume extra contido em sua sociabilidade e delicadeza, em cujas profundezas cristalinas — como o vislumbre de um peixe no regato — o escárnio de sua vantagem despontava. O choque na verdade cravara-se em mim ainda mais profundamente do que me dera conta naquela noite em que, tendo saído à cata de Quint ou de Miss Jessel sob a luz das estrelas, eu vira o garoto cujo descanso eu deveria proteger e que imediatamente trouxera consigo — voltara-o naquele instante, ali mesmo, para mim — o adorável olhar ascendente com o qual, nas ameias que se erguiam sobre nós, a horrenda aparição de Quint havia se refestelado. Caso fosse uma questão de pavor, minha descoberta nessa ocasião apavorara-me mais do que qualquer coisa, e era, em essência, num estado apavorado que eu tirava minhas reais conclusões. Elas me atormentavam a tal ponto que, às vezes, em momentos de angústia, isolava-me para ensaiar em voz alta — era ao mesmo tempo um fantástico alívio e um desespero renovado — a maneira como eu chegaria ao que importava. Aproximava-me do assunto de um lado, depois do outro, enquanto, em meu quarto, movia-me nervosamente, mas sempre desistia quando tinha de pronunciar os nomes monstruosos. À medida que eles se desfaziam em meus lábios, crescia em mim a desconfiança de que eu de fato os estaria ajudando a representar algo infame se, por apenas articulá-los, sentia violar um pequeno e raríssimo caso de delicadeza instintiva, provavelmente inaudito em qualquer sala de aula. Quando dizia a mim: "*Eles* têm a educação de permanecerem em silêncio e você, confiável como é, a descortesia de falar!", sentia-me ruborizar e cobria o rosto com as mãos. Após essas cenas secretas, eu tagarelava mais do que nunca, seguindo com bastante fluência até que se dava uma de nossas prodigiosas e palpáveis caladas — não sei de que outro modo chamá-las —, o estranho ascenso ou nado (forcejo por palavras!) bêbedo ao silêncio, uma interrupção de toda vida, que não tinha nenhuma relação com o barulho maior ou menor que nós, no momento, poderíamos estar ocupados em produzir e o qual eu podia ouvir através de qualquer alegria intensificada ou récita acelerada ou nota mais alta dedilhada ao piano. Então sabia que os outros, os forasteiros, estavam lá. Embora não fossem anjos, eles "passavam", como dizem os franceses, fazendo-me, à medida que prolongavam sua estada, tremer de medo, pois receava que pudessem dirigir a suas jovens vítimas alguma mensagem mais infernal ou imagem mais vívida do que aquelas que julgavam boas o bastante para transmitir a mim.

Menos possível ainda era livrar-me da cruel ideia de que, fosse o que fosse que eu visse, Miles e Flora viam *mais* — coisas terríveis, que não podiam ser adivinhadas e que brotavam de medonhas instâncias de relacionamento do passado. Tais coisas costumavam deixar sobre a superfície, no presente, uma sensação gélida que com veemência negávamos sentir; e nós três, experimentados na repetição de treinamento tão esplêndido, lográvamos, a cada vez, marcar quase automaticamente a conclusão do incidente com os mesmos movimentos. Era notável que as crianças, por exemplo, persistissem em beijar-me com uma irreverência selvagem e nunca deixassem — se não era uma, era a outra — de fazer a preciosa pergunta que nos ajudou a superar mais de um perigo. "Quando a senhora acha que ele virá? Não acha que *deveríamos* escrever-lhe?" — não havia nada como essa indagação, descobríramos por experiência, para dissipar um embaraço. "Ele", é claro, era o tio deles, na rua Harley; e nos alimentávamos de muita profusão teórica de que ele poderia chegar a qualquer momento, para juntar-se a nosso círculo. Impossível ter dado menos encorajamento do que aquele que ele administrara acerca de tal doutrina, mas, se não tivéssemos tido a doutrina a recair sobre nossos ombros, teríamos privado uns aos outros de algumas de nossas mais refinadas exibições. Ele nunca lhes escrevia — o que poderia ser uma atitude egoísta, mas fazia parte da lisonja que havia na confiança em mim depositada; pois o modo como um homem rende seu maior tributo a uma mulher sempre é capaz de não passar da mais festiva celebração de uma das leis sagradas de seu próprio conforto. Por isso, cuidei de sustentar o espírito da promessa feita de não recorrer a ele, quando fiz meus jovens amigos entenderem que suas cartas eram apenas charmosos exercícios literários. Eram belas demais para serem enviadas; guardei-as comigo; tenho-as até hoje. Essa era de fato uma regra que apenas reforçava o efeito satírico de eu ter sido regalada com a suposição de que ele, a qualquer momento, poderia estar entre nós. Era exatamente como se meus jovens amigos soubessem como isso poderia ser quase tão mais embaraçoso para mim do que qualquer outra coisa. Parece que não há, além disso, quando procuro recordar-me, nota mais extraordinária do que o mero fato de, apesar de minha tensão e de seu triunfo, eu jamais ter perdido a paciência com eles. Como eles devem ter sido com efeito adoráveis, hoje sinto, já que, naqueles dias, não os odiei! Será que a exasperação, porém, acabaria por trair-me, caso o desafogo houvesse sido postergado inda mais? Pouco importa, pois o desafogo veio. Chamo-o de desafogo, ainda que não passasse do desafogo que uma ruptura oferece à tensão ou a explosão de uma tempestade a um dia sufocante. Era ao menos uma mudança, e ela ocorreu de chofre.

XIV.

Ao dirigir-me à igreja numa manhã de domingo, caminhava com o pequeno Miles a meu lado, enquanto sua irmã seguia em frente, junto de Mrs. Grose, bem à vista. Era um dia claro e fresco, o primeiro dessa natureza fazia muito tempo; a noite trouxera um toque de geada, e o ar outonal, luzidio e penetrante, fazia que os sinos soassem com quase júbilo. Por uma curiosa coincidência de ideia, ocorrera de eu estar, naquele momento, particular e muito reconhecidamente espantada com a obediência de meus pupilos. Por que eles nunca se ressentiam de minha inexorável, minha perpétua sociedade? É provável que algo tenha me feito ver que eu mantinha o garoto preso à minha saia e que, do modo como nossos companheiros estavam dispostos em sua marcha, poderia parecer que eu me precavia contra um perigo de rebelião. Agia de fato como um carcereiro atento para possíveis surpresas e fugas. Mas tudo isso pertencia — quero dizer, a pequena e magnífica rendição deles — apenas à especial ordenação de fatos, os quais eram de todo insondáveis. Trajado para o domingo pelo alfaiate do tio — que, tendo carta branca, soubera confeccionar belos coletes que se casaram ao pequeno ar de grandeza do garoto —, toda a pretensão de Miles à independência, os direitos de seu sexo e condição social, vinham-lhe tão estampados que, se ele de repente lutasse por sua liberdade, eu não teria tido nada a dizer. Seguia assim eu, pelo mais estranho dos acasos, indagando de mim mesma como poderia enfrentá-lo, quando a revolução indubitavelmente ocorreu. Tenho que foi uma revolução porque só hoje percebo como, com a palavra que ele proferiu, a cortina ergueu-se para dar início ao último ato de meu pavoroso drama e a catástrofe precipitou-se. "Olhe aqui, minha querida", ele disse galante, "quando é que, diga-me, por favor, eu voltarei para a escola?"

Transcrita dessa forma, a fala soa bastante inofensiva, particularmente se proferida no tom melífluo, agudo e casual com que, com todos os interlocutores, mas em especial com sua eterna preceptora, ele espargia entoações como se estivesse atirando rosas. Havia algo nelas que sempre nos fazia "captar" o sentido, e eu o captei naquele momento com tamanha eficiência que estaquei o passo como se uma das árvores do parque houvesse caído na estrada. Algo de novo surgiu, ali mesmo, entre nós, e ele tinha plena consciência de que eu sabia disso, embora, para provocar minha descoberta, não houvesse precisado mostrar-se nem um pouquinho mais cândido e adorável do que de costume. Pude sentir que Miles, por eu não ter encontrado nada de pronto para lhe responder, já percebera a vantagem adquirida. Demorei tanto para vir com a resposta que ele teve muito tempo, após um minuto, para prosseguir, com seu sorriso sugestivo, mas indefinido: "Sabe, minha querida, que para um rapaz estar sempre com uma dama...!". Ele sempre me chamava de "minha querida", e nada seria capaz de expressar mais do que essa estimada familiaridade contida na expressão, tão respeitosamente fácil, o tom exato do sentimento que desejei imprimir em meus pupilos.

Mas oh!, como então compreendi que precisava ser mais judiciosa com minhas próprias palavras. Lembro-me de que, para ganhar tempo, tentei rir, e acreditei ter notado, na bela fisionomia com que ele me observava, que eu lhe parecera feia e estranha. "E sempre com a mesma dama?", devolvi.

Ele não empalideceu nem piscou. Quase tudo estava posto diante de nós. "Ah, claro que ela é uma dama 'perfeita'; mas, afinal, sou um rapaz, não vê?, que... bem, está crescendo."

Quis prender-me, do modo mais terno, por um instante a essa nota. "Sim, você está crescendo." Oh, mas sentia-me tão impotente!

Conservei até hoje a pequena ideia desconsoladora de como Miles, parecendo saber do fato, jogava com ele. "E não pode negar que não tenho sido terrivelmente bom, não é?"

Pus minha mão em seu ombro, pois, por mais que percebesse que seria muito melhor seguir caminhando, ainda não me julgava capaz. "Não, não posso negar, Miles."

"Com a única exceção daquela noite, sabe...!"

"Aquela noite?" Não pude sustentar o olhar de modo tão firme quanto ele.

"Ora, quando a senhora desceu... foi ao jardim."

"Ah, sim. Mas não lembro por que fez isso."

"Não lembra?", falava com a doce extravagância da censura infantil. "Bem, foi apenas para mostrar-lhe que eu era capaz!"

"Oh, sim... você foi capaz."

"E ainda sou."

Senti que talvez poderia, afinal, recuperar a presença de espírito. "Certamente. Mas não o fará."

"Não, *aquilo* de novo, não. Não foi nada."

"Não foi nada", repeti. "Mas precisamos continuar."

Ele voltou a caminhar a meu lado, metendo a mão em meu braço. "Então, quando *voltarei*?"

Assumi, enquanto refletia, meu ar mais responsável. "Você era muito feliz na escola?"

Ele pensou um pouco. "Ah, sou bastante feliz em qualquer lugar!"

"Bem, então", insinuei com voz trêmula, "se está bastante feliz aqui...!"

"Ah, mas isso não é tudo! Claro que a *senhora* conhece muitas coisas..."

"Mas sugere conhecer quase tanto quanto eu?", arrisquei quando ele se interrompeu.

"Nem metade do que gostaria!", Miles afirmou com franqueza. "Mas não é bem isso."

"O que é, então?"

"Bem... quero contemplar mais a vida."

"Entendo; entendo." Havíamos topado com a vista da igreja, e de muitas pessoas, incluindo vários dos criados de Bly, que caminhavam para lá e se amontoavam à porta para nos ver entrar. Apressei nosso passo; queria chegar lá antes que a conversa se aprofundasse demais; meditei avidamente que ele teria de ficar em silêncio por mais de uma hora, e ansiei pela obscuridade relativa do banco da igreja e pelo auxílio quase espiritual da almofada em que apoiaria meus joelhos. Parecia que literalmente apostava corrida contra o provável estado de perturbação a que Miles estava prestes a lançar-me, mas senti que ele havia conseguido vencer-me quando, antes mesmo de termos entrado no adro, arremeteu:

"Quero a companhia de meus iguais!"

A demanda me fez de fato saltar para a frente. "Não há muitos iguais a você, Miles!" Eu ri. "A não ser, quem sabe, nossa querida pequena Flora."

"Realmente me compara a uma menininha?"

Ele pegou-me enfraquecida. "Você não ama nossa doce Flora?"

"Se não amasse... e à senhora também; se não amasse...!", ele repetiu como se tomando distância para pular, porém deixando o pensamento tão inacabado que, depois de passarmos pelo portão, tornou-se inevitável outra parada, que ele me impôs segurando-me o braço. Mrs. Grose e Flora já haviam entrado na igreja, acompanhadas dos outros devotos, e nós ficamos, naquele minuto, a sós entre os velhos e espessos jazigos. Paramos, no caminho que seguia ao portão, ao lado de um túmulo baixo e oblongo como uma mesa.

"Sim, se não amasse...?"

Ele passou os olhos, enquanto eu aguardava, pelas sepulturas ao redor. "Bem, a senhora sabe o quê!" Mas ele não se moveu, vindo em seguida com algo que me fez cair sentada sobre a laje marmórea, como se de repente precisasse repousar. "Meu tio acha o que a *senhora* acha?"

Mantive minha atitude de repouso. "Como sabe o que eu acho?"

"Ah, bem, claro que não sei, pois me ocorre que nunca me contou. Mas, quero dizer, *ele* sabe?"

"Sabe o quê, Miles?"

"Ora, como estou me saindo."

Percebi, com rapidez suficiente, que não podia dar nenhuma resposta a essa pergunta que não exigisse um grau de sacrifício a meu empregador. Mas ocorreu-me que todos nós, em Bly, sacrificáramo-nos o bastante para que tal indiscrição pudesse ser perdoada. "Não creio que seu tio dê muita importância."

Ao ouvir isso, Miles levantou-se e fitou-me. "Então não crê que ele possa ser obrigado a importar-se?"

"De que forma?"

"Ora, vindo nos visitar."

"E quem o obrigará a fazer-nos uma visita?"

"*Eu* o obrigarei!", o garoto declarou com vivacidade e ênfase extraordinárias. Após lançar-me outro olhar carregado dessa expressão, ele marchou sozinho até a igreja.

XV.

A questão praticamente se encerrou a partir do momento em que não o acompanhei. Era uma lamentável rendição ao desassossego, mas o fato de eu estar consciente disso de algum modo não serviu para animar-me. Apenas continuei sentada ali, em meu túmulo, e pensei sobre o que nosso jovem amigo me dissera, até atingir-lhe a plenitude do significado; assim que o abarquei por completo também me dei conta de que, pela ausência, envergonhava-me de oferecer a meus pupilos e ao restante da congregação tal exemplo de atraso. O que eu dizia a mim mesma, sobretudo, era que Miles havia conseguido arrancar algo de mim, e a medida dessa vitória, para ele, constituiria exatamente esse embaraçoso colapso. Ele conseguira arrancar de mim o fato de haver algo que muito me amedrontava, do qual ele provavelmente seria capaz de fazer uso para obter, para seus próprios fins, mais liberdade. Meu medo era o de ser obrigada a lidar com a pergunta intolerável acerca das circunstâncias de sua expulsão do colégio, visto que se tratava, na verdade, da questão dos horrores que se acumulavam por trás dela. Que seu tio viesse falar comigo dessas coisas era uma solução que, a rigor, eu já deveria ter desejado; mas, como pude tampouco encarar-lhe a feiura e a dor, simplesmente procrastinei e vivi sem pensar no futuro. O menino, para minha profunda agitação, estava em seu legítimo direito, estava na posição de dizer-me: "Ou a senhora esclarece com meu tutor o mistério que cerca a interrupção de meus estudos, ou para de esperar que eu leve consigo uma vida tão inadequada para um garoto". O que se mostrava tão inadequado para aquele determinado garoto de quem eu me ocupava era aquela súbita revelação de uma consciência e de um plano.

Foi isso o que realmente me paralisou, o que me impediu de entrar. Dei voltas em torno da igreja, hesitante, em suspenso; ponderei que já estava, por causa dele, ferida sem remédio. Por conseguinte, não podia consertar nada e seria um esforço incomensurável, para mim, espremer-me a seu lado no banco da igreja: ele teria se sentido mais seguro do que nunca para enlaçar o braço no meu e me fazer sentar ali por uma hora em contato próximo e mudo, como resposta a nossa conversa. Pela primeira vez desde sua chegada, queria ficar longe dele. Quando parei debaixo da grande janela lateral e escutei os sons do culto, fui tomada por um impulso que, senti, poderia ter-me dominado por completo, caso eu lhe desse o menor encorajamento. Teria sido fácil pôr termo a meu suplício: bastava fugir. Lá estava minha oportunidade; não havia ninguém para impedir-me; podia desistir da coisa toda — dar as costas e sair em disparada. Apenas precisava voltar correndo, a fim de cuidar de algumas preparações, para a casa deixada quase desocupada em razão da presença na igreja de tantos de seus serviçais. Ninguém, em suma, poderia culpar-me se eu me arrancasse dali, em desespero. De que valia fugir se apenas pudesse manter-me afastada até o jantar? Isso se daria em duas horas, ao cabo das quais — podia-o prever com precisão — meus pequenos pupilos bancariam os inocentes, espantados por minha não aparição em seu rasto.

"O que estava *fazendo*, sua levada da breca? Por que diacho, para deixar-nos tão preocupados — e para desviar-nos a atenção também, não sabe, não? —, abandonou-nos bem à porta da igreja?" Eu não podia enfrentar tais questões nem, à medida que eles a propusessem, seus falsos olhinhos adoráveis; contudo, tornou-se claro que era justamente isso o que eu devia enfrentar, conforme o quadro se delineava, que deixei-me ir.

Fui, até onde concernia o momento imediato, embora; saí direto do adro e, com a cabeça fervilhando, voltei sobre meus passos pelo parque. Pareceu-me que, quando cheguei em casa, já havia tomado uma decisão quanto à cínica fuga. A tranquilidade dominical, tanto dos arredores como do interior, onde não encontrei ninguém, de fato infundiu-me um senso de oportunidade. Se fosse escapar depressa assim, deveria fazê-lo sem uma cena sequer, sem emitir palavra. Minha rapidez deveria ser formidável, porém, e a questão do transporte era a maior a ser resolvida. Atormentada, no saguão, por dificuldades e obstáculos, lembro que afundei ao pé da escada — de repente desabei ali, no degrau mais baixo, e então, com um sentimento de repulsa, recordei que fora exatamente naquele local, mais de um mês antes, que eu vira o espectro da mais horrível das mulheres. Nisso, fui capaz de pôr-me de pé; segui o resto do caminho para cima; dirigi-me, em meu tormento, à sala de estudos, onde havia objetos que me pertenciam e que deveria levar comigo. Mas abri a porta para descobrir de novo, num lampejo, que meus olhos haviam sido deslacrados. Na presença do que vi, cambaleei de volta à resistência.

Sentada à minha própria mesa, sob a luz intensa do meio-dia, vi uma pessoa a quem, não fora minha experiência anterior, eu teria tomado de início por uma criada que ficara na casa para cuidar da residência e que, aproveitando-se de uma rara folga na vigilância e de minhas canetas, tinta e papel, fora ocupar-se do considerável esforço de redigir uma carta a seu amado. Havia um esforço no modo como, enquanto seus braços se apoiavam na mesa, as mãos, com evidente cansaço, amparavam a cabeça; mas, a partir do momento em que registrei a cena, já havia tomado ciência de que, apesar de minha entrada, sua atitude estranhamente não se abalara. Foi então que — no próprio ato de anunciar-se — sua identidade iluminou-se numa mudança de postura. Ela pôs-se de pé, não como se tivesse me escutado, mas com a grandiosa melancolia indescritível de sua indiferença e desapego e, a menos de quatro metros de mim, lá erguia-se minha vil antecessora. Desonrada e trágica, estava toda diante de mim; no entanto, mesmo enquanto a mirava e a fixava na memória, a horrível imagem desvaneceu-se. Negra como a meia-noite em seu vestido escuro, sua beleza devastada e sua desgraça indizível, ela fitou-me por tempo suficiente para parecer afirmar que seu direito de sentar-se à minha mesa era tão legítimo quanto o meu de sentar-me à dela. Com efeito, enquanto duraram esses instantes, arrepiou-me a extraordinária sensação de que era *eu* a intrusa. Foi como num violento protesto contra essa infâmia que, de fato tendo me dirigido a ela — "Sua mulher terrível e miserável!" —, pude ouvir-me prorromper num som que, através da porta aberta, ecoou pelo longo corredor e pela casa vazia. Ela voltou-se para mim como se houvesse me escutado, mas eu já me recompusera e desanuviara o ânimo. Não havia nada na sala no minuto seguinte, além da luz do sol e da compreensão de que eu precisava ficar.

XVI.

Estava tão certa de que o retorno dos outros seria marcado por protestos que fiquei bastante decepcionada quando vi que minha deserção somente os deixara meramente mudos e discretos. Em vez de denunciar-me com fanfarra e de acariciar-me, não fizeram nenhuma alusão à minha fuga, e só me restou, quando percebi que ela também não dissera nada, observar a curiosa fisionomia de Mrs. Grose. E o fiz com tamanha atenção que acabei me convencendo de que eles, de algum modo, persuadiram-na a guardar silêncio; silêncio que, porém, eu me esforçaria por quebrar na primeira oportunidade em que estivéssemos a sós. Essa ocasião deu-se antes do chá: consegui cinco minutos com ela na copa, onde, à luz do crepúsculo, em meio à fragrância de pão recém-assado, mas num local já todo limpo e guarnecido, encontrei-a sentada numa pose magoada diante do fogo. É assim que ainda a vejo, é assim que a vejo melhor: encarando a chama em sua cadeira simples, no aposento fusco e lustroso, um retrato grande e límpido do "recolhimento" — de gavetas fechadas e trancadas, e do descanso sem remissão.

"Ah, sim, eles me pediram que não dissesse nada; e para agradar-lhes — desde que estivessem ali —, é claro que concordei. Mas o que houve?"

"Só os acompanhei à guisa de uma caminhada", respondi. "Depois tive de voltar para encontrar uma amiga."

Ela demonstrou surpresa. "Uma amiga?"

"Ah, sim, tenho um par de amigos!" Ri. "Mas as crianças lhe deram uma razão?"

"Por não mencionarem que havia nos abandonado? Sim; disseram que a senhorita achava melhor dessa forma. *Acha* mesmo?"

Meu rosto a entristeceu. "Não, acho pior!" Mas, após um instante, acrescentei: "Eles disseram por que eu devia achar melhor?".

"Não; o patrãozinho Miles apenas comentou: 'Devemos fazer a vontade dela!'."

"Ah, como gostaria de que fosse verdade! E o que Flora disse?"

"Miss Flora foi um amor. Ela anuiu: 'É claro, é claro!'... E eu disse o mesmo."

Refleti um instante. "A senhora também foi um amor... posso ouvir a todos. Não obstante, entre Miles e mim, tudo foi posto às claras."

"Tudo?" Minha companheira fixou-me. "Mas o quê, Miss?"

"Tudo. Não importa. Cheguei a uma decisão. Voltei para casa, minha querida", prossegui, "para ter uma conversa com Miss Jessel."

Nessa altura, já desenvolvera o hábito de, antes de soar uma nota como essa, manter Mrs. Grose sob controle; de modo que, mesmo então, à medida que ela piscava com bravura quando ouviu minha afirmação, pude fazer que se conservasse comparativamente firme. "Uma conversa! Quer dizer que ela falou?"

"Essa é a questão. Encontrei-a, em minha volta, na sala de estudos."

"E o que ela disse?" Ainda posso ouvir a boa mulher, e a candura de sua estupefação.

"Que ela sofre tormentos...!"

Na verdade foi isso que a fez, à medida que completava meu quadro, pasmar. "Quer dizer...", vacilou, "... os tormentos das almas penadas?"

"Penadas. Amaldiçoadas. É por isso, para que possa compartilhá-los..." Eu mesma vacilei com o horror da ideia.

Mas minha companheira, menos imaginativa, incentivou-me a continuar. "Para que possa compartilhá-los...?"

"É que ela quer Flora." Minha revelação poderia ter feito Mrs. Grose ir embora, caso eu não estivesse preparada. Segurei-a com firmeza, para mostrar-lhe que estava. "Como disse, porém, não importa."

"Porque chegou a uma decisão? Mas sobre o quê?"

"Sobre tudo."

"E o que chama de 'tudo'?"

"Ora, sobre mandar chamar o tio deles."

"Oh, Miss, por misericórdia, faça isso, sim", minha amiga suplicou.

"Ah, mas com toda certeza! Vejo que é a única saída. O que ficou 'às claras', como lhe disse, com Miles, é que ele acha que tenho receios — e nutre ideias sobre o que pode ganhar com isso —, mas verá que está errado. Sim, sim; o tio dele saberá de mim imediatamente (e diante do próprio garoto, se necessário) que, caso eu venha a ser repreendida por não ter feito nada quanto ao assunto da escola..."

"Sim, Miss...?", minha amiga pressionou-me.

"Bem, há aquela terrível razão."

Havia claramente tantas razões para minha colega que a confusão lhe era perdoável. "Mas... qual... delas?"

"Ora, a carta de seu antigo colégio."

"A senhorita a mostrará ao patrão?"

"Já deveria tê-lo feito."

"Oh, não!", exclamou Mrs. Grose com firmeza.

"Eu o farei ver", continuei, inexorável, "que não posso encarregar-me da questão de uma criança que foi expulsa..."

"Por razões sobre as quais não temos a menor ideia!", Mrs. Grose declarou.

"Por maldade. Pelo que mais, quando Miles é tão inteligente, belo e perfeito? Ele é estúpido? Travesso? Instável? Desagradável? Ele é precioso... então, só pode ser *isso*; em seguida, tudo o mais virá à tona. Afinal", eu disse, "é culpa do tio deles, por tê-los deixado aqui com essa gente...!"

"Ele não os conhecia. A culpa é minha", ela confessou, bastante pálida.

"Bem, a senhora não sofrerá a acusação", observei.

"Nem as crianças!", retrucou, enfática.

Guardei um curto silêncio; entreolhamo-nos. "Então, o que devo dizer a ele?"

"A senhorita não precisa dizer nada. Eu direi."

Avaliei a hipótese. "Quer dizer que escreverá...?" Lembrando então que ela não sabia escrever, corrigi-me. "Como se comunicará com ele?"

"Falarei com o mordomo. *Ele* escreve."

"E gostaria que ele escrevesse nossa história?"

Minha pergunta tinha uma força sarcástica que não tencionara insinuar de todo e que fez Mrs. Grose, após um momento, casualmente sucumbir. As lágrimas voltaram a brotar-lhe dos olhos. "Ah, Miss, escreva a senhorita!"

"Bem... hoje à noite", por fim respondi; e assim nos separamos.

XVII.

À noite, não passei do começo. O tempo voltara a piorar, uma grande ventania varria o campo, e sob a lamparina, em meu quarto, com Flora dormindo ali em paz, fiquei muito tempo sentada diante de uma folha de papel em branco, escutando o açoite da chuva e o estrondo das lufadas. Por fim saí, empunhando uma vela; cruzei o corredor e fiquei um minuto atenta à porta de Miles. Em minha infinita obsessão, eu fora impelida a reparar em qualquer som que lhe denunciasse a vigília e, de fato, ouvi um, mas não o que eu esperava. Sua voz tilintou: "Ora, ora, quem está aí... entre". Soou como o júbilo em meio à escuridão!

Entrei com meu lume e dei com ele na cama, muito desperto e também muito à vontade. "Bem, o que está planejando?", perguntou, com tamanha graça social que, me ocorreu, estivesse Mrs. Grose presente, ela procuraria em vão por sinais daquilo que fora posto "às claras".

Fiquei em sua frente, segurando a vela. "Como sabia que eu estava ali?"

"É claro que a ouvi chegar. Acha que não faz barulho? Parece com uma tropa de cavalaria!" Ele riu com gosto.

"Então, não dormia?"

"Nem um pouco! Estava aqui pensando."

Depositei o círio, de propósito, a uma curta distância de nós, e, quando ele estendeu a mão amistosa para mim, sentei-me na beira da cama. "E no que pensava?", perguntei.

"Que mais na vida, minha querida, além da *senhora*?"

"Ah, o orgulho que tenho por seu apreço não é tão forte! Preferiria que estivesse dormindo."

"Bem, também pensava, a senhora sabe, naquele nosso assunto peculiar."

Percebi que sua mãozinha firme estava fria. "Que assunto peculiar, Miles?"

"Ora, o modo como me educa. E tudo o mais!"

Cheguei a prender a respiração por um instante, e mesmo o cintilar da vela fornecia luz o bastante para mostrar-me como ele, recostado em seu travesseiro, sorria para mim. "Que quer dizer com tudo o mais?"

"Ah, a senhora sabe, sabe, sim!"

Fui incapaz de dizer qualquer coisa por um minuto, embora sentisse, enquanto lhe segurava a mão e nossos olhos se mantinham fixos uns nos outros, que meu silêncio tinha todo o jeito de admitir a acusação, e nada no mundo inteiro da realidade talvez fosse, naquele momento, tão fabuloso quanto nossa verdadeira relação. "Decerto você voltará à escola", eu disse, "se é isso que o aflige. Mas não ao antigo colégio... precisamos encontrar outro, melhor. Como poderia saber que esse assunto o perturba se nunca me contou, se nunca, em absoluto, falou dele?" Seu semblante claro e atento, emoldurado por sua suave brancura, tornou-o naquele minuto tão atraente quanto um paciente sorumbático num hospital infantil; e eu teria dado, quando notei a semelhança, tudo quanto possuía no mundo para ser a enfermeira ou a irmã de caridade capaz de fornecer-lhe a cura. Bem, mesmo do jeito que as coisas andavam, talvez ainda pudesse ajudá-lo! "Sabe que nunca me disse uma palavra sobre sua escola?... Quero dizer, a antiga; você nunca a mencionou."

Ele pareceu pensar; sorriu com a mesma candura. Mas claramente tentava ganhar tempo; esperava, pedia diretrizes. "Não disse nada?" Não cabia *a mim* ajudá-lo... Cabia àquela coisa com que eu havia me encontrado!

Algo em seu tom e na expressão de seu rosto, que ele voltou na minha direção, fez meu coração doer com pungência até então desconhecida; tão extraordinariamente comovedor era ver seu pequenino cérebro desconcertado e seus pequeninos recursos obrigados a desempenhar, sob o encanto que se lhes impunha, um papel de candura e congruência. "Não, nunca... desde o momento em que veio para cá. Nunca fez menção a um só de seus professores, a um só de seus colegas, nem ao detalhe mais ínfimo acerca do que aconteceu com você na escola. Nunca, meu pequeno Miles — não, nunca —, você me forneceu uma sombra que fosse de algo que *possa* ter ocorrido com você por lá. Portanto, pode imaginar como estou no escuro. Até trazer o assunto à baila daquele modo, nesta manhã, mal havia feito uma referência, desde o primeiro instante em que deitei os olhos em você, a qualquer coisa de seu passado. Você parecia aceitar o presente de maneira tão perfeita..." Era admirável como minha absoluta convicção de sua precocidade secreta — ou como quer que pudesse chamar o veneno da influência que eu apenas ousava nomear de través — fazia-o, a despeito do ar débil de sua inquietação, parecer tão acessível quanto uma pessoa mais velha, obrigando-me a tratá-lo de igual para igual. "Pensei que quisesse continuar do jeito que é."

Notei que minha fala o fez corar um pouco. De qualquer forma, como um convalescente um tanto fatigado, ele meneou languidamente a cabeça. "Não... não. Quero ir embora."

"Está cansado de Bly?"

"Ah, não: gosto de Bly."

"Bem, então...?"

"Ah, a *senhora* sabe o que um rapaz quer!"

Achei que não soubesse tão bem quanto ele, e procurei um subterfúgio temporário. "Quer ir ter com seu tio?"

Mais uma vez, nesse ponto, com sua adorável feição de ironia, ele moveu-se no travesseiro. "Ah, não pense que pode escapar com essa!"

Fiquei em silêncio por um minuto e fui eu agora, creio, que mudei de cor. "Meu querido, não pretendo escapar!"

"Não pode, mesmo se quiser. Não pode, não pode..." Ele fitava-me de modo encantador. "Meu tio precisa vir e a senhora precisa resolver as coisas por completo."

"Se fizermos isso", devolvi com certa graça, "pode estar certo de que é para levá-lo para longe daqui."

"Bem, não entende que é justamente nisso que venho me empenhando? A senhora tem de *contar* a ele... sobre como deixou tudo acontecer: a senhora tem muitíssimo a contar a ele!"

A exultação com que ele proferiu a última frase ajudou-me de certa maneira a voltar a enfrentá-lo. "E o quanto é que *você*, Miles, tem para contar-lhe? Há perguntas que ele lhe fará!"

Ele refletiu. "É muito provável. Mas que perguntas?"

"Sobre as coisas que nunca me contou. Para que ele possa decidir o que fazer com você. Ele não pode mandá-lo de volta..."

"Eu não quero voltar", ele interrompeu-me. "Quero um campo novo."

Miles disse isso com notável serenidade, com positiva e irrepreensível alegria; e sem dúvida foi essa mesma nota que me trouxe à mente a plangência, a desnatural tragédia infantil, de quando provavelmente retornasse, ao cabo de três meses, com toda a sua bravata, e ainda mais desonra. Afligiu-me tanto perceber que eu nunca seria capaz de arrostar esse desfecho que me deixei levar. Joguei-me sobre ele e, na pureza de minha compaixão, abracei-o. "Meu querido Miles, meu pequeno querido Miles...!"

Aproximei meu rosto do dele, e ele deixou-se beijar, simplesmente aceitando meu gesto com bom humor indulgente. "Pois então, velhinha?"

"Não há nada... nada mesmo que queira me contar?"

Ele virou-se um pouco, voltando-se para a parede e erguendo a mão para observá-la, como vemos fazer as crianças doentes. "Eu lhe disse... disse esta manhã."

Oh, como senti pena dele! "Que apenas deseja que eu não me preocupe?"

Ele voltou-se para mim, como se aprovasse minha compreensão; daí, com a maior doçura: "Que só desejo que me deixe em paz", respondeu.

Havia até mesmo uma estranha dignidade em seu protesto, algo que não só me fez soltá-lo como também, após ter-me erguido, obrigou-me a permanecer a seu lado. Deus sabe que nunca quis atormentá-lo, mas senti que, se virasse as costas naquela altura, estaria abandonando-o, ou, para falar com maior franqueza, perdendo-o. "Acabei de começar uma carta para seu tio", disse.

"Bem, então, termine-a!"

Aguardei um instante. "O que aconteceu antes?"

Ele mais uma vez cravou os olhos em mim. "Antes de quê?"

"Antes de você voltar. E antes de ter ido para lá."

Ele permaneceu em silêncio por algum tempo, mas sustentou o olhar. "O que aconteceu?"

O som das palavras, no qual julguei ter captado, pela primeira vez, o ligeiro e débil tremor de uma consciência consenciente, forçou-me a cair de joelhos ao lado da cama e a agarrar mais uma vez a oportunidade de apoderar-me dele. "Querido Miles, querido Milesinho, se *soubesse* como quero ajudá-lo! É só isso, nada mais que isso, e eu preferiria morrer a causar-lhe alguma dor ou fazer-lhe algum mal — preferiria morrer a tocar um fio de cabelo seu. Meu querido, meu pequeno Miles", oh!, precisava falar agora, nem que *fosse* longe demais... "Só quero que me ajude a salvá-lo!" A resposta a meu apelo foi instantânea, mas veio na forma de uma rajada e de um resfriamento, uma lufada de ar gelado e um estrondo no quarto tão grande que pareceu que o caixilho da janela houvesse se partido com a violência do vento. O menino soltou um grito alto e agudo que, engolfado no restante do choque sonoro, talvez haja soado, indistintamente, embora eu estivesse bem perto dele, como uma nota de júbilo ou de terror. Pus-me de pé num pulo e tomei consciência da escuridão. Assim, por um momento, permanecemos, enquanto eu fitava ao redor e via as cortinas cerradas ainda no lugar e a janela ainda fechada. "Mas a vela se apagou!", gritei.

"Fui eu quem a apagou, minha querida!", disse Miles.

VIII.

No dia seguinte, após as lições, Mrs. Grose encontrou um minuto para perguntar-me em voz baixa: "Escreveu, Miss?".

"Sim... escrevi." Mas não acrescentei — por enquanto — que minha carta, selada e endereçada, ainda estava em meu bolso. Havia bastante tempo para enviá-la antes de o mensageiro ir à vila. Entrementes, da parte de meus pupilos, aquela não poderia ter sido uma manhã mais brilhante, mais exemplar. Era como se, no fundo, fossem obrigados a paliar qualquer pequeno atrito recentemente ocorrido. Eles executaram os feitos mais estonteantes de aritmética, superando em muito *meu* frágil conhecimento, e perpetraram, no maior bom humor, brincadeiras geográficas e históricas. Chamou-me especial atenção o fato de Miles querer mostrar com que facilidade ele lograva abater-me. Essa criança, que me lembre, realmente vivia num ambiente de beleza e tormento que nenhuma palavra era capaz de traduzir; existia uma particularidade toda sua em cada impulso que exibia; jamais houve uma criaturinha natural, ao olho desavisado um modelo de franqueza e liberdade, transfigurada num jovem cavalheiro mais extraordinário ou mais habilidoso. Sempre sentia ser necessário precaver-me contra o deslumbramento da contemplação pela qual me deixei levar nos primeiros momentos; controlar o olhar impertinente e o suspiro de desalento com os quais eu tanto atacava quanto rejeitava o enigma de sua expulsão — pois, afinal, o que fizera esse jovem cavalheiro que tivesse merecido punição? Digamos que, pelo que eu conhecia do tenebroso prodígio, a imaginação de todo o mal lhe *fora* revelada, e todo o senso de justiça que eu tinha dentro de mim ansiava por uma prova de que esse conhecimento alguma vez pudesse ter sido utilizado numa ação.

    De qualquer modo, ele nunca se portou com maior cavalheirismo do que quando, após um jantar antecipado naquele dia horrendo, veio ter comigo e perguntou-me se não gostaria de ouvi-lo tocar por meia hora. Davi, tocando para Saul, não teria demonstrado um senso de ocasião mais refinado. Foi, sem dúvida, uma adorável exibição de tato, de magnitude; equivaleu a ele ter-me dito, sem rodeios: "Os verdadeiros heróis de cavalaria, sobre quem adoramos ler, nunca se aproveitam em demasia de uma vantagem. Agora sei a que se refere: quer dizer que — para ser deixada sozinha e não ser seguida — a senhora cessará de preocupar-se comigo, de espiar-me, não me manterá preso à barra de sua saia, dar-me-á liberdade de ir e vir. Bem, eu 'venho', como pode ver — mas não vou! Há muito tempo para isso, e tenho o maior prazer de desfrutar sua companhia e apenas quero deixar-lhe claro que lutei por um princípio". Pode-se imaginar se resisti a esse apelo ou me deixei acompanhá-lo novamente, de mãos dadas, à sala de estudos. Miles sentou-se ao velho piano e tocou como nunca antes; e se há aqueles que pensam ter sido preferível que ele estivesse jogando futebol, só posso dizer que lhes dou toda a razão. Pois, ao fim de um período que, sob sua influência, eu parara completamente de mensurar, comecei a ter a estranha sensação de haver dormido em meu posto. Ocorreu após a refeição, junto à lareira da sala de estudos, mas eu não adormecera em absoluto; fizera algo muito pior — eu esquecera. Onde, durante todo esse tempo, estivera Flora? Quando dirigi a pergunta a Miles, ele demorou-se ainda um minuto ao piano, antes de responder, e então apenas disse: "Ora, minha querida, como posso saber?", rompendo em seguida numa risada feliz que imediatamente, como se fosse uma espécie de acompanhamento vocal, prolongou numa melodia incoerente e extravagante.

    Corri para meu quarto, mas sua irmã não estava lá; então, antes de descer, examinei os outros cômodos. Como não se achava em nenhum lugar por ali, ela decerto estaria com Mrs. Grose, de quem, no conforto gerado por essa teoria, saí de imediato à cata. Encontrei-a onde a havia encontrado na noite anterior, mas ela respondeu à minha rápida interpelação com uma confissão vazia e apavorada de ignorância. Minha amiga apenas supusera que, após o repasto, eu ficara com as duas crianças; no que tinha uma dose de razão, pois era a primeira vez que permitira que a garotinha saísse de minha vista sem que eu houvesse tomado as providências adequadas. Claro que ela agora só podia estar com as criadas, de modo que a próxima coisa a ser feita seria procurá-la sem ostentar alarme. De pronto conjuramos esse plano entre nós; mas quando, dez minutos depois e dando seguimento a nosso arranjo, encontramo-nos no saguão, foi apenas para reportar que, de ambas as partes, após inquirições cautelosas, nós não conseguíramos localizá-la. Durante um minuto quedamos ali, longe da vista dos criados, trocando expressões mudas de terror, e pude perceber como minha amiga devolvia-me, com altos juros, todas aquelas que desde o princípio eu lhe oferecera.

"Ela deve estar na parte de cima", ela aventou, em seguida, "... em um dos quartos que a senhorita ainda não vasculhou."

"Não; ela está longe." Eu tinha chegado a uma conclusão. "Saiu de casa."

Mrs. Grose cravou-me os olhos. "Sem um chapéu?"

Meu olhar naturalmente dizia tudo. "Aquela mulher também não anda com a cabeça nua?"

"Flora está com *ela*?"

"Está com *ela*!", declarei. "Precisamos encontrá-las."

Minha mão pressionava o braço de minha amiga, mas ela não conseguiu, oprimida que estava por assunto tão pesaroso, responder a meu estímulo. Comungava, ao contrário, ali de pé, com seu próprio desconforto. "E onde está o patrãozinho Miles?"

"Oh, *ele* está com Quint. Provavelmente na sala de estudos."

"Por Deus, Miss!" Minha opinião, como eu mesma tomei consciência — e, portanto, suponho, meu tom de voz —, até então nunca alcançara uma certeza tão serena.

"O jogo está em andamento", continuei. "Eles executaram o plano com sucesso. Ele descobriu o jeitinho mais divino de distrair-me enquanto ela fugia."

"'Divino'?", Mrs. Grose ecoou, surpresa.

"Infernal, então!", retruquei, quase contente. "Ele também providenciou seu salvo-conduto. Mas vamos!"

Com olhar sombrio, ela fitava o andar de cima. "Vai deixá-lo...?"

"Tanto tempo com Quint? Sim... não importa agora."

Nesses momentos, ela sempre acabava agarrando-me a mão, logrando, dessa forma, deter-me um pouco mais. Porém, depois de quedar boquiaberta um instante diante de minha súbita resignação, ela avidamente irrompeu: "É por causa de sua carta?".

Eu rapidamente, à guisa de resposta, apalpei o bolso, saquei a missiva, exibi-a, e então, libertando-me de Mrs. Grose, fui depositá-la no grande aparador do saguão. "Luke a levará", eu disse ao voltar. Alcancei a porta da frente e descerrei-a; já estava nos degraus.

Minha companheira ainda hesitava: a tempestade da noite e da manhã havia cessado, mas a tarde estava úmida e cinzenta. Adiantei-me pela entrada de veículos enquanto ela estacava à porta. "Vai sair sem nada?"

"Que me importa, quando a menina tampouco pôs nada? Não posso perder tempo vestindo-me", gritei, "e se a senhora fizer questão, terei de abandoná-la. Por que não experimenta dar um pulo lá em cima?"

"Com *eles*?" Oh, com esse comentário a pobre mulher num pronto uniu-se a mim!

XIX.

Seguimos direto para o lago, como era chamado em Bly, e, ouso dizer, adequadamente chamado, embora possa ter sido uma extensão de água bem menos impressionante do que meus olhos pouco viajados supuseram. Meu conhecimento de massas aquáticas era modesto, e o tanque de Bly, de todo modo, nas poucas ocasiões em que consenti, sob a proteção de meus pupilos, enfrentar-lhe a superfície no velho barco de fundo raso ancorado ali para nosso uso, impressionou-me tanto pela extensão como pelo encrespamento de suas águas. O lugar habitual de embarque ficava a oitocentos metros da residência, mas tive uma convicção íntima de que, onde quer que Flora estivesse, não seria perto da casa. A menina não escapara à minha vigilância para uma aventurazinha qualquer, e, desde o dia da aventura muito maior que vivera com ela à beira do lago, fiquei atenta, em nossas caminhadas, para a direção que ela mais apreciava tomar. Por isso agora eu dirigia os passos de Mrs. Grose para um rumo bem determinado — um rumo que a fez, quando ela o percebeu, manifestar uma resistência que traía sua nova estupefação. "Está indo para a água, Miss?... Acha que ela está *no*...?"

"Ela pode estar lá, embora a profundidade, creio, não seja muito grande. Mas me parece mais provável que esteja no lugar do qual, no outro dia, vimos juntas aquilo que lhe contei."

"Quando ela simulou não ter visto...?"

"Com um autocontrole surpreendente! Sempre soube que ela queria voltar para lá sozinha. E agora seu irmão deu-lhe a oportunidade!"

Mrs. Grose continuava de pé onde havia parado. "A senhorita supõe que as crianças realmente falam *deles*?"

A isso pude lhe responder com segurança! "Elas dizem coisas que, se as ouvíssemos, simplesmente ficaríamos estupefatas."

"E se ela *estiver* ali...?"

"Sim?"

"Então Miss Jessel também está?"

"Sem sombra de dúvida. A senhora verá."

"Ah, obrigada!", minha amiga exclamou, plantando-se tão firmemente ali que, ao perceber-lhe a relutância, continuei a caminhar sem ela. Quando cheguei ao lago, porém, vi que ela seguia bem atrás de mim, e entendi que, em sua concepção, independentemente do que fosse capaz de suceder-me, o risco de ficar a meu lado lhe parecia o menor dos perigos. Ela soltou um gemido aliviado quando por fim topamos com a visão da maior parte da água sem termos entrevisto a criança. Não havia sinal de Flora no lado mais próximo do banco de areia, onde minha última observação dela me enchera de tanto espanto, e nenhum também na extremidade oposta, onde, exceto por uma margem de cerca de vinte metros, um bosque espesso descia até o lago. Essa expansão aquática, de formato oblongo, era tão estreita se comparada a seu comprimento que, com as extremidades fora de nosso campo de visão, podia ser tomada por um esquálido rio. Olhamos para aquele trecho vazio, e senti a sugestão nos olhos de minha amiga. Entendi o que ela quis dizer e respondi com um menear negativo da cabeça.

"Não, não; espere! Ela pegou o barco."

Minha companheira fitou o ancoradouro vago e, em seguida, correu o olhar pelo lago. "Mas, onde está?"

"O fato de não o vermos é a prova definitiva. Ela o usou para atravessar o lago, e então conseguiu escondê-lo."

"Fez tudo sozinha... aquela criança?"

"Ela não está só e, em ocasiões como esta, não é uma criança: é mulher muito,

muito velha." Esquadrinhei com os olhos a margem visível, enquanto Mrs. Grose mais uma vez, diante do elemento singular que eu lhe oferecia, resignou-se em sua submissão; em seguida, sugeri que o barco poderia perfeitamente estar num pequeno refúgio formado por um dos recessos do lago, uma reentrância oculta, do lado de cá, por uma projeção do banco de areia e por uma porção dos arbustos que se aglomeravam perto da água.

"Mas, se o barco está lá, onde por Deus está *ela*?", minha colega indagou, aflita.

"É exatamente isso que precisamos descobrir." E voltei a caminhar.

"Vamos dar toda a volta?"

"Claro, por mais longe que seja. Não nos tomará mais do que dez minutos; contudo, é longe o bastante para ter feito a menina preferir não ir caminhando. Ela atravessou direto."

"Céus!", gritou minha amiga mais uma vez: minha lógica era forte demais para ela. Arrastei-a em meus calcanhares mesmo assim e, quando chegamos à metade do percurso — um processo tortuoso e cansativo, num terreno muito acidentado e numa trilha sufocada pelo mato circundante —, parei para tomar fôlego. Agradecida, deixei que se apoiasse em meu braço, assegurando-lhe que iria me ajudar um bocado; e isso nos pôs de novo em marcha, de modo que, ao cabo de poucos minutos, alcançamos um ponto de onde avistamos o bote, parado no lugar onde eu imaginara que estivesse. Fora intencionalmente abandonado o mais longe possível da vista e amarrado a uma das ripas de uma cerca que vinha dar, somente naquele local, na margem e que servia de ajuda no desembarque. Reconheci, ao olhar para o par de remos curtos e grossos, recolhidos com segurança, o caráter prodigioso que um feito como aquele representava para uma garotinha; mas já tinha, naquela altura, vivido muitas maravilhas e meu coração já palpitara diante de atitudes mais impressionantes. Havia um portão na cerca pelo qual passamos e que nos levou, após um intervalo insignificante, para o campo aberto. Então, "Lá está ela!", nós duas exclamamos em uníssono.

Flora, parada a uma curta distância, sobre a grama, sorria para nós, como se seu espetáculo tivesse agora se completado. O que ela fez em seguida, porém, foi curvar-se para a frente e colher — quase como se estivesse lá só para isso — um grande e feio galho de avenca ressequida. Tive a imediata certeza de que ela acabara de sair do bosque. Flora esperava por nós, sem mover um passo, e reparei na rara solenidade com que nós duas em seguida nos aproximamos dela. A menina continuava a sorrir, e a alcançamos; mas tudo foi feito num silêncio, naquele ponto, já flagrantemente agourento. Mrs. Grose foi a primeira a quebrar o encanto: ela atirou-se de joelhos e, trazendo a criança ao peito, enlaçou num demorado abraço o corpinho meigo e complacente. Enquanto essa comoção silenciosa prolongava-se, só me restou observar — o que fiz com atenção ainda maior quando vi o rosto de Flora despontar sobre os ombros de minha companheira. Estava sério agora — o brilho o havia abandonado; mesmo assim fez recrudescer a dor com que, naquele momento, invejei Mrs. Grose pela simplicidade de *sua* relação. Durante esse tempo todo, nada mais se passou entre nós, a não ser o fato de Flora ter deixado cair sua ridícula avenca. O que eu e ela havíamos virtualmente dito entre nós era que pretextos de nada valiam agora. Quando Mrs. Grose finalmente se ergueu, ela segurava a mão da criança, de modo que as duas continuaram paradas na minha frente; e a singular reserva de nossa comunhão ficou ainda mais evidente pelo olhar franco que ela me dirigiu. "Macacos me mordam", dizia o olhar, "se eu falar!"

Foi Flora que, mirando-me em cândido deslumbramento, falou em primeiro lugar. Impressionava-a nossa cabeça descoberta. "Onde estão seus chapéus?"

"Onde está o seu, minha querida?", retruquei sem detença.

Ela já havia recuperado o espírito alegre e parecia achar aquilo muito difícil de responder. "Onde está Miles?", prosseguiu.

Havia algo no pequeno valor daquela frase que me arrasou: essas três palavras ditas por ela foram, num lampejo, como o brilho de uma espada desembainhada, o solavanco numa taça que minha mão por semanas e semanas segurara bem no alto, cheia até a borda, e que agora, mesmo antes de eu falar, senti que transbordava numa enxurrada. "Eu lhe contarei se você me contar...", ouvi-me dizer, então escutei o tremor com que me interrompi.

"Sim, o quê?"

A aflição de Mrs. Grose acendia-se sobre mim, mas era tarde demais agora, e eu elegantemente deitei às claras: "Onde, meu bebê, está Miss Jessel?".

XX.

Assim como sucedeu no adro, com Miles, tudo estava de súbito sobre nós. Por mais que eu soubesse que tal nome não fora nem uma vez proferido entre mim e Flora, o rápido olhar cativado com o qual o semblante da garotinha agora o acolhia fazia que minha ruptura do silêncio soasse razoavelmente como o estilhaçar de uma vidraça. Somou-se ao grito de Mrs. Grose, emitido no mesmo instante e por causa de minha violência, como se para suster o golpe — o guincho de uma criatura aterrorizada, ou melhor, ferida, o qual, em poucos segundos, foi arrematado por meu próprio arquejo. Apertei o braço de minha colega. "Ela está ali, está ali!"

Miss Jessel erguia-se diante de nós no banco de areia da margem oposta, no exato local onde estivera da última vez, e acode-me estranhamente agora a primeira sensação que se produziu em mim, o arrepio de alegria por eu ser enfim capaz de apresentar uma prova. Ela estava lá, portanto eu podia ser perdoada; ela estava lá, portanto eu não era nem cruel nem louca. Ela estava lá para a pobre e assustada Mrs. Grose, mas estava lá, sobretudo, por Flora; e nenhum momento dessa tarde monstruosa foi porventura mais extraordinário do que aquele em que, conscientemente, atirei-lhe — com a impressão de que, por mais que fosse um demônio macilento e voraz, ela veria e entenderia — uma mensagem muda de gratidão. Mantinha-se empertigada no ponto que eu e minha amiga havíamos acabado de deixar, e não faltou, a todo longo alcance de seu desejo, nem uma polegada sequer de sua maldade. Essa primeira impressão vívida não durou mais que alguns segundos, durante os quais o pestanejar atordoado de Mrs. Grose na direção que eu apontara pareceu-me sinal supremo de que ela também podia ver afinal, levando-me a precipitar meu olhar para a criança. A revelação da maneira como Flora se portava assustou-me, em verdade, muito mais do que se tivesse notado que estava meramente agitada, pois eu decerto não esperara nela uma consternação direta. Preparada e em guarda por efeito de nossa perseguição, ela deveria empenhar-se em não se deixar trair; de modo que logo me chocou o primeiro vestígio de traição que eu, até aquele instante, não previra: o fato de vê-la sem convulsionar sua pequenina face rosada nem ao menos fingir olhar na direção do prodígio que eu anunciara, mas apenas, em vez disso, volver *a mim* uma expressão de dura e inabalável gravidade, uma expressão absolutamente nova, sem precedentes, que parecia avaliar-me, acusar-me e julgar-me — tratava-se de uma façanha que transformou a própria menininha numa figura portentosa. Admirei-me de sua frieza, ainda quando minha convicção de que ela via tudo não podia ter sido maior do que naquele instante, e então, na urgência imediata de defender-me, chamei-a apaixonadamente a testemunhar: "Ela está ali, sua pequena infeliz — ali, ali, *ali*, sabe disso tão bem quanto eu!". Eu dissera pouco antes a Mrs. Grose que, nessas ocasiões, ela não era uma criança, mas uma mulher muitíssimo velha, e minha descrição não poderia ter sido confirmada com maior intensidade pela maneira como ela, consciente de tudo, simplesmente me mostrou, sem concessão ou admissão expressivas, um semblante cada vez mais carregado de uma súbita e assaz rígida condenação. Eu estava, a essa altura — caso seja possível refazer toda a cena —, mais estarrecida com o que posso adequadamente designar como seus modos do que com qualquer outra coisa, embora tivesse percebido, quase ao mesmo tempo, que não podia, de modo algum, esquecer de Mrs.Grose. Minha companheira mais velha, no momento seguinte, encarregou-se de apagar tudo exceto seu próprio rosto ruborizado e seu alto protesto chocado, ao romper em grande desaprovação: "Que susto horrível, com toda certeza, Miss! Onde, na face da Terra, a senhorita vê alguma coisa?".

Só pude apertar-lhe o braço com mais força ainda, pois mesmo enquanto ela falava a nítida presença aviltante assomava, destemida e desobscurecida. Já demorara um minuto, e demorou enquanto eu continuei — à medida que segurava minha colega, quase a empurrando para a frente e apresentando-lhe àquilo — a apontar-lhe com a mão. "Não a vê exatamente como nós a vemos? — quer dizer que não a vê agora... *agora*? Ela é maior que um incêndio chamejante! Apenas olhe, minha querida, olhe...!" Ela olhou, assim como eu, dando-me, com seu profundo gemido de negação, repulsa e compaixão — mistura de sua pena com o alívio de ter sido poupada —, a sensação, que me atingira mesmo naquele momento, de que ela teria me dado razão, se fosse capaz. Eu bem que gostaria de ter contado com seu apoio, pois, com esse duro golpe desferido pela prova de que seus olhos estavam irremediavelmente selados, senti minha própria situação desmoronar de forma horrível, senti — eu *vi* — minha lívida antecessora empenhar-se, de onde estava, por minha derrota, e percebi, mais do que tudo, o que daquele momento em diante eu teria de enfrentar com a pequena atitude surpreendente de Flora. Contribuiu para essa atitude a violenta e imediata intercessão de Mrs.Grose, que, mesmo enquanto perfurava meu senso de ruína com seu prodigioso triunfo pessoal, desatou numa fala entrecortada, destinada a infundir coragem.

"Ela não está lá, minha queridinha, e não tem ninguém lá... e você nunca viu nada, meu doce! Como poderia a pobre Miss Jessel — quando a pobre Miss Jessel está morta e enterrada? *Nós* sabemos, não sabemos, meu amor?", ela apelava, às tontas, para a criança. "Não passa de um erro, uma apoquentação e uma brincadeira... E nós vamos para casa o mais rápido possível!"

Nossa companheira, nesse ponto, reagira com uma estranha e rápida afetação de decoro, e estavam as duas de novo, com Mrs. Grose a seus pés, unidas, como em escandalizada oposição contra mim. Flora continuava a fixar-me com sua pequena máscara de desafeição, e naquele mesmo minuto implorei a Deus que me perdoasse por ter visto que, à medida que ela permanecia ali agarrada ao vestido de nossa amiga, sua incomparável beleza infantil de súbito minguava, desaparecia por completo. Já disse antes aqui — ela mostrava-se literalmente, horrivelmente dura; agora se tornara comum e quase feia. "Não sei o que a senhora quer dizer. Não vejo ninguém. Não vejo nada. Nunca *vi*. Acho que a senhora é cruel. Não gosto da senhora!" Então, após esse pronunciamento, que poderia ter sido proferido por uma garotinha atrevida e vulgar das ruas, ela abraçou com mais firmeza Mrs. Grose e enterrou na saia dela o medonho rostinho. Nessa posição, rompeu num gemido quase furioso. "Leve-me daqui, leve-me daqui... oh, leve-me para longe *dela!*"

"De mim?", perguntei, ofegante.

"Sim, da senhora... da senhora!", ela gritou.

Mesmo Mrs. Grose lançava-me agora um olhar desalentado; enquanto isso, eu nada podia fazer, exceto comunicar-me mais uma vez com a figura que, na margem oposta, sem mover-se, na mesma pose rígida de antes, como que captando à distância nossas vozes, estava vividamente ali para assistir a meu desastre, porquanto não estivesse ali a meu serviço. A infeliz criança falara exatamente como se tivesse extraído de uma fonte externa cada uma de suas breves palavras lancinantes, e eu só podia, portanto, no profundo desespero de tudo que era obrigada a aceitar, sacudir a cabeça para ela. "Se um dia tivesse duvidado, todas as minhas dúvidas teriam agora desaparecido. Tenho vivido com a verdade miserável, e agora ela apenas fechou o cerco sobre mim. Claro que perdi você: eu interferi, e você percebeu, sob o ditame *dela"* — mais uma vez encarei, do outro lado do lago, nossa visitante infernal — "o modo fácil e perfeito de lidar com a situação. Fiz o melhor que pude, mas perdi você. Adeus." Para Mrs. Grose despachei um imperioso, quase desvairado "Vá, vá!", diante do qual, em infinita aflição, mas de posse silenciosa da menina e claramente convencida, a despeito de sua cegueira, de que algo de horrível ocorrera e um colapso nos engolfara, ela retirou-se, pelo caminho por onde viéramos, o mais rápido que pôde mover-se.

Do que primeiro ocorreu depois de ter sido deixada sozinha não tenho nenhuma memória subsequente. Apenas sei que, ao cabo de, digamos, um quarto de hora, uma umidade e uma aspereza odorante, resfriando e espicaçando minha aflição, fizeram-me compreender que devo ter-me atirado de rosto no chão e dado vazão a um arroubo de dor. Devo ter permanecido ali um bom tempo, chorando e gemendo, pois quando ergui a cabeça, o dia já havia quase findado. Levantei-me e contemplei um momento, através do crepúsculo, o lago pardacento com sua deserta margem assombrada; e em seguida, encetei, de volta para casa, meu desolado e difícil percurso. Quando alcancei o portão da cerca, notei que o bote, para minha surpresa, havia desaparecido, dando-me nova oportunidade de refletir sobre o extraordinário controle que Flora tinha da situação. Ela passou a noite, pelo mais tácito, e devo acrescentar, se a palavra não traísse uma grotesca nota falsa, pelo mais feliz dos arranjos, com Mrs.Grose. Não vi nenhuma das duas em meu retorno, mas por outro lado vi, como se por uma ambígua compensação, um bocado de Miles. Eu o vi tanto — não posso usar outra expressão — que em boa medida valeu mais do que jamais valera. Nenhuma noite que passei em Bly viria a ter a mesma qualidade portentosa; não obstante — e não obstante também o mais profundo abismo de desalento que se abriu sob meus pés — houvesse com efeito, na materialidade esmorecida, uma tristeza extraordinariamente doce. Quando voltei à casa, nem ao menos procurei o menino; simplesmente segui até meu quarto para trocar de roupa e para reparar, com uma olhadela, no testemunho material do rompimento com Flora. Seus pequenos pertences haviam sido todos retirados. Quando mais tarde, junto à lareira da sala de estudos, a criada costumeira serviu-me chá, não me comprazi, com respeito a meu outro pupilo, em realizar nenhum tipo de interrogatório. Ele tinha sua liberdade agora — podia usufruir dela até o fim! Bem, ele realmente a obtivera; e em parte pelo menos ela consistiu em ele chegar por volta das oito horas e sentar-se comigo em silêncio. Após a remoção dos utensílios do chá, eu apagara as velas e aproximara minha cadeira do fogo: estava ciente de um frio mortal e senti como se nunca mais fosse capaz de aquecer-me. Por isso, quando ele surgiu, me achava sentada diante do brilho rubro da lareira, perdida em pensamentos. Ele deteve-se um instante à porta, como se para olhar para mim; então — como se para partilhá-los — veio pelo outro lado da lareira e afundou-se na cadeira. Sentamos os dois em absoluto silêncio, posto que eu percebesse seu desejo de ficar comigo.

XXI.

Em meu quarto, antes de o novo dia raiar por completo, abri meus olhos e vi Mrs. Grose, que acudiu a meu leito trazendo notícias ainda piores. Flora estava com uma febre tão marcada que uma doença era iminente; ela passara uma noite de extrema inquietação, uma noite agitada acima de tudo por temores relacionados não com sua antiga, e sim, inteiramente, com sua atual preceptora. Não era contra a possível reentrada em cena de Miss Jessel que ela protestava — era notável e apaixonadamente contra a minha. Pus-me sem detença de pé, pois tinha um bocado de perguntas a fazer, ainda mais que era visível que minha amiga agora arregaçara as mangas para enfrentar-me com novo ânimo. Notei-lhe a atitude assim que apresentei a questão de como ela avaliava a sinceridade da criança em confronto com a minha. "Ela persiste em dizer-lhe que não viu nada, ontem ou no passado?"

A aflição da visitante era de fato grande. "Ah, Miss, não é um assunto que eu possa impingir à menina! Devo dizer, contudo, que não é como se eu precisasse obrigá-la a falar. A história a fez envelhecer sobremaneira, cada pedacinho dela."

"Ah, posso vê-la perfeitamente mesmo daqui. Ela ressente-se, por tudo na vida tal como uma pequena alta personalidade, da imputação à sua honestidade e, por assim dizer, à sua respeitabilidade. 'Miss Jessel, de fato... *ela*!' Ah, ela é 'respeitável', a pirralha! A impressão que ela me deu ontem, garanto-lhe, foi a mais estranha de todas: suplantou todas as demais. Realmente meti os pés pelas mãos! Ela nunca falará comigo de novo."

Por mais odioso e obscuro que tenha sido meu desabafo, manteve Mrs. Grose em silêncio por um breve momento; então, ela concordou comigo, manifestando uma franqueza que, assegurei-me, visava a algum interesse. "Tem razão, Miss, ela não mais lhe falará. Comporta-se de modo imperioso a esse respeito."

"E esse comportamento", resumi, "constitui todo o problema que há com ela agora."

Oh, esse comportamento: podia vê-lo no rosto de minha visitante, sem tirar nem pôr! "Ela me pergunta a cada três minutos se acho que a senhorita virá."

"Entendo... entendo." Eu também, de minha parte, tinha mais do que adivinhado. "Ela lhe disse alguma palavra, desde ontem — que não fosse para repudiar sua familiaridade com coisa tão horrenda —, sobre Miss Jessel?"

"Nenhuma, Miss. E é claro, a senhorita sabe", minha amiga acrescentou: "Tomei a atitude dela junto ao lago como sinal de que, pelo menos naquele momento e lugar, não *havia* ninguém".

"Com certeza! E naturalmente a senhora ainda se baseia na atitude dela."

"Não a contradigo. Que mais posso fazer?"

"Nada mesmo! A senhora está lidando com a pessoinha mais astuta do mundo. Eles tornaram as crianças — os dois amigos delas, quero dizer — ainda mais astutas do que a natureza as fez; pois havia material assombroso para prosseguir com seu jogo! Flora agora conseguiu seu desagravo e o manterá até o fim."

"Sim, Miss, mas *que* fim?"

"Ora, o de entregar-me a seu tio. Ela me descreverá a ele como a mais desprezível das criaturas...!"

Estremeci diante da justa demonstração da cena que se formou no rosto de Mrs. Grose, e durante um minuto pareceu-me que ela podia ver com clareza os dois juntos. "E ele que pensa tão bem da senhorita!"

"Ele tem um jeito estranho... ocorre-me agora", eu ri, "de prová-lo! Mas isso não importa. O que Flora quer é, evidentemente, livrar-se de mim."

Minha companheira assentiu com bravura. "Não quer jamais voltar a pôr os olhos na senhorita."

"Então foi por isso que veio ter comigo", perguntei, "para apressar minha partida?" Antes que ela tivesse tempo de responder, porém, contive-a. "Pensei muito e... tenho uma ideia melhor. Minha partida *pareceria* a coisa certa a fazer, e no domingo estive terrivelmente próxima de encetá-la. Contudo, não serve. A senhora é quem precisa partir. Precisa levar Flora consigo."

Minha visitante, nessa altura, especulou. "Mas, por Deus, para onde...?"

"Para longe daqui. Para longe *deles*. Para longe, mais do que tudo, de mim. Diretamente para o tio dela."

"Apenas para que ela possa denunciá-la...?"

"Não, não 'apenas'! Para deixar-me aqui, além do mais, com meu remédio."

Ela ainda se mantinha reticente. "E qual *é* o seu remédio?"

"A sua lealdade, para começar. E a de Miles."

Ela olhou-me fixamente. "A senhorita não acha que ele..."

"Não se virará, se tiver chance, contra mim? Sim, receio que não está fora de cogitação. De todo modo, quero tentar. Vá embora o quanto antes com Flora e deixe-me a sós com ele." Surpreendeu-me a disposição que eu ainda tinha em reserva e, portanto, desconcertou-me um pouco mais talvez o modo como ela, a despeito de tão refinado exemplo de ânimo, hesitava. "Há algo mais, porém, é claro", prossegui, "eles não podem, antes de ela partir, ficar juntos nem por três segundos." Então, ocorreu-me que, apesar do suposto confinamento de Flora desde sua volta do lago, já poderia ser tarde demais. "Quer dizer que", perguntei, aflita, "que eles já se *encontraram*?"

Ela enrubesceu bastante. "Ah, Miss, não sou tola a esse ponto! Se fui obrigada a sair três ou quatro vezes, ela ficou, em cada uma dessas oportunidades, na guarda de uma das criadas, e no momento, embora ela esteja sozinha, está trancada em segurança. Mas então... mas então! Houve coisas demais."

"Mas então o quê?"

"Bem, tem certeza quanto ao pequeno cavalheiro?"

"Não tenho certeza de nada salvo da *senhora*. Mas alimento, desde a última noite, uma nova esperança. Creio que ele quer me dar uma deixa. Acredito de fato que — oh, pobre pequeno e precioso infeliz! — ele deseja falar. Na noite passada, diante da lareira e em meio ao silêncio, ele ficou sentado comigo por duas horas, como se a confissão estivesse por vir."

Mrs. Grose olhou firme pela janela para o novo dia cinzento que despontava. "E ela veio?"

"Não, apesar de eu ter esperado e esperado, confesso que não veio, e foi sem que o silêncio tivesse sido rompido, ou que se fizesse a mais tênue alusão à condição ou à ausência da irmã, que por fim nos despedimos com um beijo. Mesmo assim", continuei, "não posso, sabendo que o tio se encontrará com ela, consentir que ele veja o sobrinho sem que eu tenha concedido ao menino — e, acima de tudo, porque as coisas correram tão mal — um pouco mais de tempo."

A aparente relutância de minha amiga nesse terreno deixou-me desconcertada. "O que quer dizer com mais tempo?"

"Bem, um dia ou dois... realmente para que me conte tudo. Miles ficará então do *meu* lado... A senhora pode ver a importância disso, não? Se a confissão não vier, eu apenas terei falhado, e a senhora, na pior das hipóteses, terá me ajudado fazendo, quando chegar a Londres, tudo o que possa achar apropriado fazer." Assim eu lhe expus o caso, mas ela continuou por algum tempo tão perdida com outras razões que mais uma vez fui em seu auxílio. "A não ser, é claro", arrematei, "que realmente *não* queira ir."

Pude ver seu rosto por fim desanuviar-se: ela estendeu-me a mão como garantia. "Eu irei... eu irei. Irei agora cedo."

Quis ser muito justa. "Se mesmo assim *quiser* esperar, tomarei providências para que ela não me veja."

"Não, não: é o lugar em si. Ela precisa sair daqui." Deteve-me um instante com seu olhar pesaroso, então veio com o resto: "O que pensa está certo. Eu mesma, Miss...".

"Sim?"

"Não posso ficar."

O olhar que ela me lançou, junto com a frase, fez-me entrever possibilidades. "Quer dizer que, desde ontem, a senhora *viu*...?"

Ela sacudiu a cabeça com dignidade. "Eu *ouvi*...!"

"Ouviu?"

"O que a criança disse... horrores! Aí está!", ela suspirou com alívio trágico. "Palavra de honra, Miss, ela diz coisas...!" Mas, diante dessa evocação, ela sucumbiu; atirou-se num choro súbito a meu sofá e, como eu a vira fazer antes, deu vazão à sua angústia.

Foi com uma atitude bem diferente que me deixei levar. "Oh, graças a Deus!"

Ela pôs-se novamente de pé, num pulo, enxugando os olhos com um gemido. "Graças a Deus?"

"Pois isso me justifica!"

"Decerto que sim, Miss!"

Eu não podia ter ansiado por ênfase maior, mas continuei aguardando. "Ela se comporta de modo assim tão terrível?"

Minha colega mal sabia como explicar. "Deveras chocante."

"E o que ela diz de mim?"

"Da senhorita, Miss... já que me pergunta: está além de qualquer coisa que possa ser dita por uma jovem senhorinha; e não consigo imaginar onde mais ela possa ter ouvido isso..."

"O linguajar ultrajante que ela dirige contra mim? Mas eu consigo!" Então rompi numa risada assaz eloquente.

Minha gargalhada, no entanto, apenas deixou minha amiga ainda mais sombria. "Bem, talvez eu devesse também... já que ouvi esse tipo de linguajar antes! Contudo, mal posso suportá-lo", a pobre mulher prosseguiu enquanto, num mesmo movimento, relanceou o olhar, sobre meu criado-mudo, para o mostrador de meu relógio. "Mas preciso voltar."

Eu a detive, no entanto. "Ah, se não pode suportá-lo...?"

"Como posso ficar ao lado dela, a senhorita quer dizer? Ora, apenas por isto: para levá-la daqui. Para longe daqui", ela prosseguiu, "para longe *deles*..."

"Ela pode ser diferente? Pode libertar-se?" Agarrei-a, quase em júbilo. "Então, a despeito de ontem, a senhora *acredita*...?"

"Em tais maquinações?" A simples descrição que ela podia fazer acerca delas não necessitava, à luz de sua expressão, ir mais adiante, e ela concedeu-me toda a verdade como nunca antes o fizera: "Acredito".

Sim, foi uma alegria, e ainda estávamos trabalhando em conjunto: se podia continuar certa disso, devia importar-me muito pouco com o que mais pudesse ocorrer. O apoio de que precisava na iminência do desastre seria o mesmo que me fora dado em minha primeira urgência de confiança, e se minha amiga pudesse responder por minha honestidade, eu podia responder por todo o resto. Quando estava para me despedir dela, entretanto, fiquei em certa medida embaraçada. "Tem mais uma coisa, ocorre-me agora, que decerto precisamos considerar. Minha carta dando o alarme chegará à cidade antes da senhora."

Percebi com maior clareza que ela estava usando de subterfúgios e que essa atitude por fim a exaurira. "Sua carta não foi enviada."

"Que fim levou?"

"Só Deus sabe! O patrãozinho Miles..."

"Quer dizer que ele a pegou?", perguntei, ofegante.

Ela vacilou, mas no fim superou a relutância. "Quero dizer que ontem notei, ao regressar com Miss Flora, que a carta não estava onde a senhorita a havia deixado. Mais tarde, à noite, tive oportunidade de interrogar Luke, e ele declarou não ter reparado nem tocado nela." Diante disso só nos restou emitir uma para outra suspiros ainda mais profundos, e foi Mrs. Grose quem primeiro se manifestou, num estado de quase exaltação: "Está vendo?".

"Sim, vejo que, se Miles a pegou, ele provavelmente a terá lido e destruído."

"E não vê nada mais?"

Encarei-a por um momento com um sorriso triste. "Chama-me a atenção que, desta vez, seus olhos estão muito mais abertos do que os meus."

E eles de fato estavam, mas ela ainda foi capaz de enrubescer para mostrar que era verdade. "Agora posso ver o que ele deve ter feito na escola." E lançou-me, em sua agudeza simples, um gesto afirmativo de cabeça; um gesto desiludido, quase cômico. "Ele roubava!"

Revolvi o assunto, procurei ser mais judiciosa. "Bem... talvez."

Mrs. Grose fitou-me como se me achasse inesperadamente calma. "Ele roubava *cartas*!"

Ela ignorava as razões de minha tranquilidade, ao cabo de contas, bastante rasa; expliquei-as da melhor forma possível. "Espero, então, que tenha tido melhor proveito do que neste caso! A nota, de mais a mais, que eu pus sobre o aparador ontem", continuei, "lhe terá dado uma vantagem tão escassa — pois ela continha um simples pedido para uma entrevista — que Miles já deve estar envergonhado por ter ido tão longe por tão pouco, e o que ia por sua mente ontem à noite era precisamente a necessidade de confessar-se." Pareceu-me, naquele instante, que me assenhoreava da situação, podendo contemplá-la por inteiro. "Deixe-nos a sós, deixe-nos a sós..." Eu já estava à porta, apressando-lhe a partida. "Vou arrancar a verdade dele. Ele virá até mim. Ele confessará. Se confessar, estará salvo. E se estiver salvo..."

"Então, a *senhorita* também estará?" A boa mulher pregou-me um beijo e se despediu. "Eu a salvarei sem ele!", ela gritou ao partir.

XXII.

Mas foi depois de ela ter partido — e não tardei a sentir sua falta — que a grande aflição em verdade sobreveio. Se me fiava no que ganharia quando me visse a sós com Miles, logo compreendi que no mínimo ganharia uma medida. Em nenhum momento de minha estada, de fato, assaltaram-me tantas apreensões como naquele em que, descendo, descobri que a carruagem levando Mrs. Grose e minha jovem pupila já havia transposto os portões. Agora eu *estava*, disse a mim mesma, face a face com os elementos, e durante grande parte do restante do dia, enquanto combatia minha fraqueza, penitenciei-me por ter sido extraordinariamente impulsiva. Experimentei uma opressão maior do que todas que já vivenciara; ainda mais porque, pela primeira vez, podia ver, no semblante dos outros, o reflexo confuso de uma crise sobranceira. O que acontecera naturalmente os deixara curiosos, pois quase nada lhes fora explicado sobre a ação inesperada de minha colega. Contudo, as criadas e os empregados agiam como se nada houvesse acontecido, o que me causou uma exasperação nos nervos, só dissipada quando enfim percebi o que precisava ser feito. Em resumo, foi mantendo o leme sob controle que evitei o naufrágio; e arrisco dizer que, para suportar a situação, daquela manhã em diante tornei-me muito altiva e muito seca. Acolhi agradecida a certeza de que tinha muito a fazer, e alardeei o fato, assim como mostrei, desta vez cá comigo, que podia comportar-me com notável firmeza. Munida dessa atitude, vaguei por uma hora ou duas depois, por todo o lugar, agindo sem dúvida como se estivesse pronta para o assalto. Então, em proveito de quem quer que fosse, desfilei com um coração pesaroso.

A pessoa em proveito de quem, até o jantar, minha ostentação pareceu afetar foi o próprio pequeno Miles. Minhas perambulações, entrementes, não me trouxeram nenhum vislumbre dele, mas tenderam a alardear com maior ênfase a mudança pela qual nossa relação passara em decorrência de ele ter-nos igualmente entretido e enganado, ao tocar piano no dia anterior. A chancela da publicidade já fora, é claro, inteiramente fornecida pelo confinamento e pela partida da menina, e a própria mudança agora vinha a reboque da não observância de nossa disciplina regular na sala de estudos. Ele já havia desaparecido quando, a caminho do andar inferior, abri sua porta, e depois descobri, no térreo, que ele já havia tomado o café da manhã — em presença de duas criadas — com Mrs. Grose e a irmã. Ele então saíra, conforme me contaram, para um passeio; nada mais do que isso, ponderei, poderia ter expressado melhor seu franco ponto de vista acerca da abrupta transformação em meus afazeres. O que ele agora permitia que esses afazeres constituíssem era questão ainda a ser resolvida: havia ao menos um estranho alívio — quero dizer, para mim, em especial — em renunciar à minha pretensão. Se alguma coisa, de tudo isso, saltou à tona, é impossível enfatizar o bastante que o que mais se destacou foi o absurdo de vir a prolongar a ficção de que restava algo mais a lhe ser ensinado. Tornou-se bastante evidente que, por meio de pequenos truques tácitos com os quais Miles, muito mais do que eu, ocupava-se de cuidar de minha dignidade, eu fora obrigada a apelar a ele a fim de que me deixasse enfrentá-lo, exangue, no terreno de sua verdadeira capacidade.

De qualquer maneira, Miles tinha sua liberdade agora: eu nunca mais viria a tocá-lo; além disso, conforme deixara muito claro na ocasião em que ele veio ter comigo na sala de estudos na noite anterior, não emiti, em referência ao intervalo recém-concluído, nem repto nem uma insinuação. Já estava absorta demais em minhas outras ideias. Contudo, quando ele por fim apareceu, a dificuldade de aplicá-las, o acúmulo de meu problema, tudo se tornou perfeitamente claro para mim diante da bela presença na qual o que sucedera ainda não havia, à vista desarmada, deitado mancha nem sombra.

Para não haver dúvidas, na residência, acerca do estado sobranceiro que cultivava, decretei que as refeições que eu fazia com o garoto deveriam ser servidas, como denominamos, no andar inferior; de modo que me pus a aguardá-lo na faustosa pompa do cômodo de cuja janela eu obtivera de Mrs.Grose, naquele primeiro domingo de terror, meu vislumbre daquilo que seria inadequado chamar de iluminação. Ali, no momento presente, voltei a sentir — pois o sentira repetidas vezes — como meu equilíbrio dependia do sucesso de minha férrea vontade, a vontade de cerrar os olhos com toda a força possível para a verdade de que aquilo com que tinha de lidar era, repulsivamente, contra a natureza. Só me era de fato concebível prosseguir se levasse a "natureza" em consideração e em minha confiança, tomando minha monstruosa provação como uma investida contra uma direção incomum, é claro, e desagradável, mas que apenas exigia enfim, sejamos francos, que se apertasse o torniquete da virtude humana usual. Nenhuma tentativa, não obstante, poderia ter requerido maior tato do que essa disposição para suprir, sozinha, *toda* a natureza. Pois como seria capaz de inserir ao menos um pouco desse item suprimindo qualquer referência ao que ocorrera? Como, por outro lado, poderia fazer referência sem ensaiar novo mergulho na escuridão repulsiva? Bem, um tipo de resposta acudira-me após algum tempo, e ela me foi confirmada quando entrevi, felizmente, o que era extraordinário acerca de meu pequeno companheiro. Foi, com efeito, como se ele tivesse descoberto naquele exato momento — assim como, com tanta frequência, descobrira durante as aulas — outro modo delicado de me botar à vontade. Não havia iluminação naquele fato que, ao comungarmos nosso isolamento, brotou com um brilho especioso, ainda inaudito? — o fato que (mercê da oportunidade, preciosa oportunidade que agora se dera) seria absurdo, no tocante a uma criança dotada de tantos predicados, procrastinar o auxílio que se podia extrair à absoluta inteligência? Por que mais lhe fora dada a inteligência senão para salvá-lo? Não se poderia, ao alcançar-lhe a mente, arriscar enlaçar com braço firme o seu caráter? Era como se ele, quando ficamos frente a frente na sala de jantar, me houvesse literalmente mostrado o caminho. O carneiro assado estava à mesa e eu dispensara o serviço dos criados. Miles, antes de nos sentarmos, ficou um momento de mãos no bolso olhando o pernil; parecia a ponto de fazer um comentário bem-humorado. Mas o que proferiu em seguida foi: "Diga-me, minha querida, é verdade que ela está muito doente?".

"A pequena Flora? Não tão mal que não possa restabelecer-se em breve. Londres a porá de pé. Bly não lhe fazia mais bem. Venha aqui e sirva-se do carneiro."

Vigilante, ele obedeceu-me, levando o prato com cuidado para seu lugar e, assim que se sentou, prosseguiu. "Bly deixou de lhe fazer bem de modo tão terrível e de uma só vez?"

"Não tão de repente quanto possa imaginar. Podia-se antever."

"Então, por que não a fez ir embora antes?"

"Antes de quê?"

"Antes de ela ficar doente demais para viajar."

Vi que não me deixei abater. "Ela *não* está doente demais para viajar; apenas poderia ter ficado, caso continuasse aqui. Esse foi o momento certo para agir. A viagem dissipará a influência" — ah, eu fui magistral! — "e a liquidará."

"Entendo, entendo." Miles, por falar nisso, também foi magistral. Pôs-se a comer com seus encantadores "modos à mesa" que, desde o dia em que chegara, me haviam poupado da rudeza de qualquer reprimenda. O que quer que o levara a ser expulso da escola, com certeza não foram os maus modos durante as refeições. Como sempre, seu comportamento naquela noite foi irrepreensível, embora decerto estivesse se mostrando mais ciente de si. Ele visivelmente tentava dar por assentadas mais coisas do que achava, sem minha assistência, fáceis de fazer; e mergulhou num pacífico silêncio enquanto apreciava sua situação. Nossa refeição foi das mais breves — a minha, um vão fingimento, e logo pedi que fosse retirada. Enquanto se realizava a tarefa, Miles ergueu-se de novo com as mãos nos bolsinhos e de costas para mim — de pé olhava para a ampla janela através da qual, naquele outro dia, eu avistara o que me fizera deter. Permanecemos em silêncio enquanto a criada estava conosco — tão silenciosos, como caprichosamente me ocorreu, quanto um jovem casal, em lua de mel num albergue, sente-se embaraçado na presença do garçom. Ele se virou somente após a saída do garçom. "Bem... enfim sós!"

XXIII.

"Ah, mais ou menos." Imagino que meu sorriso foi débil. "Não de todo. Não seria do nosso agrado!", continuei.

"Não... suponho que não. Claro que há os outros."

"Há os outros... decerto que há os outros", assenti.

"Contudo, apesar de haver os outros", ele devolveu, ainda com as mãos nos bolsos, fixo ali na minha frente, "eles não contam 'muito'!"

"Sim" — com toda a obsequiosidade —, "tudo depende!" Nesse ponto, porém, ele mais uma vez voltou-se para a janela e, em breve, alcançou-a com um passo vago, ansioso, refletido. Ficou lá por um momento com a testa grudada à vidraça, contemplando os monótonos arbustos conhecidos e a paisagem árida de novembro. Eu sempre contava com a hipocrisia de meu "trabalho", sob o pretexto do qual rumei para o sofá. Empertigando-me ali com meu tricô como repetidas vezes o fizera naqueles momentos de tormenta que descrevi como momentos em que sabia que as crianças estavam entregues a algo do qual eu era excluída, sujeitei-me com assaz obediência a meu hábito de preparar-me para o pior. Mas uma impressão invulgar atingiu-me enquanto procurava extrair um significado das costas constrangidas do menino — nada menos do que a impressão de que agora eu não estava excluída. Essa influência cresceu, em alguns minutos, atingindo aguda intensidade, e parecia estar associada à percepção direta de que era *ele* quem positivamente estava excluído. As molduras e o quadriculado da imensa janela eram uma espécie de imagem, para ele, de um certo fracasso. Ele estava admirável, mas não à vontade. Percebi isso com um sobressalto de esperança. Não estaria ele olhando pela vidraça assombrada em busca de algo que não podia ver? — e não era a primeira vez em todo o caso que ele experimentava tamanha ausência? A primeira, a primeira de todas: achei que era um esplêndido presságio. O fato o tornava ansioso, embora ele agisse com cautela; Miles estivera ansioso o dia todo e, mesmo quando, com seu jeitinho adorável de sempre ele sentara-se à mesa, tivera de recorrer a todo o seu geniozinho especial para dissimular a angústia. Quando se virou para mim, era como se esse seu gênio houvesse sucumbido. "Bem, acho que estou feliz por Bly não fazer mal *a mim*!"

"Você certamente parece ter visto Bly, nessas últimas vinte e quatro horas, como nunca antes. Espero", prossegui com galhardia, "que tenha se divertido."

"Oh, sim, nunca fui tão longe; por toda a propriedade — a quilômetros e quilômetros de distância. Nunca me senti tão livre."

Ele de fato tinha uma atitude toda sua, e eu só precisava esforçar-me para não lhe ficar atrás. "Então, gostou?"

Ele sorriu; por fim, inseriu em três *palavras* — "E a senhora?" — um discernimento que eu jamais as ouvira conter. Antes que tivesse tempo de ocupar-me delas, porém, ele continuou como se houvesse pressentido que aquela era uma impertinência a ser suavizada. "Nada pode ser mais agradável do que o modo como a senhora tolera a situação, pois é claro que, se agora estamos juntos sozinhos, é a senhora quem está mais só. Mas espero", ele acrescentou, "que não se importe muito."

"De ter de cuidar de você?", perguntei. "Minha querida criança, como posso deixar de me importar? Embora tenha renunciado a todo direito de usufruir sua companhia — pois você está tão além de mim —, eu pelo menos a aprecio imensamente. Por que mais teria ficado?"

Ele pregou os olhos em mim, e a expressão de seu rosto, mais grave agora, pareceu-me a mais bela que já o vira exibir. "A senhora ficou só por *isso*?"

"Certamente. Fiquei como sua amiga e por causa do tremendo interesse que tenho em você, até que algo mais proveitoso possa ser feito em seu benefício. Não deveria ficar surpreso." Minha voz tremia tanto que senti ser impossível suprimir-lhe a trepidação. "Não se recorda de que lhe assegurei, quando fui sentar-me em sua cama na noite da tempestade, não haver nada no mundo que não faria por você?"

"Sim, sim!" Ele, de sua parte, cada vez mais nitidamente nervoso, também precisava dominar o tom de voz; mas se mostrou tão mais bem-sucedido nessa tarefa do que eu que, rindo em meio a toda a gravidade, conseguiu fingir que estávamos apenas sendo galhofeiros. "Só que a promessa, creio, foi para forçar-me a fazer algo para a *senhora*!"

"Foi em parte para conseguir que você fizesse algo", assenti. "Mas sabe que não me obedeceu."

"Oh, sim", ele disse com a mais vívida ansiedade superficial, "queria que eu lhe contasse alguma coisa."

"É isso. Que pusesse para fora, tudo para fora. O que tem em sua mente, você sabe."

"Ah, então foi por *isso* que a senhora ficou?"

Ele falava com uma leveza através da qual eu ainda podia captar um ligeiro tremor de paixão ressentida; mas mal posso começar a descrever o efeito, em mim, do indício de uma submissão, malgrado bastante tênue. Foi como se aquilo pelo que ansiava surgisse afinal apenas com o fito de atordoar-me. "Bem, sim... é melhor ser franca a respeito. Foi precisamente por isso."

Ele demorou tanto que supus ter sido com o propósito de repudiar o princípio sobre o qual se fundamentou meu curso de ação; mas o que por fim disse foi: "Quer dizer agora — aqui?".

"Não poderia haver lugar ou hora mais apropriados." Ele olhou desconfortavelmente em torno, e eu tive a rara — oh, a esquisita — impressão do primeiro sintoma da aproximação de um receio imediato. Era como se ele estivesse subitamente com medo de mim — o que me pareceu a melhor coisa a ser feita por ele. Entretanto, em meio à própria agonia do esforço, senti ser inútil recorrer à severidade, e ouvi-me no instante seguinte dizer de maneira tão gentil, a ponto de quase soar grotesca: "Quer sair de novo?".

"Muito!" Ele me sorria de modo heroico, e a comovente coragem de sua atitude ganhou destaque por ele ter verdadeiramente enrubescido de dor. Ele apanhara seu chapéu, que trouxera consigo, e ficou de pé a girá-lo numa atitude que me encheu, mesmo quando parecia estar chegando a um porto seguro, de perverso horror pelo que eu estava fazendo. Ensaiar fazê-lo, de *qualquer* maneira, constituía um ato de violência, pois o que era aquilo afinal salvo a intrusão da ideia de feiura e culpa numa criaturinha indefesa que para mim consistira na revelação das possibilidades de um belo relacionamento? Não era torpe criar para um ser tão extraordinário um mero mal-estar impertinente? Suponho que agora contemple nossa situação com uma clareza que não podia ter tido no momento, pois pareço perceber nossos pobres olhos já alumiados por algum tipo de brilho de antecipação à angústia que nos sobreviria. De modo que andamos em círculos, oprimidos por terrores e escrúpulos, lutadores que não ousavam aproximar-se. Mas era pelo outro que cada um de nós temia! A situação nos susteve um pouco mais, à espera e ilesos. "Eu lhe contarei tudo", Miles afirmou, "quero dizer, eu lhe contarei tudo o que quiser. A senhora me fará companhia, e nós dois ficaremos bem, e eu *vou* lhe contar... *prometo*. Mas não agora."

"Por que não agora?"

Minha insistência o fez afastar-se de mim e mais uma vez voltar à janela, num silêncio durante o qual, entre nós, dava para ouvir um alfinete cair. Então ele de novo estava na minha frente com o ar de um sujeito por quem, lá fora, uma pessoa que era francamente necessário levar em conta estava aguardando. "Tenho de falar com Luke."

Eu ainda não o havia obrigado a mentir de modo tão descarado, e envergonhei-me na mesma proporção. Mas, por mais horríveis que fossem, suas mentiras contribuíram para a minha verdade. Pensativa, fiz alguns pontos em meu tricô. "Bem, vá ver Luke então, e eu esperarei pelo que me prometeu. Apenas em troca, satisfaça-me, antes de sair, um pedido bem mais modesto."

Ele assemelhava-se a alguém que, tendo ganhado bastante, era capaz de conceder uma pequena barganha. "Bem mais modesto...?"

"Sim, uma mera fração do todo. Diga-me", ah, como meu trabalho ao tricô me entretinha e eu agia com tamanha displicência!, "se, ontem à tarde, do aparador que há no saguão, você pegou, sabe, minha carta."

XXIV.

Minha compreensão de como ele acolheu o pedido foi abalada por algo que só posso descrever como uma forte ruptura de minha atenção — um golpe que, de início, enquanto eu me punha de pé num salto, forçou-me ao mero movimento cego de acercar-me dele, de trazê-lo para perto de mim e, à medida que procurava apoiar-me no móvel mais próximo, de instintivamente mantê-lo de costas para a janela. A aparição com que eu já tivera de lidar ali estava inteira diante de nós: Peter Quint manifestava-se como uma sentinela em frente da prisão. Em seguida, vi que, vindo de fora, ele atingira a janela; soube então que, bafejando sobre o vidro e cravando seu olhar através dele, o homem mais uma vez apresentava à sala o rosto pálido da danação. Dizer que no mesmo instante eu havia chegado a uma decisão representa de modo muito grosseiro o que se deu dentro de mim quando contemplei a visão; contudo, acredito que nenhuma mulher tão atormentada jamais recobrou, em tão breve tempo, o comando da *ação*. Ocorreu-me, no próprio horror da presença imediata, que a ação consistiria, enquanto via e arrostava o que estava vendo e arrostando, em manter o próprio menino distraído. A inspiração — não posso dar-lhe outro nome — foi ter sentido que, de forma tão voluntária, tão transcendente, eu *seria capaz* de fazê-lo. Era como lutar contra um demônio por uma alma humana, e, assim que me dei conta disso, vi como a alma humana — segura diante de mim, no tremor de minhas mãos, à distância de um braço — exibia um nítido orvalhar de transpiração em sua adorável fronte infantil. O semblante que se apresentava na minha frente estava tão lívido quanto o rosto colado na vidraça, e de dentro dele em seguida proveio um som, nem baixo nem fraco, mas como se saído de muito longe, que sorvi como uma aragem fragrante.

"Sim... eu a peguei."

Com um gemido de alegria, abracei-o, aproximei-o de mim e, enquanto o mantinha preso ao peito, onde pude sentir na súbita febre de seu corpinho o tremendo batimento de seu pequeno coração, sustentei o olhar inabalável na coisa à janela, vendo que ela se mexia e mudava de posição. Comparei-a a uma sentinela, mas seu lento gingar, por um instante, assemelhou-se mais ao movimento de uma fera frustrada, à espreita da presa. Contudo, minha presente coragem reanimada era tamanha que, para não deixá-la transparecer em demasia, fui obrigada a ocultar, por assim dizer, minha chama. Entrementes, o brilho do rosto mais uma vez estava à janela, o patife imóvel, como se a observar e a aguardar. Foram a própria confiança de que eu agora podia desafiá-lo assim como a positiva certeza, naquela altura, da inconsciência da criança que me fizeram seguir adiante. "Por que a apanhou?"

"Para ver o que tinha a dizer sobre mim."

"Abriu a carta?"

"Abri."

Conforme o afastava um pouco de mim, meus olhos fixaram-se no rosto de Miles, onde a derrocada da zombaria mostrava-me como fora completa a devastação causada pelo mal-estar. Porém foi prodigioso notar que, em razão de meu sucesso, sua percepção estava afinal cerrada e a comunicação interrompida: ele sabia que estava em presença, mas não sabia de quê, e menos ainda que eu também estava e que, de minha parte, sabia exatamente do quê. E de que importavam essas inquietações se, quando pus meus olhos novamente na janela, apenas vi o ar mais uma vez límpido e — em virtude de meu triunfo pessoal — a influência extinta? Não havia nada ali. Senti que exercia o domínio da situação e que certamente cabia a mim obter *tudo*. "E você não encontrou nada!", dei vazão a meu júbilo.

Ele meneou um pouco a cabeça, de modo quase fúnebre, refletido. "Nada."

"Nada, nada!", quase gritei de alegria.

"Nada, nada", ele repetiu com tristeza.

Beijei-lhe a testa; estava empapada. "Então, o que fez com ela?"

"Queimei-a."

"Queimou-a?" Era agora ou nunca. "Era isso o que fazia na escola?"

Oh, o que minha pergunta revelou! "Na escola?"

"Você pegava cartas?... Ou outras coisas?"

"Outras coisas?" Ele parecia agora estar pensando em algo muito distante, que somente logrou alcançar pela pressão de sua própria ansiedade. Mas alcançou. "Pergunta-me se eu *roubava?*"

Senti-me corar até a raiz dos cabelos, enquanto refletia se era mais estranho importunar um cavalheiro com tal questão ou vê-lo examiná-la com considerações capazes de fornecer-lhe a própria medida de sua queda. "Foi por causa disso que não pôde voltar?"

A única coisa que ele manifestou foi uma pequena surpresa quase melancólica. "Sabia então que eu não podia voltar?"

"Eu sei de tudo."

Ele deitou-me o mais longo e estranho dos olhares. "Tudo?"

"Tudo. Portanto, você...?" Mas fui incapaz de repetir.

Mas Miles ajudou-me, com toda a simplicidade. "Não, eu não roubei."

Meu rosto deve ter-lhe mostrado que acreditava piamente nele; porém, minhas mãos — mas foi por puro carinho — sacudiram-no como se lhe perguntassem por quê, se tudo foi por nada, condenara-me a meses de tormento. "Então, o que foi que fez?"

Parecendo sentir uma vaga opressão, ele deslocou o olhar pelo teto e respirou fundo, duas ou três vezes, como se a grande custo. Parecia estar de pé no fundo do oceano, erguendo a vista em busca de uma débil luz verde crepuscular. "Bem... eu disse coisas."

"Só isso?"

"Pensaram que era o bastante!"

"Para o expulsarem?"

Nunca, é verdade, uma pessoa "expulsa" mostrou ter menos a explicar do que aquela pequena pessoa! Ele parecia ponderar minha pergunta, mas de um modo bastante distanciado e quase desesperançado. "Bem, suponho que não devia ter dito."

"Mas para quem disse essas coisas?"

Ele evidentemente tentava recordar-se, mas desistiu — havia esquecido. "Não sei!"

Quase sorriu para mim, na desolação de seu abandono, que de fato naquele momento era praticamente tão completo que eu devia ter cessado meu interrogatório. Mas estava tão excitada — estava cega pela vitória, no entanto, mesmo então, a própria consequência de tê-lo trazido tão perto já representava uma separação adicional. "Foi para todo mundo?", perguntei.

"Não; foi apenas para..." Mas ele sacudiu a cabeça num gesto débil. "Não lembro os nomes."

"Foram tantos assim?"

"Não... apenas uns poucos. Aqueles de quem eu gostava."

Aqueles de quem ele gostava? Não era em direção à claridade que eu parecia flutuar, mas sim a uma escuridão ainda maior, e, em um minuto, acudiu-me do fundo de minha própria compaixão o alarme assustador de que ele poderia ser inocente. Foi ao mesmo tempo desconcertante e insondável, pois se ele *era* inocente, que diabos seria eu? Paralisada, enquanto durou, pelo mero roçar da questão, abrandei meu enlace, de modo que, com um suspiro fundo, Miles voltou-me as costas outra vez; o que tolerei, visto que, enquanto ele mirava a janela vazia, considerei não haver nada ali, naquele momento, de que afastá-lo. "E eles repetiram o que você disse?", continuei, em seguida.

Ele logo se distanciou de mim, ainda respirando com dificuldade e de novo exibindo o ar, mesmo que naquela hora sem rancor, de estar confinado contra sua vontade. Mais uma vez, como fizera, olhou para as sombras de fora como se, do que o havia sustentado até o momento, nada restasse exceto uma indescritível ansiedade. "Oh, sim", ele replicou, "... devem ter repetido. Àqueles de quem *eles* gostavam", acrescentou.

Havia menos ali do que eu esperara; mas revolvi o assunto. "E essas coisas chegaram...?"

"Aos ouvidos dos professores? Oh, sim!", ele respondeu com simplicidade. "Mas não sabia que iriam contar."

"Os professores? Não contaram... nunca contaram. É por isso que lhe pergunto."

Ele volveu seu belo rostinho febril para mim de novo. "Sim, foi muito mau."

"Muito mau?"

"O que suponho que às vezes disse. A ponto de escreverem para casa."

Sou incapaz de expressar o refinado páthos de contradição infundido em tal fala por tal locutor; apenas sei que no momento subsequente ouvi-me perguntar com força singela: "Tolice e absurdo!". Mas no próximo segundo devo ter soado bastante implacável. "Que coisas *foram* essas?"

A severidade que eu agora exibia era toda para seu juiz, seu executor; mas fez com que ele se afastasse novamente, e esse movimento *me* fez, num único pulo e com um grito que não consegui sufocar, saltar bem na sua frente. Pois lá estava mais uma vez, contra a janela, como se para arruinar sua confissão e deter sua resposta, o medonho causador de nosso sofrimento — o rosto pálido da danação. Senti-me nauseada com a derrocada de minha vitória e com todo o retorno da batalha, de forma que a extravagância de meu próprio salto apenas serviu para expor minha aflição. Em meio à manobra, eu o vi chegar a um palpite, mas, sabendo que mesmo então ele apenas adivinhava, e que a janela ainda estava fora de seu campo de visão, deixei que o impulso se incendiasse, convertendo o clímax de seu desalento na própria prova de sua libertação. "Nunca mais, nunca mais!", gritei para meu visitante, à medida que procurava apertar o menino contra mim.

"Ela está *aqui*?", Miles perguntou, ofegante, ao perceber, com seus olhos selados, para onde dirigi minhas palavras. Então, enquanto seu estranho "ela" me fazia vacilar e eu, com um arquejo, ecoava a palavra, numa fúria súbita ele retorquiu: "Miss Jessel! Miss Jessel!".

Entendi, perplexa, sua suposição — uma sequência do que fizéramos com Flora, mas que me fez apenas desejar mostrar-lhe que ainda era melhor do que aquilo. "Não é Miss Jessel! Mas está à janela... bem na nossa frente. Está ali — o horror covarde, *ali*, pela última vez!"

Após um segundo, no qual sua cabeça fez o movimento de um cachorro aturdido em busca de um rasto e então deu uma pequena sacudida desvairada por ar e luz, ele postou-se diante de mim numa cólera lívida, desnorteado, arrastando em vão o olhar pela sala, sem enxergar, embora aos meus sentidos ela agora preenchesse o cômodo como o gosto do veneno, a imensa presença opressora. "É *ele*?"

Estava tão determinada a obter toda a prova de que precisava que de chofre me converti em gelo para desafiá-lo. "A quem se refere?"

"Peter Quint — seu demônio!" Seu rosto tornou a vasculhar o cômodo, em súplica trêmula. "*Onde* está?"

Ainda posso ouvir sua suprema entrega do nome e seu tributo à minha devoção. "Que lhe importa ele agora, meu encanto?... O que ele *jamais* importará? Eu tenho você", disparei contra a besta, "mas ele o perdeu para sempre!" Então, para demonstrar meu feito, "Ali, *ali*!", disse a Miles.

Mas ele já havia se virado abruptamente, fitado, cravado os olhos, e nada visto senão o dia calmo. Com o golpe da perda da qual eu tanto me orgulhava, ele rompeu num grito de uma criatura atirada ao abismo, e o enlace com que o agarrei podia ter sido o gesto de ampará-lo na queda. Eu o amparei, sim, segurei-o — pode-se imaginar com que paixão; mas ao cabo de um minuto comecei a sentir o que realmente segurava. Estávamos sozinhos no dia silencioso e seu pequeno coração, desapossado, não batia mais.

Apresentação e tradução de Marcelo Pen

JACK LONDON

O chinago

Para Jack London o horror não é coisa do além. É a expressão da brutalidade do homem e nada tem de fantástico. Está embutido na realidade, no cerne da condição humana.

Jack London era um aventureiro. De operário nascido em uma família de baixa renda, passou por múltiplos empregos até se transformar no escritor mais bem pago de sua época.

Bonito, vigoroso, independente, gozava de imenso sucesso pessoal.

Incansável trabalhador, começava o dia invariavelmente produzindo um texto de mil palavras.

Grande viajante, girou por quase todo o mundo identificando-se sempre com os desafortunados. Mas, ao mesmo tempo, seu maior interesse era a vida sossegada na fazenda que comprou na Califórnia, onde fazia experimentos agrícolas.

Jack London foi o protótipo do herói americano: defensor dos fracos e oprimidos, numa versão muito pessoal de socialismo, era ao mesmo tempo ferrenho individualista. Nesse paradoxo reside talvez a chave do sucesso de tudo o que escrevia para jornais e revistas.

Com seu realismo idealista, Jack London antecipou em muitas décadas o jornalismo literário que viria a constituir a vertente talvez mais importante da literatura norte-americana na segunda metade do século XX.

O coral se multiplica, a palmeira cresce, mas o homem vai embora.
Provérbio taitiano

Ah Cho não entendia francês. Estava sentado na sala do tribunal lotada, muito cansado e entediado, ouvindo o francês incessante, explosivo que ora um, ora outro funcionário pronunciava. Para Ah Cho aquilo era só tagarelice, e ele se assombrava com a burrice dos franceses que tanto demoraram para descobrir o assassino de Chung Ga, que acabaram não descobrindo nada. Os quinhentos cules da plantação sabiam que quem o matara fora Ah San, e lá estava Ah San, nem havia sido preso. Verdade que todos os cules tinham combinado em segredo nunca testemunhar uns contra os outros; mas era tão simples, os franceses deviam ter sido capazes de descobrir que Ah San era o homem. Eram muito burros, aqueles franceses.

Ah Cho não fizera nada que pudesse temer. Não tinha nada a ver com o assassinato. Verdade que estivera presente e que Schemmer, o capataz da plantação, correra para as barracas logo depois do ocorrido e o surpreendera ali, com quatro ou cinco outros; mas e daí? Chung Ga só levara duas punhaladas. Era evidente que cinco ou seis homens não podiam ter feito dois ferimentos a faca. No máximo, se cada homem desse apenas um golpe, só dois podiam ter feito aquilo.

Foi assim que Ah Cho pensou quando, ao lado de seus quatro companheiros, mentiu, embaraçou e obliterou o ocorrido em suas declarações à corte. Tinham ouvido o barulho do assassinato e, assim como Schemmer, correram até o local. Lá chegaram antes de Schemmer — só isso. Verdade, Schemmer declarara que, atraído pelo ruído de discussão ao passar por acaso, esperara pelo menos cinco minutos do lado de fora; que, depois, ao entrar, encontrara os prisioneiros já lá dentro; e que não haviam entrado pouco antes, porque ele estivera parado na única porta da barraca. Mas e daí? Ah Cho e seus quatro companheiros de prisão testemunharam que Schemmer estava errado. No fim, iam deixar que saíssem. Estavam todos confiantes nisso. Não dá para cortar a cabeça de cinco homens por causa de duas facadas. Além disso, nenhum diabo de estrangeiro havia visto o assassinato. Mas aqueles franceses eram tão burros. Na China, como Ah Cho bem sabia, o magistrado teria ordenado que fossem todos torturados e descobriria a verdade. Era fácil descobrir a verdade sob tortura. Mas aqueles franceses não torturavam — idiotas que são! Portanto nunca descobririam o matador de Chung Ga.

Mas Ah Cho não entendia tudo. A Companhia Inglesa, dona da plantação, importara para o Taiti os quinhentos cules, a alto custo. Os acionistas reclamavam dividendos e a Companhia ainda não pagara nada; consequentemente, ela não queria que os caros trabalhadores contratados adotassem a prática de matar-se uns aos outros. Além disso, havia os franceses, propensos e dispostos a impor aos chinagos as virtudes e excelências da lei francesa. Não havia nada melhor do que dar o exemplo, de vez em quando; e de que serviria a Nova Caledônia se não fosse para mandar homens viverem seus dias na miséria e na dor para pagar a pena de serem frágeis e humanos?

Ah Cho não entendia isso tudo. Sentado no tribunal, esperava o desconcertante julgamento que permitiria que ele e seus companheiros voltassem à plantação e cumprissem os termos dos contratos. O julgamento logo terminaria. Os trâmites estavam chegando ao fim. Dava para perceber isso. Testemunhos e disse me disses tinham chegado ao fim. Os diabos franceses também estavam cansados e evidentemente esperavam a sentença. Enquanto esperava, rememorou sua vida até a época em que assinara o contrato e partira no veleiro para o Taiti. Os tempos andavam difíceis em sua aldeia do litoral e quando ele se comprometeu a trabalhar durante cinco anos nos mares do Sul a cinquenta centavos mexicanos por dia, achou que era um sujeito de sorte. Havia homens em sua aldeia que batalhavam um ano inteiro em troca de dez dólares mexicanos, e mulheres que faziam redes o ano inteiro por cinco dólares, enquanto nas casas dos comerciantes havia criadas que recebiam quatro dólares por um ano de serviço. E lá ele receberia cinquenta centavos por dia; por um dia, apenas um dia, receberia tamanha fortuna! E daí, se o trabalho fosse duro? Ao fim de cinco anos voltaria para casa — era esse o contrato — e nunca mais teria de trabalhar na vida. Ficaria rico pelo resto da vida, com casa própria, esposa e filhos que cresceriam para venerá-lo. Sim, e nos fundos da casa teria um quintalzinho, um lugar para meditação e repouso, com peixes dourados num laguinho e sinos de vento tilintando em várias árvores; e um muro alto cercaria tudo para que sua meditação e seu repouso não fossem perturbados.

Bem, ele já trabalhara três daqueles cinco anos. Com o que ganhara, já era um homem rico (em seu país) e somente dois anos separavam a plantação de algodão no Taiti da meditação e do repouso que o esperavam. Mas neste exato momento estava perdendo dinheiro por causa do infeliz acidente de ter presenciado o assassinato de Chung Ga. Passara três semanas na prisão e para cada dia dessas três semanas perdera cinquenta centavos. Agora, porém, a sentença seria dada e poderia voltar ao trabalho.

Ah Cho tinha vinte e dois anos. Era alegre e bem-humorado, tinha o sorriso fácil. Embora seu corpo fosse esguio à maneira asiática, o rosto era largo. Redondo como a lua, irradiava uma suave complacência, uma doce gentileza de espírito rara entre seus conterrâneos. Sua aparência também não o traía. Ele nunca causava problemas, nunca participava de brigas. Não jogava. Sua alma não tinha a aspereza necessária à alma de um jogador. Contentava-se com pequenas coisas e prazeres simples. O sossego e o silêncio da fresca do dia depois do trabalho sob o sol no campo de algodão eram para ele uma satisfação infinita. Podia ficar horas sentado olhando uma flor solitária e filosofando sobre os mistérios e enigmas de existir. Uma pequena garça em uma minúscula meia-lua de praia arenosa, um espocar prateado de peixes voadores ou um pôr do sol de pérola e rosa sobre a lagoa eram capazes de arrebatá-lo a um total esquecimento da procissão de dias cansativos e do pesado chicote de Schemmer.

Schemmer, Karl Schemmer, era um animal, um animal feroz. Mas fazia jus a seu salário. Arrancava a última partícula de força dos quinhentos escravos; pois escravos eles eram enquanto os anos do contrato não terminassem. Schemmer trabalhava duro para extrair força daqueles quinhentos corpos suados e transmutá-la em fardos de algodão fofo, prontos para exportar. Sua brutalidade dominadora, férrea, primitiva, era o que lhe permitia efetuar a transmutação. Para completar, era auxiliado por um grosso cinto de couro de sete centímetros de largura, que trazia sempre à mão e que, ocasionalmente, podia cair com o estalo de um tiro de pistola sobre as costas nuas de um cule abaixado. Esses estalos eram frequentes quando Schemmer caminhava pelo campo lavrado.

Uma vez, no começo do primeiro ano de trabalho contratado, Schemmer matara um cule com um único soco. Não havia exatamente esmagado a cabeça do homem como se ela fosse um ovo, mas seu golpe fora suficiente para estragar o que havia lá dentro e o homem morrera depois de passar uma semana doente. Os chineses no entanto não reclamaram junto aos diabos franceses que dominavam o Taiti. Tinham é de se cuidar. Schemmer era problema deles. Tinham de evitar sua ira como evitavam o veneno das centopeias que viviam na relva ou se enfiavam em seus alojamentos nas noites de chuva. Os chinagos — assim eram chamados pelo indolente povo de pele marrom ali da ilha — se cuidavam para não descontentar muito Schemmer. Isso equivalia a apresentar-lhe uma medida completa de trabalho eficiente. Aquele soco de Schemmer representara um ganho de milhares de dólares para a Companhia e não trouxera o menor problema para Schemmer.

Os franceses, sem instinto de colonização, tolos em seu jogo infantil de desenvolver os recursos da ilha, ficavam mais que contentes ao ver a Companhia Inglesa dar certo. Que importância tinham Schemmer e seu punho terrível? Um chinago tinha morrido? Ora, era só um chinago. Além disso tinha morrido de insolação, como comprovava o atestado de óbito feito pelo médico. Verdade, em toda a história do Taiti ninguém nunca morrera de insolação. Mas era isso, exatamente isso, que tornava tão singular a morte daquele chinago. O médico dizia isso no relatório. Ele era muito objetivo. Era preciso pagar dividendos, do contrário um novo fracasso se somaria à longa história de fracassos no Taiti.

Não havia como entender aqueles diabos brancos. Sentado ali no tribunal aguardando a sentença, Ah Cho matutava em como era difícil saber o que eles queriam. Não havia como dizer o que lhes ia no fundo da mente. Ele já vira muitos diabos brancos. Eram todos parecidos — os oficiais e os marinheiros no navio, os funcionários franceses, os vários homens brancos da plantação, inclusive Schemmer. A cabeça deles funcionava por caminhos misteriosos que não era possível deslindar. Ficavam zangados sem razão aparente e sua ira era sempre perigosa. Nessas horas, eram como animais selvagens. Preocupavam-se com pequenas coisas e às vezes eram capazes de trabalhar até mais do que um chinago. Não eram moderados, como os chinagos; eram glutões, comiam prodigiosamente e bebiam ainda mais prodigiosamente. Um chinago não sabia nunca quando uma atitude agradaria a eles ou despertaria uma tormenta de fúria. Um chinago não tinha como saber. O que agradava uma vez, na vez seguinte podia provocar uma explosão de raiva. Havia uma cortina por trás dos olhos dos diabos brancos que impedia que um chinago avistasse o fundo de suas mentes. E, além disso tudo, havia aquela terrível eficiência dos diabos brancos, aquela capacidade de produzir coisas, de fazer as coisas andarem, de obter resultados, de submeter à sua vontade todo ser que rasteja, todo ser que engatinha, e mesmo as forças dos próprios elementos. Sim, os homens brancos eram estranhos e maravilhosos — e eram diabos. Bastava olhar para Schemmer.

Ah Cho não entendia por que a sentença demorava tanto a ser definida. Nenhum dos homens que estavam sendo julgados encostara a mão em Chung Ga. Ah San o matara sozinho. Ah San fizera isso dobrando a cabeça de Chung Ga para trás com uma das mãos agarrando a trança dele e com a outra mão vindo de trás num gesto certeiro para enfiar a faca no corpo dele. Duas vezes ele enfiara a faca. Ali, no tribunal, de olhos fechados, Ah Cho via reencenar-se o assassinato — a briga, as palavras hediondas brandidas pelos dois lados, a imundície e os insultos arremessados contra ancestrais veneráveis, as maldições lançadas contra gerações ainda não nascidas, o bote de Ah San, a mão na trança de Chung Ga, a faca afundando duas vezes na carne dele, a porta se abrindo com estrondo, a irrupção de Schemmer, a corrida para a porta, a fuga de Ah San, o cinto voador de Schemmer acuando o resto num canto e o estampido do revólver funcionando como um alerta que atraiu ajuda para Schemmer. Ah Cho estremeceu ao reviver aquilo. Um golpe do cinto machucara seu rosto, arrancando um pouco de pele. Schemmer apontara o ferimento quando, no banco de testemunhas, identificara Ah Cho. Só agora há pouco as marcas tinham deixado de ficar visíveis. Aquilo é que era golpe. Dois centímetros mais para o centro e teria arrancado seu olho. Nesse momento Ah Cho esqueceu todo o acontecido ao ter uma visão do jardim de meditação e repouso que seria seu quando voltasse a sua terra natal.

Ficou sentado de rosto impassível enquanto o magistrado lia a sentença. Igualmente impassíveis estavam os rostos de seus quatro companheiros. E impassíveis permaneceram quando o intérprete explicou que todos os cinco haviam sido considerados culpados do assassinato de Chung Ga, e que Ah Chow teria a cabeça decepada, Ah Cho cumpriria vinte anos de prisão na Nova Caledônia, Wong Li doze anos, e Ah Tong dez anos. Não adiantava se exaltar com aquilo. Até Ah Chow permaneceu tão inexpressivo quanto uma múmia, embora fosse sua a cabeça que seria decepada. O magistrado acrescentou algumas palavras e o intérprete explicou que, como o rosto de Ah Chow fora o mais gravemente ferido pela correia de Schemmer, aquilo tornava a identificação tão inquestionável que, visto que um homem tinha de morrer, esse homem deveria ser ele. Ao mesmo tempo, o fato de que o rosto de Ah Cho também ficara gravemente machucado provava de maneira irrefutável sua presença na cena do crime e sua indubitável participação, e o fazia merecedor dos vinte anos de trabalhos forçados. Chegando até os dez anos a que Ah Tong fora condenado, a razão proporcional de cada sentença foi explicada. Que os chinagos aprendam bem essa lição, concluiu a corte, pois eles têm de saber que a lei será cumprida no Taiti nem que os céus venham abaixo.

Os cinco chinagos foram reconduzidos à cadeia. Não estavam chocados nem pesarosos. O fato de as sentenças serem inesperadas era exatamente o que estavam acostumados a receber dos diabos brancos. Deles, um chinago raramente esperava mais do que o inesperado. Aquele castigo severo para um crime que não haviam cometido não era mais estranho do que as incontáveis coisas estranhas que os diabos brancos faziam. Nas semanas que se seguiram, muitas vezes Ah Cho contemplou Ah Chow com branda curiosidade. A cabeça dele ia ser cortada na guilhotina que estava sendo erigida na plantação. Para ele não haveria anos de declínio ou jardins de tranquilidade. Ah Cho filosofava e especulava sobre a vida e a morte. Quanto a ele mesmo, não estava perturbado. Vinte anos eram simplesmente vinte anos. Aquela era a medida que o afastava de seu jardim — só isso. Era jovem e trazia nos ossos a paciência da Ásia. Podia esperar aqueles vinte anos e com o passar do tempo os calores de seu sangue se aplacariam e ele estaria mais bem preparado para aquele jardim de calma delícia. Procurou um nome para ele; iria chamá-lo Jardim da Calma da Manhã. Ficou feliz o dia inteiro com a ideia e sentiu-se inspirado para criar uma máxima moral sobre a virtude da paciência, máxima que se mostrou de grande consolo, especialmente para Wong Li e Ah Tong. Ah Chow, contudo, não deu importância à máxima. A cabeça dele seria separada de seu corpo tão pouco tempo depois que ele não tinha necessidade de paciência para esperar por aquele evento. Fumou bastante, comeu bastante, dormiu bastante e não se preocupou com a lenta passagem do tempo.

Cruchot era um gendarme, um policial francês. Tinha vinte anos de serviço nas colônias, da Nigéria e do Senegal aos mares do Sul, e nada indicava que esses vinte anos tivessem iluminado sua mente embotada. Continuava tão lento de ideias e burro quanto em seus tempos de camponês no Sul da França. Conhecia disciplina e medo da autoridade e para ele, de Deus até o sargento dos gendarmes, a única diferença era a medida de obediência escravista que prestava. Na realidade, na cabeça dele o sargento ocupava mais espaço do que Deus, exceto aos domingos, quando os porta-vozes de Deus tinham seu momento. Deus costumava ser muito remoto, enquanto o sargento em geral estava bem à mão.

Foi Cruchot quem recebeu a ordem do chefe de Justiça para o carcereiro ordenando àquele funcionário que entregasse a Cruchot a pessoa de Ah Chow. Ora, aconteceu que o chefe de Justiça havia oferecido um jantar na noite anterior para o capitão e os oficiais do navio de guerra francês. Sua mão tremia quando escreveu a ordem e seus olhos doíam tanto que ele não releu o texto. Afinal, era apenas a vida de um chinago que estava descartando. De modo que não notou que omitira a letra final do nome de Ah Chow. Na ordem estava escrito "Ah Cho" e, quando Cruchot apresentou a ordem, o carcereiro lhe entregou a pessoa de Ah Cho. Cruchot instalou aquela pessoa ao seu lado no assento de uma carroça, atrás de duas mulas, e foi-se embora.

Ah Cho ficou contente de sair para o sol. Sentou-se ao lado do gendarme e sorriu. Sorriu mais ardentemente do que nunca quando notou que as mulas estavam indo para o sul, na direção de Atimaono. Sem dúvida Schemmer ordenara que o levassem de volta. Schemmer queria que ele trabalhasse. Muito bem, trabalharia bem. Schemmer nunca teria do que reclamar. O dia estava quente. Houvera uma interrupção no comércio. As mulas suavam, Cruchot suava e Ah Cho suava. Mas era Ah Cho quem suportava o calor com menos sacrifício. Tinha trabalhado três anos debaixo do sol na plantação. Ele sorria e sorria com tamanho bom humor que mesmo a cabeça lenta de Cruchot se agitou surpreendida.

"Você é muito engraçado", disse, afinal.

Ah Cho sacudiu a cabeça e riu mais ardentemente. Ao contrário do magistrado, Cruchot falava com ele na língua canaca, que, como todos os chinagos e diabos estrangeiros, Ah Cho entendia.

"Você ri demais", ralhou Cruchot. "O coração da gente devia ficar cheio de lágrimas num dia como este."

"Estou contente porque saí da cadeia."

"Só por isso?" O gendarme encolheu os ombros.

"E não é suficiente?", foi a resposta.

"Então não é porque vão cortar sua cabeça que está contente?"

Ah Cho olhou para ele em abrupta perplexidade e disse:

"Ora, estou voltando para Atimaono para trabalhar na plantação para Schemmer. Você não está me levando para Atimaono?"

Cruchot alisou os longos bigodes, pensativo.

"Bem, bem", disse afinal, com um estalo do chicote na direção da mula mais afastada. "Então você não sabe?"

"Sabe o quê?" Ah Cho estava começando a sentir um vago alarme. "Schemmer não vai mais me deixar trabalhar para ele?"

"Não depois de hoje." Cruchot riu com gosto. Era uma boa piada. "Sabe, você não vai mais conseguir trabalhar depois de hoje. Um homem de cabeça cortada não pode trabalhar, não é?" Cutucou as costelas do chinago e riu.

Ah Cho manteve silêncio enquanto as mulas trotavam ao longo de um quente quilômetro. Depois falou:

"Schemmer vai cortar minha cabeça?"

Cruchot riu, balançando a cabeça.

"Isto é um engano", disse Ah Cho, gravemente. "Não sou eu o chinago cuja cabeça vão cortar. Eu sou Ah Cho. O honorável juiz determinou que tenho de ficar vinte anos na Nova Caledônia."

O gendarme riu. Era uma boa piada, aquele chinago engraçado tentando escapar da guilhotina. As mulas atravessaram trotando um pomar de cocos e prosseguiram mais quase um quilômetro à beira do mar cintilante antes de Ah Cho falar de novo.

"Estou dizendo que não sou Ah Chow. O honorável juiz não disse que a minha cabeça tinha de ser cortada."

"Não tenha medo", disse Cruchot, com a intenção filantrópica de facilitar as coisas para o prisioneiro. "Não é difícil morrer desse jeito." Estalou os dedos. "É rápido — assim. Não é igual a ficar pendurado na ponta de uma corda, chutando e fazendo careta durante cinco minutos. É igual a matar uma galinha com um machado. Você corta a cabeça dela e pronto. E é a mesma coisa com um homem. Puf! — acabou-se. Não dói. Você nem pensa que dói. Você não pensa. A cabeça sai fora, então não dá para pensar. É muito bom. É assim que eu quero morrer — rápido, ah, rápido. Você tem sorte de morrer desse jeito. Podia pegar lepra e ir perdendo os pedaços aos poucos, um dedo de cada vez, depois um dos polegares, depois o outro, os dedos dos pés também. Conheci um homem que se queimou com água quente. Levou dois dias para morrer. Dava para ouvir ele gritando a um quilômetro de distância. Mas você? Ah! tão fácil! Tchuc! — a faca corta seu pescoço assim. Acabou-se. A faca pode até fazer cócega. Quem vai dizer? Ninguém que morreu desse jeito voltou para contar."

Ele considerou essa última parte uma piada extraordinária e se permitiu passar meio minuto torcendo-se de tanto rir. Parte dessa alegria era fingida, mas ele considerava que era seu dever humano animar o chinago.

"Mas estou lhe dizendo que sou Ah Cho", o outro insistiu. "Não quero que me cortem a cabeça."

Cruchot fez cara feia. O chinago estava levando longe demais aquela bobagem.

"Eu não sou Ah Chow...", Ah Cho começou a dizer.

"Já basta", interrompeu o gendarme. Estufou as bochechas e fez um esforço para parecer severo.

"Estou lhe dizendo que não sou...", recomeçou Ah Cho.

"Cale a boca!", gritou Cruchot.

Depois disso, rodaram em silêncio. Eram trinta e cinco quilômetros de Papeete até Atimaono e mais de metade dessa distância já estava percorrida quando o chinago aventurou-se a falar de novo.

"Eu vi o senhor no tribunal quando o honorável juiz definiu a nossa culpa", começou ele. "Muito bem. E o senhor se lembra de que Ah Chow, cuja cabeça deve ser cortada, o senhor se lembra de que ele, Ah Chow, era um homem alto? Olhe para mim."

Pôs-se em pé de repente e Cruchot viu que ele era um homem baixo. E, também de repente, Cruchot teve um lampejo de uma imagem de Ah Chow na lembrança, e nessa imagem Ah Chow era alto. Para o gendarme todos os chinagos eram iguais. Um rosto igual ao outro. Mas era capaz de diferenciar entre alto e baixo e percebeu que estava com o homem errado no assento a seu lado. Puxou as rédeas abruptamente, de forma que as mulas pararam e o eixo entre as duas se projetou para diante, levantando as cangas.

"Está vendo, foi um engano", disse Ah Cho, sorrindo gentilmente.

Mas Cruchot estava pensando. Já lamentava ter parado a carroça. Não sabia do erro do chefe de Justiça e não tinha como destrinchar a situação; mas uma coisa ele sabia: haviam lhe dado aquele chinago para que o levasse até Atimaono e era seu dever levá-lo até Atimaono. E daí, se fosse o homem errado e lhe cortassem a cabeça? Era só um chinago, afinal de contas, e o que era um chinago? Além disso, talvez não fosse um engano. Ele não sabia o que se passava na cabeça de seus superiores. Eles é que sabiam o que tinham de fazer. Quem era ele para pensar por eles? Uma vez, muito tempo antes, havia tentado pensar por eles e o sargento dissera: "Cruchot, você é idiota? Quanto mais depressa aprender isto, melhor vai se dar: você não tem de pensar. Tem de obedecer. Deixe os pensamentos por conta de seus superiores". Aquela lembrança foi como uma ferroada. Além do mais, se ele voltasse a Papeete iria atrasar a execução em Atimaono, e se estivesse errado em voltar, receberia uma reprimenda do sargento que esperava o prisioneiro. E também receberia uma reprimenda em Papeete.

Tocou as mulas com o chicote e seguiu em frente. Olhou o relógio. Já estava meia hora atrasado e o sargento sem dúvida ficaria bravo. Fez com que as mulas apurassem o trote. Quanto mais Ah Cho insistia em explicar o engano, mais Cruchot se obstinava. Saber que estava com o homem errado não melhorava seu humor. A certeza de que a coisa não acontecera devido a algum engano seu reforçava sua convicção de que o erro que estava cometendo era o certo. E, para não incorrer no desprazer do sargento, levaria de bom grado uma dúzia de chinagos errados até seu amargo fim.

Quanto a Ah Cho, depois que o gendarme o golpeou na cabeça com o cabo do chicote e lhe ordenou aos gritos que calasse a boca, não teve outra coisa a fazer senão calar a boca. A longa jornada continuou em silêncio. Ah Cho meditava sobre os estranhos procedimentos dos diabos estrangeiros. Não havia como explicá-los. O que estavam fazendo com ele era coerente com tudo o que faziam. Primeiro, declaravam culpados cinco homens inocentes, em seguida cortavam a cabeça do homem que mesmo eles, em sua ignorância crassa, haviam considerado merecedor de não mais que vinte anos de prisão. E não havia nada que pudesse fazer. Só lhe restava ficar sentado quieto e aceitar o que aqueles senhores da vida lhe destinavam. Houve um momento em que entrou em pânico e sentiu o suor frio pelo corpo; mas, com muito esforço, dominou-se. Conseguiu resignar-se a seu destino rememorando e repetindo certas passagens do *Yin Chih Wen* ("A extensão do caminho silencioso"); mas, em vez disso, continuava vendo seu jardim de sonho para meditação e repouso. Aquilo o incomodou, até que se abandonou ao sonho e ficou sentado em seu jardim ouvindo o tilintar dos sinos de vento nas diversas árvores. E eis que, sentado assim, no sonho, foi capaz de rememorar e repetir as passagens de *A extensão do caminho silencioso*.

Então o tempo passou agradavelmente até chegarem a Atimaono e as mulas trotarem até o pé do cadafalso, à sombra do qual se encontrava o impaciente sargento. Fizeram com que Ah Cho subisse depressa a escada do cadafalso. Abaixo dele, de um lado, viu reunidos todos os cules da plantação. Schemmer queria que o evento servisse de exemplo e convocara os cules dos campos, obrigando-os a estar presentes. Quando viram Ah Cho, eles começaram a comentar entre si em voz baixa. Perceberam o engano, mas não disseram nada. Os inexplicáveis diabos brancos sem dúvida haviam mudado de ideia. Em vez de tirar a vida de um homem inocente, iam tirar a vida de outro homem inocente. Ah Chow ou Ah Cho — que diferença fazia? Jamais entenderiam os cães brancos, da mesma forma que os cães brancos jamais os entenderiam. Iam cortar a cabeça de Ah Cho, mas eles, cumpridos os dois anos de servidão que lhes restavam, voltariam para a China.

Schemmer construíra a guilhotina pessoalmente. Era um homem habilidoso e, embora nunca tivesse visto uma guilhotina, os oficiais franceses haviam lhe explicado o princípio da coisa. Por sugestão dele, ordenou-se que a execução tivesse lugar em Atimaono e não em Papeete. A cena do crime, argumentara Schemmer, era o melhor lugar para a punição e, além disso, aquilo teria uma influência salutar sobre o meio milhar de chinagos da plantação. Schemmer também se oferecera para carrasco e nessa função estava agora no cadafalso, experimentando o instrumento que construíra. Uma bananeira com o tamanho e a consistência do pescoço de um homem jazia abaixo da guilhotina. Ah Cho olhava com olhos fascinados. Girando uma pequena manivela, o alemão levantou a lâmina até o alto do pequeno guindaste que havia preparado. Um puxão em um pedaço de corda grossa soltou a lâmina, que caiu com um lampejo, cortando com precisão o tronco da bananeira.

"Como funciona?" O sargento, surgindo no alto do cadafalso, fizera a pergunta.

"Lindamente", foi a resposta exultante de Schemmer. "Deixe eu lhe mostrar."

Mais uma vez ele girou a manivela que subia a lâmina, puxou a corda e soltou a lâmina, que despencou sobre a árvore macia. Mas agora ela não cortou mais que dois terços da espessura do tronco.

O sargento ralhou:

"Assim não serve", disse.

Schemmer enxugou o suor da testa.

"Precisa de mais peso", anunciou. Foi até a beirada do cadafalso e gritou para o ferreiro que lhe trouxesse um pedaço de ferro de dez quilos. Enquanto ele estava curvado, prendendo o ferro ao largo topo da lâmina, Ah Cho olhou para o sargento e viu que aquela era a sua oportunidade.

"O honorável juiz disse que Ah Chow deveria ter sua cabeça cortada", começou.

O sargento concordou, impaciente. Pensava na jornada de mais de vinte quilômetros que tinha pela frente naquela tarde, para barlavento da ilha, e em Berthe, a linda filha mestiça de Lafière, o comerciante de pérolas, que esperava por ele na outra ponta da jornada.

"Bem, eu não sou Ah Chow. Sou Ah Cho. O honorável carcereiro cometeu um engano. Ah Chow é um homem alto e eu, como o senhor pode ver, sou baixo."

O sargento olhou para ele depressa e se deu conta do engano.

"Schemmer!", gritou, imperativo. "Venha aqui."

O alemão grunhiu, mas continuou curvado sobre seu trabalho até que o pedaço de ferro ficou preso a contento.

"O chinago está pronto?", perguntou.

"Olhe para ele", foi a resposta. "É este o chinago?"

Schemmer ficou surpreso. Xingou, irritado, durante alguns segundos, depois olhou, lamentoso, para a coisa que havia construído com as próprias mãos e que estava ansioso por ver em ação.

"Olhe aqui", disse, afinal. "Não podemos adiar esse assunto. Já perdi três horas de trabalho desses quinhentos chinagos. Não posso perder tudo de novo com o homem certo. Vamos realizar a cerimônia assim mesmo. É só um chinago."

O sargento se lembrou da longa jornada que tinha pela frente, da filha do comerciante de pérolas e debateu consigo mesmo.

"Vão pôr a culpa no Cruchot, isso se descobrirem", insistiu o alemão. "Mas é pouco provável que descubram. Ah Chow, de todo modo, não vai abrir a boca."

"E de todo modo a culpa não vai ficar sendo do Cruchot", disse o sargento. "Deve ter sido erro do carcereiro."

"Então vamos em frente. Não podem pôr a culpa em nós. Quem é que consegue distinguir um chinago de outro? Podemos dizer que simplesmente cumprimos as instruções com o chinago que nos trouxeram. Além disso, realmente não posso tirar todos esses cules do trabalho uma segunda vez."

Falavam em francês e Ah Cho, que não entendia nem uma palavra dessa língua, mesmo assim compreendeu que estavam decidindo seu destino. Sabia também que a decisão era do sargento e ficou atento aos lábios do oficial.

"Tudo bem", anunciou o sargento. "Vamos em frente. É só um chinago."

"Vou experimentar mais uma vez, só para ter certeza." Schemmer empurrou o tronco de bananeira para debaixo da lâmina que erguera até o alto do guindaste.

Ah Cho tentou lembrar máximas de *A extensão do caminho silencioso*. "Viver em harmonia", veio-lhe à mente; mas não se aplicava. Não ia viver. Estava para morrer. Não, aquela não servia. "Perdoar a maldade" — sim, mas não havia maldade a perdoar. Schemmer e os outros estavam fazendo aquilo sem maldade. Para eles, era uma tarefa que tinham de realizar, assim como limpar o mato, cavar poços e plantar algodão eram tarefas que tinham de ser realizadas. Schemmer puxou a corda e Ah Cho esqueceu *A extensão do caminho silencioso*. A lâmina desceu com um ruído surdo, cortando a árvore de uma vez só.

"Bonito!", exclamou o sargento, interrompendo o ato de acender um cigarro. "Bonito, meu amigo."

Schemmer ficou contente com o elogio.

"Venha, Ah Chow", disse, na língua do Taiti.

"Mas eu não sou Ah Chow...", Ah Cho começou a dizer.

"Cale a boca!", foi a resposta. "Se abrir a boca de novo, quebro sua cabeça."

O capataz o ameaçou com o punho fechado e ele ficou quieto. De que adiantava protestar? Aqueles diabos estrangeiros sempre faziam o que queriam. Permitiu que o amarrassem na prancha vertical que era do tamanho de seu corpo. Schemmer apertou bem os nós — tanto que as correias cortaram seu corpo e machucaram. Mas ele não reclamou. A dor não ia durar muito. Sentiu a prancha se inclinando no ar para a posição horizontal e fechou os olhos. E naquele momento teve um último lampejo de seu jardim de meditação e repouso. Teve a impressão de estar sentado no jardim. Soprava um vento fresco e os sinos tilintavam suavemente nas diversas árvores. Além disso, pássaros faziam ruídos sonolentos e do outro lado do muro alto vinha o ruído abafado da vida da aldeia.

Então, deu-se conta de que a prancha havia ficado imóvel e pelas pressões e tensões musculares entendeu que estava deitado de costas. Abriu os olhos. Bem ali em cima viu suspensa a lâmina brilhando ao sol. Viu o peso que fora acrescentado e percebeu que um dos nós de Schemmer havia se soltado. Nisso, ouviu a voz do sargento erguer-se num comando rude. Ah Cho fechou os olhos depressa. Não queria ver aquela lâmina descendo. Mas sentiu-a — por um imenso instante passageiro. E naquele instante lembrou-se de Cruchot e do que Cruchot havia dito. Mas Cruchot estava errado. A lâmina não fazia cócegas. Foi o que ele entendeu antes de deixar de entender.

Apresentação e tradução de José Rubens Siqueira

PIERRE LOUŸS

A falsa Esther

O que explica, numa antologia de contos de horror, a presença de um autor que fez do erotismo seu campo literário e estético? Pierre Louÿs (1870-1925) causou sensação quando, aos 25 anos, traduziu e publicou as Canções de Bilitis, poemas em prosa escritos no século VI a.C. por uma cortesã da ilha de Lesbos. Anos mais tarde, descobriu-se a impostura: Bilitis nunca existira e suas canções evocatórias do erotismo nos amores sáficos foram escritas pelo falso tradutor, Louÿs. Esse dândi libertino voltaria a escandalizar com dois romances que fizeram sucesso na belle époque: Afrodite, a história de uma adolescente libidinosa, e La Femme et le pantin, mais tarde adaptado para o cinema por Josef von Sternberg (Mulher satânica, 1935) e por Luis Buñuel (Esse obscuro objeto do desejo, 1977).

"A falsa Esther", publicado em Contes choisis (1919), é um texto marginal na obra de Louÿs, que, por sua vez, se sentia um marginal no espectro literário francês fim de século. O breve relato nada tem de erótico, mas não é um intruso entre contos de horror, e revela uma faceta menos conhecida de seu autor, a do bibliômano erudito.

Antes de apresentar a falsa Esther, convém esclarecer quem era a verdadeira Esther: uma prostituta criada por Honoré de Balzac, em 1838, num dos romances que comporiam A comédia humana. A Esther balzaquiana se apaixona por um nobre, participa de uma extorsão a um rico banqueiro e, quando seus comparsas são presos, se suicida.

A falsa Esther, ao contrário, é moça fina e honesta, casta, uma filósofa. Por isso, quando o tal sr. de Balzac publica o livro em que seu nome é arrastado na lama, ela vai lhe pedir satisfações. Então, como o personagem de O homem duplicado, que José Saramago escreveria mais de um século depois, a pobre moça é invadida pelo pavor de descobrir que tem um duplo. Na incerteza de estar vivendo um sonho ou a realidade, no suplício de se imaginar laçando homens pelas ruas sórdidas de Paris, a falsa Esther contracena com o medo, o pânico, o atroz. Resta saber se, condenada a viver uma vida alheia, ela terá de morrer de morte alheia. É quando explode o horror subjacente à evidência de que os livros também matam.

No meio do catálogo vermelho li este item fantástico:

MANUSCRITO. — *Fragmento de um diário íntimo (1836-39), da srta. Esther van Gobseck, filósofa holandesa... 50 francos. Interessante. Detalhes inéditos sobre Fichte.*

Os principais tipos romanescos que o público conserva na lembrança volta e meia adquirem uma fama que ultrapassa a dos personagens históricos da mesma ordem. Por menos balzaquiano que seja o leitor, ele me permitirá supor que não ignora Esther Gobseck. E ninguém duvida que ele mesmo, ao ler esse anúncio, tivesse manifestado extrema surpresa.

Uma hora depois, eu estava com o livreiro e o documento me pertencia. Quiseram embrulhá-lo; não deixei, e no carro que me levava de volta comecei a examiná-lo.

Minha aquisição era uma espécie de álbum coberto por um papel florido. Na primeira página, a srta. Gobseck, ou melhor, seu homônimo, tinha pintado uma aquarela com mão tímida e comportada, dois buquês de rosas presos por uma fita azul. Uma andorinha e uma borboleta, ambas do mesmo tamanho, voejavam acima da composição, e ali pelo meio da folha lia-se em boa caligrafia:

II CADERNO DE MEU DIÁRIO

Iniciado em 5 de março de 1836 (Aniversário!)
Terminado em...

O catálogo dissera a verdade. A srta. Gobseck falava de Fichte; se não por havê-lo conhecido (já que o grande Johann-Gottlieb estava morto desde 1814), ao menos por ter tido a honra, durante uma temporada na Prússia, de ouvir seu filho Hermann falar.

Da mesma forma, o anúncio estava correto ao tratar essa holandesa como filósofa.

A filosofia e a srta. Gobseck eram inseparáveis; mas nessa relação de simpatia entre uma abstração e uma realidade, a primeira nada oferecia, embora a segunda acreditasse receber muito. O empenho da srta. Gobseck para evoluir da razão pura à razão prática só se igualava à resistência surda que seu lento cérebro opunha a seus esforços. As teses e antíteses que se confrontavam em seu espírito não se encontravam em nenhum outro campo da inteligência humana, e as sínteses a que ela chegava eram notáveis, antes de mais nada, pela surpresa que não lhe causavam.

Mas nada a desanimava. A srta. Gobseck sentia pela filosofia essa *Liebe ohne Wiederliebe*, essa paixão não compartilhada, que aceitamos considerar algo incomparável em matéria de sentimento e de expressão. Gostava de pautar todos os momentos de sua vida de acordo com seus princípios, quero dizer, de acordo com os princípios dos mestres. Evitava crer nos critérios enganadores de seus sentidos, nos conselhos nefastos de seus gostos, nas falaciosas garrulices de suas opiniões pessoais, e nada que não se baseasse primeiramente num ensinamento lhe parecia verdadeiro, legítimo ou digno de fé. Sua paz interior era obtida a esse preço.

Os anos de 1836 e 1837 não levaram à sua existência nenhum acontecimento notável. A cidadezinha onde passava dias sem tristezas nem alegrias e perfeitamente isentos de surpresas conferia um horizonte tranquilo a suas meditações regulares. Em 1838 fez uma viagem à Prússia, viagem de estudos e aperfeiçoamento, durante a qual, pelo visto, toda e qualquer aventura lhe foi poupada.

Tendo exposto este preâmbulo para conhecimento do leitor, limito-me a transcrever as últimas páginas do diário que tenho diante dos olhos, sem mais insistir no que apresentam de extraordinário.

28 de março de 1839

Mina veio me ver às cinco e meia da manhã. Em geral nunca a vejo antes do amanhecer, embora ela e eu trabalhemos bem cedinho. Fui abrir, com uma vela na mão e os cabelos soltos nas costas, num traje em que não gosto de me mostrar; mas estava me penteando e não esperava por ela.

Disse-lhe: "O que houve?".

Ela me respondeu: "Ah, Esther!".

Bem inquieta, pedi que se sentasse e perguntei se não estava doente, ou se seu avô não tinha piorado, ou se talvez a irmãzinha... Mas não se tratava dela; tratava-se de mim, infelizmente!

Ela estava com dois livros na mão, que me entregou dizendo:

"Leia você mesma."

Li: H. de Balzac, *La femme supérieure*, e retruquei:

"O que há aí dentro?".

"O que há", ela respondeu. "O que há é que estes dois volumes contêm três romances, e que no terceiro falam de você, sob os traços de uma moça perdida."

Disse-me isso de forma tão brusca... Imediatamente me senti mal e perdi os sentidos...

Quando consegui ouvi-la de novo, Mina continuou.

"É, sim, é um horror; mas você precisa ler, Esther, você precisa ler. É uma holandesa, estou lhe dizendo, chama-se Esther, como você; Gobseck, como o seu pai; é o seu sobrenome, em suma, é você, em todas as páginas deste livro horroroso. Se esse romance infernal continuar a ser vendido, você será desonrada, minha filha, entenda; é preciso agir imediatamente, ir a Paris, falar com o autor..."

Misericórdia! Que desgraça se abateu sobre mim! Mina me mostrou algumas páginas. Aquele terceiro romance se chama *La Torpille**... Esther Gobseck. Esther

---

*A primeira parte de *Splendeurs et misères* apareceu com o título *La Torpille* em outubro de 1838, ao mesmo tempo que *La femme supérieure* e *La maison Nucingen*.

Gobseck... De fato, sou eu, é o sobrenome de meu pai... e em que companhia, Senhor! em que tipo de casas! Ai, meu Deus! que desgraça se abateu sobre mim! Meu Deus! Meu Deus! Não sobreviverei! Meu Deus! Será preciso ter vivido como vivi durante vinte e sete anos tão sensatamente e por vezes à custa de tantas lutas contra minhas tendências naturais! Será preciso ter sacrificado tudo às fortificações desta morada pura onde quero que minha alma resida e meu espírito se cultive! Será preciso ter renunciado até mesmo às felicidades do casamento para se ver, no final, conspurcada moralmente, aviltada por um francês que não conheço, arrastada com meu próprio nome na lama das sarjetas de Paris... Ai, meu Deus! Que desgraça se abateu sobre mim!

Que fazer? Que fazer agora? Como serei recebida por esse romancista se ousar me apresentar a ele? Sei ao menos se serei respeitada na casa de um homem bastante debochado para escrever tais infâmias? E depois, quem me garante que tudo isso não é uma vingança, uma manobra urdida contra mim? Tenho inimigos na cidade, embora não haja feito mal a ninguém. Alguns sentem rancor por minha família, outros por minha fortuna, outros por meu saber. E depois... e depois... o mal está feito...

Paris, 12 de abril

Vim. Na verdade não sei o que faço aqui, mas vim... Mina queria, por minha honra. Disse-me que ainda era tempo de agir para evitar um mal mais grave... Se pelo menos ela me acompanhasse, se pudéssemos fazer juntas essa visita que me apavora... Mas estou só aqui nesta cidade, onde meu nome, há seis meses, é um nome infame...

13 de abril

Onde mora o sr. de Balzac? Como me informar? De manhã fui ver seu editor e fiz a pergunta. Um empregado me disse:

"Quem é a senhora?", e, como eu não me atrevesse a dizer meu nome, respondeu-me grosseiramente:

"Ah! então uma credora? Pois bem! Se lhe perguntarem o endereço de Balzac, diga que não sabe."

Fui embora... Em meu hotel não se conhece nem mesmo o nome desse senhor. Ele não é tão famoso como Mina me disse.

E no entanto seus romances estão em todos os livreiros. Esta noite, vi *La Torpille* no Palais-Royal e fugi, me escondendo... Sempre acho que os passantes me encaram, me reconhecem nas ruas...

15 de abril

Finalmente, eu sei. Senhor de Balzac: Maison des Jardies, Sèvres, na estrada de Ville-d'Avray, depois dos arcos da estrada de ferro.

Irei amanhã de manhã bem cedinho, para ter certeza de encontrá-lo em casa.

Ah! terei coragem suficiente?

16 de abril, meio-dia

Não creio que ele tenha caçoado de mim, mas que homem singular é esse escritor!

Às sete horas, peguei no Carrousel o ônibus para Sèvres e pedi para descer na arcada de Ville-d'Avray.

Encontrei a casa sem dificuldade. Fica a meia encosta de uma colina, dentro de um parque, em pleno sul, diante de uma vista admirável. Bosques, florestas, vales por todo lado. Ao meu redor a bruma da manhã estava tão fresca e suave que, ao tocar a campainha, no portão, senti-me cheia de coragem e decidida a ser forte.

Um criado me atende.

"Senhor de Balzac?"

"O senhor acaba de se deitar."

"Ele está doente?"

"Não, senhora. O senhor se deita diariamente por volta das oito da manhã. Trabalha à noite."

Realmente, não creio que tenha caçoado de mim... Em Paris, quase não vemos existências normais... Todos os franceses são tão excêntricos.

"Pode voltar às seis da tarde", disse-me o criado, "se quiser ver o senhor."

Então voltarei, mas esse dia de espera me faz mal aos nervos e retira toda a minha energia. Agora sinto medo, estou exausta de impaciência e apreensões.

16 de abril, noite

Se este dia não for um sonho, enlouquecerei ou morrerei. Eu mesma não entendo como tenho a coragem de escrever este relato depois de tê-lo vivido; mas tanto faz, escrevo mecanicamente, sem ver, numa zoeira cerebral que me arrebata a razão.

Entrei na casa desse homem às seis horas, creio... Não sei mais... Ah! Por que Mina me fez ler aquelas páginas que talvez eu tivesse ignorado? Por que o destino se aferra sobre minha cabeça? Ai, pobre de mim! pobre de mim!

O criado tinha me perguntado quem deveria anunciar... Dei meu nome; esperava que, assim, o sr. de Balzac soubesse imediatamente o objetivo de minha visita.

Durante cinco minutos fiquei sozinha numa antessala que não tinha cadeiras. As quatro paredes eram brancas, e sobre o gesso haviam escrito a carvão: *Aqui um afresco de Delacroix... Aqui um baixo-relevo de Rude... Aqui uma tapeçaria de Gobelins...* Sei lá mais o quê... Veio-me ao espírito que estava na casa de um louco... Mas não... Não é ele quem está louco. Eu é que estou louca, esta noite. Ele tem razão. Ele tem sempre razão.

Abriu-se uma porta, dei três passos, não vi ninguém... E de súbito uma voz terrível gritou do fundo do aposento para mim:

"Quem a autoriza, senhorita, a se apossar do nome de Esther Gobseck?"

Ah, aquela voz! Ainda ressoa em minha pobre cabeça em estado de demência...

Ergui os olhos. Diante de mim havia um homem gordo e feio, e no entanto maravilhoso, com cabelos compridos retos como vi os estudantes prussianos usarem. Estava de pé, atrás de uma escrivaninha em que havia bem umas dez mil folhas de papel, mais misturadas, mais revoltas que as ondas do mar, e por cima daquele oceano ele me olhava com suas pupilas negras que eu via reluzirem até mim, embora ele tivesse virado as costas para a luz do dia.

"Ah, senhor!", murmurei, quase desfalecendo.

As palavras morriam em meus lábios.

Ele bateu com o punho na escrivaninha de madeira e repetiu várias vezes:

"Quem a autoriza? Quem a autoriza?"

Então já não sei como encontrei forças, mas consegui murmurar:

"Senhor, *eu sou* Esther Gobseck."

Ele levou todo o tronco para a frente, fulminou-me com um olhar que não consegui sustentar, e recuou, com uma gargalhada que sacudiu as paredes como o abalo de uma bomba.

"A senhorita?", disse. "A senhorita! Esther Gobseck!"

Inclinei a cabeça.

"Senhorita", ele recomeçou mais calmo, "essa brincadeira é detestável. Se quer me esconder sua identidade, sinta-se livre. Pegue um pseudônimo ou não diga mais seu nome, mas não sequestre o nome de outra! O nome é a propriedade mais sagrada que a pessoa humana possui."

Com mão trêmula, abri minha carteira e entreguei-lhe meu passaporte, contendo meus sinais de identidade.

"Para seu conhecimento, senhor. Os documentos estão assinados pelo burgomestre..."

Ele leu, releu, disse várias vezes: "Estranho... curioso... singular...". Depois me observou longamente, e, de pálida que eu estava, fiquei extremamente vermelha.

"Está correto", disse ele enfim. "Não há nada a objetar, a senhorita é Esther Gobseck... por mais extraordinário que isso possa parecer."

Amassou um papel e jogou-o na cesta de lixo, sentou-se, e, virando-se de repente para mim:

"Então a senhorita vai me dar imediatamente uma informação de que preciso. De que se compunha o mobiliário de seu quarto de dormir quando entrou para a Ópera como pequena bailarina?"

"Pequena bailarina!", gritei revoltada. "Mas, senhor, nunca fui pequena bailarina! Sou filósofa fichtista."

Furioso, ele bateu de novo na madeira do móvel:

"Senhorita, repito-lhe que essa pilhéria é inoportuna. Das duas uma: ou não é Esther Gobseck (e foi o que pensei de início), ou então, se é Esther Gobseck, a senhorita é La Torpille."

"La Torpille sou eu?", balbuciei, perdida.

"Mas é evidente! E La Torpille não é filósofa fichtista!"

Depois de um silêncio ele se levantou, esticou a mão em minha direção e me disse as coisas assombrosas que vou tentar escrever se ainda tiver forças. A autoridade de sua voz era tal que não o interrompi em nenhum momento.

"A senhorita nasceu em 1805, filha de Sarah van Gobseck e de pai desconhecido. Sua mãe, arruinada por Maxime de Trailles, morreu assassinada por um oficial numa casa de tolerância do Palais-Royal, no mês de dezembro de 1818. Nessa ocasião, a senhorita tinha treze anos e, já fazia muitos anos, guiada por sua mãe Sarah, levava a triste vida das pequenas prostitutas impúberes. Foi então que entrou para a Ópera. Diversos habitués a mantinham, entre eles Clément des Lupeaulx. Eu precisaria saber qual era o mobiliário de seu quarto por essa época, mas já que não quer dizer nada, esqueçamos. Em 1823, conspira-se para enviá-la a Issoudun para a casa do velho Jean-Jacques Rouget, que estava prestes a desposar a criada; desejava-se desviá-lo desse casamento indigno, graças à senhorita. O projeto não deu certo. Passo também sobre as dificuldades financeiras que entristeceram o seu décimo oitavo ano, embaraços que a obrigam a um expediente vergonhoso. No final desse ano de 1823, a senhorita encontra casualmente, no teatro, Lucien de Rubempré, recebe-o em seu apartamento situado à rua de Langlade. A senhorita o adora, ele a ama, e nada lhe ensinarei ao contar de que maneira, graças à intermediação de Vautrin, o barão de Nucingen faz a sua fortuna e a de Lucien junto. Agora, escute-me bem."

Eu o escutava, no auge do horror.

"Nucingen lhe é odioso, minha filha. É trinta e oito anos mais velho. É antipático e até repulsivo. A senhorita o suporta com crescente aversão. Escute-me bem: no dia 13 de maio, depois de uma festa dada em homenagem a ele, a senhorita absorverá uma pérola negra contendo um tópico javanês e morrerá instantaneamente. Esta é a sorte que lhe reservo."

Ai de mim! Eu tremia como uma folha.

"Como sabe?", gaguejei.

"Como sei?", ele gritou. "Que pergunta inepta! Fui eu que a fiz!"

17 de abril

Pouco a pouco volta minha razão.

Agora vejo claramente. A situação se ilumina. É a luta de duas certezas entre si, e nada mais que isso, nada mais que isso.

Creio que tenho vinte e sete anos, nasci em Maëstricht em 1812, uso o sobrenome de meu pai e sempre vivi como uma moça honesta; mas, no fundo, que prova tenho disso? Nenhuma.

Não me baseio em um princípio racional, nem em uma verdade da experiência, nem em uma sensação para afirmar que essa é a minha vida. Portanto, posso examinar apenas duas representações para chegar ao conhecimento adequado de meu passado: minha própria lembrança ou o testemunho de outrem. Ora, no caso atual são representações antagônicas. Portanto, resta determinar qual das duas primará sobre a outra.

Pois bem, ainda me sinto muito atingida mentalmente para conferir supremacia à minha certeza pessoal. O homem que ontem falou comigo me domina, disso não posso duvidar. Considerar seu espírito inferior ao meu seria rematada tolice de minha parte. Sua clarividência foi a luz de minha razão extraviada. Vivi nestes dias uma alucinação da qual não tinha nem sequer consciência e que, por um fenômeno inexplicável, me trouxe lembranças fictícias no momento em que perdia minhas lembranças reais.

Minha personalidade desdobrou-se tão completamente que não consigo saber em que data exata se fez a metamorfose de meu ego, pois só encontro a meu serviço uma memória falseada do início ao fim. Sinto-me viver no estado mental do sonho, aceitando como verossímeis acontecimentos quiméricos e toda uma longa série de lembranças que o sr. de Balzac, por seu testemunho formal, reduz a nada.

18 de abril

Assim, sou uma dessas mulheres... Meu Deus! Não tinha a menor ideia. Não enxergava a verdade; mas que loucura negá-la; que loucura! Minha sensação intervém para corroborar o testemunho. Não sou pura fisicamente, minha castidade é apenas intelectual, tenho os sentidos imperiosos, infelizmente!, qual os de uma cortesã; meu corpo é queimado por um fogo interior. Como negá-lo! E todas as minhas fraquezas! E todas as fraquezas de minha vontade!

19 de abril

Esta noite saí para cumprir meu destino; mas que estranha metamorfose a minha! Esqueci de vez meus hábitos iniciais. Apavoro-me só de pensar em repetir isso e a timidez me estrangula no momento de articular uma palavra.

Um desconhecido que ousei abordar tomou-me, com certeza, por uma mendiga, pois me jogou cinquenta centavos e não me convidou a segui-lo. Talvez eu não tenha o costume... Talvez também não tenha a voz.

5 de maio

O fim se aproxima, o fim de meu destino. Sei muito bem, conquanto não me atreva a escrevê-lo, sei bem demais por que no próximo dia 13 de maio, como previu o sr. de Balzac, passarei da vida à morte ao engolir uma pérola negra...

Uma pérola negra, contendo um tópico javanês... Onde encontrá-la, essa pérola negra que encerra a eternidade? Vou de loja em loja, aos farmacêuticos, aos herboristas... Oferecem-me venenos, mas não esse... (Ó Deus! vida horrível, e como a morte me será doce!) Quero um tópico javanês, um tópico javanês dentro de uma pérola negra... Assim ordena o sr. de Balzac.

(O manuscrito para aqui. Seguem-se quarenta e uma páginas em branco.)

Apresentação e tradução de Rosa Freire d'Aguiar

VILLIERS DE L'ISLE ADAM

A tortura pela esperança

Do mesmo modo que Baudelaire e Mallarmé — ambos seus amigos —, Villiers admirava a prosa de Edgar Allan Poe. Não é por acaso, portanto, que a epígrafe deste texto foi retirada de "O poço e o pêndulo", do escritor americano, referência emblemática dos contos de terror.

Villiers concebeu os Contos cruéis (1883) seguindo, como dizia, as pegadas do "gato preto de Poe", mas sua intenção não era instalar-se no filão dos arrepios, embora isso fizesse vender livros. Mais adiante continuou a série com os Novos contos cruéis, coletânea a que pertence este conto. Afinal, o aristocrata de ilustre família bretã que remontava ao século XII e que chegou a ser cogitado para o trono da Grécia precisava viver.

O que resultou das pegadas do "gato preto" não foi exatamente uma adesão pura e simples ao fantástico. Villiers passou a permear seus textos com uma ironia amarga, cambiante, a que deu o epíteto de cruel, e que tecia na trama ora projetando sombras, ora provocando o riso. Uma duplicidade paradoxal, que ele soube manejar com passes de ilusionista, dosando-a em gotas desconcertantes.

Compartilhava com Baudelaire o desprezo ao detestado burguês, com seus ritos e tiques, e, contra a geleia geral oposta às ideias que lhe eram caras e quase sagradas, forjou seu grande projeto literário, Axel (1890, póstumo), em que, ao potencializar a negação do vil e do banal, provoca a negação da própria vida. Axël e Sara, os protagonistas, ao perpetrarem o duplo suicídio indigitam a impossibilidade de viver, convictos de que a vida destruiria o *sentido de permanência e totalidade do amor. Viver, portanto, tornar-se-ia vulgar. E isso — que para os ouvidos atuais soa como boutade — para Villiers não pertencia ao registro da mera ficção, estava inscrito em letras garrafais em seu firmamento.*

Em 1886 publicou A Eva futura, deliciosa narrativa de uma androide que toma o lugar de uma mulher de carne e osso, superando-a sobretudo na elevação do "espírito". Androide ou mulher? Estátua ou máscara? Villiers trata o mundo das aparências em sintonia muito fina, como um mestre do suspense... Parece que sempre procurava divisar o ponto infinito — poço ou pêndulo? —, aquele que ele e Mallarmé sempre grafavam com maiúscula, o Absoluto, uma espécie de nonada art nouveau.

Ao sr. Edouard Nieter

— Oh! uma voz, uma voz, para gritar!...
Edgar Allan Poe,
"O poço e o pêndulo"

Ao cair da tarde, em tempos remotos, no piso abaixo das sepulturas do Oficial de Saragoça, o venerável Pedro Arbuez d'Espila, sexto prior dos dominicanos de Segóvia, terceiro Grande Inquisidor da Espanha, seguido por um *fra redemptor* (torturador-mor) e precedido por dois monges do Santo Ofício empunhando lanternas, desceu em direção a uma masmorra afastada. A fechadura de uma porta maciça rangeu; penetraram todos num mefítico *in pace* onde a claridade tênue permitia divisar entre as algemas presas nas paredes um cavalete enodoado de sangue, um fogareiro, uma bilha. Sobre um monte de esterco, com uma argola de ferro a contornar-lhe o pescoço e sustentado por vigas, encontrava-se sentado, com a fisionomia convulsionada, um homem de idade indeterminada, coberto de farrapos.

Esse prisioneiro não era senão o rabino Aser Abarbanel, judeu aragonês que, indiciado por usura e implacável desprezo pelos pobres, tinha sido, havia mais de um ano, diariamente submetido a tortura. No entanto, sendo "a cegueira mais densa do que a pele", recusava-se a abjurar de seu credo.

Orgulhoso de sua ascendência milenar e de seus antepassados — pois, como todo judeu digno desse nome, era brioso de seu sangue —, descendia de maneira talmúdica de Otoniel e, consequentemente, de Ipsiboé, mulher deste último juiz de Israel, fato que ajudara a reerguer-lhe o ânimo nos momentos mais dilacerantes do suplício.

Sem conseguir reter as lágrimas, ao pensar como uma alma tão forte escapara da salvação, o venerável Pedro Arbuez d'Espila, aproximando-se do rabino que tremia, pronunciou as seguintes palavras:

"Filho, alegra-te, tua provação nesta Terra chega ao fim. Diante de tanta obstinação, se tive de permitir, embora sofrendo, que tantos rigores fossem adotados, minha tarefa corretiva de irmão tem limite. És como a figueira obstinada que, tantas vezes sem frutos, corre o risco de ser destruída... mas apenas Deus, e somente Ele, pode decidir sobre tua alma. Talvez a infinita clemência irá iluminar-te no instante supremo! Devemos ter esperanças. Há casos conhecidos. Que assim seja. Repousa em paz esta noite. Amanhã, farás parte do auto de fé: serás exposto ao *quemadero*, braseiro premonitório da eterna Chama; como bem sabes, filho, ele só queima à distância e a Morte chega lenta, em duas, às vezes três horas, por causa dos panos molhados e gelados com os quais temos o cuidado de preservar a fronte e o coração dos holocaustos. Serás apenas o quadragésimo terceiro. Considera que, posicionado na última fileira, terás tempo suficiente para invocar Deus, para ofertar-Lhe o batismo de fogo pertencente ao Espírito Santo. Tem esperança na Luz Divina e dorme."

Ao terminar sua fala, dom Arbuez fez sinal para livrarem o infeliz das correntes e o beijou com ternura. Depois, foi a vez do *fra redemptor*, que, em voz baixa, pediu perdão ao judeu pelos suplícios que infligira visando sua redenção; em seguida, os frades aproximaram-se e o beijaram em silêncio, através da cogula. Ao findar a cerimônia, o prisioneiro foi deixado só e pasmo no meio das trevas.

O rabino Aser Abarbanel, com o rosto deformado pelo sofrimento e a boca ardendo de secura, olhou, de início sem fixar a atenção, para a porta fechada. "Fechada?..." Essa palavra, no mais fundo dele, evocava uma divagação em seus confusos pensamentos. Havia entrevisto, por um instante, o clarão das lanternas na fresta entre os batentes da porta. Uma ideia mórbida de esperança, provocada pelo entorpecimento do cérebro, fez correr uma emoção por todo o ser. Arrastou-se até a insólita *coisa* que surgia! Cuidadosamente, com inúmeras precauções, deslizou um dedo pela abertura e puxou a porta em sua direção. Ó surpresa! Por um incrível acaso, o frade que a fechara havia girado a enorme chave antes do encaixe, contra o muro de pedra, de tal modo que a lingueta enferrujada não alcançou a fechadura. A porta abriu-se.

O rabino arriscou um olhar para fora.

Favorecido por uma obscuridade lívida, logo percebeu um semicírculo de paredes terrosas circundado por degraus em espiral; e, destacando-se a sua frente, após cinco ou seis degraus de pedra, uma espécie de pórtico negro que dava acesso a um vasto corredor do qual se podiam distinguir apenas as primeiras arcadas.

Esticando-se, rastejou até a base do portal. Sim, era mesmo um corredor, mas de comprimento descomunal! Uma claridade fraca, um clarão de sonho o iluminavam: lamparinas suspensas nas abóbadas desprendiam, em intervalos regulares, uma luminosidade azulada na cor sombria do ar — o fundo longínquo era apenas treva. Nenhuma porta lateral em toda a enorme extensão! De um só lado, à esquerda, respiradouros com grades cruzadas, abertos na parede, deixavam passar uma luz que deveria ser do crepúsculo, pela presença das riscas vermelhas que, vez ou outra, tingiam as lajes. E que silêncio aterrador!

Todavia, lá, nas profundezas dessa bruma, uma saída poderia abrir-se para a liberdade! A vacilante esperança do rabino era tenaz, pois era a última.

Sem hesitar um instante, aventurou-se a rastejar encostado à parede dos respiradouros, esforçando-se para confundir-se com a cor escura dos longos muros. Avançava com lentidão, arrastando-se pelo peito e contendo-se para não gritar quando uma ferida reabria.

Súbito, o ruído de uma sandália que se aproximava chegou até ele ecoando na aleia de pedra. Um tremor convulsionou-o; a ansiedade o sufocava, sua visão toldou-se! Então... com certeza, estava tudo acabado! Agachou-se numa reentrância e esperou, sentindo a morte próxima.

Era um frade que vinha a passos largos. Passou rápido, com um instrumento de tortura na mão, o capuz abaixado, terrível, e desapareceu. O pavor que assaltara o rabino o paralisou de tal forma que ficou como que esquecido das funções vitais por quase uma hora, impedido de qualquer movimento! O medo de ser apanhado e punido com tormentos mais terríveis fez acudir-lhe a ideia de voltar à masmorra. Mas a velha esperança segredava-lhe, na alma, esse divino *talvez* que reconforta nas piores desgraças! Operou-se um milagre! Não havia dúvida! Pôs-se então a rastejar para a fuga possível. Extenuado pela dor e pela fome, aniquilado pela angústia, seguia em frente! E o corredor sepulcral parecia tornar-se misteriosamente mais longo! E ele, continuando a avançar, olhava fixo para a sombra, ao fundo, lá onde *deveria* existir uma saída salvadora.

Oh! oh! ouviram-se passos de novo, dessa vez mais lentos e surdos. Duas formas brancas e negras com os longos chapéus de bordas retorcidas próprios dos inquisidores apareceram, emergindo da sombra. Conversavam em voz baixa e pareciam divergir em assunto importante, pois gesticulavam com ímpeto.

A essa visão, o rabino Aser Abarbanel fechou os olhos: o coração batia tanto que pensou sufocar; os farrapos que lhe cobriam o corpo foram inundados por um suor de agonia; permaneceu imóvel, tomado de pavor, encostado na parede sob a luz de uma lâmpada, imóvel, invocando o Deus de Davi.

Ao chegarem bem a sua frente, os dois inquisidores pararam, sob a claridade da lâmpada — sem dúvida por um acaso proveniente da discussão. Um deles, ouvindo o interlocutor, olhou na direção do rabino. E, sob esse olhar, cuja expressão distraída não entendeu de imediato, o infeliz já sentia as tenazes quentes a dilacerar sua carne; voltaria a ser uma lamentação e uma chaga! Sem forças, sem conseguir respirar, as pálpebras batendo, ele tremia inteiro ao sentir o roçar da túnica de um deles. Mas, coisa estranha e ao mesmo tempo natural, o olhar do inquisidor era, evidentemente, o de um homem profundamente preocupado com o que iria responder, absorto no que ouvia. Os olhos permaneciam fixos — e pareciam olhar o rabino *sem enxergá-lo*!

Com efeito, ao cabo de alguns minutos os dois sinistros debatedores, sempre discutindo em voz baixa, retomaram a caminhada a passos lentos na direção de onde viera o prisioneiro. NÃO O TINHAM VISTO!

No terrível desespero dessas emoções, um pensamento veio sobressaltar o rabino: "Já estarei morto? Não conseguem enxergar-me?". Uma violenta sensação arrancou-o da letargia: na parede em que encostava o rosto pareceu-lhe ver, bem à frente dos seus, dois olhos ferozes a observá-lo!... Jogou a cabeça para trás, num movimento brusco de estupor, ao mesmo tempo que sentia os cabelos se arrepiarem!... Mas não. Sua mão acabava de confirmar, apalpando as pedras: o reflexo dos olhos do inquisidor permanecera em suas pupilas e ele certamente os transformara em duas manchas no muro.

Em marcha! Precisava apressar-se na direção do alvo onde (insanamente talvez) imaginava estar a liberdade! na direção daquelas sombras que se encontravam a cerca apenas de trinta passos. Retomou, então, mais rápido, com joelhos, mãos e ventre, o penoso caminho; logo alcançou a parte mais escura do terrível corredor.

De repente, a mísera criatura sentiu um vento roçar-lhe as mãos que apoiava no piso de lajes. Provinha de um violento sopro de ar que escapava por baixo da porta na qual findavam as duas paredes.

"Ah! Deus! se essa porta abrisse para fora!"

Todo o ser do pobre foragido foi sacudido por uma vertigem de esperança! Ele a examinava de cima para baixo, sem poder distingui-la bem por causa da escuridão. Tateava. Não havia ferrolhos nem fechadura. Um trinco!... Aprumou-se. O trinco cedeu ao toque do polegar; a porta abriu-se silenciosa a sua frente.

"Aleluia!...", murmurou o rabino, com um imenso gemido de ação de graças! Estava agora em pé na soleira, olhando para a frente.

A porta descortinava um jardim sob um céu de estrelas, a primavera, a liberdade, a vida! Em seguida o campo, prolongando-se até as *sierras* que mostravam as sinuosas linhas azuis no horizonte. Lá se encontrava a salvação. Oh! fugir! Correria a noite inteira pelos bosques de limoeiros cujo perfume chegava até ali. Uma vez nas montanhas estaria a salvo! Respirava o ar doce, sagrado; o vento o reanimava, os pulmões ressuscitavam! Ouvia, no coração tomado de júbilo, o *Veni foras* de Lázaro! E, para abençoar o Deus que o agraciava com tal misericórdia, estendeu os braços para a frente levantando os olhos para o firmamento. Foi o êxtase.

Então pensou ver a sombra de seus braços voltando-se contra si: imaginou ter sentido esses braços de sombra abraçando-o, enlaçando-o, e que era docemente pressionado de encontro a um peito. Com efeito, um vulto esguio estava a seu lado. Confiante, abaixou o olhar para o vulto e, aterrorizado, com os olhos fixos e todo o corpo a tremer, o rosto distorcido e a boca espumando no auge do horror, percebeu que estava nos braços do Grande Inquisidor em pessoa, do venerável Pedro Arbuez d'Espila. Este o contemplava com os olhos cheios de lágrimas e o ar de um bom pastor que recupera a ovelha perdida.

O sombrio padre apertava o infeliz rabino de encontro ao coração com tal ímpeto de fervorosa caridade que as pontas do cilício monacal, sob a túnica, abriam sulcos no peito do dominicano. E enquanto o rabino Aser Abarbanel, com os olhos convulsionados sob as pálpebras, ofegava de angústia nos braços do ascético dom Arbuez, compreendia *que todas as fases daquela noite fatal não eram senão um suplício previsto, o da Esperança*! O Grande Inquisidor, com um tom de pungente reprimenda e o olhar consternado, murmurava-lhe ao ouvido, com um hálito ardente e alterado pelos jejuns:

"Ora, meu filho! Na véspera, talvez, da salvação... querias nos deixar!"

Apresentação e tradução de Ecila de Azeredo Grünewald

JULES VERNE

Frumm-flapp

Pode causar estranheza encontrar um texto de Jules Verne em uma antologia de literatura de horror.

Para muitos leitores, o criador de Phileas Fogg continua a ser lembrado apenas como autor de livros infantojuvenis ou como o pai da ficção científica, dois gêneros que ainda hoje lutam para livrar-se da pecha de "menores".

De fato, apesar do enorme sucesso de público — e talvez até muito por isso mesmo —, Verne teve de esperar a década de 1950 para, mediante a chancela de pesos-pesados como Michel Butor e Roland Barthes, passar a fazer parte do cânone literário francês.

A partir daí, as incursões da crítica ao centro do universo verniano, onde tantos contextos se entrecruzam (ecos da literatura científica e política da época, literatura infantil, ficção científica, romance de aventura, histórico, gótico, policial), não cessaram de descobrir novas facetas do escritor.

É o caso da vertente de horror em sua obra.

Embora o fantástico seja presença constante entre os vários gêneros que se entretecem em suas tramas romanescas, é nos relatos breves que a sedução do estranho aflora de forma mais pura e plena.

A pesquisa literária recente recuperou, em manuscritos e nas revistas em que foi inicialmente publicado, o texto integral dos contos de Verne. Da leitura desses escritos surge um autor que transita com impressionante desenvoltura pelo território do inomi-

nável, expondo a todas as luzes uma parte maldita que injunções editoriais muito cedo trataram de reprimir.

O conto escolhido para compor esta antologia pertence a esse conjunto de narrativas inquietantes, dignas de um Hoffmann ou de um Poe — de quem, aliás, Verne foi grande leitor e divulgador na França —, escritas, contudo, em estilo personalíssimo.

O que faz de "Frumm-flapp" uma pequena obra-prima da literatura de horror é, entre outras coisas, a mestria com que o autor trabalha o embaralhamento das fronteiras entre o familiar e o estranho, criando um país imaginário — que, no entanto, lembra a Bretanha —, no qual se fala uma língua com ressonâncias do francês, porém impenetrável, em que se respira uma atmosfera de pesadelo, mas se vive um cotidiano de aparente normalidade. E de onde o leitor não conseguirá sair enquanto a história do sinistro dr. Trifulgas não chegar ao fim.

---

*F*rumm!... É o vento que corre desatado.
Flapp!... É a chuva que desaba torrencial.

A rajada bramante curva as árvores da costa volsiniana e quebra contra o flanco das montanhas de Crima. Ao longo do litoral, altos rochedos são incessantemente roídos pelas ondas do vasto mar da Megalócrida.

Frumm!... Flapp!...

No fundo do porto se recolhe a cidadezinha de Luktrop. Algumas centenas de casas ladeadas por verdes atalaias, que mal e mal as protegem dos ventos de alto-mar. Quatro ou cinco ruas empinadas, mais barrancos do que ruas, empedradas com seixos, sujas da escória lançada pelos cones eruptivos em segundo plano. O vulcão, o Vanglor, não fica longe. Durante o dia, a pressão interior extravasa sob a forma de vapores sulfurosos. Durante a noite, de minuto em minuto, em grandes golfadas de fogo. Como um farol, com alcance de cinquenta *kertses*, o Vanglor assinala o porto de Luktrop para os navios de cabotagem — *felzanes*, *verliches* ou *balanzes* —, cuja proa rompe as águas do Megalócrida.

Do outro lado da cidade há um aglomerado de ruínas dos tempos crimerianos. Mais além, no arrabalde de estilo árabe, uma casbá de muros brancos, de telhados redondos, de terraços devorados pelo sol. Um amontoado de cubos de pedra jogados ao acaso. Verdadeiro punhado de dados cujos pontos tivessem sido apagados pela pátina do tempo.

Entre os prédios se destaca o Seis-Quatro, nome dado a uma construção estranha, de teto quadrado, com seis aberturas numa face e quatro na outra.

Um campanário domina a cidade, o campanário quadrado de santa Filfilena, com sinos suspensos entre as frestas dos muros, que o vendaval às vezes faz badalar. Mau sinal. Então o medo toma conta do povoado.

Essa é Luktrop. No mais, umas poucas moradias, uns tugúrios miseráveis espalhados pelo campo em meio às giestas e às urzes, passim, como na Bretanha. Mas não estamos na Bretanha. Estamos na França? Não sei. Na Europa? Ignoro a resposta.

Seja como for, não adianta procurar Luktrop no mapa — nem mesmo no atlas de Stieler.

II.

Froc!... Uma batida discreta soou na estreita porta da Seis-Quatro, que dá para a esquina da rua Messagliere. É uma das casas mais confortáveis, se é que essa palavra pode ter curso em Luktrop, e uma das mais ricas, se riqueza significa ganhar alguns milhares de *fretzers* nos melhores anos.

O *froc* foi respondido por um desses latidos selvagens que têm muito de uivo — como um latido de lobo. Então uma janela-guilhotina se abre acima da porta da Seis-Quatro.

"Para o inferno todos os inoportunos!", diz uma voz desagradável e mal-humorada.

Uma moça, tiritando na chuva, envolta numa capa ordinária, pergunta se o dr. Trifulgas está em casa.

"Está ou não está. Depende!"
"Vim por causa do meu pai, que está morrendo!"
"Onde ele está morrendo?"
"Perto de Val Karniu, a quatro *kertses* daqui."
"E qual o nome dele?"
"Vort Kartif."
"Vort Kartif, o padeiro?"

"Ele mesmo, e se o doutor Trifulgas..."

"O doutor Trifulgas não está!"

E a janela se fechou bruscamente, enquanto os *frumm* do vento e os *flapp* da chuva se confundiam num barulho ensurdecedor.

III.

Um homem duro, esse dr. Trifulgas. Nada compassivo, só atende mediante pagamento em dinheiro, e adiantado. Seu velho Hurzof — mestiço de buldogue e spaniel — teria mais coração do que ele. A Seis-Quatro, inóspita para os pobres, só se abre para os ricos. Além do mais, existe uma tabela: é tanto por uma tifoide, tanto por uma congestão, tanto por uma pericardite e por outras doenças que os médicos inventam às dúzias. Ora, o padeiro Vort Kartif é um homem pobre, de uma família miserável. Por que o dr. Trifulgas se abalaria, ainda mais numa noite como essa?

"Só por me tirar da cama", resmunga ele ao se deitar, "já me deveria dez *fretzers*!"

Não tinham se passado nem vinte minutos quando a aldrava de ferro voltou a bater na porta da Seis-Quatro.

Praguejando, o dr. deixou sua cama e espiou pela janela.

"Quem é?", gritou.

"A mulher de Vort Kartif."

"O padeiro de Val Karniu?"

"Ele mesmo. E se o senhor não vier, ele vai morrer!"

"Então, a senhora ficará viúva!"

"Tenho aqui vinte *fretzers*..."

"Vinte *fretzers* para ir até Val Karniu, a quatro *kertses* daqui!"

"Por caridade!"

"Vá para o inferno!"

E a janela tornou a se fechar. Vinte *fretzers*! Que fortuna! Arriscar-se a apanhar um resfriado ou um lumbago por vinte *fretzers*, quando, na manhã seguinte, o esperavam em Kiltreno, na casa do rico Edzingov, cuja gota lhe rendia cinquenta *fretzers* por consulta!

Com essa agradável perspectiva, o dr. Trifulgas voltou a um sono mais profundo que antes.

IV.

Frumm!... *Flapp*!... E depois *froc*!... *froc*!... *froc*!...
À rajada juntaram-se, desta vez, três golpes de aldrava, dados com mão mais decidida. O dr. dormia. Acordou, mas com que humor! Ao abrir a janela, o furacão entrou como uma carga de metralha.
"É sobre o padeiro..."
"De novo esse miserável!"
"Sou a mãe dele!"
"Que a mãe, a mulher e a filha também morram!"
"Ele teve um ataque!..."
"Dane-se!"
"Recebemos um dinheiro. Um adiantamento pela venda da casa ao comendador Dontrup, da rua Messagliere. Se o senhor não vier, minha neta ficará sem pai, minha nora sem marido e eu sem filho!..."
Era pungente e terrível ouvir a voz da velha, imaginar o vento gelando seu sangue, a chuva molhando sua magra carne até os ossos.
"Um ataque custa duzentos *fretzers*!", respondeu o desalmado Trifulgas.
"Só temos cento e vinte!"
"Boa noite!"
E a janela tornou a se fechar.
Mas, pensando bem, cento e vinte *fretzers* por uma hora e meia de caminhada, mais meia hora de consulta, eram sessenta *fretzers* por hora — um *fretzer* por minuto. Pouco lucro, mas não de se desprezar.
Em vez de se deitar de novo, o dr. vestiu a jaqueta de *valvetrim*, desceu com suas altas botas lameiras, enfiou seu capote de *lurtana* e, com o *suruê* na cabeça e as luvas nas mãos, deixou o lampião aceso perto de seu códex, aberto na página 197. Depois, empurrou a porta da Seis-Quatro e parou na soleira.
A velha continuava lá, apoiada em seu cajado, descarnada por seus oitenta anos de miséria!
"Os cento e vinte *fretzers*?"

"Aqui estão, e que Deus lhe dê em dobro!"

"Deus! O dinheiro de Deus! Alguém por acaso já viu a cor desse dinheiro?"

O doutor assobiou para Hurzof, colocou uma pequena lanterna em sua boca e tomou o caminho do mar.

A velha o seguiu.

v.

Que tempo de *frumms* e *flapps*! Com a borrasca, os sinos de santa Filfilena começaram a badalar. Mau sinal. Bah! O dr. Trifulgas não é supersticioso. Não acredita em nada, nem mesmo em sua ciência — exceto pelo que ela possa lhe render.

Que tempo! Mas também que caminho! Seixos e escória; os seixos, escorregadios por causa das algas; a escória, crepitante como cascalho. Nenhuma luz além da lanterna do cachorro Hurzof, vaga, vacilante. Às vezes, a expulsão das chamas do Vanglor, onde silhuetas grotescas parecem debater-se. Ninguém sabe ao certo o que há no fundo dessas crateras insondáveis. Talvez as almas do mundo subterrâneo que se volatilizam ao sair.

O doutor e a velha acompanham o contorno das pequenas baías do litoral. O mar está branco, de um branco lívido — um branco de morte. Cintila ao se quebrar na fosforescente linha da arrebentação que parece verter vaga-lumes sobre a praia.

Os dois sobem até um atalho entre as dunas, cobertas de giestas e juncos que se entrechocam com um tinido de baionetas.

O cachorro se aproximara do dono e parecia dizer-lhe: "Cento e vinte *fretzers* a mais no cofre, hein?! É assim que se faz fortuna! Um pedaço de terra a mais na vinha! Um prato a mais na ceia! Um osso a mais para o fiel Hurzof! Tratemos dos doentes ricos, e sangremos... sua bolsa!".

Nesse ponto, a velha para. Com o dedo trêmulo, aponta para uma luz avermelhada na escuridão. É a casa de Vort Kartif, o padeiro.

"É lá?", pergunta o doutor.

"É", responde a velha.

"Hrrr!", rosna o cachorro Hurzof.

De repente o Vanglor explode, estremecido até seus contrafortes. Um feixe de chamas fuliginosas sobe até o zênite, atravessando as nuvens. O dr. Trifulgas é derrubado pelo estrondo.

Ele blasfema como um cristão, levanta-se, olha em redor.

A velha não está mais atrás dele. Sumiu em alguma fresta da terra ou foi levada no redemoinho de brumas?

Quanto ao cachorro, continua lá, sentado nas patas traseiras, de boca aberta, a lanterna apagada.

"Vamos em frente!", murmura o dr. Trifulgas.

Já recebeu seus cento e vinte *fretzers*. Como homem de bem, deve agora merecê-los.

VI.

Apenas um ponto luminoso, a cerca de meio *kertz*: o lampião do moribundo — talvez do morto. É sem dúvida a casa do padeiro. A velha a apontou com o dedo. Não há como errar.

Em meio aos *frumms* sibilantes, aos *flapps* crepitantes, na balbúrdia da borrasca, o dr. Trifulgas caminha a passo rápido.

À medida que ele avança, a casa vai se definindo melhor, isolada na charneca.

É curioso notar como ela se parece com a do doutor, com a Seis-Quatro de Luktrop. A mesma disposição das janelas na fachada, a mesma estreita porta em arco.

O dr. Trifulgas aperta a marcha tanto quanto a ventania lhe permite. A porta está entreaberta, basta empurrá-la. Ele a empurra, entra, e o vento a fecha atrás dele — bruscamente. Do lado de fora, o cachorro Hurzof uiva, calando-se a trechos, como os cantores entre os versículos de um salmo das Quarenta Horas.

Que estranho! É como se o dr. Trifulgas estivesse de volta à própria casa. Mas ele não se perdeu, não andou em círculo. Só pode estar em Val Karniu, não em Luktrop. E no entanto é o mesmo corredor baixo e abobadado, a mesma escada de caracol, empinada, com a madeira gasta pelo atrito das mãos.

Ele sobe. Chega ao andar de cima. Ao pé da porta, uma tênue linha de claridade, como na Seis-Quatro. Será uma alucinação? À luz vacilante, reconhece seu quarto, o divã amarelo à direita, o velho baú de pereira à esquerda, o cofre bem fornido onde pretendia depositar os cento e vinte *fretzers*. Ali está sua alta poltrona de couro, lá sua mesa de pés retorcidos, e em cima dela, junto ao lampião agonizante, seu códex, aberto na página 197.

"Que é que eu tenho?", murmura.

O que ele tem? Medo. Suas pupilas se dilataram. Seu corpo está contraído, entorpecido. Um suor frio gela sua pele, por onde sente correr rápidos arrepios.

Mas não demore! O óleo está no fim, a chama vai se extinguir — o moribundo também!

Sim, a cama está lá — sua cama com colunas e dossel, tão larga quanto comprida, fechada com sobrecéu estampado. É possível que esse seja o catre de um mísero padeiro?

Com mão trêmula, o dr. Trifulgas agarra as cortinas, e as abre, e olha.

O moribundo, com a cabeça fora das cobertas, está imóvel, como prestes a dar seu último alento. O doutor se inclina sobre ele...

Ah! Seu grito medonho é respondido, de fora, por um latido sinistro.

O moribundo não é o padeiro Vort Kartif... É o dr. Trifulgas!... É ele quem sofreu a congestão — ele mesmo! Uma apoplexia com acumulação de serosidade nas cavidades do cérebro, com paralisia corporal do lado oposto ao da lesão!

Sim, é ele! Foi por causa dele que vieram procurá-lo, que pagaram cento e vinte *fretzers*! Ele que, por dureza de coração, recusou-se a cuidar do padeiro pobre! Ele quem vai morrer!

O dr. Trifulgas entra em louco desespero. Sente-se perdido. Os acidentes aumentam de minuto em minuto. Agora não são apenas as funções ativas que cessaram, mas os movimentos do coração e da respiração. E no entanto ele ainda não perdeu por completo a consciência de si.

Que fazer? Reduzir a massa de sangue por meio de uma sangria? Será a morte do dr. Trifulgas, se hesitar...

Naquele tempo ainda se costumava sangrar os doentes, e, assim como agora, os médicos salvavam da apoplexia aqueles que não deviam morrer.

O dr. Trifulgas apanha a valise, tira uma lanceta, pica uma veia no braço do sósia: o sangue não vem a seu braço. Faz-lhe enérgicas massagens no peito: o movimento do seu se interrompe. Escalda-lhe os pés com pedras quentes: os dele esfriam.

Então o sósia ergue o tronco, se debate, solta um extremo estertor...

E o dr. Trifulgas, apesar de toda a inspiração da ciência, *morre em suas próprias mãos.*

Frumm!... Flapp!...

VII.

Na manhã seguinte, na casa do Seis-Quatro, encontraram apenas um cadáver — o do dr. Trifulgas. Puseram-no em um ataúde e o levaram com grande pompa ao cemitério de Luktrop, para onde ele mandara tantos outros — segundo a fórmula.

Quanto ao velho Hurzof, dizem que, depois daquele dia, corre pela charneca com sua lanterna acesa, uivando como cão perdido.

Não sei se isso é verdade, mas acontece tanta coisa estranha na Volsínia, mais exatamente nos arredores de Luktrop!

De resto, volto a dizer, não adianta procurar essa cidade no mapa. Os melhores geógrafos ainda não chegaram a um acordo quanto a sua latitude — nem sequer quanto a sua longitude.

Apresentação e tradução de Rubia Prates Goldoni

ACHIM VON ARNIM

Melück Maria Blainville, a profetisa particular da Arábia
Uma historieta

Achim von Arnim (1781-1831), poeta alemão, autor de uma profusão de dramas, novelas, contos, romances, além de colaborações jornalísticas, é, hoje, reputado como um dos maiores vultos do Romantismo alemão. Foi casado com a também poeta Bettina von Arnim, irmã de seu amigo Clemens Brentano e, junto com este, um dos expoentes do "Romantismo de Heidelberg".

Inserida numa coletânea de novelas publicadas em 1812, "Melück Maria Blainville" tem como cenário Toulon, Marselha, e os encantadores jardins provençais que Arnim conheceu em uma viagem pelo sul da França. O tema — o amor de um homem por duas mulheres — é recorrente em Arnim, mas o significado especial atribuído a este conto é o fato de o poeta ter conseguido evocar em poucas páginas o aspecto visionário e a realidade da Revolução Francesa. Descendente de antiga linhagem de nobres, o autor, jovem aristocrata esclarecido e sem preconceitos, a princípio apoiou esse que foi chamado de "o maior movimento popular dos nossos tempos", porém as posteriores destruições e a perversão dos ideais originais fizeram-no assumir uma posição radicalmente oposta, e o apaixonado protesto do personagem Melück contra uma razão que leva ao extermínio e ao terror sem dúvida espelha a opinião pessoal do poeta.

Assim como os demais contos contidos na coletâna, também este é marcado por uma historicidade fantástica. Esse aspecto particular em Arnim, qual seja, o da história idea-

lizada e transmutada em poesia, valeu-lhe críticas de alguns de seus contemporâneos, que o acusavam também de falta de gosto, abundância de colorido, descuido com o estilo e a linguagem. Sua predileção pelo sobrenatural, pelo fantástico, aqui é encarnada pela figura da árabe Melück, que, familiarizada com o mítico em decorrência de sua origem oriental, se defronta com o inusitadamente novo, a Revolução, cujo desfecho prediz numa grande e apocalíptica visão.

Embora incompreendido e pouco conhecido em sua época, Achim von Arnim teve seu valor reconhecido como um dos autores mais criativos e originais da Alemanha de seus dias. Em 1995 foi fundada a Associação Internacional Arnim, com sede em Erlangen.

> *O mais terrível é o que amamos.*
> *Ai, por que amamos o que é terrível!*
> Dolores II, 345

Na altura de Toulon um navio turco, que havia muito vinha sendo perseguido por uma galera maltesa, graças a um feliz pé de vento viu-se livre desse inimigo e foi impelido junto com ele, quase ao mesmo tempo, para dentro do porto. As encolerizadas tripulações de ambas as embarcações apenas embainharam suas espadas para se atacarem mutuamente com palavras as mais mordazes e contundentes. Cada lado parecia ter aprendido a língua do outro apenas o suficiente para poder escolher as mais injuriosas palavras de escárnio. Os jovens malteses esperavam encerrar sua viagem de experiência com essa captura; estavam mais do que fartos da vida no mar, mas também haviam prometido, por ocasião da partida, que não retornariam sem presa e sem prisioneiros. A presa, dessa vez, parecia ter-lhes escapado por milagre; um dos velhos marinheiros jurava que deveria estar a bordo um turco esconjurador de ventos. Os fidalgos se consideravam ofendidos em sua honra pelo acaso, que lhes havia arrebatado o navio, e resolveram, mesmo sem levar em conta o perigo de serem presos e submetidos a pena severa pela guarnição francesa do porto, decidir sua batalha pelas armas ainda na área pacífica do porto. Sem tê-lo combinado de fato, desembainharam suas espadas de novo e estavam justamente se preparando para abalroar o navio turco quando uma figura feminina esguia apareceu em seu convés, e lhes suplicou em francês que poupassem uma pobre alma desejosa de buscar a salvação no seio da Igreja cristã.

Os fidalgos, a maioria deles franceses, ficaram instantaneamente desarmados e apaziguados ao vê-la e ao ouvir o som de sua língua materna. Seu líder, Saint Luc, pediu-lhe que não se preocupasse, porque eles só costumavam lutar contra homens. Ao seu comando, seu navio se deslocou a uma distância suficiente para não oferecer perigo e houve entendimentos com o capitão turco, servindo a pacificadora de intérprete. Finalmente, os malteses trocaram alguns livros edificantes por figos secos, tâmaras e essência de rosas levantinos. Saint Luc, ao partir, fez uma espécie de declaração de amor à bela desconhecida, ao lamentar sua sina de não poder pertencer-lhe e nem conquistá-la, e a seguir, conforme havia prometido, após rápido relatório ao superintendente francês do porto, sem ter estado em terra, deixou essa região paradisíaca que se lhe havia anunciado através do mais delicioso perfume das flores dos laranjais, vindo das ilhas. Para ele, era mais do que o paraíso a que faz jus todo devoto: era sua pátria, que não via tinha dez anos. Partiu no veleiro com o coração pesado.

O capitão turco atracou na doca da quarentena. O boato em torno da desconhecida que tão decidida e prudentemente enfrentara uma grande desgraça espalhou-se rápido pela cidade, e todos estavam curiosos para vê-la, todos aguardavam inquietos o término da quarentena. A forasteira, no entanto, com a intermediação do superintendente, frustrou a expectativa geral ao deixar a cidade um dia antes do fim desse período, sozinha, numa carruagem fechada, sem revelar a ninguém sua destinação.

Somente dois meses mais tarde, ao ser batizada com muita solenidade na igreja matriz de Marselha, em meio a uma irrefreável multidão de populares, recebendo o nome de Melück Maria Blainville, o primeiro deles lembrando sua pátria árabe, o segundo em homenagem à santa Mãe de Deus, a quem devia consagrar-se diariamente através de preces, e o terceiro de seu confessor, a quem jamais teria como agradecer o suficiente por seus esforços cristãos; apenas então foi reconhecida pelo primeiro de seus nomes por um morador de Toulon, que presenciara no porto os acontecimentos descritos acima. Logo em seguida, após a cerimônia, dirigiu-se a um convento de freiras de Santa Clara, conforme tinha anunciado antes, de livre e espontânea vontade, ao seu confessor, depositando ali uma respeitável soma de dinheiro, e iniciou seu ano de noviciado em grande silêncio e profunda solenidade. O relato do cidadão de Toulon, porém, mais do que a cerimônia, havia voltado toda a atenção das altas-rodas ociosas sobre ela. Os homens se desesperavam por serem impedidos de falar-lhe devido à imposição monástica; as mulheres, que sabiam como conseguir acesso a ela, exultavam em vista do grande, maravilhoso caráter feminino, da amabilidade dessa árabe que parecia reunir em si todos os predicados de ambos os sexos. Não tardou, contudo, para a maioria se sentir um pouco melindrada pelo fato de não conseguir arrancar nada a respeito da história pregressa daquela moça, que já não parecia tão jovem assim, o que, entretanto, não era fácil constatar devido à sua cor morena. A única informação que tinham era a de que havia nascido na feliz Arábia* e fora obrigada a fugir para Esmirna, onde conhecera língua e costumes europeus e a religião cristã nas casas de conceituados comerciantes. A maneira inteligente, tendendo mais para uma profunda seriedade do que para gracejos — em contraste com a frivolidade leviana prevalecente na época —, como captava e se informava a respeito das novas condições do país que agora adotara como seu, cada vez aumentava mais o desejo das mulheres de visitá-la. Comentavam-se muitos de seus ditos significativos e sua natureza exótica certamente fazia as pessoas atribuírem a muitas coisas um significado que ela própria não lhes havia emprestado. Desde que não seja vaidosa, é fácil para uma estrangeira gentil agradar; e ela agradava a todos, porém, dentre todos, uma velha e respeitada atriz, Banal, se apegara a ela e a idolatrava.

A cidade inteira se surpreendeu quando Melück desistiu do convento antes de terminar o seu ano de noviciado, deixando, no entanto, seu dinheiro como presente, e se mudou para a casa dessa amiga idosa para receber aulas de arte dramática. Muita gente rotulou sua devoção e seu batismo de primeiro papel e, tinham de convir, essa estreia fora um sucesso. Outros a desculpavam em vista do prazer que dela esperavam e porque o seu caso lhes proporcionava uma oportunidade para ridicularizar os carolas. A questão se ela realmente tinha talento para a nova arte só passou a ser discutida quando ela encantou o grupo dos velhos e exigentes amigos de Banal, com uma demonstração na área da alta tragédia, e os entendidos louvaram seu talento extraordinário. Essa reputação fez com que sua presença passasse a ser requisitada nos melhores círculos sociais. As demonstra-

---

* *Arabia felix*, designação de uma região localizada na costa sudoeste da Arábia, correspondente ao atual Iêmen. (N. T.)

ções que ali oferecia de sua arte granjeavam-lhe a simpatia de todos com a mesma rapidez que sua amabilidade transformava essa simpatia em algo mais elevado. Procuravam animá-la com presentes, que ela aceitava com gentileza, mas oportunamente retribuía com algo de valor maior, de forma que todos podiam concluir que ela não havia se dedicado à sua arte para ter uma fonte de renda e, em consequência, muito menos haveria de conceder seus favores por dinheiro — uma raridade em sua nova profissão.

Mas, pouco depois, realizou ainda outro milagre. Assim como a princípio surpreendera pelo seu modo exótico de ser, logo demonstrou muita inclinação para o decoro social. Todo o seu ser assimilou os costumes das classes em cujo meio vivia. Renunciou àquela espontaneidade e informalidade que entre nós são próprias e permitidas só às classes inferiores, limitando suas observações à capacidade de compreensão geral, e tudo isso aparentemente sem esforço, com uma facilidade para adaptar-se e uma sensibilidade inatas. Agora já não era apenas a novidade estimulante representada por uma árabe, uma atriz da alta sociedade que atraía tantos jovens, a princípio apenas curiosos. A reputação de ser uma mulher de moral ilibada aumentava a quantidade de seus admiradores, pois cada novo pretendente acreditava que o número crescente de rejeitados só faria aumentar o brilho de sua almejada conquista, até ele próprio passar a fazer parte do grupo de tranquilos admiradores, dispostos a aguardar pacientemente a realização de seu desejo. Esse objetivo comum levou vários deles a se tornarem mais íntimos e, juntos, tentarem averiguar se essa resistência devia ser atribuída à castidade, astúcia ou saciedade. A maioria optava pela última, em parte porque sua aparência sugeria mais uma mulher inteligente do que uma menina inexperiente. Também deduziam, a partir do pouco que se conhecia de sua história, de sua docilidade e desenvoltura, que ela não estivera confinada aos limites da vida tradicional das mulheres orientais. As almas depravadas procuravam, segundo lhes é próprio, algum motivo imoral para explicar a aversão dela ao vício, e tentavam disseminar toda espécie de boatos nesse sentido. Mas esses esforços eram inócuos diante da dignidade de sua conduta.

Saint Luc, a quem deixamos contrariado por não ter podido conquistá-la no mar, nesse ínterim havia concluído sua viagem com sucesso, capturando um navio argelino com carga valiosa. Retornava agora à França, sua pátria, como um respeitado fidalgo. O desejo veemente de repetir aquele breve encontro de excelentes instantes levou-o a Melück. Ela o fascinou e, ao saber de seus amigos da dificuldade em possuí-la, jurou-lhes solenemente que ele haveria de conquistá-la em terra a qualquer custo, uma vez que no mar ela lhe havia sido arrebatada por um acaso tão estranho. Mais tarde, ao ser rechaçado em suas usuais tentativas movidas a intriga, seus amigos zombavam dele lembrando o juramento. Leviano e maldoso o suficiente para não desprezar nenhum meio, ele organizou um piquenique, durante o qual tentou deixá-la inconsciente, misturando opiatos numa bebida. Melück, entretanto, sem que alguém a tivesse prevenido, teve a esperteza ou o acaso a seu favor, e trocou os copos sem ser percebida, de modo que Saint Luc, para gáudio de todos, teve de deixar o grupo carregado e depois disso não ousou mais mostrar-se em Marselha, de tão envergonhado. Mais adiante voltaremos a encontrá-lo em circunstâncias muito mais horríveis.

Ser objeto de tanta amabilidade e obséquios como era Melück não deixa de ser lisonjeiro, mas acaba entediando o lisonjeado, enquanto os rejeitados sempre se consolam e se divertem com o destino idêntico dos outros. Muitas vezes Melück, quando no círculo de seus admiradores, ansiava por estar em casa e, sob o pretexto da apresentação pública no próximo inverno, retirava-se de muitas das reuniões. Essas retiradas tornavam-na ainda mais interessante; passou a ser o centro de toda a vida social.

Cerca de dois meses antes de sua estreia, o conde Saintree chegou a Marselha em busca de distração, após ter sido banido da corte por causa de um envolvimento amoroso. Era conhecido como o homem mais charmoso das altas-rodas, mas o seu gênio raras vezes o deixava inclinado a colher todas as vantagens dessa boa reputação. Quando entretinha as mulheres que o assediavam em Marselha, nada o fazia discorrer mais detalhada, mais fogosa e mais arrebatadoramente do que quando se referia à sua amada Mathilde. Trajava sempre o mesmo paletó de seda azul que usava quando se despediu dela; as lágrimas da amada haviam caído sobre o lado esquerdo de seu peito, fato que confidenciara a uma parenta e que logo passou a ser do conhecimento de todos.

Melück foi convidada a uma festa para conhecê-lo. Soubera, por várias mulheres, dele e de sua paixão, do estranho apego ao paletó e parecia desejosa de merecer sua atenção, pois, contrariando seu hábito, bastou um delicado pedido, um leve aceno da parte dele para persuadi-la a recitar com seu ardor oriental alguns dos trechos mais apaixonantes de *Fedra*. Jamais havia declamado tão bem. Todos fitavam o conde com um olhar de satisfação, indagador, como se quisessem dizer: "O senhor esperava encontrar um talento como esse na província?". O conde, porém, distraído, com o pensamento voltado para sua Mathilde, a quem certa vez acompanhara após uma apresentação dessa peça no teatro, não conseguiu apreciar a excelência particular de sua atuação. Notou apenas algumas falhas e, em vez do entusiasmo que todos dele esperavam, mostrou apenas uma polidez vaga. Mais tarde chamou-lhe a atenção para algumas passagens em que ela falhara e pediu que as repetisse, tudo, no entanto, dito num tom delicadamente civilizado, que de forma alguma poderia ofender.

Por certo era algo incomum para ela estar diante de um homem jovem como se estivesse diante de um professor. Ela quis gracejar, mas ele não a liberou tão facilmente, recitando ele mesmo as passagens com tanta emoção, com uma segurança e com uma voz tão harmoniosa que ela teve de reconhecer sua superioridade e pedir que, durante a sua permanência, não lhe negasse o favor de lhe comunicar seu parecer com frequência. Todo o seu ser parecia transformar-se durante esse diálogo. Em lugar de sua habitual segurança, escolhia as palavras ansiosamente e escutava com atenção cada uma de suas observações, não o contradizendo nem mesmo quando antes ele havia assegurado o contrário. Ao se despedirem, lamentou que o tempo tivesse passado tão rápido, ainda que fosse a última mulher a ir embora. Seus admiradores ficaram na festa conversando a respeito dela e, em vez de invejarem o conde, se regozijavam por ter a França enfim produzido um homem capaz de domar aquela orgulhosa oriental.

No dia seguinte, Saintree foi visitar Melück em sua casa ricamente mobiliada. Ela falava com muito carinho, levando a conversa para a felicidade proporcionada pelo afeto, o que o fez contar-lhe onde e quando havia visto sua Mathilde pela primeira e última vez, levando aos lábios, com dificuldade, a parte do paletó que absorvera as lágrimas de Mathilde, esquecendo tudo ao redor, mesmo aquele tipo de prudência que qualquer amor exige, mas raramente intui. Aos poucos, porém, Melück conduziu a conversa para algo que a interessava mais, ou seja, a arte. Quis saber a maneira como as mais famosas atrizes parisienses costumavam usar e movimentar seus mantos. Saintree explicou-lhe tudo em termos gerais. Mas Melück revelava uma ignorância tão enorme do assunto que ele, tomado de entusiasmo, se esmerou em demonstrar-lhe cada posição, movimento, e a variação dos grandes drapeados, valendo-se de um manto vermelho, antigo, que encontrou na sala. O dia, entretanto, estava excepcionalmente quente e seu paletó preferido, justo demais. Sentiu-se tolhido em seus movimentos e explicou o motivo. Ela então solicitou que tirasse o paletó, afinal ninguém haveria de vê-lo. Após diversos pedidos de desculpas, ele aceitou sua permissão. Na sala havia um grande manequim articulado, daqueles que na época eram frequentemente usados para drapear os tecidos, mais ou menos como os pintores os usavam como substitutos para modelos vivos. O conde, frívolo por natureza, e atrevido em consequência da liberdade não habitual, pediu, gracejando, licença para vestir seu paletó no manequim, para que ele próprio, dentro dele, tivesse que se temer como severo crítico de seus posicionamentos. Brincando, Melück advertiu-o que tivesse cuidado para que a estátua não viesse a adquirir vida por meio do misterioso paletó. Vestiu o paletó no manequim sem maiores cerimônias, também colocou seu chapéu na cabeça dele da maneira como costumava usá-lo e, a título de prêmio, passou-lhe às mãos uma grinalda de flores de romã que se achava sobre a mesinha de Melück. A seguir, vestiu ele próprio o manto vermelho com bordados dourados e, tendo se virado para o manequim, declamou as últimas falas de *Fedra* no final do quarto ato, que terminam com os dois versos:

Détestables flatteurs, présent le plus funeste,
Que puisse faire aux rois la colère céleste.

A essas últimas palavras, que o conde havia pronunciado com um impetuoso gesto final, o manequim bateu audivelmente as mãos por três vezes, jogou a grinalda sobre a cabeça do estupefato conde e depois cruzou ambos os braços sobre o peito, como alguém cujo coração está bastante emocionado, mas quer dar a impressão de ser um espectador tranquilo. No primeiro momento o conde se assustou, porém, mais do que experiente na imprescindível arte de dissimular, o susto manifestou-se apenas num olhar, então partiu para um gracejo, dizendo estar certo de que Melück havia provocado o movimento por meio de um mecanismo artificial. Ela, no entanto, parecia quase desmaiar do susto que esse acontecimento lhe causara e assegurou não conhecer nenhum mecanismo do manequim. Curioso, o conde se dispôs a investigar a brincadeira, examinou o pedestal sobre o qual o manequim descansava, ergueu-o e em parte alguma podia-se ver uma conexão. Tentou despi-lo para examiná-lo mais de perto, mas, embora dotado de grande força, não lhe foi possível erguer e afastar os braços firmemente cruzados. Era como se o manequim tivesse passado de um estado de mobilidade — em que vivera longo tempo — para um de repouso imutável.

A conversa em torno do assunto durou até a hora do jantar. O decoro mandava que o conde se aprestasse para partir. Para restituir-lhe o paletó, Melück quis desmanchar as costuras. Mas como poderia ele aparecer na rua com um paletó descosido? E para refazer as costuras não havia tempo. Mandar buscar um outro paletó teria chamado a atenção para o acontecido, coisa que ambos, em vista dos prováveis mal-entendidos, queriam manter em segredo de toda a cidade. Diante dessa situação embaraçosa, Melück solicitou ao conde que se escondesse em seu gabinete — o manequim vestido foi ocultado num nicho, atrás de uma cortina — e ofereceu abastecê-lo fartamente com comida até ele poder regressar para casa encoberto pela noite e inventar alguma aventura ridícula que explicasse a falta do paletó. O conde ficou bastante grato por essa solução, pois lhe parecera insuportável tornar-se objeto de boatos fantásticos numa cidade estranha, boatos que poderiam facilmente chegar aos ouvidos de sua Mathilde. Beijou a mão de sua protetora, concordando em ser seu prisioneiro por esse dia e foi conduzido por ela a uma deslumbrante saleta contígua. Tinham dali uma vista encantadora dos jardins da cidade. Mas um jardim mais próximo, defronte à janela e nos recessos da sala, exalava um perfume de primavera oriental para todos os sentidos. O fundo da sala consistia em rosas pintadas sobre ouro. Tapetes esplendorosos cobriam o soalho, exceto onde havia almofadões coloridos da mais macia lã. Suaves carrilhões tocavam agradáveis acordes, acionados por pássaros quando estes voavam à procura do alimento escondido no meio deles. Incontáveis peixes dourados brincavam num aquário de cristal e vinham à tona para receber alimento largado por canários amestrados que, como se fossem seres humanos, pareciam sentir particular prazer em compartilhar sua abundância com as graciosas criaturas de outros elementos. O conde ficou encantado com os animaizinhos. Pensou estar ainda a observá-los, quando na verdade havia muito vinha olhando somente para o rosto de Melück, que aparecia de modo tão magnífico refletido na superfície da água. Ele se sentia maravilhosamente bem: nesse momento, Mathilde estava esquecida por completo, ele transbordava de felicidade pelo fato de o acaso ter lhe concedido uma amiga tão encantadora. A intimidade se desenvolve rápido; segredos geram confiança; o excepcional conduz ao proibido. Sentia-se tão leve com a falta do traje: a falta de moralidade não poderia deixá-lo mais leve ainda? A sala era tão perfumada, florida, delicada e, nas mãos de Melück, seu coração brando se derretia como delicioso bálsamo; tudo o impelia ao prazer e Melück não lhe negou nada.

Deixou a casa visto apenas por Melück, que o levou até a porta quando o primeiro clarear do céu quase o obrigou a passar mais um dia na doce prisão. Refletindo agora pela primeira vez a uma certa distância, não sabia dizer o que havia acontecido com ele. Sua Mathilde apareceu à frente como se estivesse presente, e em pensamentos suspirou-lhe: meu amor, poderás perdoar-me? Depois, levando a mão à cabeça, bateu na grinalda de romãs. Envergonhado, tirou-a e constatou que o calor de sua testa a fizera murchar rapidamente. Mas não conseguiu jogá-la fora, e embolsou-a. Sentia frio. Voltou para casa por desvios e, enquanto se deixava despir por seu camareiro, contou-lhe uma aventura inventada a respeito de como fora atacado por três homens armados e tivera de largar seu paletó para escapar são e salvo saltando por uma janela.

Depois de refazer-se com um bom sono, voltou a sentir algum remorso por ter sido infiel, mas logo encontrou uma teoria reconfortante. Segundo ele, todo mundo era possuído por dois tipos de amor; ele achava que poderia entregar-se à mulher árabe no sentido inferior, sem prejuízo para o superior, contanto que Mathilde não ficasse sabendo de nada, e isso passou a ser sua única preocupação. Não se sabe se Melück tinha consciência dessa postura. Até sua inteligência se enganava no amor e sua imaginação estendeu a uma eternidade esse relacionamento que durante pouco menos de um mês lhe havia proporcionado apenas algumas horas de felicidade, torturando-a nas demais. Ela ainda vivia nessa expectativa sempre verde, mesmo quando toda a folhagem ao seu redor já havia caído.

O caso continuou em segredo e, para o conde, satisfatório, durante quase um mês, quando chegou a notícia da sua amada Mathilde de que o rei, finalmente, havia cedido aos rogos de seu tio e consentira em seu casamento com Saintree, com a condição de se manterem afastados da corte. Ela perguntou se ele estava preparado para esse sacrifício e para renunciar ao ambiente de fausto de sua vida anterior, pedindo-lhe que examinasse com seriedade seus sentimentos, para estar inteiramente seguro de si quando ela e os pais chegassem à região de Marselha, onde suas esperanças mais acalentadas e suas apreensões mais profundas seriam decididas. O conde não teve tempo para dúvidas ou perguntas, sua resposta foi um brado de júbilo. Tudo o que almejara parecia cumprir-se e, quando à noite novamente se recostou nas almofadas macias com a sua namorada árabe, sentiu uma insatisfação, uma intranquilidade, como se estivesse presa uma mosca que, a cada pressão, manifestava sua contrariedade com zumbidos. Também Melück percebeu essa insatisfação e, procurando aplacá-la, ofereceu-se-lhe com paixão impetuosa, mas isso só o oprimiu ainda mais, pois deixava clara a diferença em relação à suave Mathilde, que sempre sabia dar mais ao recusar tudo. Saintree então procurou terminar o caso com Melück o mais rápido possível. O primeiro pretexto foi perguntar pelo paletó que havia deixado para trás naquela ocasião, e ela lhe assegurou tê-lo queimado por medida de precaução, para não comprometê-lo. Ele se encolerizou e queixou-se de sua crueldade, de ser capaz de sacrificar lágrimas amadas de tal maneira, e passou a manifestar sua paixão por Mathilde tão escancaradamente que Melück se retraiu, quase paralisada de desespero.

O conde foi embora, acreditando para sempre separado dela. Tanto maior foi o seu desconforto quando, na manhã seguinte, recebeu uma carta muito carinhosa dela, reconhecendo seu erro ao tomar aquela precaução e suplicando que não a privasse de seu afeto, mesmo que repartido com Mathilde, pois sem ele simplesmente não poderia viver. Viu então que todos os métodos que muitas vezes havia usado antes para terminar relacionamentos com as francesas não se aplicavam àquela criatura particular, que, não obstante sentisse profundamente cada insulto e desconsideração, não revidava com rebeldia, mas procurava superá-los com redobrado carinho. Assim, depois de responder com frieza à sua carta, afastou-se por completo: era fácil fazê-lo.

Cartas importunavam-no quase de hora em hora. Não tardou que nem as respondesse mais. Casualmente encontrou-a numa reunião social onde ela o esperava, mas não ele a ela. Incapaz de refrear-se, ela o censurou na frente de todos os presentes. O amor dele por ela era tão menos forte do que o dela por ele, que não era de admirar que nessa contenda ele parecesse ser-lhe superior. Sua atitude de abandoná-la parecia uma vitória da virtude e, a partir dali, o comportamento dela passou a ser suspeito. Agora ela procurava companhia, mas não era mais aceita em muitas casas que antes se consideravam lisonjeadas com sua presença. Com o orgulho ferido, logo passou a evitar todas as reuniões sociais.

O conde não estava menos inquieto, em parte pelos vestígios de sua afeição, que vez por outra o admoestava, e em parte devido à preocupação de que seu relacionamento com ela agora se tornara público na cidade e poderia ser relatado à sua Mathilde. Para esquivar-se de outras cenas com Melück, foi para o campo, onde encontrou sua Mathilde graças a um feliz acaso. Quanta alegria traz um reencontro naqueles anos em que cada dia torna a amada mais linda, mais perfeita. Os contratempos haviam amadurecido as intenções de ambos e quase não foi necessário um empurrão de alguns assuntos familiares para acelerar seu casamento, que foi celebrado numa grande festa campestre, durante a qual foram escolhidas entre os súditos doze moças pobres que receberam simultaneamente um enxoval. Como Mathilde estava festiva naquele dia, como ficou linda com o simples adorno da grinalda! A seu pedido, o conde teve de vestir o mesmo paletó de seda azul que usara na despedida e que ele, por precaução, havia substituído por um outro da mesma cor. Todos concordavam ser essa uma ocasião feliz por unir dois seres tão especiais. Poucos dias depois de seu casamento, o conde viajou com sua jovem esposa a Marselha, para onde sua curiosidade juvenil a atraía. Além do desejo de conhecer a grande cidade, certamente também nutria uma secreta vaidade por poder mostrar-se ao lado do magnífico homem a quem agora estava unida. Ele estava demasiado feliz para temer os relacionamentos passados; confiava que Melück tivesse o bom senso de não causar maiores transtornos para si própria e para ele; até não deu importância quando o primeiro conhecido que encontrou lhe disse que Melück iria apresentar-se pela primeira vez no papel de Fedra na noite do dia de sua chegada.

Quando, porém, aquele linguarudo, no intento de impressionar Mathilde com a glória fútil que o conde colhera ao conquistar uma criatura tão pouco acessível, comentou gracejando a paixão que Melück nutria pelo conde e a maneira como este a rejeitara publicamente por amor a Mathilde, o conde enrubesceu tanto e, apesar de sua experiência mundana, ficou tão fora de si, que Mathilde tremeu e ardeu de ciúme. O amigo não percebeu nada disso e continuou tagarelando, dizendo que a cidade estava dividida em duas facções e que a maioria tomava partido de Torcy, que até então representara o papel de Fedra, porque Melück antes a ofendera e, enfim, tinha contra ela as fofocas do povo, também por causa de seu relacionamento com o conde, e ele tinha certeza de que ela seria impiedosamente vaiada.

Mathilde mal pôde esperar a hora de estar a sós com seu marido. Fez-lhe as mais veementes censuras por ter ocultado apenas dela essa singular paixão de uma mulher por ele — quando todo mundo sabia do caso. Só podia concluir que ela era correspondida. Ele respondeu com muitas juras de fidelidade; não era a primeira vez que prestava falso juramento em questões amorosas, mas dessa vez sentia remorso, e as palavras não saíam com facilidade. A condessa enfim disse que estaria disposta a acreditar nele sob a condição de ele tomar o partido de Torcy e participar das vaias. Saintree prometeu-o sem demora, pois conhecendo ambas as atrizes achava impossível que alguém ousasse preterir a maravilhosamente talentosa Melück em favor da árida e estridente Torcy. Isso deixou a condessa apaziguada.

O teatro ficou lotado já bem cedo naquela noite, até os que não tomaram partido compareceram, mais para assistir à batalha do que à atriz. Cada um dos partidos procurou uma posição vantajosa para fazer ouvir e sentir sua opinião. Todos aguardavam ansiosamente a primeira oportunidade para expressar seu parecer. Nenhum dos dois queria julgar sem motivo, mas cada um esperava por um ensejo acatado pela maioria. As duas primeiras cenas foram ouvidas com alguma inquietação, pois vários espectadores ainda mudaram de lugar aos empurrões. Então entrou Fedra — silêncio geral; mas qual não foi o susto dos amigos de Melück quando ela disse as primeiras palavras: "N'allons plus avant..." não com a languidez que segue a uma grande paixão — que em geral sabia representar tão primorosamente —, mas com violência, como que possuída por um mau espírito, enquanto corria o olhar por todo o teatro, como se tivesse esquecido as suas falas e procurasse encontrá-las nos lábios dos espectadores, a maioria dos quais, é claro, sabia a passagem de cor e a recitava em voz baixa. Nessa agitação declamou uma série de versos, até que avistou o conde em um dos camarotes, de cuja chegada soubera justamente por meio do amigo tagarela. Continuou então, os olhos fixos no conde, ora com suavidade, ora com veemência, como se um furacão soprasse diante de sua boca, desviando arbitrariamente suas palavras. E assim chegou às palavras: "tout m'affige et me nuit, et conspire à me nuire". Nesse ponto a facção antagônica não se conteve mais: risadas e assobios uniram todos contra ela ao mesmo tempo, e até seus melhores amigos tinham de concordar tacitamente que a péssima acolhida fora bem merecida. O conde ficou num doloroso constrangimento. Melück o fitava com uma atenção assustadora e sua esposa, com feroz ciúme, lembrou-o no meio da confusão que se instalava de sua promessa de participar dos apupos quando Melück fosse vaiada. Foi obrigado a cumpri-la, nada lhe significava mais do que a sua honra, e assim, no mais profundo desespero, vaiou a sua ex-amada. Melück notou-o no mesmo instante e fitou-o de tal forma que ele perdeu a visão durante alguns momentos e caiu no chão numa convulsão. Nesse ínterim Melück deixou o palco empertigada e calmamente. A irritação da multidão fora apaziguada. Todos olhavam para o camarote do conde, onde se falava em voz muito alta e se via uma mulher (era a condessa que encarava seu marido) que, em desacordo com os costumes do lugar, lhes voltava as costas. A seguir, violentas batidas e gritos. Felizmente, o conde nada ouviu, a honra ultrajada de sua esposa o teria incitado às maiores loucuras. Quando os vizinhos a alertaram de que ela era o objeto desse tumulto, ficou pálida e, sem pronunciar palavra, foi para casa com o conde, que se recuperara um pouco.

Quanto essa casa mudara em poucas horas! Ela não podia negar que o conde traíra seu amor, e, em vez da honra que seu aparecimento com ele deveria ter-lhe proporcionado, sofrera um insulto público que ninguém podia desagravar. Mas havia uma preocupação ainda maior que se sobrepunha a essas duas. O mal-estar do conde não era apenas momentâneo, sua febre persistia e, poucos dias mais tarde, manifestou sua particularidade. O conde se queixava de uma dor no coração, inexplicável para todos os médicos, que o fez perder todo o interesse em ocupar-se ou divertir-se. Emagrecia tão rapidamente que, meio ano depois de esse mal-estar passar a consumi-lo, também sua esposa ficou adoentada de desgosto, diante da ameaça de sua iminente perda.

Certa noite, quando estavam sentados juntos, absortos em pensamentos dolorosos com os quais um não queria sobrecarregar o outro, o dr. Frenel, um estimado ex-colega de escola do conde, que passara muitos anos no Oriente em viagem de estudos, entrou na sala. Os dois amigos se cumprimentaram com mais tristeza do que alegria. Juntos, haviam encetado com tantas esperanças uma vida que agora parecia permitir ao conde somente mais alguns passos. Frenel, como profissional experiente, perguntou a respeito de todas as circunstâncias da doença, finalmente levantou-se de um salto e exclamou: "Amigo, você caiu nas mãos de uma feiticeira devoradora de corações. Talvez você ainda possa ser salvo". O conde já havia ouvido falar em mágoa que devora corações, mas nunca em feiticeira devoradora de corações. Achou que seu amigo, a exemplo de muitos viajantes, estava imaginando uma série de esquisitices, mesmo porque era contra o espírito daquela época levar a sério esse tipo de coisa, embora o doutor lhe jurasse que tal arte era frequentemente praticada no Oriente para vingar-se de uma infidelidade, mas para tanto era necessário possuir uma prenda que pertencesse à pessoa com quem o infiel se envolvera e por causa de quem estava sendo perseguido. Foi aí que o conde estacou e confiou à sua esposa o que até então ainda lhe ocultara: a perda do paletó que suas lágrimas haviam consagrado e tudo o que aconteceu na ocasião. Sua esposa suspirou, mas seu amigo levantou-se de um salto e disse: "Meu amigo, você está salvo se o seu sentimento em relação a sua esposa agora é sincero. Você recuperará a saúde, mesmo que a feiticeira morra de raiva. Vou cantar-lhe uma canção que fará todos os seus ossos estalarem ao ritmo". Ergueu-se de um salto, deixando seus estupefatos amigos a ver navios.

No Oriente, Frenel, movido por interesse científico, de fato havia procurado e estudado todas as artes secretas, assim como as publicamente conhecidas, tais como o maravilhoso tingimento da lã e o preparo de esplêndidos perfumes, que, no entanto, são mantidos em segredo. Escreveu uma carta engenhosa a Melück, que desde a sua infeliz estreia não recebia visitas e passava o tempo decorando sua casa com muito luxo.

Foi convidado a entrar de imediato; ela o reconheceu como um mestre em muitas artes. Quando se aproximou dela, achou-a num terrível abatimento, nada parecia excitá-la mais do que o desejo de pesquisar os grandes mistérios. Ela o indagou a respeito de unguentos capazes de produzir transformações. Frenel demonstrou-lhe o poder de um unguento que trazia consigo numa lagarta que subia casualmente numa romeira: em cinco minutos a lagarta se transformou numa borboleta, a fase de crisálida durou menos de um minuto, durante o restante do tempo a pupa permaneceu num movimento luminoso, até que a borboleta colorida finalmente saiu voando jubilosa e pousou na cabeça de Melück, batendo as asas dum colorido tão deslumbrante que pareciam feitas de joias. Mas, no mesmo instante, um ciumento canário de Melück, que estivera sentado no peito dela, apoderou-se do pequeno milagre e o destruiu. Frenel aborreceu-se com isso e, como ela estivesse fazendo pouco-caso de suas habilidades, desafiou-a a reproduzir uma das que ele sabia fazer. Com aparente impetuosidade, arrancou uma romã da árvore, colocou-a sobre a mesa e perguntou a Melück em tom irônico se ela se julgava capaz de remover o miolo daquela romã sem machucar a casca. Sacudindo a cabeça, ela o olhou desdenhosa. A seguir lançou um olhar lacerante sobre a romã, e a entregou a ele, com a casca ilesa. Ele cortou a fruta, constatou que o miolo fora removido, e disse: "Muito bem, quem souber colocá-lo de volta, sabe ainda mais". Ela tirou da boca uma semente da romã, deitou-a na casca vazia, pressionou-a contra o coração e, em poucos minutos, a fruta estava recomposta. Por aí vemos que Frenel atingira seu objetivo. Agora ele sabia o que ela era capaz de fazer. Com o semblante e a voz alterados, gritou-lhe então com violência: "Já para dentro da água, para dentro da água com você, feiticeira! Os oficiais de justiça já estão à sua porta! Então, você foi pega! Já para dentro da água, para dentro da água com você!". Ela ficou pálida, mas ameaçou. Seus pássaros gritavam terrivelmente por toda a sala. Os músculos de sua face se contorceram como fogos de artifício chineses em todas as cores. Frenel, porém, teve o cuidado de não olhar nos olhos de Melück. Quando ela percebeu que suas ameaças não faziam efeito, passou para as súplicas. Frenel permaneceu frio e firme diante dela. Por fim, declarou-se disposto a liberá-la, contanto que restituísse o coração de seu amigo, que ela havia removido usando a prenda — o paletó — e seu olhar aterrorizante. Caso contrário, sua vida seria o preço a ser pago. Ao lhe contar o sofrimento de seu amigo, Melück se desfez em lágrimas, perguntando por que ele próprio não a havia procurado mais cedo. Agora, ela temia ser tarde demais para salvar-lhe a vida. Disse ainda que a cada dia esperava pela notícia de sua morte para libertar-se dessa vida que ele destruíra. "Oh", exclamou ela, "certamente é tarde demais. Na minha mágoa, na minha impaciência, roí demais o coração dele, mas ainda tenho esperança de poder reconstituí-lo dentro de seu corpo!"

A essas palavras, ela afastou uma cortina e Frenel viu, espantado, o manequim, cujo rosto modelado pelo talento de Melück era uma cópia fiel do conde, tanto na forma como na cor, tal como ele se lhe apresentara em dias mais felizes. A imagem ostentava o paletó marcado pelas lágrimas, os braços ainda cruzados com firmeza. Uma leve pressão de Melück soltou os braços da estátua. Rapidamente ela removeu o paletó, olhou para dentro de uma cavidade escura na altura do coração e, com um olhar preocupado, disse: "Vá ligeiro, Frenel, porque dentro de uma hora será tarde demais; ele está vivendo apenas com as últimas fibras de seu coração. Vista depressa em seu amigo este paletó abençoado pelas lágrimas. Nem de noite, nem de dia deve ele deixar de usá-lo, até que esteja totalmente recuperado. Mas o coração ele não receberá de volta, exceto se eu estiver com ele, pois está dentro de mim. Diga-lhe que me tornou infeliz, e que tudo o que quero é estar sempre perto dele. Sua esposa poderá usufruir de sua existência cósmica, mas seu coração está dentro de mim, sem mim ele não poderá viver, e ele só viverá enquanto eu viver!".

Frenel acreditou nas palavras dela o quanto lhe aprouve, mas saiu às pressas mesmo assim para levar o paletó ao amigo, que, ao dar com os olhos nesse símbolo dado como perdido, de um amor bom e tranquilo, foi percorrido por um raio de esperança. Tomado de alegria, vestiu-o imediatamente, mas levou um susto ao ver como caía solto em torno de seu corpo exaurido, quando em geral lhe ficava justo. Contudo, a cada hora que o usava, recobrava a saúde; sem que Frenel o tivesse instruído, não queria tirá-lo nem de dia nem de noite. Mathilde o tolerava, porque vinha ao encontro de suas próprias inclinações. Saintree, poucas semanas mais tarde, estava tão bem recuperado que voltara a preencher o paletó, mas lhe faltava o coração interior, vital, nada brotava de dentro dele, que afirmava até sentir um vazio no local onde outrora batia seu possante coração.

Finalmente, depois de o conde ter vivido como um fardo para si mesmo durante um mês, Frenel revelou a ele e à condessa o que Melück havia lhe dito, e pediu a ambos que trouxessem para dentro de sua casa a infeliz poderosa, de quem dependia o destino deles. Saintree deixou a decisão a sua Mathilde, cuja generosidade dirimiu essa nobre dúvida em seguida. Ela própria foi procurar Melück e pediu-lhe que considerasse como sua a casa dos condes e viesse morar com eles para sempre, como a parente mais próxima de seu marido, de quem sua vida estava dependendo. Melück observou com surpreendente benevolência os traços bem delineados e suaves da condessa enquanto ela falava. A nobreza desse amor, capaz até de superar o ciúme, e ademais a genuína afeição que sentiu pela encantadora condessa a entusiasmaram. Sua decisão estava tomada: embarcou em sua carruagem e ambas entraram juntas no aposento do conde. Este estava absorto, lendo um livro. Deu um grito ao vê-las e no mesmo instante o vazio de seu coração lhe pareceu preenchido. O mundo parecia-lhe jovem e o satisfazia, seu entusiasmo juvenil, sua mente voltaram à vida. Estava reconciliado com o destino, e o incompreensível, que o havia destruído, agora o considerava ainda digno de viver e o preservava.

Para a surpresa de toda a cidade, a partir daquele dia Melück passou a viver na casa do conde, que não tardou a mudar-se com a família para sua herdade nas proximidades de Marselha. Lá viveram dias risonhos. Frenel ainda viu a felicidade que havia proporcionado, e a sua vaidade o fazia lembrar Melück de seu papel de mediador, o que ela tolerava com tranquilidade, já que parecia querer cativá-lo como uma espécie de admirador despretensioso, mas a alma inquieta de Frenel não tinha paciência para afeições duradouras.

Um dia, ele chegou correndo inesperadamente, sem fôlego, e pediu a Melück que lhe desse alguma incumbência na pátria dela, onde pretendia empreender novas descobertas. Mas a satisfação de seus desejos parecia ter acabado com todo o interesse dela pelas artes secretas de sua terra. Ela lhe contou que, além de lembranças horrorosas da destruição de sua casa devido a um levante popular provocado por um inimigo do seu pai, que havia sido emir, nada mais possuía no Oriente. "Então a senhora não tem nenhuma ordem para mim?", perguntou Frenel. "Eu poderia fazer o impossível para ti. Sim, peça o que quiser!", disse Frenel num impulso de vaidade. Melück fitou-o com um olhar penetrante e respondeu: "Agora quereis que vos ordene algo, mas chegará um tempo em que, mesmo se lhe pedir pouca coisa, vós o recusareis". Frenel censurou essa desconfiança com um sorriso. Ela, porém, afirmou que muito em breve isso se comprovaria verdadeiro. Ele se despediu com a observação tão comum entre pessoas de tipos diferentes, de que nunca se consegue realmente conhecer os outros, prometendo, ao partir, algumas echarpes para a condessa e sementes de flores para o conde.

O dia a dia dos três aliados, no campo, agora tomava uma feição ordenada, sem tornar-se monótono. Melück administrava a vida doméstica, o que era novidade para ela, mas conseguia enfronhar-se com mais facilidade do que Mathilde, que nunca conhecera a vida em suas necessidades mais elementares. Os criados, bem como os funcionários, não tardaram a perceber seu olhar ágil e penetrante, capaz de captar e administrar simultaneamente muitas situações. Ao mesmo tempo, tomava conta dos filhos de Mathilde, que chegavam ao mundo trazendo não apenas uma particular semelhança com ela, como também lhe dedicavam uma perceptível preferência. Melück muitas vezes se gabava, brincando, de ter se tornado mãe sem passar pelas dores que, desde o pecado original, acompanhavam as alegrias da maternidade, e Mathilde achava os olhos orientais e as longas pestanas de seus filhos tão encantadores que esquecia seu enigmático mistério; pelo contrário, passou a amar a amiga com carinho ainda maior por meio de seus filhos. O nefasto manequim, que outrora exercera uma influência tão decisiva sobre o destino da casa, agora se encontrava ao lado de outras lembranças do gênero num sótão escondido do castelo, onde Melück às vezes deixava as crianças brincarem aos domingos e lhes mostrava a peça como recompensa por bom comportamento. O manequim, então, tinha de apertar nos braços uma criança após a outra, todas se divertiam e nenhuma achava isso mais prodigioso do que as mil outras coisas que diariamente lhes causavam estranheza por serem novidade, e gostaríamos de poder encerrar a história com essa imagem de inocência: mas a história não se contenta com belas imagens de felicidade.

Quase oito anos de tranquilidade haviam decorrido quando, para concretizar os caprichos prediletos de alguns escritores, o desejo de renovar todas as condições do país desviou as atenções do desenvolvimento histórico necessário a cada povo, fazendo dos bons joguetes da mais baixa maldade. Essas novas esperanças também se apoderaram do conde, levando Frenel a retornar a Marselha, onde ambos se encontraram e um dia, em companhia de Mathilde e de Melück, foram passear no porto, onde marinheiros aplaudiam os muitos novos hinos à liberdade que seus compatriotas compuseram enquanto estiveram ausentes, no mar. Era uma época linda, em que o interesse individual parecia ter cedido lugar ao bem geral. O conde e a condessa, em vez de se incomodarem com esses sinais do fim de seus privilégios, se regozijavam com o avanço de todos. "Até agora", dizia o conde, "a história da França se restringia à história de sua aristocracia, que durante tantos séculos a protegera e a expandira com seu sangue. Mas estão surgindo heróis de todas as casas e estamos ganhando a história de um povo inteiro. Conheço os homens que encabeçam o movimento, eles querem o melhor, e em cada província estão encontrando homens de respeito que irão concretizar seus ideais."

Dando continuidade ao assunto, a condessa zombava do próprio título e se envergonhava dele, desejando até que todas as pessoas fossem unidas por uma mesma maneira informal de tratamento, o "tu". Frenel era quem menos conhecia a França, estivera ausente por um tempo longo demais para poder fazer valer sua aguda capacidade de observação. Os escritos da época, porém, haviam-no preparado para um generalizado desenvolvimento moral do povo, que facilmente poderia transformar as especulações da filosofia humana numa realidade esplêndida, num império da razão. Melück ficara em silêncio durante muito tempo, mas por fim esbravejou com um ímpeto incomum: "Império da razão? Por que a razão haveria de instalar-se de repente no mundo, quando até durante os séculos mais virtuosos e produtivos sempre se apresentou apenas como uma rara forasteira, mal compreendida, mesmo sob as mais opressivas calamidades? E foi justamente na instituição de hierarquias do poder secular e espiritual que a razão primeiro se manifestou. Não esqueçam que essas diferenças eram necessárias a homens comparados aos quais somos anões em termos de realizações e renúncia. Como poderia a razão elevar-nos aos grandes feitos quando as pessoas racionais que vocês mais respeitam no mundo nada fazem e realizam, senão especular e contradizer as especulações umas das outras? Eu lhes digo, as pessoas sensatas terão de empenhar a palavra, que toda insensatez não será apenas trazida à baila, mas também será convertida em ação. E em nome da razão acontecerá aquilo que a destruirá. Vossa elevada educação moral levará à maior perdição, onde quer que aflore". Frenel olhou para ela, admirado, e pediu que não falasse tão alto, pois os passantes estavam prestando atenção. Ela, porém, prosseguiu, imperturbável: "Ouçam, assim como eu agora grito mais alto do que vocês porque vocês ainda querem manter o decoro, que nunca me fez tanta falta assim, a plebe rude gritará mil vezes mais alto do que vocês. E se vocês agora estão constrangidos por minha causa, tanto mais ficarão constrangidos mais adiante por vocês mesmos. Vejam aquele marinheiro que largou sua carga, e está escutando, com a cabeça apoiada na mão suja de alcatrão, enquanto seu navio está esperando somente por ele para poder partir, assim também toda vida exterior estacará de repente com a conversa vazia. Onde antes alguns passavam fome, todos recearão morrer de inanição, e ao mesmo tempo estarão enaltecendo e celebrando em público a liberdade em terra e nos mares. Vejam esses navios que agora passam alegremente com suas flâmulas coloridas esvoaçando ao vento. Na água doce em que ficarão confinados, e para a qual não foram construídos, se desmantelarão, e da mesma forma nas estradas, em vez dos funcionários reais, incontáveis salteadores cobrarão pedágios muito mais valiosos dos viajantes: e este ainda será dos males, o menor". Frenel disse, admirado: "Bem, já que a senhora nos anunciou tanta coisa, agora conte-nos tudo!". E Melück prosseguiu: "O sangue dessas mesmas pessoas que pretendem instalar o império da razão correrá por força das leis dessa razão, o sangue do rei que não prevê a queda de sua casa provocada pela aristocracia; o sangue da aristocracia que esquece o sangue derramado de seus antepassados e não protege a Igreja — também o nosso conde, o mais caro amigo da minha alma". "E a senhora?", perguntou Frenel. "Também eu morrerei", exclamou ela, "depois que eu tiver preparado o conde para a morte." "E eu", perguntou Frenel, "não serei capaz de salvar a ambos?" "Não", disse Melück, virando-se, "o senhor ordenará onde devemos morrer e não nos salvará." Frenel riu: "Por que a senhora, nova profetisa, não preferiu ficar no convento, já que sabe de tudo antecipadamente?", perguntou Frenel. "Por quê?", exclamou ela, "porque aquelas almas piedosas serão profanadas pelos fundadores do império da razão. Mas onde falhei, foi por minha livre vontade, e eu própria saberei punir-me." O conde perdeu a paciência. Pegou a mão de Melück à força e conduziu-a rapidamente para casa, onde, uma hora mais tarde, ela negou quase toda a conversa e não queria saber mais nada do assunto.

    O conde, no entanto, ficou impressionado com aquelas declarações que lhe mostraram muitas coisas sob nova luz. Frenel, por sua vez, um teórico cego, chamava aquelas profecias de exaltação. Com suas esperanças inabaladas, viajou às pressas a Paris, onde seus talentos e entusiasmo o recomendaram, e a vida na cidade grande com seus partidos militantes limitava cada vez mais sua capacidade de julgar e paralisava sua decisão. Não tardou para que o conde visse nas províncias os elementos destrutivos sobrepujando os construtivos. Viu os maus unidos e os bons, como ele próprio, indecisos. Desistiu de tudo, porque não conseguia chegar a termos consigo mesmo. Muitos aristocratas emigraram, o que só fez crescerem a miséria e o ódio do povo contra os que ficaram. Saintree não tinha fé em outros países: a França era o seu mundo. O que também o retinha era a sua fortuna e a convicção de que sempre havia usado uma grande parte dela em benefício de seus súditos mais pobres. Porém não são os mais pobres os que fomentam as violentas revoluções nos países, e sim um tipo qualquer de classe média que cresce mais do que as suas condições o permitem e não consegue chegar à classe alta sem transformar a situação financeira e o sistema moral de uma nação. Eram justamente os pequenos arrendatários abastados que, considerando-se proprietários, junto com proprietários endividados, por meio de seus contatos com as cidades, incitavam as massas, embora até esse ponto ainda rejeitassem o uso da violência. Frenel chegara de Paris como um emissário para liderar esses movimentos populares no Sul. Contudo, ainda antes de alcançar Marselha, os cidadãos do Sul já haviam aprendido a liderar a si mesmos com a impetuosidade que lhes é própria. Em uma série de encontros, já havia sido decidido quem assumiria o comando, e Frenel viu, contra a sua vontade, muitas vozes se manifestarem em público.

 Saint Luc, que, no tempo decorrido desde aquela primeira infâmia que maculou a sua reputação, havia cometido um grande número de velhacarias desprezíveis, especialmente trapaças em jogos de cartas, e não podia mais aparecer como maltês nem na companhia de pessoas honestas, era um dos oradores mais apreciados. Possuía justamente coragem suficiente para fulminar a bondade frágil e bastante orgulho ferido e autodestruição em si para ignorar toda devastação ao seu redor; ao mesmo tempo, suas aventuras o haviam ensinado a compreender a mentalidade e a linguagem dos incultos e a fazer mau uso disso. Movido por uma ira profunda por ter sido rejeitado em toda parte pela aristocracia à qual pertencia, incitava ao extermínio de toda a nobreza, e, uma vez abertos e marcados com sangue os caminhos, a humanidade age como os alcoólatras que sentem terem se excedido e passam a beber ainda mais por não estarem sóbrios nem por ficarem sóbrios se não beberem; quem permite seja cometida uma injustiça contra as suas convicções em breve cometerá uma ele próprio.

Frenel, que a princípio guardava para si suas opiniões para não ser tomado por aristocrata, logo teve de seguir as levas desses investigadores republicanos pela província afora e emprestar seu nome às atrocidades de Saint Luc.

Casos isolados de assassinato de famílias nobres sobre as quais recaíam algumas suspeitas já haviam ocorrido, mas Saintree não soubera nada a respeito por causa dos numerosos salteadores que espalhavam insegurança nas estradas. Além disso, o seu orgulho magoado diante do mau rumo encetado pela revolução — que desistira de apoiar — levou-o a evitar todas as notícias e aguardar o fim de tudo na tranquilidade de seu idílio doméstico. Era uma alegre noite de São João. O conde se aprestava para ir dormir quando notou alguns pontos luminosos no horizonte que julgava serem fogueiras de São João. Chamou sua esposa para ver o claro céu estrelado, enfeitado com aquela nova decoração luminosa. Ela se levantou. Ambos sentiam-se bem-dispostos e perceberam uma figura que atravessava lentamente os jardins; interpelaram-na e descobriram tratar-se de Melück, que ainda não queria dormir. O conde e a condessa vestiram-se novamente e desceram para ter com ela. O ar fluía indolente sobre os jardins perfumados, parecendo não querer abandoná-los. Um suave frescor emanava dos chafarizes. Os três companheiros subiram em silêncio uma colina com laranjais, de onde podiam apreciar uma vista de toda a região. Agora, parados no topo, debaixo de uma ampla parreira que se estendia acima deles como um tapete escondendo as estrelas, podiam distinguir claramente à sua volta as diversas fogueiras. Melück, calada, abraçou os dois amigos. Decerto estava adivinhando a verdade, mas por que haveria de destruir a feliz ilusão? "Tudo está mudando", disse o conde, "só as festas infantis não podem ser abolidas. As crianças têm caráter, elas não deixam que lhes tirem nada. Às vezes eu gostaria que deixassem as crianças votarem nas assembleias, em lugar de seus pais." A condessa, porém, não tardou a ficar apreensiva e perguntou como poderiam ser fogueiras de São João, pois eram tão grandes e as chamas tão altas; para tanto as crianças teriam de queimar celeiros inteiros cheios de palha e metade do matagal. O conde atribuiu isso às nuvens do degelo que sempre faziam os fogos distantes parecerem maiores. Mas, quando enfim viu o castelo de um vizinho, que todos observavam diariamente, arder em chamas, quando ouviram a gritaria ao longe e sinos tocando em sinal de alarme por toda parte, quando se viram abandonados pela criadagem, Melück não pôde mais ocultar o que já previra havia uma hora: estavam condenados. "Oh, Melück", suspirou a condessa, "por que não acatamos seu conselho e embarcamos para sua pátria?" "Não", disse o conde, "prefiro ter um fim violento na antiga residência da minha estirpe a desertar e me consumir sem nunca mais ver minha terra natal. Que meu sangue encharque minha própria terra." A condessa quase desmaiou ao ouvi-lo falar assim. Mesmo discutida cem vezes, a realidade é totalmente diferente daquilo que a imaginação julga adivinhar.

A gritaria desenfreada vinda do campo estava chegando mais perto. O conde retornou com as duas mulheres e ele próprio levantou a ponte levadiça. A seguir, para não ser induzido por seu furor a derramar o sangue de cidadãos, atirou suas armas no fosso do castelo. Mal tinha feito isso — era meia-noite —, e um bando desse povo meio bêbado atravessou uma parte seca do fosso e penetrou no lugar através de uma porta lateral que uma criada havia deixado aberta para eles, arrebatando às pressas o conde e levando-o para a grande assembleia que estava sendo realizada na praça da povoação. A mesma criada que os deixara entrar tinha sido punida por Mathilde por furto, e agora estava procurando a condessa para vingar-se. Ela havia contado ao povo uma porção de mentiras a respeito de sua ama.

Ao ouvir perguntas sobre o paradeiro da condessa, Melück agarrou a quase desmaiada Mathilde à força e levou-a ao sótão, onde o manequim articulado estava guardado. Usando pela última vez sua arte, conduziu a condessa até o manequim, que a estreitou com uma força imutável em seus braços frios como os de um esqueleto. Melück ordenou-lhe que ficasse em silêncio ou estaria morta, mas a advertência era desnecessária, pois Mathilde calava, caída em profundo desmaio. Melück fechou o quarto à chave. Com a cabeça coberta pela manta da condessa, misturou-se à multidão que procurava Mathilde pelos corredores. Tomada pela dona da manta, Melück foi arrastada pela criada até o cadafalso.

Frenel estava sentado, desesperado. Saint Luc se encontrava a seu lado. Qualquer ajuda que seu ansioso coração desejava dispensar ao conde tinha de ser guiada pela máxima prudência para evitar causar-lhe males ainda maiores. Foi então que usou pela primeira vez seu prestígio de comissário, pois quando Saint Luc estava a ponto de desferir uma punhalada no peito de Saintree, conseguiu afastar o conde puxando-o com força e salvá-lo momentaneamente. Mas nada teria detido Saint Luc naquele instante, se Melück não tivesse aparecido e, destituída da manta, sido reconhecida por ele. "Você, fonte da minha desonra, causa da minha desgraça", gritou para ela, "duas vezes tentei, em vão, conquistá-la como homem de bem; veja só, agora vou consegui-lo como homem desonrado. Então, pombinha, por que você não vem voando para as minhas mãos para que eu possa torcer o seu pescoço?"

Melück, sem dignar o infame Saint Luc com um olhar, disse a meia-voz a Frenel: "Não lhe peço nem mesmo uma hora a mais de vida, pois você não poderá prolongá-la nem mesmo por um instante, mas lhe suplico, preserve este castelo do fogo e salve uma pobre parturiente que está sendo mantida presa nos braços da morte, numa sala trancada, no sótão!". Mal tinha acabado de falar e Frenel se preparava para salvá-la pondo sua própria vida em risco, quando Saint Luc, amargamente ofendido pela falta de atenção de que fora objeto, a esfaqueou pelas costas.

Frenel viu que era tarde demais; ficou apavorado ao dar-se conta de que uma das profecias dela se cumprira. Dessa uma hora a mais de vida que ele teria lhe concedido de boa vontade, nenhum minuto de misericórdia lhe foi dado, não obstante o comando ali estar em suas mãos. Teria procurado vingá-la de seu assassino, mas uma nova cena de horror prendia sua atenção. No momento em que Melück foi esfaqueada, o conde caíra morto, sem nenhum ferimento visível. E, assim, mais uma profecia anterior de Melück se cumprira, ou seja, a de que a vida de ambos estava inextricavelmente unida e que ele não poderia viver sem ela. Esse novo episódio relembrou Frenel dos últimos pedidos de Melück. Escolheu alguns dos moradores mais sensatos da povoação e ordenou-lhes, em nome da República, que preservassem o castelo como propriedade do Estado e o protegessem contra toda e qualquer destruição. Talvez essa medida não tivesse surtido efeito se a turba desenfreada, cansada dos esforços, não tivesse se dispersado pelas casas para descansar. Frenel aproveitou a calmaria. Aproximou-se sorrateiramente do castelo, já adivinhando ser a condessa a pobre parturiente que Melück lhe encomendara ao morrer. Ainda queria salvá-la, depois daria por concluída a tarefa de sua vida, que se tornara um fardo após a morte infeliz de seus dois amigos. Não tardou a encontrar a sala trancada no sótão e arrombou-a. Qual não foi o choque ao ver, à primeira claridade do amanhecer, a condessa abraçada pelo homem que havia morrido diante de seus olhos. Mas logo reconheceu o olhar fixo da imagem, aquela figura mágica que já uma vez determinara o destino da casa. Viu a condessa desmaiada em poder dela. Por mais difícil que fosse para ele destruir a imagem do amigo depois de ter sido incapaz de salvá-lo em carne e osso, o momento exigia o emprego da força. Teve de decidir-se a despedaçar a imagem e, tal como uma cobra enroscada numa pessoa adormecida não pode ser morta sem perigo para a vítima, assim também Frenel machucou Mathilde, apesar de todo o cuidado que tomara. Ela acordou com a dor do pequeno ferimento e, ao despertar, julgou-o um assassino enfurecido ao encalço de seu marido. Numa emergência, a intenção se revela rápida e verdadeiramente; a necessidade supera momentos cuja recordação mais tarde parece nos cortar o coração; mas a maior desgraça não mente nem desespera mais, todos os caminhos lhe são indiferentes. O desejo de salvar seus três filhos levou Mathilde a passar por cima dos cadáveres do conde e da nobre amiga. Como se estivesse emigrando de Sodoma, não teve coragem de olhar para trás. Frenel acompanhou-a, servindo-lhe com incansável dedicação, e levou todos, sãos e salvos, para a casa de abastados parentes na Suíça, que receberam os infortunados de braços abertos.

Lá, Frenel conservou a mesma melancolia que o acompanhava desde aquele dia de terror. Certa noite conversou bastante com a condessa sobre todos os acontecimentos e lhe jurou que eternamente se desprezaria por não ter preferido morrer a derramar o sangue de seus amigos enquanto estava no comando. Ela procurou consolá-lo, mas foi em vão. Quando ela se afastou, ele beijou as crianças carinhosamente, dizendo que iria viajar, que não o aguardassem para a janta, ele haveria de encontrar a sua, uma iguaria gostosa. Essa foi a sua despedida. Mathilde chegou a tempo de ouvir que ele estava partindo e ficou comovida. Agradeceu-lhe por ter salvado seus filhos, sua presença a confortara, e até uma breve separação a deixava ansiosa. Mas nada pôde detê-lo. Na manhã seguinte, o corpo de Frenel foi encontrado a uma hora da localidade. Ele havia se jogado sobre o seu punhal. Um bilhete se encontrava ao lado dele: que havia morrido pelas próprias mãos em plena via pública, onde felicidade e desgraça caminham eternamente lado a lado, para que a lembrança persistente de seu sangue não impedisse nenhum habitante daquele afortunado país de desfrutar a menor parte que seja de sua propriedade. Como descrever a dor da condessa diante dessa última perda, que na quietude da vida no campo a fez reviver com intensidade ainda maior as anteriores e tomar plena consciência de todas elas?

Depois de restabelecida a paz, ela e seus lindos filhos orientais tiveram suas propriedades restituídas; Mathilde, porém, nada mais tinha de seu. Quem julga ser dono do mundo e quem diz que nada neste mundo lhe pertence, são homens grandes e nobres; grande e nobre devo chamar o sentimento de total desdém com que ela falava do mundo quando, durante a minha estada em sua casa, os dois filhos estavam à beira da morte. As crianças lhe foram preservadas graças à misericórdia de Deus. Contudo, esse sentimento de ab-rogação a acompanhou, e, fora esse, só se manifestava vivamente um outro: a admiração pela espantosa grandeza de sua amiga Melück, uma admiração que em certos momentos a deixava fora de si, extasiada, fazendo que, da profusão do inexpressável que se agitava no âmago de sua alma, despertasse em mim, mediante manifestações isoladas, o mais elevado conceito a respeito dessa alma verdadeiramente oriental, a quem bastava ser profetisa de uma casa à qual se vinculara por paixão, quando tinha condições de tornar-se a profetisa de todo o mundo ocidental pelos séculos afora.

A história terminava com este final tão sério quando os juncos da margem onde morávamos roçaram o bote e o barqueiro amarrou a corrente tininte num salgueiro semissubmerso. Desembarcamos e olhamos um para o outro, em silêncio, indicando a ponta de terra que afundara no rio. Uma nobre vida,* consagrada às musas, ali mergulhara num delírio inocente, e a torrente havia eliminado o lugar consagrado e o tomara para si, para que não fosse profanado. Oh, pobre cantora, os alemães do nosso tempo não sabem fazer outra coisa senão silenciar o belo, esquecer o que é excelente e profanar o que é austero? Onde estão teus amigos? Nenhum deles guardou para a posteridade os vestígios da tua vida e do teu entusiasmo; o medo à censura dos ímpios paralisou a todos. Só agora enten-

* Arnim faz alusão a Karoline von Günderode (1780-1806), poeta e amiga íntima de Bettina, sua esposa. O fim de um amor infeliz fez com que se suicidasse no Reno. O lugar onde ela morreu adquiriu um significado especial para seus conterrâneos, Goethe inclusive. Bettina recordou sua amizade publicando em *Die Günderode* (1840) algumas de suas obras e a correspondência que mantiveram. (N. T.)

do a inscrição em teu túmulo, quase apagada pelas lágrimas do céu, agora sei por que chamas de teus a todos, menos os homens!

Emocionados, recordávamos essa inscrição e um a repetia ao outro que porventura a tivesse esquecido: "Terra, minha mãe; e tu que me alimentaste, Brisa; Fogo sagrado, meu amigo; e tu, meu irmão, o Córrego das Montanhas; e tu, meu pai, o Éter: respeitosamente agradeço a todos vocês, com quem vivi aqui embaixo. Parto agora para o outro mundo e de bom grado me despeço de vocês. Adeus, amigo e irmão, pai e mãe, adeus!".

Apresentação e tradução de Betty Kunz

WALT WHITMAN

Morte na sala de aula

   Mais conhecido como poeta, e dos maiores poetas norte-americanos de todos os tempos, Walt Whitman (1819-92) foi bem mais que autor de Leaves of Grass (Folhas da relva), seu livro mais famoso, reescrito ao longo de quase quarenta anos, com sucessivas e renovadas edições, a última delas feita no seu leito de morte, entre 1891 e 1892.
   "Um dos maiores homens-orquestra de todos os tempos; um polifônico e não apenas uma voz só." Assim Gilberto Freyre definiu Walt Whitman em 1947, numa conferência sobre o criador do verso livre. De fato, além de ele percorrer todas as escalas em sua poesia, do tonitruante ao mais sussurrante lirismo, a singularidade de Whitman está também na diversidade de papéis que exerceu ao longo da vida: foi tipógrafo, repórter, editor, professor, político, construtor, enfermeiro. Cantou abertamente seu amor por homens e mulheres, garotos e garotas, conhecidos e anônimos, intitulando-se poeta do corpo e da alma, da liberdade, da democracia.
   Whitman também deixou mais de três centenas de textos em prosa. Entre eles, páginas de um diário sobre a Guerra Civil americana, ensaios, prefácios e alguns contos. Entre eles este conto de horror, "Morte na sala de aula", publicado pela primeira vez em 1841 na Democratic Review, de Nova York.
   O horror constrói-se aqui à base de realismo e melodrama. O jovem Whitman, então com 22 anos, carrega as tintas na polarização entre a inocência ultrajada da criança e a brutalidade inominável de um professor-monstro. Inocência e brutalidade, bem marcadas

desde o início da narrativa, vão ganhando intensidade ao longo da história, até atingirem o desfecho terrível.

O narrador, no entanto, não espera o final para explicitar a que vem o conto. Já nos primeiros parágrafos, abre parênteses para denunciar a aplicação de castigos corporais como método pedagógico e anunciar a chegada de um tempo em que as escolas não mais serão administradas à base de açoites e lágrimas.

Whitman escrevia de cátedra. Entre 1836 e 1841, lecionou em pequenas escolas de Long Island, como essa em que se passa a história. Nesse período, também manifestou publicamente interesse pelo tema do autoritarismo na educação num artigo intitulado "Education — Schools", publicado em 1846 no jornal Brooklyn Daily Eagle, do qual foi editor.

Como quase tudo na obra de Whitman, que queria fazer dos seus poemas "canções de si mesmo", buscando imprimir na poesia o registro vivo e pulsante de sua pessoa real, sua prosa, menos conhecida, também mantém ligações claras com a experiência do escritor.

Tlim-tlim-tlim! O pequeno sino tocou sobre a mesa do professor numa escola de vilarejo; era de manhã, e as tarefas da primeira parte do dia estavam quase cumpridas. Todos sabiam muito bem que aquilo era uma ordem de silêncio e atenção; quando a ordem foi atendida, o professor começou a falar. Era um homenzinho atarracado, e se chamava Lugare.

"Rapazes", falou, "chegou uma reclamação de que ontem à noite um de vocês roubou frutas do quintal do senhor Nichols. Acho que até sei quem é o ladrão. *Seu* Tim Barker, venha cá."

O menino aproximou-se. Era um garoto de boa aparência e franzino, dos seus treze anos; o rosto tinha uma expressão sorridente e bem-humorada, que nem mesmo a acusação que lhe faziam nem o tom duro e o olhar ameaçador do mestre conseguiram dissipar por completo. A fisionomia do garoto, no entanto, era de uma brancura fantasmagórica demais para ser saudável; apesar da aparência carnuda e satisfeita, tinha uma expressão singular, como se alguma doença profunda, daquelas terríveis, estivesse instalada lá dentro. Quando o rapazinho se postou diante do altar de sacrifícios — um lugar frequentemente transformado em cenário de brutalidades cruéis, de desbaratamento da inocência, de abuso da infância indefesa, de opressão dos sentimentos mais delicados —, Lugare lançou-lhe um olhar carrancudo, deixando claro que seu humor não era dos mais agradáveis. (Felizmente, um sistema mais digno e filosófico está provando aos homens que as escolas podem ser administradas sem açoites, lágrimas e suspiros. Estamos caminhando para aquele ponto em que os antigos mestres-escolas, com seus chicotes de couro, suas pesadas varas e seus engenhosos métodos de torturar crianças, serão apenas a lembrança odiosa de uma doutrina ignorante, cruel e desmoralizada. Que ventos propícios acelerem a chegada desse dia!)

"Ontem à noite você esteve perto do quintal do senhor Nichols?", perguntou Lugare.

"Sim, senhor", respondeu o garoto. "Estive."

"Muito bem, senhor. Fico contente que tenha confessado assim tão rápido. Então achou que podia fazer um pequeno furto, divertir-se com algo do qual devia se envergonhar, e que não seria punido por isso, não é?"

"Eu não roubei nada", respondeu o garoto rapidamente. O rubor inundou-lhe o rosto, difícil saber se por medo ou por indignação. "Ontem à noite não fiz nada de que me envergonhasse."

"Que descaramento!", gritou o professor, colérico, segurando uma longa e pesada vara: "Não me venha com essa conversinha manhosa, senão vou espancá-lo até implorar como um cão".

O rosto do jovem empalideceu um pouco; o lábio tremeu, mas ele não falou nada.

"Diga-me, senhor", prosseguiu Lugare, enquanto os sinais exteriores da fúria desapareciam de suas feições, "o que fazia nas proximidades do quintal? Talvez estivesse só receptando o fruto do roubo e tivesse um cúmplice para executar a parte mais perigosa do trabalho?"

"Passei lá porque fica no caminho de casa. Voltei mais tarde para encontrar um conhecido; e... e... Mas não entrei no quintal nem tirei nada. Nunca roubaria... nem mesmo se estivesse morrendo de fome."

"Devia ter se aferrado a esse princípio ontem à noite. O senhor foi visto, Tim Barker, passando por baixo da cerca do quintal do senhor Nichols, pouco depois das nove da noite, com um saco nos ombros. O saco aparentemente estava repleto de frutas, e hoje os canteiros de melão amanheceram totalmente vazios. Então, senhor, o que havia dentro daquele saco?"

Era como se o fogo incendiasse o rosto do acusado. Ele não disse uma palavra. A escola inteira tinha os olhos cravados nele. O suor escorria como gotas de chuva pela testa branca.

"Fale, rapaz!", gritou Lugare, brandindo a vara ruidosamente na mesa.

O garoto olhou como se fosse desmaiar. Mas o professor impiedoso, certo de ter revelado um criminoso e exultante com o castigo severo que agora teria justificativa para infligir, continuou a escalar níveis cada vez mais elevados de fúria. Enquanto isso, a criança mal sabia onde se enfiar. A língua grudava no céu da boca. Ou estava muito assustado ou realmente não estava se sentindo bem.

"Estou mandando que fale!", Lugare bradou novamente, com voz de trovão; a mão, empunhando a vara, elevava-se acima da cabeça num gesto muito significativo.

"Não consigo, senhor", disse o pobre camarada, debilmente, com a voz rouca e gutural . "Falo numa outra... numa outra hora. Por favor, deixe-me voltar para o meu lugar... eu não estou bem."

"Claro, muito plausível." O sr. Lugare inflou o nariz e as bochechas com satisfação. "Acha que vai me fazer acreditar nas suas mentiras? Desmascarei o senhor, muito claramente; e fico satisfeito de saber que o senhor é um bandidinho tão rematado quanto tantos outros por aí. Adiarei por uma hora a solução deste caso com o senhor. Então vou chamá-lo de novo. Se não contar a verdade inteira, vou fazê-lo se lembrar dos melões do senhor Nichols pelo próximo mês. Pode sentar-se."

Feliz com a indelicada permissão, e sem emitir nenhum som, a criança arrastou-se trêmula até o seu lugar. Sentia-se esquisito, atordoado — mais como se estivesse num sonho do que na realidade; colocou os braços sobre a carteira e debruçou o rosto entre eles. Os alunos voltaram aos estudos, já que durante o reinado de Lugare na escola tinham se acostumado tanto às cenas de violência e aos castigos cruéis que tais coisas não eram mais do que uma pequena interrupção no curso do dia.

Enquanto corre o período de uma hora, vamos esclarecer o mistério do saco e da aproximação de Barker do quintal, na noite anterior. A mãe do garoto era viúva, e os dois viviam com os recursos mais escassos. O pai morrera quando ele tinha seis anos, e o pequeno Tim era uma criança macilenta e mofina, que ninguém acreditava que viveria muitos meses. Para surpresa geral, a pobre criança sobreviveu, e parecia recobrar a saúde, assim como crescia e ganhava boas cores.

Isso devia-se aos préstimos gentis de um médico eminente que tinha uma propriedade nas redondezas e se interessara pela família da viúva. O médico disse que Tim talvez superasse a doença; mas tudo era incerto. Tratava-se de enfermidade misteriosa e imprevisível; e não seria de admirar se num momento de aparente saúde o menino fosse repentinamente levado. No início a pobre viúva viveu em constante preocupação; mas passaram-se muitos anos, e nenhum dos males iminentes caíra sobre a cabeça do garoto. A mãe parecia confiante de que ele viveria, para ser o apoio e o orgulho da sua velhice. Os dois lutavam juntos, felizes, resistindo à pobreza e ao desconforto, sem ficarem se lamentando, poupando um ao outro.

Com seu temperamento agradável, Tim conquistara muitos amigos no vilarejo, entre eles um jovem fazendeiro de nome Jones, que junto com o irmão mais velho trabalhava em regime de parceria numa fazenda da região. Frequentemente Jones presenteava Tim com um saco de milho ou batata, ou então com algum legume que separava do seu quinhão no negócio; mas como o sócio era um homem avarento e temperamental, que considerava Tim um rapaz perigoso, indigno de ajuda por não trabalhar, Jones geralmente dava os presentes de maneira que ninguém soubesse, a não ser ele mesmo e os gratos beneficiários de sua bondade. A viúva também não queria que os vizinhos soubessem que alguém lhes dava comida; em pessoas da sua condição, há sempre o orgulho compreensível de não quererem ser vistas como objetos de "caridade". Na noite em questão, disseram a Tim que Jones mandaria um saco de batatas, e que o esperariam no portão do sr. Nichols. Foi esse o saco sob o qual viram Tim cambalear, e que fez com que o infeliz fosse acusado de ladrão e condenado pelo professor, pessoa pouco adequada para um posto tão importante e de tanta responsabilidade. Afoito nas decisões e de uma severidade inflexível, ele era o terror daquele pequeno mundo, que governava como um déspota. Parecia comprazer-se com a punição. Pouco sabia sobre as doces fontes que rapidamente jorram do peito das crianças diante de gentilezas e palavras amáveis. Todos o temiam pela severidade, e ninguém o amava. Eu diria que era um caso isolado em sua profissão.

O prazo de uma hora chegava ao final, e aproximava-se o momento em que Lugare dispensava a escola, fato recebido com muita alegria. Vez por outra um dos escolares lançava um olhar furtivo para Tim, às vezes com pena, às vezes com indiferença ou curiosidade. Sabiam que ninguém se apiedaria, e embora a maioria gostasse dele, as surras ali eram comuns demais para despertar simpatia. Os olhares inquiridores, no entanto, ficaram sem resposta, já que ao final de uma hora Tim continuava com o rosto todo escondido, a cabeça debruçada entre os braços, exatamente como ficara ao voltar para a carteira. De vez em quando Lugare lançava na direção do garoto um olhar zangado, parecendo prometer vingança pela teimosia do menino. O último aluno fora por fim ouvido, a última lição tinha sido repetida, e Lugare sentou-se à mesa, sobre o tablado, com uma vara longa e forte à sua frente.

"Agora, senhor Barker", falou, "vamos resolver nosso caso. Venha cá."

Tim não se moveu. A sala de aula estava num silêncio sepulcral. Não se ouvia um som, a não ser, de quando em quando, uma respiração mais funda.

"Senhor, preste atenção, ou será pior para você. Venha cá e tire a jaqueta!"

O garoto não se mexia, como se fosse um pedaço de madeira. Lugare estremeceu de raiva. Ficou sentado um minuto, como se pensasse na melhor maneira de descarregar a vingança. Aquele minuto, transcorrido num silêncio de morte, foi medonho para algumas crianças, cujos rostos empalideceram de pavor. O tempo gotejava lentamente, era como o minuto que antecede o clímax de uma tragédia encenada com requinte, em que um grande mestre da arte teatral pisa no palco e você e toda a multidão em volta esperam, com os nervos estirados e a respiração suspensa, a terrível catástrofe.

"O Tim está dormindo, senhor", disse finalmente um garoto sentado perto dele.

Ao saber disso, as feições de Lugare relaxaram da cólera feroz para o sorriso; mas era um sorriso mais maligno, se isso é possível, que a velha carranca. Talvez se divertisse com o terror estampado nos rostos ou exultasse pensando com maldade numa maneira de acordar o menino adormecido.

"Então o jovem cavalheiro dormiu!", disse. "Vamos ver se achamos alguma coisa para fazer cócegas nos seus olhos. Não há nada como extrair o melhor de uma história ruim, meninos. O maroto parece não se preocupar com uma surrinha de nada, já que nem isso é capaz de mantê-lo acordado."

Lugare sorriu de novo ao fazer essa observação. Pegou a vara firmemente e deixou o seu lugar. Com passos mansos e furtivos, atravessou a sala e postou-se ao lado do infeliz. O garoto continuava inconscio da punição iminente. Talvez estivesse em sonhos dourados de juventude e prazer; ou num lugar distante, no mundo da fantasia, sentindo prazeres que a fria realidade não pode oferecer. Lugare ergueu a vara bem acima da altura da cabeça, e, com a mira exata e a experiência adquirida em longa prática, desceu-a sobre as costas de Tim numa pancada forte, que parecia suficiente para acordar um homem congelado da letargia mais profunda. Rápidas, as pancadas se sucederam. Sem esperar o efeito da primeira ferida, o desgraçado usou seu instrumento de tortura primeiro num lado das costas do garoto, depois no outro, e só parou ao final de dois ou três minutos, por pura exaustão. Mas Tim continuava imóvel. Sentindo-se afrontado pela inércia do menino, Lugare empurrou um dos braços, sobre o qual o garoto se apoiava na carteira. A cabeça caiu no assoalho, com um baque surdo; o rosto virou-se para cima e ficou exposto à visão geral. Quando Lugare viu aquilo, ficou imóvel, como se petrificado diante da visão de um basilisco. O semblante cobriu-se de uma brancura plúmbea; a vara caiu-lhe das mãos; e seus olhos, arregalados, olhavam com ferocidade para um monstruoso espetáculo de horror e morte. O suor parecia brotar em glóbulos de todos os poros do rosto; os lábios macilentos contraíram-se, deixando à mostra os dentes; e quando afinal estendeu os braços, e com a extremidade de um dos dedos tocou o rosto da criança, seus membros tremiam como a língua de uma cobra, e a força parecia querer abandoná-lo por um momento. O menino estava morto. Provavelmente havia algum tempo, pois os olhos estavam virados para cima, e o corpo, completamente gelado. A morte estava na sala de aula, e Lugare açoitara um cadáver.

Apresentação e tradução de Hélio Guimarães

THEODOR STORM

A casa de Bulemann

A literatura em língua alemã é pródiga em narrativas breves. Goethe, Kleist, Hoffmann, Chamisso, Mörike, Keller, Hofmannsthal, Thomas Mann e Kafka são alguns dos seus representantes mais significativos em âmbito mundial — e a eles deve-se acrescentar, sem hesitação, o nome de Theodor Storm (1817-88), pouco conhecido no Brasil a não ser como o autor de Immensee.

Das narrativas curtas, a mais relevante, entre os alemães, é a novela, sobre a qual, aliás, os seus teóricos elaboraram uma teoria original, que a diferencia, estruturalmente (e não apenas pela extensão), do romance e do conto. A palavra deriva do direito romano e designa, até hoje, a disposição legal que se acrescenta, como novidade, ao corpo existente das leis. Dos estudos jurídicos, ela passou à teoria literária para descrever a prosa de ficção marcada pelo novo, tanto em relação à matéria narrada como ao seu modo de articulação dramática. Para Goethe, a novela não é outra coisa senão o desenrolar de um acontecimento inaudito, momento em que se reitera, em outra instância, a afirmação de Cervantes no sentido de que o gênero trata de um "acontecimento portentoso e jamais visto". A discussão é abrangente e inclui pontos de vista de escritores tão diferentes como Henry James e o próprio Theodor Storm, para quem a novela é a representação condensada de um sucesso que prende a atenção do leitor tanto por seu caráter incomum como por um ponto de virada surpreendente. Sendo assim, a novela não só é irmã do drama *como também é a mais rigorosa forma de ficção (que James, por sinal, compara à feitura elaborada de um soneto).*

Em "A casa de Bulemann", a surpresa nasce de uma mescla incomum de ingredientes, que vão desde o grotesco frio até o sentimentalismo, passando pelo fantástico e pela lição de moral contida nos contos de fadas (ou "Märcheu" segundo os alemães). No plano da composição, a novidade são as idas e vindas da narração no tempo, embora os cenários sejam reduzidos e por isso não se furtem à delimitação. O mais instigante, porém, é a impressão de verdade, ou realidade, que o conto (ou melhor: novela) deixa na mente do leitor, graças às deformações precisas que caracterizavam a formalização estética do conhecimento poético.

Numa cidade marítima do Norte da Alemanha, na chamada Rua Escura, ergue-se uma casa velha e decadente. É estreita, mas tem três andares de altura; no meio dela, do chão até quase a ponta da cumeeira, o frontão avança para a frente num acabamento de sacadas envidraçadas e provida a cada andar de janelas voltadas para a rua e para os lados, de tal modo que, em noites claras, a lua pode brilhar até o meio da casa.

Desde tempos remotos ninguém mais entrou ou saiu desse casarão; a pesada argola de metal na porta de entrada está quase negra de azinhavre, por entre as rachaduras das pedras da escada a erva cresce ano a ano. Quando um forasteiro pergunta: "Mas que casa é essa?", recebe com certeza a resposta: "É a casa de Bulemann"; mas se pergunta em seguida: "Quem mora nela?", as pessoas sem dúvida respondem: "Ali não mora ninguém". As crianças nas ruas e as amas empurrando carrinhos cantam:

Na casa de Bulemann,
Na casa de Bulemann,
Os ratinhos
Espiam da janela para a rua.

E realmente os pândegos que passam em frente, voltando das noitadas, afirmam que ouviram atrás das janelas escuras o guincho de incontáveis camundongos. Um deles, que por atrevimento bateu a argola de ferro da porta, para escutar o eco nos espaços vazios, afirma mesmo ter percebido nitidamente, nas escadas lá dentro, o salto de grandes animais. Ao contar isso, costuma acrescentar:

"É quase como se alguém ouvisse os saltos das grandes feras que são exibidas no circo da praça da prefeitura."

A casa da frente é um andar mais baixa, de maneira que à noite a luz da lua pode incidir sobre as janelas do alto da velha casa. Sobre uma noite assim também o vigia tem algo a contar: mas trata-se apenas de um pequeno e velho rosto humano, com uma colorida touca de dormir, que ele pretende ter visto lá em cima, atrás das sacadas redondas de vidro. Os vizinhos, pelo contrário, julgam que o vigia noturno estava outra vez bêbado; nunca viram na casa da frente qualquer coisa que se parecesse com uma alma humana.

A maioria das informações ainda parece estar com um velho que vive num bairro afastado e que, anos atrás, foi organista da igreja de Santa Madalena.

Certa vez, quando foi indagado a respeito, ele disse:

"Lembro-me ainda muito bem do homem magro que, no meu tempo de menino, morava só, com uma velha, naquela casa. Com meu pai, que tinha sido comerciante de velharias, ele manteve durante alguns anos um comércio ativo, e na época fui mandado algumas vezes até ele para fazer encomendas. Sei também que não gostava de fazer essas incursões e com frequência procurei todas as formas de escapar. Mesmo durante o dia eu tinha medo de subir as escadas estreitas e escuras até o gabinete do senhor Bulemann no terceiro andar. Ele era conhecido entre as pessoas como 'mercador de almas', e esse nome já me dava angústia, principalmente porque, além disso, corriam todos os tipos de rumores sinistros sobre ele. Antes de ter-se mudado para a velha casa, depois da morte de seu pai, Bulemann viajou durante muitos anos, como inspetor de cargas, para as Índias Ocidentais. Consta que lá havia se casado com uma negra; mas quando retornou ao país, as pessoas esperaram em vão por ver um dia aquela mulher com os filhos negros. E logo se disse que na viagem de volta ele havia encontrado um navio negreiro e vendido ao capitão do barco os próprios frutos da sua carne e sangue, junto com a mulher, por um ouro vil. O que é verdadeiro nesses boatos eu não sei dizer."

E o ancião costumava acrescentar:

"Não quero também me aproximar muito de um morto. Mas uma coisa é certa: ele era uma pessoa esquisita, avarenta e esquiva aos homens. Seus olhos de coruja brilhavam como se tivessem visto atos de maldade. E todas as vezes em que estive lá, naquela época, a corrente de ferro prendia a porta por dentro. Quando precisava bater várias vezes a pesada argola, eu ouvia do ponto mais alto da escada, gritando para baixo, a voz ranzinza do patrão: 'Senhora Anken, senhora Anken! Está surda? Não escutou que bateram na porta?'. Imediatamente faziam-se ouvir da casa dos fundos os passos arrastados da velha mulher sobre o piso e o corredor. Mas antes que ela abrisse, perguntava pigarreando: 'Quem é?', e só depois de eu responder: 'É o Leberecht!', a corrente era destravada. Depois de eu subir às pressas os setenta e sete degraus da escada — pois uma vez eu os contei —, o senhor Bulemann costumava me esperar no pequeno vestíbulo à meia-luz diante do seu quarto; neste ele nunca me deixou entrar. Ainda o vejo à minha frente, com o seu roupão de flores amarelas e sua touca pontuda, segurando com uma mão para trás o trinco da porta do quarto. Enquanto eu fazia minhas encomendas, ele tinha o costume de me fitar impaciente com os olhos claros e redondos e depois me despachar com dureza e poucas palavras. O que então mais me chamava a atenção eram dois gatos monstruosos, um amarelo e outro preto, que nesse ínterim abriam caminho do quarto dele e esfregavam as gordas cabeças nos seus joelhos. Passados alguns anos, no entanto, cessou o comércio com meu pai e não voltei mais lá. Tudo isso foi há mais de setenta anos, e o senhor Bulemann deve ter sido, há muito tempo, levado para o lugar de onde ninguém volta."

O homem se enganava quando dizia isso. O sr. Bulemann não foi levado daquela casa: ele ainda vive lá.

O que aconteceu foi o seguinte.

Antes dele — o último proprietário — e ainda no tempo das tranças e cabeleiras, morava naquela casa um velho e curvado homenzinho que fazia empréstimos em troca de penhores. Uma vez que conduziu com prudência, por mais de cinco décadas, o seu negócio, ao lado de uma criada que, desde a morte de sua mulher, cuidava da economia doméstica, ele viveu da forma mais frugal, até finalmente tornar-se um homem rico. Mas essa riqueza consistia em geral numa quantidade incontável de joias, aparelhos e as mais estranhas velharias que ele havia recebido como penhor no curso dos anos, e que mais tarde, como não houvesse reembolso, ficavam sendo propriedade sua. Dado que, na venda desses penhores, que pela lei devia ser feita pelos tribunais, era preciso transferir o excedente do produto aos proprietários, ele preferiu, em vez disso, acumular as sobras nos grandes armários de nogueira, que para essa finalidade ocuparam aos poucos os cômodos do primeiro e por fim do segundo andar. Mas à noite, quando a sra. Anken ressonava na casa dos fundos, em seu quartinho solitário, e a pesada corrente estava na porta de entrada, ele andava pelas escadas, com passo leve, de cima para baixo. Abotoado no seu robe cinzento, numa das mãos o lampião, na outra o molho de chaves, abria, ora no primeiro andar, ora no segundo, as portas dos cômodos e dos armários; tirava aqui um relógio de repetição de ouro, ali uma caixa esmaltada de rapé do esconderijo e calculava consigo mesmo os anos de sua posse ou se os proprietários originais ainda retornariam com o dinheiro na mão, exigindo de volta os pertences penhorados.

O negociante de penhores chegou finalmente à velhice extrema e morreu, deixando seus tesouros; teve de legar a casa, mais os armários cheios, a seu filho único, que durante toda a vida soubera manter distância daquelas riquezas.

Esse filho era o inspetor de cargas tão temido pelo pequeno Leberecht e fazia pouco tinha regressado à terra natal de uma viagem ultramarina. Após o enterro do pai, renunciou aos antigos negócios e mudou-se para o quarto dele no terceiro andar da velha casa de sacadas envidraçadas, na qual, agora, em vez do homenzinho encurvado de robe cinzento, caminhava de lá para cá uma comprida figura magra, de roupão com flores amarelas e uma touca de dormir pontuda, fazendo cálculos na escrivaninha do falecido.

Ao sr. Bulemann, entretanto, não se transmitira a satisfação do velho coletor de penhores com as preciosidades acumuladas. Depois que, atrás de portas aferrolhadas, ele examinou o conteúdo dos grandes armários de nogueira, pensou consigo mesmo, à guisa de conselho, se devia ousar vender às escondidas todas aquelas coisas, sobre as quais tinha direito apenas no valor do que herdara do pai e que, como os livros atestavam, representavam um crédito muito reduzido. Mas o sr. Bulemann não era pessoa passível de indecisão. Em poucos dias estava estabelecida a ligação com um comerciante de velharias que morava no mais longínquo arrabalde, e, rechaçados alguns penhoristas dos últimos anos, o colorido conteúdo dos grandes armários de nogueira foi secreta e cautelosamente transformado em sólidas moedas de prata.

Foi nessa ocasião que o menino Leberecht chegou à velha casa.

O dinheiro realizado, o sr. Bulemann o depositou em grandes caixas guarnecidas de ferro, que mandou colocar umas ao lado das outras no seu quarto de dormir; pois, dada a ilegalidade da sua posse, não ousava convertê-la em hipotecas ou, no mais, investi-la publicamente.

Quando estava tudo vendido, pôs-se a computar todos os gastos imagináveis para o restante de sua vida. Levou em conta, nessa operação, uma idade de noventa anos e depois dividiu o dinheiro em pacotinhos separados, cada qual para uma semana, enquanto acrescentava a todos eles mais uma pequena quantia para gastos imprevistos. Esse dinheiro foi posto numa caixa que permanecia a seu lado, no quarto de dormir; e todos os sábados aparecia a sra. Anken, a velha criada da casa, que ele havia assumido por desídia do pai dela, para receber um novo pacotinho e prestar contas dos gastos anteriores.

Como já foi dito, o sr. Bulemann não trouxera mulher e filhos; em vez disso, dois gatos de tamanho considerável, um amarelo e outro preto, foram levados por um marinheiro do navio até a casa, num saco bem amarrado, no dia seguinte ao do enterro do velho comerciante de penhores. Esses bichos tornaram-se logo a única companhia de seu dono. Ao meio-dia recebiam sua travessa de comida, que a sra. Anken, com raiva reprimida, tinha de preparar dia sim, dia não; depois de comerem, enquanto o sr. Bulemann tirava uma breve soneca, sentavam-se saciados a seu lado, no canapé, um pedaço de língua pendente, e piscavam para ele sonolentamente os olhos verdes. Caso tivessem ficado nos espaços inferiores da casa, na caça aos ratos, o que sempre motivava um secreto pontapé da velha mulher, eles primeiro arrastavam na boca os ratos capturados para mostrar ao dono, antes de rastejar para baixo do canapé, onde os devoravam. Quando então a noite chegava e o sr. Bulemann tinha trocado a touca colorida por outra branca, ele se encaminhava com os dois gatos para a grande cama cortinada, no quartinho contíguo, onde adormecia com o rom-rom regular dos animais enrolados a seus pés.

Contudo, essa vida pacífica não permaneceu imperturbada. No decorrer dos primeiros anos, alguns proprietários dos penhores vendidos vieram exigir a restituição de suas joias contra o reembolso de minúsculas somas recebidas. E o sr. Bulemann, com medo de processos que pudessem trazer a público seu procedimento, lançou mão das grandes caixas e comprou o silêncio dos interessados com indenizações maiores ou menores. Isso tornou-o ainda mais misantropo e amargo. Os negócios com o velho vendedor de velharias cessaram já fazia muito tempo; ele ficava sozinho no pequeno espaço de sua sacada envidraçada, às voltas com a solução de um problema que vinha sendo tratado havia muito — o cálculo de um ganho seguro na loteria, com o qual ele cogitava um dia aumentar até o incomensurável as suas riquezas. Graps e Schnores, os dois grandes gatos, agora também tinham de sofrer com seu mau humor. Se num momento ele por acaso fazia festas neles com seus longos dedos, em outro, caso as contas nas tabelas não dessem certo, os dois recebiam num só arremesso o pote de areia ou a tesoura de papel, de tal forma que saíam uivando e mancando para um canto.

O sr. Bulemann tinha uma parente, filha do primeiro casamento de sua mãe, que, à morte desta, se dera por satisfeita com sua herança e, portanto, não tinha nenhuma reivindicação a fazer quanto às riquezas herdadas por ele. Bulemann não se preocupava com essa meia-irmã, embora ela vivesse nas condições mais precárias num bairro de subúrbio; pois, menos ainda do que com as outras pessoas, ele não gostava do contato com parentes necessitados. Só uma vez, quando, pouco depois da morte do marido, em idade já avançada, ela deu à luz uma criança doentia, é que foi até ele pedir ajuda. A sra. Anken, que a tinha deixado entrar, ficou ouvindo na parte de baixo da escadaria e logo escutou a voz cortante do patrão, até que finalmente a porta se abriu de par em par e a mulher desceu os degraus chorando. Ainda no anoitecer do mesmo dia a sra. Anken recebeu a severa ordem de daí por diante não soltar a corrente da porta de entrada caso Christine aparecesse outra vez.

A velha começou a ter cada vez mais medo do nariz recurvo e dos radiantes olhos de coruja do patrão. Quando ele, lá de cima, junto ao corrimão da escada, gritava seu nome ou, habituado como estava à vida a bordo, dava um assobio estridente, soprando entre os dedos, ela vinha com certeza, qualquer que fosse o canto em que pudesse estar sentada, arrastando-se o mais depressa possível, gemendo, palrando palavras de injúria e queixa enquanto subia as estreitas escadas.

Mas, assim como o sr. Bulemann no terceiro andar, ela havia acumulado nos cômodos de baixo tesouros obtidos não muito corretamente.

Já no primeiro ano de sua vida em comum, ela fora acometida por uma espécie de terror infantil de que o patrão pudesse de súbito assumir pessoalmente o gasto do dinheiro destinado à casa e que ela depois viesse a passar necessidades, nos seus dias de velhice, com a avareza dele. Para evitar isso, alegou que o trigo havia sofrido uma alta, exigindo em seguida uma soma a mais para a alimentação.

O inspetor de cargas, que acabara de iniciar seu cômputo de despesas para a vida, rasgou xingando seus papéis e a seguir arrumou de novo sua conta, acrescentando a soma exigida às rações semanais.

Porém a sra. Anken, depois de ter alcançado o objetivo e pensando, para poupar sua consciência, no ditado "tirar uma lasca não é roubar", agora subtraía não os vinténs recebidos de sobra, mas, com regularidade, os pãezinhos de trigo comprados por aquele preço; uma vez que o sr. Bulemann nunca entrava nos cômodos inferiores da casa, ela aos poucos foi enchendo os grandes armários de nogueira com o precioso conteúdo roubado.

Assim se escoaram cerca de dez anos. O sr. Bulemann se tornara cada vez mais magro e grisalho, seu roupão de flores amarelas cada vez mais puído. Muitas vezes, por então, passavam-se dias sem que abrisse a boca para falar, pois não via outros seres vivos senão os dois gatos e a velha criada semi-infantil. Só quando ouvia, lá embaixo, as crianças da vizinhança cavalgando as pedras de proteção da entrada da casa, ele punha a cabeça um pouco para fora da janela e ralhava com a voz estridente em direção à rua.

"O mercador de almas, o mercador de almas!", gritavam as crianças, dispersando-se. Mas o sr. Bulemann amaldiçoava e xingava mais raivosamente, até que afinal batia a janela com força, quando decerto Graps e Schnores pagavam caro por sua ira.

Para tornar impossível qualquer ligação com a vizinhança, havia muito tempo que a sra. Anken tinha de fazer as compras da casa em ruas distantes. E só podia sair quando começava a escurecer, fechando em seguida a porta de entrada.

Seriam oito dias antes do Natal quando, mais uma vez, ao anoitecer, a velha deixou a casa com essa finalidade. Apesar do costumeiro cuidado, dessa vez ela foi culpada de um esquecimento. Pois quando acabava de acender com fósforo sua vela de sebo, o sr. Bulemann escutou, admirado, um barulho nas escadas da frente e, assim que saiu para o vestíbulo, segurando no alto a luz, defrontou-se com a meia-irmã e um menino pálido.

"Como vocês entraram na casa?", gritou ele, depois de tê-la fitado um instante, espantado e enraivecido.

"A porta de baixo estava aberta", disse timidamente a mulher.

Entre os dentes ele murmurou uma maldição contra a criada.

"O que você quer?", perguntou a seguir.

"Não seja tão duro, irmão", pediu a mulher. "De outra forma, não tenho coragem de falar com você."

"Eu não sabia que você tinha algo a falar comigo. Você já recebeu sua parte; agora estamos quites."

A irmã permaneceu em silêncio diante dele, tentando inutilmente encontrar a palavra certa.

Dentro ouviu-se, várias vezes, o arranhar de patas na porta do quarto de Bulemann. Quando ele voltou para lá, os dois grandes gatos saltaram para o vestíbulo e ficaram ronronando e se esfregando em volta do menino pálido, que recuou com medo até a parede. O dono observava impaciente a mulher que continuava em silêncio diante dele.

"Então, vai demorar?", perguntou ele.

"Eu queria pedir uma coisa, Daniel", começou ela afinal. "Seu pai, poucos anos antes de morrer, quando eu estava passando as maiores necessidades, aceitou de mim como penhor uma pequena taça de prata."

"Meu pai? De você?", perguntou o sr. Bulemann.

"Sim, Daniel, seu pai; o marido de nossa mãe. Aqui está o recibo da penhora; ele não me deu muito dinheiro por ela."

"Continue!", disse o sr. Bulemann que, com um rápido olhar, examinou as mãos vazias da irmã.

"Faz algum tempo", prosseguiu ela hesitante, "sonhei que ia com meu filho doente ao cemitério. Quando chegamos ao túmulo de nossa mãe, ela estava sentada na lápide sob um arbusto cheio de rosas brancas e floridas. Tinha nas mãos aquela pequena taça que uma vez ganhei dela como presente. Mas quando chegamos mais perto, ela a colocou de encontro aos lábios, e enquanto acenava sorrindo com a cabeça, eu a ouvi nitidamente dizer: 'Saúde!'. Era sua branda voz, Daniel, como em vida. E tive esse sonho três noites seguidas."

"O que quer dizer isso?", perguntou o sr. Bulemann.

"Devolva-me a taça, irmão! O Natal está próximo: coloque-a no prato de Natal vazio da criança doente!"

O homem magro permaneceu imóvel diante dela no seu roupão de flores amarelas, observando-a com os grandes olhos redondos e brilhantes.

"Você trouxe dinheiro? Com sonhos não se resgatam objetos penhorados."

"Oh, Daniel!", bradou a mulher. "Acredite em nossa mãe! Ele vai sarar se beber da pequena taça. Seja misericordioso: ele tem o mesmo sangue que você!"

Ela havia estendido as mãos, mas ele recuou um passo.

"Fique longe de mim", disse o irmão.

Em seguida chamou os gatos.

"Graps, velho animal! Schnores, meu filhinho!"

O grande gato amarelo subiu de um salto para o braço do dono e, com as garras, acocorou-se na colorida touca de pontas, enquanto o animal preto escalava seus joelhos.

O menino doente havia se esgueirado para mais perto.

"Mãe", disse, puxando com força a roupa dela. "É esse o tio malvado que vendeu os filhos negros?"

No mesmo instante, o sr. Bulemann atirou o gato para o chão e agarrou o braço do menino, que gritava.

"Maldita corja de mendigos!", bradou ele. "Também você assobia a torpe mentira!"

"Irmão, irmão!", lamuriava-se a mulher.

Mas o menino já estava lá embaixo, no patamar da escada, choramingando.

A mãe saltou até ele e pegou-o carinhosamente nos braços. Mas depois endireitou bem o corpo e, com a cabeça ensanguentada da criança no peito, levantou o punho cerrado contra o irmão, que permanecia em cima, junto ao corrimão, entre os gatos que ronronavam.

"Homem mau e infame!", gritava ela. "Que você apodreça ao lado desses animais!"

"Pragueje o quanto quiser!", respondeu o irmão. "Mas saia desta casa."

Depois disso, enquanto a mulher, com o menino chorando, descia as escadas escuras, ele chamou os gatos e fechou atrás de si a porta do quarto. Não lembrava que as pragas dos pobres são perigosas quando a dureza do coração dos ricos as provoca.

Alguns dias mais tarde a sra. Anken entrou no aposento do patrão com o almoço, como era habitual. Mas dessa vez ela apertava mais do que de costume os lábios finos e seus pequenos olhos estúpidos brilhavam de prazer. Pois não tinha esquecido as ásperas palavras que precisara engolir naquela noite por causa de sua negligência e cogitava desde então pagá-las com juros ao sr. Bulemann.

"O senhor não ouviu os sinos de Santa Madalena tocarem?", perguntou.

"Não", respondeu laconicamente o sr. Bulemann, sentado às voltas com suas tabelas de números.

"Não sabe então por que tocaram?", continuou a velha.

"Que conversa tola é essa? Eu não fico ouvindo o toque dos sinos."

"Mas foi pelo filho de sua irmã!"

O sr. Bulemann depôs a caneta.

"O que você está tagarelando, velha?"

"Eu disse que acabaram de enterrar o pequeno Christoph", replicou ela.

O sr. Bulemann voltou a escrever.

"Por que está me contando isso? O que me importa o menino?"

"Bem, estava só pensando... As pessoas contam o que acontece de novo na cidade."

Quando ela saiu, o sr. Bulemann largou a caneta outra vez e ficou andando com as mãos nas costas por um longo tempo, de lá para cá. Quando ouvia um ruído na rua de baixo, ia às pressas até a janela, como se esperasse ver os funcionários da cidade entrando na casa para intimá-lo a comparecer ao conselho municipal por causa dos maus-tratos infligidos ao menino.

O negro Graps, que exigia miando sua parte na refeição servida, levou um pontapé e voltou gritando para o seu canto. Mas, fosse então a fome ou tivesse mudado de repente a natureza até aqui submissa do animal, ele voltou-se contra o dono e investiu contra ele, bufando e espirrando; o sr. Bulemann deu-lhe um segundo pontapé.

"Coma!", disse ele. "Vocês não precisam me esperar."

De um só golpe os dois gatos estavam ao lado da travessa cheia, que o sr. Bulemann havia colocado para eles sobre o assoalho. Mas nesse momento aconteceu algo estranho.

Quando o amarelo Schnores, que terminara primeiro a refeição, estava no meio do quarto, espreguiçando-se e se agachando, o sr. Bulemann inesperadamente ficou parado à sua frente; depois caminhou em volta do animal e observou-o por todos os lados.

"Schnores, velho velhaco, o que está havendo?", disse ele, fazendo festa na cabeça do gato. "Você ainda está crescendo!"

Naquele instante, o outro gato também saltou para aquele lugar. Arrepiou sua pele brilhante e depois se levantou inteiramente sobre as pernas negras. O sr. Bulemann puxou a pontuda touca colorida da testa.

"Esse também!", murmurou ele. "Estranho, deve ser por causa da raça."

Nesse meio-tempo começou a escurecer e, uma vez que ninguém vinha incomodá-lo, sentou-se junto às travessas que estavam na mesa. Afinal se pôs a olhar com certa satisfação os grandes gatos sentados ao seu lado em cima do canapé.

"Vocês são dois rapazes imponentes!", disse, acenando para eles com a cabeça. "Agora a velha não precisa mais envenenar os ratos lá embaixo!"

Mas ao anoitecer, quando se dirigiu ao quarto de dormir ao lado, não os deixou entrar como fazia habitualmente. E quando à noite os ouviu raspando com as patas a porta do quarto e escorregando para baixo sem parar de miar, ele puxou a coberta até as orelhas, pensando: "Podem miar, eu vi aquelas garras".

Chegou a manhã seguinte e, quando era meio-dia, ocorreu a mesma coisa do dia anterior. Das tigelas vazias os gatos pularam pesadamente para o meio do gabinete, distenderam-se e se espreguiçaram. E quando o sr. Bulemann, outra vez sentado às voltas com sua tabela de números, baixou o olhar para eles, recuou com horror a cadeira giratória, permanecendo com o pescoço esticado. Lá estavam, com gemidos leves, como se alguém lhes tivesse feito algum mal, Graps e Schnores, tremendo, com as caudas enrodilhadas, o pelo arrepiado; viu nitidamente como eles se dilatavam e ficavam cada vez maiores. Mais um instante e ele estava em pé, com as mãos agarradas à mesa; depois, repentinamente, passou pelos gatos e escancarou a porta do aposento.

"Senhora Anken, senhora Anken!", bradou e, visto que ela parecia não ter ouvido, assobiou usando os dedos e logo a velha veio, arrastando os pés, da casa dos fundos, subindo sem fôlego um lance de escada após o outro.

"Observe os gatos!", exclamou ao vê-la entrar.

"Eu já os vi muitas vezes, senhor Bulemann!", respondeu ela, piscando os olhos estúpidos.

"Que animais são esses? Não são mais gatos!"

Agarrou a velha pelos braços e atirou-a contra a parede.

"Bruxa de olhos roxos!", gritou. "Confesse: que comida deu para os meus gatos incharem tanto?"

A mulher entrelaçou as mãos ossudas e começou a palrar orações ininteligíveis. Mas os gatos medonhos saltavam à direita e à esquerda para os ombros do dono, lambendo-lhe o rosto com as línguas ásperas. Então ele teve de soltar a velha.

Sem refrear a algaravia e tossindo sem parar, ela se esgueirou do aposento e desceu as escadas se arrastando. Estava perturbada; tinha medo, ora mais do patrão, ora mais dos grandes gatos, ela mesma não sabia. Assim alcançou o seu quarto. Com as mãos trêmulas, tirou da cama uma meia cheia de dinheiro, depois pegou de uma gaveta um sem-número de saias velhas e trapos e embrulhou com eles o seu tesouro, até finalmente formar uma grande trouxa. Em seguida quis ir embora a qualquer preço; pensou na pobre meia-irmã do patrão que morava num arrabalde quase fora da cidade; esta sempre fora amável com ela, resolveu ir até sua casa. Era certamente um longo caminho, que passava por muitas ruas, sobre muitas pontes estreitas e compridas por cima de fossos escuros e canais, e lá fora já caía a noite de inverno. Ela no entanto sentia-se impelida para longe dali. Sem pensar nos milhares de pãezinhos que, com um cuidado infantil, havia amontoado nos grandes armários de nogueira, saiu da casa com a pesada trouxa na nuca. Fechou cuidadosamente, com a grande chave enferrujada, a pesada porta de carvalho, enfiou-a na bolsa de couro e caminhou arquejante pela cidade sombria.

Nunca mais a sra. Anken voltou, e a porta da casa de Bulemann nunca mais foi aberta.

Porém, no mesmo dia em que ela foi embora, um jovem vadio, que corria em torno das casas brincando de Cavaleiro Ruprecht, contou entre risos aos seus camaradas que, quando atravessava a ponte Crescentius com o seu rústico casaco de pele, assustara de tal modo uma velha que ela havia pulado como uma louca na água escura.

Na madrugada do dia seguinte, no subúrbio mais longínquo da cidade, o corpo de uma velha senhora, enlaçado a uma grande trouxa, foi pescado pelos guardas e logo em seguida, já que ninguém a conhecia, enterrado no cemitério local, em área reservada aos indigentes, num caixão de pobre.

Aquela era a manhã da véspera de Natal.

O sr. Bulemann tivera uma noite ruim; o raspar das patas e a movimentação dos bichos junto à porta do quarto não o haviam deixado em paz; só no crepúsculo da manhã ele caiu num sono longo, de chumbo. Quando finalmente enfiou a cabeça, coberta pelo gorro pontudo, na sala de estar, viu os dois gatos ronronando alto e andando um atrás do outro com passadas inquietas. Já começava a tarde; o relógio de parede marcava uma hora.

"Devem estar com fome, essas bestas", murmurou.

Abriu então a porta que dava para o vestíbulo e chamou a velha com um assobio. Ao mesmo tempo, entretanto, os gatos saíram aos trancos e desceram correndo a escada; pouco depois ouviram-se lá embaixo, na cozinha, saltos e o ruído de pratos. Eles deviam ter saltado sobre o armário no qual a sra. Anken costumava guardar as refeições para o dia seguinte.

O sr. Bulemann permanecia no alto da escada, chamando em voz alta e xingando a velha criada; mas só o silêncio respondia, ou ainda um fraco eco, que vinha de baixo para cima, dos cantos da velha casa.

Ele já estava assentando, uma sobre a outra, as abas do roupão florido; estava para descer quando ressoou um barulho nas escadas de baixo e os dois gatos voltaram correndo. Mas não eram mais gatos; eram duas feras terríveis e inomináveis. Puseram-se diante dele, fitaram-no com olhos cintilantes e emitiram um uivo rouco. Ele quis passar por elas, mas uma patada que lhe arrancou um pedaço do roupão fez que recuasse. Correu para o quarto, quis escancarar uma janela para chamar as pessoas na rua, mas os gatos vieram atrás e puseram-se à sua frente. Ronronando com raiva, a cauda erguida, caminhavam de um lado para o outro diante das janelas. O sr. Bulemann disparou para o vestíbulo e bateu a porta do quarto atrás de si; os gatos, contudo, desferindo pancadas no trinco, já estavam à sua frente, junto à escada.

Ele voou de volta ao quarto e outra vez os gatos estavam lá. O dia já acabava e a escuridão rastejava por todos os cantos. Da rua lá embaixo ele ouviu uma canção: meninos e meninas iam de casa em casa cantando cantigas de Natal. Passavam por toda parte; ele ficou parado, escutando. Então ninguém vinha à sua porta? Mas ele sabia muito bem a resposta: havia expulsado todos, pessoalmente; ninguém bateu, ninguém sacudiu a porta de entrada fechada à chave. Passaram por ela e aos poucos tudo estava silencioso na rua. Ele tentou outra vez fugir, quis usar a violência, lutou com os animais, deixou o rosto e as mãos serem rasgados e sangrarem. Recorreu depois à astúcia; chamou-os pelos velhos nomes carinhosos, esfregou-lhes o brilho do pelo e até mesmo ousou coçar suas cabeças achatadas onde luziam os grandes dentes brancos. Eles se atiraram diante dele e ronronando rodearam seus pés; mas quando ele julgou ter chegado o momento certo para se evadir pela porta, os gatos saltaram e ficaram parados à sua frente, emitindo o uivo rouco. Assim passou a noite, veio o dia, e ele continuava correndo entre a escada e as janelas do quarto, de cá para lá, torcendo as mãos, ofegando, o cabelo grisalho desgrenhado.

E alternaram-se mais duas vezes o dia e a noite, até que ele, totalmente esgotado, todos os membros do corpo tremendo, lançou-se sobre o canapé. Os gatos sentaram-se diante dele, piscando sonolentos os olhos semicerrados. Aos poucos, o movimento do corpo foi diminuindo e por fim cessou por completo. Uma palidez sem vida cobriu-lhe o rosto por baixo da barba; suspirando de novo, estirou os braços e distendeu os dedos compridos sobre os joelhos; depois não se mexeu mais.

Ainda assim, lá embaixo, nos aposentos vazios, não se fez silêncio. Fora, na porta da casa de trás, que dava para o estreito pátio, ouvia-se um barulho ativo de roer e mastigar. Finalmente surgiu sobre a soleira uma abertura, que se tornou cada vez maior; a cabeça cinzenta de um camundongo passou por ela, depois outra, e logo deslizava um bando de camundongos sobre o corredor e a escada em direção ao primeiro andar. Aqui começou de novo o trabalho na porta do cômodo e, quando esta foi roída de vez, chegou a hora dos grandes armários, nos quais se encontravam os tesouros armazenados e deixados para trás pela sra. Anken. Era uma vida no país das delícias: quem queria abrir caminho precisava fazê-lo à medida que comia. E os bichinhos enchiam a pança; quem não queria mais comer enrolava os rabos e tirava sua soneca dentro dos pãezinhos ocos pela comilança. À noite eles ressurgiam, deslizavam pelas tábuas do assoalho ou ficavam sentados, lambendo as patinhas, defronte às janelas, fitando com os olhinhos brilhantes a rua lá embaixo à luz da lua.

Mas essa fartura logo chegaria ao fim. Na terceira noite, no momento em que lá em cima o sr. Bulemann havia cerrado os olhos, ouviu-se um ruído nos degraus de fora. Os grandes gatos desceram aos pulos, abriram com uma patada a porta do cômodo e começaram a caça. Toda felicidade acabou. Guinchando e sibilando, os gordos camundongos puseram-se a correr de um lado para outro, tentando desesperadamente subir pelas paredes. Era inútil; emudeceram um depois do outro entre os dentes trituradores das duas feras.

A partir daí houve silêncio, e logo nada se ouvia na casa inteira a não ser o leve rom-rom dos grandes gatos, que, com as patas esticadas, lá em cima, deitaram-se diante do quarto do dono, lambendo o sangue das barbas.

Na porta de entrada a fechadura enferrujou, o azinhavre cobriu por completo a argola de metal e entre as pedras dos degraus da frente a erva começou a crescer.

Lá fora, porém, o mundo seguia indiferente o seu caminho. Quando o verão chegou, uma florida roseira despontou, no cemitério de Santa Madalena, sobre o túmulo do pequeno Christoph; em breve havia ali, também, uma pequena lápide. Quem plantou a roseira foi a mãe do menino; a lápide ela certamente não podia ter providenciado. Mas Christoph tivera um amigo: um jovem músico, filho de um negociante de velharias, que morava na casa em frente à sua; no início, quando o músico estava sentado ao piano, o menino se esgueirava sob a janela para ouvi-lo; mais tarde o jovem às vezes o levava à igreja de Santa Madalena, onde costumava se exercitar à tarde no órgão.

Nessas ocasiões o menino pálido sentava-se num banquinho aos seus pés, pousava a cabeça no banco do órgão enquanto ouvia, e ficava vendo as luzes do sol brincarem por entre as janelas da igreja. Quando então o jovem músico, arrebatado pela elaboração do seu tema, fazia os registros graves bramirem pelas abóbadas ou quando, por vezes, puxava os trinados e os sons iam em ondas como se corressem trêmulos diante da majestade de Deus, podia acontecer que o menino rompesse num soluço baixo e seu amigo só conseguisse acalmá-lo a custo. Certa vez ele disse, implorando: "Isso dói, Leberecht; não toque tão alto!".

O organista imediatamente introduzia os registros agudos e fazia soarem as flautas e outras vozes suaves; doce e comovente, a canção predileta do menino enchia a igreja silenciosa: "Decida quais são os seus caminhos".

Leve, com voz doentia, ele começava a cantar junto.

"Quero também aprender a tocar", dizia quando o órgão silenciava. "Você me ensina, Leberecht?"

O jovem músico pousava a mão sobre a cabeça do menino e, alisando seu cabelo loiro, respondia:

"Primeiro fique bem de saúde, Christoph; aí então vou ensiná-lo com prazer."

Mas Christoph não ficou bem de saúde. Ao lado de sua mãe, o jovem organista acompanhou o pequeno caixão. Foi quando se falaram pela primeira vez; e a mãe contou-lhe o sonho que tivera três vezes com a pequena taça de prata que fora herdada.

"A taça eu poderia ter oferecido à senhora; meu pai, que a adquiriu há anos, com muitas outras coisas, do seu irmão, deu-me certa vez essa linda peça como presente de Natal."

A senhora irrompeu nas mais amargas lamentações.

"Ah, ele teria ficado bem, com toda a certeza!", exclamou várias vezes.

O jovem andou algum tempo em silêncio ao lado dela.

"Essa taça o nosso Christoph ainda vai ter", disse afinal.

Foi o que aconteceu. Alguns dias depois ele negociou a taça a bom preço com um colecionador de preciosidades; com o dinheiro, mandou fazer a pedra sepulcral para o túmulo do pequeno Christoph. Fez colocar nele uma lousa de mármore sobre a qual foi cinzelada a imagem da taça de prata. Embaixo estava gravada a palavra: "Saúde!".

Durante anos, quer houvesse neve acumulada sobre o túmulo, quer o arbusto estivesse coberto de rosas, sempre se vira por ali uma pálida senhora que lia contrita e pensativa a palavra gravada no túmulo.

Mais tarde, num verão, ela não veio mais; mas o mundo seguia indiferente o seu caminho.

Apenas muitos anos mais tarde, um senhor idoso visitou o túmulo, viu a pequena lápide e arrancou da velha roseira uma rosa branca. Era o organista aposentado da Santa Madalena.

Mas temos que deixar o pacífico túmulo da criança e, para levar o relato até o fim, lançar mais um olhar sobre o outro lado da cidade e a velha casa de sacadas envidraçadas da Rua Escura.

Ela continuava silenciosa e fechada. Ao passo que lá fora a vida se agitava continuamente, dentro crescia, nos aposentos cerrados, o fungo nas rachaduras do assoalho, o estuque dos tetos despregava-se, caindo no chão e fazendo rolar, em noites solitárias, um eco sinistro no corredor. As crianças que tinham cantado naquela noite de Natal moravam, já adultas, em suas casas, ou então consumaram suas vidas e estavam mortas; as pessoas que agora andavam na rua vestiam outras roupas, e lá longe, no cemitério de arrabalde, a negra estaca com um número, no túmulo sem nome da sra. Anken, havia muito tempo apodrecera. Novamente brilhava, à noite, como tantas vezes, por cima da casa vizinha, a lua cheia sobre a janela proeminente do terceiro andar, pintando com sua luz azulada as pequenas vidraças redondas por cima das tábuas do assoalho. O quarto estava vazio; apenas sobre o canapé, acocorada, havia uma pequena figura do tamanho de uma criança de um ano, o rosto velho e barbudo, o nariz magro desproporcionalmente grande; havia também uma touca pontuda, que caía bem abaixo das orelhas, e um comprido roupão visivelmente destinado a um homem adulto, sobre cujas abas ela erguera os pés.

Essa figura era o sr. Bulemann. A fome não o matara, mas, por falta de alimento, ele ressecara e encolhera e assim, no curso dos anos, ficara cada vez menor. De vez em quando, nas noites de lua cheia como aquela, ele acordava, tentando escapar, apesar de sua força sempre mais débil, dos seus guardas. Quando se afundava no canapé, esgotado pelos esforços inúteis, ou, por fim, rastejava para cima dele, sendo então acometido por um sono de chumbo, Graps e Schnores esticavam o corpo para fora, diante da escada, chicoteavam o chão com a cauda e espreitavam se as riquezas da sra. Anken haviam atraído cortejos de camundongos para dentro da casa.

Naquele dia era tudo diferente; os gatos não estavam nem no quarto nem fora, no corredor. Quando a luz da lua, através da janela, saiu de cima do assoalho e aos poucos se deslocou para a pequena figura, ela começou a se mover; os grandes olhos redondos se abriram e o sr. Bulemann percorreu com o olhar o cômodo vazio. Depois de algum tempo, escorregou, arrastando com esforço as mangas compridas, do alto do canapé, e caminhou devagar até a porta, enquanto a larga cauda do roupão de dormir varria o chão atrás dele. Na ponta dos pés conseguiu agarrar o trinco, abrir a porta do quarto e avançar até o corrimão da escada. "Senhora Anken, senhora Anken!" Mas sua voz era como o cochicho de uma criança doente.

"Senhora Anken, estou com fome, ouça!"

Tudo permanecia quieto; só os camundongos guinchavam freneticamente nos aposentos de baixo.

Aí, então, ele ficou irado.

"Bruxa maldita, o que é que você está assobiando?"

E uma torrente de injúrias sussurradas de maneira ininteligível jorrou de sua boca, até que um acesso de tosse o acometeu e paralisou-lhe a língua.

Embaixo, na porta de entrada, bateram a negra argola de metal e o eco subiu até o ponto mais alto da casa. Deve ter sido o tal notívago de que se falou no início desta história.

O sr. Bulemann havia se recuperado.

"Abra!", murmurou. "É o menino, é Christoph, ele quer pegar a taça de prata!"

De repente, lá de baixo tornaram-se audíveis, por entre os sibilos dos camundongos, os saltos e o ronronar dos dois grandes gatos. Ele parecia raciocinar; pela primeira vez, desde que despertara, eles haviam deixado o último andar e não o perturbaram. Rápido, arrastando atrás de si o longo roupão, moveu os pés de volta para o quarto.

Lá fora, do fundo da rua, ouviu o guarda chamar.

"Um homem, um homem!", murmurou. "A noite é tão longa, estou acordado e a lua ainda brilha."

Escalou a cadeira estofada que estava junto à janela da sacada. Trabalhou ativamente com as pequenas mãos secas na maçaneta da janela, pois lá embaixo, na rua clara de luar, tinha visto o guarda parado. Mas as dobradiças estavam enferrujadas; em vão se esforçou para abri-la. Viu então o homem, que por um momento olhara para o alto, recuar para as sombras das casas.

Um grito débil escapou de sua boca; trêmulo, de punhos cerrados, bateu nas vidraças; mas sua força era insuficiente para quebrá-las. Então começou a cochichar; aos poucos, enquanto a figura do homem na rua se distanciava cada vez mais, seu balbucio se tornou uma algaravia sufocada e rouca; dividiria com aquele homem os seus tesouros, se ele ao menos quisesse escutar; daria tudo a ele, não queria conservar nada, absolutamente nada; só a taça, que era propriedade do pequeno Christoph.

Mas o homem lá embaixo seguia indiferente o seu caminho e logo desaparecia numa rua lateral. De todas as palavras que o sr. Bulemann falou aquela noite, nenhuma foi ouvida por uma alma humana.

Finalmente, cessados todos os esforços inúteis, a pequena figura se acocorou na cadeira estofada, endireitou a touca pontuda e, balbuciando palavras incompreensíveis, ergueu o olhar para o céu noturno e vazio.

Apresentação e tradução de Modesto Carone

LAMED SCHAPIRO

Halá branco

O terror tornou-se palavra corriqueira em nossa dose cotidiana de noticiários midiáticos. Ele nos causa medo, não pasmo. E essa familiaridade, mesmo de parte daqueles que por diferentes circunstâncias não sangraram na própria carne, veio crescendo pelo século XX e expôs toda a sua crueldade no extermínio programado de 6 milhões de judeus pela "solução final" nazista. Mas esse convívio com sua brutalidade, com a horrível "banalidade do mal", a violentação mais feroz da existência humana, não era tão costumeiro no início do século XX. Mesmo o ensaio geral do Holocausto representado pelos pogroms na Rússia tsarista a partir de 1880 e, particularmente, na Ucrânia, após a Primeira Grande Guerra, foi objeto, ao lado de explicações sociológicas, históricas e religiosas, de uma vasta produção ficcional e poética em ídiche e hebraico, marcada sobretudo pelo estupor e pela incompreensão diante do inconcebível. E é essa estupefação e revolta em face do espetáculo da besta humana e de sua vítima "eleita" que movem a pena de Lamed Schapiro, num dos Leitmotiven *fundamentais de sua obra.*

Nascido em 1878 na Ucrânia, Levi Ioschua Schapiro começou escrevendo poesias em russo, hebraico e ídiche. Encontrou estímulo em um dos "pais fundadores" da literatura ídiche, I. L. Peretz, e foi nesse idioma que sua arte passou a se desenvolver. Aos 25 anos, publicou seu primeiro conto em Varsóvia. Mais tarde foi para Londres e, em 1906, para os Estados Unidos, onde compôs sua primeira novela, Der Tzeilim [A cruz], que o consagraria como o escritor "clássico" do pogrom. Em 1909 voltou à Polônia, e retornou definitivamente à América em 1911. Ali, escrevendo para jornais e revistas judaicas e tentando a sorte com pesquisas sobre a fotografia em cores, que o fascinava, viveu entre Nova York e Los Angeles até sua morte, em 1948.

A estreia efetiva de L. Schapiro deu-se em 1910 com Oifn Iam [No mar], coletânea que o caracterizou desde logo como uma presença indeclinável na ficção ídiche contemporânea. E isso não pelo volume de sua criação ou por seu alento. Figura algo solitária, boêmia, trabalhada por inquietações, frustrações e errância, dois aspectos singularizaram sua escritura: a violência e o perfeccionismo. Com efeito, após a expressão que imprimiu à temática do pogrom nos primeiros relatos, L. Schapiro sentiu-se insatisfeito com sua crueza de estilo e, na linha da estetização e modernização peretzianas da linguagem narrativa nas letras judaicas, pôs-se a lapidá-lo incessantemente, buscando unir uma precisão flaubertiana de registro psicológico ao tonalismo impressionista tchekhoviano.

"Halá branco" é prova desse esforço de arte, na densidade levada ao paroxismo por uma objetividade pungente, alienadora.

Certo dia, um vizinho quebrou a perna de um cão vadio com uma pedra pesada; quando Vassil viu a ponta aguda do osso perfurando a pele, chorou. As lágrimas corriam-lhe dos olhos, da boca, do nariz; a cabeça loira sobre o pescoço curto afundou ainda mais entre os ombros; o rosto todo desfigurou-se e enrugou-se, mas ele não emitiu um ai. Tinha então uns sete anos.

Em breve aprendeu a não chorar. Sua gente bebia, brigava com os vizinhos, entre si, batia nas mulheres, no cavalo, na vaca, e às vezes, em fúria especial, com a própria cabeça na parede. Era uma família numerosa com uma diminuta gleba de terra, trabalhavam dura e canhestramente e todos viviam numa choça: homens, mulheres e crianças dormiam misturados no chão. A aldeia era pequena e pobre, a certa distância da cidadezinha; e a cidadezinha, aonde iam ocasionalmente para a feira, parecia enorme e rica a Vassil.

Na cidadezinha havia judeus, uma gente que usava roupas estranhas, ficava nos armazéns, comia *halá* branco e vendera o Cristo. O último ponto não era muito claro: quem era Cristo, por que os judeus o venderam, quem o comprara, e com que propósito? — tudo parecia como que num nevoeiro. *Halá* branco, isso era outra coisa: Vassil o vira algumas vezes com os próprios olhos, e mais do que isso: certa vez roubara um filão e comera-o, depois do que permanecera algum tempo atônito, com uma expressão de assombro na face. Não entendia aquilo tudo, mas o respeito pelo *halá* branco jamais o abandonou.

Era uma polegada mais baixo, porém foi recrutado, devido aos seus ombros largos, ligeiramente encurvados, e ao pescoço taurino. Aqui, no Exército, as pancadas voltavam à ordem do dia: o cabo, o sargento e os oficiais espancavam os praças, os praças espancavam-se uns aos outros, todos eles. Vassil não conseguia aprender os regulamentos de serviço; não entendia e não pensava. Tampouco era bom conversador; quando duramente instado, em geral não lograva emitir um som, mas o semblante ficava tenso e sua fronte estreita cobria-se de rugas. *Cashe* e *borscht*, contudo, abundavam. Havia alguns judeus no regimento — judeus que haviam vendido o Cristo —, mas nas fardas do Exército e sem *halá* branco pareciam quase como todo mundo.

Viajaram em trens, marcharam, tornaram a viajar e depois a deslocar-se a pé; acampavam ao ar livre ou ficavam aboletados em casas; e isso prosseguiu por tanto tempo que Vassil ficou completamente confuso. Não se lembrava mais de quando tudo começara ou onde estivera; era como se houvesse vivido a vida inteira passando de cidade em cidade, com dezenas ou centenas de milhares de outros soldados, através de lugares estranhos, habitados por gente estranha que falava uma língua incompreensível e parecia atemorizada ou enraivecida. Nada de especialmente novo acontecera, mas lutar convertera-se na própria essência da vida; todo mundo lutava agora, e dessa vez não se tratava de simples pancadas, mas de luta a sério: atiravam em pessoas, despedaçavam-nas, retalhavam-nas à baioneta e, por vezes, até atacavam-nas a dentadas. Ele também lutou, cada vez mais selvagemente, com apetite crescente. A comida não vinha mais com regularidade, dormiam pouco, marchavam e combatiam um bocado, e tudo isso o deixava inquieto. Continuava a sentir falta de algo, a ansiar por algo e, em momentos de grande tensão, uivava feito um cão atormentado, porque não conseguia dizer o que desejava.

Avançavam sobre um terreno cada vez mais elevado; cadeias de gigantescas montanhas sulcavam o país em todas as direções e o inverno reinava sobre elas, áspero e sem trégua. Abriam caminho através dos vales, com neve seca e polvorenta até o joelho, os ventos gelados arranhavam-lhes as faces e as mãos como ferros de lixar, mas os oficiais estavam mais joviais e bondosos do que antes e falavam em vitória; e a comida, embora nem sempre servida, era abundante. À noite tinham às vezes permissão para armar fogueiras na neve; então sombras monstruosas moviam-se sem ruído entre as montanhas, e os soldados cantavam. Vassil também tentava cantar, mas só sabia uivar. Dormiam como mortos, sem sonhos ou pesadelos, e, vez por outra, durante o dia, as montanhas reverberavam com o troar do canhão, enquanto os homens tornavam a escalar e descer as encostas.

Um mensageiro a cavalo galopou loucamente pelo campo; uma unidade avançada de cavalaria retornou de súbito e ocupou posições no flanco; duas baterias foram deslocadas da esquerda para a direita. As montanhas circundantes abriram-se como vulcões em frescas erupções, um dilúvio de fogo, chumbo e ferro desabou sobre o mundo.

A barragem continuou por longo tempo. Piotr Kudlo foi reduzido a frangalhos; o simpático Kruvenko, a melhor voz da companhia, jazia no solo com o rosto numa poça de sangue; o tenente Somov, aquele com cara de mocinha, perdeu uma perna, e o gigante Neumann, o loiro estoniano, ficou com a face estilhaçada. O bexiguento Gavrilov morrera; uma só granada liquidara os dois irmãos Bulgach; mortos também estavam Haim Ostrovski, Jan Zatika, Stazek Pieprz e o letão baixote cujo nome Vassil não sabia pronunciar. Formações inteiras foram ceifadas, era impossível manter-se na posição. Então Nahum Rachek, um rapaz alto e magro que sempre andava calado, saltou e sem ordem alguma disparou para a frente. Isso deu novo ânimo aos homens atordoados, que se lançaram pela colina escarpada à esquerda e praticamente com as mãos nuas tomaram as baterias que orientavam a artilharia inimiga, estrangulando os defensores como gatos, até o último homem. Mais tarde verificou-se que da companhia toda só restavam Vassil e Nahum Rachek. Após o combate, Rachek largou-se no chão vomitando bílis verde, e junto dele encontrava-se o seu fuzil com a coronha manchada de sangue e miolos. Não estava ferido e, quando Vassil perguntou o que havia, ele não respondeu.

Depois que o sol se pôs, a posição conquistada foi abandonada, e as tropas recuaram. Como e por que isso aconteceu Vassil não sabia, mas a partir desse momento o Exército começou a despencar pelas montanhas abaixo, como uma avalanche de pedras. Quanto mais andavam, mais apressada e menos ordenada era a retirada; no fim puseram-se a correr, a correr sem parar, dia e noite. Vassil não reconhecia a região, cada lugar era novo para ele, e sabia apenas, por ouvir dizer, que estavam retrocedendo. As montanhas e o inverno tinham ficado para trás havia muito tempo. Ao redor, estendia-se uma larga e infinita planura; a primavera ia em plena florescêndo; mas o Exército corria e não parava de correr. Os oficiais tornaram-se bárbaros, batiam nos soldados sem razão e sem piedade. Umas poucas vezes as tropas haviam estacado por um instante; o canhão troava, uma chuva de fogo açoitava a terra, os homens caíam feito moscas e depois voltavam a correr.

Alguém disse que tudo aquilo era culpa dos judeus. Novamente os judeus! Venderam o Cristo, comem *halá* branco e, além do mais, são culpados de tudo. O que era "tudo"? Vassil enrugou a testa e sentiu raiva dos judeus e de alguém mais. Apareceram boletins, volantes impressos que um homem distribuía entre as tropas; no acampamento os grupos se reuniam em torno dos que sabiam ler. Ouviam em silêncio, era um estranho silêncio, não se parecia com o de pessoas que simplesmente não falam. Alguém passou um volante a Vassil também; ele o examinou, tateou-o, meteu-o no bolso e juntou-se a uma roda para ouvir o que era lido. Não entendia palavra, exceto que era sobre judeus. Então os judeus devem saber, pensou ele, voltando-se para Nahum Rachek.

"Ei! Leia isso", disse.

Rachek passou os olhos pelo volante, depois lançou um olhar curioso sobre Vassil; mas nada disse e parecia prestes a jogar fora o impresso.

"Não faça isso! Não é seu!", gritou Vassil. Retomou o boletim, meteu-o no bolso, pondo-se a andar de um lado para o outro, agitado. Depois virou-se para Rachek.

"O que está escrito aí? É sobre você, não é?"

Nesse ponto, Nahum inflamou-se.

"Sim, é sobre mim. Diz que sou um traidor, sabe? Que traí a todos nós, que sou um espião. Como aquele alemão que foi apanhado e fuzilado. Sabe?"

Vassil ficou assustado. Sua testa começou a suar. Deixou Nahum, tateou o volante, desnorteado. Esse Nahum, pensou, deve ser um homem mau, raivoso assim, e um espião, além do mais, disse para si mesmo, mas alguma coisa não casa aqui, é complicado, não casa aqui, minha cabeça está rachando.

Após uma longa marcha acelerada, estacionaram num lugar qualquer. Não avistavam o inimigo havia dias e não ouviam som de disparo. Cavaram trincheiras e prepararam-se. Uma semana depois, tudo recomeçou. Era evidente que o inimigo se achava em algum lugar nas redondezas; também estava em trincheiras; tais trincheiras se aproximavam dia a dia, e ocasionalmente podia-se divisar uma cabeça acima do parapeito. Comiam muito pouco, dormiam menos ainda, atiravam na direção de que vinham as balas, balas que não paravam de atingir o muro de terra, de zumbir sobre a cabeça e, de quando em quando, perfurar corpos humanos. Perto de Vassil, à esquerda, sempre se encontrava Nahum Rachek. Nunca falava, limitava-se a carregar incessantemente o fuzil e a disparar, mecanicamente, sem pressa. Vassil não suportava a sua presença e, por vezes, tinha gana de fincar nele a baioneta.

Um dia em que o fogo era particularmente violento, Vassil de repente sentiu-se estranhamente inquieto. Lançou um olhar de viés para Rachek e viu que ele jazia na mesma posição de antes, de bruços, com o fuzil na mão; mas havia um buraco em sua cabeça. Algo irrompeu em Vassil; cego de fúria, deu um pontapé no cadáver, empurrando-o para o lado; depois começou a atirar desvairadamente, expondo a cabeça à cerrada chuva de chumbo que caía por toda parte à volta.

Aquela noite ficou muito tempo sem conseguir dormir; virava-se e revirava-se, resmungando pragas. Em certo momento, saltou em pé e começou a correr para a frente, mas lembrou-se então que Rachek estava morto e, desalentado, retornou à enxerga. Os judeus... traidores... venderam o Cristo... trocaram-no por uma canção!

Firmou os dentes e mordeu-se a si mesmo enquanto dormia.

Ao romper do dia, Vassil sentou-se de súbito na enxerga dura. Seu corpo estava alagado de suor frio, os dentes batiam e os olhos, redondos e esbugalhados, tentavam avidamente penetrar a escuridão. Quem esteve aqui? Quem esteve aqui?

Estava escuro como breu e o silêncio era de apavorar, mas ele ainda ouvia o roçar das asas gigantescas e sentia a fímbria do manto negro a lhe roçar a face. Alguém passara sobre o acampamento como um vento frio; o acampamento continuava quieto e congelado, uma cova aberta com milhares de corpos golpeados durante o sono e trespassados no coração. Quem esteve aqui? Quem esteve aqui?

Durante o dia, o tenente Muratov, do quarto batalhão do Regimento Ienissei, foi encontrado morto — Muratov, um homem violento, cruel, rosto apergaminhado. A bala, que o atingira entre os olhos, fora disparada por alguém do próprio pelotão. Os praças foram interrogados, mas ninguém denunciou o culpado. Ameaçados de punição, mantiveram-se em silêncio e permaneceram calados quando receberam ordem de entregar as armas. As demais unidades do regimento foram dispostas contra o pelotão, no entanto, quando lhes foi dada a ordem de fogo, todos, sem exceção, baixaram os fuzis para o solo. Outro regimento foi chamado, e dez minutos depois não restava um só homem vivo do pelotão amotinado.

No dia seguinte, dois oficiais amanheceram retalhados. Três dias mais tarde, em consequência de uma disputa entre dois cavalarianos, o regimento inteiro cindiu-se em dois bandos. Digladiaram-se até que apenas uns poucos escaparam ilesos.

Apareceram então homens à paisana e, encorajados pelos oficiais, começaram a distribuir volantes entre as tropas. Dessa vez não fizeram longos discursos, mas repetiam incessantemente uma coisa: os judeus nos atraiçoaram, é tudo culpa deles.

Mais uma vez alguém passou um volante a Vassil, mas ele não quis aceitá-lo. Tirou do bolso, com amor e respeito, como se fosse um precioso medalhão, um pedaço de papel amarrotado, desgastado nas pontas e manchado de sangue, exibindo-o: já o possuía e não o esquecera. O homem dos panfletos, um sujeitinho mirrado, de barbicha cor de areia, semicerrou um de seus olhinhos e tirou uma linha do atarracado praça de pescoço taurino e protuberantes olhos cinza-aquosos. Deu um tapinha amistoso nas costas de Vassil e afastou-se com um estranho sorriso nos lábios.

Os praças judeus haviam sumido: agrupados em silêncio, foram despachados, sem que ninguém soubesse para onde. Todo mundo respirou mais livre e mais à vontade, e, embora existissem ali muitas nacionalidades representadas, todos partilhavam da mesma opinião sobre o caso: o estrangeiro não se achava mais no meio deles.

E aí alguém lançou um novo slogan: "O governo judeu!".

Aquela foi a última parada e, quando tornaram a ser derrotados, não mais se detiveram em parte alguma, correndo como um estouro de animais a fugir de um incêndio na estepe, em grupos ou individualmente, sem comando nem ordem, mortalmente apavorados, precipitando-se através de toda passagem ainda não fechada pelo inimigo. Nem todos dispunham de armas, nenhum deles trazia o fardamento completo, e suas camisas pareciam uma segunda pele sobre os corpos sem banhar. O verão os castigava impiedoso, e comiam apenas o que conseguiam forragear. No entanto, agora sua língua materna era falada nas cidades e seus campos natais estendiam-se em derredor, mas os campos estavam irreconhecíveis, pois as colheitas do ano anterior apodreciam, esmagadas no solo, e a terra se estendia seca, cinzenta e esturricada, como a carcaça de um boi estripado por lobos.

E enquanto os exércitos rastejavam sobre o chão como multidões de vermes, bandos de corvos pairavam no céu, crocitando com sua voz seca de matraca — um ruído de tela rasgada —, mergulhavam e se inclinavam em intrincadas espirais, aguardando o que lhes pertenceria.

Entre Kolov e Zhaditsa, as legiões famintas e endoidecidas toparam com numerosos grupos de judeus expulsos das cidadezinhas fronteiriças, com suas mulheres, crianças, inválidos e trouxas. Uma voz disse: "Vamos pegá-los!". As palavras soaram como o distante estampido de uma arma. A princípio Vassil se conteve, mas o grito agudo das mulheres e crianças e as fisionomias repulsivas, aterrorizadas, dos homens com seus longos cachos laterais e cafetãs esvoaçando ao vento, impeliram-no a um frenesi, e ele investiu contra os judeus como um touro desvairado. Foram liquidados com misericordiosa rapidez: o Exército os pisoteou como uma manada de cavalos a galope.

Então, mais uma vez, alguém disse com uma vozinha esganiçada: "O governo judeu!".

As palavras de repente planaram muito alto, e com uma trovoada rolaram sobre as legiões selvagens, propagando-se pelas aldeias e cidades, alcançando os mais remotos recantos do país. As tropas em retirada bateram a região a ferro e fogo. À noite, cidades em chamas iluminavam-lhes o caminho; de dia, a fumaça obscurecia o sol e o céu, rolando em massas algodoadas sobre a terra, e corvos asfixiados tombavam ao solo de vez em quando. Queimaram as cidadezinhas de Zikov, Potapno, Kholodno, Stari Iug, Scheliuba; Ostrogorie, Sava, Rika, Beloie Krilo e Stupnik foram varridas da face da Terra; a cidade têxtil judia de Belopriazha desfez-se em fumaça, e a floresta de Vinokur, onde trinta mil judeus estavam refugiados, ardeu como uma fogueira, e por três dias sucessivos gritos agonizantes, como gases venenosos, alçaram-se do meio das árvores, espalhando-se sobre a região. Um pouco abaixo de Lutsin, o rápido e estreito rio Sinevodca ficou inteiramente obstruído de corpos humanos e transbordou para os campos.

Os bandos aumentavam cada vez mais. O camponês deixou sua aldeia e o habitante urbano, a cidade; padres de ícones e cruzes em punho conduziam procissões através dos povoados, abençoando devota e entusiasticamente o povo, e a palavra de ordem era: "O governo judeu!". Os próprios judeus compreenderam ter soado seu derradeiro instante, o derradeiro mesmo; e os sobreviventes abandonaram tudo a fim de morrer entre judeus em Maliassi, o mais antigo e o maior centro judeu do país, um lugar de estudos desde o século XIV, uma cidade de velhas sinagogas e grandes *ieschivot*, de rabis e eruditos modernos, com uma aristocracia de estudo e de comércio. Aqui, em Maliassi, os judeus jejuavam e rezavam, confessando os pecados a Deus, pedindo perdão a amigo e inimigo. Homens idosos recitavam os Salmos e as Lamentações, homens mais moços queimavam estoques de grão e vestimenta, destruíam móveis, quebravam e destruíam tudo o que pudesse ser de serventia ao Exército que se aproximava. E o Exército veio, veio de todas as direções, incendiou a cidade por todos os lados e inundou as ruas. Jovens tentaram resistir e saíram de revólver em punho. Os revólveres soaram como espingardas de rolha. Os soldados responderam com uma gargalhada atroadora, arrancaram as veias dos moços uma a uma, partiram-lhe os ossos em pedacinhos. Depois foram de casa em casa, degolando os homens onde os encontrassem e arrastando as mulheres à praça do mercado.

Um murro seco rebentou a fechadura e a porta se abriu.

Fazia dois dias que Vassil não comia nem dormia. A pele ardia sob o calor seco, os ossos pareciam desconjuntados, os olhos estavam injetados de sangue, o rosto e o pescoço cobertos de barba loira.

"Comida!", disse em voz rouca.

Ninguém lhe respondeu. Junto à mesa erguia-se um judeu alto num cafetã negro, de barba e *peies* negros e olhos tristonhos. Ele apertou os lábios e continuou teimosamente calado. Vassil avançou colérico e repetiu: "Comida!".

Mas dessa vez falou com voz menos rouca. Junto à janela vislumbrou outra figura, uma mulher jovem, de branco, cabelos negros. Dois grandes olhos — nunca vira olhos tão grandes — olhavam para ele e através dele, e o olhar desses olhos era tal que Vassil ergueu o braço e encobriu os próprios olhos. Seus joelhos tremiam, sentiu-se como se estivesse derretendo. Que espécie de mulher era aquela? Que espécie de gente? Deus! Por quê, por que foram vender o Cristo? Além do mais, responsáveis por tudo! Até Rachek admitia. E eles se limitam a ficar quietos, olhando através de você. Maldição, o que estão procurando? Tomou a cabeça nas mãos.

Sentiu algo e olhou à sua volta. O judeu permanecia ali, mortalmente pálido, com ódio nos olhos. Por um instante, Vassil o fitou obtusamente. De súbito, agarrou a barba negra e puxou-a com selvageria.

Uma figura branca interpôs-se entre eles. A fúria deixou Vassil estonteado e escaldou-lhe a garganta. Deu um tirão na figura branca com uma das mãos. Uma longa faixa do vestido rasgou-se e ficou pendendo da bainha. Seus olhos sentiram-se ofuscados, quase cegos. Metade de um seio, um belo ombro, uma anca cheia, redonda, tudo ofuscantemente alvo e macio, como *halá* branco. Maldição, esses judeus são *feitos* de *halá* branco! Um fogo fanado saltou-lhe pelo corpo, seu braço saltou feito uma mola e disparou para dentro do vestido fendido.

Uma mão prendeu-lhe o pescoço. Ele virou a cabeça devagar e encarou o judeu por um momento, com olhos apertados e dentes à mostra, sem procurar livrar-se dos débeis dedos que lhe comprimiam a carne. Então ergueu os ombros, inclinou-se para a frente, pegou o judeu pelos tornozelos, levantou-o no ar e o atirou contra a mesa. Jogou-o no chão como um galho quebrado.

O homem gemeu fracamente; a mulher gritou. Mas ele já estava em cima dela. Apertou-a contra o assoalho e rasgou-lhe o vestido junto com a carne. Agora era repulsiva, o rosto manchado, a ponta do nariz vermelha, os cabelos desfeitos e caídos sobre os olhos. "Feiticeira", disse entre os dentes. Torceu-lhe o nariz como um parafuso. Ela deu um grito estridente, curto, mecânico, anormalmente alto, como o silvo de uma máquina. O grito, penetrando seu cérebro, enlouqueceu-o por completo. Ferrou-lhe o pescoço e a estrangulou.

Um ombro branco estremecia diante de seus olhos; uma gota cheia, redonda, de sangue fresco luzia sobre a pele. Suas narinas batiam como asas. Seus dentes rangiam; de repente, abriram-se e morderam a carne branca.

Halá branco tem gosto de suco de laranja forte. Quente e picante, e quanto mais a gente bebe, mais ardente é a sede. Agudo e denso, e estranhamente condimentado.

Como despencar de uma colina íngreme num trenó. Como afogar-se em agudos, ardentes licores.

Em círculo, em círculo, as essências da vida passavam de corpo para corpo, do primeiro para o segundo, do segundo para o primeiro — num círculo.

Pilares de fumaça e pilares de fogo elevaram-se para o céu na cidade inteira. Belo era o fogo no grande altar. Os gritos das vítimas — longos, estirados, intermináveis gritos — eram doces aos ouvidos de um deus tão eterno como o Eterno Deus. E as partes tenras, as coxas e os peitos, eram a porção do sacerdote.

Apresentação e tradução de Jacó Guinsburg

Conto publicado em O conto ídiche *(São Paulo, Perspectiva, 1966, Coleção Judaica, dirigida por Jacó Guinsburg)*

GEORGE SAND

Esperidião
(*Episódio*)

Este relato de George Sand (1808-76) é um episódio da novela Esperidião. *Publicada em 1838, fortemente marcada pelo romantismo, a novela não explora temas sobre a submissão da mulher, os infortúnios do amor, os pobres e camponeses humilhados da França, temas que George Sand, uma feminista* avant la lettre, *abordou em alguns de seus romances. Esperidião é, antes, a busca de um ideal e de uma verdade religiosa, à maneira de Chateaubriand.*

Samuel Hebronius, um judeu convertido ao protestantismo e depois ao catolicismo, foi rebatizado com o nome de Esperidião. Na Itália do século XVII, ele fundou um monastério, meditou e escreveu sobre uma religiosidade fora do dogma cristão e dos cânones da Igreja convencional. Antes de morrer, confiou seus escritos ao discípulo Fulgêncio, que, por sua vez, legou-os ao monge Aléxis.

No capítulo que se vai ler, Aléxis narra ao jovem noviço Angel a busca desse segredo, que acaba se tornando um longo pesadelo. Nessa descida ao inferno, imagens dantescas e visões de uma arquitetura macabra se alternam num espaço labiríntico e tenebroso, povoado de seres monstruosos e fantasmagóricos que se mutilam e se devoram uns aos outros. Viagem de provação e expiação, o relato é um libelo contra a Igreja embrutecida, inquisitorial, que perdeu a humildade, a humanidade e o senso de justiça, a ponto de torturar todos os Cristos, representados por um mártir agonizante, cujo coração é acossado pelos ímpios.

Em seu pesadelo, o monge Aléxis se vê dilacerado entre o bem e o mal; por um lado, o amor à verdade divina e a uma fé genuína, por outro, as paixões inflamadas de fiéis dogmáticos, a quem o narrador chama de traidores e impostores.

Havia três noites que eu não dormia. Na quarta, por volta de meia-noite, peguei uma tesoura, uma lanterna, uma alavanca e penetrei sem ruído numa igreja, decidido a ver o esqueleto e a tocar as ossadas que havia seis anos minha imaginação revestia de uma forma celeste e que minha razão ia restituir ao eterno vazio contemplando-as com calma.

Cheguei à pedra do *Hic est*, ergui-a sem muito esforço e comecei a descer a escada; lembrava-me de que havia doze degraus. Mas não havia descido cinco e minha cabeça já estava perturbada. Ignoro o que acontecia dentro de mim: se eu não tivesse passado por isso, nunca poderia acreditar que a coragem da vaidade pudesse superar tanta fraqueza e tanto terror covarde. Fui tomado pelo frio da febre, o medo fez tremer meus dentes; deixei cair a lanterna; senti que minhas pernas dobravam-se sob meu corpo.

Um espírito sincero não teria tentado superar essa aflição. Ele teria desistido de perseguir uma provação acima de suas forças; teria adiado seu encontro para um momento mais favorável; teria esperado com paciência e simplicidade a serenidade de suas faculdades mentais. Mas eu não queria desmentir a mim mesmo. Estava indignado com minha fraqueza; queria romper e atrofiar minha imaginação. Continuei a descer nas trevas, mas meu espírito esvaneceu e me tornei vítima das ilusões e dos fantasmas.

Pareceu-me que continuava a descer e que mergulhava nas profundezas do Érebo. Enfim, cheguei lentamente a um lugar plano e escutei uma voz lúgubre pronunciar estas palavras que ela parecia confiar às entranhas da terra:

"Ele não subirá a escada."

Nesse instante, ouvi erguer-se em minha direção, do fundo de abismos invisíveis, mil vozes que cantavam num ritmo estranho:

"Vamos destruí-lo! Que ele seja destruído! O que ele vem fazer no meio dos mortos? Que seja levado de volta ao sofrimento! Reconduzido à vida!"

Então uma fraca claridade perfurou as trevas e percebi que estava no último degrau de uma escada tão vasta como a base de uma montanha. Atrás de mim havia milhares de degraus de ferro vermelho; à minha frente, apenas o vazio, o abismo do éter, o azul sombrio da noite sob meus pés e sobre minha cabeça. Fui tomado por uma vertigem e, saindo da escada, sem pensar que fosse possível subir por ela, lancei-me no vazio, blasfemando. Mas mal pronunciara as sentenças de maldição, o vazio se encheu de formas e cores confusas; aos poucos, percebi que estava no mesmo plano de uma imensa galeria, e avancei tremendo. A escuridão ainda reinava ao meu redor; mas o fundo da abóbada iluminava-se com um clarão vermelho, revelando formas estranhas e terríveis da arquitetura. Todo esse monumento parecia, por sua força e tamanho gigantesco, ter sido talhado numa montanha de ferro ou numa caverna de lavas negras. Não distinguia os objetos mais próximos de mim; mas à medida que avançava, adquiriam um aspecto cada vez mais sinistro, e meu terror aumentava a cada passo. Os enormes pilares que sustentavam a abóbada, e até mesmo os ornatos desta, representavam homens de um tamanho sobrenatural, todos entregues a torturas espantosas: uns, suspensos pelos pés e espremidos por serpentes monstruosas, mordiam o solo, e seus dentes penetravam no mármore; outros, afundados no chão até a cintura, eram puxados de cima, uns pelos braços com a cabeça no alto, outros, de cabeça para baixo, voltavam-se para capitéis compostos por figuras humanas debruçadas sobre eles e obstinadas a torturá-los. Outros pilares representavam um enlaçamento de figuras que se devoravam, e cada uma delas mostrava apenas um tronco roído até os joelhos ou ombros, mas cuja cabeça furiosa era viva o suficiente para morder e devorar o que estava por perto. Havia os que, esfolados pela metade, se esforçavam, com a parte superior do corpo, para desprender a pele da outra metade, presa ao capitel ou retida na base; e ainda outros, que, ao se debaterem, haviam arrancado lanhos de carne que os mantinham pendurados com uma expressão de ódio e sofrimento indizíveis. Ao longo do friso havia em cada lado uma fileira de seres imundos, revestidos de forma humana, mas de uma feiura espantosa, ocupados em decepar cadáveres, devorar membros de corpos humanos, torcer vísceras, refestelar-se de despojos sanguinolentos. Da abóbada pendiam, no lugar de fechos e rosáceas, crianças mutiladas que pareciam soltar gritos lancinantes, ou que, fugindo atemorizadas dos devoradores de carne humana, se precipitavam com a cabeça para baixo e pareciam prestes a se estatelar no solo.

Quanto mais eu avançava, mais essas estátuas, aclaradas pela luz do fundo, adquiriam o aspecto da realidade; estavam forjadas com uma verdade que a arte dos homens nunca teria podido alcançar. Parecia uma cena de horror que um cataclismo desconhecido teria surpreendido no meio de sua realidade viva, e teria enegrecido e petrificado como a argila no forno. A expressão de desespero, de raiva e agonia era por demais impressionante em todos os rostos contraídos; o movimento ou a tensão dos músculos, a exasperação da luta, o frêmito da carne enfraquecida eram reproduzidos com tanta exatidão que era impossível suportar a cena sem desgosto e terror. O silêncio e a imortalidade dessa representação talvez acentuassem ainda mais seu efeito horrível em mim. Tornei-me tão fraco que parei e quis voltar.

Foi então que escutei, nos fundos das trevas que havia atravessado, rumores confusos como os de uma multidão em movimento. Em pouco tempo as vozes tornaram-se claras e os clamores mais ruidosos, e os passos apressaram-se tumultuosamente, aproximando-se com uma rapidez incrível: era um barulho de corrida irregular, estremecida, mas cujo estrépito se tornava mais próximo, mais impetuoso, mais ameaçador. Imaginei que estava sendo perseguido por essa multidão desregrada, tentei ultrapassá-la, precipitando-me debaixo da abóbada no meio das esculturas lúgubres. Mas me pareceu que aqueles personagens começavam a agitar-se, a umedecer-se de suor e sangue, e que seus olhos de esmalte giravam nas órbitas. De repente percebi que todos me olhavam e curvavam-se sobre mim, uns com a expressão de um riso medonho, outros com uma aversão furiosa. Todos erguiam o braço sobre meu corpo e pareciam prontos a me esmagar sob os membros palpitantes que arrancavam uns dos outros. Alguns me ameaçavam com a própria cabeça nas mãos, ou com cadáveres de crianças que haviam arrancado da abóbada.

Enquanto minha visão era turvada por essas imagens abomináveis, meus ouvidos se enchiam de barulhos sinistros que se aproximavam. Havia a minha frente objetos medonhos, e atrás de mim ruídos ainda mais terríveis: risos, gritos, ameaças, soluços, blasfêmias, e, de repente, momentos de silêncio, em que a multidão, levada pelo vento, parecia transpor distâncias enormes e ultrapassar-me cem vezes mais.

Enfim o ruído aproximou-se de tal forma que, sem esperança de escapar, tentei esconder-me atrás dos pilares da galeria; mas as figuras de mármore subitamente se animaram; e, agitando os braços que se estendiam freneticamente para mim, queriam me agarrar para devorar-me.

Fui então arremessado pelo medo até o meio da galeria, onde os braços não podiam alcançar-me, e a multidão veio ao meu encalço e o espaço encheu-se de vozes, o solo inundado de passos. Foi como uma tempestade nos bosques, uma rajada de vento nas ondas, uma erupção vulcânica. Tive a impressão de que o ar estava abrasado e de que meus ombros se dobravam sob o peso da onda. Fui carregado como uma folha de outono no turbilhão de fantasmas.

Todos usavam vestes negras, e seus olhos ardentes brilhavam sob um capuz sombrio, como os de um tigre no fundo de seu antro. Havia os que pareciam mergulhados num desespero sem limite, os que se entregavam a uma alegria insensata ou feroz, e outros cujo silêncio selvagem me dava calafrios e me amedrontava ainda mais. À medida que avançavam, as figuras de bronze e de mármore agitavam-se e se contorciam com tamanho esforço que acabavam por se livrar de sua terrível constrição, por se desprender do solo que lhes acorrentava os pés, por arrancar os braços e os ombros da cornija; os mutilados da abóbada também se desprendiam, e, arrastando-se como cobras ao longo das paredes, conseguiam chegar ao chão. E então todos esses antropófagos gigantescos, todos esses seres esfolados e mutilados juntavam-se à multidão de espectros que me arrastavam, e, ao recobrarem a aparência de uma vida plena, começavam a correr e a gritar como os outros; assim, o espaço ao nosso redor se avolumava, e a multidão espalhava-se nas trevas como um rio que rompeu seu dique; mas o clarão longínquo ainda a atraía e a guiava. Subitamente essa claridade pálida ficou mais viva, e vi que havíamos chegado ao fim. A multidão se dividiu, se espalhou nas galerias circulares, e eu percebi embaixo de mim, a uma distância imensurável, o interior de um monumento que a mão do homem nunca poderia ter construído. Era uma igreja gótica com o estilo das que os católicos construíam no século XI, numa época em que seu poder moral, tendo alcançado o apogeu, começava a construir cadafalsos e fogueiras. Os pilares afilados, as arcadas pontiagudas, os animais simbólicos, os ornatos estranhos, todos os caprichos de uma arquitetura pretensiosa e extravagante estavam ali, desdobrados num espaço e em dimensões tais que um milhão de homens poderiam ser abrigados sob a mesma abóbada. Mas essa abóbada era de chumbo, e as galerias superiores onde a multidão se espremia eram tão próximas que ninguém conseguia ficar de pé; com a cabeça encurvada e os ombros quebrados, eu era obrigado a olhar o que acontecia no fundo da igreja sob meus pés, a uma profundeza que me dava vertigem.

De início só pude distinguir os reflexos da arquitetura, cujas partes inferiores flutuavam num vácuo, enquanto as partes intermediárias iluminavam-se de clarões vermelhos entrecortados por sombras negras, como se um foco de incêndio tivesse explodido em algum ponto imperceptível. Aos poucos a claridade sinistra espalhou-se por todas as partes do edifício, e eu divisei um grande número de figuras ajoelhadas na nave, enquanto uma procissão de padres usando hábitos sacerdotais desfilava lentamente no meio e dirigia-se ao coro cantando com uma voz monótona:

"*Vamos destruí-lo! Vamos destruí-lo! Aquele que pertence à tumba, que seja reconduzido à tumba!*"

Esse canto lúgubre reavivou meu terror; olhei ao redor de mim, mas vi que estava sozinho num dos vãos entre duas vigas: a multidão invadira todos os outros, e não parecia preocupada comigo. Então tentei escapar desse lugar pavoroso, em que um instinto secreto me anunciava a realização de algum terrível mistério. Vi várias portas atrás de mim, mas estavam vigiadas por horríveis rostos de bronze que caçoavam, falando entre si e dizendo:

"*Vamos destruí-lo, os despojos de sua carne nos pertencerão.*"

Paralisado por essas palavras, aproximei-me da balaustrada curvando o corpo ao longo da rampa de pedra para não ser visto. Senti tamanho horror do que ia acontecer que fechei os olhos e tapei os ouvidos. Com a cabeça coberta com meu capuz e curvado até os joelhos, acabei por imaginar que tudo isso era um sonho e que eu adormecera num catre de minha cela. Fiz um esforço incrível para acordar e escapar ao pesadelo, e, com efeito, pensei ter acordado; mas, ao abrir os olhos, encontrei-me no mesmo vão, rodeado à distância por espectros que me haviam conduzido até ali, e vi no fundo da nave a procissão de padres que chegara ao meio do coro, formando um grupo coeso em cujo centro acontecia uma cena de horror que nunca esquecerei. Havia um homem deitado num caixão, e esse homem estava vivo. Ele não se lamentava, não mostrava nenhuma resistência; mas soluços sufocantes escapavam de seu peito, e seus suspiros profundos, acolhidos por um silêncio morno, perdiam-se sob a abóbada, que os devolvia à multidão insensível. Perto dele, vários padres munidos de martelos e pregos iam enterrá-lo assim que lhe arrancassem o coração. Com os braços sanguinolentos e enterrados no peito entreaberto do mártir, cada um vinha remexer e torcer em vão as entranhas do homem; ninguém podia arrancar seu coração invencível, pois um feixe de diamante parecia protegê-lo. De vez em quando, os carrascos deixavam escapar um grito de raiva, e imprecações misturadas com vaias respondiam do alto das galerias. Durante essas abominações, a multidão prosternada na igreja permanecia imóvel, numa atitude de meditação e recolhimento.

Então um dos carrascos se aproximou todo ensanguentado da balaustrada que separa o coro da nave, e disse a seus homens ajoelhados:

"Almas cristãs, fiéis fervorosos e puros, ó meus irmãos bem-amados, orai! Redobrai súplicas e lágrimas, a fim de que o milagre se realize e vocês possam comer a carne e beber o sangue de Cristo, vosso divino Salvador."

E os fiéis passaram a rezar em voz baixa, a golpear o peito e a espalhar cinzas em suas faces, enquanto os carrascos continuavam a torturar sua presa, e a vítima murmurava, chorando essas palavras:

"Ó meu Deus, livra essas vítimas da ignorância e da impostura!"

Parecia que um eco da abóbada, como uma voz misteriosa, trazia esses lamentos aos meus ouvidos. Estava tão paralisado pelo medo, que, em vez de lhe responder e aumentar minha voz contra os carrascos, apenas me dedicava a espiar os movimentos dos que me cercavam, com a esperança de que não despejassem sua raiva contra mim, vendo que eu não era um deles.

Depois tentei despertar, e durante uns segundos minha imaginação me conduziu a cenas alegres. Numa bela manhã eu me via sentado na cela, rodeado pelos meus livros preferidos; mas um novo suspiro da vítima me arrancava dessa visão doce, e de novo me encontrava diante de uma interminável agonia e de carrascos incansáveis. Olhava o paciente, e parecia que ele se transformava a cada instante. Não era mais o Cristo, e sim Abelardo, e depois Jean Huss, em seguida Lutero... Eu me livrava desse espetáculo de horror e parecia rever a claridade do dia, fugindo com leveza e rapidez para o meio de uma agradável área campestre. Mas um riso feroz, vindo de perto de mim, me tirava com um sobressalto dessa doce ilusão, e eu percebia Esperidião no ataúde, lutando com os infames que esmagavam seu coração, sem conseguir apoderar-se dele. Depois não era mais Esperidião, e sim o velho Fulgêncio, que me chamava e dizia:

"Aléxis, meu filho Aléxis! Então tu vais me deixar morrer?"

Mal acabou de pronunciar meu nome, vi em seu lugar no caixão meu próprio rosto, o peito entreaberto, o coração rasgado por unhas e tenazes. No entanto, eu continuava escondido atrás da balaustrada, entregue à angústia da agonia e contemplando um outro que era eu mesmo. Então senti que ia desmaiar, meu sangue congelou nas veias, um suor frio jorrava de todos os membros, e suportei na própria carne todas as torturas infligidas ao meu espectro. Tentei reunir o pouco de força que me restava e, por minha vez, evocar Esperidião e Fulgêncio. Meus olhos se fecharam, e minha boca murmurou palavras de que meu espírito não tinha mais consciência. Quando reabri os olhos, vi perto de mim uma bela figura ajoelhada numa atitude calma. A serenidade repousava em seu rosto largo, e seus olhos não ousavam abaixar para meu suplício. Ele tinha o olhar dirigido para a abóbada de chumbo, e notei que acima de sua cabeça a luz do céu penetrava por uma ampla abertura. Um vento fresco agitava levemente os anéis dourados de seu belo cabelo. Havia em seus traços uma melancolia inefável misturada com desespero e piedade.

"Ó tu, cujo nome conheço", falei em voz baixa, "tu que pareces invisível a esses fantasmas medonhos, e que ousas dirigir-te somente a mim, a mim que te conhece e te ama! salva-me desses terrores, livra-me desse suplício!..."

Ele se virou para mim, e me olhou com olhos claros e profundos que pareciam ao mesmo tempo lamentar e desprezar minha fraqueza. Depois, com um sorriso angelical, estendeu a mão, e toda a visão recolheu-se nas trevas. Então, apenas escutei sua voz amiga, que me disse assim:

"Tudo que pensaste ver aqui, existe apenas na tua cabeça. Tua imaginação, sozinha, forjou o sonho horrível contra o qual tu te debateste. Que isto te ensine a humildade, e te lembre da fraqueza do teu espírito antes de tentares fazer o que ainda não és capaz de executar. Os demônios e fantasmas são criações do fanatismo e da superstição. Para que te serviu toda a tua filosofia, se ainda não sabes distinguir as puras revelações que o céu concede das visões grosseiras evocadas pelo medo? Nota que tudo o que acreditaste ver, aconteceu em ti mesmo, e que teus sentidos abusados não te fizeram outra coisa senão dar uma forma às ideias que há muito tempo te preocupam. Viste neste edifício formado de figuras de bronze e de mármore, ora devoradoras ora devoradas, um símbolo das almas que o catolicismo embruteceu e mutilou, uma imagem dos combates que as gerações consagraram à Igreja profanada, devorando-se entre si, restituindo umas às outras o mal que haviam suportado. Essa onda de fantasmas furiosos que te arrastou é a incredulidade, a desordem, o ateísmo, a preguiça, o ódio, a cupidez, a inveja, todas as paixões maléficas que invadiram a Igreja quando a Igreja perdeu a fé; e esses mártires cujas entranhas os príncipes da Igreja disputavam eram os Cristos, os mártires da nova verdade, os santos do futuro, atormentados e dilacerados até o fundo do coração pelos impostores, invejosos e traidores. Tu mesmo, movido por um instinto de nobre ambição, tu te viste deitado nesse cenotáfio ensanguentado, aos olhos de um clero infame e de um povo imbecil. Mas foste duplicado aos teus próprios olhos; e enquanto a metade mais bela do teu ser suportava a tortura com perseverança e recusava entregar-se aos fariseus, a outra metade, egoísta e covarde, se escondia na sombra, e, para escapar a seus inimigos, deixava a voz do velho Fulgêncio expirar sem eco. Foi assim, ó Aléxis, que o amor à verdade soube preservar tua alma das paixões vis do povo; mas foi assim, ó monge, que o amor ao bem-estar e o desejo de liberdade te tornaram cúmplice do triunfo dos hipócritas, com quem estás condenado a viver. Vamos, acorda, e procura na virtude a verdade que pudeste encontrar na ciência."

Mal acabou de falar, despertei; eu estava na igreja do convento, estirado sobre a pedra do *Hic est*, ao lado da cova entreaberta. Amanhecera, os pássaros cantavam alegremente ao redor dos vitrais, o sol nascente projetava um clarão de ouro e púrpura no fundo do coro. Vi nitidamente a pessoa que se dirigira a mim ingressar nesse clarão e apagar-se como se fosse confundida com a luz celeste. Sentia-me abatido por um sono de morte, e meus membros estavam entorpecidos pelo frio da tumba. O sino batia as matinas; apressei-me em recolocar a pedra sobre a cova, e pude sair da igreja antes que alguns devotos fervorosos, que não dispensavam os ofícios da manhã, entrassem no templo.

Apresentação e tradução de Milton Hatoum

HORACIO QUIROGA

O travesseiro de penas

Há quem acredite que os ficcionistas podem ser divididos em dois times: de um lado, os que vivem enfurnados entre livros e compensam a pobreza da experiência no mundo de seus escritos; do outro, os que ganham o mundo e fazem do vivido a matéria-prima de sua arte. Se esse clichê tem um fundo de verdade, Horacio Quiroga certamente está no segundo grupo, ao lado de dois santos non sanctos de sua devoção, Jack London e Rudyard Kipling.

De fato, a vida desse voluntarioso e apaixonado uruguaio dá pano para muitas mangas e pontos para muitos contos. Desde seu nascimento na cidadezinha de Salto, em 1878, até seu suicídio em Buenos Aires, em 1937, muita água rolou e moveu os moinhos de sua imaginação. Foi dândi imberbe e malogrado nas ruas de Paris; Walden febril e fabril nas florestas missioneiras; misto alucinado de empresário, artesão e inventor; cientista autodidata e diplomata sem diploma; dom-juan estranhão e pai dedicado até a mania. Tudo isso e tudo o mais, porém, costuma ser ofuscado pela face mais trágica de sua biografia, marcada por uma inacreditável sucessão de mortes violentas. E especialmente por duas: a do melhor amigo da juventude, a quem ele próprio matou por acidente, e a da primeira mulher, que, depois de ingerir veneno, agonizou durante oito dias ante seus olhos impotentes.

Os cerca de duzentos contos que deixou estão fortemente entrelaçados com essa vida intensa e dolorosa, hoje mítica. Com eles, Quiroga abriu diversas picadas na narrativa breve hispano-americana que continuam a ser exploradas na atualidade. Uma delas é a que dialoga de perto com Poe e Maupassant.

"O travesseiro de penas" (ou de pena, como fez questão de nomeá-lo na segunda edição) está entre os exemplos mais acabados dessa vertente. Foi publicado em 1907 na revista ilustrada Caras y Caretas e, dez anos mais tarde, quando a experimentação do autor já seguia por outros caminhos, no volume Contos de amor de loucura e de morte. Ao lado de "A galinha degolada", é lembrado como um clássico do horror quiroguiano.

─────────•─────────

Sua lua de mel foi um longo calafrio. Loura, angelical e tímida, o gênio duro de seu marido gelou suas sonhadas puerilidades de noiva. Gostava muito dele, no entanto, às vezes com um leve estremecimento, quando, voltando juntos à noite pela rua, dava uma furtiva olhada para a alta estatura de Jordán, mudo fazia uma hora. Ele, por seu lado, amava-a profundamente, sem demonstrá-lo.

Durante três meses — tinham se casado em abril —, viveram uma felicidade especial. Sem dúvida, ela desejaria menos severidade nesse rígido céu de amor, mais expansiva e incauta ternura; mas o impassível semblante do marido sempre a refreava.

A casa em que moravam tinha certa influência sobre seus estremecimentos. A brancura do pátio silencioso — frisos, colunas e estátuas de mármore — causava uma outonal impressão de palácio encantado. Dentro, o brilho glacial do estuque, sem o mais leve risco nas altas paredes, reforçava aquela sensação de inóspito frio. Ao cruzar de um cômodo a outro, os passos achavam eco por toda a casa, como se um longo abandono tivesse sensibilizado sua ressonância.

Nesse estranho ninho de amor, Alicia passou todo o outono. Não obstante, acabara lançando um véu sobre seus antigos sonhos, e ainda vivia adormecida na casa hostil, sem querer pensar em nada até o marido chegar.

Não é de admirar que emagrecesse. Teve um leve ataque de influenza que se arrastou insidiosamente por dias a fio; Alicia nunca se recuperava. Por fim, uma tarde conseguiu sair para o jardim apoiada no braço dele. Olhava indiferente para um lado e para o outro. De repente, Jordán, com funda ternura, passou-lhe a mão pela cabeça, e Alicia logo rompeu em soluços, agarrando-se ao pescoço dele. Chorou longamente todo o seu horror calado, redobrando o pranto ao menor aceno de carícia. Depois os soluços foram se espaçando, e ainda ficou por um bom tempo escondida em seu colo, sem se mover nem dizer uma palavra.

Esse foi o último dia em que Alicia esteve de pé. No dia seguinte, amanheceu desfalecida. O médico de Jordán examinou-a com extrema atenção, ordenando-lhe calma e repouso absolutos.

"Não sei", disse a Jordán na porta da rua, ainda em voz baixa. "Tem uma grande fraqueza que não me explico, e sem vômitos, nada... Se amanhã ela acordar como hoje, chame por mim imediatamente."

No dia seguinte, Alicia estava pior. Fez-se a consulta. Constatou-se uma anemia de evolução agudíssima, completamente inexplicável. Alicia não sofreu mais desmaios, mas se encaminhava para a morte a olhos vistos. Durante todo o dia, o quarto permanecia com as luzes acesas e em absoluto silêncio. Passavam-se horas sem que se ouvisse o menor ruído. Alicia dormitava. Jordán praticamente vivia na sala, também com toda a luz acesa. Caminhava sem cessar de um extremo ao outro, com incansável obstinação. O tapete abafava seus passos. De quando em quando, entrava no quarto e prosseguia seu mudo vaivém rente à cama, fitando a mulher cada vez que avançava na direção dela.

Logo Alicia começou a ter alucinações, confusas e flutuantes de início, e que em seguida desceram ao rés do chão. A jovem, com os olhos desmesuradamente abertos, só fazia espiar o tapete a um lado e a outro do espaldar da cama. Uma noite de repente fixou a vista longamente. Passado algum tempo, abriu a boca para gritar, e suas narinas e lábios perolaram-se de suor.

"Jordán! Jordán!", clamou, enrijecida de *espanto*, sem deixar de fitar o tapete.

Jordán correu para o quarto, e ao vê-lo aparecer Alicia soltou um berro de horror.

"Sou eu, Alicia, sou eu!"

Alicia olhou-o com espanto, olhou para o tapete, voltou a olhar para Jordán e, depois de longo tempo de estupefata confrontação, sossegou. Sorriu e tomou a mão do marido entre as dela, acariciando-a, trêmula.

Entre suas alucinações mais renitentes, houve um antropoide, apoiado no tapete sobre os dedos, com os olhos cravados nela.

Os médicos voltaram inutilmente. Havia ali, diante deles, uma vida que se acabava, dessangrando-se dia após dia, hora após hora, sem saberem absolutamente como. Na última consulta, Alicia jazia em estupor enquanto eles a examinavam, passando o pulso inerte de um para o outro. Observaram-na em silêncio por longo tempo e se reuniram na sala de jantar.

"Tsc...", fez seu médico encolhendo os ombros com desalento. "É um caso sério... há pouco a fazer..."

"Só me faltava essa!", bufou Jordán. E tamborilou bruscamente sobre a mesa.

Alicia foi definhando em seu delírio de anemia, agravado à tarde, mas que sempre amainava nas primeiras horas. Durante o dia, a doença não avançava, mas a cada manhã ela amanhecia lívida, quase em síncope. Era como se unicamente à noite a vida a abandonasse em novas ondas de sangue. Tinha sempre ao acordar a sensação de estar afundada na cama com um milhão de quilos em cima. A partir do terceiro dia, essa esmagadora prostração não mais a abandonou. Mal podia mover a cabeça. Não quis que arrumassem a cama, nem que ao menos lhe ajeitassem o travesseiro. Seus terrores crepusculares avançaram sob a forma de monstros que se arrastavam até a cama e escalavam laboriosamente pela colcha.

Logo perdeu a consciência. Nos dois dias finais, delirou sem cessar a meia-voz. As luzes continuavam funebremente acesas no quarto e na sala. No silêncio agônico da casa, ouviam-se apenas o delírio monótono que vinha da cama e o rumor abafado dos eternos passos de Jordán.

Morreu, afinal. A criada, que entrou depois para desfazer a cama, agora solitária, fitou o travesseiro estranhada.

"Senhor!", chamou por Jordán em voz baixa. "O travesseiro tem manchas que parecem de sangue."

Jordán aproximou-se rapidamente e curvou-se por seu turno. De fato, sobre a fronha, em ambos os lados da depressão deixada pela cabeça de Alicia, viam-se manchinhas escuras.

"Parecem picadas", murmurou a criada depois de algum tempo de imóvel observação.

"Coloque-o perto da luz", disse-lhe Jordán.

A criada o levantou, mas em seguida o deixou cair e ficou olhando para ele, lívida e trêmula. Sem saber por quê, Jordán sentiu os cabelos arrepiarem.

"Que houve?", murmurou com voz rouca.

"Está muito pesado", articulou a criada, sem parar de tremer.

Jordán o levantou; pesava extraordinariamente. Saíram com ele, e sobre a mesa da sala de jantar Jordán cortou fronha e forro de um só golpe. As penas superiores voaram, e a criada soltou um grito de horror com a boca escancarada, levando as mãos crispadas aos bandós: sobre o fundo, entre as penas, movendo lentamente as patas peludas, havia um bicho monstruoso, uma bola viva e viscosa. Estava tão inchado que mal se via sua boca.

Noite após noite, desde que Alicia caíra de cama, aplicara sorrateiramente a boca — ou melhor, a tromba — nas têmporas dela, chupando-lhe o sangue. A picada era quase imperceptível. A remoção diária do travesseiro sem dúvida impedira seu desenvolvimento, mas desde que a jovem não pudera mais se mover, a sucção foi vertiginosa. Em cinco dias, em cinco noites, tinha esvaziado Alicia.

Esses parasitas das aves, minúsculos no meio habitual, chegam a adquirir proporções enormes em certas condições. O sangue humano parece ser-lhes particularmente favorável, e não é raro encontrá-los nos travesseiros de penas.

Apresentação e tradução de Sérgio Molina

EDGAR ALLAN POE

Os fatos no caso do sr. Valdemar

Publicado em 1845, no mesmo ano em que O corvo (The raven) garantia a fama de Edgar A. Poe (1809-49) como poeta, este conto levou muitos leitores a escreverem para o autor na crença de que se tratava de uma história verídica. Esse feito de prestidigitação em que o ficcional ganha foros de realidade, já comparado ao golpe de gênio de Orson Welles ao convencer seus ouvintes radiofônicos de que a Terra estava sendo invadida por marcianos, é a melhor prova da qualidade literária de Poe, que, apesar de ter tido uma vida curta e trágica, se destacou como poeta, crítico literário e contista, além de ser reconhecido como "pai" das histórias de detetive.

"Os fatos no caso do sr. Valdemar" situa-se na encruzilhada de dois caminhos que Poe soube trilhar como poucos — o da ficção de cunho científico e o do horror — ao indagar o que aconteceria a um doente terminal submetido à técnica da mesmerização. Por um lado, a verossimilitude do relato é obtida pelo uso de estilo seco, impregnado de termos técnicos, que se aproxima de um genuíno relatório médico na precisão com que vai apresentando o quadro clínico do paciente com absoluta objetividade.

Por outro lado, tal como ocorre hoje com histórias baseadas em clonagem e outras técnicas da bioengenharia, o efeito do conto em muito se deveu à influência que exerciam à época as doutrinas e práticas de Franz Anton Mesmer (1734-1815), não apenas sobre o leitor, mas também sobre o próprio Poe, que nelas se baseou para escrever duas outras peças de ficção. Precursor do hipnotismo, Mesmer havia postulado a existência de um certo "magnetismo animal", desenvolvendo a partir dele métodos de cura que lhe valeram o apoio de Maria Antonieta e Luís XVI quando se estabeleceu junto à corte em 1777. (Mais tarde, como suas ideias foram criticadas por um comitê da Academia Médica de Paris de que faziam parte Lavoisier e o dr. Guillotin, Mesmer voltou à região do lago de Constance onde nascera, quem sabe evitando assim o mesmo fim trágico que tiveram os soberanos e o matemático no aparelho propugnado pelo outro membro daquele seleto grupo de acadêmicos.)

A brilhante combinação de estilo e tema chega ao ápice exatamente na última cena do conto, de grande poder gráfico. É natural que o leitor moderno, tornado blasé por tê-la visto em tecnicolor e com sofisticados efeitos especiais, não se deixe impressionar tanto, mas sem dúvida saberá imaginar o que sentiu um fã de Poe, 160 anos atrás, tendo de visualizar o desenlace à luz de uma vela bruxuleante. Não é à toa, aliás, que o caso do sr. Valdemar já recebeu dois tratamentos cinematográficos: Two Evil Eyes (1991) e The Mesmerist (2002).

Obviamente, não vou fingir surpresa por ter o extraordinário caso do sr. Valdemar provocado debates tão intensos. Seria um milagre se isso não acontecesse, sobretudo à luz das circunstâncias. Malgrado o desejo de todas as partes envolvidas de não divulgar o assunto, ao menos no momento ou até que pudéssemos empreender investigações adicionais, malgrado todos os nossos esforços para atingir tal objetivo, relatos truncados ou exagerados vieram a público e deram origem a muitas distorções desagradáveis, bem como, o que é bastante compreensível, a uma grande dose de descrença.

Cumpre-me, pois, apresentar os *fatos* — tanto quanto eu próprio os entendo. São eles os seguintes.

Durante os últimos três anos, minha atenção foi diversas vezes atraída para o tema do mesmerismo; uns nove meses atrás, de repente ocorreu-me que, na série de experiências feitas até hoje, existia uma omissão tão notável quanto inexplicável: nenhuma pessoa fora mesmerizada em *articulo mortis*. Faltava assim verificar, primeiro, se, em tal condição, o paciente demonstrava alguma suscetibilidade à influência magnética; em segundo lugar, se, nesse caso, o efeito era enfraquecido ou fortalecido pela condição; e terceiro, em que medida, ou por quanto tempo, as intromissões da morte podiam ser interrompidas pelo processo. Havia outros pontos a averiguar, mas foram aqueles os que mais excitaram minha curiosidade — em especial o último, dado o caráter importantíssimo de suas consequências.

Ao buscar em meu círculo de conhecidos alguém que me ajudasse a testar tais questões, lembrei-me de meu amigo, o sr. Ernest Valdemar, renomado compilador da Bibliotheca Forensica e autor (com o *nom de plume* de Issachar Marx) das versões polonesas de *Wallenstein* e *Gargantua*. O sr. Valdemar, que desde 1839 morara a maior parte do tempo em Harlem, Nova York, é (ou era) particularmente notável por sua extrema magreza (seus membros inferiores muito se pareciam com os de John Randolph) e também pela brancura das suíças e dos bigodes, em forte contraste com o negror dos cabelos que, consequentemente, todos pensavam ser uma peruca. Graças ao temperamento muito nervoso, ele constituía um excelente objeto para as experiências mesméricas. Em duas ou três ocasiões, eu o pusera para dormir sem grande dificuldade, mas tinha ficado desapontado com outros resultados que sua índole naturalmente me fizera esperar. Em nenhum momento pude controlar com certeza ou completamente sua vontade e, em matéria de clarividência, não consegui extrair dele nada confiável. Sempre atribuí meu fracasso nessas áreas a seu precário estado de saúde. Meses antes de eu conhecê-lo, seus médicos lhe haviam confirmado que sofria de tuberculose. Na verdade, ele costumava falar com grande tranquilidade sobre seu iminente passamento, como algo que não podia ser evitado ou lastimado.

Quando pela primeira vez me ocorreram as ideias a que aludi, era de fato bastante razoável que pensasse no sr. Valdemar. Conhecia seus firmes princípios filosóficos bem demais para temer quaisquer escrúpulos da parte dele, além do que não tinha parentes nos Estados Unidos capazes de interferir. Conversamos com franqueza sobre o assunto e, para meu espanto, ele se manifestou vivamente interessado. Surpreendi-me porque, embora sempre se tivesse submetido sem reservas a minhas experiências, nunca me dera demonstrações de maior simpatia pelo que eu fazia. Como sua enfermidade era do tipo que admitia um cálculo bastante exato com respeito à época da morte, por fim combinamos que ele mandaria me chamar um dia antes da hora prevista por seus médicos como sendo a de seu último suspiro.

Já se passaram mais de sete meses desde que recebi, do próprio sr. Valdemar, o seguinte bilhete:

"Caro amigo P...,

É melhor que o senhor venha *já*. D... e F... concordam que não passarei da meia-noite de amanhã, e acho que calcularam bem o tempo que me resta.

Valdemar"

Recebi esse bilhete meia hora após ter sido escrito e, quinze minutos depois, já me encontrava no quarto do moribundo. Fazia dez dias que não o via e fiquei chocado com a terrível mudança que ele sofrera naquele breve espaço de tempo. Seu rosto adquirira uma coloração plúmbea; os olhos não tinham o menor brilho; a emaciação era tão extrema que as maçãs do rosto pareciam perfurar-lhe a pele. Expectorava sem cessar. O pulso estava quase imperceptível. No entanto, ele conservava, de modo impressionante, tanto seu poder mental como um certo grau de força física. Falava com clareza, tomava remédios paliativos sem ajuda e, quando entrei no quarto, estava ocupado em redigir algumas notas num caderninho de bolso. Vários travesseiros o mantinham erguido na cama. Os drs. D... e F... prestavam-lhe assistência. Após apertar a mão de Valdemar, chamei os dois senhores para uma conversa a sós e obtive um relato minucioso acerca da condição do paciente. O pulmão esquerdo encontrava-se havia dezoito meses num estado semiósseo ou cartilaginoso e, obviamente, já não tinha nenhuma valia em termos vitais. O direito, na região superior, também se tornara parcialmente (se não de todo) ossificado, enquanto a área de baixo não passava de uma massa de tubérculos purulentos, uns superpostos aos outros. Existiam várias perfurações de monta e, em certo ponto, ocorrera uma aderência permanente às costelas. Essas alterações no lobo direito eram relativamente recentes. A ossificação avançara com rapidez incomum, pois nenhum sinal dela fora registrado um mês antes, enquanto a aderência só tinha sido observada três dias atrás. No entender dos médicos, o sr. Valdemar morreria por volta da meia-noite do dia seguinte (um domingo). Eram sete horas da noite de sábado.

Ao se afastarem do leito do enfermo para conversar comigo, os drs. D... e F... haviam se despedido dele para sempre; não tencionavam retornar. A meu pedido, porém, concordaram em rever o paciente por volta das dez horas da noite seguinte.

Depois que partiram, falei francamente com o sr. Valdemar sobre seu passamento iminente, bem como, de modo mais detalhado, sobre o que me propunha realizar. Ele mais uma vez manifestou-se não só desejoso de levar adiante a experiência como até mesmo ansioso por fazê-lo, instando-me que a iniciasse de imediato. Dois enfermeiros — um homem e uma mulher — o assistiam, mas não me senti autorizado a empreender uma tarefa daquela natureza sem testemunhas mais confiáveis do que aquelas caso ocorresse um súbito acidente. Por isso, retardei as operações até as oito horas da noite seguinte, quando a chegada de um estudante de medicina que eu conhecia ligeiramente (o sr. Theodore L _ l) deixou-me à vontade. Meu plano original consistia em aguardar os médicos, todavia fui levado a pôr mãos à obra em virtude das solicitações urgentes do sr. Valdemar e, também, de minha própria convicção de que não havia um momento a perder, pois era evidente que seu estado se agravava rapidamente. O sr. L _ l fez a gentileza de atender a meu pedido de que tomasse nota de tudo o que acontecesse. E o que tenho agora a relatar baseia-se em grande parte nessas anotações, condensadas ou verbatim. Faltavam uns cinco minutos para as oito quando, tomando a mão do paciente, solicitei-lhe que declarasse ao sr. L _ l, com toda a nitidez possível, se de fato desejava que eu fizesse a experiência de mesmerizá-lo em sua condição atual. Ele retrucou debilmente, embora de modo bastante audível: "Sim, quero ser mesmerizado", acrescentando logo depois: "Temo que o senhor tenha se atrasado demais". Enquanto ele assim falava, dei início aos passes que já haviam se comprovado mais efetivos para dominá-lo. Ele foi sem dúvida afetado pelo primeiro movimento lateral de minha mão sobre sua testa, mas, conquanto eu aplicasse todo o meu poder, nenhum outro efeito perceptível foi registrado até alguns minutos depois das dez horas, quando chegaram os drs. D... e F..., tal como combinado. Expliquei-lhes, em poucas palavras, o que tinha em mente e, como eles não se opuseram, afirmando que o paciente já estava à beira da morte, fui adiante sem hesitação — trocando, contudo, os passes laterais por movimentos de cima para baixo e fixando meu olhar no olho direito do enfermo.

A essa altura, seu pulso estava imperceptível e sua respiração, estertorosa, fazia-se ouvir em intervalos de meio minuto.

Por quinze minutos, seu estado permaneceu quase inalterado. Ao fim desse período, porém, do peito do moribundo escapou um suspiro natural, embora muito profundo, e a respiração agônica cessou — ou seja, o estertor não era mais aparente. Os intervalos não se reduziram. As extremidades do paciente estavam geladas.

Às cinco para as onze, notei sinais inequívocos de influência mesmérica. O olhar vítreo foi substituído por aquela expressão inquietante de exame interior só vista em alguém hipnotizado, e, por isso mesmo, inconfundível. Mediante alguns rápidos passes laterais, fiz as pálpebras tremelicarem como num sono incipiente, fechando-as de todo com alguns passes adicionais. Todavia, como não estava satisfeito com esses resultados, continuei as manipulações com o máximo vigor e empregando por inteiro minha força de vontade, até conseguir enrijecer de todo os membros do paciente após colocá-los em posição cômoda. As pernas estavam bem esticadas; os braços repousavam sobre a cama a uma distância razoável do corpo. A cabeça estava soerguida.

Já era meia-noite quando terminei e pedi que os senhores presentes examinassem o sr. Valdemar. Após alguns testes, os dois médicos admitiram que ele se encontrava num estado de transe mesmérico excepcionalmente perfeito, o que suscitou grande curiosidade em ambos. O dr. D... resolveu de imediato permanecer ao lado do paciente a noite toda, enquanto o dr. F... se despediu prometendo voltar ao amanhecer. O sr. L _ l e os enfermeiros ficaram na casa.

Não voltamos a incomodar o sr. Valdemar até as três horas da manhã, quando me aproximei e vi que nada se alterara desde que o dr. F... partira, isto é, ele continuava na mesma posição; o pulso estava imperceptível, a respiração era rasa (e só podia ser confirmada colocando-se um espelho diante de seus lábios), os olhos permaneciam fechados de modo natural e os membros estavam rígidos e frios como se feitos de mármore. Apesar de tudo, sua aparência com certeza não era a de um cadáver.

Chegando perto do sr. Valdemar, tentei sem grande convicção induzir seu braço direito a acompanhar o meu nos movimentos que eu executava acima de seu corpo. Em experiências semelhantes com aquele paciente, jamais conseguira obter um êxito cabal com essa manobra, razão pela qual não tinha muita esperança de fazê-lo agora; no entanto, para minha imensa surpresa, ainda que de modo débil seu braço prontamente seguiu as ordens dadas pelo meu. Decidi entabular uma conversação.

"Senhor Valdemar", disse, "o senhor está dormindo?" Conquanto não respondesse, percebi um certo tremor nos lábios que me incentivou a repetir a pergunta algumas vezes. Na terceira repetição, um ligeiro estremecimento percorreu seu corpo; as pálpebras se abriram o suficiente para mostrar uma linha branca do globo ocular; os lábios se moveram com dificuldade e deles escaparam, num sussurro quase inaudível, as palavras:

"Sim... dormindo agora. Não me acorde! Deixe-me morrer!"

Toquei então em seus membros e verifiquei que continuavam tão rígidos quanto antes. O braço direito mais uma vez obedeceu às indicações de minha mão. Dirigi-me de novo ao paciente:

"O senhor ainda está sentindo dor no peito, senhor Valdemar?"

A resposta então foi imediata, embora ainda menos audível:

"Nenhuma dor. Estou morrendo!"

Julguei conveniente não perturbá-lo mais naquele momento, e nada mais foi dito ou feito até que o dr. F... chegou pouco antes de o sol nascer, manifestando-se pasmado por encontrar o paciente ainda vivo. Após tomar-lhe o pulso e aproximar um espelho de seus lábios, pediu-me que falasse mais uma vez com o moribundo.

"Senhor Valdemar", perguntei, "o senhor ainda está dormindo?"

Tal como antes, passaram-se alguns minutos até que respondesse, como se ele estivesse reunindo suas últimas energias para falar. Após eu ter repetido a indagação pela quarta vez, ele disse num fiapo de voz, que mal podia se ouvir:

"Sim, dormindo ainda... morrendo."

Os médicos manifestaram então a opinião — ou melhor, o desejo — de que fosse permitido ao sr. Valdemar permanecer naquela condição aparentemente tranquila até que a morte sobreviesse — fato que, todos concordaram, deveria ocorrer em poucos minutos. Entretanto, decidi falar-lhe uma última vez, e simplesmente repeti minha pergunta anterior.

Enquanto eu falava, uma notável transformação ocorreu no semblante do moribundo. Os olhos se abriram devagar, as pupilas desaparecendo sob a pálpebra superior; a pele assumiu uma coloração cadavérica, lembrando mais um papel branco do que um pergaminho; e as manchas hécticas circulares, que até então marcavam claramente o centro de cada bochecha, *extinguiram-se* num átimo. Utilizo tal expressão porque só encontro paralelo para o desaparecimento repentino delas na imagem de uma vela sendo apagada por um único sopro. Ao mesmo tempo, o lábio superior contorceu-se e deixou à mostra os dentes, antes inteiramente cobertos, enquanto a mandíbula se abriu com um espasmo audível, escancarando a boca e expondo a língua inchada e enegrecida. Presumo que nenhum dos circunstantes desconhecesse o que há de macabro nos leitos de morte, mas a aparência do sr. Valdemar era de um horror tão inconcebível que houve um movimento geral de recuo por parte dos presentes.

Creio que alcancei um ponto nesta narrativa em que os leitores poderão se sentir chocados e reagir com uma descrença total. Cumpre-me, todavia, levar a cabo a tarefa que me impus.

O sr. Valdemar já não apresentava o menor sinal de vitalidade. Julgando-o morto, preparávamo-nos para entregá-lo aos cuidados dos enfermeiros quando foi observado um forte movimento vibratório da língua. Isso prosseguiu durante talvez um minuto. Ao fim desse tempo, dos maxilares distendidos e imóveis ergueu-se uma voz que seria loucura minha tentar descrever. Na verdade, há dois ou três epítetos possíveis de se aplicar em parte a ela: posso dizer, por exemplo, que era um som áspero, oco e entrecortado, mas o todo medonho é indescritível pela simples razão de que nenhum som semelhante jamais ofendera os ouvidos de qualquer ser humano. Entretanto, havia duas particularidades que então pensei, e penso ainda hoje, podiam ser apresentadas com justiça como características da entonação, além de fornecerem uma pálida ideia de seu caráter sobrenatural. Em primeiro lugar, a voz parecia chegar a nossos ouvidos — pelo menos ao meu — de um local muito distante ou de uma profunda caverna situada no interior da Terra. Em segundo lugar, deu-me a impressão (a qual de fato temo não poder explicar) de algo comparável ao efeito que um objeto gelatinoso ou pegajoso exerce sobre o sentido do tato.

Referi-me tanto a "som" como a "voz". Quero dizer que o som obedecia a uma silabação bem nítida — diria mesmo de uma nitidez maravilhosa e emocionante. O sr. Valdemar *falou*, obviamente em resposta à pergunta que eu lhe dirigira minutos antes. Eu tinha perguntado, vale lembrar, se ainda dormia. Ele disse agora:

"Sim... não... *estive* dormindo... agora, agora... *estou morto.*"

Nenhum dos presentes pretendeu negar, ou reprimir, o horror indizível, arrepiante, que essas poucas palavras, assim articuladas, tinham o propósito de transmitir. O sr. L _ l (o estudante) desmaiou. Os enfermeiros imediatamente saíram do quarto e não puderam ser convencidos a retornar. Não tenho a presunção de poder tornar inteligíveis ao leitor minhas próprias impressões. Durante quase uma hora nos ocupamos — silenciosamente, sem dizer uma palavra — em tentar reanimar o sr. L _ l. Só quando ele voltou a si nos dedicamos outra vez a examinar o estado do sr. Valdemar.

Tudo continuava como descrevi, exceto que o espelho não mais proporcionava a prova da respiração. Uma tentativa de tirar-lhe sangue do braço fracassou. Deveria mencionar, também, que seu braço não mais obedecia à minha vontade.

Tentei em vão fazer com que seguisse a direção de minha mão. A única indicação real de influência mesmérica resumia-se agora ao movimento vibratório da língua sempre que eu dirigia uma pergunta ao sr. Valdemar. Ele parecia se esforçar para responder, sem ser capaz de fazê-lo. Apesar de meus esforços para criar um relacionamento mesmérico entre ele e cada um dos presentes, não se mostrava sensível às indagações feitas pelas demais pessoas. Creio haver relatado tudo o que é necessário para se compreender seu estado naquele momento. Outros enfermeiros foram chamados e, às dez horas da manhã, deixei a casa na companhia dos dois médicos e do sr. L _ l.

À tarde voltamos todos para ver o paciente. Seu estado permanecia inalterado. Discutimos se era correto e viável acordá-lo, mas não tivemos dificuldade em concordar que nada de útil resultaria disso. Era evidente que, até o momento, a morte (ou o que normalmente chamamos de morte) fora interrompida pelo processo mesmérico. Parecia claro para nós que acordar o sr. Valdemar serviria apenas para provocar seu imediato passamento ou ao menos acelerá-lo grandemente.

Desde então até o fim da semana passada — *um intervalo de quase sete meses* —, continuamos a fazer visitas diárias à casa do sr. Valdemar, acompanhados, vez por outra, de médicos e de outros amigos. Durante todo esse tempo o paciente permaneceu *exatamente* como o descrevi. Os enfermeiros prestaram-lhe atendimento contínuo.

Na última sexta-feira, por fim resolvemos fazer a experiência de acordá-lo, ou de tentar acordá-lo. E o resultado (talvez) desafortunado de tal experiência é que deu origem a tantos debates em círculos privados, suscitando o que não posso deixar de considerar como uma injustificada reação emocional.

No intuito de tirar o sr. Valdemar do transe mesmérico, utilizei os passes costumeiros, que se revelaram ineficazes durante algum tempo. O primeiro sinal de recuperação foi dado por uma descida parcial da íris. Observou-se, como algo particularmente notável, que esse movimento da pupila veio acompanhado de profusa efusão de uma serosidade amarelada (saída de sob as pálpebras) com um odor pungente e altamente ofensivo.

Foi-me então sugerido que, como no passado, eu procurasse influenciar o braço do paciente. Tentei e fracassei. O dr. F... manifestou então o desejo de que eu lhe fizesse uma pergunta. Aceitei a sugestão e disse o seguinte:

"Senhor Valdemar, pode nos explicar quais são seus sentimentos ou desejos neste momento?"

Verificou-se o retorno instantâneo dos círculos hécticos nas bochechas: a língua tremeu, ou melhor, agitou-se com violência na boca (embora os maxilares e os lábios continuassem rígidos como antes) e, decorrido mais algum tempo, fez-se ouvir a mesma voz horrenda que já detalhei:

"Pelo amor de Deus! Depressa! Depressa! Faça-me dormir! Ou me acorde depressa! Depressa! *Já lhe disse, estou morto!*"

Fiquei totalmente desconcertado e, por um instante, fui incapaz de decidir o que fazer. De início, tentei recompor o paciente; porém, não podendo fazê-lo por não obter dele a menor reação, mudei de ideia e, com igual empenho, lutei para despertá-lo. Logo vi que teria êxito nesse esforço — ou pelo menos imaginei que alcançaria um êxito completo —, e estou certo de que todos no quarto estavam preparados para ver o paciente acordar.

Todavia, quanto ao que de fato ocorreu, é de todo impossível que qualquer ser humano estivesse preparado para enfrentar.

Enquanto eu rapidamente executava os passes mesméricos, em meio aos aulidos de "morto! morto!" que subiam da língua e não dos lábios do infeliz, seu corpo inteiro de súbito — no espaço de um único minuto, ou menos — encolheu, desintegrou-se, *apodreceu* sob minhas mãos. Na cama, diante de todos, restava apenas uma massa quase líquida de repugnante, detestável putrescência.

Apresentação e tradução de Jorio Dauster

GUY DE MAUPASSANT

Uma vendeta

A vingança mútua entre famílias e clãs rivais, perpetuada ao longo dos anos e das gerações através de assassinatos em cadeia, não é privilégio da vendetta *corsa, mas faz parte de universos primitivos, microcosmos da condição humana em bruto, presentes em todo o mundo e que encontramos, por exemplo, no Brasil profundo dos sertões, e não só.*

"Une vendetta", publicado pela primeira vez no jornal Le Gaulois, *em 14 de outubro de 1883, e depois no livro* Contes du jour et de la nuit, *de 1885, é a história de um desses acertos de contas, situado na geografia áspera da selvagem e isolada ilha da Córsega que, pelo menos para consumo da cultura ocidental, "exportou o conceito". O evento não está ligado a uma rivalidade ancestral entre famílias (pelo menos não há nada no conto que permita essa conclusão), mas releva a obssessão pela desforra que, sob o pretexto do justiçamento, deriva para o prazer sádico, e aterradoramente humano, de experimentar o mal em quem lhe fez experimentar o mesmo mal.*

Contista de inspiração realista, mas dotado de uma poderosa imaginação, contador de histórias e observador perspicaz, escrevendo diretamente para o espaço e o público dos jornais (mais de trezentos contos e duzentas crônicas publicados nos dois principais periódicos nos quais colaborava), Maupassant fez uso frequente de anedotas simples e diretas para alargar a dimensão humana que está por trás de todos os nossos atos, desde o mais prosaico até o mais grave. Por todos os motivos a estrutura cerrada do conto lhe convém.

E o resultado são narrativas breves, densas, que se aglutinam em torno de um instante único, esse fato posto em evidência mas do qual apenas a essência é retida, encaminhando o relato, rápida e verticalmente, para um forte efeito final. Na maior parte das vezes o mistério não se dissipa devido à economia e brevidade da história, e os efeitos de horror assumem uma brutalidade viva e palpitante. A brutalidade humana — ou simplesmente o homem posto a nu —, que o olhar pessimista, mas sobretudo crítico de Guy de Maupassant retratou com perfeição em centenas de contos, centenas de instantes cristalizados, cada um deles uma pequena preciosidade da boa literatura.

A viúva de Paolo Saverini morava sozinha com o filho numa casinha pobre junto aos muros de Bonifácio. A cidade, edificada sobre uma saliência da montanha — e mesmo suspensa, aqui e ali, sobre o mar —, contempla, por cima do estreito encrespado de recifes, a costa mais baixa da Sardenha. A seus pés, do outro lado e contornando-a quase inteiramente, uma fenda da falésia, semelhante a um gigantesco corredor, serve-lhe de porto: traz até as primeiras casas, após um longo circuito entre duas muralhas abruptas, os pequenos barcos pesqueiros italianos ou sardos, e, a cada quinzena, o velho vapor resfolegante que serve Ajácio.

Sobre a montanha branca, o grupo de casas assenta uma mancha ainda mais branca. Assim penduradas sobre o rochedo, parecem ninhos de pássaros selvagens, dominando aquela passagem terrível onde os navios não se aventuram muito. O vento, sem descanso, castiga o mar, castiga a costa nua, carcomida e mal e mal coberta de grama; e se engolfa no estreito, devastando-lhe as duas bordas. Os rastros de espuma pálida, pendurados nas pontas negras das inumeráveis rochas que por toda parte perfuram as ondas, assemelham-se a retalhos de pano flutuando e palpitando na superfície da água.

A casa da viúva Saverini, soldada à borda da falésia, abria suas três janelas para esse horizonte selvagem e desolado.

Ela vivia ali, sozinha, com seu filho Antoine e a cadela Vivaz, um animal magro, grande, de pelos longos e ásperos, da raça dos pastores. O bicho servia ao moço para caçar.

Certa noite, após uma discussão, Antoine Saverini foi morto com uma punhalada, à traição, por Nicolas Ravolati, que na mesma noite partiu para a Sardenha.

Quando a velha mãe recebeu o corpo do filho, trazido por passantes, ela não chorou, mas permaneceu durante longo tempo imóvel e a observá-lo; em seguida, estendendo a mão enrugada sobre o cadáver, prometeu-lhe a vendeta. Não quis que ficassem com ela, e se trancou ao lado do corpo e com a cadela que uivava. Uivava, aquele bicho, de uma maneira contínua, em pé à beira da cama, a cabeça espichada em direção ao dono, o rabo apertado entre as patas. Não se mexia mais do que a mãe, que, agora inclinada sobre o corpo, o olhar fixo, chorava umas lágrimas grossas e mudas, contemplando-o.

O rapaz, deitado de costas e vestido com uma roupa de tecido grosso, furada e rasgada na altura do peito, parecia dormir; mas havia sangue por toda parte: sobre a camisa arrancada para os primeiros socorros, no colete, na calça, no rosto, nas mãos. Coágulos de sangue tinham se formado na barba e nos cabelos.

A velha se pôs a falar com ele. Ao som daquela voz, a cadela silenciou.

"Vai, vai, tu vais ser vingado, meu pequeno, meu menino, minha pobre criança. Dorme, dorme, tu vais ser vingado, compreende? É a mãe que promete! E ela sempre mantém sua palavra, a mãe, tu sabes bem."

E lentamente ela se inclinou sobre ele, colando seus lábios frios sobre os lábios mortos.

Então Vivaz recomeçou a ganir. Ela emitia um longo lamento, monótono, pungente, horrível.

Ficaram ali, as duas, mulher e animal, até de manhã.

Antoine Saverini foi enterrado no dia seguinte, e logo depois não se falou mais nele em Bonifácio.

Ele não tinha deixado nem irmãos nem primos próximos. Não havia nenhum homem para proceder à vendeta. Sozinha, a mãe pensava naquilo, a velha.

Do outro lado do estreito, ela enxergava de manhã à noite um ponto branco sobre a costa: uma pequena aldeia sarda, Longosardo, onde os bandidos corsos se refugiam quando acuados. Eles povoam quase sozinhos aquele vilarejo, de frente para as terras de sua pátria, e ali esperam o momento de voltar, de retornar ao maqui. Era nessa aldeia, ela sabia, que Nicolas Ravolati tinha se escondido.

Sozinha, o dia inteiro sentada à janela, ela olhava para lá imaginando sua vingança. Como faria, sem ninguém, enferma, tão perto da morte? Mas tinha prometido, tinha jurado sobre o cadáver. Ela não podia esquecer, não podia esperar. O que faria? Não dormia mais à noite, não tinha mais repouso nem sossego; ela buscava, obstinada. A seus pés, a cadela cochilava, e, de tempos em tempos, levantando a cabeça, uivava para o longe. Desde que seu dono se fora, ela uivava com frequência daquele jeito, como se o chamasse, como se sua alma de animal, inconsolável, também guardasse a lembrança que nada é capaz de apagar.

Eis que uma noite, quando Vivaz recomeçava a gemer, a mãe, de repente, teve uma ideia, ideia de um ser selvagem, vingativo e feroz. Ela meditou sobre aquilo até o amanhecer; depois, em pé desde a chegada do dia, dirigiu-se à igreja. Rezou, prosternada, inclinada diante de Deus, suplicando-lhe que a ajudasse, que a apoiasse, que seu pobre corpo já gasto tivesse a força necessária para vingar o filho.

Depois voltou para casa. Havia no quintal um velho barril quebrado, que recolhia a água das calhas; ela o virou, esvaziou-o e ajeitou-o no chão com estacas e pedras; em seguida acorrentou Vivaz àquela casinhola, e se recolheu.

Agora ela caminhava sem parar pelo quarto, sempre com o olhar fixo sobre a costa da Sardenha. Ele estava lá, o assassino.

A cadela uivou durante todo o dia e toda a noite. De manhã a velha serviu-lhe água numa tigela; e nada mais: nada de sopa, nada de pão.

O dia passou. Vivaz, extenuada, dormia. No dia seguinte, tinha os olhos reluzentes, o pelo arrepiado, e puxava desvairadamente a corrente.

A velha não lhe deu nada ainda de comer. Furioso, o bicho latia em tom rouco. Passou-se mais uma noite.

Então, ao raiar do dia, a mãe Saverini foi até o vizinho pedir que lhe dessem duas medas de palha. Apanhou umas roupas velhas que tempos antes o marido tinha usado e encheu-as de forragem, a fim de simular um corpo humano.

Tendo cravado uma vara no solo, diante da casinhola de Vivaz, ela atou por cima aquele boneco, que parecia, assim, estar em pé. Depois, forjou-lhe a cabeça com um embrulho de trapos velhos.

Surpresa, a cadela olhava para aquele homem de palha, e calava, ainda que devorada pela fome.

Então, a velha foi ao açougueiro comprar um bom pedaço de morcilha. De volta à casa, fez um fogo no pátio, junto à casinhola, e assou a morcilha. Vivaz, enlouquecida, pulava, espumava, os olhos fixos na grelha, de onde vinha aquele cheiro que lhe penetrava direto no estômago.

Em seguida a mãe fez daquela carne fumegante uma gravata para o homem de palha. Enrolou-a demoradamente em torno do pescoço do boneco, como para fazer a morcilha entrar para dentro dele. Quando terminou, ela desacorrentou a cadela.

Com um salto formidável, o animal alcançou a garganta do boneco e, com as patas sobre seus ombros, pôs-se a despedaçá-lo. Ela caía, com um pedaço de sua presa na boca, e em seguida se lançava de novo ao ataque, afundava os caninos nas cordas, arrancava algumas porções de comida, caía outra vez e tornava a pular, encarniçada. Ela arrancava-lhe o rosto com grandes dentadas, punha em pedaços a garganta inteira.

Imóvel e calada, a velha observava, o olhar aceso. Em seguida, acorrentou de novo a cadela, fê-la jejuar por dois dias, e recomeçou aquele estranho exercício.

Durante três meses, habituou-a àquela espécie de luta, àquela refeição conquistada a mordidas. Não a desacorrentava mais agora, mas a atiçava com um gesto sobre o boneco.

Ela a havia ensinado a despedaçá-lo, a devorá-lo, mesmo que nenhuma comida estivesse escondida na garganta. A seguir, a velha lhe dava, como recompensa, a morcilha assada.

Assim que percebia o homem, Vivaz tremia, depois voltava os olhos em direção à dona, que gritava: "Vai!", com uma voz sibilante, apontando o dedo.

Quando julgou que tinha chegado a hora, a mãe Saverini foi se confessar e comungou, num domingo de manhã, com um fervor extasiado; depois, vestindo roupas de homem, semelhante a um pobre e velho maltrapilho, ela fez negócio com um pescador sardo, que a conduziu, acompanhada da cadela, ao outro lado do estreito.

Num saco de pano ela trazia um grande pedaço de morcilha. Vivaz estava em jejum havia dois dias. A todo instante a velha a fazia cheirar a comida, e a excitava.

Elas entraram em Longosardo. A corsa ia mancando. Foi até uma padaria e perguntou onde morava Nicolas Ravolati. Ele havia retomado seu antigo ofício de marceneiro. Trabalhava sozinho no fundo de sua loja.

A velha empurrou a porta e o chamou:

"Ei! Nicolas!"

Ele se virou. Então, soltando a cadela, ela gritou:

"Vai, vai, devora, devora!"

Enlouquecido, o animal precipitou-se sobre a garganta do homem. Ele estendeu os braços, abraçou a cadela, caiu no chão. Durante alguns segundos ele se retorceu, batendo com os pés no chão; depois quedou-se imóvel, enquanto Vivaz lhe escavava o pescoço, enquanto lhe arrancava pedaços.

Dois vizinhos, sentados à porta de suas casas, se lembraram perfeitamente de terem visto sair um velho pobre com um cachorro negro e esquelético que, enquanto andava, comia alguma coisa escura que seu dono lhe dava.

À tardinha, a velha estava de volta a sua casa. Ela dormiu bem, naquela noite.

Apresentação e tradução de Amilcar Bettega

LÉON BLOY

A fava

"A linguagem moderna desonrou a simplicidade até onde foi possível, a ponto de não sabermos mais o que ela é", escreveu Léon Bloy. "Pensamos vagamente em uma espécie de corredor ou túnel que nos leva da estupidez à imbecilidade." Ele queria que a linguagem fosse simples, para expressar claramente nossos pensamentos, acreditando que a literatura podia lançar luz sobre os erros e o comportamento idiota da sociedade. Nasceu em 1846, na cidade provinciana de Périgeux; morreu em 1917, três anos depois de ter publicado a versão revisada das histórias que adequadamente intitulou Histoires désobligeantes [Contos rudes]. Nesses contos, como em seus romances, memórias e panfletos, vociferava (tal como seus contemporâneos Flaubert e Bernard Shaw) contra a grotesca pobreza de espírito da burguesia, sua canhestra ambição e sua insuportável arrogância. Insultava todo mundo. Chamou o romancista Paul Bourget de "eunuco de senhoras", Alphonse Daudet de "autoglorificador pinçando ideias dos outros", Flaubert de "concubina dos dicionários", Victor Hugo de "estuprador da poesia", Maupassant de "fornicador diante de peritos querendo ser chamado de escritor másculo", Zola de "cretino dos Pireneus".

Em alguns países da Europa ainda se comemora o dia dos Reis Magos, trocando-se presentes e partilhando um bolo no qual se inseriu um anel, uma pequena coroa, ou uma fava: aquele que tiver a sorte de encontrá-la terá sorte o ano inteiro. (N. T.)

Escreveu contos macabros e sardônicos perfeitos que, assim como "A fava", assombram incomodamente nossa imaginação.

A vingança de um amor desonrado é assunto antigo e, desde suas primeiras narrativas, associado a fantasmas e à lembrança dos mortos. Na França, uma de suas primeiras narrativas data do século XII e traz o magnífico título de "O coração devorado"; é pouco provável que Bloy, grande leitor e conhecedor de literatura medieval, não soubesse disso.

> *Um belo moço e uma moça bela se casaram com entusiasmo. Depois da cerimônia — enfim sós! —, sentados um em face do outro em poltronas confortáveis, olharam-se mutuamente por muito tempo e, sem nada dizer, explodiram de horror.*
>
> *(Compêndio de história contemporânea.)*

O sr. Tertuliano acabara de chegar aos cinquenta anos, seu cabelo ainda ostentava um tom preto e belo, seus negócios andavam admiravelmente e ele era cada vez mais considerado por todos, quando teve a infelicidade de perder a mulher. O golpe foi terrível. Seria preciso ser muito perverso para imaginar uma companheira mais completa.

Tinha vinte anos menos do que o marido, o rosto mais apetitoso que se pode ver e um caráter tão delicioso que nunca perdia a ocasião de encantar. O magnânimo Tertuliano a esposara sem que ela tivesse um tostão, como faz a maioria dos negociantes que, incomodados com o celibato, não têm tempo de vagar para seduzir virgens difíceis.

Havia se casado com ela "entre dois queijos", como se gabava de dizer. Pois era comerciante de queijos a granel e havia realizado esse ato grave aproveitando um intervalo entre uma entrega memorável do queijo inglês chester e uma chegada excepcional do italiano parmesão. Lamento, porém, dizer que essa união não foi fecunda, o que lançava uma sombra no quadro gracioso.

De quem seria a culpa? Questão grave, que continuava pendente entre o pessoal da quitanda e dos armazéns de Gros-Caillou. Uma límpida açougueira, desdenhada pelo belo Tertuliano, acusava-o abertamente de impotência, acusação desprezada por bexiguenta vendedora de colchões que pretendia ter as devidas provas. O farmacêutico, em contrapartida, declarava ser necessário esperar para chegar a uma opinião, circunspeção de pensador aprovada pelas porteiras benevolentes às quais pouco interessava o litígio. Com grande autoridade diziam que Paris não fora construída num dia, que tudo é bom quando acaba bem, ou ainda que o viajante que quer ir longe prepara seu cavalo e assim por diante. Cabia, pois, esperar que ocorresse um acontecimento favorável que viesse dar a última pincelada na prosperidade deslumbrante do comerciante de queijos.

Era como se ele fosse o Delfim de França.

Foi grande a emoção quando se soube da morte súbita a ceifar esperanças tão legítimas. A não ser que Tertuliano se casasse prontamente — hipótese que sua dor não permitia aceitar nem por um minuto —, no futuro seu estabelecimento, esse rebento de seu próprio trabalho que do nada o tornara rico, terminaria vendo a clientela passar para um sucessor estrangeiro!

Negra perspectiva que devia amargurar singularmente os lamentos do esposo em luto. Este pareceu, de fato, estar prestes a se lançar no abismo do desespero. Ignoro até que ponto o sonho de uma descendência queijeira o corroía, mas fui testemunha auricular de seus bramidos doloridos e das intimações extrajudiciais que ele mesmo se fazia para se enterrar com sua Clementina, num prazo muito próximo mas que nunca era fixado.

Tive tempo de estudar a fundo esse homem simpático, com quem, durante dez anos, mantive as mais estreitas relações comerciais; pude assim observar um traço pouco conhecido mas admirável de seu caráter. Sofria de um medo atroz de ser corno. Todos os seus antepassados o foram, desde havia duzentos ou trezentos anos, e a ternura por sua mulher advinha sobretudo da certeza inabalável, confirmada por ela mesma, quanto à integridade de sua testa.

Esse reconhecimento tinha mesmo algo de profundamente risível e tocante. Depois de alguma reflexão, porém, ele terminava mostrando-se um pouco trágico, e muitas vezes me perguntei com espanto se a escandalosa esterilidade de Clementina não seria explicável por algumas dúvidas muito estranhas que Tertuliano mantinha a respeito de sua *própria identidade*; o medo sublime de cornear-se a si mesmo — fecundando-a.

Tudo isso, contudo, era muito bonito, muito acima dos marolles, dos bondons, dos lavarots e de outros tipos de queijo; e a coisa mais banal chegou como havia de chegar infalivelmente. Tendo Clementina restituído sua alma ao Senhor, o desafortunado viúvo deixou escapar no início, impetuosamente, os gemidos e os soluços recomendados pela natureza.

Depois de ter pago esse primeiro tributo — para servir-me de uma expressão que lhe era cara —, quis, antes das cerimônias funerárias, cujos transtornos o deixavam arrepiado por antecedência, pôr ele mesmo em ordem as relíquias da adorada. Era aí que o destino padrasto o esperava. O ridículo lábaro dos Tertulianos lhe apareceu.

Na gaveta misteriosa de um móvel íntimo, de cuja existência o mais sombrio dos maridos nunca poderia suspeitar, descobriu correspondência tão volumosa e variada que lhe foi impossível demorar-se nesta ou naquela carta. Todos os seus amigos e conhecidos estavam ali presentes. Salvo eu mesmo, todos tinham sido amados por sua mulher.

Até mesmo seus empregados — deles, encontrou cartas em papel rosa. E assim adquiriu ele a certeza de que a defunta o traíra fosse lá o tempo que fizesse, neste ou naquele lugar. Em seu leito, na sua adega, nas águas-furtadas, na sua loja, até mesmo sob o olho do gruyère, nos eflúvios do roquefort ou do camembert.

Inútil acrescentar que essa correspondência suja pouco o poupava. Caçoava dele sem parar da primeira à última linha. Um empregado do telégrafo, conhecido por sua finura de espírito, fazia as piadas mais desagradáveis sobre seu comércio, a ponto de permitir-se fazer alusões ou dar *conselhos* impossíveis de serem publicados.

Havia, porém, algo extraordinário, exorbitante, fabuloso, capaz de enlouquecer a constelação de Capricórnio. A esse arquivo mortificador se acrescia uma interminável série de pequenos bastões surpreendentes e cuja presença lhe pareceu no início inexplicável. Invocando, porém, a sagacidade de um apache sutil debruçado sobre uma pista, foi inundado por uma clareza que lhe fez perceber que o número desses objetos era exatamente o mesmo dos adoradores encorajados por sua infiel esposa, e que cada um deles fora entalhado a canivete com várias *incisões* parecidas com as marcas que os padeiros deixam na massa.

Evidentemente aquela Clementina tinha sido mulher muito ordeira e que gostava de fazer suas contas. O marido, abatido pela humilhação, exprimiu o desejo muito natural de ficar a sós com a morta e se fechou por duas ou três horas como alguém que quer se entregar sem constrangimentos a suas aflições.

Algumas semanas mais tarde Tertuliano, no dia de Reis, ofereceu um jantar suntuoso. Vinte convidados masculinos, escolhidos cuidadosamente, se apertavam em volta da mesa. Ostentava-se uma magnificência nunca vista. Carne maravilhosa, abundante e inesperada. Mais parecia um festim de adeus oferecido por um príncipe que se preparasse para abdicar. Muitos, porém, por momentos sentiram-se incomodados com o aspecto da decoração fúnebre que a imaginação do queijeiro, agora mais lúgubre, devia sem dúvida ter tomado de empréstimo a alguma lembrança de um melodrama qualquer.

As paredes e até mesmo o teto tinham sido pintados de preto, a toalha era preta, a luz vinha de candelabros pretos onde ardiam velas pretas. Tudo era preto. O empregado do telégrafo, inteiramente desconcertado, queria ir embora. Foi detido por um jovial criador de porcos que lhe disse ser preciso "colocar-se à altura", acrescentando que achava tudo aquilo "muito engraçado". Os outros, depois de alguma indecisão, passaram a fazer troça da morta. As garrafas não parando de circular, logo a refeição se tornou inteiramente hilária. No momento do champanhe, assegurado o triunfo da peça armada e quando começavam a aparecer palavras obscenas, foi trazido um enorme bolo.

"Senhores", disse Tertuliano levantando-se, "vamos esvaziar nossos copos, se quiserem, em memória de nossa querida morta. Cada um dos senhores pôde conhecê-la, apreciar seu coração. Não teriam esquecido — não é ? — seu coração amável e terno. Peço-lhes pois que se compenetrem — de maneira *muito particular* — da lembrança dele antes que seja cortado o bolo de Reis que ela gostava tanto de partilhar com os senhores." Nunca tendo sido amante da queijeira, provavelmente porque nunca a encontrei, não fui convidado para esse jantar e não pude saber a quem caberia a fava real.

Sei, todavia, que o diabólico Tertuliano foi inquietado pela justiça por ter inserido nos enormes flancos daquele bolo amendoado o coração de sua mulher, o pequeno coração em putrefação da deliciosa Clementina.

Apresentação de Alberto Manguel
e tradução de J. A. Giannotti

HUGH WALPOLE

O *tarn*

"O tarn", de Hugh Walpole, pertence àquela linhagem de horror mais sugestivo do que propositivo. Tudo, aliás, é sugestão neste conto, publicado pela primeira vez em 1923. Naquele mesmo ano, Walpole, nascido na Nova Zelândia em 1884, fez sua primeira viagem à região dos Lagos ingleses, onde se estabeleceria a partir de 1924 até sua morte, em 1941. A paisagem montanhosa da Cúmbria, com picos gelados e lagos profundos, cenário preferencial dos românticos Wordsworth e Coleridge, também tornou-se central na produção de Walpole.

Em "O tarn", o protagonista, por assim dizer, é um acidente geográfico, típico dessa região, um lago muito profundo entre as montanhas. O tarn serve de repositório para os sentimentos violentos e ambíguos de Fenwick, escritor atormentado, entre outras coisas, pelo fracasso, que recebe a visita de seu principal desafeto, o presunçoso Foster. E de inspiração para os desígnios de Fenwick, que, como o tarn, esconde no fundo de si mesmo um mistério. A dupla natureza da paisagem — espetáculo glorioso e imponência inóspita — é habilmente explorada pela descrições de Walpole.

O tema da inveja e da competição no mundo literário de "O tarn" ainda tem um sentido premonitório na biografia de Walpole. Embora longe de ser considerado um fracasso em vida — sua série de romances históricos The Herrie Chronicles teve enorme sucesso na Inglaterra e nos Estados Unidos —, a obra de Walpole foi negligenciada depois de sua morte. Culpa, dizem, de Somerset Maugham, que fez uma caricatura impiedosa do escritor em Cakes and ale, *romance de 1930*.

Enquanto Foster se movia distraído pela sala, virava-se para a estante e lá ficava, levemente inclinado para diante, escolhendo com os olhos ora um livro, ora outro, seu anfitrião observava os músculos da nuca estreita, magra, que saía do colarinho baixo de flanela, e pensava na facilidade com que apertaria aquela garganta e no prazer, um prazer triunfante e voluptuoso, que teria com aquilo.

A sala baixa, de paredes e teto brancos, estava inundada pelo sol ameno e agradável de Lakeland. Outubro é um mês maravilhoso nos Lagos ingleses; dourado, generoso e perfumado, o sol preguiçoso desliza no céu cor de damasco para um rubro e glorioso entardecer; em seguida as sombras se espessam sobre aquele belo lugar em manchas violáceas, em longos motivos que lembram redes de gaze prateada, em densos borrões de cinza e âmbar. As nuvens passam pelas montanhas como galeões, ora velando, ora revelando, depois descem como exércitos fantasmagóricos para a superfície da planície, e de repente se elevam até o mais suave dos céus azuis até se esfiaparem num tom lânguido e preguiçoso.

A casa de Fenwick estava voltada para o Low Fells; na diagonal, à direita, dava para ver, pelas janelas laterais, as colinas que se estendiam acima do Derventwater.

Fenwick olhou para as costas de Foster e sentiu-se subitamente enjoado, tão enjoado que se sentou, cobrindo os olhos com a mão por um momento. Foster viera até ali, de Londres, para explicar. Era tão Foster aquilo de querer explicar, de querer acertar as coisas. Quantos anos fazia que ele conhecia Foster? O quê? Pelo menos vinte, e durante todos aqueles anos Foster estivera sempre determinado a endireitar as coisas com todo mundo. Não suportava não ser apreciado; odiava que alguém pensasse mal dele; queria que todos fossem seus amigos. Essa talvez tivesse sido uma das razões para Foster ter se dado tão bem, para que ele tivesse avançado em sua carreira, e também uma das razões para Fenwick não ter conseguido o mesmo.

Porque Fenwick era o oposto de Foster nessas coisas. Ele não queria amigos, e, com certeza, não ligava se as pessoas gostavam dele — quer dizer, as pessoas por quem sentia desprezo por uma razão ou outra —, e desprezava muitas pessoas.

Fenwick olhou para aquelas costas inclinadas, compridas e estreitas, e sentiu os joelhos tremerem. Dali a pouco Foster se viraria e aquela voz alta e esganiçada flautearia alguma coisa sobre os livros. "Cada livro fantástico, Fenwick!" Quantas e quantas vezes, nas longas vigílias noturnas em que não conseguia dormir, Fenwick ouvira aquela voz de flautim soando muito perto — ali mesmo, na sombra da sua cama! E quantas vezes Fenwick respondera: "Eu odeio você! Você é o culpado do fracasso da minha vida! Você sempre esteve no meu caminho. Sempre, sempre, sempre! Com ares condescendentes e fingidos mas, na verdade, querendo mostrar para os outros que eu era um pobre coitado, um grande fracasso, um bobo convencido! Eu sei. Você não consegue esconder nada de mim. Eu percebo tudo!".

Fazia vinte anos que Foster se metia constantemente no caminho de Fenwick. Houvera aquela história, muito tempo antes, quando Robins precisara de um subeditor para sua revista, a ótima *Parthenon*, e Fenwick fora até lá e os dois tiveram uma conversa esplêndida. Como Fenwick falara magnificamente naquele dia, com que entusiasmo expusera a Robins (que de todo modo estava cego pela própria vaidade) que tipo de publicação a *Parthenon* poderia vir a ser, como Robins se contagiara com seu entusiasmo, como fora abrindo caminho pela sala com seu corpanzil, exclamando: "É isso, é isso, Fenwick — isso é bom! Isso é muito bom, de verdade!", e como, depois de tudo aquilo, Foster é que conseguira o emprego.

A publicação sobrevivera só mais um ano e pouco, é verdade, mas a revista projetara o nome de Foster, do mesmo modo que teria projetado o de Fenwick.

Depois, cinco anos mais tarde, saiu o romance de Fenwick, *O aloé amargo* — o romance pelo qual ele passara três anos suando sangue —, e aí, na mesma semana do lançamento, Foster aparece com *O circo*, romance que lhe dera fama, embora, o céu é testemunha, o negócio não passasse de lixo sentimental. Talvez você ache que um livro não pode matar outro — mas será que não pode, mesmo? Se *O circo* não tivesse sido lançado, aquele grupinho de londrinos sabe-tudo — aquele bando de convencidos, limitados, ignorantes, presunçosos que, apesar de tudo isso, consegue, com sua falação, decidir a sorte ou o azar de um livro — talvez tivesse falado de *O aloé amargo*, e isso teria facilitado seu caminho para a fama. Do jeito que foi, o livro acabou natimorto enquanto *O circo* seguia lépido seu caminho para o sucesso.

Depois disso, em várias ocasiões — algumas pequenas, algumas grandes —, de um jeito ou de outro, o corpo seco e magro de Foster aparecia para atrapalhar a felicidade de Fenwick.

A coisa se tornara uma obsessão para Fenwick, óbvio. Escondido lá no coração dos Lagos, sem amigos, quase sem companhia e com pouquíssimo dinheiro, ele cultivava em demasia o hábito de ruminar seu fracasso. Ele *era* um fracasso, e não por culpa sua. Como a culpa poderia ser sua, com todo o seu talento e todo o seu brilhantismo? A culpa era da vida moderna, com sua falta de cultura, a culpa era do material confuso e estúpido de que era feita a inteligência dos seres humanos — e a culpa era do Foster.

Fenwick sempre esperava que Foster se mantivesse longe dele. Não sabia o que faria se visse aquele homem. E aí, um dia, para seu espanto, recebeu um telegrama: "Vou passar pelos seus lados. Posso me hospedar com você na segunda e na terça? Giles Foster".

Fenwick mal acreditava no que seus olhos estavam lendo e então — por curiosidade, por desprezo cínico, por algum outro motivo mais misterioso e profundo que nem se atrevia a analisar — telegrafou: "Venha".

E ali estava o homem. E viera — dá para acreditar? — para "acertar as coisas". Ficara sabendo por Hamlin Eddis que "Fenwick estava magoado com ele, que alimentava alguma espécie de queixa".

"Não gostei do que senti, meu velho, e por isso resolvi passar por aqui e resolver o assunto de uma vez por todas, descobrir do que se tratava e acertar as coisas."

Na noite anterior, depois do jantar, Foster tentara acertar as coisas. Ansiosamente, com os olhos parecendo os de um cachorro bonzinho pedindo um osso que sabe perfeitamente que merece, estendera a mão para Fenwick e lhe pedira que dissesse "o que estava acontecendo".

Fenwick dissera simplesmente que não estava acontecendo nada; Hamlin Eddis era um cretino.

"Que bom ouvir isso!" Foster falou, pulando da cadeira e apoiando a mão no ombro de Fenwick. "Estou contente, meu caro. Não aguentaria não ser mais seu amigo. Somos amigos há tanto tempo."

Deus! Como Fenwick o odiara naquele instante!

"Cada livro fantástico!" Foster se virou e olhou para Fenwick com gratidão ansiosa. "Todos os livros aqui são interessantes! Gosto da sua arrumação, e essas estantes... Sempre achei uma pena fechar os livros atrás de vidros!"

Foster se aproximou e sentou-se bem ao lado do anfitrião. Inclusive inclinou-se em sua direção e descansou a mão no joelho de Fenwick. "Veja bem, vou falar pela última vez — mesmo! Mas quero deixar bem claro. Não há nada de errado entre nós, certo, meu caro? Sei que você me garantiu isso ontem à noite, mas só quero..."

Fenwick olhou para ele e, ao examiná-lo, sentiu de repente um raro deleite na aversão. Gostou do toque da mão do homem em seu joelho; inclinou-se um pouco para a frente e pensou em como seria agradável enterrar até o fundo os olhos de Foster, bem no fundo da cabeça, estralando, esmagando até o fim, as órbitas olhando para o vazio, sangrentas, e disse:

"Que nada. Claro que não. Já falei ontem à noite. O que poderia haver?"

A mão apertou o joelho um pouco mais forte.

"Estou *tão* contente! Isso é esplêndido! Esplêndido! Espero que você não me ache ridículo, mas sempre senti muita estima por você. Sempre quis conhecê-lo melhor. Sempre admirei muito seu talento. Aquele seu romance... aquele... o... aquele sobre o aloé..."

"*O aloé amargo?*"

"Ah, é, isso mesmo. É um livro esplêndido, aquele. Pessimista, claro, mas ainda assim ótimo. Deveria ter feito mais sucesso. Lembro-me de ter pensado isso na época."

"É, deveria ter feito mais sucesso".

"Mas sua vez vai chegar. É o que eu sempre digo: trabalho bom sempre acaba aparecendo."

"É, minha vez vai chegar."

A voz fina, de flautim, continuou:

"E eu tive mais sucesso do que merecia. Sério. Não posso negar. Não é falsa modéstia. Acho mesmo. Tenho algum talento, claro, mas não tanto quanto dizem. E você! Você tem muito *mais* do que eles admitem. Verdade, meu caro. Tem mesmo. A única coisa — e espero que você me perdoe por dizer isso — é que talvez você não tenha progredido tanto quanto poderia ter progredido. Morando aqui, enclausurado, isolado por todas essas montanhas, neste tempo úmido — está sempre chovendo —, ora, você fica por fora! Não vê ninguém, não conversa e não sabe o que está acontecendo. Olhe só para mim!"

Fenwick se virou e olhou para ele.

"Bem, eu passo metade do ano em Londres, onde se pode ter o melhor de tudo, a melhor conversa, a melhor música, as melhores peças, depois passo três meses viajando para fora, Itália, Grécia, um lugar assim, daí três meses no campo. Esse é um esquema ideal. Dá para ter tudo desse jeito."

"Itália, Grécia, um lugar assim."

Alguma coisa remexeu no peito de Fenwick, apertando, apertando, apertando. Como ele quis, ah, como ele desejou ardentemente uma semana na Grécia, dois dias na Sicília! Às vezes, achava que teria dinheiro suficiente, mas na hora de contar os centavos... E agora aparecia aquela besta, aquele cretino, metido, convencido, condescendente...

Levantou-se, olhando o sol dourado.

"O que você acha de dar uma volta?", sugeriu. "Ainda vamos ter sol por pelo menos uma hora."

Assim que as palavras saíram de seus lábios, teve a impressão de que outra pessoa havia falado por ele. Chegou a virar-se um pouco para ver se tinha mais alguém ali. Desde a chegada de Foster na noite anterior, estava consciente da sensação. Uma volta? Por que levaria Foster para dar uma volta, para mostrar a ele sua terra amada, suas curvas, linhas e profundezas, o largo escudo argênteo do Derventwater, os morros cobertos de névoa lilás, curvados como cobertores nos joelhos de um gigante recostado? Por quê? Era como se ele tivesse se virado para ver alguém que vinha logo atrás, dizendo-lhe: "Você está com segundas intenções".

Os dois partiram. A estrada descia abruptamente para o lago, depois o caminho seguia entre árvores à beira da água. À superfície do lago, tons de uma luz amarela brilhante, cor de açafrão, dançavam sobre o azul. Os morros estavam escuros.

O próprio jeito de Foster andar revelava o homem. Ele sempre estava um pouco adiante de você, projetando o corpo comprido e seco com pequenos espasmos ansiosos, como se fosse perder alguma coisa que lhe traria grande vantagem, se não se apressasse. Falava jogando palavras para Fenwick por cima do ombro, como se jogam migalhas de pão para um passarinho.

"É claro que fiquei lisonjeado. Quem não ficaria? Afinal, é mais um prêmio. Eles concedem esse prêmio há apenas um ou dois anos, mas é gratificante — realmente gratificante — obtê-lo. Quando abri o envelope e vi o cheque — bom, você poderia ter me derrubado com uma pena. Verdade. Claro, cem libras não é muito. Mas a honra..."

Para onde eles estavam indo? O rumo era tão certeiro que parecia que eles não tinham vontade própria. Vontade própria? Não há livre-arbítrio. Tudo é Destino. Fenwick riu em voz alta de repente.

Foster estacou.

"Quê? O que foi isso?"

"Como, o quê? "

"Você riu."

"Lembrei de uma coisa divertida."

Foster enganchou o braço no de Fenwick.

"É mesmo delicioso andarmos assim juntos, de braços dados, amigos. Sou um sentimental, não posso negar. Sempre digo que a vida é curta e que devemos amar nossos semelhantes. Se não for assim, o que nos resta? Você vive muito sozinho, meu caro." Apertou o braço de Fenwick. "Essa é que é a verdade."

Era um tormento, um tormento estranho e delicioso. Era maravilhoso sentir aquele braço fino e ossudo encostado no seu. Quase dava para sentir as batidas do outro coração. Maravilhoso sentir aquele braço e a tentação de agarrá-lo com as duas mãos e dobrar e torcer e daí ouvir os ossos estalando... estalando... estalando... Maravilhoso sentir a tentação subir pelo corpo como água fervente, e no entanto não ceder a ela. Por um momento, a mão de Fenwick tocou a de Foster. Depois, se afastou.

"Chegamos ao povoado. Este é o hotel para o qual todos vêm no verão. Viramos à esquerda, aqui. Vou lhe mostrar meu *tarn*."

***

"Seu *tarn*?", perguntou Foster. "Perdoe minha ignorância, mas o que é exatamente um *tarn*?"

"*Tarn* é um lago em miniatura, um poço entre as montanhas. Muito quieto. Silencioso, lindo. Alguns são imensamente fundos."

"Gostaria de ver isso."

"Está um pouco longe. Temos que subir por uma trilha difícil. Sem problemas?"

"Nenhum. Tenho pernas compridas."

"Alguns são imensamente fundos... insondáveis... ninguém chegou ao fundo... mas tranquilos, como espelhos, só que com sombras..."

"Você sabe, Fenwick, que sempre tive medo de água... nunca aprendi a nadar. Tenho medo de perder o pé. Tudo por causa da escola, há muitos anos, quando eu era menino e uns garotos maiores me agarraram e seguraram minha cabeça dentro da água e quase me afogaram. Na verdade eles me afogaram, foram mais longe do que pretendiam. Até hoje vejo as caras deles."

A imagem pulou na cabeça de Fenwick e ele a contemplou. Podia ver os garotos — uns caras grandes e fortes — e aquela coisinha magra como uma rã, as mãozonas no pescoço, as pernas como gravetos cinzentos, fora da água, chutando, as risadas, o súbito sentimento de que algo não ia bem, o corpo magrinho todo mole e quieto...

Respirou fundo.

Foster andava agora a seu lado, não adiante dele, como se estivesse com um pouco de medo e precisasse sentir-se seguro. De fato, a paisagem havia mudado. À frente e atrás dos dois estendia-se a trilha que subia o morro, com pedras e cascalho espalhado. À direita, numa elevação ao sopé do morro, algumas pedreiras quase desertas pareciam ainda mais melancólicas ao entardecer porque ainda havia um pouco de movimento; sons longínquos vinham das chaminés sombrias, um filete de água escorria e despencava raivoso para o poço, abaixo, aqui e ali uma silhueta negra, como um ponto de interrogação, aparecia contra a montanha escurecida.

Tudo ali era um pouco íngreme, e Foster bufava e soprava.

Fenwick detestou-o ainda mais por causa daquilo. Tão esbelto e seco, e nem assim conseguia estar em forma. Os dois andavam tropeçando, mantendo-se abaixo da pedreira, à beira da água corrente, ora verde, ora de um cinza sujo, escalando a encosta do morro.

Agora estavam bem na frente do Helvellyn. Ele rodeava o topo dos morros e depois se esparramava para a direita.

"Lá está o *tarn*!", exclamou Fenwick, e acrescentou: "O sol não vai durar tanto quanto eu imaginava. Já está escurecendo".

Foster tropeçou e se apoiou no braço de Fenwick.

"Este lusco-fusco deixa os morros estranhos — parecem pessoas. Quase não consigo enxergar o caminho."

"Estamos sozinhos aqui", respondeu Fenwick. "Você não sente a quietude? A esta hora os homens já foram embora da pedreira, voltaram para casa. Não há ninguém aqui além de nós. Se você prestar atenção, vai ver uma luz estranha, verde, descendo por sobre os morros. Dura só um momento, depois fica escuro.

"Ah, aqui está o *tarn*. Sabia que eu adoro este lugar, Foster? Tenho a sensação de que ele é meu, de que pertence só a mim, do mesmo modo como todo o seu trabalho, sua fama, seu sucesso, sua glória parecem pertencer a você. Tenho isto aqui, e você tem aquilo. Talvez a gente esteja empatado, afinal. É...

"Mas sinto que este pedaço de água é meu, e que eu sou dele, e é como se nunca devêssemos nos separar... É... Viu como ele é negro?

"Este é um dos bem profundos. Ninguém nunca explorou o fundo. Só o Helvellyn sabe, e fico esperando o dia em que ele também vai confiar em mim, sussurrar-me seus segredos..."

Foster espirrou.

"Muito interessante. Muito bonito, Fenwick. Gosto de seu *tarn*. Adorável. Agora vamos voltar. É uma caminhada dura, aquela ao lado da pedreira. Além disso, está um gelo."

"Você está vendo aquele pequeno molhe ali?" Fenwick conduzia Foster pelo braço. "Alguém construiu aquilo na água. Imagino que a pessoa devia ter um barco. Venha dar uma olhada. Ali da ponta do molhe o *tarn* parece muito profundo e as montanhas dão a impressão de se fecharem em torno dele."

Fenwick pegou o braço de Foster e levou o outro até a ponta do molhe. De fato, a água parecia muito profunda ali. Profunda e muito negra. Foster olhou para baixo com atenção, depois olhou para cima, para as montanhas, que de fato davam a impressão de terem se fechado num círculo. Espirrou de novo.

"Estou com medo de ter me resfriado. Vamos voltar para casa, Fenwick, senão a gente nunca mais vai achar o caminho de volta."

"Para casa, então", disse Fenwick, e suas mãos se fecharam em torno do pescoço magro e fino. Por um momento a cabeça girou para o lado e dois olhos arregalados e estranhamente infantis o encararam; depois, com um empurrão estupidamente simples, o corpo foi projetado para a frente, ouviu-se um grito agudo, um tchibum, uma agitação de alguma coisa branca contra a escuridão que se adensava rapidamente, depois o fato se repetiu, depois uma vez mais, depois houve ondulações se propagando para longe, e em seguida o silêncio.

O silêncio foi prolongado. Depois de envolver o *tarn*, foi se espalhando como se cobrisse com o dedo os lábios dos morros já aquietados. Fenwick se fundiu àquele silêncio. Gozava o silêncio. Não se movia. Ficou ali olhando a água cor de tinta do *tarn*, braços cruzados, um homem perdido nos pensamentos mais intensos. Porém não estava pensando. Estava simplesmente consciente de um alívio voluptuoso e quente, de um sentimento sensual nada premeditado.

Foster se fora, aquela besta cansativa, metida, impertinente, convencida. Se fora para nunca mais voltar, era o que o *tarn* lhe garantia. Fenwick fitava o *tarn*, que lhe devolvia o olhar com aprovação, como se dissesse: "Você agiu bem — realizou um trabalho limpo e necessário. Nós dois o realizamos, eu e você. Estou orgulhoso de você".

Fenwick estava orgulhoso de si. Finalmente fizera uma coisa decisiva na vida. Pensamentos, pensamentos agitados e ansiosos, começavam a invadir seu cérebro. Durante anos perambulara por aquele lugar sem fazer nada além de cultivar mágoas, fraco, submisso... Agora, finalmente, tinha agido. Recompôs-se e olhou para as montanhas. Estava orgulhoso — e com frio. Tremia. Levantou o colarinho do casaco. Sim, lá estava a luz verde-clara que sempre se mantinha durante um curto instante nas sombras dos morros antes de a escuridão chegar. Estava ficando tarde. Era melhor voltar.

Tremendo, agora, a ponto de bater os dentes, Fenwick começou a descer pela trilha e nesse momento percebeu que não queria se afastar do *tarn*. O *tarn* era amigo; o único amigo que tinha no mundo. À medida que avançava no escuro aos tropeções, aumentava seu sentimento de solidão. Estava voltando para casa, mas era uma casa vazia. Na noite anterior era uma casa com um hóspede. Quem era, mesmo? Claro, Foster... Foster com sua risada boba e seus olhos amáveis e medíocres. Bem, Foster não estaria mais lá. Não, nunca mais estaria lá.

De repente, Fenwick começou a correr. Não sabia por quê, só sabia que, agora que se afastara do *tarn*, estava só. Gostaria de ter podido passar a noite toda lá, mas não podia porque estava com frio e agora, então, corria para poder chegar logo em casa, para chegar às luzes e à familiaridade dos móveis — e de todas as coisas que conhecia e que o tranquilizariam.

Correndo, espalhava o cascalho com os pés. As pedras rangiam debaixo de seu peso. Teve a sensação de que outra pessoa também corria. Parou e o outro corredor também parou. Tomou fôlego no silêncio. Agora sentia calor. O suor lhe escorria pelo rosto. Sentiu um pingo descer por suas costas, por dentro da camisa. Os joelhos latejavam. O coração batia aos trancos. E por toda parte ao seu redor os morros se mantinham incrivelmente silenciosos, pareciam massas de borracha que você pode esticar para qualquer lado, cinzentos contra o céu noturno de um violeta cristalino em cuja superfície, como o pisca-pisca dos barcos no mar, surgiam agora as estrelas.

Seus joelhos se firmaram, seu coração começou a bater com menos violência e ele voltou a correr. Fez uma curva e de repente estava ao lado do hotel. As luzes eram suaves e reconfortantes. Avançou tranquilamente pelo caminho à beira do lago e, não fosse a certeza de ter alguém em seus calcanhares, estaria se sentindo à vontade. Parou uma ou duas vezes para olhar para trás, e uma vez estacou e inquiriu: "Quem está aí?". A única resposta foi o murmúrio das árvores.

Teve uma ideia esquisitíssima — mas seu cérebro pulsava tão violentamente que ele não conseguia pensar —, de que era o *tarn* que o seguia, o *tarn* escorrendo e deslizando pela estrada, acompanhando-o para que não ficasse tão sozinho. Até podia sentir o *tarn* soprando em seu ouvido: "Fizemos aquilo juntos, por isso não vou deixar você assumir a responsabilidade sozinho. Vou ficar com você, assim você não se sente tão só".

Subiu pela estrada em direção a sua casa e lá estavam as luzes domésticas. Ouviu o portão fechar-se com um estalo, como se estivesse sendo trancado lá dentro. Foi até a sala de estar, iluminada e em ordem. Lá estavam os livros que Foster tanto admirara.

A senhora que cuidava da casa apareceu.

"O senhor vai querer seu chá?"

"Não, obrigado, Annie."

"O outro cavalheiro vai querer?"

"Não, o outro cavalheiro não vai passar a noite aqui."

"Então o jantar é apenas para um?"

"Isso, apenas um para jantar."

Sentou-se no canto do sofá e caiu imediatamente num sono breve mas pesado.

Acordou quando a senhora tocou seu ombro e disse que o jantar estava servido. A sala estava escura, iluminada apenas pela luz bruxuleante de duas velas indecisas. Aqueles dois castiçais vermelhos em cima da toalha da mesa — como ele os detestava! Sempre detestara, e agora parecia que tinham algo da voz de Foster — aquele tom agudo, esganiçado, de flautim.

Esperava a todo instante que Foster entrasse, embora soubesse que isso não aconteceria. Virava a cabeça em direção à porta, mas estava tão escuro que não dava para enxergar nada. A sala inteira estava escura, com exceção dali, de perto da lareira, onde os dois castiçais continuavam gemendo sua miserável lamúria tremulante.

Foi até a sala de jantar e sentou-se para comer. Não conseguiu engolir nada. Era estranho — aquele lugar à mesa onde deveria estar a cadeira de Foster. Esquisito e vazio, qualquer um se sentiria solitário.

Levantou-se da mesa e foi até a janela, abriu-a e olhou para fora. Tentou ouvir alguma coisa. Um gotejar, como de água corrente, uma agitação no silêncio como se um poço profundo estivesse se enchendo até a borda. Um murmúrio nas árvores, talvez. Uma coruja piou. Bruscamente, como se alguém falasse inesperadamente às suas costas, fechou a janela e se virou para a sala com um olhar perscrutador sob as sobrancelhas escuras.

Mais tarde, subiu para dormir.

Já estaria dormindo, ou só jazia meio cochilando, meio preguiçando sem pensar em nada? Agora estava bem acordado, totalmente acordado, e seu coração batia apreensivo. Era como se alguém o tivesse chamado pelo nome. Ele sempre dormia com a janela entreaberta e a persiana levantada. Hoje a luz da lua fazia uma sombra doentia nos objetos de seu quarto. Não se tratava de um jorro de luz nem de uma mancha definida, de um quadrado ou de um círculo de prata, deixando o resto numa escuridão de ébano. A luz era difusa, esverdeada talvez, como a sombra que recobre os morros um pouco antes de escurecer.

Olhou para a janela e teve a impressão de ver alguma coisa se mexer. Dentro, ou melhor, contra a luz verde-acinzentada, alguma coisa prateada cintilava. Fenwick olhou. Parecia, precisamente, água escorrendo.

Água escorrendo! Ele escutou, erguendo a cabeça, e teve a impressão de que fora da janela podia distinguir movimento de água, não correndo, mas minando cada vez mais, gorgolejando satisfeita enquanto enchia e enchia.

Aprumou-se na cama e viu que de fato havia água escorrendo pelo papel de parede sob a janela. Podia vê-la atingindo a madeira do parapeito, parar um instante, depois escorrer parede abaixo. Estranho era que caísse assim tão silenciosamente.

Do lado de fora da janela havia aquele gorgolejar estranho, mas no quarto em si, só silêncio. De onde viria aquilo? Via o contorno prateado subir e descer, à medida que o fio de água da beirada da janela fluía e refluía.

Precisava levantar-se e fechar a janela. Puxou as pernas para fora dos lençóis e cobertores e olhou para baixo.

Soltou um grito. O assoalho estava coberto por uma película brilhante de água. Que estava subindo. Enquanto olhava, viu-a chegar até a metade das pernas curtas e atarracadas da cama. Subia sem um tremor, uma bolha, uma pausa. Por cima do parapeito da janela ela passava agora num fluxo contínuo, mas mudo. Fenwick encolheu-se na cama, cobertas até o pescoço, olhos piscando, pomo de adão pulsando como um pistão na garganta.

Mas precisava fazer alguma coisa, precisava acabar com aquilo. A água agora chegava à altura dos assentos das cadeiras, mas continuava muda. Se conseguisse alcançar a porta...

Pôs os pés nus para fora da cama e gritou novamente. A água estava um gelo. De repente, inclinando-se, fixando aquela superfície escura e ininterrupta, teve a impressão de que alguma coisa o puxava para a frente. Caiu. Sua cabeça, seu rosto estavam debaixo do líquido gelado; o líquido parecia viscoso, e no centro de seu frio gélido parecia quente como cera derretida. Fez força para conseguir ficar de pé. A água estava na altura do peito. Berrou e voltou a berrar. Conseguia ver o espelho, a fileira de livros, o quadro com o *Cavalo*, de Dürer, indiferentes e inatingíveis. Golpeou a água e parecia que flocos dela tinham se agarrado a ele como escamas de peixe, pegajosas ao toque. Com muito esforço, foi avançando na direção da porta.

A água já lhe chegava ao pescoço. Nisso, alguma coisa segurou seu tornozelo. Alguma coisa o impedia de sair do lugar. Lutou, gritando "Larga! Larga! Estou mandando você me soltar! Odeio você! Odeio você! Não vou me entregar a você! Não vou...".

A água cobriu sua boca. Teve a impressão de que alguém empurrava seus olhos para dentro com os nós dos dedos. Uma mão gelada se ergueu e agarrou sua coxa nua.

Pela manhã, a criada bateu e, sem resposta, entrou, como costumava fazer, com a água para que o amo fizesse a barba. Viu uma coisa que a fez sair gritando, em busca do jardineiro.

Levantaram o corpo com os olhos arregalados, saltados, a língua para fora dos dentes cerrados, e o deitaram na cama.

O único sinal de desordem era uma jarra de água virada. Uma pequena poça de água manchava o tapete.

Era uma linda manhã. Um galhinho de hera, na brisa suave, tamborilava na vidraça.

Apresentação e tradução de Bia Abramo

BRAM STOKER

A selvagem

Nascido na Irlanda, Bram Stoker (1847-1912) entrou para a galeria dos grandes nomes da literatura de terror fundamentalmente como o autor de Drácula (1897), sem dúvida a mais famosa e celebrada história de vampiro da literatura mundial e a grande responsável por forjar o verdadeiro mito moderno em que se transformou a figura do conde da Transilvânia.

Vítima de uma doença debilitante na infância, Stoker viveu acamado até aproximadamente os sete anos de idade, período durante o qual, segundo consta, sua mãe o distraía contando-lhe histórias de terror. Apaixonado por teatro, trabalhou durante boa parte de sua vida como administrador do histórico Lyceum Theatre, em Londres, e como secretário de um dos maiores atores de seu tempo, Henry Irving (mencionado de passagem no início do conto). Vivendo à sombra do grande ator e totalmente dedicado à comunidade teatral, Stoker escreveu seus romances e contos no tempo que lhe sobrava de seu absorvente trabalho como administrador.

Como vários de seus contos, "A selvagem" foi escrito para uma das publicações especiais de Natal dedicadas a "histórias de fantasma", tradição na era vitoriana. Foi publicado pela primeira vez em dezembro de 1892 e, mais tarde, incluído numa coletânea póstuma intitulada Dracula's Guest *(1914). Nesta narrativa, em que vemos a habilidade de Stoker para construir uma atmosfera macabra, chamam atenção o humor e o sadismo da voz autoral — que escapam através do tom dramático do narrador — e, principal-*

mente, para o leitor atual, o curioso antiamericanismo evidente na construção caricata do personagem americano. Embora não haja surpresas, pois o conto não faz outra coisa senão dar indícios ao leitor do que irá acontecer e cumpri-los todos, "A selvagem" evoca com grande eficiência e equilíbrio cuidadoso o horror à violência e o prazer que pode advir dela.

Nuremberg não era tão visitada na época quanto passou a ser desde então. Irving ainda não estava em cena com o *Fausto*, e a grande maioria dos viajantes mal ouvira falar na velha cidade. Estando minha esposa e eu na segunda semana de nossa lua de mel, era natural que quiséssemos a companhia de outra pessoa, de forma que quando o animado desconhecido Elias P. Hutcheson, proveniente de Isthmian City, Bleeding Gulch, Maple Tree County, Nebrasca, apareceu na estação de Frankfurt e comentou casualmente que estava indo visitar o diacho da cidade mais velha e matusalênica que existia nas Oropias, mas que suspeitava que fazer uma viagem tão longa sozinho pudesse ser o bastante para mandar qualquer cidadão ativo e inteligente para a ala dos melancólicos de uma casa de alienados, aproveitamos a deixa daquela sutil indireta e sugerimos unir forças. Descobrimos, ao trocar impressões mais tarde, que tínhamos os dois pretendido falar com certa reserva ou hesitação para não parecermos ávidos demais, o que não seria uma indicação muito lisonjeira do sucesso de nossa vida de casados. O efeito, contudo, foi inteiramente arruinado pelo fato de nós dois começarmos a falar ao mesmo tempo, calarmo-nos simultaneamente e logo depois começarmos a falar juntos outra vez. Enfim, não importa de que forma, o caso é que o convite foi feito e Elias P. Hutcheson tornou-se nosso companheiro de viagem. Logo, logo Amelia e eu sentimos o resultado benéfico dessa inclusão; em vez de brigarmos, como vínhamos fazendo, descobrimos que a influência inibidora de uma terceira pessoa era tal que passamos a aproveitar toda e qualquer oportunidade para namorar em cantos escondidos. Amelia conta que desde então, movida por essa experiência, vem aconselhando todas as suas amigas a levarem um amigo para a lua de mel. Bem, nós "fizemos" Nuremberg juntos e posso dizer que nos divertimos bastante com os comentários espirituosos de nosso amigo transatlântico, que, por seu jeito exótico de falar e maravilhoso estoque de aventuras, bem podia ter saído de um romance. De todos os pontos de interesse da cidade, deixamos para visitar por último o Kaiserburg, e no dia marcado para a visita circundamos a pé a muralha externa da cidade pelo lado oriental.

Situado no alto de um rochedo que domina a cidade, o Kaiserburg é protegido ao norte por um fosso profundíssimo. Nuremberg teve a sorte de nunca ter sido saqueada; tivesse sido, por certo não estaria em tão perfeito estado de conservação como está atualmente. O fosso não é usado há séculos, e agora sua base está coberta de canteiros de ervas de chá e de pomares, alguns com árvores de tamanho bastante respeitável. Enquanto contornávamos a muralha, caminhando sem pressa sob o sol quente de julho, volta e meia parávamos para admirar as paisagens que se estendiam diante de nossos olhos, em especial a enorme planície coberta de vilas e povoados e demarcada por uma linha azul de colinas, como uma paisagem de Claude Lorraine. De lá, nossos olhos sempre se voltavam com renovado prazer para a cidade em si, com sua miríade de graciosas cumeeiras antigas e vastos telhados vermelhos pontilhados de lucarnas, camada sobre camada. À direita, a uma pequena distância, erguiam-se as torres do Kaiserburg e, mais perto ainda, soturna, a Torre de Tortura, que era, e talvez ainda seja, o lugar mais interessante da cidade. Por séculos, a fama da Virgem de Ferro de Nuremberg foi sendo transmitida de geração em geração como um exemplo dos horrores de crueldade de que o homem é capaz. Havia muito ansiávamos por conhecê-la e, agora, enfim, lá estava a sua casa.

Numa de nossas paradas debruçamo-nos sobre o muro do fosso e olhamos lá para baixo. Os canteiros pareciam estar quase vinte metros abaixo de nós, e o sol que se derramava sobre eles produzia um calor intenso e imóvel como o de um forno. Mais além, erguia-se a lúgubre muralha cinza, que parecia elevar-se numa altura sem fim e estender-se à direita e à esquerda até sumir de vista nos ângulos do bastião e da contraescarpa. Árvores e arbustos coroavam a muralha e, mais acima, avultavam as casas majestosas, em cuja imponente beleza o Tempo só fizera impor a mão da aprovação. O sol estava quente e nós com preguiça; o tempo era todo nosso, e nos deixamos ficar, debruçados sobre o muro. Bem embaixo, avistamos uma bela cena: uma enorme gata preta tomava sol espichada no chão, enquanto um minúsculo filhotinho preto brincava e cabriolava em volta dela. A mãe abanava o rabo para lá e para cá para que o filhotinho tentasse pegá-lo, ou levantava as patas e empurrava o animalzinho para trás como estímulo à brincadeira. Eles estavam bem próximos do muro, e Elias P. Hutcheson, no intuito de colaborar com a brincadeira, inclinou-se e arrancou do muro uma pedra de tamanho mediano.

"Olhem!", disse "vou jogar esta pedra perto do filhote e os dois vão ficar tontos tentando descobrir de onde ela veio."

"Ah, tome cuidado", disse minha esposa, "o senhor pode acabar acertando o bichinho!"

"Eu? Eu não, dona", disse Elias P., "pois se eu sou mais delicado do que uma cerejeira do Maine! Valha-me Deus! Eu seria tão incapaz de machucar aquela pobre criaturinha quanto de escalpelar um bebê. Pode apostar sua roupa do corpo nisso! Olhe, vou soltar a pedra longe do muro, que é pra ela não cair perto do bichano."

Assim dizendo, inclinou-se para a frente, esticou bem o braço para o lado de fora e deixou a pedra cair. Pode ser que exista alguma força de atração que puxe os corpos menores de encontro aos maiores ou pode ser também — o que é mais provável — que o muro não fosse reto, e sim mais largo na base, e nós, de cima, não tivéssemos notado a inclinação; o fato é que a pedra caiu, com um baque nauseante que veio subindo até nós pelo ar quente, bem na cabeça do filhote, estraçalhando seus miolinhos na mesma hora. A gata preta rapidamente olhou para cima e vimos seus olhos, que mais pareciam chamas verdes, cravarem-se por um instante em Elias P. Hutcheson. Em seguida ela voltou a atenção para o filhote, que, a não ser por um leve tremor dos membros pequeninos, jazia imóvel no chão, enquanto um fio vermelho de sangue escorria de uma ferida aberta. Com um gemido estrangulado, como o que um ser humano poderia soltar, a gata se inclinou sobre o filhote, lambendo-lhe as feridas e miando. De repente, pareceu se dar conta de que ele estava morto e mais uma vez olhou para o alto, na nossa direção. Nunca vou me esquecer daquela visão, pois a gata parecia a perfeita encarnação do ódio. Seus olhos verdes faiscavam de forma sinistra e os dentes brancos e afiados pareciam quase reluzir em meio ao sangue que lhe besuntara a boca e os bigodes. Rangeu os dentes e arreganhou as garras, que saltaram hirtas de dentro de todas as suas patas. Em seguida, lançou-se desatinada muro acima como para nos alcançar, mas, perdendo o impulso, caiu para trás, o que contribuiu para piorar ainda mais sua aparência terrível, pois caiu em cima do filhote e, quando se levantou, tinha o pelo preto coberto de miolos e sangue. Amelia perdeu a cor e as forças e tive de retirá-la do parapeito e afastá-la do muro. Havia um banco ali perto, à sombra de uma árvore frondosa, onde fiz com que se sentasse para recompor-se. Depois voltei para perto de Hutcheson, que olhava imóvel para a gata enraivecida lá embaixo.

Quando parei a seu lado, ele disse:

"Bom, acho que essa deve ser a fera mais bravia que já vi na vida, tirante só quando uma selvagem apache estava enfuriada com um mestiço em quem eles puseram o apelido de Estilha por causa do tratamento que ele deu pro piá dela, que ele roubou num saqueio, só para mostrar o quanto ele estava agradecido pelo modo como eles tinham aplicado a tortura do fogo na mãe dele. Ela tinha esse mesmo tipo de carantonha tão entranhada na cara dela que parecia até que tinha nascido assim. Ela seguiu o Estilha por mais de três anos, até que os guerreiros pegaram ele e entregaram pra ela. Mas eles disseram que nunca nenhum homem, nem branco nem índio, tinha demorado tanto tempo pra bater as botas debaixo das torturas dos apaches. A única vez que vi aquela selvagem sorrir foi quando acabei com a raça dela. Cheguei ao acampamento no tempo justinho de ver o Estilha abotoar e posso dizer que ele também não ficou triste de ir, não. Era um cidadão tinhoso, e mesmo que eu não pudesse nunca mais apertar a mão dele por causa daquela história do piá — porque foi um troço feio, no duro que foi, e ele devia ter se comportado feito um homem branco, porque era isso que ele parecia ser — eu vi que as contas dele estavam mais do que acertadas. Deus que me perdoe, mas peguei um pedaço do couro dele de um dos mastros em que ele tinha sido esfolado e mandei fazer uma carteira. Aliás, ela está bem aqui!" — concluiu, batendo no bolso interno do paletó.

Enquanto ele falava, a gata continuava em seus esforços frenéticos para escalar o muro. Tomava distância e depois saía em disparada muro acima, às vezes alcançando alturas inacreditáveis. Parecia não se importar com os tombos feios que levava depois de cada tentativa, lançando-se sempre com novo vigor à empreitada; e a cada tombo sua aparência ficava ainda mais terrível. Hutcheson era um homem de bom coração — minha esposa e eu já havíamos testemunhado pequenos atos de generosidade seus tanto com animais quanto com pessoas — e parecia preocupado com o estado de fúria em que a gata se encontrava.

"Ora, ora!", disse ele, "não há como negar que essa pobre criatura parece bastante desesperada. Pronto, pronto, bichana, tudo não passou de um acidente, apesar de que nada vai trazer o seu filhote de volta. Diacho! Deus sabe que eu não queria que isso acontecesse! Só serve para mostrar o que um idiota desastrado é capaz de fazer quando tenta brincar! Parece que sou estabanado demais até para brincar com um gato. Diga, coronel (ele tinha o afável costume de distribuir títulos livremente), sua esposa não está zangada comigo por causa dessa infelicidade, está? Eu não queria de jeito nenhum que uma coisa dessas acontecesse."

Hutcheson foi até Amelia e desculpou-se profusamente, e ela, com sua amabilidade habitual, apressou-se em assegurar-lhe que entendia perfeitamente que fora um acidente.

A gata, não vendo mais o rosto de Hutcheson, afastara-se do muro e estava sentada no meio do fosso, apoiada sobre as patas traseiras, como que pronta para saltar. De fato, no mesmo instante em que o viu, saltou, com uma fúria cega e desatinada que teria sido grotesca se não fosse tão assustadoramente real. Não tentou escalar o muro como das outras vezes, mas simplesmente atirou-se na direção de Hutcheson como se o ódio e a fúria pudessem emprestar-lhe asas para atravessar a enorme distância que havia entre os dois. Amelia, como qualquer mulher em seu lugar, ficou muito preocupada e disse a Elias P. em tom de advertência:

"O senhor precisa tomar muito cuidado. Esse animal tentaria matá-lo se estivesse aqui. Está escrito nos olhos dela que ela quer assassiná-lo."

Hutcheson soltou uma gargalhada bem-humorada.

"Desculpe, dona, mas não posso deixar de rir. Imagine um homem que já lutou contra ursos e contra índios tomando cuidado para não ser assassinado por uma gata!"

Quando a gata ouviu a risada de Hutcheson, sua atitude pareceu se transformar. Não tentou mais dar saltos nem escalar o muro, mas saiu andando em silêncio e, sentando-se de novo ao lado do filhote morto, começou a lambê-lo e a acariciá-lo como se ainda estivesse vivo.

"Está vendo!", observei. "É o poder de um homem verdadeiramente forte. Mesmo esse animal, em meio a sua fúria, reconhece a voz de um líder e se curva diante dele!"

"Como uma selvagem!", foi o único comentário de Elias P. Hutcheson, enquanto retomávamos o caminho ao redor do fosso da cidade. De vez em quando olhávamos por cima do muro e, sempre que o fazíamos, víamos a gata nos seguindo. No início ela voltava a todo momento para perto do filhote morto, mas quando a distância se tornou grande demais pegou-o na boca e assim seguiu. Depois de algum tempo, no entanto, abandonou a ideia, pois vimos que ela nos seguia sozinha; tinha, obviamente, escondido o corpo em algum lugar. Amelia, diante da persistência da gata, foi ficando cada vez mais aflita e mais de uma vez repetiu sua advertência ao americano, mas ele sempre ria e achava graça, até que, ao perceber que Amelia estava começando a ficar nervosa, disse:

"Eia, dona, não precisa ter medo por causa da gata. Eu ando sempre prevenido, ora se não!", declarou, batendo no coldre onde guardava a pistola, na parte de trás da região lombar. "Arre, se é pra dona ficar nervosa desse jeito, prefiro dar logo um tiro na criatura aqui mesmo e correr o risco de a polícia abordar um cidadão dos Estados Unidos por carregar uma arma contra a lei!" Enquanto falava, olhou por cima do muro, mas a gata, ao vê-lo, soltou uma espécie de rosnado, correu para um canteiro de flores altas e se escondeu. Hutcheson continuou: "Raios me partam se essa criatura não tem mais noção do que é melhor para ela do que muito cristão. Acho que foi a última vez que pusemos os olhos nela. Aposto que agora vai voltar para aquele filhote arrebentado e fazer um funeral particular para ele, todinho dela!".

Amelia achou melhor não dizer mais nada, temendo que Hutcheson, numa tentativa equivocada de ser gentil, cumprisse a ameaça de atirar na gata. Assim, continuamos em frente e atravessamos a pequena ponte de madeira que levava ao portal por onde se chegava à íngreme pista pavimentada que ligava o Kaiserburg à Torre de Tortura pentagonal. Ao atravessar a ponte, vimos a gata de novo, bem embaixo de nós. Quando nos viu, ela pareceu encher-se outra vez de fúria e fez esforços desesperados para subir o muro alcantilado. Vendo-a lá embaixo, Hutcheson riu e disse:

"Até mais ver, minha velha. Sinto muito ter ferido seus sentimentos, mas com o tempo você vai superar isso. Adeus!" E então nós três atravessamos a longa e sombria arcada e chegamos ao portão do Kaiserburg.

Quando nos vimos novamente do lado de fora, depois da visita àquele belíssimo lugar antigo que nem mesmo os bem-intencionados esforços dos restauradores góticos de quarenta anos atrás conseguiram estragar — muito embora a restauração feita por eles ainda tivesse, na época, um branco ofuscante —, parecíamos já ter esquecido quase por completo o episódio desagradável da manhã. A velha tília, com seu grandioso tronco retorcido pela passagem de quase nove séculos, o poço profundo aberto no coração da pedra pelos cativos de outros tempos e a linda vista que se abria do alto da muralha, de onde ouvimos, ao longo de quase quinze minutos, as badaladas dos inúmeros carrilhões da cidade, tudo contribuiu para apagar de nossa mente o incidente do gatinho morto.

Fomos os únicos visitantes a entrar na Torre de Tortura naquela manhã — ou pelo menos assim nos disse o velho zelador — e, como tínhamos o lugar todo para nós, pudemos observá-lo mais minuciosa e satisfatoriamente do que teria sido possível com outras pessoas presentes. O zelador, vendo em nós sua única fonte de rendimentos naquele dia, estava disposto a fazer de tudo para atender a nossos desejos. A Torre de Tortura é de fato um lugar tenebroso, mesmo agora que os muitos milhares de visitantes já injetaram ali uma torrente de vida — e da alegria que a acompanha. Na época a que me refiro, no entanto, o local tinha o aspecto mais sombrio e sinistro que se possa imaginar. A poeira de várias eras parecia ter se depositado ali, e as memórias do lugar, feitas de trevas e horrores, pareciam ter se tornado de tal forma vivas que teriam agradado às almas panteístas de Fílon ou de Spinoza. O andar mais baixo, por onde entramos, aparentemente vivia tomado, em seu estado normal, por um breu tão absoluto que parecia a própria escuridão encarnada. Mesmo a luz do sol forte que penetrava pela porta aberta parecia perder-se na vasta espessura das paredes e iluminava apenas a alvenaria — uma alvenaria ainda tão áspera como quando os andaimes dos construtores foram desmontados, mas coberta de poeira e marcada aqui e ali por manchas escuras que, se paredes pudessem falar, relatariam suas próprias lembranças terríveis de medo e dor. Foi com alívio que nos dirigimos à empoeirada escada de madeira. O zelador deixara a porta externa aberta para iluminar um pouco mais o caminho, pois, para nossos olhos, a solitária vela de pavio longo e fedorenta enfiada num castiçal preso à parede oferecia uma luz insuficiente. Quando, atravessando um alçapão aberto, saímos num canto do pavimento superior, Amelia agarrou-se a mim com tanta força que cheguei a sentir as batidas de seu coração. Devo dizer, de minha parte, que o medo de minha esposa não me surpreendeu, pois aquele salão era ainda mais aterrorizante do que o do andar inferior. Aqui havia sem dúvida mais luz, mas apenas o suficiente para que pudéssemos vislumbrar os terríveis contornos do que nos cercava. Os construtores da torre tinham, evidentemente, pretendido que apenas aqueles que alcançassem o topo pudessem usufruir das alegrias proporcionadas pela luz e pela paisagem. Lá, como notáramos pelo lado de fora, havia inúmeras janelas, ainda que de uma pequenez medieval, mas em todo o resto da torre só o que havia eram raras e estreitas seteiras, como era comum nas edificações de defesa medievais. Apenas algumas dessas seteiras iluminavam o salão em que nos encontrávamos, mas estavam posicionadas tão no alto que de lugar nenhum era possível divisar o céu através da grossura das paredes. Em armeiros, e apoiados em desordem contra as paredes, havia diversos machados de decapitação, ou "espadas do carrasco", enormes armas de cabo longo, lâminas largas e gumes afiados. Bem perto viam-se os cepos sobre os quais os pescoços das vítimas eram apoiados, com entalhes profundos aqui e ali, nos lugares em que o aço atravessara a barreira de carne e rompera a madeira. Ao redor do salão, dispostos das formas mais irregulares, encontravam-se inúmeros instrumentos de tortura que, só de olhar, davam um aperto no coração — cadeiras cheias de espetos capazes de causar dores instantâneas e lancinantes; leitos e cadeiras cravejados de pinos de ponta arredondada que pareciam provocar tormentos comparativamente menores, mas que, embora mais lentos, eram igualmente eficazes; potros, cintos, botas, luvas, coleiras, todos feitos para comprimir à vontade; cestos de aço em que cabeças podiam ser lentamente esmagadas até virar polpa, se necessário; ganchos de sentinela, de cabo comprido e lâmina afiada para vencer toda e qualquer resistência — uma especialidade da antiga polícia de Nuremberg; e uma infinidade de outros dispositivos feitos para o homem ferir o homem. Amelia ficou lívida de horror diante daquelas coisas, mas felizmente não desmaiou, pois, sentindo-se um pouco tonta, acabou por sentar-se numa cadeira de tortura, da qual se levantou de um salto e com um grito, deixando de lado, na mesma hora, qualquer inclinação para o desmaio. Nós dois fizemos de conta que fora o estrago causado a seu vestido pela poeira da cadeira e pelos espetos enferrujados que a havia perturbado, e o sr. Hutcheson teve a gentileza de aceitar a explicação com uma risada carinhosa.

    O objeto principal, no entanto, de todo aquele salão de horrores era a máquina conhecida como Virgem de Ferro, que se encontrava perto do centro da sala. Era toscamente construída no formato de uma figura de mulher, algo semelhante a um sino ou, para oferecer uma comparação mais próxima, na forma da sra. Noé da Arca das crianças, mas sem a cintura esbelta e os quadris perfeitamente arredondados que caracterizam o tipo estético da família Noé. Na verdade, dificilmente alguém identificaria uma figura humana no formato daquele objeto não fosse o ferreiro ter moldado no alto da parte da frente um arremedo de rosto de mulher. A máquina estava coberta de ferrugem e poeira. Uma corda amarrada a um aro fixado na parte frontal da figura, perto de onde a cintura deveria estar, passava por uma roldana presa à trave de madeira que sustentava o teto. Puxando essa corda, o zelador mostrou que uma seção da parte da frente era, na verdade, uma porta, presa de um lado por uma dobradiça. Vimos, então, que as paredes da máquina eram consideravelmente espessas, deixando do lado de dentro apenas espaço suficiente para um homem. A porta era igualmente grossa e extremamente pesada, pois, mesmo com a ajuda do dispositivo da roldana, o zelador precisou de toda a sua força para abri-la. Esse peso colossal devia-se em parte ao fato de a porta ter sido propositalmente instalada de modo que seu peso a empurrasse para baixo, o que fazia com que se fechasse sozinha quando a corda era solta. O interior da máquina estava todo corroído de ferrugem — não, pior, pois a ferrugem que advém apenas da passagem do tempo dificilmente teria carcomido tão profundamente as paredes de ferro; não, a corrosão daquelas manchas cruéis era muito mais profunda! No entanto, foi só quando examinamos a parte interna da porta que o propósito diabólico da máquina se revelou por completo. Ali havia vários espetos, quadrados e imensos, largos na base e afiados na ponta, posicionados de tal forma que, quando a porta se fechava, os de cima perfuravam os olhos da vítima e os de baixo seu coração e órgãos vitais. A visão daquilo foi demais para a pobre Amelia, que dessa vez perdeu os sentidos por completo, e precisei então carregá-la escada abaixo e sentá-la num banco do lado de fora até que se recuperasse. Que seu choque foi profundo ficou mais tarde comprovado pelo fato de meu filho mais velho carregar até hoje um grosseiro sinal de nascença no peito, que, por consenso familiar, foi aceito como uma marca da Virgem de Nuremberg.

Quando voltamos ao salão, encontramos Hutcheson ainda parado diante da Virgem de Ferro; estivera evidentemente filosofando e, agora, compartilhava suas ruminações conosco como numa espécie de exórdio.

"Bom, acho que aprendi alguma coisa por aqui enquanto a dona estava se recuperando do desmaio. Tenho a impressão de que estamos um bocado atrasados no tempo, lá do nosso lado do oceano. Todo mundo lá nas planícies acha que são os índios que dão as cartas quando se trata de fazer um homem se sentir desconfortável, mas desconfio que a velha polícia medieval de vocês ganharia dos índios com um pé nas costas, nesse departamento. O Estilha até que não se saiu mal na cartada dele contra a selvagem, mas essa jovem senhora aqui ganharia dele com um straight flush se estivesse no jogo. As pontas desses espetos ainda estão bem afiadas, embora até as beiradas estejam carcomidas pelo que costumava ficar nelas. Não seria nada mau se o nosso departamento de índios arranjasse alguns exemplares desse brinquedinho aqui para mandar para as reservas, só para acabar com a empáfia dos selvagens, e das fêmeas deles também, mostrando como a velha civilização bota todos eles no chinelo. Acho que vou entrar nessa caixa um instante, só para ver qual é a sensação."

"Ah, não! Não faça isso!", disse Amelia. "É terrível demais!"

"Pois eu acho, dona, que nada é terrível demais para uma mente curiosa. Eu já estive em muito lugar esquisito no meu tempo. Passei uma noite dentro de um cavalo morto enquanto um incêndio queimava todo o prado à minha volta no território de Montana e, numa outra ocasião, dormi dentro de um búfalo morto quando os comanches partiram para a guerra e eu não estava muito disposto a deixar o meu cartão de visitas com eles. Passei dois dias dentro de um túnel desmoronado na mina de ouro de Billy Broncho, no Novo México, e fui um dos quatro sujeitos que ficaram presos quase um dia inteiro dentro de um caixão flutuante que tombou de lado quando estávamos deitando as fundações da Buffalo Bridge. Nunca fugi de uma experiência esdrúxula e não vai ser agora que vou começar!"

Como vimos que ele estava mesmo decidido a fazer o experimento, eu disse: "Bom, então ande logo, amigo velho, e acabe com isso de uma vez!"

"Pois não, general", disse ele, "mas acho que ainda não estamos prontos. Os cavalheiros, meus predecessores, que foram parar aí dentro dessa lata não se ofereceram para ocupar o posto por livre e espontânea vontade, não mesmo! Tenho a impressão de que eles eram lindamente amarrados antes que o grande golpe fosse desferido. Se quero fazer a coisa como manda o figurino, tenho que ser devidamente preparado. Aposto que o nosso velho zé das portas aqui pode arranjar um pedaço de corda e me amarrar bem amarradinho, não pode não?"

A pergunta foi dirigida ao velho zelador, mas ele, que compreendia o sentido geral da fala de Hutcheson, embora talvez não pudesse apreciar toda a riqueza das nuanças dialetais e das imagens, sacudiu a cabeça, fazendo que não. Sua recusa, no entanto, foi apenas formal e feita para ser contornada. O americano meteu uma moeda de ouro na mão do zelador e disse:

"Tome aqui, parceiro! A bolada é sua. E não precisa ficar espavorido, não, que ninguém aqui está pedindo para você ajudar a estripar ninguém!" O zelador então trouxe uma corda fina e puída e começou a amarrar nosso companheiro de viagem com a firmeza necessária. Quando a parte superior de seu corpo já estava amarrada, Hutcheson disse:

"Espere um instante, juiz. Acho que sou pesado demais para você me carregar pra dentro da lata. Deixe eu ir andando até lá primeiro, depois você termina o serviço nas minhas pernas."

Enquanto dizia isso, Hutcheson foi se enfiando na abertura da máquina, que era a conta justa de seu corpo. Sem dúvida, o espaço era exíguo para alguém do seu tamanho. Amelia observava tudo com olhos que transbordavam de medo, mas não quis dizer nada. O zelador concluiu a tarefa amarrando os pés do americano bem unidos um ao outro, de forma que Hutcheson estava agora absolutamente impotente e fixo em sua prisão voluntária. Parecia estar se deliciando com a experiência, e o sorriso incipiente que era habitual em seu rosto desabrochou por inteiro quando ele disse:

"Esta Eva aqui só pode ter sido feita da costela de um anão! O espaço aqui dentro é mísero para um cidadão adulto dos Estados Unidos se encafuar. A gente costuma fazer caixões de defunto mais espaçosos lá no território do Idaho. Agora, juiz, você vai começar a descer essa porta, devagar, em cima de mim. Quero sentir o mesmo prazer que os outros mequetrefes sentiam quando os espetos começavam a avançar para os olhos deles!"

"Ah, não! não! não!", interveio Amelia, histérica. "É horrível demais! Não vou suportar ver uma coisa dessas! Não vou! Não vou!" Mas o americano estava irredutível.

"Escute, coronel", disse ele, "por que você não leva a patroa para dar uma voltinha? Eu não magoaria os sentimentos dela por nada neste mundo, mas agora que já estou aqui, depois de viajar quase treze mil quilômetros pra chegar a este lugar, não acha que seria cruel demais ser obrigado a desistir justo da experiência que eu estava seco de vontade de fazer? Não é sempre que um homem tem a oportunidade de se sentir feito comida enlatada! Eu e o nosso juiz aqui vamos liquidar esse assunto em dois tempos, e aí vocês dois vão poder voltar e nós vamos rir juntos disso tudo!"

Mais uma vez, a resolução que nasce da curiosidade venceu e Amelia decidiu ficar, agarrando-se com força ao meu braço e tremendo de nervoso, enquanto o zelador ia soltando lentamente, centímetro por centímetro, a corda que mantinha aberta a porta de ferro. A expressão de Hutcheson estava definitivamente radiante enquanto seus olhos acompanhavam os primeiros movimentos dos espetos.

"Bom!", disse ele, "acho que não me divirto assim desde que saí de Nova York. Tirante um arranca-rabo com um marinheiro francês lá em Wapping, que aliás também não foi nenhum piquenique no parque, ainda não tinha tido nem uma mísera chance de me divertir de verdade neste continente desgramado, que não tem nem urso nem índio e onde homem nenhum carrega uma arma pra se defender. Devagar aí, juiz! Não me apresse esse negócio! Quero fazer valer o dinheiro que botei nesse jogo, ora se quero!"

O zelador devia ter nas veias um pouco do sangue de seus predecessores naquela torre macabra, pois sabia manobrar a máquina com uma lentidão tão aflitiva e angustiante que depois de cinco minutos, durante os quais a extremidade externa da porta não se moveu nem a metade desse número em centímetros, Amelia começou a entregar os pontos. Vi seus lábios perderem a cor e senti que já não apertava meu braço com a mesma força. Olhei em volta um instante à procura de um lugar onde pudesse fazê-la sentar-se e, quando olhei para ela de novo, percebi que seus olhos fixavam-se num ponto ao lado da Virgem. Seguindo a direção de seu olhar, vi a gata preta armando o bote, sorrateira. Seus olhos cintilavam como luzes de alerta na escuridão daquele lugar e pareciam ainda mais verdes em contraste com o vermelho das manchas de sangue que ainda cobriam seu pelo e sua boca. Gritei:

"A gata! Cuidado com a gata!", e no mesmo instante ela saltou diante da máquina. Parecia um demônio triunfante. Seus olhos faiscavam ferocidade, o pelo estava tão eriçado que ela parecia ter o dobro de seu tamanho e seu rabo chicoteava o ar como faz o de um tigre diante de uma presa. Quando viu a gata, Elias P. Hutcheson achou graça, e seus olhos definitivamente brilhavam de prazer quando ele disse:

"Raios me partam se essa selvagem não está toda pintada para a guerra! Dê um passa-fora nela se ela quiser vir com gracinha pra cima de mim, porque o chefe aqui me prendeu tão bem prendido que nem que o diabo diga amém eu vou conseguir salvar meus olhos se ela resolver arrancá-los. Vá com calma aí, juiz! Não me solte essa corda, ou estou liquidado!"

Nesse momento, Amelia terminou de desfalecer, e precisei segurá-la pela cintura para que não caísse no chão. Enquanto cuidava de Amelia, vi a gata preta armando outro bote e levantei-me de um salto para enxotar a criatura.

Mas naquele instante, lançando uma espécie de guincho diabólico, a gata arremessou-se não contra Hutcheson, como esperávamos, mas contra o rosto do zelador. Suas garras pareciam dilacerar a esmo, como vemos em gravuras chinesas que retratam um dragão empinado para atacar, e quando olhei outra vez vi uma delas cravar-se bem no olho do pobre homem e rasgá-lo ao descer por sua bochecha, deixando uma grossa listra vermelha do sangue que parecia jorrar de todas as veias.

Com um berro de puro terror, que veio mais rápido até do que sua sensação de dor, o homem saltou para trás, largando a corda que mantinha aberta a porta de ferro. Corri para pegá-la, mas já era tarde: a corda correu como um relâmpago pela roldana e a porta maciça fechou-se, impulsionada pelo próprio peso.

Enquanto a porta se fechava, vi num relance o rosto de nosso pobre companheiro de viagem. Hutcheson parecia paralisado de terror. Olhava para a frente fixamente, com uma medonha expressão de angústia, como que entorpecido, e nenhum som saiu de seus lábios.

Então os espetos fizeram seu trabalho. Felizmente, o fim foi rápido, pois quando, com um puxão violento, consegui abrir a porta, vi que os espetos tinham penetrado tão profundamente que chegaram a ficar presos nos ossos do crânio que haviam transpassado, arrancando Hutcheson — ou o que restara dele — de dentro de sua prisão de ferro até que, amarrado como estava, seu corpo desabou no chão com um baque nauseante, de rosto virado para cima.

Corri para minha esposa, peguei-a no colo e a carreguei para longe dali, pois temia por sua razão se ela acordasse do desmaio e deparasse com uma cena como aquela. Deixei-a no banco do lado de fora e corri de volta para dentro. Encostado à coluna de madeira estava o zelador, gemendo de dor e segurando um lenço ensanguentado sobre os olhos. E, sentada na cabeça do pobre americano, estava a gata, ronronando alto enquanto lambia o sangue que escorria das órbitas vazadas de Hutcheson.

Creio que ninguém irá me chamar de cruel por ter pegado uma das espadas dos antigos carrascos e partido a gata ao meio ali mesmo onde ela estava sentada.

Apresentação e tradução de Sonia Moreira

GEORGES RODENBACH

O amigo dos espelhos

Na mesma época em que Freud surpreendia Édipo em Viena e Orfeu fumava haxixe com Baudelaire em Paris, Georges Rodenbach flagra este Narciso vestido de dândi e perturbado pela metrópole moderna.

Naquele turbulento fin de siècle, no entanto, Narciso não podia se dar ao luxo de perecer na mera autocontemplação. Mais horrorizado que encantado pela própria imagem, não se reconhece nem na multidão de eus que os espelhos das ruas refletem, nem na imagem abissal do indivíduo burguês e decadente que seus espelhos lhe oferecem em casa.

Conhecido pelos versos melancólicos, de inspiração simbolista e decadentista, e pelo romance Bruges-la-morte (1892), Rodenbach não chegou a assistir à descoberta do inconsciente no primeiro ano do novo século: uma crise de apendicite o matou em 1898, em Paris, aos 43 anos. Mas este conto, do final de sua vida, mostra que compartilhava com seus contemporâneos um sentimento que parecia rondar a Europa naquele momento, e que está na gênese da psicanálise e da literatura de horror — a impressão de que o indivíduo moderno e a cidade se espelhariam para sempre, e de que ambos estariam no centro da literatura que se produziria a partir de então.

A loucura, às vezes, é apenas o paroxismo de uma sensação cujo aspecto inicial era puramente artístico e sutil. Um amigo meu, internado num sanatório, teve uma morte dramática que narrarei a seguir, de um mal que começou de modo corriqueiro, com observações que só pareciam ser de um poeta.

No *início*, ele tomou gosto pelos espelhos; nada mais.

Ele os amava. Debruçado sobre seu mistério fluido, contemplava-os como janelas abertas para o Infinito. Mas também os temia. Numa noite em que voltou de viagem, após uma de suas longas e costumeiras ausências, encontrei-o ansioso em sua casa. "Vou embora hoje mesmo", disse ele.

"Mas você não planejava passar o inverno aqui?"

"Sim, mas vou embora agora mesmo. Este apartamento me hostiliza demais... Os lugares nos abandonam bem mais do que nós os abandonamos. Eu me sinto um pouco estranho nestes aposentos, entre meus próprios móveis, que não me reconhecem mais. Não conseguiria ficar... Há um silêncio que me perturba... Tudo me hostiliza. E agora há pouco, ao passar diante do espelho, tive medo... Era como uma água que ia se abrir e em seguida se fechar sobre mim!"

Não me espantei, pois sabia do temperamento sensível do meu amigo e conhecia essas impressões ao retornar de viagem, em aposentos fechados, em meio à poeira, ao cheiro de guardado, ao desassossego, à melancolia das coisas que ficam meio mortas durante nossa ausência. Tristeza das noites de festa! Noites de regresso, após o esquecimento na viagem. Parece que todas as nossas velhas dores, recolhidas em casa, nos recebem...

Assim, entendi o que meu amigo sentia, essa sensação pela qual todos passam, com mais ou menos intensidade, ao ter de retomar a vida cotidiana... Como ele era livre e rico, era natural que o capricho do momento ditasse a decisão...

No entanto, não foi embora. Alguns dias depois, encontrei-o sofrendo, como me disse.

"Mas você está com ótima aparência."

"Você só diz isso para me confortar. Mas eu vejo nos espelhos, nas vitrines... Olhe! Não imagina como fico perturbado, como sofro com isso. Saio de casa. Acho que estou sadio, curado. E os espelhos me perseguem. Hoje em dia, estão por toda parte, nas modistas, nos cabeleireiros, até nas mercearias e nas caves de vinho. Ah!, malditos espelhos! *Vivem de reflexos*. Ficam à espreita dos passantes. Caminhamos sem cautela nenhuma. E eis que de repente nos vemos neles, a pele ruim, macilenta, os lábios e os olhos feito flores doentes. Talvez eles nos roubem as cores vivas. Por lhes ter dado colorido, ficamos pálidos... A saúde que tínhamos se perde neles, como uma bela maquiagem na água..."

Ouvi meu amigo falar como se mais uma vez ele estivesse se divertindo com aqueles jogos sutis de conversação em que era insuperável. Era um causeur único... exuberante, embora afetado. Enxergava analogias misteriosas, passagens maravilhosas entre as ideias e as coisas... Seu discurso desfiava no ar frases ornamentais que quase sempre terminavam no desconhecido. Daquela vez, porém, não parecia ceder à fantasia, a um diletantismo de visionário ocioso. Parecia realmente inquieto, angustiado com os sinais da doença que os espelhos das vitrines lhe atestavam.

Eu disse a ele: "Todo mundo tem má aparência nesses espelhos. Nos vemos deformados, abatidos ou lívidos, os lábios exangues ou roxos... Nos vemos tortos ou obesos, altos ou barrigudos demais, como nos espelhos côncavos e convexos de quermesse. Neles, estamos sempre muito feios. Mas eles mentem. E nós só ficamos feios da feiura deles, e pálidos da doença deles...".

"Pode ser", disse meu amigo, num devaneio, parecendo um pouco reconfortado. "São espelhos de má qualidade, espelhos pobres; é por isso, então, que só podem nos mostrar a nós mesmos com a saúde depauperada..."

Sem que eu quisesse, minha conversa teve influência decisiva sobre as ideias e a existência de meu amigo. Convencido de que os espelhos nas vitrines não eram fiéis, ele quis ter espelhos sinceros em casa, isto é, espelhos perfeitos, de um aço indiscutível, capazes de lhe exprimir seu rosto integral, nos mínimos detalhes. E como o testemunho de um só não bastava, não provava nada, ele quis diversos, e outros mais, onde se olhou continuamente, se comparou, se confrontou. Veio-lhe um gosto crescente pelos espelhos ricos, pois detestava os espelhos pobres das vitrines, espelhos hipócritas, espelhos doentes que o fizeram acreditar que ele próprio estava doente. Obstinado, começou uma coleção... Espelhos com molduras antigas, Luís XV e Luís XVI, cujo ovalado de ouro esmaecido circundava o cristal como uma coroa de flores de outubro na boca de um poço... Um espelho com moldura de cristal de Veneza. Espelhos com moldura de tartaruga, metais trabalhados, guirlandas em marchetaria. Espelhos em tremós de madeira. Todo tipo de espelho, raros, antigos, originais. Alguns estavam um pouco esverdeados pelo tempo. Neles, nos víamos como em pequenos lagos. Com esses, no entanto, meu amigo não sofria como sofrera com os espelhos das vitrines. Agora estava prevenido. Levava isso em conta e se olhava como se fosse um outro ele mesmo, projetado fora do tempo, numa viagem ao passado... Via-se com recuo, como seria mais tarde, como já devia aparecer aos amigos, sem contornos e empalidecido pela ausência — pois havia se confinado em casa...

Os espelhos das vitrines o haviam perturbado de modo muito decisivo, retiraram-lhe toda esperança de saúde. Agora, em seus próprios espelhos, novos e de formas variadas, tinha boa aparência, o rosto nítido, os lábios vermelhos.

"Estou curado", me disse num dia em que fui visitá-lo. "Veja como estou bem nos meus espelhos. Os da rua é que me deixavam doente... De modo que eu não saio mais de casa..."

"Nunca mais?"

"Não; a gente se acostuma."

Meu amigo falava com uma tranquilidade, um desprendimento nostálgico. Pensei novamente naquelas galhofas sutis e irônicas em que de quando em quando seu humor estranho se deleitava. Caso contrário, estava claro que meu amigo havia enlouquecido. Para tirar a prova, tentei trazê-lo à realidade mais prosaica.

"E quanto às mulheres? Logo você, nesta clausura total... Você, que gostava tanto delas, as seguia de vez em quando pelas ruas..."

Misterioso, meu amigo olhou seus espelhos um a um, antigos ou novos.

"Cada um é como uma rua", disse. "Esses espelhos todos se comunicam feito ruas... É uma grande cidade luminosa. E nela ainda corro atrás de mulheres, entende?, mulheres que se olharam nos espelhos, que permanecem neles para sempre... Mulheres do século passado, nesses espelhos antigos, mulheres empoadas, que conheceram Maria Antonieta... Sigo as mulheres, sem dúvida... Mas elas andam rápido, não se deixam abordar, me despistam de espelho em espelho, como de rua em rua. E eu as perco. E de vez em quando as abordo. E tenho encontros lá dentro..."

Meu amigo logo deu sinais definitivos de perturbação mental. Perdeu a consciência da própria identidade. Ao passar diante de espelhos, não se reconhecia mais e, cerimoniosamente, cumprimentava a si mesmo. Perdeu também a consciência do funcionamento dos espelhos. Decerto ainda gostava deles, e até ampliou sua coleção; pendurava-os em toda parte, um na frente do outro, de modo que as paredes da casa, recuadas para trás de si mesmas, formavam quartos indefinidos e espelhantes. Viagem sem fim, de si ao encontro de si mesmo! Mas meu amigo não entendia mais os reflexos. Não só considerava sua própria pessoa refletida um estranho como lhe parecia que, em vez de um semblante, era a realidade física de um ser que se oferecia ali. E por causa de tantos espelhos, justapostos, uns em frente aos outros, a silhueta do solitário se multiplicou ao infinito, ricocheteou em toda parte, engendrou continuamente um novo sósia, cresceu na proporção de uma multidão incalculável, ainda mais perturbadora porque todos pareciam gêmeos copiados do primeiro, que permanecia isolado e separado deles por um vazio desconhecido...

Por esse tempo, encontrei meu amigo pela última vez, em sua casa. Parecia feliz, e me disse, mostrando todos os ricos e raros espelhos, espelhos profundos onde ele repercutia como uma voz numa caverna de mil ecos: "Veja! Não estou mais só. Eu vivia muito só. Os amigos são tão estranhos, tão diferentes de nós! Agora, vivo com uma multidão... em que todos se parecem comigo".

Pouco depois, foi preciso interná-lo, por conta de algumas excentricidades que haviam atraído curiosos e causado escândalo diante de suas janelas. Ele se mostrou dócil, muito suave, lamentando apenas não ter mais a coleção de espelhos, mas somente o único espelho de seu quarto de doente. Porém logo se conformou. Amou aquele espelho, apenas a ele, mais do que havia amado a todos os outros... Olhava-o e ainda se cumprimentava. Afirmava ver coisas maravilhosas, correr atrás de mulheres que o amariam. Como a doença piorasse e ele quase sempre tivesse febre alta, dizia: "Estou com calor". Um minuto depois, "Estou com frio". E batia os dentes. Um dia, acrescentou: "O clima deve ser agradável dentro do espelho. Uma hora dessas preciso entrar lá". Os que cuidavam dele não deram ouvidos. Estavam acostumados àqueles solilóquios misteriosos. E ninguém desconfiava daquele doente tão manso, tão dócil e que só parecia louco porque tinha belos sonhos...

Certa manhã, encontraram-no ensanguentado, diante da lareira de seu quarto, arquejando, com o crânio aberto... À noite, arremetera contra o espelho para entrar nele de fato, abordar as mulheres que seguia havia tanto tempo, misturar-se a uma multidão em que cada um se parecia com ele, afinal!

Apresentação e tradução de Paulo Werneck

EÇA DE QUEIROZ

A aia

    Embora fosse ligado ao realismo, movimento literário que se propunha retratar o real tal como ele é, sem firulas nem alegorias, Eça de Queiroz (1845-1900) também tinha uma escrita bastante imaginativa e permeada de elementos fantásticos. O gosto pelo extraordinário se manifestou principalmente em seus últimos trabalhos, como os contos "Adão e Eva no Paraíso" e "A perfeição". O fantástico em Eça ainda tinha uma face macabra, da qual vieram narrativas cheias de suspense e revelações súbitas, como "O tesouro", "O defunto" e "A aia".
    Esta narrativa foi publicada pela primeira vez em 1893, no jornal carioca Gazeta de Notícias, e recebeu o título postumamente, quando foi editada em Contos (1902). É a história da aia sem nome, serva feliz, que tem a rotina alterada radicalmente após a morte de seu rei em batalha. Eça de Queiroz, crítico irônico da escravidão das pessoas ao dinheiro ou a qualquer acúmulo improdutivo, até mesmo de livros, é implacável em "A aia": há sacrifícios que não podem ser compensados com ouro e joias.

Era uma vez um rei, moço e valente, senhor de um reino abundante em cidades e searas, que partira a batalhar por terras distantes, deixando solitária e triste a sua rainha e um filhinho, que ainda vivia no seu berço, dentro das suas faixas.

A lua cheia que o vira marchar, levado no seu sonho de conquista e de fama, começava a minguar — quando um dos seus cavaleiros apareceu, com as armas rotas, negro do sangue seco e do pó dos caminhos, trazendo a amarga nova de uma batalha perdida e da morte do rei, traspassado por sete lanças entre a flor da sua nobreza, à beira de um grande rio.

A rainha chorou magnificamente o rei. Chorou ainda desoladamente o esposo, que era famoso e alegre. Mas, sobretudo, chorou ansiosamente o pai que assim deixava o filhinho desamparado, no meio de tantos inimigos da sua frágil vida e do reino que seria seu, sem um braço que o defendesse, forte pela força e forte pelo amor.

Desses inimigos o mais temeroso era seu tio, irmão bastardo do rei, homem depravado e bravio, consumido de cobiças grosseiras, desejando só a realeza por causa dos seus tesouros, e que havia anos vivia num castelo sobre os montes, com uma horda de rebeldes, à maneira de um lobo que, de atalaia no seu fojo, espera a presa. Ai! a presa agora era aquela criancinha, rei de mama, senhor de tantas províncias, e que dormia no seu berço com seu guizo de ouro fechado na mão!

Ao lado dele, outro menino dormia noutro berço. Mas este era um escravozinho, filho da bela e robusta escrava que amamentava o príncipe. Ambos tinham nascido na mesma noite de verão. O mesmo seio os criava. Quando a rainha, antes de adormecer, vinha beijar o principezinho, que tinha o cabelo louro e fino, beijava também por amor dele o escravozinho, que tinha o cabelo negro e crespo. Os olhos de ambos reluziam como pedras preciosas. Somente, o berço de um era magnífico e de marfim entre brocados — e o berço do outro, pobre e de verga. A leal escrava, porém, a ambos cercava de carinho igual, porque se um era o seu filho — o outro seria o seu rei.

Nascida naquela casa real, ela tinha a paixão, a religião dos seus senhores. Nenhum pranto correra mais sentidamente do que o seu pelo rei morto à beira do grande rio. Pertencia, porém, a uma raça que acredita que a vida da terra se continua no céu. O rei seu amo, decerto, já estaria agora reinando num outro reino, para além das nuvens, abundante também em searas e cidades. O seu cavalo de batalha, as suas armas, os seus pajens tinham subido com ele às alturas. Os seus vassalos que fossem morrendo prontamente iriam, nesse reino celeste, retomar em torno dele a sua vassalagem. E ela um dia, por seu turno, remontaria num raio de luz a habitar o palácio do seu senhor, e a fiar de novo o linho das suas túnicas, e a acender de novo a caçoleta dos seus perfumes; seria no céu como fora na terra, e feliz na sua servidão.

Todavia, também ela tremia pelo seu principezinho! Quantas vezes, com ele pendurado do peito, pensava na sua fragilidade, na sua longa infância, nos anos lentos que correriam antes que ele fosse ao menos do tamanho de uma espada, e naquele tio cruel, de face mais escura que a noite e coração mais escuro que a face, faminto do trono, e espreitando de cima do seu rochedo entre os alfanjes da sua borda! Pobre principezinho da sua alma! Com uma ternura maior o apertava então nos braços. Mas se o seu filho chalrava ao lado — era para ele que os seus braços corriam com um ardor mais feliz. Esse, na sua indigência, nada tinha a recear da vida. Desgraças, assaltos da sorte má nunca o poderiam deixar mais despido das glórias e bens do mundo do que já estava ali no seu berço, sob o pedaço de linho branco que resguardava a sua nudez. A existência, na verdade, era para ele mais preciosa e digna de ser conservada que a do seu príncipe, porque nenhum dos duros cuidados com que ela enegrece a alma dos senhores roçaria sequer a sua alma livre e simples de escravo. E, como se o amasse mais por aquela humildade ditosa, cobria o seu corpinho gordo de beijos pesados e devoradores — dos beijos que ela fazia ligeiros sobre as mãos do seu príncipe.

No entanto um grande temor enchia o palácio, onde agora reinava uma mulher entre mulheres. O bastardo, o homem de rapina, que errava no cimo das serras, descera à planície com a sua horda, e já através de casais e aldeias felizes ia deixando um sulco de matança e ruínas. As portas da cidade tinham sido seguras com cadeias mais fortes. Nas atalaias ardiam lumes mais altos. Mas à defesa faltava disciplina viril. Uma roca não governa como uma espada. Toda a nobreza fiel perecera na grande batalha. E a rainha desventurosa apenas sabia correr a cada instante ao berço do seu filhinho e chorar sobre ele a sua fraqueza de viúva. Só a ama leal parecia segura — como se os braços em que estreitava o seu príncipe fossem muralhas de uma cidadela que nenhuma audácia pode transpor.

Ora, uma noite, noite de silêncio e de escuridão, indo ela a adormecer, já despida, no seu catre, entre os seus dois meninos, adivinhou, mais que sentiu, um curto rumor de ferro e de briga, longe, à entrada dos vergéis reais. Embrulhada à pressa num pano atirando os cabelos para trás, escutou ansiosamente. Na terra arcada, entre os jasmineiros, corriam passos pesados e rudes. Depois houve um gemido, um corpo tombando molemente, sobre lajes, como um fardo. Descerrou violentamente a cortina. E além, ao fundo da galeria, avistou homens, um clarão de lanternas, brilhos de armas... Num relance tudo compreendeu — o palácio surpreendido, o bastardo cruel vindo roubar, matar o seu príncipe! Então, rapidamente, sem uma vacilação, uma dúvida, arrebatou o príncipe do seu berço de marfim, atirou-o para o pobre berço de verga — e tirando o seu filho do berço servil, entre beijos desesperados, deitou-o no berço real que cobriu com um brocado.

Bruscamente um homem enorme, de face flamejante, com um manto negro sobre a cota de malha, surgiu à porta da câmara, entre outros, que erguiam lanternas. Olhou — correu ao berço de marfim onde os brocados luziam, arrancou a criança, como se arranca uma bolsa de ouro, e abafando os seus gritos no manto, abalou furiosamente.

O príncipe dormia no seu novo berço. A ama ficara imóvel no silêncio e na treva.

Mas brados de alarme atroaram de repente o palácio. Pelas janelas perpassou o longo flamejar das tochas. Os pátios ressoavam com o bater das armas. E desgrenhada, quase nua, a rainha invadiu a câmara entre as aias, gritando pelo seu filho! Ao avistar o berço de marfim, com as roupas desmanchadas, vazio, caiu sobre as lajes, num choro, despedaçada. Então calada, muito lenta, muito pálida, a ama descobriu o pobre berço de verga... O príncipe lá estava, quieto, adormecido, num sonho que o fazia sorrir, lhe iluminava toda a face entre os seus cabelos de ouro. A mãe caiu sobre o berço, com um suspiro, como cai um corpo morto.

E nesse instante um novo clamor abalou a galeria de mármore. Era o capitão das guardas, a sua gente fiel. Nos seus clamores havia, porém, mais tristeza que triunfo. O bastardo morrera! Colhido, ao fugir, entre o palácio e a cidadela, esmagado pela forte legião de arqueiros, sucumbira, ele e vinte da sua horda. O seu corpo lá ficara, com flechas no flanco, numa poça de sangue. Mas ai! dor sem nome! O corpozinho tenro do príncipe lá ficara também, envolto num manto, já frio, roxo ainda das mãos ferozes que o tinham esganado!... Assim tumultuosamente lançavam a nova cruel os homens de armas — quando a rainha, deslumbrada, com lágrimas entre risos, ergueu nos braços, para lho mostrar, o príncipe que despertara.

Foi um espanto, uma aclamação. Quem o salvara? Quem?... Lá estava junto ao berço de marfim vazio, muda e hirta, aquela que o salvara! Serva sublimemente leal! Fora ela que, para conservar a vida ao seu príncipe, mandara à morte o seu filho... Então, só então, a mãe ditosa, emergindo da sua alegria extática, abraçou apaixonadamente a mãe dolorosa, e a beijou, e lhe chamou irmã do seu coração... E dentre aquela multidão que se apertava na galeria veio uma nova, ardente aclamação, com súplicas de que fosse recompensada, magnificamente, a serva admirável que salvara o rei e o reino.

Mas como? Que bolsas de ouro podem pagar um filho? Então um velho de casta nobre lembrou que ela fosse levada ao tesouro real, e escolhesse dentre essas riquezas, que eram como as maiores dos maiores tesouros da Índia, todas as que o seu desejo apetecesse...

A rainha tomou a mão da serva. E sem que a sua face de mármore perdesse a rigidez, com um andar de morta, como num sonho, ela foi assim conduzida para a Câmara dos Tesouros. Senhores, aias, homens de armas, seguiam num respeito tão comovido que apenas se ouvia o roçar das sandálias nas lajes. As espessas portas do Tesouro rodaram lentamente. E, quando um servo destrancou as janelas, a luz da madrugada, já clara e rósea, entrando pelos gradeamentos de ferro, acendeu um maravilhoso e faiscante incêndio de ouro e pedrarias! Do chão de rocha até às sombrias abóbadas, por toda a câmara, reluziam, cintilavam, refulgiam os escudos de ouro, as armas marchetadas, os montões de diamantes, as pilhas de moedas, os longos fios de pérolas, todas as riquezas daquele reino, acumuladas por cem reis durante vinte séculos. Um longo ah, lento e maravilhado, passou por sobre a turba que emudecera. Depois houve um silêncio, ansioso. E no meio da câmara, envolta na refulgência preciosa, a ama não se movia... Apenas os seus olhos, brilhantes e secos, se tinham erguido para aquele céu que, além das grades, se tingia de rosa e de ouro. Era lá, nesse céu fresco de madrugada, que estava agora o seu menino. Estava lá, e já o sol se erguia, e era tarde, e o seu menino chorava decerto, e procurava o seu peito!... Então a ama sorriu e estendeu a mão. Todos seguiam, sem respirar, aquele lento mover da sua mão aberta. Que joia maravilhosa, que fio de diamantes, que punhado de rubis ia ela escolher?

A ama estendia a mão e sobre um escabelo ao lado, entre um molho de armas, agarrou um punhal. Era um punhal de um velho rei, todo cravejado de esmeraldas, e que valia uma província.

Agarrara o punhal, e com ele apertado fortemente na mão, apontando para o céu, onde subiam os primeiros raios do sol, encarou a rainha, a multidão, e gritou:

"Salvei o meu príncipe, e agora — vou dar de mamar ao meu filho!"

E cravou o punhal no coração.

Apresentação de Alberto Manguel

VSÉVOLOD MIKHÁILOVITCH GÁRCHIN

A flor vermelha

Vsévolod Mikháilovitch Gárchin (1855-88) começou a escrever quando a parte principal da obra de Turguêniev, Tolstói e Dostoiévski já fora publicada e os novos autores russos pressentiam a necessidade de novas formas de expressão. Diante do aparente esgotamento do realismo de grande fôlego, tentava-se associar a observação do detalhe concreto à exploração de uma psicologia marcada antes pela ruptura do que por uma progressão. A essa mesma geração pertenceu Tchekhov (nascido em 1860), que, como Gárchin, deu preferência à concentração do conto em detrimento do romance. O pessimismo desses autores traduz o clima decorrente do fracasso do entusiasmo revolucionário da geração de 1860 — que mobilizou a juventude russa como nunca se vira, até então — e também da intensa repressão política que se seguiu.

Filho de um militar, Gárchin alistou-se no Exército russo aos 21 anos de idade e combateu os turcos nos Bálcãs, experiência que lhe inspirou alguns dos melhores relatos de tema militar da literatura russa. Mas o conto "A flor vermelha", aqui traduzido, trata de outro tipo de experiência, também bastante familiar a Gárchin. Ele sempre sofreu de violentas depressões e crises nervosas. Para tanto, parece ter contribuído, em alguma medida, o fato de sua mãe ter deixado a família e fugido com um revolucionário quando o filho tinha cinco anos. Gárchin sabia muito bem o que era a loucura e o que eram os hospitais psiquiátricos. Para o herói deste conto, as ideias e os raciocínios são experiências *completas e não meros instrumentos ou acessórios. "A flor vermelha" foi escrito cinco anos antes de o escritor se suicidar, aos 33 anos de idade, após uma longa crise, jogando-se do alto de uma escada.*

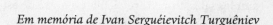

Em memória de Ivan Serguéievitch Turguêniev

"Em nome de sua majestade imperial, o soberano imperador Pedro I, anuncio a inspeção deste manicômio!"

Essas palavras foram ditas em voz forte, incisiva, ressonante. O escrivão do hospital, que acabara de registrar o nome do paciente num grande livro surrado, aberto sobre uma mesa coberta por manchas de tinta de escrever, não conteve um sorriso. Mas os dois jovens que acompanhavam o paciente não riram: mal conseguiam se aguentar sobre as pernas após os dois dias e as duas noites que passaram sem dormir, no trem, ao lado do paciente que haviam acabado de trazer. Na penúltima estação, o ataque de fúria se agravara; arranjaram uma camisa de força em algum lugar e, após chamar o condutor e um guarda, vestiram-na no paciente. Assim o conduziram à cidade, assim também o levaram ao hospital.

Ele estava assustador. Por cima da túnica cinzenta, despedaçada por ocasião do surto, uma japona muito aberta no peito e feita de lona ordinária recobria seu torso; as mangas compridas apertavam seus braços em cruz, contra o peito, e estavam amarradas nas costas. Os olhos inflamados, arregalados (ele não dormia havia dez dias), ardiam com um brilho imóvel e incandescente; câimbras nervosas contraíam a ponta do lábio inferior; os cabelos crespos e emaranhados tombavam sobre a testa como uma juba; a passos rápidos e pesados, ele caminhava de um canto a outro do escritório, examinava com olhar escrutador as velhas prateleiras com papéis, as cadeiras forradas por um oleado e, de quando em quando, lançava um olhar para os seus companheiros de viagem.

"Levem-no para o isolamento. À direita."

"Eu sei, eu sei. Já estive aqui, com os senhores, no ano passado. Vistoriamos o hospital. Conheço tudo e será difícil me enganarem", disse o paciente.

Voltou-se para a porta. O guarda abriu-a à sua frente; com os mesmos passos rápidos, pesados e resolutos, após erguer a cabeça enlouquecida, ele saiu do escritório e, quase correndo, seguiu à direita, para o setor dos doentes mentais. Os acompanhantes mal conseguiam segui-lo.

"Toque a campainha. Eu não posso. Os senhores amarraram minhas mãos."

O porteiro abriu a porta e os viajantes adentraram o hospital.

Era uma grande e antiga construção de pedra, em estilo burocrático. Duas amplas salas, uma de refeições e a outra de estar, para os pacientes tranquilos, um corredor comprido com uma porta de vidro, que dava para um jardim com um canteiro de flores, e cerca de duas dezenas de quartos separados, onde viviam os pacientes, ocupavam o andar térreo; ali foram também construídos dois quartos escuros, um com as paredes revestidas por colchões e o outro por tábuas, onde eram presos os furiosos, e havia ainda um outro aposento enorme e sombrio, com abóbadas, que era o quarto de banhos. O andar superior era ocupado por mulheres. De lá, vinha um rumor de desordem, entrecortado por uivos e berros. O hospital fora construído para oitenta pessoas mas, como servia a diversas províncias dos arredores, nele se alojavam até trezentos pacientes. Nos pequenos cubículos, havia quatro ou cinco leitos; no inverno, quando os pacientes não saíam para o jardim e todas as janelas permaneciam hermeticamente trancadas por trás das grades de ferro, o hospital se tornava insuportavelmente abafado.

Levaram o novo paciente ao aposento reservado para os banhos. Se, num homem são, o cômodo já podia causar uma impressão penosa, sobre uma imaginação abalada, conturbada, o efeito era ainda mais grave. Tratava-se de um cômodo amplo, abobadado, com piso viscoso de pedra, iluminado por uma única janela, num dos cantos; as paredes e as abóbadas foram pintadas com uma tinta vermelha, escura e oleosa; no piso enegrecido de imundície, no nível mesmo do chão, foram instaladas duas banheiras de pedra, como duas covas ovais, cheias de água. Uma enorme estufa de cobre, com uma caldeira cilíndrica para aquecer a água e com um sistema completo de canos e torneiras de cobre, ocupava o canto em frente à janela; tudo tinha um aspecto estranhamente lúgubre e irreal para uma cabeça conturbada e o guarda que administrava os banhos, um ucraniano gordo, eternamente calado, reforçava ainda mais tal impressão com a sua fisionomia lúgubre.

Quando trouxeram o paciente para esse cômodo estranho a fim de lhe dar banho e também, de acordo com o sistema de tratamento prescrito pelo médico-chefe do hospital, para aplicar em sua nuca um grande emplastro de um pó especial, o horror e a fúria tomaram-no de assalto. Pensamentos absurdos, cada um mais monstruoso do que o outro, começaram a girar em sua cabeça. O que é isto? A Inquisição? Um local secreto de suplícios, onde seus inimigos resolveram dar cabo dele? Quem sabe, o próprio inferno? Acudiu-lhe, enfim, ao pensamento que se tratava de uma espécie de prova. Despiram-no, apesar de sua resistência desesperada. Com uma força duplicada pela doença, desvencilhou-se facilmente das mãos de alguns guardas e os fez cair ao chão; por fim, quatro homens precipitaram-se sobre ele e, seguro pelos braços e pelas pernas, jogaram-no na água quente. A água lhe pareceu escaldante e, na cabeça enlouquecida, surgiu a ideia disparatada e desconexa de uma prova feita com água escaldante e ferro em brasa. Asfixiado pela água e debatendo-se convulsivamente com os braços e as pernas, que os guardas seguravam com firmeza, ele, mesmo ofegante, esbravejava um palavrório desconexo, de compreensão impossível, e que na verdade mal se podia ouvir. Ali, havia preces e pragas. Ele esbravejou enquanto teve forças e, por fim, em voz baixa, com lágrimas ardentes, pronunciou uma frase que não tinha nenhuma relação com as palavras anteriores:

"Santo mártir Gregório! Em tuas mãos entregarei meu corpo. Mas a alma, não, ah, não!..."

Os guardas ainda o mantinham seguro, embora ele houvesse se acalmado. O banho quente e o saco de gelo, que colocaram em sua cabeça, produziram efeito. Mas quando o retiraram da água, quase sem sentidos, e o puseram num banco a fim de aplicar o emplastro, o resto de suas forças e as ideias loucas como que explodiram outra vez.

"Por quê? Por quê?", gritou. "Eu não quero fazer mal a ninguém. Para que me matar? Ah-ah-ah! Ah, Deus! Oh, vós, que fostes martirizado antes de mim! A vós eu imploro, libertai-me..."

O contato abrasador em sua nuca obrigou-o a debater-se em desespero. Os funcionários não conseguiam controlá-lo e não sabiam o que fazer.

"Não há nada a fazer", disse o soldado que comandava a operação. "Vai ser preciso esfolar."

Essas palavras simples causaram um tremor no paciente. "Esfolar!... Esfolar o quê? Esfolar quem? A mim!", pensou e, num horror de morte, fechou os olhos. O soldado segurou uma toalha grosseira pelas duas extremidades e, com um movimento rápido e apertando com força, puxou-a contra a sua nuca, arrancando o emplastro e também a camada superficial da pele, deixando desnuda uma escoriação vermelha. A dor causada por tal operação, já insuportável para uma pessoa calma e sã, pareceu ao paciente ser o fim de tudo. Sacudiu-se desesperadamente com o corpo inteiro, desvencilhou-se das mãos dos guardas e seu corpo nu caiu e rolou sobre a laje de pedra. Pensou que lhe haviam cortado a cabeça. Quis gritar e não conseguiu. Levaram-no para o leito já num estado de inconsciência, que logo passou para um longo e profundo sono de morte.

II.

Acordou à noite. Tudo estava calmo; dos grandes quartos vizinhos, ouvia-se a respiração dos pacientes que dormiam. Em algum lugar, ao longe, um paciente, que haviam posto no quarto escuro para passar a noite, conversava consigo mesmo, com uma voz estranha e monótona; em cima, no setor feminino, um contralto rouco entoava uma canção desvairada. O paciente ouvia esses sons com atenção. Sentia uma estranha fraqueza e prostração em todos os membros do corpo e no pescoço uma dor intensa.

"Onde estou? O que há comigo?", pensou. De repente, com uma clareza incomum, relembrou o último mês e compreendeu que estava doente, e qual era a doença. Uma série de palavras, ações e pensamentos disparatados acudiu à sua memória, fazendo-o tremer dos pés à cabeça.

"Mas isso acabou, graças a Deus, isso acabou!", sussurrou, e adormeceu outra vez.

A janela aberta, com grades de ferro, dava para um pequeno recanto entre prédios grandes e um muro de pedra; ninguém passava por esse recanto e todo ele fora tomado por densos arbustos silvestres e por lilases, florescentes e exuberantes nessa época do ano... Atrás dos arbustos, bem em frente à janela, vislumbrava-se o muro alto e, por trás dele, espreitavam os altos cumes das árvores do vasto pomar, banhadas e atravessadas pela luz da lua. À direita, erguia-se o prédio branco do hospital, com janelas providas de grades de ferro e acesas por dentro; à esquerda, branca e brilhante por causa da lua, via-se a espessa parede do necrotério. O luar, através da janela gradeada, vinha cair dentro do quarto, sobre o chão, e iluminava uma parte da cama e o rosto extenuado e pálido do paciente, de olhos fechados; agora, não havia nele nada de louco. Era o sono profundo e pesado de um homem extenuado, sem sonhos, sem o menor movimento e quase sem respiração. Em certos momentos, ele acordava perfeitamente lúcido, como se estivesse são, porém depois, de manhã, levantou da cama tão louco quanto antes.

III.

"Como está se sentindo?", perguntou o médico, no dia seguinte.

O paciente, que acabara de acordar, ainda estava deitado sob o cobertor.

"Ótimo!", respondeu, ergueu-se de um salto, calçou os sapatos e apanhou o roupão. "Excelente! Só há uma coisa: veja!"

Mostrou a nuca.

"Não consigo virar o pescoço sem sentir dor. Mas isso não é nada. Tudo está bem quando a pessoa compreende; e eu compreendo."

"O senhor sabe onde está?"

"Claro, doutor! Num manicômio. Mas, afinal, quando a pessoa compreende, isso é de todo indiferente. É de todo indiferente."

O médico fitou-o nos olhos com atenção. Seu rosto belo e bem tratado, com a barba cor de ouro penteada com esmero e os olhos serenos e azuis que miravam através dos óculos de ouro, estava imóvel e impenetrável. Ele observava.

"Por que o senhor me olha com tanta atenção? O senhor não lerá o que tenho na alma", prosseguiu o paciente, "enquanto eu posso ler a sua com nitidez! Por que o senhor faz isso? Por que reuniu essa multidão de infelizes e os mantém presos aqui? Para mim, isso é indiferente: eu compreendo tudo e estou calmo; mas e eles? Para que tais martírios? Para o homem cuja alma conseguiu alcançar o pensamento elevado, o pensamento universal, é indiferente onde mora, o que sente. Mesmo viver ou não viver... Não é assim?"

"Talvez", respondeu o médico, sentando-se numa cadeira no canto do quarto, para assim poder observar o paciente, que caminhava ligeiro de uma extremidade à outra, arrastando os enormes sapatos de couro de cavalo e sacudindo as abas do roupão, feito de algodão, com largas listras vermelhas e grandes flores estampadas. O enfermeiro e o inspetor que acompanhavam o médico mantinham-se em posição de sentido junto à porta.

"E eu tenho tal pensamento!", exclamou o paciente. "Quando o descobri, me senti regenerado. Os sentimentos tornaram-se mais agudos, o cérebro trabalhava como nunca. O que antes era alcançado por meio de um longo processo de raciocínios e conjeturas agora eu apreendia intuitivamente. Alcancei, de fato, aquilo que a filosofia havia elaborado. Vivencio em mim mesmo as grandes ideias do espaço e do tempo, a essência da física. Vivo em todos os séculos. Vivo sem o espaço, em toda parte ou em lugar nenhum, como preferir. E por isso, para mim, é indiferente se o senhor me mantém preso aqui ou me deixa à solta, se estou livre ou preso. Notei que aqui existem mais alguns assim. Porém, para a multidão restante, esta situação é horrorosa. Por que o senhor não os liberta? Quem precisa..."

"O senhor disse", interrompeu o médico, "que vive fora do tempo e do espaço. No entanto é impossível não concordar que estamos juntos neste quarto e que agora", tirou o relógio do bolso, "são dez e meia do dia 6 de maio de 18... O que pensa disso?"

"Nada. Para mim, é indiferente onde estou e quando vivo. E, se para mim é indiferente, acaso isso não significa que estou em toda parte e sempre?"

O médico sorriu.

"Uma lógica rara", disse ele, levantando-se. "Talvez o senhor tenha razão. Até logo. Não gostaria de um charuto?"

"Muito obrigado." Deteve-se, pegou um charuto e, nervosamente, cortou a ponta com uma dentada. "Isto dá o que pensar", disse. "Isto é um mundo, um microcosmo. Numa ponta estão os álcalis e na outra, os ácidos... Assim é também o equilíbrio do mundo, em que os princípios opostos se neutralizam. Adeus, doutor!"

O médico seguiu adiante. Grande parte dos pacientes, estirados em seus leitos, o esperava. Nenhum comandante goza de tanto apreço entre os seus subordinados como o médico-psiquiatra entre os seus loucos.

Mas o paciente, ao ficar só, continuou a caminhar com ímpeto, de um canto a outro da câmara. Trouxeram-lhe o chá; sem sentar, esvaziou a grande caneca em duas goladas e, quase no mesmo instante, comeu uma grande fatia de pão branco. Em seguida, saiu do quarto e, durante várias horas, caminhou sem parar com seus passos rápidos e pesados de uma extremidade à outra do prédio. O dia estava chuvoso e não haviam deixado os pacientes sair para o jardim. Quando o enfermeiro saiu à procura do novo paciente, indicaram-lhe o fim do corredor; lá estava ele, com o rosto encostado ao vidro da porta que dava para o jardim, e olhava fixamente para uma flor. Sua atenção era atraída por uma flor escarlate, de um brilho extraordinário, de uma das variedades da papoula.

"Tenha a bondade de vir pesar-se", disse o enfermeiro, tocando em seu ombro.

Quando o paciente se virou de frente para o seu rosto, o enfermeiro por pouco não recuou de susto: que raiva e que ódio selvagem ardiam nos olhos dementes. Mas, ao ver o enfermeiro, ele logo alterou a expressão do rosto e, dócil, seguiu-o sem falar nenhuma palavra, como que imerso em profunda reflexão. Foram para o gabinete do doutor, o próprio paciente suspendeu na plataforma pequenos pesos decimais: o enfermeiro, após pesá-lo, anotou num livro, ao lado do seu nome, cinquenta quilos. No dia seguinte, foi quarenta e nove, no terceiro dia, quarenta e oito e meio.

"Se continuar desse jeito, não vai sobreviver", disse o médico, e ordenou que o alimentassem o melhor possível.

Mas, apesar disso e apesar do apetite extraordinário do paciente, ele emagrecia a cada dia e o enfermeiro, a cada dia, anotava no livro um número de quilos menor. O paciente quase não dormia e passava o dia inteiro numa agitação incessante.

IV.

Ele compreendia que estava num manicômio; compreendia até que estava doente. Às vezes, como na primeira noite, após um dia inteiro de agitação desenfreada, despertava em meio à escuridão, sentindo dores nos braços e nas pernas e um peso horrível na cabeça, mas num estado de plena lucidez. Fosse a ausência de impressões na escuridão e na penumbra da noite, fosse a fraca atividade do cérebro de uma pessoa que acabou de acordar, algo nesses momentos o levava a compreender com clareza a sua situação e a sentir-se como que curado. Mas vinha o dia; junto com a luz e com o despertar da vida no hospital, as impressões novamente o envolviam em uma onda; o cérebro do paciente não conseguia dominá-las e ele de novo enlouquecia. Sua situação era uma estranha mistura de juízos razoáveis e disparates. Compreendia que todos à sua volta estavam doentes mas, ao mesmo tempo, via em cada um deles alguém que haviam escondido ali secretamente, ou que se ocultava, alguém que ele antes conhecera ou sobre quem lera ou ouvira falar. O hospital estava povoado por gente de todos os tempos e de todos os países. Ali estavam vivos e mortos. Ali estavam celebridades e poderosos do mundo, soldados mortos na última guerra e ressuscitados. Ele se via num círculo mágico, encantado, que reunia em si toda a força da terra e, num delírio altivo, julgava-se o centro desse mesmo círculo. Todos eles, os seus companheiros de hospital, haviam se reunido ali com o intuito de cumprir a missão — que se afigurava a ele de forma nebulosa como uma empresa colossal — de aniquilar toda a maldade sobre a face da Terra. Ignorava em que consistiria tal missão mas sentia em si força suficiente para cumpri-la. Podia ler o pensamento dos outros; via nos objetos toda a história deles; os olmos grandes do jardim do hospital lhe contavam lendas inteiras dos tempos antigos; os prédios, de fato construídos havia muito, eram para ele uma obra de Pedro, o Grande, e estava convencido de que o tsar havia morado ali na época da batalha de Póltava. Lia isso nas paredes, no estuque derruído, nos cacos de tijolos e de ladrilhos que encontrava no jardim; neles estava escrita toda a história da casa e do jardim. O paciente povoava o pequeno prédio do necrotério com dezenas e centenas de pessoas mortas havia muito tempo e mirava atentamente para uma janelinha do porão que dava para um recanto do jardim, e enxergava, no reflexo desigual da luz sobre o velho vidro irisado e sujo, feições conhecidas, vistas por ele em algum momento da vida ou em retratos.

    Entretanto, o tempo ficou bom e claro; os pacientes passavam dias inteiros ao ar livre, no jardim. O setor do jardim reservado para eles era pequeno, mas densamente coberto de árvores e, por toda parte, onde houvesse um espaço, era plantado de flores. O inspetor obrigava a trabalhar no jardim todos os que fossem capazes de fazer esforço; dias inteiros, eles varriam e polvilhavam as veredas com areia, capinavam e regavam os canteiros de flores, de pepinos, de melancias e de melões, cuja terra eles haviam revolvido com as próprias mãos. Um canto do jardim estava tomado por uma densa cerejeira; ao lado, estendia-se uma alameda de olmos; no meio, num pequeno outeiro artificial, cultivava-se o canteiro de flores mais bonito de todo o jardim; flores radiantes cresciam na orla do patamar superior e, no centro, resplandecia uma grande, enorme dália, rara e amarela, com pintas vermelhas. A flor ocupava o centro de todo o jardim, elevando-se acima dele, e podia-se perceber que muitos pacientes atribuíam a ela um significado misterioso. Para o novo paciente, ela também parecia algo fora do comum, uma espécie de paládio do jardim e do prédio. Todas as veredas também tinham sido plantadas, em suas margens, pelas mãos dos próprios pacientes. Ali havia todos os tipos possíveis de flores encontrados nos jardins da Pequena Rússia: rosas altas, petúnias radiantes, altos arbustos de tabaco com pequenas flores rosadas, hortelã, amarantos, sempre-vivas e papoulas. Ali mesmo, não distante do alpendre, cresciam três pequenos pés de papoula, de uma variedade especial; era muito menor do que o habitual e distinguia-se pelo brilho extraordinário da cor escarlate. Essa flor também impressionou o paciente quando, no primeiro dia após ser internado no hospital, contemplou o jardim através da porta envidraçada.

Ao sair pela primeira vez para o jardim, antes de qualquer outra coisa, antes mesmo de descer o degrau do alpendre, ele olhou para aquelas flores brilhantes. Ao todo, só havia duas; por acaso, cresceram separadas das demais, num local que não fora capinado, e por isso uma densa anserina e uma espécie de erva daninha as haviam cercado.

Um após o outro, os pacientes saíam pela porta, junto à qual estava postado o guarda, que entregava a cada um deles um gorro branco, tricotado com fios de algodão, com uma cruz vermelha na testa. Os gorros tinham sido usados na guerra e foram comprados num leilão. Mas o paciente, é óbvio, atribuiu a essa cruz vermelha um significado especial e misterioso. Despiu o gorro, olhou para a cruz e depois para as flores da papoula. As flores eram mais brilhantes.

"Ela está vencendo", disse o paciente, "mas veremos."

E desceu do alpendre. Depois de olhar e não ver o guarda que estava a seu lado, o paciente cruzou o canteiro e estendeu a mão para a flor, mas não se decidiu a colhê-la. Sentiu um ardor e pontadas na mão estendida, e depois no corpo inteiro, como se uma forte corrente de uma energia desconhecida emanasse das pétalas vermelhas e atravessasse todo o seu corpo. Chegou ainda mais perto e estendeu a mão até quase tocar a flor, mas ela, assim lhe pareceu, defendeu-se, exalando um aroma venenoso e mortal. Sua cabeça começou a girar; ele fez um último esforço desesperado e já havia agarrado a haste quando, de repente, uma mão pesada pousou no seu ombro. Era o guarda que o havia segurado.

"Não pode arrancar", disse o velho ucraniano. "E não ande por cima do canteiro. Aqui há muitos malucos: se cada um arrancar uma flor, vão devastar o jardim todo", disse, de modo persuasivo, sempre o segurando pelo ombro.

O paciente fitou-o no rosto, libertou-se de sua mão sem nada falar e, num estado de agitação, avançou pela vereda. "Oh, infelizes!", pensava. "Vocês não enxergam, estão a tal ponto ofuscados que a protegem. Mas, custe o que custar, hei de dar cabo dela. Se não hoje, então amanhã mediremos nossas forças. E se eu perecer, tanto faz, tudo é indiferente..."

Passeou pelo jardim até o anoitecer, enquanto travava conhecimentos e mantinha conversas estranhas, nas quais cada interlocutor ouvia somente as respostas a seus próprios pensamentos insanos, expressos por meio de palavras misteriosas e absurdas. O paciente caminhava ora com um companheiro, ora com outro e, no fim do dia, estava ainda mais convencido de que "tudo estava pronto", conforme dizia para si. Em breve, as grades de ferro se desintegrariam, todos aqueles prisioneiros sairiam dali e se abalariam por todos os confins da Terra, e o mundo inteiro estremeceria, se despojaria de seu antigo invólucro e se manifestaria numa beleza nova e miraculosa. Nisso, ele quase se esqueceu da flor mas, ao sair do jardim e subir para o alpendre, avistou de novo, na densa relva escurecida e que já começava a orvalhar, como que dois carvões em brasa. Então o paciente deixou-se ficar para trás da multidão e, pondo-se às costas do guarda, esperou o momento propício. Ninguém viu como saltou através do canteiro, arrancou a flor e, às pressas, escondeu-a no peito, por baixo da camisa. Quando as folhas frescas, orvalhadas, tocaram seu corpo, ele empalideceu como um cadáver e, num horror, arregalou os olhos. Um suor frio brotou na sua testa.

No hospital, as luzes foram acesas; à espera do jantar, a maior parte dos pacientes foi deitar-se em suas camas, exceto alguns intranquilos que caminhavam às pressas pelo corredor e pelas salas. O paciente com a flor estava entre eles. Caminhava com as mãos, em cruz, apertadas convulsivamente contra o peito: parecia querer esmagar, esmigalhar a planta oculta em seu peito. Ao encontrar-se com os outros, ele os contornava à distância, com receio de que o tocassem com uma ponta da roupa. "Não se aproxime, não se aproxime!", gritava. Mas, no hospital, quase ninguém dava atenção a tais brados. E ele andava cada vez mais depressa, dava passos cada vez maiores, caminhou uma hora, duas horas, numa espécie de frenesi.

"Vou cansar você. Vou tirar seu fôlego!", dizia, com voz abafada e cruel.

Às vezes, rangia os dentes.

Serviram a janta na sala de refeições. Sobre as mesas grandes e sem toalhas, puseram várias tigelas de madeira, pintadas e douradas, com uma papinha rala de painço; os pacientes estavam sentados num banco; repartiam as fatias de um pão preto. Em cada tigela, comiam oito pessoas com colheres de madeira. Aqueles que usufruíam de uma alimentação melhor comiam separadamente. O nosso paciente, após engolir depressa a sua porção, trazida pelo guarda que o levara até o seu quarto, não se satisfez com isso e dirigiu-se para o refeitório coletivo.

"O senhor permite que me sente aqui?", disse ao inspetor.

"Mas o senhor já não jantou?", perguntou o inspetor, entornando na tigela uma porção adicional de papa.

"Estou com muita fome. E tenho grande necessidade de me revigorar. Todo o meu sustento está na alimentação; o senhor sabe que eu nunca durmo."

"Coma, meu caro, e fique saudável. Tarás, dê a ele pão e uma colher."

Sentou-se diante de uma das tigelas e comeu mais uma enorme quantidade de papa.

"Bem, já chega, já chega", disse, por fim, o inspetor, quando todos haviam terminado de jantar mas o nosso paciente ainda continuava sentado diante da tigela, retirando dali a papa com uma das mãos enquanto, com a outra, segurava com força o peito. "O senhor vai se empanturrar."

"Ah, se o senhor soubesse de quanta força eu preciso, quanta força! Adeus, Nikolai Nikolaitch", disse o paciente, que se levantou da mesa e apertou com força a mão do inspetor. "Adeus."

"Aonde vai o senhor?", perguntou o inspetor, com um sorriso.

"Eu? A parte alguma. Vou ficar aqui. Mas talvez amanhã não nos vejamos. Muito obrigado por sua bondade."

E, mais uma vez, apertou com força a mão do inspetor. Sua voz tremia, lágrimas romperam em seus olhos.

"Acalme-se, meu caro, acalme-se", respondeu o inspetor. "De que servem esses pensamentos sombrios? Vá, deite-se e durma bem. O senhor precisa dormir mais; se dormir bem, logo ficará curado."

O paciente soluçou. O inspetor voltou-se para ordenar aos guardas que recolhessem mais depressa os restos do jantar. Meia hora depois, todos no hospital haviam adormecido, exceto um dos pacientes, que estava deitado em seu leito num canto do quarto, com a mesma roupa de antes. Tremia como se estivesse com febre e comprimia convulsivamente o peito, que lhe parecia todo impregnado de um veneno mortal e desconhecido.

V.

Ele ficou acordado a noite inteira. Colhera a flor porque considerava esse gesto uma proeza que se via obrigado a cumprir. Desde o primeiro olhar através da porta de vidro, as pétalas escarlates atraíram sua atenção e lhe pareceu que, a partir desse minuto, compreendera por inteiro qual era exatamente a sua missão na terra. Naquela flor vermelha e brilhante, se concentrava todo o mal do mundo. Ele sabia que da papoula se extrai o ópio; talvez essa ideia, ao se expandir e assumir formas monstruosas, o tenha forçado a criar uma quimera terrível e fantástica. A flor, aos seus olhos, encarnava todo o mal; absorvera todo o sangue inocente que fora derramado (por isso era tão vermelha), todas as lágrimas, todo o fel da humanidade. Era um ser misterioso e terrível, o contrário de Deus, Arimã, que assumira um aspecto modesto e inocente. Era preciso arrancá-la e matá-la. Mas isso não bastava — era preciso impedir que, em seu último alento, ela exalasse sobre o mundo toda a sua maldade. Por isso a escondia no peito. Esperava que, pela manhã, a flor tivesse perdido toda a sua força. Sua maldade penetraria em seu peito, em sua alma, e lá seria vencida ou venceria — nesse caso, ele próprio seria destruído, morreria, mas morreria como um guerreiro honrado, e como o maior guerreiro da humanidade, porque até então ninguém ousara bater-se de uma só vez contra todo o mal do mundo.

"Eles não a viram. Eu a vi. Como poderia deixá-la viva? É melhor morrer."

E permanecia deitado, exaurindo-se num combate quimérico, irreal, mas mesmo assim exaurindo-se. De manhã, o enfermeiro encontrou-o quase morto. Mas, apesar disso, após algum tempo, a agitação prevaleceu, ele se levantou de um salto e, como antes, correu por todo o hospital, falando com os pacientes e consigo mesmo, em tom mais alto e de modo mais incoerente do que nunca. Não o deixaram ir ao jardim; o médico, notando que ele se debilitava cada vez mais, não dormia e não parava de andar, determinou que lhe injetassem sob a pele uma grande dose de morfina. Ele não se opôs: por felicidade, nessa ocasião, seus pensamentos insanos concordaram de algum modo com a operação. Logo adormeceu; os movimentos furiosos cessaram e o clamoroso motivo musical que o acompanhava o tempo todo, gerado pela cadência dos seus passos impetuosos, desapareceu de seus ouvidos. Ele se esqueceu, parou de pensar no que quer que fosse, nem mesmo na segunda flor, que era preciso arrancar da terra.

No entanto ele a colheu três dias depois, diante dos olhos do velho, que não teve tempo de impedir. O guarda se lançou no seu encalço. Com altos brados de triunfo, o paciente entrou correndo no hospital e, após correr para o seu quarto, escondeu a planta no peito.

"Por que você arranca as flores?", perguntou o guarda, que viera esbaforido atrás dele. Mas o paciente, já deitado na cama, na posição de costume, com as mãos em cruz, desatou a falar tamanhos absurdos que o guarda, sem dizer nada, limitou-se a tirar da sua cabeça o gorro com a cruz vermelha que o paciente, na afobação da fuga, se esquecera de despir, e saiu do quarto. De novo, teve início um combate quimérico. O paciente sentia o mal contorcer-se para fora da flor, em longos fluxos rastejantes, que pareciam serpentes; elas o enlaçavam, comprimiam e estrangulavam seus membros, impregnavam todo o corpo do paciente com seus fluidos medonhos. Ele chorou e rezou a Deus nas pausas entre as maldições dirigidas contra o seu inimigo. Ao anoitecer, a flor murchou. O paciente pisoteou a planta enegrecida, recolheu do chão os restos e levou para o recinto dos banhos. Depois de atirar a informe bolinha esverdeada dentro da estufa incandescente com carvões de pedra, observou demoradamente como o seu inimigo chiava, contraía-se, até que por fim se transformou numa bolinha de cinza branca como a neve. Ele deu um sopro e tudo desapareceu.

No dia seguinte, o paciente piorou. Horrivelmente pálido, com as faces cavadas, olhos que ardiam e que haviam fugido para o fundo da cavidade ocular, ele, que já cambaleava ao andar e muitas vezes tropeçava, prosseguia sua marcha desenfreada, e falava, falava sem parar.

"Eu não queria recorrer à violência", disse o médico-chefe ao seu ajudante.

"Mas, veja, é imprescindível interromper essa atividade. Hoje, o seu peso chegou a trinta e oito quilos. Se isso continuar, vai morrer em dois dias."

O médico-chefe refletiu um pouco.

"Morfina? Cloralose?", disse, em tom semi-interrogativo.

"Ontem, a morfina já não surtiu efeito."

"Mande amarrá-lo. Se bem que eu duvido que ele se salve."

VI.

E amarraram o paciente. Ficou deitado em seu leito, vestido na camisa de força, preso com firmeza às barras de ferro da cama por meio de largas tiras de lona. Mas a agitação furiosa não diminuiu, logo recrudesceu. Durante várias horas, esforçou-se com tenacidade para libertar-se de suas amarras. Enfim, a certa altura, após um tranco violento, rompeu uma das tiras, libertou os pés e, após safar-se de outras tiras, começou a passear pelo quarto com as mãos amarradas, enquanto vociferava palavras desvairadas e incompreensíveis.

"Oh, inferno!", desatou a gritar o guarda, que entrara. "Que diabo deu em você? Gritsko! Ivan! Acudam depressa, ele se soltou."

Os três juntos precipitaram-se sobre o paciente e teve início uma longa luta, cansativa para os agressores e aflitiva para o homem que se defendia, consumindo o resto das forças escassas. Por fim, derrubaram-no sobre o leito e o enrolaram com ainda mais firmeza do que antes.

"Vocês não entendem o que estão fazendo!", gritou o paciente, ofegante. "Vocês serão destruídos! Eu vi a terceira, que mal acabou de brotar. Logo estará pronta. Deixem-me terminar a missão! É preciso matá-la, matar! Matar! Então, tudo terá terminado, tudo estará salvo. Eu mandaria vocês em meu lugar, mas só eu posso fazer isso. Vocês morreriam ao primeiro contato."

"Cale-se, diabos, cale-se!", disse o velho guarda, que ficara de plantão junto ao leito.

O paciente calou-se de súbito. Resolveu enganar o guarda. Mantiveram-no amarrado durante o dia inteiro e o deixaram na mesma posição durante a noite. Depois de alimentá-lo com o jantar, o guarda estendeu algo junto ao leito e deitou-se. Um minuto depois, dormia profundamente, enquanto o paciente entrou em ação.

Retorceu o corpo todo a fim de conseguir alcançar a barra de ferro longitudinal da cama e, após tocá-la com o pulso oculto sob a comprida manga da camisa de força, começou a friccionar, com força e depressa, a manga contra o ferro. Algum tempo depois, a lona grossa cedeu e ele libertou o dedo indicador. Daí em diante, o trabalho andou mais ligeiro. Com uma agilidade e uma flexibilidade que uma pessoa sã julgaria inacreditáveis, desembaraçou o nó que prendia as mangas nas costas, desatou a camisa e depois disso demorou-se a escutar com atenção o guarda que roncava. Mas o velho dormia um sono profundo. O paciente despiu a camisa e desamarrou-se da cama. Estava livre. Experimentou a porta: estava trancada por dentro e a chave, na certa, encontrava-se no bolso do guarda. Com receio de acordá-lo, não ousou vasculhar seus bolsos e decidiu sair do quarto pela janela.

Era uma noite serena, escura e quente; a janela estava aberta; as estrelas brilhavam no céu negro. Olhou para elas, distinguiu as constelações conhecidas e alegrou-se porque elas, assim lhe parecia, o compreendiam e eram solidárias. Piscando, viu os raios infinitos que lhe enviavam e sua insana resolução ganhou força. Era preciso dobrar a grossa barra de ferro da grade, esgueirar-se através da abertura estreita para chegar ao recanto apinhado de arbustos e transpor o muro alto de pedra. Lá, teria lugar a última luta e depois — talvez — a morte.

Tentou curvar a grossa barra com as mãos nuas mas o ferro não cedia. Então, após tecer uma corda com as resistente mangas da camisa de força, amarrou-a por trás da lança soldada na ponta da barra de ferro, pendurou-se nela e ergueu o corpo inteiro. Após esforços desesperados, que quase exauriram suas forças, a lança curvou-se; uma passagem estreita se abriu. Ele se enfiou através dela, esfolando os ombros, os cotovelos e os joelhos nus, cruzou os arbustos e parou diante do muro. Tudo estava em silêncio; os lampiões da madrugada brilhavam frouxamente por trás das janelas do prédio grande; não se via ninguém. Ninguém o notou; o velho, de plantão junto ao seu leito, na certa dormia a sono solto. As estrelas cintilavam carinhosamente, com raios que penetravam em cheio no seu coração.

"Irei para junto de vocês", sussurrou, olhando para o céu.

Após cair na primeira tentativa, com as unhas rasgadas, as mãos e os joelhos ensanguentados, pôs-se a procurar um local favorável. Ali onde o muro se encontrava com a parede do necrotério haviam caído alguns tijolos. O paciente tateou aqueles buracos e tirou proveito deles. Galgou o muro, agarrou-se ao ramo de um olmo que crescera até aquele lado e, sem fazer ruído, desceu pela árvore até o solo.

Precipitou-se na direção do local conhecido, perto do alpendre. A flor negrejava, com a sua cabecinha enrolada nas pétalas, e se destacava nitidamente na relva orvalhada.

"A última!", murmurou o paciente. "A última! É hoje, a vitória ou a morte. Mas para mim é indiferente. Esperem", disse, olhando para o céu. "Logo estarei com vocês."

Arrancou a planta, torturou-a, esmagou-a e, segurando-a na mão, voltou para o seu quarto pelo mesmo caminho. O velho dormia. O paciente, que mal conseguiu alcançar o leito, desabou sobre ele sem sentidos.

De manhã, encontraram-no morto. Seu rosto estava sereno e luminoso; as feições extenuadas, com os lábios finos e os olhos fechados e cavados bem fundo, exprimiam uma espécie de felicidade altiva. Quando o depuseram na padiola, tentaram abrir a mão e retirar a flor vermelha. Mas a mão se enrijecera e ele levou o seu troféu para o túmulo.

Apresentação e tradução de Rubens Figueiredo

FITZ-JAMES O'BRIEN

O que foi aquilo? Um mistério

A biografia incerta de Fitz-James O'Brien é tão nebulosa quanto a atmosfera de seus melhores contos. Nascido no interior da Irlanda em 1828, teria perdido o pai aos doze anos; seguiu estudos vagos no Trinity College de Dublin e mudou-se por volta de 1849 para Londres, onde se tornou uma celebridade boêmia ao esbanjar a razoável herança paterna em apenas dois anos e meio; seus poemas e contos não merecem a mesma atenção pública. Em janeiro de 1852, partiu para os Estados Unidos, estabelecendo-se em Nova York, onde frequentou círculos literários, colaborou com inúmeras publicações e escreveu, com algum sucesso, para os teatros locais. Sua poesia, contudo, jamais teve acolhida favorável. Em 1861, com a eclosão da Guerra Civil, o autor irlandês, talvez desiludido com as letras ou quem sabe por espírito de aventura, alistou-se no Exército nortista. Lutou com bravura e acabou por morrer, em 6 de abril de 1862, dos ferimentos recebidos num combate renhido na Virgínia. Comparável em muitos aspectos a Edgar Allan Poe, O'Brien conquistou o direito a uma modesta posteridade por contos de horror como "O vaso de tulipas" (1855), "A lente de diamante" (1858) e sobretudo por "O que foi aquilo? Um mistério", publicado em 1859 e que antecipa alguma coisa do famosíssimo "Horla" de Maupassant.

Confesso que abordo com considerável relutância a narrativa que estou prestes a relatar. Os acontecimentos que desejo esmiuçar são de caráter tão extraordinário e inaudito que estou pronto para enfrentar uma dose incomum de incredulidade e desdém. Aceito isso de antemão. Quero crer que tenho a coragem literária de enfrentar a descrença. Após uma reflexão madura, decidi narrar, da maneira mais simples e direta que esteja a meu alcance, alguns fatos que tive ocasião de observar em julho passado e que não têm paralelo nos anais dos mistérios da ciência física.

Moro nesta cidade, no número* da rua 26. Sob certos aspectos, é uma casa curiosa. Tem gozado, nos últimos dois anos, a reputação de ser assombrada. É uma residência ampla e imponente, cercada pelo que outrora foi um jardim, mas hoje é apenas um cercado verde, usado para branquear roupas. A bacia do que já foi uma fonte e umas poucas árvores frutíferas, sem trato nem poda, indicam que esse lugar, em dias passados, era um retiro agradável e sombreado, repleto de frutas e flores e do suave murmúrio das águas.

A casa é muito espaçosa. Um vestíbulo de proporções nobres conduz a uma vasta escadaria em espiral que se enrodilha em torno de si mesma, ao passo que os cômodos são de tamanho respeitável. Foi construída quinze ou vinte anos atrás pelo sr. A*, o conhecido comerciante de Nova York que há cinco anos pôs o mundo comercial em polvorosa com uma estupenda fraude bancária. O sr. A*, como se sabe, fugiu para a Europa e morreu de desgosto pouco depois. Assim que as notícias de seu falecimento chegaram ao país e se provaram verídicas, correu o boato de que o número* da rua 26 era assombrado. Medidas legais desapossaram a viúva, e ali moravam apenas um zelador e sua mulher, empregados pelo corretor a cujas mãos a casa passara para fins de aluguel ou venda. Essas pessoas disseram-se perturbadas por ruídos sobrenaturais. Portas se abriam sem intervenção visível. Os restos de mobília espalhados pelos vários cômodos eram empilhados durante a noite por mãos desconhecidas. Pés invisíveis subiam e desciam as escadas em pleno dia, acompanhados do farfalhar de vestidos de seda que não se viam e do deslizar de mãos invisíveis ao longo dos balaústres maciços. O zelador e sua esposa declararam que não viveriam mais ali. O corretor riu-se deles, despediu-os e empregou outros em seu lugar. Os ruídos e os fenômenos sobrenaturais continuaram. A vizinhança ficou sabendo da história, e a casa seguiu desocupada por três anos. Várias pessoas chegaram a fazer ofertas; mas, de um modo ou de outro, ficavam sabendo dos rumores desagradáveis antes de fechar o negócio e desistiam de seguir adiante.

Foi nesse estado de coisas que a minha senhoria — que a essa altura mantinha uma pensão na rua Bleecker e que tinha vontade de se mudar mais para o norte da cidade — concebeu a ideia audaz de alugar o número* da rua 26. Como tinha em casa um plantel bastante destemido e filosófico de inquilinos, ela nos expôs seus planos, contando candidamente tudo que ouvira a respeito das qualidades fantasmagóricas do imóvel para o qual queria transferir-nos. À exceção de duas pessoas mais tímidas — um capitão de navio e um sujeito de retorno da Califórnia, que logo anunciaram sua saída —, todos os inquilinos da sra. Moffat confirmaram que a acompanhariam em sua incursão cavaleiresca rumo à morada dos espíritos.

Nossa mudança se deu no mês de maio, e todos ficamos encantados com nossa nova residência. O trecho da rua 26 em que fica a casa — entre a Sétima e a Oitava avenidas — situa-se numa das partes mais agradáveis de Nova York. Os jardins atrás das casas, descendo quase até o Hudson, formam no verão uma perfeita alameda verdejante. O ar é puro e revigorante, soprando das colinas de Weehawken através do rio, e — apesar do excesso de varais nos dias de lavar roupa — até mesmo o jardim abandonado que ladeava a casa nos proporcionava um recanto verde para contemplar e um retiro refrescante nas tardes de verão, onde podíamos fumar nossos charutos na penumbra e observar os vaga-lumes piscando suas lanternas furta-fogo na relva crescida.

É claro que, assim que nos estabelecemos no número*, começamos a esperar pelos fantasmas. Aguardávamos sua vinda com absoluta impaciência. No jantar, nossas conversas eram sobrenaturais. Um dos inquilinos, que havia comprado *O lado noturno da natureza* da sra. Crowe para seu deleite exclusivo, foi julgado inimigo público por não ter adquirido vinte exemplares. O sujeito viveu uma vida de suprema infelicidade enquanto esteve lendo o livro. Armou-se um sistema de espionagem, do qual ele era a vítima. Se, por descuido, deixasse o livro por um instante e saísse do cômodo, o volume era imediatamente capturado e lido em voz alta para um grupo seleto, às escondidas. Eu me vi cercado de consideração quando se soube que era passavelmente versado na história dos fenômenos sobrenaturais e que certa vez escrevera um conto, intitulado "Um vaso de tulipas", para a *Harper's Monthly*, e baseado em um fantasma. Se uma mesa ou um lambril resolviam se mexer quando nos reuníamos na grande sala de estar, fazia-se um silêncio instantâneo, e todos ficavam à espera de um tilintar de cadeias e de uma forma espectral.

Após um mês de alvoroço psicológico, foi com a maior decepção que tivemos de reconhecer que nada sequer remotamente sobrenatural havia se manifestado. Numa certa ocasião, o mordomo negro assegurou que sua vela fora apagada por alguma intervenção invisível, quando ele se despia para dormir; mas como eu já dera algumas vezes com esse senhor de cor em estado tal que uma vela devia lhe aparecer como duas, pareceu-me possível que, avançando ainda mais em suas beberagens, ele tivesse conseguido reverter o fenômeno, não vendo nenhuma vela onde devia ter enxergado uma.

Assim estavam as coisas quando teve lugar um incidente tão terrível e inexplicável que minha razão vacila à mera lembrança do ocorrido. Foi em 10 de julho. Acabado o jantar, dirigi-me ao jardim com meu amigo, o dr. Hammond, para fumar meu cachimbo vespertino. O doutor e eu mesmo estávamos com o ânimo singularmente metafísico. Acendemos nossos cachimbos de porcelana, cheios de bom tabaco turco; caminhamos de um lado para outro, conversando. Uma estranha obstinação dominava a corrente de nossos pensamentos. Insistiam em *não* tomar os canais ensolarados a que os forçávamos. Por alguma razão oculta, divergiam constantemente para leitos escuros e ermos, onde uma sombra contínua imperava. Era em vão que, à nossa velha maneira, nos aventurávamos pelo Oriente e falávamos de seus bazares alegres, dos esplendores dos tempos de Harum, dos haréns e dos palácios dourados. Espectros negros erguiam-se das profundezas de nosso diálogo e se expandiam como aquele que o pescador libertara do vaso de cobre, até apagar de nossa vista tudo que houvesse de brilhante. Sem nos darmos conta, cedíamos à força oculta que nos conduzia e caíamos em especulações soturnas. Falávamos da inclinação da mente humana ao misticismo e do amor quase universal ao Terrível quando Hammond subitamente me perguntou: "Na sua opinião, qual é o maior fundamento do Horror?".

Confesso que a questão me intrigou. Sabia que muitas coisas são terríveis. Tropeçar no escuro em um cadáver; ver, como vi, uma mulher afogando-se num rio rápido e profundo, os braços estirados, o rosto aterrorizado, dando gritos de dilacerar o coração, enquanto nós, os espectadores, estarrecidos diante de uma janela que dava para o rio vinte metros abaixo, éramos incapazes de fazer o menor esforço para salvá-la, assistindo em silêncio a sua última, suprema agonia e a seu desaparecimento. Um destroço sem vida à vista, flutuando ao sabor do oceano, é um objeto terrível, pois sugere um horror sem tamanho, de proporções encobertas. Mas agora me ocorria pela primeira vez que devia haver uma grande e soberana encarnação do medo, um Rei dos Horrores a que todos os demais devem sucumbir. O que poderia ser? A que ordem de circunstâncias deveria sua existência?

"Confesso, Hammond", respondi a meu amigo, "que nunca pensei no assunto. Posso intuir que exista algo mais terrível que qualquer outra coisa. Mas não consigo sequer sugerir a mais vaga das definições."

"Acho que estou na mesma situação, Harry", respondeu ele. "Sinto-me capaz de presenciar um horror maior que tudo que a mente humana já concebeu, um amálgama medonho e antinatural, que combine elementos até então tidos por incompatíveis. O apelo das vozes no *Wieland* de Brockden Brown é terrível; o mesmo vale para o retrato do Habitante do Umbral, no *Zanoni* de Bulwer; mas — acrescentou ele — existe algo mais terrível que tudo isso."

"Ora, Hammond", retruquei, "vamos deixar essa conversa de lado, pelo amor de Deus!"

"Não sei o que há comigo hoje à noite" — replicou ele —, "mas meu cérebro persegue todo tipo de pensamento estranho e terrível. Acho que poderia até escrever uma das histórias de Hoffmann, se ao menos fosse um mestre do estilo literário."

"Bem, se é para continuar essa conversa hoffmanniana, vou já para a cama. Como está abafado! Boa noite, Hammond!"

"Boa noite, Harry. Bons sonhos!"

"E você, desgraçado, sonhe com espectros, espíritos e feiticeiros!"

Nós nos separamos e cada um foi para seu quarto. Eu me despi rapidamente e me deitei, levando comigo, como é meu hábito, um livro, que eu lia até dormir. Abri o volume assim que repousei a cabeça no travesseiro, e imediatamente lancei-o para o outro lado do quarto. Era a *História dos monstros*, de Goudon — uma curiosa obra francesa que eu importara de Paris, mas que, no meu estado de espírito, era tudo menos uma companhia agradável. Decidi dormir de uma vez; assim, desligando a lâmpada a gás até que apenas um ponto de luz azul brilhasse no alto do tubo, preparei-me para descansar.

O quarto estava em escuridão total. O átomo de gás que ainda restava não iluminava três polegadas ao redor do bico. Em desespero, cobri os olhos com um braço, para barrar a própria escuridão, e tentei não pensar em nada. Em vão.

Os malditos temas que Hammond mencionara no jardim teimavam em obstruir meu cérebro. Lutei contra eles. Erigi muralhas de vazio mental para mantê-los à distância. Mesmo assim, apinhavam-se sobre mim. Enquanto jazia ali, como um cadáver, na esperança de, por uma perfeita inércia física, apressar o repouso mental, aconteceu um terrível incidente. Alguma coisa despencou, por assim dizer, do teto, bem em cima do meu peito, e no instante seguinte senti duas mãos ossudas ao redor de minha garganta, tentando me sufocar.

Não sou covarde e tenho considerável força física. A surpresa do ataque, em vez de me atordoar, retesou ao máximo cada um de meus nervos. Meu corpo agiu por instinto, antes que meu cérebro tivesse tempo de perceber o horror da situação. Num instante, enlacei a criatura com dois braços musculosos e a comprimi contra meu peito com toda a força do desespero. Em poucos segundos, as mãos ossudas que me agarravam a garganta afrouxaram o aperto, e pude respirar livremente. Começou então uma luta de terrível intensidade. Imerso na mais profunda escuridão; totalmente ignorante da natureza da Coisa que me atacara tão inesperadamente; notando que meus braços deslizavam aos poucos, por causa do que parecia ser a completa nudez do adversário; mordido por dentes afiados nos ombros, no pescoço, no peito; tendo de proteger minha garganta daquele par de mãos ágeis e cheias de nervos, que nenhum esforço meu lograva aprisionar — combater essa combinação de circunstâncias exigia toda a força e a habilidade e a coragem que eu possuía.

Por fim, após uma luta de morte, silenciosa e exaustiva, consegui subjugar meu adversário num esforço incrível. Com o joelho sobre o que devia ser o peito dele, tive certeza de que fora vitorioso. Descansei por um momento, para ganhar fôlego. Ouvia a criatura resfolegar na escuridão e sentia um coração batendo violentamente. Ela parecia tão exausta quanto eu; já era algum conforto. Nesse momento, lembrei que, antes de dormir, costumava deixar um lenço de seda amarela embaixo do travesseiro, para usá-lo durante a noite. Procurei-o às apalpadelas; lá estava ele. Alguns segundos mais e eu havia amarrado as mãos da criatura.

Só então me senti razoavelmente seguro. Não havia nada mais a fazer senão ligar o gás e, após ver quem era meu agressor noturno, acordar o resto da casa. Confesso que senti orgulho por não ter dado o alarme antes; queria fazer a captura sozinho e sem ajuda.

Sem deixar de segurar por um instante, passei da cama ao chão, arrastando meu prisioneiro comigo. Eram poucos passos até o bico de gás, que dei com o maior cuidado, apertando a criatura feito um torno. Por fim cheguei a um braço de distância do pontinho de luz azul que me indicava onde estava a lâmpada. Rápido como um relâmpago, soltei uma das mãos e liguei a luz ao máximo. Então, voltei-me para olhar meu prisioneiro.

Não conseguiria dar nenhuma definição de minhas sensações no instante em que acendi o gás. Devo ter gritado de horror, pois menos de um minuto depois meu quarto estava tomado pelos demais habitantes da casa. Sinto um arrepio ao pensar naquele instante pavoroso. *Eu não via nada!* Isso mesmo: com uma das mãos, segurava com firmeza uma forma corpórea que respirava e ofegava; a outra apertava com toda a força um pescoço tão quente e, aparentemente, tão feito de carne quanto o meu; eu segurava aquela substância viva, meu corpo fazia pressão sobre um outro, e mesmo assim, sob o clarão brilhante do gás, eu não via absolutamente nada! Nem sequer um contorno, um vapor!

Mesmo agora, mal consigo entender a situação em que me encontrei. Não consigo recordar o espantoso incidente por inteiro. Minha imaginação tenta em vão compreender o terrível paradoxo.

A criatura respirava. Eu sentia seu calor contra meu rosto. Ela lutava ferozmente. Tinha mãos que me agarravam. A pele era lisa como a minha. Ali estava ela, espremida contra mim, sólida como pedra — e inteiramente invisível!

Pergunto-me como não desmaiei ou enlouqueci na hora. Algum instinto maravilhoso deve ter me sustentado; pois, em vez de afrouxar meu domínio sobre o terrível Enigma, senti que cobrava energia adicional naquele momento de horror e apertava as mãos com tanta força que senti a criatura estremecendo de dor.

Foi então que Hammond adentrou meu quarto à frente dos demais moradores. Assim que viu meu rosto — que, suponho, não devia ser a coisa mais agradável de se olhar —, ele avançou e exclamou: "Céus, Harry, o que houve?".

"Hammond! Hammond!", exclamei. "Venha cá. Ah, que coisa terrível! Fui atacado na cama por alguma coisa, que consegui dominar; mas não consigo vê-la, não consigo vê-la!"

Certamente espantado diante do horror genuíno em meu rosto, Hammond deu um ou dois passos adiante, com expressão ansiosa mas intrigada. Os demais visitantes soltaram um risinho bem audível. Esse riso abafado me deixou furioso. Rir-se de um ser humano naquela situação! Era o pior tipo de crueldade. *Agora*, posso até mesmo entender que a visão de um homem lutando violentamente com o ar e pedindo ajuda contra um delírio deve ter parecido ridícula. Mas *então*, minha fúria contra a multidão zombeteira foi tal que, tivesse podido, eu os teria deitado por terra no ato.

"Hammond! Hammond!", exclamei de novo, em desespero. "Pelo amor de Deus, venha logo. Não vou mais conseguir segurar a... a Coisa. Ela vai levar a melhor. Me ajude! Me ajude!"

"Harry", sussurrou Hammond, aproximando-se, "você tem fumado demais."

"Hammond, eu juro, não é um delírio", respondi, no mesmo tom baixo. "Você não vê como essa coisa me sacode todo o corpo? Se não acredita em mim, convença-se por si só. Venha, toque!"

Hammond esticou e pousou uma das mãos no lugar que indiquei. Soltou um grito esganiçado de horror. Ele a sentira!

Num instante, encontrou em algum lugar do quarto um pedaço comprido de corda e se pôs a enrolar e amarrar o corpo do ser invisível que eu mantinha sob meus braços.

"Harry", disse ele, numa voz rouca e agitada, pois, apesar de manter a presença de espírito, estava profundamente abalado, "Harry, acho que agora está seguro. Pode soltar, se você estiver cansado. A Coisa não tem como se mover."

Eu estava completamente esgotado e de bom grado soltei a Coisa.

Hammond segurava as pontas da corda que atava o Invisível; à sua frente, os laços e nós da corda pareciam se sustentar e se retesar sozinhos ao redor de um espaço vazio. Nunca vi um homem tão tomado de espanto. Ainda assim, seu rosto exprimia toda a coragem e a determinação que eu conhecia nele. Os lábios pálidos fechavam-se com firmeza, via-se num relance que, apesar do medo, ele não se deixara acanhar.

A confusão que se seguiu entre os moradores da casa que haviam testemunhado essa cena extraordinária entre mim e Hammond, que haviam assistido à pantomima de enlaçar aquela Coisa, que quase me viram desfalecer de exaustão física quando a tarefa estava concluída — a confusão e o terror que tomaram conta dos presentes ao verem tudo isso estava além da descrição. Os mais fracos fugiram do quarto. Os poucos que ficaram apinharam-se junto à porta e por nada no mundo chegariam perto de Hammond e seu prisioneiro. Ainda assim, a incredulidade repontava em meio ao terror. Não tinham coragem de tirar a dúvida, e mesmo assim duvidavam. Foi em vão que implorei a alguns que chegassem mais perto e se convencessem pelo toque da presença de um ser invisível naquele quarto. Continuavam incrédulos, mas não ousavam tirar a prova. Como é possível que um corpo sólido e vivo seja invisível?, perguntavam. Minha resposta foi a seguinte. Fiz um sinal para Hammond, e nós dois — vencendo nossa repugnância medrosa a tocar a criatura invisível — a levantamos do chão, manietada como estava, e a levamos para minha cama. Pesava como um menino de catorze anos.

"Agora, meus amigos", eu disse, enquanto Hammond e eu mantínhamos a criatura suspensa sobre a cama, "vou lhes dar a prova de que aqui está um corpo sólido e pesado que, ainda assim, não se pode ver. Tenham a bondade de observar com atenção a superfície da cama."

Fiquei surpreso com minha própria coragem de tratar tão calmamente o estranho evento; mas já me recobrara do meu primeiro terror e sentia diante do acontecimento uma espécie de orgulho científico que dominava qualquer outro sentimento.

Os olhos dos presentes imediatamente se fixaram na cama. A um sinal, Hammond e eu deixamos a criatura cair. Ouviu-se o som surdo de um corpo pesado caindo sobre uma massa flexível. As madeiras da cama estalaram. Um sulco profundo logo se desenhou distintamente no travesseiro e na própria cama. As pessoas que presenciaram isso deram uma espécie de grito grave e universal, e sumiram do quarto. Hammond e eu ficamos sozinhos com nosso Mistério.

Ficamos calados por algum tempo, escutando a respiração baixa e irregular na cama, observando o remexer dos lençóis enquanto a criatura tentava em vão se libertar. Então, Hammond disse:

"Harry, isto é terrível."

"Sim, é terrível."

"Mas não é inexplicável."

"Não é inexplicável? O que você quer dizer? Uma coisa dessas nunca se deu desde que o mundo é mundo. Não sei o que pensar, Hammond. Deus queira que eu não esteja louco e que isto não seja uma fantasia desvairada."

"Vamos pensar um pouco, Harry. Aqui está um corpo sólido que podemos tocar, mas que não podemos ver. O fato é tão fora do comum que nos deixa aterrorizados. Mas não haverá nenhum paralelo para um fenômeno assim? Tome um pedaço de vidro puro. É tangível e transparente. Uma certa imperfeição química é a única coisa que impede que seja transparente a ponto de ser invisível. Veja bem, não é *teoricamente impossível* produzir um vidro que não reflita nenhum raio de luz — um vidro tão puro e homogêneo em seus átomos que os raios de sol o atravessem como fazem com o ar, refratados mas não refletidos. Não vemos o ar, mas podemos senti-lo."

"Até aí, muito bem, Hammond, mas você está falando de substâncias inanimadas. O vidro não respira, o ar não respira. Mas *esta* coisa tem um coração que palpita, uma vontade que a move, pulmões que inspiram e expiram."

"Você está se esquecendo dos estranhos fenômenos de que se tem falado tanto ultimamente", respondeu gravemente o doutor. "Nesses encontros que se dizem 'espíritas', mãos invisíveis vêm segurar as mãos das pessoas ao redor da mesa — mãos quentes, carnais, que parecem pulsar de vida."

"Como? Você acha que essa coisa..."

"Eu não sei o que ela é", foi a resposta solene, "mas, se os deuses permitirem e com a sua ajuda, vou investigar até o final."

Fizemos vigília por toda a noite, fumando vários cachimbos, junto à cama com aquele ser de outro mundo, que se remexia e ofegava e parecia se esgotar. Então soubemos, pela respiração regular, que ele dormia.

Na manhã seguinte, a casa estava em polvorosa. Os moradores congregaram-se diante do meu quarto, e Hammond e eu parecíamos celebridades. Tivemos de responder a mil perguntas sobre o estado de nosso extraordinário prisioneiro, pois mesmo então ninguém mais se deixou convencer a pôr um pé no quarto.

A criatura estava acordada. Isso se notava pela maneira convulsiva como remexia os lençóis, em sua luta para escapar. Havia algo de realmente terrível em ver, por assim dizer, esses indícios de segunda mão das horríveis contorções e esforços desesperados para se libertar, em si mesmos invisíveis.

Hammond e eu havíamos quebrado a cabeça durante a longa noite, a fim de imaginar algum meio de conhecer a forma e a aparência geral do Enigma. Até onde podíamos discernir, passando as mãos sobre as formas da criatura, seus contornos e feições eram humanos. Havia uma boca; uma cabeça redonda e lisa, sem cabelos; um nariz que parecia mais alto que as bochechas; além de mãos e pés que pareciam os de um menino. De início, pensamos em levá-lo a uma superfície plana e traçar seu contorno com giz, como os sapateiros traçam o contorno de um pé. O plano foi descartado como inútil. Um contorno desse tipo não nos daria a menor ideia de sua conformação.

Ocorreu-me então uma ideia feliz. Faríamos um molde em gesso de Paris. Isso nos proporcionaria uma figura sólida e satisfatória. Mas como proceder? Os movimentos da criatura estorvariam a aplicação da camada e distorceriam o molde. Mais uma ideia: por que não usar clorofórmio? A criatura tinha órgãos respiratórios, disso tínhamos prova. Uma vez reduzida a um estado de insensibilidade, podíamos fazer com ela o que bem quiséssemos. Mandamos chamar o doutor X*; tão logo se recobrou do primeiro choque, o respeitável doutor se pôs a administrar o clorofórmio. Três minutos mais tarde, pudemos retirar as amarras do corpo da criatura, e um artesão famoso desta cidade tratou de cobrir o corpo invisível com a massa úmida. Cinco minutos mais, e tínhamos um molde, e antes da noite, um tosco fac-símile do mistério. Tinha forma de homem — distorcida, selvagem e horrível, mas ainda assim a forma de um homem. Ele era baixo, tinha menos de um metro e meio, e seus membros revelavam um desenvolvimento muscular sem igual. Seu rosto ultrapassava em feiura tudo que eu já vira. Nem Gustave Doré, nem Callot, nem Tony Johannot jamais conceberam algo tão horrível. Há um rosto numa ilustração deste último em *Un Voyage où il vous plaira* que se aproxima um pouco da expressão daquela criatura, sem se igualar a ela. Tinha as feições que eu teria imaginado num demônio. Parecia capaz de se alimentar de carne humana.

 Tendo satisfeito nossa curiosidade e obrigado todos os moradores da casa ao silêncio, começamos a nos perguntar sobre o que fazer com nosso Enigma. Era impossível conservar um horror daqueles na casa; era igualmente impossível soltar um ser terrível como aquele pelo mundo afora. Confesso que teria votado com gosto pela destruição da criatura. Mas quem assumiria a responsabilidade? Quem se encarregaria da execução daquele horrível arremedo de ser humano? Dia após dia, a questão foi deliberada gravemente. Todos os inquilinos deixaram a casa. A sra. Moffat desesperava-se e nos ameaçava com todo tipo de punições legais se não removêssemos aquele Horror. Nossa resposta foi a seguinte: "Se a senhora quiser, vamos embora, mas nos recusamos a levar a criatura conosco. Leve-a embora a senhora mesma. Ela apareceu na sua casa. A responsabilidade é sua". Não houve resposta, é claro. Não havia quem, por amor ou por dinheiro, se aproximasse do Mistério.

 O mais bizarro de toda a história é que ignorávamos qual fosse o alimento habitual da criatura. Colocamos à sua frente todo tipo imaginável de nutriente, que ela jamais tocava. Era terrível estar ali, dia após dia, ver os lençóis se remexendo, a respiração ofegante, e saber que a criatura definhava.

 Dez, doze, quinze dias se passaram, e ela ainda vivia. Mas as batidas do coração ficavam mais fracas a cada dia, até que quase cessaram. Era óbvio que a criatura morria à míngua. Eu me sentia abatido diante dessa terrível luta pela vida. À noite, não conseguia dormir. Por horrível que a criatura fosse, era de qualquer modo deplorável pensar nos sofrimentos por que passava.

Por fim, ela morreu. Certa manhã, Hammond e eu a encontramos fria e rígida na cama. O coração havia parado de bater, os pulmões não inspiravam mais. Corremos a enterrá-la no jardim. Baixar aquele cadáver invisível para a cova úmida foi um estranho funeral. Entregamos o molde de suas formas ao dr. X*, que o guarda em seu museu na rua 10.

Como estou às vésperas de uma longa viagem, da qual talvez não retorne, esbocei esta narrativa do acontecimento mais singular que jamais chegou ao meu conhecimento.

Apresentação e tradução de Roberta Saraiva

Nota — Correu o rumor de que os proprietários de um conhecido museu desta cidade haviam chegado a entendimentos com o dr. X* para exibir ao público o estranho molde que o sr. Escott lhe entregou. Uma história tão extraordinária não deixará de atrair atenção universal.

THOMAS HARDY

Bárbara, da Casa de Grebe

Em 1891, Thomas Hardy (1840-1928) reuniu num livro intitulado A group of noble dames *dez narrativas que publicara anteriormente em periódicos, cujos personagens principais, quase todos belas representantes da aristocracia rural do Sudoeste da Inglaterra, viviam às voltas com casamentos clandestinos, filhos enjeitados e infidelidades conjugais. Ambientadas entre fins do século XVIII e meados do XIX, muitas dessas histórias versam sobre aquela que talvez seja uma das maiores obsessões de Hardy, a saber, o relacionamento amoroso entre indivíduos de status sociais diferentes. É o caso de Bárbara Grebe e Edmond Willowes no conto que se lerá a seguir; ela, uma moça em cujo sangue correm os "melhores sumos de uma antiga destilação baronial", ele, um plebeu do qual só se pode dizer que o pai e o avô foram "cidadãos respeitáveis".*

Apaixonada, Bárbara foge de casa para se casar com Edmond, desprezando seu pretendente "natural", Lord Uplandtowers, o nobre mais importante das redondezas. Todavia, o amor da moça, já estremecido pelas primeiras agruras da vida de plebeia, sucumbe a um acidente trágico que arruína a beleza apolínea do rapaz, o único dote com o qual ela podia, nas palavras de sua mãe, "justificar a imprudência de tê-lo escolhido para marido". A princípio, como se percebe, nada sugere uma história de horror nos moldes clássicos do gênero. Marcada pela ironia, a narrativa de Hardy evita aquele clima sinis-

tro, angustiante, que deixa o leitor com a sensação de que até as palavras mais inocentes prenunciam acontecimentos funestos.

Contudo, o que assim se perde em suspense, ganha-se em sutileza. Quando irrompe na história, o horror o faz pelas mãos da emoção que é o seu avesso: o amor de Bárbara pelas formas perfeitas de Edmond, esse amor que a enlouquece a ponto de ela desdenhar as implicações sociais de tal escolha conjugal é também o algoz que a aterroriza com a visão do rosto desfigurado do marido, impedindo-a de reconhecer nele seu antigo Adônis. Um amor que revela todo o seu poder de assombração quando, alguns anos mais tarde, Edmond, a essa altura morto, ressurge na narrativa transformado em estátua de mármore, tornando a enfeitiçar a jovem senhora, que então protagoniza belas e terríveis cenas de adoração fetichista.

Narrado pelo velho cirurgião*

Foi aparentemente uma ideia, mais do que paixão, o que inspirou em Lord Uplandtowers a determinação de conquistá-la. Ninguém jamais soube quando ele se decidiu, nem de onde tirou a convicção de que, apesar do desprezo com que a moça o tratava, seria bem-sucedido. Possivelmente só o fez depois daquele que foi o primeiro ato relevante da vida dela, ao qual em breve aludirei. A sazonada e cínica obstinação que Lord Uplandtowers demonstrava aos dezenove anos, ida-

---

* Não contente com a uniformidade temática das narrativas que compõem o livro do qual este conto foi extraído, Hardy tratou de amarrá-las com um velho artifício: fez com que elas fossem narradas por um grupo de pessoas que, estando por algum motivo impedidas de dar prosseguimento a seus afazeres, optam por matar o tempo contando histórias umas às outras. Daí as referências a figuras como o "velho cirurgião", o "nosso presidente", o "arcipreste" e o "rato de biblioteca" que aparecem ao longo do texto: são membros de uma fictícia associação de arqueólogos diletantes, os quais, tendo programado um encontro de dois dias para visitar alguns museus e os arredores de uma cidade da região de Wessex, veem-se surpreendidos por uma chuva torrencial que os impede de sair à rua e, à falta de artigos mais "científicos", como os que habitualmente leem em tais reuniões, tratando de borboletas deformadas, fósseis bovinos, esterqueiras pré-históricas e quejandos, conformam-se em relatar histórias sobre nobres senhoras de tempos pretéritos. (N. T.)

de em que o impulso no mais das vezes governa o cálculo, era notável, e talvez se devesse não somente ao caráter da família como também à circunstância de ele ter herdado ainda criança o título de conde e as honrarias locais que lhe são indissociáveis, herança que o lançou na maturidade sem que ele houvesse, por assim dizer, conhecido a adolescência. Completara apenas o décimo segundo ano de vida quando seu pai, o quarto conde, depois de submeter-se a um período de tratamento nas águas termais de Bath, faleceu.

Não obstante, o caráter da família tinha muito a ver com isso. A determinação era hereditária entre os titulares daquele brasão; algumas vezes para o bem, outras para o mal.

Os solares das duas famílias distavam cerca de quinze quilômetros um do outro, e o caminho entre eles era feito pela velha — naquela altura nova — estrada que liga Havenpool e Warborne à cidade de Melchester, uma estrada que, embora não fosse senão um pequeno trecho do que se conhecia por Great Western Highway, provavelmente é ainda hoje, como o foi nos últimos cem anos, um dos melhores exemplos de via macadamizada que se pode encontrar na Inglaterra.

A mansão do conde, assim como a de seu vizinho, o pai de Bárbara, ficava a um ou dois quilômetros da estrada, à qual ambas eram ligadas por uma pequena avenida interna e uma guarita. Era justamente por essa rodovia que o jovem conde transitava certo fim de tarde de dezembro, cerca de vinte anos antes do final do século passado, para ir a um baile em Chene Manor, a residência de Bárbara e de seus pais, Sir John e Lady Grebe. O título de baronete de Sir John fora criado alguns anos antes da eclosão da Guerra Civil e suas propriedades eram ainda mais extensas do que as do próprio Lord Uplandtowers, compreendendo, além desse solar em Chene, outro no litoral, metade do distrito de Cockdene e terras devidamente cercadas em outras paróquias, com destaque para a de Warborne e aquelas que lhe são vizinhas. Bárbara contava então dezessete anos somente, e o baile é a primeira ocasião a respeito da qual dispomos de notícias que fazem referência aos avanços de Lord Uplandtowers na direção de um envolvimento afetivo com ela — avanços que, como Deus sabe, começavam cedo.

Diz-se que um amigo íntimo — um Drenkhard — almoçara com ele nesse dia e que, para espanto do sujeito, Lord Uplandtowers lhe revelara o desígnio secreto de seu coração.

"Ela jamais será sua. Tire isso da cabeça, você nunca a conquistará!", disse o amigo ao sair. "Essa moça não lhe tem amor e é ingênua demais para pensar nas vantagens de um casamento de conveniência."

"Veremos", retrucou Lord Uplandtowers em tom imperturbável.

O conde decerto pensava no vaticínio do amigo enquanto seguia pela estrada em sua carruagem, mas a compostura escultural de seu perfil contra o sol que se punha à direita dele teria mostrado ao agoureiro que sua serenidade permanecia incólume. Ao passar pela solitária taberna de beira de estrada denominada Lornton Inn — lugar de encontro de não poucos pilantras que ousavam caçar clandestinamente na floresta adjacente —, ele poderia ter observado, se houvesse se dado ao trabalho, um coche de aluguel desconhecido estacionado no espaço defronte à estalagem. Seguiu em frente e meia hora depois atravessou a cidadezinha de Warborne. A casa de seu anfitrião ficava a pouco menos de dois quilômetros dali.

Nessa época, o solar de Sir John consistia num edifício imponente — ou melhor, num conjunto de edifícios —, tão amplo quanto a residência do conde, embora bem menos harmonioso. Uma das alas evidenciava extrema antiguidade, sendo dotada de chaminés enormes, cujas subestruturas se projetavam como torres das paredes externas, e de uma cozinha de amplas dimensões, na qual (dizia-se) haviam sido preparados cafés da manhã para John of Gaunt.* Ainda no átrio, Lord Uplandtowers ouviu a melodia ritmada das trompas de pistons e dos clarinetes, instrumentos que, naqueles dias, eram os mais apreciados para tais festividades.

Ao ingressar no comprido salão, onde Lady Grebe acabara de dar início ao baile com um minueto — os relógios marcando, como rezava a tradição, sete horas —, e ser recebido de maneira condizente com seu status social, Lord Uplandtowers pôs-se a procurar Bárbara com os olhos. Ela não estava dançando e parecia preocupada; chegava mesmo a dar a impressão de que estivera à sua espera. Era uma moça bonita e de bom coração, nunca falava mal de ninguém e odiava o mínimo possível as outras beldades. Não rejeitou seu convite para dançar a quadrilha que se seguiu e tornou a formar par com ele na que teve lugar pouco depois.

---

* John of Gaunt (1340-99), quarto filho do rei inglês Eduardo III, foi comandante das tropas inglesas na Guerra dos Cem Anos entre 1367 e 1374 e desempenhou papel de destaque nos conflitos políticos e constitucionais que marcaram o reinado de seu sobrinho, Ricardo II. (N. T.)

A noite avançava e as trompas e os clarinetes corneteavam alegremente. Bárbara não demonstrava por seu pretendente nem preferência nem repulsa ostensivas; mas olhos experientes teriam notado que a donzela ponderava algo. Após o jantar, porém, ela alegou uma dor de cabeça e desapareceu. Para passar o tempo em sua ausência, Lord Uplandtowers — que nutria aversão fleumática pela dança sem outros propósitos que a dança em si — dirigiu-se a um pequeno aposento pegado à galeria, onde um grupo de anciãos encontrava-se sentado diante da lareira, e, soerguendo as cortinas da janela, contemplou por alguns instantes o parque e o bosque, os quais se achavam agora imersos numa escuridão cavernosa. Conquanto ainda fosse cedo, alguns dos convidados pareciam estar indo embora; era o que sugeriam duas luzes que se afastavam da porta da frente e que, mais ao longe, acabaram por desaparecer no nada.

A anfitriã introduziu a cabeça na saleta à procura de pares para as senhoras, e Lord Uplandtowers saiu. Lady Grebe informou-o que Bárbara não havia retornado ao salão; sentia-se tão terrivelmente esgotada que fora deitar-se.

"Ela passou o dia todo excitada demais com o baile", prosseguiu a mãe. "Eu bem que temia que isso acabasse acontecendo... Mas o senhor certamente ficará mais um pouco, não é, Lord Uplandtowers?"

Ele objetou que era quase meia-noite e que algumas pessoas já haviam se ido.

"Não pode ser, tenho certeza de que ainda estão todos aqui", disse Lady Grebe.

Para contentá-la, ele aguardou até a meia-noite; então tomou o caminho de casa. Não havia feito progressos em seu cortejo, porém estava convencido de que Bárbara não manifestara predileção por nenhum outro convidado, e quase todos os cavalheiros das redondezas tinham comparecido ao baile.

"É apenas questão de tempo", disse o calmo e jovem filósofo.

No dia seguinte ele permaneceu na cama quase até as dez horas da manhã, e acabara de apontar no alto da escadaria quando ouviu cascos soando no cascalho em frente à casa. Dali a alguns instantes a porta se abriu e, no momento em que ele pisava no último degrau da escada, Sir John Grebe adentrou o hall.

"Meu senhor... Onde está Bárbara... Minha filha?"

Nem mesmo o conde de Uplandtowers foi capaz de conter o espanto. "O que aconteceu, meu caro Sir John?", indagou.

A notícia era de fato espantosa. Da desconjuntada explicação oferecida pelo baronete, Lord Uplandtowers apreendeu que, após a partida dele e dos demais convidados, Sir John e Lady Grebe haviam se recolhido a seus aposentos sem tornar a ver Bárbara, a qual imaginavam ter ido para a cama depois de lhes enviar o recado de que não estava em condições de retornar ao baile. Antes disso a moça comunicara à sua criada que não precisaria dos serviços dela naquela noite, e havia indícios de que ela nem sequer chegara a se deitar, visto sua cama não ter sido desfeita. As circunstâncias pareciam provar que a traidora simulara uma indisposição para poder se ausentar do salão de baile, tendo saído de casa dez minutos depois, provavelmente durante a primeira dança após o jantar.

"Eu a vi partir", disse Lord Uplandtowers.

"Com os diabos!", exclamou Sir John.

"Sim, eu a vi." E mencionou as luzes da carruagem desaparecendo na escuridão e a afirmação de Lady Grebe de que nenhum convidado havia ido embora.

"Então foi isso!", disse o pai. "E o pior é que ela não partiu sozinha!"

"Ah... E quem é o rapaz?"

"Não tenho certeza. A hipótese mais provável é justamente a que mais me assusta. Tenho medo até de pensar. Cheguei a cogitar, sem a menor convicção, que fique claro, que o senhor podia ser o responsável por essa patifaria. Antes o fosse! Mas não, não, é o outro, é o outro, meu Deus! Agora preciso correr para alcançá-los!"

"De quem o senhor suspeita?"

Sir John recusava-se a citar nomes e, antes perplexo do que agitado, Lord Uplandtowers acompanhou-o de volta a Chene. Então tornou a perguntar sobre quem recaíam as suspeitas do baronete, e o impulsivo Sir John não foi páreo para a insistência de Uplandtowers. Por fim disse:

"Receio que seja o Edmond Willowes."

"E quem é ele?"

"Um rapaz de Shottsford-Forum cuja mãe é viúva", respondeu o baronete, acrescentando que o pai, ou o avô, de Willowes fora o último representante da antiga linhagem de vidraceiros que existira naquele lugar, onde (como os senhores talvez saibam) essa arte ainda resistia quando já se encontrava extinta em todas as outras partes da Inglaterra.

"Meu Deus, que fato mais desagradável... Que desastre!", exclamou Lord Uplandtowers no coche, deixando o corpo cair para trás num gesto de desespero gelado.

Emissários foram despachados para todas as direções: um seguiu pela Melchester Road, outro foi para a cidade de Shottsford-Forum e outro tomou o rumo do litoral.

Ocorre que os amantes dispunham de uma vantagem de dez horas, e haviam dado mostras de indiscutível sagacidade ao escolherem como momento para a fuga uma noite em que os movimentos de uma carruagem desconhecida não seriam notados, fosse no parque da herdade, fosse na estrada vizinha, tendo em vista o intenso fluxo de veículos acarreado pelo baile. Decerto tinham se evadido no coche que fora visto aguardando no Lornton Inn, e as duas cabeças que até ali haviam planejado tudo tão atiladamente a essa altura já teriam tomado a providência de casar-se.

Os receios de Sir John e Lady Grebe se confirmaram. Numa carta entregue naquela mesma noite, postada via mensageiro especial, Bárbara informava-os de maneira sucinta que ela e seu amado estavam a caminho de Londres e que, antes mesmo de a correspondência chegar a seu destino, os dois teriam se unido por matrimônio. Tomara essa atitude extrema porque amava o seu querido Edmond e seria incapaz de amar outro homem, e também porque vira pairando sobre si a sina de um casamento com Lord Uplandtowers, um infortúnio que ela só poderia excluir do horizonte das possibilidades fazendo o que havia feito. Refletira muito antes de dar esse passo e estava preparada para viver como qualquer plebeia, caso o pai a repudiasse por tal ato.

"Ela que se dane!", exclamou Lord Uplandtowers ao voltar para casa naquela noite. "Ainda vai comer o pão que o diabo amassou por ser tão idiota!"

O que mostra o tipo de amor que ele tinha pela moça.

Quanto a Sir John, por uma questão de dever, já partira atrás deles. Conduziu sua carruagem feito um louco até Melchester e, lá chegando, tomou a estrada para a capital. Logo viu, porém, que de nada adiantaria esse esforço e, tendo se certificado de que o casamento havia de fato acontecido, absteve-se de tentar descobrir o paradeiro do jovem casal naquela grande cidade. Voltou para casa e sentou-se com a esposa para digerir da melhor maneira possível o acontecimento.

Talvez estivesse ao alcance deles processar esse tal de Willowes pelo sequestro de sua herdeira; todavia, ao refletirem sobre os fatos agora inalteráveis, resolveram abrir mão de qualquer tipo de violência retributiva. Passaram-se cerca de seis semanas, período em que os pais de Bárbara, embora sentissem vivamente sua ausência, evitaram toda e qualquer comunicação com a fujona, fosse para censurá-la, fosse para perdoá-la. Continuavam a pensar na desgraça que ela causara a si mesma, pois, embora o rapaz fosse um sujeito honrado, seu pai, que também havia sido um homem decente, morrera tão cedo e sua mãe tivera de enfrentar tantas adversidades para garantir o sustento da família que ele acabara por receber uma educação muito imperfeita. Além do mais, tanto quanto sabiam, o sangue dele não possuía nenhuma distinção, ao passo que o dela era composto, pelo lado materno, dos melhores sumos de uma antiga destilação baronial, contendo doses de Maundeville, Mohun, Syward, Peverell, Culliford, Talbot, Plantagenet, York, Lancaster e sabe lá Deus o que mais, e dava muita pena ver isso desperdiçado.

Pai e mãe sentavam-se junto à lareira encimada pelo arco tudor em cuja arquivolta pendiam os escudos da família e punham-se a suspirar, mais ela do que ele, desconsoladamente.

"Quem diria que seríamos obrigados a suportar tamanho infortúnio depois de velhos!", dizia ele.

"Não me inclua nisso!", disparava ela entre um soluço e outro. "Com quarenta e um anos, ainda me considero na flor da idade... Só não entendo por que você não correu mais para alcançá-los!"

Entrementes, os pombinhos recém-casados, que não tinham por seu sangue mais interesse do que pelas valas de água parada, viviam numa alegria intensa, isto é, numa alegria sujeita à escala descendente que, em sua sabedoria, os Céus reservam, como todos sabemos, para casos de estroinice como este; o que significa dizer que na primeira semana estavam no sétimo céu, na segunda haviam descido para o sexto, na terceira achavam-se mais sóbrios, na quarta tinham um ar pensativo, e assim por diante, visto que o coração dos amantes, uma vez concretizada a posse, é comparável à Terra em seus estágios geológicos, tal qual ocasionalmente no-la descreve o nosso ilustre presidente: primeiro um carvão em brasa, depois apenas cálido, depois um punhado de cinzas mornas, depois quase frias... É melhor parar por aqui com a analogia. Para encurtar a história, o fato é que, certo dia, uma carta selada com o próprio selinho da filha chegou às mãos de Sir John e Lady Grebe, os quais, ao abri-la, encontraram em seu interior um apelo dos dois jovens, que rogavam a Sir John que os perdoasse pelo que haviam feito e prometiam atirar-se no chão de joelhos desnudos e ser os filhos mais devotos para todo o sempre.

Então Sir John e sua senhora sentaram-se novamente junto à lareira adornada com o arco tudor, conferenciaram e tornaram a ler a carta. O desvelo que

Sir John Grebe, pobre homem, tinha para com a felicidade da filha era, verdade seja dita, bem maior do que o que nutria por seu nome e linhagem. Ele evocou à memória todos os trejeitos dela, soltou um suspiro e, a essa altura aclimatado à ideia do casamento, disse que o que estava feito não podia ser desfeito e que era da opinião de que eles não deviam ser severos demais com ela. Talvez Bárbara e o marido estivessem em sérias dificuldades; acaso podiam deixar sua única filha passando fome?

Ademais, pouco antes da chegada da carta eles haviam obtido um lenitivo inesperado. Receberam, de fonte fidedigna, a informação de que uma antepassada do plebeu Willowes fora agraciada com a honra de unir-se em matrimônio a um filho arruinado da aristocracia. Em suma, tamanha é a estupidez dos pais de alta estirpe, e às vezes também a dos outros, que no mesmo dia escreveram para o endereço que Bárbara havia lhes fornecido, comunicando que ela podia voltar para casa e trazer o marido consigo, que eles não se recusariam a recebê-lo, que não a repreenderiam e que se empenhariam para acolher os dois e discutir com eles a melhor maneira de ajeitar as coisas para o seu futuro.

Três ou quatro dias depois, um coche de aluguel em estado bastante lastimável estacionou defronte à casa de Chene Manor, ao som do qual o compassivo baronete e sua esposa saíram correndo, como se para recepcionar um príncipe e uma princesa de sangue real. Ficaram radiantes por ver a filha mimada regressar sã e salva, embora ela fosse apenas a sra. Willowes, esposa do joão-ninguém Edmond Willowes. Bárbara desmanchou-se em lágrimas penitentes e ambos, marido e mulher, mostraram-se devidamente arrependidos, como de fato deviam estar, considerando-se que não tinham um guinéu que pudessem chamar de seu.

Tendo os quatro se acalmado e sem que uma única palavra de recriminação houvesse sido proferida, puseram-se a discutir com sobriedade a situação, o jovem Willowes mantendo-se muito modestamente em segundo plano, até que Lady Grebe, num tom que não transparecia a menor frieza, convidou-o a se aproximar.

"Que rapaz bonito!", disse consigo mesma. "Não admira que Bárbara tenha ficado louca por ele."

De fato, Willowes era um dos mais belos homens que jamais comprimiram os lábios contra os lábios de uma moça. O casaco azul, o colete púrpura e o calção pardo ornamentavam uma figura cujo talhe seria difícil sobrepujar. Tinha olhos grandes e escuros, que num momento se moviam com ansiedade de Bárbara para os pais dela e no seguinte tornavam a pousar ternamente sobre ela, à vista da qual, e a despeito do nervosismo em que a moça se encontrava, qualquer um compreendia por que o *sang froid* de Lord Uplandtowers fora excitado a ponto de exceder a tepidez. Suas lindas faces de menina (conforme a história transmitida por certas anciãs) repousavam debaixo de um chapéu cônico cinzento, debruado com penas brancas de avestruz, e seus dedinhos do pé despontavam de uma anágua amarelo-clara envergada sob um vestido marrom-arroxeado. Seus traços não eram regulares, beiravam o infantil, como é possível ver pelas miniaturas ainda hoje em posse da família, a boca manifestando grande sensibilidade, e podia-se ter certeza de que suas faltas, salvo quando causadas por razões urgentes, nunca incorriam no mau humor.

Pois bem, os quatro discutiram as circunstâncias em que se encontravam, e o desejo que os jovens recém-casados tinham de granjear a benevolência daqueles dos quais dependiam para tudo induzia-os a concordar com toda e qualquer medida contemporizadora que não fosse penosa demais. Assim, tendo vivido quase dois meses juntos, não se opuseram à proposta que Sir John fez de fornecer os recursos necessários para que Edmond Willowes passasse um ano viajando pelo continente na companhia de um tutor, assumindo o rapaz o compromisso de se dedicar com diligência máxima às instruções deste último, até alcançar o grau de refinamento interior e exterior que se exigia do marido de uma moça como Bárbara. Ele teria de se aplicar no estudo das línguas, maneiras, história, sociedade, ruínas e tudo o mais que se lhe apresentasse sob os olhos, até que fosse chegada a hora de regressar para, sem enrubescer, tomar seu lugar ao lado de Bárbara.

"E até lá", disse o insigne Sir John, "tratarei de deixar preparada para vocês dois uma propriedadezinha que tenho em Yewsholt. A casa é pequena e afastada, mas vocês são jovens e tenho certeza de que ficarão bem instalados lá, pelo menos por algum tempo."

"É claro que ficaremos! Mesmo que fosse do tamanho de uma barraca já seria ótimo!", disse Bárbara.

"Mesmo que fosse do tamanho de uma liteira!", ratificou Willowes. "E quanto mais isolada, melhor."

"É, um pouco de solidão não nos fará mal", disse Bárbara sem tanto entusiasmo. "Alguns amigos haverão de nos visitar."

Uma vez acertados esses detalhes, chamaram um tutor bastante viajado, um sujeito de muitos dotes e grande experiência, e, numa bela manhã, tutor e pupilo embarcaram para o continente. Bárbara foi peremptoriamente desaconselhada a acompanhar o marido com base no argumento de que as atenções que, como era natural, ele se veria inclinado a endereçar-lhe acabariam por impedi-lo de empregar com o devido zelo todas as horas de seu tempo para ver e aprender, um argumento irrefutável e de sábia presciência. Estabeleceram-se dias regulares para a troca de correspondência, Bárbara e Edmond trocaram os últimos beijos à porta da casa e o coche cruzou velozmente a arcada, afastando-se pela avenida interna que conduzia à estrada.

Willowes escreveu de Le Havre tão logo chegou a esse porto, o que, em razão de ventos adversos, só aconteceu sete dias mais tarde; escreveu de Rouen e Paris; contou que vira o rei e a corte em Versalhes e descreveu os formidáveis mármores e espelhos desse palácio; a seguir escreveu de Lyon; então, após um intervalo comparativamente longo, mandou notícias de Turim, narrando as formidáveis aventuras por que passara ao cruzar o Monte Cenis no lombo de uma mula e como havia sido colhido por uma tempestade de neve terrível, que por muito pouco não dera cabo dele, de seu tutor e de seus guias. Depois escreveu falando de seu deslumbre com a Itália, e Bárbara podia ver o desenvolvimento intelectual do marido refletido mês a mês em suas cartas, e ficou muito admirada com a previdência de seu pai em sugerir essa educação para Edmond. No entanto, ela por vezes suspirava, a ausência do marido contribuindo para minar-lhe as certezas quanto ao acerto de sua escolha nupcial, e receava timidamente as mortificações que, devido a essa *mésalliance*, o destino talvez lhe reservasse. Saía muito pouco, porquanto nas duas ou três ocasiões em que revira velhas amigas, notara em seus modos uma diferença marcante, como se dissessem: "Ah, quer dizer que você se deixou levar pelas cantigas de amigo de um campônio!".

As cartas de Edmond continuavam afetuosas como sempre; ainda mais afetuosas, depois de certo tempo, do que as que ela lhe escrevia. Bárbara atentava para essa sua frieza crescente e, como boa e honesta esposa que era, horrorizava-se e afligia-se, visto ter por único desejo agir com fidelidade e retidão. Tão perturbada ficou que se pôs a orar por um coração mais cálido e, por fim, escreveu ao marido pedindo-lhe que enviasse um retrato seu, mesmo que pequeno, agora que ele se encontrava no país da Arte, ao qual ela pudesse contemplar o dia inteiro, todos os dias, e nem por um momento esquecer seus traços.

Willowes acedeu de bom grado e disse que faria ainda mais do que ela lhe pedia: tendo travado relações de amizade com um escultor em Pisa, o qual havia se interessado muito por ele e por sua história, encomendara ao sujeito um busto seu em mármore e, assim que estivesse pronto, enviá-lo-ia para ela. O que Bárbara desejava era algo imediato, porém não fez objeções à demora, e, na carta seguinte, Edmond contou que o escultor resolvera, por conta própria, transformar o busto numa estátua em tamanho natural, tão ansioso estava por levar uma amostra de sua habilidade à apreciação da aristocracia inglesa. A obra progredia bem e rápido.

Nesse meio-tempo as atenções de Bárbara começaram a se voltar para Yewsholt Lodge, a casa que seu bondoso pai preparava para lhes servir de residência quando Edmond retornasse. Era um lugar acanhado na planta de um lugar espaçoso, um chalé construído no formato de uma mansão, com um hall central circundado por uma galeria de madeira e cômodos que, a fim de abrir espaço para esse adendo, mais pareciam cubículos. Situava-se numa encosta tão erma e era rodeado por um arvoredo tão denso que os pássaros que habitavam os galhos adjacentes cantavam nas horas mais estranhas, como se mal conseguissem distinguir a noite do dia.

Durante a reforma, Bárbara fazia visitas frequentes a essa morada. Conquanto o bosque espesso tornasse o lugar muito isolado, a estrada não ficava longe e, certo dia, enquanto olhava para o lado de lá da cerca, ela viu Lord Uplandtowers passar em sua carruagem. O conde dirigiu-lhe uma saudação cortês, porém marcada por rigidez mecânica, e não parou. Bárbara voltou para Chene Manor e continuou a rezar, pedindo que jamais deixasse de amar o marido. Depois disso adoeceu e por um bom período não pôs mais os pés fora de casa.

O ano de instrução foi prorrogado para catorze meses e Yewsholt Lodge achava-se pronta para receber seus novos moradores quando, em lugar da costumeira carta para Bárbara, chegou uma endereçada a Sir John Grebe, escrita com a letra do referido tutor, na qual este o informava de uma terrível catástrofe ocorrida em Veneza. Na semana anterior, numa das noites de Carnaval, ele e o sr. Willowes haviam ido ao teatro para assistir à comédia italiana, quando, por conta da negligência de um dos empregados responsáveis pelo acender e apagar das velas, o teatro se incendiara e acabara vindo ao chão. Se o incidente não causara muitas mortes, isso se devera aos esforços sobre-humanos que alguns integrantes da plateia haviam empreendido para retirar do recinto os que caíram desacordados, e, entre eles, o que arriscara a vida de forma mais heroica fora o sr. Willowes. Ao regressar pela quinta vez para salvar mais vítimas, o marido de Bárbara fora atingido por algumas vigas flamejantes e dado como morto. Graças à divina providência, porém, haviam conseguido resgatá-lo com vida, ainda que medonhamente queimado, e tudo indicava que, como por milagre, ele sobreviveria, contribuindo para tanto o fato de ser dotado de um físico prodigioso. Estava obviamente impossibilitado de escrever, mas vinha recebendo cuidados de cirurgiões habilidosos. Novidades seriam enviadas pela mala postal seguinte ou por mensageiro particular.

O tutor silenciava sobre os detalhes dos sofrimentos do pobre Willowes, mas assim que recebeu a notícia Bárbara se deu conta de quão intensos eles deviam ser, e seu primeiro impulso foi correr para junto dele, embora, ponderando melhor a questão, a viagem lhe parecesse impraticável. Sua saúde não era mais a mesma, de modo que cruzar apressadamente a Europa naquela época do ano ou atravessar a baía de Biscaia numa embarcação a vela eram empresas que dificilmente se justificariam pelo resultado. Mesmo assim continuava ansiando ir, até que, ao ler o final da carta, percebeu que o tutor de Edmond insinuava objeções veementes a tal ideia, caso viesse a ser considerada, sendo essa também a opinião dos cirurgiões. E embora o companheiro de Willowes se abstivesse de esclarecer seus motivos, subsequentemente eles ficariam mais que evidentes.

A verdade era que, entre os ferimentos causados pelo fogo, os piores localizavam-se na cabeça e no rosto de Willowes, aquele belo rosto que arrebatara o coração de Bárbara, e tanto o tutor quanto os cirurgiões sabiam que, para uma moça sensível, o choque de vê-lo assim, antes que as feridas cicatrizassem, traria uma aflição ainda maior do que a felicidade que seus cuidados proporcionariam ao marido.

Lady Grebe deixou escapar o que Sir John e Bárbara tinham pensado, mas que por excesso de delicadeza não foram capazes de expressar.

"Que golpe terrível, Bárbara! Pobrezinha, que infelicidade esse rapaz perder assim o único dote com o qual você podia justificar a imprudência de tê-lo escolhido para marido. Agora você não terá mais a seu lado aquela beleza estonteante para se desculpar perante o mundo por sua atitude. Quem dera tivesse se casado com outro... Ah, quem dera!" E calou-se com um suspiro.

"Ele vai se recuperar logo", disse o pai em tom reconfortante.

Comentários como o recém-mencionado não eram muito comuns, mas ocorriam com frequência suficiente para deixar Bárbara com uma inquietante sensação de autoestultificação. Decidida a não ouvi-los mais e estando a casa de Yewsholt pronta e mobiliada, para lá se mudou com suas criadas, e pela primeira vez sentiu-se senhora de um lar que seria exclusivamente dela e de seu marido, quando ele retornasse.

Após longas semanas, o restabelecimento de Willowes avançara o bastante para que ele pudesse tornar a escrever suas cartas de próprio punho; com o que, pôs-se paulatina e afetuosamente a contar para a mulher a extensão real de seus ferimentos. Era uma bênção, esclareceu ele, que não houvesse perdido a visão por completo; mas, graças a Deus, uma de suas vistas continuava em perfeito estado, embora a outra tivesse escurecido para sempre. O comedimento com que ele aquinhoava os pormenores de sua condição dava a Bárbara uma noção de quão devastadora fora a experiência. Edmond expressou gratidão pela promessa que ela lhe fez de que seus sentimentos não mudariam jamais, mas receava que ela não houvesse se dado conta de que ele estava tão deploravelmente desfigurado que era grande a possibilidade de lhe parecer irreconhecível. De qualquer forma, e apesar de tudo, o coração dele permanecia tão fiel a ela quanto sempre fora.

Bárbara compreendeu que devia haver muita coisa por trás dessa ansiedade. Respondeu dizendo que se submetia aos desígnios do Destino e que, fosse qual fosse o seu aspecto, ela o acolheria amorosamente assim que ele estivesse de volta. Contou-lhe sobre o refúgio encantador no qual fixara residência enquanto aguardava o dia em que ambos fariam dali o seu lar, mas não revelou como havia lamentado a informação de que toda a beleza dele se perdera. Tampouco disse que a expectativa de sua chegada despertava nela certa estranheza, as semanas que haviam vivido juntos tendo sido tão breves em comparação com a duração de sua ausência.

O tempo foi passando lentamente, até que Willowes se sentiu bem o bastante para fazer a viagem de regresso. Aportou em Southampton e de lá partiu apressado rumo a Yewsholt. Bárbara combinou de encontrá-lo na Lornton Inn, a taberna entre a floresta e a área de caça onde ele havia aguardado o escurecer no dia da fuga deles. Para lá se dirigiu na hora acertada, usando como veículo um pequeno coche puxado por um pônei que o pai lhe dera de aniversário, a fim de que dispusesse de um meio de locomoção na casa nova, veículo esse que ela despachou de volta ao chegar à estalagem, já que, conforme o combinado, retornaria para casa na carruagem de aluguel do marido.

Não havia acomodações apropriadas para uma senhora nessa taberna de beira de estrada; contudo, como fazia um belo entardecer de início de verão, Bárbara não se incomodou. Pôs-se a andar à toa do lado de fora, aguçando a vista para identificar ao longo da estrada algum sinal da aproximação daquele que ela aguardava. Mas todas as nuvens de poeira que cresciam à distância e se aproximavam acabavam por descerrar transportes outros que não a carruagem de aluguel de seu marido. Bárbara permaneceu ali duas horas além do combinado, então começou a temer que, por obra de algum vento adverso no Canal, ele não viesse naquela noite.

Enquanto esperava, apercebeu-se de uma inquietude curiosa, uma agitação que não era de todo motivada por solicitude, mas tampouco denotava temor; seu tenso estado de incerteza beirava simultaneamente o desapontamento e o alívio. Vivera seis ou sete semanas em companhia de um homem inculto, porém belo, um homem que ela em seguida ficara sem ver durante dezessete meses e que, em virtude de um acidente, estava tão mudado fisicamente que, segundo ele próprio dizia, ela mal conseguiria reconhecê-lo. Acaso deveríamos nos admirar da ambiguidade de seu estado de espírito?

Todavia, a dificuldade mais premente era ir embora dali, pois sua situação começava a ficar embaraçosa. Como tantas das ações de Bárbara, sua ida até a Lornton Inn fora empreendida sem muita reflexão. Certa de que não teria de aguardar mais que alguns minutos pelo marido e contando voltar para casa no coche dele, não hesitara em se isolar naquele lugar, mandando embora seu próprio veículo. Verificava agora que, sendo tão conhecida nessa vizinhança, sua excursão para encontrar o marido havia tanto tempo ausente estava despertando enorme interesse. Tinha consciência de que os olhos que a observavam de dentro do estabelecimento eram mais numerosos do que os que efetivamente encontravam os seus. Já se decidira a alugar qualquer tipo de condução disponível por ali quando, ao lançar um último olhar perscrutador para o lusco-fusco em que a estrada então se encontrava, notou a formação de mais uma nuvem de poeira. Esperou; a carruagem aproximou-se da estalagem, e teria seguido em frente se seu ocupante não a houvesse visto ali parada, em atitude expectante. Na mesma hora os cavalos foram freados.

"A senhora por aqui? E sozinha além do mais, minha cara senhora Willowes?", perguntou Lord Uplandtowers, a quem pertencia a carruagem.

Bárbara explicou o que a deixara nessa situação solitária e, como ele ia na direção da casa dela, aceitou o convite para subir na carruagem e sentar-se a seu lado. A princípio o diálogo entre os dois foi constrangido e fragmentário, mas depois de um ou dois quilômetros ela se surpreendeu conversando animada e afavelmente com o conde. Sua impulsividade não era senão a consequência natural da existência que ela vinha levando nos últimos tempos, uma existência um tanto desolada em virtude do estranho matrimônio que contraíra, e não há disposição de ânimo mais indiscreta do que a de uma mulher que, tendo por muito tempo se imposto uma política de circunspecção, vê-se subitamente engajada em conversação. De modo que aquele coração tão cândido foi de um salto parar na garganta quando, em resposta às perguntas capciosas, melhor dizendo, insinuações, de Lord Uplandtowers, ela se permitiu extravasar suas aflições. O conde deixou-a praticamente na porta de casa, ainda que, para tanto, precisasse fazer um desvio de cinco quilômetros em seu caminho, e, ao ajudá-la a descer da carruagem, sussurrou-lhe uma reprimenda severa:

"Nada disso teria acontecido se a senhora tivesse dado ouvidos às minhas palavras!"

Esquivando-se de responder à admoestação, Bárbara entrou em casa. Conforme a noite caía, aumentava o seu arrependimento por ter se mostrado tão afável com Lord Uplandtowers. Mas ele se lançara sobre ela de maneira tão inesperada! Se ao menos houvesse previsto aquele encontro, que cuidadosa linha de conduta não teria preparado! A perturbação suscitada pela lembrança das indiscrições cometidas fez com que ela começasse a transpirar; a título de autopunição, decidiu permanecer acordada até meia-noite, na remota possibilidade de Edmond chegar, e, por improvável que fosse seu regresso antes da manhã seguinte, determinou que o jantar fosse deixado na mesa.

As horas passavam e, exceto pelo farfalhar das árvores, o interior e os arredores de Yewsholt Lodge jaziam no mais completo silêncio, até que, perto da meia-noite, Bárbara ouviu o barulho de cascos e rodas aproximando-se da porta. Ciente de que só podia ser o marido, dirigiu-se imediatamente ao hall para recebê-lo. Contudo, parou ali não sem uma sensação de desfalecimento; tantas haviam sido as mudanças desde que eles haviam se separado! E, devido ao fortuito encontro daquela tarde, a voz e a imagem de Lord Uplandtowers continuavam com ela, excluindo Edmond, seu marido, do círculo íntimo de suas impressões.

Mesmo assim foi até a porta, por onde no momento seguinte entrou um vulto, do qual reconheceu os contornos, mas quase nada além disso. O marido de Bárbara envergava uma capa preta esvoaçante e um chapéu de feltro mole, cuja aba lhe caía sobre o rosto, lembrando um estrangeiro, e não o jovem inglês que ela vira partir para o continente. Quando ele deu um passo para a frente e adentrou o espaço onde incidia a luz do lampião, ela reparou com surpresa, e quase com terror, que ele usava uma máscara. Inicialmente essa anteface lhe passara despercebida, não havendo nada em sua cor que induzisse um observador distraído a pensar que estava diante de outra coisa que não um rosto autêntico.

Willowes deve ter notado o princípio de assombro que o imprevisto de sua aparência provocou na mulher, porquanto disse apressadamente:

"Eu não pretendia encontrá-la desta maneira... Imaginava que você estaria deitada. Que delicado de sua parte, Bárbara querida!" E colocou o braço em volta dela, mas não fez menção de beijá-la.

"Oh, Edmond... É você?", inquiriu ela, comprimindo uma mão na outra, pois, embora a figura e os movimentos quase bastassem para prová-lo e os tons da voz não fossem diferentes dos tons de outrora, a enunciação era tão dessemelhante que dava a impressão de tratar-se de um estranho.

"Vesti-me assim para evitar os olhares curiosos dos taberneiros e outros que tais", disse ele em voz baixa. "Vou mandar a carruagem embora e volto num instante."

"Você está sozinho?"

"Sim. Meu companheiro ficou em Southampton."

As rodas do coche de aluguel já se afastavam quando Bárbara entrou na sala de jantar, em cuja mesa a refeição do marido continuava servida. Logo depois ele se juntou a ela; tinha se desfeito da capa e do chapéu, mas continuava com a máscara. Bárbara agora via que se tratava de um tipo especial de máscara, feita com um material flexível como seda e colorida de maneira a confundir-se com a própria pele, terminando de forma natural na altura dos cabelos que avançavam sobre a testa e denotando uma execução habilidosa em todos os aspectos.

"Bárbara... Você parece doente", disse ele removendo a luva e tomando-lhe a mão.

"É verdade... Não tenho passado bem", tornou ela.

"Esta linda casinha é nossa?"

"Ah... É, sim." Ela mal tinha consciência do que dizia, pois a mão que Edmond desluvara para pegar a dela apresentava um aspecto contorcido, faltando-lhe um ou dois dedos, e através da máscara ela distinguia o pestanejar de um olho só.

"Querida, eu daria tudo para beijá-la agora, neste exato momento", prosseguiu ele com veemência pesarosa. "Mas não posso fazê-lo... Não com esta máscara. Imagino que os empregados já tenham se recolhido, não é mesmo?"

"Já", disse ela. "Mas, se quiser, eu os chamarei. Você não gostaria de jantar?"

Ele respondeu que comeria alguma coisa, mas que não era necessário acordar ninguém àquela hora da noite. Com o que, acercaram-se da mesa e sentaram-se um defronte do outro.

Apesar de seu ânimo apreensivo, Bárbara não pôde deixar de notar que o marido estava trêmulo, como se temesse, tanto quanto ou ainda mais que ela, a impressão que estava causando ou que viria a causar em breve. Ele chegou mais perto e tornou a pegar em sua mão.

"Mandei fazer esta máscara em Veneza", principiou, nitidamente constrangido. "Bárbara querida... Meu amor... Você acha que... vai se desgostar quando eu a tirar? Não vai se assustar comigo, vai?"

"Oh, Edmond, é claro que não", respondeu ela. "O que aconteceu com você foi uma desgraça para nós dois, mas estou preparada para enfrentá-la."

"Tem certeza de que está preparada?"

"Claro que sim! Você é o meu marido."

"Está realmente segura de que nada de exterior pode abalá-la?", voltou a indagar ele, num tom de voz que a agitação tornava hesitante.

"Acho que estou... Estou, sim", respondeu ela debilmente.

Ele abaixou a cabeça. "Tomara que esteja, tomara", sussurrou.

Durante o silêncio que se seguiu, o tique-taque do relógio que havia no hall pareceu ficar mais alto. Edmond se virou um pouco para o lado para remover a máscara. Bárbara aguardou ofegante o fim da operação, que era um tanto enfadonha, ora observando-o, ora desviando o rosto, e, quando aquilo terminou, ela precisou fechar os olhos diante do espetáculo pavoroso que então se revelou. Um rápido espasmo de horror perpassou-lhe o corpo, mas, apesar de aterrada, ela se obrigou a olhar de novo, reprimindo o grito que teria naturalmente lhe escapado dos lábios lívidos. Incapaz de fitar o marido por mais um segundo sequer, desabou no chão ao lado da cadeira e cobriu os olhos com as mãos.

"Você nem mesmo consegue olhar para mim!", gemeu ele, desconsolado. "Sou uma coisa tão horrível que até minha mulher se encolhe toda diante de mim! Eu sabia que seria assim, e todavia tinha esperanças de que pudesse ser diferente. Ah, que destino cruel... Maldita competência daqueles cirurgiões venezianos que me salvaram a vida! Bárbara, olhe para mim", prosseguiu em tom suplicante, "olhe para este monstro em que me transformei e, se for verdade, diga que me detesta, diga que tem nojo de mim e resolva as coisas entre nós de uma vez por todas!"

A desafortunada esposa reuniu forças para uma tentativa desesperada. Aquele era o seu Edmond, ele não havia lhe feito mal algum, passara por sofrimentos terríveis. Foi acudida pela momentânea devoção que sentiu por ele e, atendendo a suas súplicas, ergueu os olhos para mirar uma segunda vez aquele resíduo humano, aquele *écorché*. Mas era uma visão forte demais para ela. Bárbara tornou a desviar involuntariamente os olhos e estremeceu.

"Você acha que seria capaz de se acostumar com isto?", inquiriu ele. "Sim ou não!? Conseguiria viver ao lado de uma coisa dantesca como esta? Veja, Bárbara, veja em que foi que seu Adônis se transformou!"

A pobre mulher permanecia imóvel, salvo pela inquietude dos olhos. Uma espécie de pânico obliterava-lhe todos os sentimentos naturais de afeição e piedade; Bárbara via-se dominada pela mesma angústia e pavor que sentiria na presença de uma assombração. Não conseguia acreditar que esse era o seu eleito, o homem que ela amara; Edmond estava metamorfoseado num espécime de outra espécie.

"Não tenho nojo de você", disse tremendo. "Mas estou tão horrorizada... Tão abalada! Preciso de alguns instantes para me recuperar do choque. Você não quer jantar? E, enquanto janta, se importaria se eu fosse para o meu quarto a fim de... A fim de reanimar meus antigos sentimentos? Se me der licença por alguns instantes... Eu hei de tentar, sim, hei de tentar!"

Sem esperar pela resposta e cuidando para não olhar novamente para ele, a aterrorizada mulher arrastou-se até a porta e saiu da sala. Ouviu-o sentar-se à mesa, como se para começar a jantar; ainda que, sabia-o Deus, seu apetite fosse bem pequeno após uma recepção que havia confirmado suas piores conjecturas.

Tendo subido a escada e entrado em seu quarto, Bárbara se ajoelhou junto à cama e afundou o rosto na colcha que a cobria.

Assim continuou por algum tempo. O quarto ficava em cima da sala de jantar, de modo que ela ouviu quando, pouco depois, Willowes afastou a cadeira, levantou-se da mesa e dirigiu-se ao hall. Em cinco minutos aquela figura provavelmente subiria a escada e a encararia de novo. Aquilo, essa forma nova e terrível, não era o seu marido. Na solidão da noite, sem criadas nem amigas a quem recorrer, Bárbara perdeu por completo o autocontrole e, ao primeiro ruído dos passos dele na escada, enrolou-se apressadamente num manto e saiu em disparada do quarto. Seguiu pela galeria até a escada dos fundos, a qual desceu e, destrancando a porta, ganhou o quintal que havia atrás da casa. Mal tinha consciência do que fizera até se ver no interior da estufa, agachada sobre uma jardineira.

Ali permaneceu, os grandes olhos tímidos perscrutando o jardim através do vidro, as saias levantadas por medo dos ratos-do-mato que às vezes apareciam por ali. A todo instante temia ouvir os passos que tinha a obrigação de estimar e a voz que devia soar como música para sua alma. Porém Edmond Willowes não foi atrás dela. Nessa altura do ano as noites começavam a ficar mais curtas, e logo vieram a alvorada e os primeiros raios de sol. À luz do dia ela sentia menos medo do que no escuro. Pensou ser capaz de revê-lo e acostumar-se ao espetáculo.

A atormentada mulher abriu a porta da estufa e voltou pelo caminho do qual emergira horas antes. Após tão longa viagem, seu desditoso marido provavelmente dormia, de maneira que, ao entrar, ela tratou de fazer o mínimo possível de barulho. A casa estava exatamente como a havia deixado. Bárbara examinou o hall à procura da capa e do chapéu de Edmond, mas não os viu em lugar nenhum; tampouco encontrou o pequeno baú que continha tudo o que ele trouxera consigo, tendo sua bagagem mais pesada ficado em Southampton, para ser transportada pela diligência de linha. Ela reuniu coragem para subir a escada; a porta do quarto continuava aberta, tal qual a deixara. Espiou apreensivamente o interior do aposento; a cama não havia sido desfeita. Talvez ele tivesse se deitado no sofá da sala de jantar. Desceu e entrou na sala; ele não estava lá. Em cima da mesa, ao lado do prato que ele abandonara intocado, havia um bilhete, escrito às pressas na folha de um bloco de apontamentos. Dizia mais ou menos o seguinte:

MINHA ETERNAMENTE ADORADA ESPOSA,

    O efeito que minha aparência medonha causou em ti, eu já o previa bastante possível. Esperava que pudesse ser diferente, mas foi tolice minha. Eu bem sabia que nenhum amor *humano* haveria de sobreviver a tamanha catástrofe. Confesso que julgava o teu *divino*, mas, após tão longa ausência, não poderia mesmo restar afeto suficiente que te permitisse superar a mais que natural aversão provocada pelo primeiro impacto. Foi um experimento, e falhou. Não te culpo, talvez seja até melhor assim. Adeus. Deixarei a Inglaterra por mais um ano. Se continuar vivo, ver-me-ás novamente ao término desse prazo. Então me certificarei de teus verdadeiros sentimentos e, caso me sejam hostis, partirei para sempre.

E. W.

Quando Bárbara se recobrou da surpresa, seu remorso era tão grande que ela se sentia absolutamente execrável. Devia tê-lo encarado como a um desvalido, em vez de se deixar escravizar pelo que via, feito uma criança. Ir atrás dele e rogar-lhe que voltasse foi seu primeiro impulso. Entretanto, ao indagar pelo marido, verificou que ninguém o vira: Edmond desaparecera silenciosamente.

Mais que isso, desfazer a cena da noite anterior era impossível. Seu terror fora evidente demais, e ele era um homem que dificilmente seria persuadido a voltar pelos esforços que ela envidasse para cumprir seu dever. Bárbara foi para Chene Manor e contou aos pais tudo o que havia sucedido, e não demorou para que a notícia se espalhasse para além do círculo familiar.

Passou-se um ano, e ele não voltou, e duvidava-se que estivesse vivo. A essa altura, a contrição de Bárbara por sua repugnância incontrolável era tamanha que ela ansiava construir uma asa de igreja ou erigir um monumento e dedicar-se a atos de caridade pelo resto de seus dias. Com esse intuito questionou o excelente pároco sob o qual se sentava, a uma distância vertical de três metros e meio, todos os domingos. Mas o sacerdote não fazia senão ajeitar a peruca e tamborilar em sua caixinha de rapé, pois naqueles dias era tão morno o estado da religião que em nenhum lugar das redondezas tinha-se necessidade de asas de igreja, campanários, pórticos, vitrais, tábuas de dez mandamentos, leões e unicórnios ou castiçais de bronze que pudessem ser objeto de oferenda votiva por parte de almas perturbadas; sendo, nesse aspecto, imenso o contraste do século passado com os tempos felizes em que vivemos hoje, quando apelos urgentes solicitando a doação de tais objetos chegam aos montes pelo correio matutino e quase todas as igrejas passam por reformas que as deixam reluzentes como moedas novas. Vendo-se impossibilitada de assim aplacar o peso que tinha na consciência, a pobre senhora decidiu pelo menos ser caridosa, e logo teve a satisfação de todas as manhãs deparar com seu vestíbulo repleto dos mendigos mais esfarrapados, indolentes, bêbados, hipócritas e imprestáveis da cristandade.

Ocorre que os corações humanos são tão propensos à mudança quanto as folhas da trepadeira que corre pelo muro e, como o tempo passava e ela continuava sem notícias do marido, Bárbara já não se levantava da cadeira quando a mãe e as amigas lhe diziam no ouvido: "Querida, há males que vêm para o bem". E começou a pensar assim também, pois mesmo agora não conseguia evocar aquela forma amputada e mutilada sem sentir calafrios; se bem que sempre que seus devaneios a levavam de volta aos primeiros dias de casada e ao homem que ela tinha então a seu lado, um frêmito de afeto a comovia, afeto esse que, se avivado pela presença concreta dele, poderia ter se tornado intenso. Ela era jovem e inexperiente e, por ocasião do regresso tardio do marido, mal deixara para trás as caprichosas fantasias da mocidade.

O fato, porém, é que Willowes não tornou a aparecer, e ela, pensando em sua promessa de que, se continuasse vivo, retornaria ainda uma vez, e refletindo como era improvável que ele faltasse à palavra, passou a dá-lo por morto. O mesmo fizeram seus pais; o mesmo fez também outra pessoa: aquele sujeito silencioso, de argúcia irresistível, de fisionomia imperturbável, aquele homem que se mantinha alerta como sete sentinelas até quando dava a impressão de estar dormindo tão profundamente quanto as imagens gravadas no monumento de sua família. Apesar de ainda não ter chegado aos trinta anos, Lord Uplandtowers rira com a mordacidade de um velho caturra de sessenta ao saber do terror e da fuga de Bárbara quando do retorno do marido, assim como da subsequente partida deste último. Todavia, estava convencido de que, não obstante o amor-próprio ferido, Willowes teria reaparecido para reclamar sua propriedade de olhos claros se ainda estivesse vivo ao final dos doze meses.

Como não tinha um marido para viver consigo, Bárbara abriu mão da casa que seu pai reformara para eles, voltando a fixar residência em Chene Manor, como em seus dias de solteira. O episódio com Edmond Willowes foi gradualmente se reduzindo a nada mais que um sonho febril e, conforme os meses iam dando lugar aos anos, as relações de Lord Uplandtowers com os moradores de Chene, que haviam esfriado um pouco após a fuga de Bárbara, foram se reavivando e ele voltou a ser um assíduo frequentador da casa, a ponto de não conseguir fazer a menor modificação ou melhoria em Knollingwood Hall, onde vivia, sem ir até Chene consultar seu amigo Sir John. De maneira que, estando com frequência sob os olhos de Bárbara, esta acabou por habituar-se a ele e passou a falar-lhe com a desinibição de quem fala com o próprio irmão. Começou mesmo a ver nele uma pessoa de autoridade, discernimento, circunspecção e, malgrado ser notória a severidade com que ele tratava os caçadores clandestinos, contrabandistas e ladrões de nabo que lhe eram trazidos a julgamento, ela achava que muito do que era dito a seu respeito podia não passar de invencionice mal-intencionada.

Assim viveram eles, até que, tendo a ausência de Edmond Willowes se prolongado por vários anos, já não restavam dúvidas sobre sua morte. Não parecia mais despropositada em Lord Uplandtowers a renovação desapaixonada de seus cortejos. Bárbara não o amava, mas tinha uma natureza em essência semelhante à das ervilhas-de-cheiro e de outras trepadeiras que dependem de um ramo de fibra mais resistente para se apoiar e florescer. Além disso, agora que estava mais madura, admitia para si mesma que um homem cujo ancestral havia passado a espada em incontáveis sarracenos na luta pelo Santo Sepulcro era, em termos sociais, um marido mais desejável do que alguém que só podia afirmar com segurança que o pai e o avô haviam sido cidadãos respeitáveis.

Sir John aproveitou a oportunidade para comunicar à filha que ela podia se considerar legalmente viúva e, em resumo, Lord Uplandtowers dobrou a resistência dela e convenceu-a a casar-se com ele, embora jamais conseguisse fazê-la dizer que o amava como havia amado Willowes. Quando eu era menino, conheci uma senhora de idade cuja mãe assistiu ao casamento, e ela contava que, no fim da tarde, após a cerimônia, ao partirem de Chene Manor, Lord e Lady Uplandtowers iam numa carruagem de duas parelhas, e que a condessa vestia tons de verde e prata, e que as plumas de seu chapéu eram de uma alegria incomparável, se bem que, fosse porque o verde não combinava com sua tez ou por outro motivo qualquer, ela parecesse pálida e o inverso do que se poderia chamar de florescente. Após o casamento, Lord Uplandtowers levou-a a Londres, onde ela assistiu aos entretenimentos de uma estação; então retornaram a Knollingwood Hall, e desse modo se passou um ano.

Antes do casamento, o conde aparentemente não dava grande importância ao fato de Bárbara ser incapaz de amá-lo com paixão. "Aceite viver a meu lado", dizia ele, "e me sujeitarei a tudo isso." Agora, porém, a falta de afeto parecia irritá-lo e o ressentimento que exibia para com ela levava-a a passar várias horas em sua companhia mergulhada num silêncio penoso. O herdeiro presuntivo do título era um parente remoto, não isento da antipatia que Lord Uplandtowers nutria por tantas pessoas e coisas; de modo que o novo marido de Bárbara estava decidido a ter um sucessor direto, e culpava-a insistentemente pelo fato de que não houvesse promessa disso, e perguntava-lhe para quê, afinal de contas, ela servia.

Num desses dias infelizes, Lady Uplandtowers recebeu uma carta originalmente endereçada à sra. Willowes, postada por um remetente imprevisto. Ignorando seu segundo casamento, o escultor de Pisa informava-a de que a havia muito prometida estátua em tamanho natural do sr. Willowes, a qual, quando deixara a cidade, Edmond o instruíra a guardar consigo até que ele a mandasse buscar, continuava em seu ateliê. Como a obra não havia sido inteiramente paga e ocupava um espaço que lhe fazia muita falta, o artista pedia que a dívida fosse liquidada e que sra. Willowes lhe fornecesse um endereço para onde a estátua pudesse ser expedida. Chegando essa carta num momento em que, devido às crescentes desavenças conjugais, a condessa começava a ter segredinhos (de natureza inofensiva, é verdade) para com o marido, Bárbara respondeu sem dizer nada a Lord Uplandtowers, remetendo o saldo devido ao escultor e pedindo-lhe que despachasse sem mais demora a estátua para sua casa.

A obra levou algumas semanas para chegar a Knollingwood Hall e, graças a uma singular coincidência, nesse intervalo Bárbara recebeu as primeiras informações conclusivas sobre a morte de Edmond: acontecera anos antes, em terra estrangeira, cerca de seis meses após a separação dos dois, e havia sido consequência dos ferimentos sofridos em Veneza, os quais, em conjunção com seu ânimo profundamente abatido, fizeram-no sucumbir a uma enfermidade menor. A notícia foi-lhe transmitida numa carta breve e formal, enviada por um parente que Willowes tinha em outra parte da Inglaterra.

O pesar de Bárbara assumiu a forma de condoimento ardente pelos infortúnios de Edmond, assim como de autorrecriminação pelo fato de ela jamais ter sido capaz de, relembrando as formas com que a natureza o havia originalmente agraciado, superar a aversão a sua derradeira imagem. Para ela, a triste figura que se despedira da Terra nunca fora o seu verdadeiro Edmond. Ah, se pudesse tê-lo encontrado tal qual era no princípio. Assim pensava Bárbara. Então, alguns dias mais tarde, durante o café da manhã, ela e o marido viram uma carroça puxada por dois cavalos, contendo um caixote imenso, circundar a casa e dirigir-se à área dos fundos. Pouco depois foram informados de que um engradado com o rótulo "Escultura" havia sido entregue para a dona da casa.

"O que será?", indagou Lord Uplandtowers.

"É a estátua do coitado do Edmond, uma peça que ele havia me prometido quando estava na Itália, mas que só agora me foi enviada", respondeu ela.

"E onde pretende colocá-la?", inquiriu ele.

"Ainda não decidi", volveu ela. "Num lugar onde não o aborreça."

"Ah, não se preocupe, não vou me aborrecer com isso", disse ele.

Depois de a estátua ter sido desencaixotada e levada para um cômodo nos fundos da casa, o casal foi examiná-la. Em tamanho natural e no mais puro mármore Carrara, era uma figura que representava Edmond Willowes em toda a sua beleza original, tal qual ele se postara diante de Bárbara para se despedir dela no dia em que iniciara suas viagens; um modelo de masculinidade quase perfeito em cada linha e contorno. A obra fora executada com a mais absoluta fidelidade.

"Um Febo-Apolo, sem dúvida", comentou o conde de Uplandtowers, que até então nunca tinha visto Willowes, em pessoa ou representado.

Bárbara não ouviu o que ele disse. Achava-se numa espécie de transe defronte ao primeiro marido, como se não tivesse consciência da presença do outro a seu lado. Os traços mutilados de Willowes desapareceram de sua memória; esse ser perfeito é que era o homem que ela havia amado, não aquela figura lamentável, na qual a ternura e a lealdade deviam ter sempre visto a imagem que ela agora tinha diante de si, mas não o haviam feito.

Foi somente quando Lord Uplandtowers disse, rispidamente, "Como é, Bárbara, vai passar a manhã toda venerando essa estátua?", que ela caiu em si.

Tendo vivido até aquele momento sem alimentar a menor suspeita de que essa fora a aparência original de Edmond Willowes, o marido de Bárbara pensou como teria sido profundo o seu ciúme anos antes, caso o sujeito lhe fosse conhecido. À tarde, ao retornar a Knollingwood Hall, ele deu com a esposa na galeria para onde a estátua fora transportada.

Bárbara estava perdida em devaneios diante da representação de Willowes, exatamente como acontecera pela manhã.

"O que está fazendo?", perguntou ele.

Ela sobressaltou-se e virou-se. "Estou olhando o meu mari... a minha estátua, quero ver se foi bem feita", gaguejou. "Algum problema?"

"Nenhum", tornou ele. "O que pretende fazer com esse trambolho? Não pode deixar isso aqui para sempre."

"Fique tranquilo", disse ela, "vou encontrar um lugar apropriado."

No boudoir dela havia um nicho profundo e, na semana seguinte, quando o conde precisou se ausentar por dois ou três dias, Bárbara contratou alguns marceneiros da aldeia, os quais, sob sua orientação, fecharam esse nicho com uma porta almofadada. No tabernáculo assim formado ela mandou colocar a estátua, cuidando de trancar a porta com um cadeado, cuja chave guardou no bolso.

Ao retornar, Lord Uplandtowers notou que a estátua desaparecera da galeria e, concluindo que a esposa dera um sumiço nela em deferência a seus sentimentos, nada comentou. Às vezes, contudo, observava no rosto da condessa algo que nunca observara antes. Não compreendia seu significado; era uma espécie de êxtase silencioso, uma beatificação reservada. Incapaz de adivinhar o que tinha sido feito da estátua e impelido por uma curiosidade cada vez mais acentuada, pôs-se a inspecionar a casa de alto a baixo, até que, lembrando-se do aposento particular de Bárbara, foi até lá. Depois de bater, ouviu uma porta sendo fechada e o clique de uma chave, mas, quando entrou, sua mulher estava sentada, trabalhando no que naqueles dias as pessoas chamavam de bilros. Então, voltando-se para o lugar onde antes ficava o nicho, os olhos do conde deram com a porta recém-pintada.

"Quer dizer que, enquanto estive fora, você andou se dedicando à carpintaria, Bárbara?", indagou ele com indiferença.

"Pois é, Uplandtowers."

"Por que foi colocar essa porta horrível? O arco da alcova era tão elegante!"

"Eu estava precisando de mais um closet e pensei que, sendo este quarto meu..."

"Sim, claro", tornou ele. Agora sabia onde estava a estátua do jovem Willowes.

Certa noite, ou melhor, nas primeiras horas da madrugada, ele sentiu falta da condessa a seu lado. Como não era dado a elucubrações nervosas, tornou a adormecer antes de considerar mais detidamente a questão e, na manhã seguinte, já não se lembrava de nada. Algumas noites mais tarde, porém, a coisa se repetiu. Dessa vez ele despertou completamente, mas, antes que pudesse fazer qualquer movimento para sair à procura dela, Bárbara reingressou no quarto; estava de penhoar e tinha uma vela na mão, a qual apagou ao se aproximar da cama, julgando-o adormecido. Sua respiração sugeria um estado de estranha comoção; todavia também dessa vez o conde absteve-se de revelar que a havia visto. Pouco depois, tendo ela se deitado, ele fingiu despertar e fez-lhe algumas perguntas banais.

"Sim, *Edmond*", respondeu ela, absorta.

Lorde Uplandtowers convenceu-se de que Bárbara andava saindo do quarto dessa maneira inusitada com mais frequência do que ele havia constatado, e resolveu ficar alerta. Na noite seguinte, afetava estar dormindo profundamente quando, logo após a meia-noite, percebeu que ela se levantava de maneira furtiva e, tateando na escuridão, chegava à porta que conduzia para fora do quarto. Uplandtowers vestiu-se com pressa e foi atrás da mulher. No final do corredor, onde o som do atrito da pederneira com o fuzil não poderia ser ouvido por quem estivesse no quarto, ela acendeu uma vela. Para não ser descoberto, ele se esconfeu num cômodo vazio e ali aguardou até que ela se dirigisse ao boudoir. Um ou dois minutos depois, seguiu em seu encalço. Ao chegar à entrada do aposento íntimo da esposa, viu a porta do closet aberta e Bárbara lá dentro, os braços cingidos em volta do pescoço de Edmond, a boca colada na dele. O xale que ela jogara por cima das vestes noturnas escorregara de seus ombros, de modo que o longo penhoar branco e as faces pálidas emprestavam-lhe a aparência alvorejada de uma segunda estátua abraçando a primeira. Entre um beijo e outro, ela proferia murmúrios de ternura infantil:

"Meu amor, meu único amor... Como pude ter sido tão cruel? Você que é só perfeição, você que é tão bom e sincero... Apesar da minha aparente infidelidade, continuo-lhe fiel! Penso sempre em você, sonho sempre com você, durante as longas horas do dia, em minhas vigílias noturnas! Oh, Edmond, serei sempre sua!" Palavras como essas, entremeadas com soluços, lágrimas copiosas e cabelos desgrenhados, testemunhavam uma intensidade de sentimentos que Lord Uplandtowers jamais havia suposto que ela possuísse.

"Ha-ha!", disse ele com seus botões. "Quer dizer que é assim que evaporamos... Então é aqui que minhas esperanças de um sucessor se desfazem... Ha-ha! Precisamos dar um jeito nisso, deveras!"

Quando se tratava de elaborar estratégias, Lord Uplandtowers era um homem ardiloso; se bem que, nessa conjuntura, em momento algum lhe tenha vindo à mente o estratagema muito simples da demonstração de uma afeição inabalável. Tampouco entrou no boudoir para surpreender a esposa, tal qual teria feito um sujeito mais papalvo; em vez disso, voltou para o quarto tão silenciosamente quanto de lá saíra. Quando Bárbara retornou, abalada pelos soluços e suspiros extravasados, ele parecia estar, como de costume, dormindo de maneira profunda. No dia seguinte, deu início ao contra-ataque, investigando o paradeiro do tutor que viajara com o primeiro marido de sua mulher. Descobriu que esse senhor era agora responsável por um colégio não muito distante de Knollingwood. Na primeira oportunidade, foi até lá e obteve um encontro com o sujeito. O educador sentiu-se lisonjeado com a visita de tão influente vizinho e mostrou-se pronto a informar tudo o que o Lord desejasse saber.

Depois de uma conversa genérica sobre a escola e seus progressos, o visitante comentou estar inteirado de que seu interlocutor havia certa feita empreendido uma longa viagem em companhia do desafortunado sr. Willowes e que estava com ele por ocasião do acidente em Veneza. Ele, Lord Uplandtowers, gostaria muito de saber o que de fato havia acontecido, sendo esse um assunto sobre o qual amiúde pensara em interrogá-lo. E o conde então não somente ouviu de viva voz tudo quanto desejava saber como também, tendo a conversa se tornado mais íntima, foi obsequiado com um esboço da cabeça desfigurada, cujos detalhes o professor explicou com a voz embargada.

"Com que aparência estranha e terrível ele devia estar!", exclamou Lord Uplandtowers, pegando o esboço na mão. "Sem nariz, sem orelhas e quase sem lábios!"

Na cidade mais próxima de Knollingwood Hall vivia um sujeito miserável que combinava o ofício de pintor de tabuletas com engenhosas ocupações mecânicas. Naquela mesma semana, num dia em que a condessa resolvera fazer uma breve visita aos pais, Lord Uplandtowers mandou chamar esse homem à sua residência. Assim que ele chegou, o contratante advertiu-o de que o assunto no qual seu auxílio era requerido devia ser considerado de caráter estritamente particular, recomendação cuja observância foi assegurada por uma quantia em dinheiro. A seguir o cadeado do closet foi violado e o engenhoso mecânico-pintor, apoiando-se no esboço do ex-tutor, que durante a entrevista o conde enfiara no bolso, pôs-se a trabalhar no semblante divino da estátua, conforme as ordens de Uplandtowers. O que o fogo mutilara no original, o cinzel mutilou na cópia. Foi uma deformação diabólica, levada a efeito com crueldade e tornada ainda mais chocante com a adição de tintas que deram à representação as cores da vida, isto é, da vida tal qual ela havia sido após o desastre.

Seis horas mais tarde, tendo o artesão ido embora, Lord Uplandtowers examinou o resultado final, abriu um sorriso sinistro e disse:

"Uma estátua deve reproduzir a aparência que o sujeito tinha em vida, e essa era a aparência dele. Ha-ha! Mas não foi por capricho que fizemos isso, não, foi por uma boa causa!"

Trancou a porta do closet com uma chave falsa e saiu para ir buscar a condessa em Chene Manor.

Nessa noite ela adormeceu, mas ele permaneceu acordado. Dizem que Bárbara teria murmurado palavras amorosas durante o sono, e o conde sabia muito bem que, no afetuoso diálogo travado na imaginação da esposa, o homem que ela tinha por interlocutor era aquele que ele substituíra apenas nominalmente. Quando o sonho acabou, a condessa de Uplandtowers despertou e se levantou; então repetiu-se a encenação das noites anteriores. O marido permaneceu imóvel e aguçou os ouvidos. Duas badaladas soaram no relógio que havia no frontão triangular do lado de fora, quando, deixando a porta do quarto entreaberta, ela se dirigiu à outra extremidade do corredor, onde, como de hábito, cuidou de acender uma vela. Tão profundo era o silêncio que mesmo da cama ele pôde ouvi-la soprar suavemente a isca após atritar o fuzil. Bárbara adentrou o boudoir e ele escutou, ou imaginou escutar, a chave girando na porta do closet. No momento seguinte veio daquela direção um grito alto, agudo e comprido, que ressoou nos cantos mais distantes da casa. Sobreveio um segundo grito, por sua vez seguido de um baque.

Lord Uplandtowers levantou-se de um pulo da cama. Avançou rapidamente pelo corredor até chegar à porta entreaberta do boudoir e, graças à vela que iluminava o ambiente, divisou a jovem condessa caída no chão do closet em meio ao amontoado de suas vestes noturnas. Acercando-se da esposa, percebeu que ela havia desmaiado, o que foi um grande alívio para ele, que a essa altura já receava coisas piores. Mais que depressa, encarcerou e trancafiou a imagem odiada responsável por aquele transtorno e pegou Bárbara no colo, onde, alguns instantes mais tarde, ela abriu os olhos. Sem dizer nada, estreitando o rosto dela contra o seu, levou-a de volta para o quarto e, enquanto caminhava, forcejou por dispersar o terror que se assenhoreara dela dando uma risada em seu ouvido, uma risada estranhamente composta de mordacidade, condescendência e brutalidade.

"Ah-ah-ah! Assustada, querida? Você parece criança! Foi só uma brincadeira, Bárbara, uma esplêndida brincadeira! Mas as crianças não devem se levantar no meio da noite para ir atrás do fantasma de seus defuntos queridos! Quando fazem isso, acabam se assustando com a aparência deles... Ah-ah-ah!"

Tendo chegado ao quarto e estando ela praticamente recuperada do susto, embora com os nervos ainda bastante abalados, o conde falou-lhe em tom mais severo:

"Agora diga, minha cara, você o ama? Hein?"

"Não, não!", rendeu-se ela, o corpo tremendo, os olhos arregalados fitos no marido. "Ele é horripilante... Não, não!"

"Tem certeza?"

"Absoluta", respondeu a desalentada condessa.

Contudo, a tenacidade que lhe era inata fez-se valer. Na manhã seguinte, ele tornou a interpelá-la:

"Você ainda o ama?" Ela estremeceu sob o olhar do marido, mas não respondeu.

"Santo Deus, isso significa que você ainda ama esse homem!"

"Significa que não direi uma inverdade e que não desejo encolerizá-lo", retrucou ela com dignidade.

"Então que tal darmos mais uma espiada nele?", sugeriu Lord Uplandtowers, agarrando-a de supetão pelo pulso e voltando-se como se pretendesse conduzi-la ao closet aterrorizador.

"Não, não! Oh, não!", exclamou Bárbara, e os movimentos desesperados que ela fazia para soltar-se indicavam que o susto ao qual fora submetida na noite anterior deixara mais marcas em sua alma delicada do que à primeira vista podia-se supor.

"Mais uma ou duas doses e estará curada", disse ele consigo mesmo.

Agora a desarmonia entre o conde e a condessa era tão notória que Uplandtowers já não se dava o trabalho de ocultar suas ações no tocante a essa questão. Durante o dia, ele convocou ao boudoir quatro homens munidos de cordas e roldanas. Assim que chegaram, mandou-os abrir o closet e enrolar a parte superior da estátua numa lona. Feito isso, determinou que ela fosse levada para o quarto de dormir. O que se seguiu é mais ou menos matéria de conjectura. A história, tal qual me foi contada, diz que, ao se recolher com o marido naquela noite, Lady Uplandtowers viu, voltado para o pé da cama de baldaquino, um armário alto e escuro que não estava ali antes; porém não indagou o que significava sua presença.

"Foi um pequeno impulso que eu tive", explicou o marido quando ficaram no escuro.

"Não diga..."

"Me deu vontade de colocar isso aqui. É uma espécie de santuário."

"Santuário?"

"É, um santuário dedicado a uma pessoa que nós dois adoramos... Que tal? Vou mostrar o que há dentro dele."

O conde puxou uma corda que corria oculta por entre as cortinas do baldaquino, e as portas do armário se abriram lentamente, revelando que as prateleiras internas haviam sido removidas e que o móvel fora adaptado para comportar a figura hedionda, que ali estava da mesma maneira que havia estado no boudoir, com a diferença de que agora era ladeada por duas velas, cujo brilho realçava seus traços amputados e distorcidos. Bárbara agarrou-se ao marido, deu um grito sufocado e enfiou a cabeça debaixo das cobertas.

"Oh, tire isso daqui! Por favor, tire isso daqui!", implorou.

"A seu tempo, a seu tempo, isto é, quando você amar mais a mim do que a ele", respondeu o conde calmamente. "Ainda não me ama, não é mesmo?"

"Não sei... Acho que... Oh, Uplandtowers, tenha pena de mim! Não consigo suportar isso! Oh, por misericórdia, tire isso daqui!"

"Bobagem, a gente se acostuma com qualquer coisa. Olhe de novo."

Em síntese, o conde manteve as portas do móvel abertas e as velas acesas; e tal era o estranho fascínio exercido por aquela exibição horrível que uma curiosidade mórbida se apossou da condessa, a qual, cedendo às repetidas instâncias do marido, tornou a olhar por cima das cobertas, estremeceu, tapou os olhos e olhou novamente, o tempo todo rogando que ele levasse a estátua embora e dizendo que, se não o fizesse, ela acabaria perdendo o juízo. Mas ele fazia ouvidos moucos e o armário só foi fechado ao amanhecer.

A cena se repetiu na noite seguinte. Resoluto na aplicação de seus ferozes corretivos, Lord Uplandtowers continuou com o tratamento até que os nervos da pobre senhora palpitavam agonicamente sob tão virtuosas torturas, infligidas com o intuito de resgatar a fidelidade daquele coração gazeteiro.

Na terceira noite, quando o cenário foi mais uma vez descortinado e Bárbara pôs-se a mirar com os olhos esbugalhados a horrenda fascinação, ela súbito deu uma risada esquisita, e continuou rindo cada vez mais enquanto olhava para a imagem, até que seu riso assumiu o feitio de uma gargalhada histérica; então sobreveio um silêncio e o conde constatou que ela havia perdido os sentidos. Pensou que ela apenas desmaiara, mas logo se deu conta de que a natureza do evento era mais grave: Bárbara estava tendo um acesso epiléptico. Ele se levantou bruscamente, consternado com a percepção de que, como muitos outros sujeitos ardilosos, havia se mostrado por demais exigente na defesa de seus interesses. O tipo de amor de que era capaz, ainda que lembrasse mais um regozijo egoísta do que uma solicitude carinhosa, veio imediatamente à tona. Fechou o armário com a polia, estreitou a mulher nos braços, levou-a delicadamente até a janela e fez de tudo para reanimá-la.

Demorou bastante para que Bárbara voltasse a si e, quando isso aconteceu, seus sentimentos pareciam ter sofrido uma reviravolta considerável. Ela lançou os braços em volta do marido e, com uma respiração que o medo tornava ofegante, beijou-o abjetamente várias vezes, enfim se debulhando em lágrimas. Até então, nunca chorara nessas circunstâncias.

"Querido, você vai levar isso embora, não vai?", suplicou em tom queixoso.

"Basta dizer que me ama."

"Ah, mas eu te amo! Eu te amo!"

"E detesta-o, assim como à sua memória?"

"Sim! Sim!"

"E a sua aversão por ele é total?"

"Não suporto a lembrança dele!", exclamou submissamente a pobre condessa. "Envergonho-me muito do que fiz. Como pude ter sido tão depravada!? Nunca mais vou me comportar mal, Uplandtowers. E você nunca mais colocará essa estátua execrável na minha frente, promete?"

O conde avaliou que poderia fazer tal promessa, não parecia haver riscos de recaída. "Nunca mais", concordou.

"Então te amarei", volveu ela com impetuosidade, como se temesse que, se não dissesse isso, o flagelo voltaria a ser aplicado. "E nunca, nunca mais alimentarei pensamentos que possam incorrer em deslealdade para com o meu voto de matrimônio."

O estranho então foi que esse amor fictício, arrancado através da aterrorização, assumiu, por meio do simples hábito da representação, certos traços de realidade. Uma forma servil de fidelidade ao conde tornou-se distintamente visível em Bárbara, em concomitância com uma verdadeira repulsa pela memória do marido falecido. A afeição que ela passou a ter por Lord Uplandtowers cresceu e persistiu após a remoção da estátua. Uma revolução permanente se operava em seu íntimo, intensificando-se com o passar do tempo. De que maneira o terror teria sido capaz de engendrar tamanha alteração de idiossincrasia somente médicos experientes podem dizer; mas creio que tais casos de instinto reativo não são inauditos.

O resultado foi uma cura tão definitiva que se tornou ela própria uma nova doença. Agora seu apego ao marido era tão grande que Bárbara não desejava ficar longe dele nem por um minuto. Não queria mais ocupar aposentos separados dos dele, embora sempre se sobressaltasse quando ele vinha subitamente ter com ela. Mantinha os olhos quase sempre pregados nele. Se ele saía, insistia em acompanhá-lo. As menores cortesias que o conde dirigia a outras mulheres suscitavam-lhe ciúmes enfurecidos; até que, por fim, essa fidelidade tornou-se um peso para Lord Uplandtowers, absorvendo-lhe o tempo, restringindo-lhe a liberdade e arrancando-lhe imprecações e blasfêmias. Se acaso ele falasse rispidamente com ela, Bárbara já não se vingava alheando-se num universo mental exclusivamente seu; todo aquele amor que ela tivera por outro e que antes lhe servia de esteio agora não passava de cinzas negras e frias.

Daí em diante a vida dessa amedrontada e debilitada senhora, cuja existência poderia ter sido dedicada a propósitos muito mais elevados, não fosse a ambição ignóbil de seus pais e as convenções da época, resumiu-se a uma amatividade obsequiosa para com um homem perverso e cruel. Num curto espaço de tempo, sucederam-lhe vários pequenos eventos pessoais: seis, oito, nove, dez desses eventos. Em outras palavras, ao longo dos nove anos subsequentes, Bárbara deu a Lord Uplandtowers nada menos que onze filhos. Todavia, desses onze, metade veio ao mundo de forma prematura ou morreu com poucos dias de vida e somente um deles, uma menina, chegou à maturidade, tornando-se, anos mais tarde, esposa do honorável sr. Beltonleigh, que acabou por ser investido do título de Lord d'Almaine, como os senhores talvez se recordem.

Não restou nenhum filho vivo para herdeiro. Por fim, exaurida mental e fisicamente, Lady Uplandtowers foi levada para o estrangeiro pelo marido, com o intuito de que sua alquebrada compleição pudesse experimentar os efeitos de um clima mais ameno. Porém nada foi capaz de revigorá-la e Bárbara acabou morrendo em Florença, alguns meses após chegar à Itália.

Contrariando as expectativas, o conde de Uplandtowers não se casou novamente. O tipo de afeto que ele conhecia, estranho, rude, brutal, parecia ser intransferível, e o título, como é sabido, passou após a morte dele para seu sobrinho. Talvez não seja tão amplamente conhecido o fato de que, durante as reformas de ampliação de Knollingwood Hall, levadas a efeito pelo sexto conde, foram encontrados, em meio às escavações realizadas para assentar as novas fundações, fragmentos de uma estátua de mármore. Os vários antiquários consultados disseram que, tanto quanto esses cacos lhes permitiam formar uma opinião, estava-se diante do que parecia ser a estátua de um sátiro romano mutilado ou, excluindo-se essa hipótese, de uma figuração alegórica da Morte. Somente um ou dois habitantes das redondezas adivinharam de quem era a estátua à qual tais fragmentos haviam pertencido.

Eu devia ter acrescentado que, após a morte da condessa, um excelente sermão foi pregado pelo deão de Melchester, cujo tema, conquanto a prédica não fizesse menção a nomes, sem dúvida foi sugerido pelos acontecimentos que acabo de descrever. O sacerdote discorreu sobre a insensatez que é ceder ao amor sensual por formas simplesmente belas e demonstrou que os únicos desdobramentos racionais e virtuosos dessa emoção são aqueles baseados num valor intrínseco. No caso da amável porém um tanto superficial senhora cuja vida narrei, não há dúvida de que a paixão pelos atributos físicos do jovem Willowes foi o principal sentimento que a induziu a casar-se com ele — o que torna as coisas ainda mais deploráveis, pois, segundo as informações de que dispomos, a beleza era o menor de seus atributos, todos os relatos sustentando a inferência de que ele deve ter sido um homem de natureza firme, inteligência vivaz e futuro promissor.

Os presentes agradeceram ao cirurgião por sua história e o arcipreste declarou que a narrativa era muito mais impressionante do que qualquer coisa que ele tinha para contar. Um dos membros do clube, um senhor de idade avançada ao qual os outros sócios costumavam chamar de "rato de biblioteca", disse que o instinto natural de fidelidade das mulheres é de fato capaz de fazer com que o coração delas reverta a um homem já falecido, às vezes de forma verdadeiramente assombrosa, quando algo sucede que as coloca em contato intenso com a afeição original que tinham pelo amado, assim como com seu aspecto original, por mais inferior, em termos sociais, culturais, econômicos etc. que tenha sido a condição dele; ao que se seguiu uma discussão geral sobre a faculdade que as mulheres possuem de enxergar o verdadeiro na representação, a realidade no sonho, faculdade essa que (segundo o sócio sentimental) os homens não têm como emular.

O arcipreste era da opinião de que casos como o relatado pelo cirurgião ilustravam antes a revivescência de uma paixão do que o caráter latente de uma afeição genuína. A história o instigara a tentar recontar um caso que ele costumava ouvir quando jovem e que oferecia um exemplo deste último e mais benéfico tipo de sentimento, sendo a heroína uma senhora que também se casara com alguém de nível social inferior, embora temesse que sua narrativa fosse bem mais leve que a do cirurgião. Os sócios do clube instaram-no a prosseguir e o pároco começou.

Apresentação e tradução de Alexandre Hubner

EDITH NESBIT

A Casa Mal-Assombrada

Amiga de Bernard Shaw e H. G. Wells, Edith Nesbit (1858-1924) teve intensa participação política em seu país ao longo de sua vida, sendo uma das fundadoras da Fabian Society, o partido socialista inglês.

Como escritora, é mais lembrada nos dias de hoje por cerca de sessenta livros infantis, entre os quais se destacam A história dos caçadores de tesouros (The Story of the Treasure Seekers) *e* A revolta dos brinquedos (The Revolt of the Toys).

A obra para adultos de Nesbit é também ampla, com textos curtos, romances e poemas. "A Casa Mal-Assombrada", o conto que se lerá a seguir, insere-se numa longa linhagem de peças de horror que lidam com o tema, escritas por autores tão diversos como Edgar Allan Poe, Virginia Woolf ou, mais recentemente, Stephen King.

Fantasmas, cemitérios, portas misteriosas, soturnos criados são alguns dos principais ingredientes dessa tradição e todos, de algum jeito, estão presentes aqui. Além disso, como o leitor notará, o conto mostra-se bastante atual por colocar em discussão o perigo de certos usos da ciência — debate obrigatório nas páginas dos mais importantes jornais — e, talvez ainda mais, por estabelecer um curioso caso de racismo extremado às avessas, não menos absurdo que o original: em vez da extinção do diferente, busca-se nele, para criar um "ser aprimorado", uma letal mistura...

Foi por mero acaso que Desmond chegou à Casa Mal-Assombrada. Ele estivera afastado da Inglaterra por seis anos, e a licença de nove meses ensinou-lhe como é fácil uma pessoa se sentir deslocada.

Hospedara-se no Greyhound antes de descobrir que não havia por que ficar em Elmstead em vez de em qualquer outro local funesto de Londres. Escreveu para todos os amigos de que conseguiu lembrar o endereço e ficou à espera das respostas.

Desmond queria conversar, mas não tinha companhia. Deitou-se no sofá de pelo de cavalo e, terrivelmente entediado, pôs-se a ler, linha por linha, os anúncios com seus simpáticos olhos acinzentados. Então, de repente, "Ei!", ele disse, sentando-se. Eis o que lhe chamou a atenção:

> CASA MAL-ASSOMBRADA — Anunciante ansioso por ter fenômeno analisado. Qualquer investigador autorizado terá todas as facilidades. Endereço somente por carta, Wildon Prior, 237, Museum Street, Londres.

"Intrigante." Wildon Prior havia sido o melhor goleiro de críquete de seu clube. Não era um nome comum. De qualquer modo, valia a pena tentar. Enviou um telegrama.

"Wildon Prior, 237, Museum Street, Londres. Posso visitá-lo por um ou dois dias e ver o fantasma? — WILLIAM DESMOND."

No dia seguinte, ao voltar de um passeio, encontrou um envelope laranja sobre a ampla mesa Pembroke de sua sala.

"Encantado — espero-o hoje. Reserve uma passagem para Crittenden em Charing Cross. Informe trem. — WILDON PRIOR, Paróquia Ormehurst, Kent."

"Ótimo", disse Desmond. Foi então fazer a mala e pedir os horários dos trens no bar. "O bom e velho Wildon... Será formidável encontrá-lo de novo."

Um pequeno e curioso ônibus, que mais parecia uma cabine de banho, esperava junto à estação Crittenden, e seu motorista, um homenzinho moreno, de expressão dura e olhos lacrimejantes, perguntou "O senhor é o amigo do senhor Prior?", colocou-o no veículo e bateu a porta. Foi uma longa viagem, bem menos agradável do que teria sido em um transporte aberto.

Na parte final da jornada, atravessaram uma floresta; depois vieram um cemitério e uma igreja, e o carro cruzou um portão sob pesadas árvores e parou diante de uma casa branca, com janelas esquálidas, nuas.

"Lugarzinho amistoso, valha-me Deus", Desmond pensou, enquanto descia da parte traseira do "carro de banho".

O motorista deixou sua mala nos degraus desbotados da entrada e foi embora. Ele puxou uma corrente enferrujada e um grande sino soou sobre sua cabeça.

Ninguém veio à porta; ele tocou de novo. Mais uma vez, nada, mas ouviu uma janela abrir-se acima da varanda. Deu alguns passos para trás e olhou para o alto.

Um jovem com cabelos desalinhados e olhos pálidos o observava. Não era Wildon, não era nem um pouco parecido com ele. Mantinha-se calado, mas parecia estar fazendo sinais; e os sinais pareciam significar "Vá embora!".

"Vim ver o senhor Prior", disse Desmond. Imediatamente a janela se fechou.

"Será que vim parar em um hospício?", pensou Desmond, e puxou de novo a corrente enferrujada.

Passos soaram dentro da casa, som de botas nas pedras. Trancas foram retiradas, a porta abriu-se e Desmond, com calor e um pouco irritado, viu-se fitando um par de olhos escuros e amistosos. Uma voz agradável falou:

"Senhor Desmond, presumo? Entre, entre e aceite as minhas desculpas."

Apertaram-se as mãos calorosamente e ele se viu atravessando um corredor atrás de um homem já de certa idade, bonito e bem-vestido, com um ar de competência e atenção que associamos ao chamado "homem do mundo". Ele abriu uma porta e dirigiu-se a um surrado quarto de estudos.

"Sente-se, senhor Desmond."

"Esse deve ser o tio", Desmond pensou, ao se acomodar nas curvas perfeitas de uma desgastada poltrona.

"Como está Wildon?", perguntou em voz alta. "Tudo bem, espero?"

O outro olhou para ele. "Perdoe-me", disse, confuso.

"Perguntei como vai Wildon."

"Estou muito bem, agradeço", disse o outro, um tanto formal.

"Perdoe-me", foi a vez de Desmond dizer. "Não imaginei que seu nome também fosse Wildon. Referia-me a Wildon Prior."

"Eu sou Wildon Prior", disse o outro, "e o senhor, presumo, é o perito da Sociedade Psíquica..."

"Deus meu, não", disse Desmond. "Sou amigo de Wildon Prior; com certeza deve haver dois Wildon Prior."

"Foi o senhor quem mandou o telegrama? É o senhor Desmond? A Sociedade Psíquica ia mandar um perito, então pensei..."

"Entendo", disse Desmond. "Pensei que o senhor fosse Wildon Prior, um velho amigo meu, um homem jovem", acrescentou, já se levantando.

"Não, fique", disse Wildon Prior. "Sem dúvida seu amigo é o meu sobrinho. Ele sabia de sua vinda? Mas que pergunta, é claro que não. Estou muito feliz em conhecê-lo. O senhor ficará, não? Se aguentar ser hóspede de um velho. E escreverei para Will esta noite pedindo que se junte a nós."

"É terrivelmente gentil de sua parte", afirmou Desmond. "Será ótimo ficar. Foi muito bom encontrar o nome de Wildon no jornal, pois..." E contou a história de Elmstead, sua solidão e desapontamento.

O sr. Prior ouviu tudo com imenso interesse.

"E o senhor não encontrou seus amigos? Que triste! Mas eles vão escrever. O senhor deixou o endereço, não?"

"Não, por Júpiter, não deixei!", disse Desmond. "Mas posso avisá-los. Ainda consigo pegar o correio?"

"Claro", assegurou o homem. "Escreva as cartas agora. Meu criado as levará. Depois jantaremos e lhe contarei a história do fantasma."

Desmond escreveu rapidamente as cartas e logo o sr. Prior reapareceu.

"Agora vou levá-lo a seu quarto", disse, apanhando os envelopes com as longas e pálidas mãos. "O senhor apreciará um descanso. O jantar acontece às oito."

O quarto, como a sala, tinha uma aprazível atmosfera de luxo decadente e o conforto dos tempos passados.

"Espero que seja de seu agrado", disse o anfitrião, com uma cortês solicitude. E Desmond tinha certeza de que seria.

Havia três lugares à mesa. O motorista moreno que trouxera Desmond da estação permaneceu atrás da cadeira do anfitrião, e uma figura emergiu das sombras por trás dos círculos amarelos que emanavam do candelabro de prata.

"Meu assistente, o senhor Verney", apresentou o dono da casa, e Desmond deu a mão para o cumprimento frouxo e úmido do homem que parecia ter-lhe dito, pela janela acima da varanda, "Vá embora!". Seria o sr. Prior talvez um médico que recebesse "convidados pagantes", pessoas, nas palavras de Desmond, "um tanto perturbadas"? Mas ele dissera "assistente".

"Achei que o senhor fosse sacerdote. A paróquia, o senhor sabe, pensei que Wildon, meu amigo Wildon, estivesse na casa de um tio sacerdote."

"Ah, não", disse o sr. Prior. "Eu alugo a paróquia. Ela é muito úmida, de acordo com o pastor. A igreja também está abandonada. Não é considerada segura, e eles não podem arcar com os custos de uma reforma. Vinho para o senhor Desmond, Lopez." E o criado moreno e de expressão dura encheu seu copo.

"Este lugar é muito conveniente para os meus experimentos. Eu me interesso por química, senhor Desmond, e Verney me ajuda."

O auxiliar murmurou algo como "com muito orgulho" e se encolheu.

"Todos temos nossos hobbies, e a química é o meu", continuou o sr. Prior. "Felizmente, possuo uma pequena renda que me permite sustentar o capricho. Meu sobrinho Wildon acha isso engraçado e chama meu passatempo de ciência dos odores. Mas é algo absorvente, muito absorvente."

Depois do jantar Verney desapareceu, e Desmond e seu anfitrião esticaram as pernas diante do que o sr. Prior chamou de "um foguinho", pois a noite se tornara fria.

"E agora", perguntou Desmond, "o senhor me contará a história do fantasma?"

O olhar do outro rondou o ambiente.

"Não se trata realmente de uma história de fantasmas. Apenas de... Bem, nunca aconteceu comigo, mas sim com Verney, pobre rapaz, e ele nunca mais foi o mesmo."

Desmond felicitou a si mesmo por seu poder de percepção.

"O quarto mal-assombrado é o meu?"

"Ele não aparece em nenhum quarto em particular", disse, lentamente, o sr. Prior, "nem para uma pessoa específica."

"Qualquer um pode vê-lo?"

"Ninguém pode vê-lo. Não é o tipo de fantasma que possa ser visto ou ouvido."

"Devo ser um tolo, pois não entendo", disse Desmond de modo brusco. "Como pode existir um fantasma se ele não é nem ouvido nem visto?"

"Eu não disse que era um fantasma", corrigiu o sr. Prior. "Apenas que existe algo nesta casa que não é comum. Vários de meus assistentes tiveram que ir embora; a coisa os tirou do sério."

"O que aconteceu com seus assistentes?", questionou Desmond.

"Ah, eles se foram, o senhor sabe, eles se foram", respondeu Prior de modo vago. "Não se podia esperar que sacrificassem sua saúde. Às vezes acho (falatório de cidade pequena é de matar, senhor Desmond) que talvez eles estivessem dispostos a se deixar assustar; que imaginavam coisas. Espero que o perito da Sociedade Psíquica não seja um neurótico. Mas mesmo sem ser um neurótico alguém pode... Contudo o senhor não acredita em fantasmas, senhor Desmond. Seu bom senso anglo-saxão não permite."

"Temo que não seja exatamente anglo-saxão", disse Desmond. "Do lado do meu pai, sou um puro celta; ainda que não leve muito a sério essas questões de raça."

"E por parte de mãe?", perguntou o sr. Prior com notável interesse, um interesse tão repentino e desproporcional ao assunto que Desmond o encarou. Um leve toque de irritação surgiu nele, a primeira fagulha de antagonismo contra seu anfitrião.

"Ah", disse de modo mais descontraído, "devo ter sangue chinês, dou-me tão bem com os nativos em Xangai, e dizem que herdei meu nariz de uma bisavó pele-vermelha."

"Nada de sangue negro, suponho", indagou o anfitrião com uma insistência que beirava a descortesia.

"Eu não diria isso", respondeu Desmond, buscando um sorriso que não apareceu em seu rosto. "Meu cabelo, sabe, é muito crespo, e os antepassados de minha mãe estiveram nas Índias Ocidentais algumas gerações atrás. Percebo que o senhor é muito interessado em distinções de raça, estou certo?"

"De modo algum, de modo algum", garantiu o sr. Prior, de maneira surpreendente. "Contudo é evidente que qualquer particularidade a respeito de sua família me interessa. Sinto", acrescentou, com outro de seus sorrisos cativantes, "que já somos amigos."

Desmond não saberia explicar racionalmente o leve desagrado que começava a manchar sua antes prazerosa sensação de ser bem-vindo como hóspede ali.

"O senhor é muito gentil", disse. "É encantador de sua parte receber um estranho deste modo."

O sr. Prior sorriu, ofereceu-lhe a caixa de charutos, misturou o uísque e a soda e começou a contar a história da casa.

"É quase certo que as fundações datem do século XIII. Era um convento, sabe.

Existe, aliás, uma curiosa história sobre o homem para quem Henrique VIII a deu quando arrasou com os monastérios. Havia uma maldição; parece que sempre houve uma maldição..."

A voz gentil, agradável e bem-educada prosseguiu. Desmond imaginou estar prestando atenção, mas deu-se conta de que não e obrigou-se a voltar a ouvir as palavras que estavam sendo ditas

"... foi a quinta morte... Acontece uma a cada cem anos, e sempre do mesmo modo misterioso."

Então ele se viu de pé, incrivelmente sonolento, e dizendo:

"Essas velhas histórias são tremendamente interessantes. Muito obrigado. Espero que o senhor não me ache grosseiro, mas creio que devo me recolher; estou me sentindo um bocado cansado."

"Certamente, caro colega."

O sr. Prior acompanhou Desmond até seu quarto.

"Tem tudo de que precisa? Certo. Tranque a porta se ficar nervoso. Claro que uma fechadura não pode manter os fantasmas do lado de fora, mas sempre ajo como se pudesse." E, com outra daquelas risadas amistosas e agradáveis, retirou-se.

Ao se deitar, William Desmond era um jovem forte, tomado por um sono maior do que já sentira em todas as suas experiências de sonolência passadas, mas ainda assim um jovem saudável e satisfeito. Acordou fraco e trêmulo, totalmente afundado no colchão de penas; ondas mornas de exaustão atravessavam seu corpo. Onde estava? O que acontecera? Sua mente, a princípio confusa e fraca, recusou-se a dar qualquer resposta. Quando se lembrou, o súbito espasmo de repulsa que sentira de modo tão repentino e ilógico na noite anterior voltou em um jorro quente e violento. Ele fora drogado; ele fora envenenado!

"Tenho que sair daqui", pensou, e equivocadamente se arrastou da cama em direção à corda acetinada de um sino que ele notara próximo à porta na noite anterior.

Assim que ele a puxou, a cama, o guarda-roupa e o quarto ergueram-se a sua volta e caíram sobre ele; Desmond desmaiou.

Quando voltou a si, sentiu que alguém colocava brandy em seus lábios. Viu Prior, com uma expressão gentil e preocupada. O assistente, pálido e de olhos úmidos. O criado moreno, fleumático, silencioso e inexpressivo. Ouviu Verney dizer a Prior:

"Eu avisei que seria muito..."
"Quieto", disse Prior, "ele está voltando a si."

Quatro dias depois, deitado em uma cadeira de vime no gramado, Desmond ainda não se sentia capaz de grandes esforços, mas não estava mais doente. Bebidas e alimentos nutritivos, caldo de carne, estimulantes e cuidados constantes haviam-no trazido para algo próximo a seu estado normal. Ele se questionava sobre as vagas suspeitas, vagamente lembradas, daquela primeira noite; elas se provaram absurdas pelo cuidado inabalável e pela gentileza com que todos o cercavam na Casa Mal-Assombrada.

"Mas o que causou isso?", ele indagou a seu anfitrião pela quinquagésima vez. "O que me fez passar por esse papelão?" E, dessa vez, o sr. Prior não desconversou, como fizera nos interrogatórios prévios, quando implorava que ele esperasse até estar mais forte.

"Acredito", ele disse, "que o fantasma veio atrás do senhor. Estou inclinado a modificar minha opinião sobre ele."

"Mas por que ele não apareceu de novo?"

"Tenho estado a seu lado todas as noites, sabe?", lembrou-o o dono da casa. De fato, o convalescente não havia sido deixado sozinho desde que tocara o sino naquela terrível primeira manhã.

"Agora", continuou o sr. Prior, "sem querer parecer pouco hospitaleiro, creio que seria melhor o senhor se afastar daqui. O litoral seria ideal."

"Não recebi nenhuma carta, recebi?", perguntou Desmond, meio melancólico.

"Nenhuma. Espero que tenha dado o endereço certo. Paróquia Ormehurst, Crittenden, Kent?"

"Acho que não pus Crittenden. Copiei o endereço de seu telegrama", disse, tirando o papel rosa do bolso.

"Ah, então foi isso", disse o outro.

"O senhor se mostrou incrivelmente prestativo todo esse tempo", disse Desmond de modo abrupto.

"Que nada, meu rapaz", disse o velho, em tom benevolente. "Apenas gostaria que Willie tivesse vindo. Ele nem respondeu, o patife! Nada além de um telegrama informando que não poderia vir e que escreveria."

"Ele deve estar se divertindo em algum outro lugar", comentou Desmond, com inveja. "Mas, espere, conte-me sobre o fantasma, se é que há algo para contar. Estou me sentindo bem melhor agora e gostaria de saber o que me pregou tamanha peça."

"Bem", o sr. Prior olhou para as dálias vermelhas e para os girassóis dourados ao redor, resplandecentes no sol de setembro, "aqui, agora, não sei que mal ele possa nos fazer. O senhor se lembra da história do homem que recebeu este lugar de Henrique VIII e da maldição? A mulher desse homem está enterrada em uma catacumba debaixo da igreja. Ouvem-se lendas e, confesso, fiquei curioso para ver o túmulo. Há portões de ferro na entrada. Eles estavam trancados e eu os abri com uma velha chave. Nunca consegui fechá-los novamente."

"E?", disse Desmond.

"Certamente, o senhor diria, eu poderia ter chamado um serralheiro; mas o fato é que existe uma pequena cripta no local que usei como laboratório suplementar. Se tivesse chamado alguém para examinar a tranca, seria alvo de falatório. Teria que abandonar o laboratório, talvez até a casa."

"Entendo."

"Agora, o curioso é que", continuou o sr. Prior, abaixando a voz, "foi só depois que aquelas grades foram abertas que esta casa se tornou, como dizem, mal-assombrada. Tudo aconteceu a partir daquele momento."

"Tudo o quê?"

"Os convidados repentinamente doentes, tal como o senhor. E os ataques sempre indicam que houve perda de sangue." Após certa hesitação, ele prosseguiu. "A ferida em sua garganta. Eu lhe disse que se ferira quando caiu após tocar o sino. Não é verdade. A verdade é que o senhor apresenta exatamente a mesma pequena marca branca que todos os outros tiveram. Eu adoraria", ele franziu as sobrancelhas, "poder fechar aquela catacumba. Mas a chave não gira."

"Será que eu poderia fazer alguma coisa?", perguntou Desmond, interiormente convencido de que machucara a garganta na queda e que a história que ouvira não passava, como ele mesmo a descreveu, de "pura bobagem". Ainda assim, consertar uma fechadura era uma pequena retribuição a todo o cuidado e atenção que recebera. "Sou engenheiro, o senhor sabe", acrescentou, desajeitado, e levantou-se. "Provavelmente um pouco de óleo. Vamos dar uma olhada nesse problema."

Ele seguiu o sr. Prior através da casa e até a igreja. Uma velha chave brilhante e macia funcionou prontamente e eles entraram em um ambiente úmido e mofado. Heras espalhavam-se pelas janelas quebradas, e o céu azul parecia vigiar de perto os buracos do teto. Outra chave girou na fechadura de uma porta baixa ao lado do que no passado fora a capela da Virgem, uma grossa porta de carvalho rangeu e o sr. Prior parou um momento para acender uma vela em um rústico candelabro de ferro numa prateleira fixada na parede de pedra. Seguiram para baixo por uma estreita escadaria de beiradas lascadas e repleta de pó. A cripta era normanda e de uma beleza singela. Em sua extremidade havia um nicho, escondido por uma grade enferrujada.

"Eles acreditavam que o ferro afastava bruxarias", disse o sr. Prior. "Esta é a fechadura", continuou, segurando a vela ao lado do portão, que estava ligeiramente aberto.

Eles atravessaram o portão, porque a fechadura estava do outro lado. Desmond trabalhou um ou dois minutos com o óleo e o pincel que trouxera. Então, com um pequeno tranco, a chave virou para ambos os lados.

"Acho que está funcionando", disse olhando para cima, ajoelhado com uma das pernas e com a mão ainda sobre a chave na fechadura.

"Posso tentar?"

O sr. Prior tomou o lugar de Desmond, virou a chave, tirou-a da fechadura e se levantou. Então a chave e o candelabro caíram barulhentos no chão de pedra e o velho pulou em cima de Desmond.

"Agora eu o peguei", ele vociferou na escuridão, e Desmond conta que o pulo, o agarrão e a voz pareciam o pulo, o agarrão e a voz de uma besta selvagem.

A reduzida energia de Desmond rompeu-se como um galho frágil na primeira tentativa de resistência. O velho o segurou com a força de um torno. Tirou uma corda de algum lugar e amarrou os braços de Desmond.

O rapaz detesta saber que ali, no escuro, berrou como uma lebre capturada. Então se lembrou de que era um ser humano e gritou: "Socorro! Socorro! Socorro!".

Mas havia uma mão sobre sua boca, e agora o nó de um lenço era dado em sua nuca. Ele estava no chão, apoiado em alguma coisa. As mãos de Prior o haviam largado.

"Agora", ouviu a voz de Prior, um pouco sem fôlego, e um fósforo que ele acendeu mostrou a Desmond as prateleiras de madeira com longos objetos sobre elas, caixões, imaginou, "peço perdão por ter feito isso, mas a ciência vem antes da amizade, meu caro Desmond", prosseguiu, gentil e amistoso. "Explicarei tudo e o senhor verá que um homem honrado não poderia agir de outro modo. É claro que o fato de seus amigos não saberem onde o senhor está é muito conveniente. Percebi isso de imediato. Vou explicar. Eu não esperava que o senhor entendesse instintivamente. Não importa. Sou, digo isto sem nenhuma vaidade, o maior gênio desde Newton. Sei como modificar a natureza dos homens. Posso fazer deles o que eu escolher. Tudo com transfusões de sangue. Lopez, sabe, meu criado, injetei nas veias dele sangue de cachorros e agora ele é meu escravo, como um cachorro. Verney também é meu escravo: parte de seu sangue é de cachorro, outra parte é de sangue de pessoas que, de quando em quando, vêm investigar o fantasma e parte também de meu próprio sangue, porque eu queria que ele fosse esperto o suficiente para me ajudar. E há um propósito maior por trás de tudo isso. O senhor compreenderá quando eu disser." Em seguida tornou-se bastante técnico e empregou várias palavras que nada significaram para Desmond, cujos pensamentos se concentravam mais e mais em sua pequena chance de escapar.

Morrer como um rato em uma ratoeira, um rato em uma ratoeira! Se ao menos conseguisse afrouxar o lenço e gritar de novo!

"Preste atenção!", gritou Prior, de maneira selvagem, e o chutou. "Perdoe-me, caro colega", continuou, suave, "mas isso é importante. Como percebe, o elixir da vida é realmente o sangue. Sangue é vida, sabe, e minha grande descoberta é que, para conseguir a imortalidade e restaurar a juventude de um homem, só é necessário o líquido das veias de alguém que una em si o sangue das quatro grandes raças, as quatro cores: branco, negro, vermelho e amarelo. O seu sangue contém as quatro. Retirei o quanto me atrevi naquela noite. Fui o vampiro." Ele riu com satisfação. "Mas seu sangue não funcionou. A droga que lhe dei para induzi-lo ao sono provavelmente destruiu os germes vitais. E, além disso, não foi o suficiente. Agora haverá o bastante!"

Desmond havia esfregado a cabeça contra a coisa na qual ele estava encostado, afrouxando o nó do lenço até ele escorregar para o pescoço. Então ficou com a boca livre e disse rápido:

"Não é verdade o que contei sobre os chineses. Estava brincando. Os antepassados de minha mãe são todos de Devon."

"Não o culpo por tentar", afirmou Prior com tranquilidade. "Eu também mentiria se estivesse em seu lugar."

E colocou de novo o lenço. A vela agora ardia com força do lugar em que estava, um caixão de pedra. Desmond podia ver que os objetos compridos nas prateleiras eram caixões, nem todos de pedra. Imaginou o que aquele louco faria com seu corpo quando tudo estivesse terminado. O pequeno ferimento em sua garganta voltou a sangrar. Podia sentir o lento gotejar morno no pescoço. Pensou que talvez desmaiasse. Parecia que sim.

"Devia tê-lo trazido aqui no primeiro dia... Foi coisa do Verney, eu e minha mania de ouvir gente sem importância. Perda de tempo, pura perda de tempo."

Prior parou e o encarou.

Desmond, desesperadamente consciente de sua fraqueza cada vez maior, começou a pensar se tudo aquilo não seria um sonho — um sonho horrível, insano —, e não conseguia parar de aventar a possibilidade, pois coisas incríveis pareciam estar se juntando aos horrores reais da situação, assim como acontece nos sonhos. Ele tinha a impressão de que havia algo se movendo no lugar, algo que não era Prior. Não, nem a sombra dele, esta era negra e se espalhava por todo o teto em arco. O que ele via era branco, muito pequeno e fino. Mas se movimentava, crescia, agora já não era apenas uma linha clara, mas um largo, longo e branco corpo triangular, e surgiu entre o caixão na prateleira oposta a ele e sua tampa.

Prior, ainda imóvel, olhava para sua presa. Todas as sensações, exceto um tolo devaneio, estavam mortas nos sentidos enfraquecidos de Desmond. Nos sonhos, se alguém grita, acorda; mas ele não podia gritar. Quem sabe se tentasse se mexer. Antes que pudesse colocar sua debilitada força de vontade em ação, outra coisa se moveu. A tampa negra do caixão do lado oposto se ergueu lentamente e então caiu, ruidosa, e do caixão surgiu uma forma horrivelmente branca e envolta em uma mortalha que pulou sobre Prior e rolou com ele pelo chão da tumba em uma silenciosa luta. A última coisa que Desmond ouviu antes de se entregar à perda de consciência foi o grito proferido por Prior quando, ao se voltar na direção do ruído, viu a figura branca saltar sobre ele.

"Está tudo bem", ouviu em seguida. Verney estava inclinado sobre ele com um copo de brandy. "O senhor está seguro agora. Ele está amarrado e trancado no laboratório. Não. Não se preocupe com isso", ele tranquilizou Desmond, pois seus olhos haviam se voltado para o caixão sem tampa. "Aquilo era eu. Foi a única maneira que encontrei de salvá-lo. Pode andar? Deixe-me ajudá-lo. Já abri o portão. Venha."

Desmond piscou com a luz do sol que ele julgara que nunca mais veria. Aqui estava ele, de volta a sua cadeira de vime. Olhou para o relógio de sol da casa. Tudo não levara mais do que cinquenta minutos.

"Conte-me tudo." E Verney contou, com sentenças curtas e pausadas.

"Tentei avisá-lo", ele disse, "o senhor se lembra, na janela. No começo eu de fato acreditava nos experimentos. E ele descobriu algo sobre mim. Eu era muito jovem. Deus sabe que paguei por isso. Quando o senhor chegou, eu havia acabado de descobrir o que acontecera aos outros visitantes. Aquele monstro Lopez deixou escapar quando estava bêbado. Fera brutal. Discuti com Prior naquela primeira noite, e ele prometeu que não tocaria no senhor. Mas não manteve a palavra."

"Você podia ter me contado."

"O senhor não estava em condições de ouvir nada. Ele me garantiu que o mandaria embora assim que o senhor se recuperasse. E ele havia sido bom para mim. Mas quando o ouvi contar a história da grade e da chave eu sabia... então peguei um lençol e..."

"Mas por que você não apareceu antes?"

"Não tive coragem. Ele teria me derrubado com facilidade se soubesse com quem estava lutando. Ele não se mantinha parado. Eu precisava surpreendê-lo. Contava com aquele momento preciso de fraqueza em que ele acreditaria que um cadáver voltara à vida para defender um hóspede. Agora vou preparar o cavalo e levar o senhor até a delegacia de polícia em Crittenden. E eles vão mandar alguém para trancar Prior em uma cela. Todos sabiam que ele estava ficando maluco, mas foi preciso chegar ao ponto de quase matar alguém para ser finalmente detido. A lei é assim, o senhor sabe."

"Mas você, a polícia, eles não vão...?"

"Estou seguro", disse Verney lentamente. "Ninguém sabe da verdade a não ser o velho, e agora ninguém vai acreditar em uma palavra dele. Não, ele nunca colocou suas cartas no correio e, é claro, nunca escreveu para seu amigo, e também cancelou a visita do perito. Não, não sei onde está Lopez; deve ter percebido que algo aconteceu. Ele fugiu."

Não, ele não havia fugido. Eles o encontraram, teimosamente calado, mas grunhindo um pouco, agarrado à grade trancada da catacumba, quando uma prudente meia dúzia de homens veio retirar o velho da Casa Mal-Assombrada. O mestre estava tão mudo quanto o criado. Ele não falou nada. Ele nunca mais falou nada.

Apresentação e tradução de Adriano Schwartz

ARTHUR CONAN DOYLE

O cirurgião de Gaster Fell

Famoso nos Estados Unidos antes de sê-lo na Inglaterra ou em sua Escócia natal, o médico Arthur Ignatius Conan Doyle sempre quis ser reconhecido como um escritor sério. Mas, apesar de ter escrito um número razoável de romances históricos, poemas e peças para teatro, acabou imortalizado dentro do escaninho da literatura policial porque de sua pena nasceu um dos detetives mais famosos de todos os tempos. O curioso é que, tendo discorrido de forma tão brilhante sobre o processo de análise dedutiva — o notório método usado por Sherlock Holmes —, seus interesses pendessem para o ocultismo.

De certa forma "O cirurgião de Gaster Fell", de 1885, anterior, portanto, ao surgimento do primeiro Sherlock, e segundo conto publicado por Conan Doyle, prenuncia o conflito entre o real e o fantástico que o acompanharia vida afora. No conto, um homem já muito vivido se afasta do convívio humano e se refugia no "ermo desolado" das charnecas de Yorkshire com o objetivo de destrinçar os segredos esotéricos de filosofias místicas antigas. Porém acontecimentos entre sangrentos e românticos arrastam-no de volta ao mundo e às preocupações dos mortais.

É verdade que Conan Doyle, ao contrário do personagem que se enfurna num gabinete forrado de fúnebres veludos negros, nunca deixou de estar atento à realidade. Interessou-se ativamente por assuntos de Estado, candidatou-se a cargos políticos e defendeu alguns acusados célebres. Quase nenhuma dessas atividades deu frutos. Antes da Primeira Guerra

Mundial, numa demonstração da criatura visionária que era, alertou ministros britânicos sobre a possibilidade de o inimigo usar submarinos e aviões para abater a frota de Sua Majestade numa eventual conflagração. Todos acharam loucura, coisa de Jules Verne. É bem provável que tenha feito a coisa certa ao se tornar, no fim da vida, um ferrenho defensor da existência das fadas.

I. DE COMO ELA APARECEU EM KIRKBY-MALHOUSE

Gélida e fustigada de ventos é a pequena Kirkby-Malhouse, agrestes e assustadores são os morros onde ela se ergue. A cidadezinha nada mais é do que um punhado de casas de pedra cinzenta e telhado de ardósia enfileiradas numa encosta forrada de tojo da vasta charneca ondeada. Ao norte e ao sul, alargam-se as curvas das terras altas de Yorkshire, cada qual tentando espiar o firmamento por sobre a espalda da outra, com laivos de amarelo em primeiro plano diluídos mais adiante em tons azeitonados, salvo onde o solo ralo e estéril se mostra marcado por longas cicatrizes de pedra. Do árido outeiro logo acima da igreja é possível descortinar, a oeste, uma franja de ouro por sobre um arco de prata, bem onde o mar da Irlanda banha as areias de Morecambe. A leste, o Ingleborough assoma arroxeado à distância; ao passo que o Pennigent se ergue num pico afilado cuja sombra imensa, como se fora o quadrante solar da própria Natureza, arrasta-se a passos lentos pela rústica imensidão escalvada.

Foi nesse solitário e isolado povoado que eu, James Upperton, me vi no verão de 1885. Por pouco que tivesse a oferecer, a aldeia possuía aquilo pelo que eu ansiava acima de tudo — isolamento e libertação de quanto pudesse me distrair das excelsas e graves questões que me ocupavam a mente. Eu estava cansado do interminável turbilhão e dos inúteis empenhos da vida. Desde muito jovem, consumira meus dias em aventuras impetuosas e experiências estranhas, até que, aos trinta e nove anos, restavam pouquíssimas terras a conhecer e um número ainda menor de alegrias e mágoas a experimentar. Fui um dos primeiros europeus a explorar as plagas desoladas em torno do lago Tanganica; por duas vezes percorri as selvas impenetráveis e raramente visitadas que margeiam o vasto planalto de Roraima. Como mercenário, servi sob várias bandeiras. Estive com Jackson no vale de Shenandoah; e lutei com Chanzy no Exército do Loire. Talvez pareça estranho que, depois de vida assim tão emocionante, eu pudesse me render à rotina monótona e aos interesses banais da aldeola de West Riding. No entanto, existem estímulos da mente para as quais os meros perigos físicos ou a exaltação da viagem são lugares-comuns, banalidades. Durante anos, eu havia me dedicado ao estudo das filosofias místicas e herméticas do Egito, Índia, Grécia e Idade Média, até que, do vasto caos, começou a se tornar vagamente perceptível um colossal projeto simétrico para aquilo tudo; eu tinha a impressão de estar prestes a encontrar a chave do simbolismo usado pelos eruditos para separar seus conhecimentos preciosos do vulgar e do viciado. Gnósticos e neoplatônicos, caldeus e rosa-cruzes, místicos indianos, eu via e entendia que parte cada um tinha em quê. Para mim, o jargão de Paracelso, os mistérios dos alquimistas e as visões de Swedenborg estavam todos prenhes de significado. Eu havia decifrado as enigmáticas inscrições de El Biram; conhecia as implicações daqueles curiosos caracteres inscritos por uma raça desconhecida nos penhascos meridionais do Turquestão. Imerso nesses fantásticos e fascinantes estudos, eu não pedia nada da vida, salvo uma mansarda para mim e meus livros, onde pudesse dar prosseguimento aos estudos sem interferência nem interrupção.

Contudo até nessa aldeota em plena charneca percebi que era impossível me desvencilhar por completo da crítica de meus semelhantes. Sempre que eu passava, os broncos moradores me olhavam de soslaio e, ao descer a rua do vilarejo, as mães arrebanhavam seus filhos. À noite, não era raro ver, pelas vidraças, magotes de campônios atoleimados a espichar o pescoço para dentro de meu quarto, num êxtase de medo e curiosidade, tentando decifrar que afazeres solitários seriam aqueles que me mantinham tão entretido. Minha própria senhoria transformou-se numa criatura loquaz e, munida de uma enfiada de perguntas e de um sem-número de pequenos estratagemas, ao menor pretexto procurava fazer-me falar de mim e de meus planos. Tudo isso já era difícil de suportar; mas no dia em que soube que não seria mais o único inquilino na casa e que uma dama, uma estranha, havia alugado o outro aposento, senti que, de fato, para quem estava atrás da quietude e da paz propícias aos estudos, chegara a hora de procurar um ambiente mais tranquilo.

Devido às frequentes caminhadas por lá, eu conhecia muito bem toda a área deserta e desolada onde Yorkshire faz divisa com Lancashire e com a região de Westmoreland. Partindo de Kirkby-Malhouse, já havia atravessado várias vezes, de ponta a ponta, aquela vastidão despovoada. Sob a majestade soturna do cenário, e diante do espantoso silêncio e solidão daquele ermo melancólico e pedregoso, eu tinha a impressão de ter encontrado um asilo seguro contra bisbilhotices e críticas. E, por sorte, num dos passeios, topara com uma remota moradia em plena charneca desabitada que, na mesma hora, resolvi ter para mim. Era uma casinhola de dois cômodos que, tempos antes, teria decerto pertencido a algum pastor, já bastante deteriorada. Com as chuvaradas de inverno, as águas do Gaster Beck, que descem pelo morro de Gaster Fell, transbordaram e arrancaram parte da parede da choupana. Também o telhado achava-se em péssimo estado e havia pilhas de telhas esparramadas pela relva. Contudo, a estrutura principal da casa continuava firme; não seria nada difícil restaurá-la. Embora não fosse rico, eu tinha com que executar capricho tão modesto de maneira senhoril. Chamei telhadores e carpinteiros de Kirkby-Malhouse e em pouco tempo a casinha solitária de Gaster Fell estava pronta para enfrentar de novo as intempéries.

Projetei os dois cômodos de modo radicalmente diferente — tenho gostos mais para o espartano e um dos aposentos foi planejado de forma a combinar com eles. Um fogão a óleo da Rippingille de Birmingham dava-me a ferramenta onde cozinhar, ao passo que dois sacos de bom tamanho, um de farinha, o outro de batatas, tornavam-me independente de quaisquer fornecimentos externos. Em questão de dieta, sou já há bastante tempo um pitagórico, portanto as ovelhas descarnadas de pernas compridas que pastavam o capim áspero das margens do Gaster Beck não tinham nada a temer de seu novo companheiro. Um tonel de óleo de nove galões fazia as vezes de aparador; ao passo que uma mesa quadrada, uma cadeira de pinho e uma cama baixa, sobre rodas, que durante o dia ia para debaixo do sofá, completavam a lista de meu mobiliário doméstico. Em cima do sofá, presas à parede, duas prateleiras de madeira, sem pintura, serviam a funções diversas: a de baixo era para guardar os pratos e utensílios de cozinha, a de cima, para os poucos retratos que me transportavam de volta ao que sobrara de agradável na longa e exaustiva batalha por riquezas e prazeres que constituiu a vida que deixei para trás.

Mas se a simplicidade desse meu cômodo beirava a mesquinhez, sua pobreza era mais do que compensada pela opulência do aposento fadado, em benefício da mente, a receber objetos em sintonia com os estudos a ocupá-la, já que as mais sobranceiras e etéreas condições do pensamento só são possíveis em meio a atmosferas que agradam à vista e recompensam os sentidos. Decorei o aposento destinado a meus estudos místicos num estilo tão soturno e majestoso quanto as ideias e aspirações com as quais a saleta teria de congraçar. Tanto as paredes como o teto foram revestidos com um papel do mais suntuoso e brilhante negror, no qual se desenhavam lúgubres arabescos de ouro fosco. Uma cortina de veludo negro cobria a única janela dividida em pequenas vidraças; e, no chão, um tapete grosso e macio, do mesmo material da cortina, evitava que o som de meus próprios passos, andando para lá e para cá, interrompesse o fluxo de minhas ideias. Ao longo da sanefa, corria uma vareta de ouro da qual pendiam seis quadros, todos sombrios e imaginosos, conforme convinha a minhas fantasias. Dois, segundo me lembro, tinham sido pintados por Fuseli; um por Noel Paton; um por Gustave Doré; e dois por Martin; além de uma pequena aquarela do incomparável Blake. E um único fio de ouro, tão fino que mal se via, mas de enorme resistência, descia do meio do teto, tendo na ponta uma pomba do mesmo metal, balouçando com as asas abertas. O pássaro era oco e continha dentro do corpo óleos perfumados; sobre a lâmpada, flutuando a modo de sílfide, uma silhueta estranhamente esculpida em cristal rosa conferia à luz da sala uma tonalidade suave e rica. Uma lareira de bronze, forrada de malaquita, duas peles de tigre sobre o tapete, uma mesinha de madeira marchetada e duas poltronas de ébano estofadas com pelúcia cor de âmbar completavam o mobiliário de meu pequeno e elegante gabinete de estudos, sem esquecer, claro, que, sob a janela, estendiam-se compridas estantes contendo as obras mais importantes daqueles que haviam se ocupado com os mistérios da vida.

 Boehme, Swedenborg, Damton, Berto, Lacci, Sinnett, Hardinge, Britten, Dunlop, Amberley, Winwood Read, Des Mousseaux, Alan Kardec, Lepsius, Sepher, Toldo e Dubois — eram alguns dos que se achavam enfileirados em minhas prateleiras de carvalho. Quando acendia a lâmpada, à noite, e a luz sinistra e bruxuleante brincava por aquele ambiente sombrio e bizarro, ao som das lamúrias do vento varrendo a imensidão sorumbática, o efeito era mais do que perfeito. Ali estava, por fim, o vórtice escuro do fluxo apressado da vida onde me seria permitido descansar em paz, olvidando e olvidado.

 Todavia, antes mesmo de alcançar esse ancoradouro tranquilo, eu estava destinado a aprender que ainda fazia parte da espécie humana e que não era bom tentar romper os laços que nos ligam a nossos semelhantes. Faltavam duas noites apenas para a data que eu havia marcado para me mudar quando me dei conta de um movimento no andar de baixo e escutei, além de fardos pesados sendo transportados pelas escadas barulhentas de madeira, a voz rude de minha senhoria aos brados de boas-vindas e manifestações de júbilo. De tempos em tempos, em meio ao turbilhão de palavras, dava para discernir uma voz branda, de melodia suave, que me soou muito agradavelmente aos ouvidos, depois das longas semanas escutando apenas o rude dialeto dos vales de Yorkshire. Durante uma hora ainda, ouvi o diálogo lá embaixo — uma voz ardida e outra suave, acompanhadas do tilintar de xícaras —, até que o estralo de uma porta me avisou que a nova inquilina recolhera-se em seu quarto. Portanto lá estavam meus temores concretizados e meus estudos prejudicados com a chegada da estranha. Jurei a mim mesmo que o segundo pôr do sol já me veria instalado, a salvo de todas essas influências insignificantes, em meu santuário de Gaster Fell.

Na manhã seguinte a esse incidente, achava-me eu desperto logo cedo, como é meu costume; mas surpreendi-me, ao dar uma olhada pela janela, de ver que a nova moradora havia se levantado mais cedo ainda. Ela descia a trilha estreita que fazia um zigue-zague pelo morro — uma mulher alta e esbelta, com a cabeça pensa sobre o colo e uma braçada de flores silvestres colhidas em andanças matutinas. O branco e rosa do vestido, e o toque da fita de um vermelho muito vivo em volta do chapéu de abas largas, pespegavam uma deliciosa mancha de cor na paisagem pardacenta. Ela estava a uma certa distância quando a vi pela primeira vez, mas ainda assim eu sabia que essa mulher errante só poderia ser a recém-chegada da noite anterior, posto que havia uma graça e um refinamento em seu talhe que a distinguiam das demais moradoras da região. Eu ainda observava quando, muito ligeira e leve, ela se aproximou da casa, abriu o portão no extremo do jardim, acomodou-se no banco verde defronte à minha janela, espalhou as flores todas nele e começou a arrumá-las.

Ali sentada, com o sol nascente batendo-lhe nas costas e o brilho da manhã espalhando-se qual uma auréola em torno da cabeça altiva e grave, pude ver que se tratava de uma mulher de extraordinária beleza. O rosto era mais espanhol do que inglês — oval, trigueiro, iluminado por dois reluzentes olhos negros e uma boca docemente sensível. Por sob o amplo chapéu de palha, grossos cachos de cabelo negro-azulado acompanhavam de ambos os lados a curva graciosa do régio pescoço. Espantei-me, durante meu exame, ao constatar que sapatos e saia guardavam marcas de bem mais do que um mero passeio matinal. O vestido de tecido leve estava salpicado de lama, molhado e amarfanhado; ao passo que as botinas exibiam grandes grumos de terra amarelada, o solo característico dos morros da região, grudados em volta. Também o rosto trazia uma expressão cansada e sua beleza, tão jovem, parecia sombreada por uma nuvem de problemas íntimos. E, ainda enquanto eu observava, ela caiu num choro convulsivo e, atirando o ramalhete de flores ao chão, correu ligeira para dentro de casa.

Ainda que desatento e indiferente às coisas do mundo, fui tomado por uma súbita onda de compaixão ao ver o acesso de desespero que se apossou daquela linda estranha. Curvei-me sobre os livros, mas não consegui desviar o pensamento do rosto belo e altivo, do vestido enodoado, da cabeça pensa e das mágoas evidenciadas em cada traço das feições pensativas. Cheguei a ir algumas vezes até a janela e olhar lá para fora, a ver se vislumbrava sinais de que ela voltara ao jardim. Os galhos floridos de tojo e de urze continuavam onde tinham sido deixados, sobre o banco verde; porém durante todo aquele começo de manhã não vi nem ouvi o menor sinal daquela que tão de repente me despertara a curiosidade e mexera com emoções havia tanto tempo dormentes.

A sra. Adams, minha senhoria, tinha o hábito de me levar um desjejum frugal; contudo era muito raro que eu lhe permitisse interromper meu fluxo de ideias ou desviar-me a atenção de assuntos mais graves com sua conversa ociosa. Nesse dia, porém, pela primeira vez ela me encontrou disposto a ouvir e, sem precisar de grandes incentivos, pôs-se a despejar em meus ouvidos tudo quanto sabia de nossa bela visitante.

"Senhorita Eva Cameron é o nome da jovem. Mas quem é ela, ou de onde saiu, isso eu não sei. Pode ser que tenha vindo parar em Kirkby-Malhouse pelos mesmos motivos que trouxeram também o senhor para cá."

"É possível", retruquei, sem fazer conta da pergunta subentendida. "Mas eu jamais imaginaria que Kirkby-Malhouse fosse lugar para oferecer grandes atrativos a uma jovem."

"O senhor não sabe, mas o povoado é bem alegre nos dias de festa", disse a sra. Adams. "Agora, vai ver que ela veio em busca de um pouco de saúde e descanso, mais nada."

"É bem provável", concordei, mexendo o café. "E, sem dúvida, algum amigo seu aconselhou-a a vir procurá-los aqui, nos confortabilíssimos aposentos que a senhora aluga."

"Pois então, meu senhor!", exclamou a senhoria. "É justamente isso que me espanta. A dama acabou de chegar da França. Como é que os parentes dela ficaram sabendo a meu respeito, eu não entendo. Uma semana atrás, me chega um homem na porta, muito bem-posto, um verdadeiro cavalheiro, isso daria para ver até com um olho fechado. 'Senhora Adams?', me perguntou ele. 'Quero alugar aposentos para a senhorita Cameron. Ela estará aqui em uma semana', ele me disse. E só, nem mais uma palavra. Pois não é que ontem à noite me chega ela em pessoa, muito meiga e modesta, com um quê de francês na fala? Mas por Deus do céu! O senhor me desculpe, preciso descer e preparar um chá, porque a pobrezinha vai se sentir muito sozinha, quando acordar debaixo de um teto estranho."

II. DE COMO ME MUDEI PARA GASTER FELL

Eu ainda fazia meu desjejum quando escutei um tilintar de pratos e as passadas da sra. Adams indo até os aposentos da nova inquilina. Instantes depois, minha senhoria saiu de novo para o corredor e invadiu meus aposentos com as mãos erguidas e os olhos esbugalhados.

"Deus de misericórdia divina!", ela exclamou. "Perdão vir entrando assim sem mais nem menos, mas receio que tenha acontecido algo com a jovem. Ela não está no quarto."

"Ora, ora, lá está ela", disse eu, pondo-me de pé para espiar pela janela. "Ela voltou para recolher as flores que largou no banco."

"Mas olhe só o estado em que estão as botinas e o vestido dela", protestou a senhoria, desorientada. "Como eu gostaria que a mãe dela estivesse junto! Por onde ela andou, eu não sei nem quero saber, mas que a cama não foi mexida desde ontem à noite, disso eu tenho certeza."

"Ela deve ter sentido alguma inquietude e saiu para dar uma volta, mais nada, se bem que a hora, de fato, é um tanto estranha", disse eu.

A sra. Adams franziu os lábios e sacudiu a cabeça, diante da vidraça. E foi nesse momento que a moça lá embaixo ergueu os olhos para ela, sorridente, e, com um gesto alegre, pediu-lhe que abrisse a janela.

"A senhora está com meu chá aí?", perguntou com uma voz cristalina, marcada por um quê da afetação do francês.

"Está no seu quarto, senhorita."

"Veja só minhas botinas, senhora Adams!", gritou ela, tirando os pés de sob a saia, para mostrar o calçado. "Esses morros de vocês são pavorosos, *effroyables*. Dois centímetros, cinco centímetros, nunca vi tanta lama na vida! E meu vestido também, *voilà*."

"Estou vendo, senhorita. Que situação, não é mesmo?", gritou a senhoria de volta, fitando o vestido emporcalhado. "Mas acho que o problema maior é o cansaço. Deve estar morrendo de sono."

"Não, não, que nada", respondeu a jovem, dando risada. "Eu não gosto de dormir. O que é o sono? Uma pequena morte, *voilà tout*. Mas, a meu ver, andar, correr, respirar, isso é viver. Eu não estava cansada, de modo que durante a noite inteira, explorei as colinas de Yorkshire."

"Meu Deus do céu! E por onde andou?", perguntou a sra. Adams.

Ela fez um gesto largo com a mão que incluiu todo o horizonte do lado oeste. "Por lá", disse ela. "*Ô comme elles sont tristes et sauvages, ces collines!* Mas eu trouxe flores. A senhora me dará um pouco de água, não é mesmo? Caso contrário, elas vão murchar." Dito isso, juntou seus tesouros no colo e, um instante depois, escutamos passos leves e ágeis subindo a escada.

Quer dizer então que ela havia passado a noite toda fora, essa estranha mulher. Que motivo teria ela para trocar o conforto de seu quarto pelo ermo desolado de morros gelados? Seria talvez apenas o desassossego, a vontade de aventura que acomete os jovens? Ou haveria nisso, nessa excursão noturna, quem sabe, algum motivo mais profundo?

Enquanto andava de lá para cá no quarto, lembrei da cabeça pensa, da dor estampada na face e da violenta crise de choro que por acaso eu presenciara da janela. Valia dizer que a missão noturna, qualquer que tivesse sido, não deixara o menor vestígio de prazer em sua esteira. No entanto, ainda quando pensava nisso, escutei o alegre tinido de sua risada e os protestos, com voz levemente alterada, diante dos cuidados maternais com que a sra. Adams insistia para que tirasse as roupas sujas de barro. Por profundos que fossem os mistérios que meus estudos me haviam ensinado a resolver, ali estava um problema humano que, pelo menos por enquanto, estava além de minha compreensão. Saí para dar uma volta pela charneca, antes do meio-dia, e, na volta, assim que atingi o cume de onde se descortina o pequeno povoado, vi a jovem a uma certa distância, em meio ao tojo. Ela abrira um pequeno cavalete e, com o papel de aquarela já colocado, se preparava para começar a pintar a magnífica paisagem de rochedos e charnecas esparramada a sua frente. Reparei então que ela vasculhava com olhar ansioso a região à direita e à esquerda de onde se achava. Perto de mim, havia uma pequena poça de água que se formara num oco. Mergulhei ali o copinho da garrafa de bolso e levei-o até ela.

"É disso que está precisando, imagino", falei, erguendo o boné e sorrindo.

"*Merci bien!*", ela respondeu, despejando a água num pires. "De fato, é o que eu estava procurando."

"Senhorita Cameron, suponho. Somos ambos inquilinos na mesma casa. Meu nome é Upperton. Temos de nos apresentar nós mesmos, por aqui, se não quisermos permanecer como estranhos para sempre."

"Ah, quer dizer então que o senhor também vive na casa da senhora Adams!", exclamou ela. "E eu achando que não havia ninguém além de camponeses neste lugar estranho."

"Estou de passagem, como a senhorita. Sou um estudioso e vim atrás da quietude e do repouso que meus estudos exigem."

"Quietude de fato!", disse ela, dando uma olhada rápida para o vasto círculo de charnecas silenciosas, marcadas apenas por uma minúscula linha de casinhas cinzentas ao longo da encosta.

"No entanto essa quietude não é suficiente", respondi-lhe, rindo, "e vejo-me forçado a mudar para mais longe ainda, em pleno morro, para obter a paz absoluta de que preciso."

"Quer dizer então que o senhor construiu uma casa nas colinas?", ela perguntou, arqueando as sobrancelhas.

"Construí, sim, e espero poder ocupá-la dentro dos próximos dias."

"Ah, mas que *dommage*", exclamou ela. "E onde fica, essa casa que mandou construir?"

"Lá adiante, bem para lá", respondi. "Está vendo aquele riacho que corre como se fosse uma fita de prata na charneca ao longe? Aquele é o Gaster Beck, que atravessa Gaster Fell."

A jovem assustou-se e voltou para mim seus enormes olhos escuros, curiosos, com uma expressão de surpresa e de incredulidade, enquanto algo vizinho ao horror parecia querer ganhar força em sua expressão.

"E o senhor vai morar em Gaster Fell?"

"Foi o que planejei. Mas como é que a senhorita conhece Gaster Fell? Pensei que fosse uma estranha na região."

"E sou, de fato. Nunca estive aqui antes. Mas já ouvi meu irmão falar sobre as charnecas de Yorkshire; e, se não estou enganada, escutei-o mencionar justamente essa que o senhor citou como sendo a mais perigosa e selvagem de todas."

"É bem provável", respondi-lhe, descuidado. "De fato é um lugar bastante lúgubre."

"Então por que o senhor quer ir morar lá?", perguntou a jovem, com voz ansiosa. "Pense na solidão, na aridez, na falta de todo e qualquer conforto e de toda ajuda, caso ela seja necessária."

"Ajuda! E de que ajuda eu haveria de precisar em Gaster Fell?"

Ela me fitou por instantes, depois deu de ombros. "A doença não escolhe lugar. Se eu fosse homem, não iria querer morar sozinho lá."

"Já enfrentei perigos piores que esse", falei eu, rindo; "mas receio que sua pintura terá de ser interrompida, porque as nuvens estão aumentando e já senti alguns pingos."

De fato, estava mais do que na hora de procurarmos abrigo porque, nem bem terminada a frase, veio o cicio ritmado da chuva. Rindo feliz da vida, minha companheira jogou um xale sobre a cabeça e, pegando o papel e o cavalete, saiu correndo com a graça ágil de uma jovem corça pela ladeira forrada de tojo, enquanto eu seguia atrás, com o banquinho e a caixa de tintas.

O estranho foi perceber que, saciada minha curiosidade inicial por essa jovem indefesa que viera parar em nosso pequeno povoado, em vez de diminuir, meu interesse por ela aumentou. Juntos como estávamos, sem nem um único pensamento em comum com a boa gente que nos rodeava, não demorou para que surgissem amizade e confiança entre nós. Juntos, fizemos caminhadas matinais pelas charnecas e, à tarde, subimos o Moorstone Crag para ver, do alto do penedo, o rubro sol afundar nas águas distantes da baía de Morecambe. De si própria, ela falava com franqueza e sem reservas. A mãe morrera fazia muito tempo e ela passara a juventude num convento belga, de onde saíra finalmente para voltar a Yorkshire. O pai e um irmão, segundo ela me contou, constituíam toda a família que tinha. No entanto, quando a conversa calhava de girar em torno das causas que a haviam levado para morada tão solitária, era possuída por uma estranha frieza e, ou caía num profundo silêncio ou então mudava o rumo da conversa. De resto, era uma companheira excelente, simpática, culta, com aquele requinte ligeiro e picante de ideias que guardara da escola no exterior. Todavia a sombra que eu observara cair sobre ela na primeira manhã não estava jamais muito longe de sua cabeça e, em algumas ocasiões, cheguei a presenciar o sumiço brusco daquela sua risada feliz, como se alguma ideia lúgubre a tivesse invadido e afogado toda a alegria e felicidade da juventude.

Foi na véspera de minha partida de Kirkby-Malhouse que sentamos no banco verde do jardim, ela com o olhar sonhador, fitando com tristeza os montes sombrios; eu, com um livro nos joelhos, espiando disfarçadamente seu perfil adorável, espantado de ver como vinte anos de vida, apenas, tinham conseguido imprimir nele expressão de tamanha tristeza e melancolia.

"A senhorita já leu muito?", perguntei finalmente. "As mulheres hoje têm oportunidades que suas mães nunca nem imaginaram. Alguma vez já pensou na possibilidade de continuar os estudos, de fazer um curso superior, até mesmo de seguir alguma profissão liberal?"

Ela sorriu um sorriso cansado diante da ideia.

"Não tenho objetivos, não tenho ambição. Meu futuro é negro. Confuso. Um caos. Minha vida é como uma daquelas trilhas lá no alto das colinas. O senhor também as conhece, Monsieur Upperton. São regulares, retas e desimpedidas de início, mas em pouco tempo começam a dar guinadas para a esquerda e para a direita, entre rochedos e pedras, até que por fim acabam perdendo o próprio rumo em algum atoleiro. Em Bruxelas, minha trilha era reta; mas, *mon Dieu!* Quem poderá me dizer para onde esta há de me levar?"

"Não é preciso ser um profeta para tanto, senhorita Cameron", disse eu, com os modos paternais que duas vintenas de anos nos facultam. "Se eu tivesse o dom de ler o futuro, arriscaria dizer que a senhorita está destinada a cumprir com o destino de toda mulher, vale dizer, fazer um homem feliz e distribuir em volta, em algum círculo mais amplo, o prazer que sua companhia tem me proporcionado desde o momento em que a conheci."

"Não vou me casar nunca", retrucou ela, num tom tão decidido que me surpreendeu um pouco, e me divertiu outro tanto.

"Não vai se casar? E por que não?"

Um olhar estranho perpassou por suas feições sensíveis e ela repuxou nervosamente a relva que crescia a seu lado.

"Eu não ousaria", respondeu-me ela com uma voz trêmula de emoção.

"Não ousaria?"

"O casamento não é para mim. Tenho outras coisas a fazer. Aquela trilha da qual lhe falei é o caminho que terei de percorrer sozinha."

"Mas isso é triste", comentei. "Por que haveria de se desviar do destino de minhas próprias irmãs, ou de milhares de outras jovens senhoras que surgem no mundo a cada nova estação? Mas talvez isso se deva a um receio, a uma desconfiança que a senhorita nutre em relação aos seres humanos. De fato, o casamento traz alguns riscos, assim como a felicidade."

"O risco seria do homem que se casasse comigo", protestou ela. Logo em seguida, como se de repente tivesse achado que falara demais, pôs-se de pé e cobriu a cabeça com uma mantilha. "O ar está meio gelado esta noite, senhor Upperton." E, com isso, afastou-se mais que depressa, deixando a mim o encargo de refletir sobre as estranhas palavras que haviam saído de sua boca.

Eu havia receado que a vinda dessa mulher pudesse me desviar dos estudos, mas jamais previ que meus pensamentos e interesses sofreriam tamanha transformação em tão pouco tempo. Fiquei acordado até bem tarde da noite em meu pequeno gabinete, ponderando a respeito de meus próximos passos. Ela era jovem, linda e atraente, tanto em virtude da própria beleza como do estranho mistério que a envolvia. Contudo, quem era aquela mulher para me arredar dos estudos que me preenchiam a mente, ou para me fazer mudar o curso de vida que eu estabelecera para mim? Eu não era nenhum rapazote para me deixar abalar por uns olhos negros ou por um belo sorriso, no entanto em três dias, desde sua chegada, meu trabalho não fizera nenhum avanço. Obviamente, estava na hora de partir. Cerrei os dentes e jurei que antes de transcorridas outras vinte e quatro horas eu já teria cortado os recentes laços que havíamos formado e saído em busca do refúgio solitário que me esperava no alto da charneca. O desjejum mal tinha terminado quando um camponês arrastou até a porta da casa o rústico carrinho de mão que transportaria meus poucos pertences até a nova morada. Minha companheira permanecera em seus aposentos; e, por mais preparada que estivesse minha mente para combater-lhe a influência, dei-me conta de uma leve pontada de desgosto por ver que ela me deixava partir sem uma palavra de adeus. Meu carrinho de mão, com sua carga de livros, já se tinha posto a caminho e eu, tendo apertado a mão da sra. Adams, estava prestes a segui-lo, quando escutei um rápido rumor de passos na escada e logo em seguida lá estava ela, a meu lado, ofegante com a própria pressa.

"Quer dizer então que o senhor se vai? Vai mesmo?", disse ela.

"Meus estudos me chamam."

"E vai para Gaster Fell, é isso?"

"Exato; para a casinhola que mandei construir ali."

"E vai morar sozinho, lá?"

"Não. Com centenas de companheiros que estão indo no carrinho de mão."

"Ah, livros!", exclamou a jovem, com um lindo encolher dos ombros graciosos. "Mas vai ao menos me prometer uma coisa?"

"E que coisa seria essa?", perguntei espantado.

"Uma coisinha de nada. O senhor não vai se recusar, certo?"

"Basta você me dizer do que se trata."

Ela então inclinou para mim o lindo rosto, com uma expressão da mais intensa sinceridade.

"O senhor me promete que vai aferrolhar a porta, à noite?", disse-me ela, partindo antes que eu pudesse dizer algo em resposta a pedido tão extraordinário.

Foi muito estranho ver-me por fim devidamente instalado na solitária morada. Para mim, a partir dali, o horizonte se limitava a um círculo infecundo de inútil capim eriçado, pontilhado ao acaso por moitas de tojo e marcado por lúgubre profusão de estrias de granito. Ermo mais monótono e aborrecido, eu nunca vira; porém seu encanto estava justamente nessa monotonia. O que haveria ali, nas ondulantes colinas descoradas, ou no silencioso arco azulado do céu, para desviar meu pensamento das altas considerações com que se ocupava? Eu havia largado o rebanho humano e tomado, para melhor ou pior, uma vereda só minha. Juntamente com a humanidade, eu nutria a esperança de deixar para trás também a dor, a decepção, a emoção e todas as outras pequenas fraquezas humanas. Viver para o conhecimento, e só para ele, esse era o objetivo mais insigne que a vida poderia oferecer. No entanto, já na primeira noite passada em Gaster Fell, ocorreu um estranho incidente que levou meus pensamentos de volta para o mundo que eu abandonara.

A noite estava carrancuda e abafada, com massas lívidas de nuvens se juntando para as bandas do oeste. Com o passar das horas, o ar dentro de casa foi ficando mais denso e mais opressivo. Parecia haver um peso sobre minha testa e meu peito. De muito longe, chegavam os rugidos da trovoada, gemendo pela charneca inteira. Impossibilitado de dormir, vesti-me e, parado na porta da casinhola, olhei para a solidão negra que me rodeava. Abaixo não havia brisa nenhuma; porém acima as nuvens corriam majestosas e ligeiras pelo céu, com uma meia-lua espiando de vez em quando por entre as brechas. O murmúrio do Gaster Beck e o pio insípido de uma coruja eram os únicos ruídos que chegavam aos meus ouvidos. Pegando a estreita trilha de ovelhas que havia à margem do riacho, avancei coisa de cem metros. Já tinha me virado para voltar quando a lua foi finalmente enterrada por nuvens negras retintas e a escuridão se acentuou de forma tão repentina que não consegui mais enxergar nem a trilha sob meus pés, nem o riacho à minha direita, e tampouco as rochas à esquerda. Estava eu ali parado, tateando o denso negrume, quando veio o estouro de um trovão e o fulgor de um raio que iluminou todo o vasto monte, de tal sorte que cada arbusto e cada pedra apareceram com espantosa nitidez sob a luminosidade plúmbea. Não durou mais que um instante, no entanto aquela visão momentânea provocou em mim um calafrio de medo e espanto, e lá estava ela, com a luz azulada a iluminar-lhe o rosto e mostrar cada detalhe das feições e roupas. Não havia como confundir aqueles olhos escuros, aquela silhueta alta e graciosa. Era ela — Eva Cameron, a mulher a quem eu pensava ter deixado para sempre. Por uns momentos, permaneci petrificado, assombrado, me perguntando se poderia de fato ser ela mesmo, ou se não seria alguma invenção que meu cérebro exaltado criara. Depois corri com toda a rapidez na direção de onde a tinha visto, chamando seu nome bem alto, mas sem obter resposta. Chamei de novo e, de novo, não veio resposta nenhuma, a não ser o lamento melancólico da coruja. Um segundo raio iluminou a paisagem e a lua irrompeu de trás das nuvens. Entretanto não consegui, embora tivesse subido até o topo de um outeiro que descortinava toda a charneca, ver o menor sinal da estranha figura errante. Durante uma hora, mais ou menos, cruzei aquele morro até que por fim me vi de volta à casinha, ainda sem saber ao certo se tinha sido uma mulher ou uma sombra, o que eu divisara.

 Pelos três dias seguintes a essa tempestade noturna, curvei-me teimosamente sobre meu trabalho. Por fim começava a me parecer que eu havia atingido meu porto de descanso, meu oásis de estudo, pelo qual eu tanto ansiara. Mas, infelizmente, minhas esperanças e meus planos goraram todos! Uma semana depois de ter fugido de Kirkby-Malhouse, uma série de acontecimentos estranhíssimos e imprevistos não só rompeu com a calma de minha existência como também me encheu de emoções profundas, a ponto de expulsar todas as outras considerações de minha cabeça.

III. SOBRE A CASINHA CINZENTA NA RAVINA

Foi no quarto ou no quinto dia depois de ter me mudado que, espantado, percebi estar ouvindo passos em frente de casa, seguidos por uma batida que parecia ter sido dada com o auxílio de um cajado. A explosão de alguma máquina infernal não teria causado surpresa ou constrangimento maior. Eu acalentava a esperança de ter conseguido me desvencilhar para sempre de todas as intromissões e lá estava alguém batendo à minha porta com a mesma sem-cerimônia que teriam se ali fosse uma cervejaria. Irado, atirei o livro de lado e puxei o ferrolho bem quando minha visita ia erguendo o cajado para renovar seu rude pedido de acolhida. Era um homem alto, forte, de barba castanha e peito largo, vestido com um terno folgado de tweed cujo corte almejava mais o conforto do que a elegância. Com ele ali parado sob a luz forte do dia, pude examinar-lhe cada um dos traços fisionômicos. O nariz largo e carnudo; os olhos azuis muito sérios, encimados por bastas sobrancelhas; a testa ampla, toda franzida e marcada de sulcos, em estranho desacordo com a mocidade do porte. Apesar do chapéu de feltro surrado e do lenço colorido em volta do forte pescoço bronzeado, pude ver de imediato que se tratava de alguém de berço e educação. Eu estava preparado para algum pastor errante ou andarilho mal-educado e aquela aparição me deixou desconcertado.

"O senhor parece espantado", disse-me ele. "Achou então que fosse o único homem no mundo com pendores para a solidão? Pois já vê que existem outros ermitãos neste deserto, além do senhor."

"Está me dizendo que também mora por aqui?", perguntei, em tom de poucos amigos.

"Mais para lá", respondeu-me ele, jogando a cabeça para trás. "Como somos vizinhos, senhor Upperton, achei que o mínimo a fazer seria vir ver se posso lhe ser de alguma serventia, seja no que for."

"Muito obrigado", disse eu, com frieza, parado com a mão no trinco da porta. "Sou um homem de hábitos muito simples e não há nada que possa fazer por mim. Mas o senhor conta com uma vantagem, que é a de saber meu nome."

Meus modos desagradáveis esfriaram o entusiasmo da visita.

"Soube pelos carpinteiros que trabalharam aqui", explicou-me ele. "Quanto a mim, sou cirurgião, o cirurgião de Gaster Fell. É por esse nome que me tornei conhecido por estas paragens, e me serve tão bem quanto qualquer outro."

"Não que haja muitas oportunidades de clinicar por aqui", observei.

"Nem uma alma viva a não ser o senhor por muitos e muitos quilômetros nas duas direções."

"Está me parecendo que quem anda precisado de uma ajuda é o senhor", comentei, olhando de relance para uma mancha grande e branca, como se provocada por algum ácido potente, estampada no rosto do desconhecido.

"Isto não é nada", respondeu-me ele de modo lacônico, virando um pouco a face para esconder a marca. "Preciso voltar, porque tenho um companheiro me aguardando. Se algum dia puder fazer algo pelo senhor, por favor, não hesite em pedir. Basta seguir o ribeirão morro acima, por mais ou menos um quilômetro e meio, para achar minha casa. O senhor tem um ferrolho na porta?"

"Tenho", respondi-lhe, um tanto atônito com a pergunta.

"Mantenha a porta aferrolhada, então. Esta colina é estranha. Nunca se sabe quem pode estar por aqui. É melhor se prevenir. Adeus." Ele ergueu o chapéu, girou nos calcanhares e saiu a passos largos pela trilha ao longo do riacho.

Eu ainda estava parado, com a mão no trinco, espiando minha inesperada visita afastar-se, quando me dei conta de mais outro morador das charnecas. Um pouco mais adiante, na mesma trilha que o desconhecido seguia, havia uma enorme rocha cinzenta e, encostado nela, um homenzinho mirrado que endireitou o corpo quando o outro se aproximou e em seguida foi ter com ele. Os dois conversaram por um minuto ou mais, o mais alto mexendo várias vezes a cabeça em minha direção, como se descrevendo o que se passara entre nós. Depois seguiram em frente, lado a lado, e desapareceram numa depressão do caminho. Dali a instantes, tornaram a aparecer mais à frente, subindo de novo a charneca. Meu conhecido havia passado o braço em volta do ombro do amigo idoso, talvez num gesto de afeto, talvez para ajudá-lo na íngreme ladeira. Vi então o recorte nítido de ambos na linha do horizonte, a figura robusta de um e o porte engelhado do outro; a certa altura, eles viraram a cabeça e me olharam. Ao perceber o gesto, bati a porta mais que depressa, receoso de que pudessem pensar em voltar. Porém, quando fui espiar de novo pela janela, alguns minutos depois, vi que tinham ido embora.

Pelo resto do dia, lutei em vão para recuperar a indiferença perante o mundo e seus hábitos, condição imprescindível à abstração mental. Contudo, por mais que tentasse, os pensamentos teimavam em voltar ao cirurgião solitário e seu mirrado companheiro. O que estaria ele querendo dizer quando me perguntou se havia um ferrolho na porta? E como explicar que as últimas palavras de Eva Cameron tivessem sido do mesmo sinistro teor? Por várias e várias vezes especulei qual poderia ter sido o encadeamento de causas e efeitos que levaram dois homens tão dessemelhantes em idade e aspecto a morar juntos naqueles inóspitos morros despovoados. Estariam eles, assim como eu próprio, mergulhados em algum estudo fascinante? Seria possível que uma cumplicidade no crime os tivesse obrigado a fugir dos antros humanos? Algum motivo deveria haver, e bastante forte, por sinal, para levar um homem instruído a adotar tal existência. E só então comecei a me dar conta de que as multidões da cidade estorvam infinitamente menos do que o espírito de união que há no campo.

Permaneci o dia todo curvado sobre um papiro egípcio no qual estava trabalhando; porém nem o raciocínio sutil do antiquíssimo filósofo de Mênfis nem o significado místico que aquelas folhas continham conseguiram tirar-me a mente das coisas da Terra. A noite já vinha caindo quando empurrei o trabalho para o lado, desacorçoado. A intromissão daquele homem me deixara fervendo de indignação. Parado à margem do riacho que murmurejava diante da porta de minha casinhola, refresquei a testa febril e voltei a pensar no assunto. Claro que aquele pequeno mistério em torno de meus dois vizinhos é que insistia em reconduzir-me a mente ao assunto. Esclarecido o enigma, não haveria mais nenhum obstáculo a meus estudos. E o que me impedia, então, de caminhar até onde ambos moravam e observar, com os próprios olhos e sem deixar que suspeitassem de minha presença, que espécie de homens eram eles? Sem sombra de dúvida, o modo de vida da dupla acabaria por admitir uma explicação muito simples e prosaica. De toda forma, estava uma tarde linda e uma caminhada faria bem à mente e ao corpo. Acendendo meu cachimbo, parti charneca afora, na direção que ambos haviam tomado. O sol estava baixo e rubro no ocidente, afogueando as urzes com um rosa vivo e salpicando o vasto firmamento com todos os matizes, desde o verde mais pálido no zênite até o carmim mais profundo ao longo do horizonte longínquo. Aquela poderia muito bem ser a grande palheta na qual o pintor do mundo misturou as primeiras cores. De ambos os lados, os picos gigantescos do Ingleborough e do Pennigent olhavam com superioridade os sorumbáticos campos acinzentados entre uma montanha e outra. No caminho, os morros robustos foram se perfilando à esquerda e à direita até formar um vale estreito e bem definido, em cujo centro serpenteava o pequeno riacho. De um lado e de outro, linhas paralelas de rocha gris marcavam o nível de alguma antiga geleira, cuja moraina havia formado o solo fragmentado em volta de minha morada. Ásperos penedos, rochas talhadas a pique e fantásticas pedras retorcidas eram testemunhas do tenebroso poder do velho glaciar e mostravam onde os dedos gelados haviam rasgado e esburacado o sólido calcário.

Por volta da metade dessa ravina, havia um pequeno bosque de carvalhos atrofiados, de galhos contorcidos. Detrás das árvores, subia uma fina coluna de fumaça pelo ar parado de fim de tarde. Obviamente aquilo assinalava o local onde ficava a casa de meu vizinho. Desviando-me um pouco para a esquerda, cheguei ao abrigo de umas rochas e, assim, a um local de onde poderia comandar uma visão perfeita da construção sem me expor ao risco de ser descoberto. Era uma casa pequena, com telhado de ardósia, pouca coisa maior do que as pedras entre as quais se aninhava. Assim como a minha, mostrava sinais de ter sido construída para o uso de algum pastor; porém, ao contrário da minha, os atuais ocupantes não haviam feito o menor esforço para melhorá-la ou aumentá-la. Duas janelinhas acanhadas, uma porta esfolada e um barril descorado para armazenar a água da chuva eram os únicos objetos externos dos quais eu poderia extrair algum tipo de inferência a respeito dos moradores lá dentro. Entretanto, mesmo aqueles poucos itens davam o que pensar; sim, porque, ao chegar um pouco mais perto, ainda me escondendo por trás das pedras, vi que grossas barras de ferro protegiam as janelas, ao passo que a velha porta escalavrada fora entalhada com placas do mesmo metal. Precauções assim tão estranhas, aliadas à tristeza do ambiente e ao isolamento absoluto, conferiam um mau agouro indescritível e um caráter tenebroso à casinha solitária. Enfiando o cachimbo no bolso, arrastei-me, engatinhando por arbustos de tojo e samambaias até me ver a cem metros da porta do vizinho. Ali, percebendo que não poderia chegar mais perto sem correr o risco de ser descoberto, agachei-me e observei.

Eu tinha acabado de me acomodar no esconderijo quando a porta da casinhola se abriu e o homem que se apresentara como o cirurgião de Gaster Fell apareceu, de cabeça descoberta, com uma enxada nas mãos. Em frente da casa havia uma pequena horta plantada com batatas, ervilhas e outros tipos de verduras e, ali, ele se pôs em atividade, podando, roçando e arrumando, ao mesmo tempo que cantava com uma voz potente, ainda que não muito melodiosa. Ele estava entretido no trabalho, de costas para a casinhola, quando surgiu pela porta semiaberta a mesma criatura raquítica que eu vira pela manhã. Pude então reparar que se tratava de um homem de mais ou menos sessenta anos, enrugado, corcunda, frágil, com um rosto comprido, pálido, e alguns poucos tufos de cabelos grisalhos na cabeça. Com passos servis e oblíquos, arrastou-se até o companheiro, que só se deu conta de sua presença quando ele já estava bem próximo. Talvez tenham sido as passadas leves, ou a respiração, o que o acabou alertando, porque o moço se virou de chofre para encarar o velho. Cada qual deu um passo rápido na direção do outro, como se fossem se cumprimentar e depois — e até hoje sinto na pele o horror daquele instante — o sujeito mais alto avançou, derrubou o mais baixo por terra e, recolhendo o corpo, cruzou em grande velocidade o terreno que o separava da porta, desaparecendo com seu fardo no interior do casebre.

Calejado como eu estava por minha vida tão variada, o inesperado e a violência daquilo que eu presenciara me causaram um arrepio. A idade do homem, seu porte franzino, os modos humildes, sua submissão, tudo apontava para a infâmia do ato. Senti tamanha indignação que já ia me dirigir para lá, desarmado como estava, quando escutei vozes vindo do interior da casa, sinal de que a vítima recobrara os sentidos. O sol tinha acabado de se pôr e tudo em volta estava cinzento, exceto por um penacho vermelho no cume do Pennigent. Seguro na pouca luz, aproximei-me um pouco mais e apurei os ouvidos para captar o que estava sendo dito. Podia ouvir a voz ardida e queixosa do mais velho, misturada com estranhos fragores e estrépitos metálicos. Não demorou para que o cirurgião saísse, trancando a porta atrás de si, e começasse a palmilhar a terra em volta, para baixo e para cima, puxando os cabelos e agitando os braços, qual um demente. Depois, saiu andando a passos rápidos vale acima e logo se perdeu entre as rochas. Quando o ruído de seus passos sumiu por completo, aproximei-me da casinhola. O prisioneiro continuava despejando uma saraivada de palavras, ao mesmo tempo que gemia, de quando em quando, como um homem acometido por dores. Palavras que, ao chegar mais perto, percebi serem preces — orações volúveis e esganiçadas, mastigadas com a intensa ansiedade de alguém que vê um perigo urgente e iminente. Para mim, havia algo de inexprimivelmente tenebroso nesse jorro de súplicas solenes que saía da boca do sofredor solitário; rogos que não se destinavam a ouvidos humanos e que estremeciam o silêncio da noite. Eu ainda refletia se deveria ou não me imiscuir na questão quando ouvi ao longe o som das passadas do cirurgião voltando para casa. Mais que depressa, apoiei-me nas barras de ferro e espiei pela vidraça da janela. O interior da casinha estava iluminado por um brilho lúgubre que vinha de algo que, mais tarde, descobri ser um forno químico. Sob a luz abundante, pude divisar uma grande quantidade de retortas, tubos de ensaio e condensadores que reluziam sobre a mesa e lançavam sombras grotescas, curiosas, na parede. No outro extremo do cômodo havia uma estrutura de madeira semelhante a um galinheiro e, lá dentro, ainda absorto em preces, o homem cuja voz eu havia escutado, de joelhos. Os laivos rubros que lhe batiam no rosto voltado para cima destacavam-no das sombras como se fora uma tela de Rembrandt, mostrando cada ruga da pele encarquilhada. Só tive tempo de dar uma olhada muito rápida; depois, baixando da janela, escapei por entre as pedras e urzes e não diminuí o passo até me ver de volta, são e salvo, dentro de casa. Ali, atirei-me sobre o sofá, mais abalado e perturbado do que imaginava ser possível me sentir de novo.

Alta noite já, e eu continuava agitado, revirando-me no travesseiro incômodo, incapaz de conciliar o sono. Uma estranha teoria se formara em minha mente, sugerida pelo elaborado equipamento científico que eu tinha visto. Seria possível que aquele cirurgião estivesse dando andamento a experiências insondáveis e medonhas que exigiam roubar ou no mínimo corromper a vida do companheiro? Tal suposição responderia pelo isolamento da existência que levava, mas como conciliar isso com a profunda amizade que me parecera existir entre ambos naquela mesma manhã? Seria dor ou loucura o que o fizera arrancar os cabelos e torcer as mãos ao sair de sua casa? E a doce Eva Cameron, seria possível que ela também fizesse parte do sinistro conluio? Quer dizer então que era para visitar meus pavorosos vizinhos que ela empreendia suas curiosas excursões noturnas? E, se fosse esse o caso, que laços uniriam um trio tão disparatado? Por mais que eu tentasse, não conseguia chegar a nenhuma conclusão satisfatória. Quando, finalmente, ferrei num sono agitado, foi tão somente para voltar a ver em sonhos os estranhos episódios do fim de tarde e acordar de madrugada, debilitado e abatido.

Quanto às dúvidas que eu talvez tivesse sobre ter ou não visto Eva Cameron na noite da tempestade, essas foram finalmente dirimidas naquela manhã. Caminhando ao longo da trilha que levava à colina, vi, num local onde o solo estava fofo, a marca de um pé — do pé pequeno e gracioso de uma mulher bem calçada. Aquele salto minúsculo e aquele arco acentuado da planta não poderiam pertencer a mais ninguém senão a minha companheira em Kirkby-Malhouse. Segui-lhe as pegadas durante um certo trecho, até perdê-las em terreno duro e pedregoso; porém ainda assim elas continuaram apontando, pelo que me foi possível discernir, para a solitária e malfadada casinhola. Que poder seria esse, capaz de fazer aquela jovem tão meiga atravessar as medonhas charnecas, em meio a ventanias, chuva e escuridão, para ir a encontro tão bizarro?

Mas por que deixar que minha mente se preocupasse com tais coisas? Por acaso não me orgulhava de viver uma vida própria, para além da esfera de meus semelhantes? Porventura iria deixar que todos os meus planos e decisões viessem por água abaixo apenas porque os hábitos de meus vizinhos pareciam estranhos? Era indigno, era pueril. Através de um esforço ininterrupto, tentei expulsar as influências daninhas e voltar à velha rotina. Não foi tarefa fácil. Mas, alguns dias depois, durante os quais não deixei um só segundo a casinha, sendo que eu já tinha quase conseguido recuperar minha paz de espírito, um novo incidente impeliu meus pensamentos de volta à velha senda.

Eu já disse que havia um pequeno riacho correndo pelo vale que passava diante de minha porta. Mais ou menos uma semana depois dos fatos que relatei, estava sentado à janela quando percebi alguma coisa boiando devagar correnteza abaixo. A primeira ideia que me ocorreu foi que se tratava de alguma ovelha em apuros; apanhei então meu cajado, caminhei até a margem do ribeirão e fisguei-a. Qual não foi minha surpresa ao constatar que se tratava de um lençol, rasgado e esfiapado, com as iniciais J. C. num dos cantos. Contudo o que lhe conferia significado funesto era o fato de estar, de uma bainha à outra, salpicado e manchado de sangue. Nos lugares onde ficara submerso na água, havia apenas uma nódoa clarinha; ao passo que em outros as manchas mostravam que o sangue era recente. Estremeci ao olhar para aquilo. O lençol só poderia ter vindo da casinhola solitária na ravina. Que prática sombria e violenta teria deixado esse horrendo vestígio atrás de si? Eu me iludira, ao achar que a família humana não significava mais nada para mim, porque todo o meu ser foi absorvido pela curiosidade e pelo ressentimento. Como permanecer neutro quando coisas terríveis estavam sendo perpetradas a um quilômetro e meio dali? Senti que o velho Adão continuava fortíssimo dentro de mim e que eu *precisava* solucionar o mistério. Fechando a porta da casa, entrei na ravina e pus-me a caminho da morada do cirurgião. Não tinha ido muito longe quando topei com o próprio. Ele andava a passos rápidos pela beirada do morro, batendo nas moitas de tojo com um porrete e gritando como um demente. De fato, ao vê-lo, as dúvidas que me haviam assaltado quanto à sanidade daquela criatura foram reforçadas e confirmadas. Quando ele se aproximou, reparei que o braço esquerdo estava suspenso numa tipoia. Ao perceber minha presença, parou indeciso, como se não soubesse se deveria se aproximar ou não. Eu, contudo, não tinha o menor desejo de lhe dirigir a palavra; de modo que estuguei o passo e meu vizinho seguiu seu caminho, ainda berrando e dando com o porrete a torto e a direito. Assim que sumiu em meio às colinas, fui até sua casa, decidido a encontrar alguma pista sobre o que ocorrera. Ao chegar, espantei-me de encontrar escancarada a porta reforçada com placas de ferro. O terreno bem à frente dela guardava as marcas de alguma luta. Os equipamentos de química lá dentro, e a mobília, estavam revirados e estilhaçados. O mais sugestivo de tudo, porém, era que a sinistra gaiola de madeira exibia manchas de sangue e seu desafortunado ocupante desaparecera. Meu coração condoeu-se do infeliz homenzinho; eu tinha absoluta certeza de que nunca mais o veria neste mundo. Por toda a extensão do vale havia várias pirâmides de pedra, os cairns, que em tempos remotos marcavam monumentos fúnebres, e perguntei-me qual deles ocultaria os resquícios do derradeiro ato da longa tragédia.

Não havia nada na casinhola que pudesse esclarecer quem eram meus vizinhos. O aposento estava repleto de instrumentos de química e delicados aparelhos filosóficos. Num dos cantos, uma pequena estante continha uma seleção excelente de obras científicas. Numa outra havia uma pilha de espécimes geológicos colhidos da pedra calcária. Meus olhos percorreram rapidamente esses detalhes todos; porém não havia tempo para um exame mais detalhado, eu temia que, ao regressar, o cirurgião me encontrasse ali. Deixando a casinha na ravina, voltei com o coração pesado. Uma sombra sem nome pairava sobre o desfiladeiro desolado — a pesada sombra do crime não reparado que fazia ainda mais lúgubres as lúgubres colinas e mais tenebrosas e ameaçadoras as charnecas já tão bravias. Minha mente hesitava entre ir e não ir a Lancaster para comunicar à polícia o que tinha visto. O cérebro, porém, recuou repugnado diante da perspectiva de me tornar testemunha de uma *cause célèbre* e acabar às voltas com advogados atarefados ou então com a imprensa oficiosa xeretando e fuçando em meu modo de vida. Então fora para isso que eu me afastara de meus semelhantes e me instalara naquele ermo isolado? A ideia de qualquer publicidade me causava profunda aversão. Seria melhor, quem sabe, esperar e observar, sem dar nenhum passo decisivo, até chegar a uma conclusão mais definitiva a respeito do que tinha visto e ouvido.

Não vislumbrei mais o cirurgião, na volta; mas, ao chegar, fiquei atônito e indignado ao constatar que alguém entrara em casa durante minha ausência. Caixotes haviam sido puxados de sob a cama, as cortinas tinham sido mexidas, as cadeiras deslocadas da parede. Nem mesmo meu gabinete de estudos ficara a salvo do rústico intruso, já que havia pegadas de botas bem pesadas perfeitamente visíveis no tapete cor de ébano. Não sou um homem lá muito paciente, na melhor das circunstâncias; mas essa invasão e o exame sistemático de meus pertences domésticos agitaram até a última gota de fel que havia em mim. Praguejando em voz baixa, tirei meu velho sabre de cavalaria da parede e passei o dedo pelo fio da lâmina, para testar o gume. Havia um grande chanfro no meio, onde o sabre batera na clavícula de um artilheiro bávaro, no dia em que forçamos Van der Tann a recuar. Mas continuava afiado o bastante para dar conta do recado. Coloquei-o na cabeceira da cama, ao alcance do braço, pronto para oferecer uma acolhida zelosa ao próximo visitante indesejado que pudesse aparecer.

IV. O HOMEM QUE VEIO À NOITE

A noite caiu com prenúncio de tempestade tendo no alto uma lua toda encilhada por nuvens esfarrapadas. O vento soprava em rajadas melancólicas, aos soluços e suspiros pela charneca, arrancando gemidos dos arbustos de tojo. De quando em quando, alguns borrifos de chuva tamborilavam na vidraça. Fiquei até a meia-noite examinando um fragmento sobre a imortalidade escrito por Iâmblico, o platônico alexandrino classificado pelo imperador Juliano como posterior a Platão no tempo, mas não na genialidade. Por fim, fechando o livro, abri a porta de casa e dei uma última espiada no morro funesto e no céu ainda mais ruinoso. Ao pôr a cabeça para fora, uma rajada de vento me atingiu, fazendo com que as brasas vermelhas de meu cachimbo faiscassem e dançassem nas trevas. Nesse mesmo momento, a lua brilhou com intensidade entre as nuvens e eu vi, sentado na encosta, a pouco menos de duzentos metros de minha porta, o homem que se intitulava o cirurgião de Gaster Fell. Ele estava agachado em meio à urze, com os cotovelos espetados nos joelhos e o queixo apoiado sobre as mãos, tão imóvel quanto uma pedra, com o olhar fixo na porta de minha casa.

Ao ver sentinela tão agourenta, um calafrio de horror e receio invadiu-me o corpo, porque além do feitiço das misteriosas ligações nocivas da criatura, a hora e o lugar harmonizavam com a presença deletéria. Em instantes, contudo, uma comichão viril de ressentimento e autoconfiança expulsou-me a emoção trivial da mente e caminhei sem temor na direção dele. Com minha aproximação, o outro levantou-se e encarou-me com o luar batendo em cheio no rosto grave, de barbas fartas, e cintilando-lhe nos olhos claros.

"O que significa isto?", exclamei, assim que me aproximei o suficiente. "Que direito tem o senhor de vir me espionar?" Não me escapou a onda de rubor irritado que lhe subiu às faces.

"Sua permanência no campo o fez descuidado com as boas maneiras", disse-me ele. "A charneca é aberta a todos."

"E decerto vai me dizer agora que minha casa também está aberta a todos", retruquei eu, enraivecido. "O senhor teve a impertinência de revistá-la em minha ausência, esta tarde."

Meu interlocutor levou um susto e as feições traíram a mais intensa emoção. "Eu lhe dou minha palavra que não tive nada a ver com isso", afirmou ele. "Nunca pus os pés em sua casa, em toda a minha vida. Ah, meu senhor, meu senhor, se ao menos acreditasse em mim. Há um perigo rondando sua casa e eu o aconselho a ter muito cuidado."

"O senhor esgotou minha paciência", retruquei eu. "Eu vi a surra covarde que aplicou num momento em que se acreditava protegido de todo e qualquer olhar humano. E estive em sua casa, também, e conheço tudo que ela tem para contar. Se houver lei na Inglaterra, o senhor há de morrer na forca para pagar pelo que fez. Quanto a mim, sou um velho soldado, cavalheiro, e estou armado. Não vou passar o ferrolho na porta. Mas se porventura o senhor ou qualquer outro vilão tentar cruzar minha soleira, saiba que os riscos não são pequenos." E, com essas palavras, fiz meia-volta e retornei à casa. Quando me virei para olhá-lo da porta, meu vizinho continuava imóvel, uma triste figura entre as urzes, de cabeça descaída no peito. Dormi um sono agitado a noite inteira; porém não ouvi mais nenhum ruído por parte da estranha sentinela e tampouco ele estava à vista quando tornei a olhar, pela manhã.

Por dois dias, o vento soprou mais gelado e mais forte, com pancadas constantes de chuva, até que, na terceira noite, despencou sobre a Inglaterra a mais furiosa tormenta de que tenho lembrança. Os trovões ribombavam e faziam estremecer o céu, ao passo que os raios iluminavam todo o firmamento. O vento soprava a intervalos, ora soluçando de modo calmo, ora, num repente, esmurrando, aos uivos, as vidraças das janelas, até que o próprio vidro começava a chacoalhar na moldura. O ar carregado de eletricidade e sua peculiar influência, junto com os episódios estranhos com os quais eu estivera envolvido, despertaram e aguçaram sobremaneira minha morbidez. Percebi que seria inútil ir para a cama, e tampouco conseguiria me concentrar o bastante para ler um livro. Baixei a lamparina até atingir uma luminosidade suave, afundei no sofá e entreguei-me aos devaneios. Devo ter perdido toda e qualquer noção das horas, porque não tenho lembrança de quanto tempo permaneci ali sentado, na fronteira entre a consciência e o sono. Enfim, por volta das três da manhã, ou quem sabe quatro, voltei a mim com um sobressalto — não só voltei a mim como voltei com todos os sentidos e nervos apurados. Olhando o aposento envolto em penumbra, não vi nada que justificasse a repentina agitação. A saleta aconchegante, a janela banhada de chuva e a rústica porta de madeira estavam como sempre tinham estado. Já começava a me convencer de que algum sonho semiformado provocara aquela vaga comoção em meus nervos quando, num átimo de segundo, tomei consciência do que se tratava. Era o ruído — o ruído de passos humanos do lado de fora de minha solitária morada.

Em que pesem a trovoada, a chuva e o vento, ainda assim escutei o barulho — o barulho surdo de uma pisada furtiva, ora na relva, ora nas pedras — que de vez em quando parava por completo, depois recomeçava, cada vez mais perto. Endireitei o corpo, assustado, a escutar o som fantasmagórico. As passadas pararam bem na porta e foram substituídas por ruídos arfados e resfolegantes de quem andara muito e depressa. Apenas a grossura daquela porta me separava desse sonâmbulo de passos leves e respiração pesada. Não sou nenhum covarde, porém a selvageria daquela noite, o vago aviso que eu recebera e a proximidade desse estranho visitante me deixaram tão apreensivo que eu seria incapaz de dizer alguma coisa, tão seca estava minha boca. Estendi a mão, todavia, e agarrei meu sabre, com os olhos fixos na entrada da casinhola. Eu rezava em silêncio para que aquela coisa, ou o que quer que fosse, batesse na porta, ameaçasse, chamasse meu nome ou fornecesse alguma pista quanto a seu caráter. Qualquer perigo conhecido seria melhor do que aquele horrível silêncio, interrompido apenas pelos resfôlegos rítmicos.

À luz fraca da lamparina em vias de apagar, vi o puxador da porta mexer, como se alguém estivesse exercendo uma pressão muito branda nele pelo lado de fora. Devagar, devagar, o trinco foi sendo liberado, até que se fez uma pausa de um quarto de minuto ou mais, em que continuei sentado, em silêncio, com os olhos esbugalhados e o sabre desembainhado. Em seguida, muito lentamente, a porta começou a girar nos gonzos e o ar cortante da noite entrou assobiando pela fresta. Com toda a cautela, ela continuou sendo aberta de tal sorte a evitar que as dobradiças enferrujadas fizessem ruído. À medida que o vão foi se alargando, divisei uma figura escura, envolta em sombras, em minha soleira, e um rosto pálido que me fitava. As feições eram humanas, mas os olhos não. Eles pareciam iluminar o negrume em volta com um brilho esverdeado todo próprio; e em seu fulgor maléfico e enganador, tomei consciência do espírito mesmo do crime. Saltando do sofá, eu já tinha erguida a espada nua quando, com um berro ensandecido, uma segunda figura entrou-me porta adentro. À aproximação desse novo intruso, minha espectral visita soltou um berro ardido e saiu correndo morro afora, ganindo qual um cão surrado. A borrasca tornou a engolir as duas criaturas que dela tinham surgido, como se fossem a personificação das vergastadas do vento e da inclemência da chuva.

Ainda espicaçado pelo medo recente, continuei parado na porta, espiando a noite, com os berros discordantes dos fugitivos a retinir nos ouvidos. Naquele momento, um raio poderoso iluminou toda a paisagem, deixando-a clara como o dia. À luz do relâmpago, vi ao longe duas silhuetas escuras correndo, uma atrás da outra e a grande velocidade pelos morros. Mesmo daquela lonjura, o contraste entre um e outro impedia qualquer dúvida quanto a quem seriam. O primeiro era o homenzinho idoso que eu supunha morto; o segundo, meu vizinho, o cirurgião. Por alguns instantes, apareceram com uma nitidez espantosa sob a luz fantasmagórica; logo depois, o negrume se fechou em volta deles e sumiram ambos. Ao virar-me para entrar, meu pé tropeçou em algo na soleira. Baixando-me, descobri tratar-se de uma faca de lâmina reta, feita todinha de chumbo, tão macia e quebradiça que me pareceu escolha curiosa para se ter como arma. Para torná-la ainda mais inofensiva, a ponta fora cortada, transformando-a em instrumento rombudo. A lâmina, entretanto, tinha sido afiada inúmeras vezes numa pedra, como evidenciavam as várias marcas, de modo que ainda era uma ferramenta perigosa, nas mãos de alguém decidido. Evidentemente caíra das mãos do homenzinho quando da súbita chegada do cirurgião. E não havia mais nenhuma dúvida em relação ao objetivo da visita.

E qual foi o significado disso tudo, o leitor há de me perguntar. Muitos foram os dramas com que topei em minha vida errante, alguns tão estranhos e surpreendentes quanto esse, aos quais faltou a explicação derradeira que agora o leitor exige. O destino é um grande tecelão de lendas; entretanto, e de forma geral, costuma terminá-los contrariando todas as leis artísticas e com uma falta indecorosa de consideração para com a etiqueta literária. Acontece, porém, que tenho uma carta comigo que estou pensando em acrescentar aqui, sem mais nenhum comentário, e que há de esclarecer tudo quanto resta de obscuro.

Asilo de Loucos de Kirkby,
4 de setembro de 1885

Prezado senhor, estou plenamente consciente de que lhe devo um pedido de desculpas e uma explicação pelos acontecimentos espantosos e, a seus olhos, misteriosos ocorridos há pouco tempo e que tão seriamente interferiram com a existência isolada que o senhor pretendia levar. Eu deveria ter ido vê-lo na manhã seguinte à recaptura de meu pai; mas conhecendo sua aversão por visitas e também — e aqui peço que me perdoe a franqueza — seu temperamento bastante violento, fui levado a acreditar que seria melhor comunicar-me por carta. Durante nosso último encontro, eu deveria ter lhe contado o que vou lhe contar agora; mas suas alusões a algum crime do qual me considerava culpado, e sua partida repentina, impediram que eu dissesse aquilo que trazia na ponta da língua.

Meu pobre pai trabalhava com afinco como clínico-geral na cidade de Birmingham, onde até hoje seu nome é lembrado e respeitado. Há uns dez anos, porém, começou a dar sinais de uma aberração mental que nós, de início, atribuímos a excesso de trabalho e aos efeitos de uma insolação. Sentindo-me incompetente para dar um diagnóstico em caso de tamanha monta, procurei de imediato os mais altos pareceres, tanto em Birmingham quanto em Londres. Entre outros, consultamos o eminente alienista Fraser Brown, segundo quem o caso de meu pai era intermitente por natureza, mas perigoso durante seus paroxismos. "Ele pode sofrer uma guinada tanto homicida quanto religiosa", declarou o médico, "ou talvez uma mistura de ambos. Durante meses, ele pode permanecer tão bem quanto o senhor ou eu, e de repente, num instante, entrar em crise. O senhor será o principal responsável, se o deixar sem supervisão."

E os resultados fizeram justiça ao diagnóstico do especialista. Em pouco tempo a doença de meu pobre pai sofreu uma guinada tanto religiosa quanto homicida, com ataques que ocorriam sem o menor aviso, depois de meses de sanidade. Não irei cansá-lo com descrições das terríveis experiências por que passou nossa família. Basta dizer que, pelas bênçãos do bom Deus, conseguimos manter livres de sangue seus dedos enlouquecidos. Minha irmã Eva, eu enviei a Bruxelas, depois do que passei a me dedicar por completo ao caso dele. Meu pai tinha um grande pavor de manicômios; e, em seus intervalos de sanidade, me implorava com tamanha veemência para não ser condenado a ir para um, que nunca encontrei coragem para resistir-lhe à vontade. No fim, contudo, os surtos tornaram-se tão fortes e perigosos que decidi, pelo bem de todos ao meu redor, tirá-lo da cidade e levá-lo à região mais erma que pudesse encontrar. E essa região foi justamente Gaster Fell, onde ele e eu fixamos residência.

Eu possuía uma renda suficiente para me manter e, tendo me dedicado à química, fui capaz de passar o tempo com um grau razoável de conforto e proveito. Ele, pobre infeliz, era tão submisso quanto uma criança, quando em seu juízo perfeito; e homem nenhum poderia desejar companhia melhor e mais bondosa. Fizemos juntos um compartimento de madeira dentro do qual ele poderia se refugiar quando sofresse um acesso; e eu reformei a janela e a porta para mantê-lo confinado dentro de casa sempre que surgisse a suspeita de haver um novo ataque a caminho. Olhando em retrospecto, posso dizer com segurança que nenhuma precaução foi esquecida; até mesmo os indispensáveis utensílios de mesa eram de chumbo e rombudos, para evitar que meu pai causasse algum mal em seus frenesis.

Durante meses após nossa mudança, ele parecia estar melhorando. Não sei se devido ao ar puro, ou à ausência de qualquer incentivo à violência, o fato é que, por uns tempos, não demonstrou o menor sinal da terrível desordem que o afetava. Foi sua chegada que, pela primeira vez, perturbou-lhe o equilíbrio mental. Só de vê-lo, ainda que ao longe, sentiu despertar todos aqueles impulsos mórbidos que jaziam dormentes. Uma noite, ele se aproximou sorrateiro de mim, com uma pedra na mão, e teria me liquidado se eu, optando pelo menor de dois males, não o tivesse derrubado ao chão e trancafiado na gaiola, antes que recobrasse os sentidos. Essa súbita recaída, é claro, me deixou profundamente preocupado. Durante dois dias, fiz tudo que estava a meu alcance para acalmá-lo. No terceiro, ele parecia mais sossegado, mas, infelizmente, não passava de encenação, fruto da esperteza do louco. Não sei como, meu pai conseguiu afrouxar duas travas da gaiola; e eu, desprevenido pela aparente melhora, entretido com minha química, de repente fui atacado por ele, de faca em punho. Na briga, ele me cortou o braço e escapou antes que eu me recuperasse e tivesse tempo de ver qual caminho tomara. Meu ferimento era coisa de pouca monta e, durante vários dias, vaguei pelos morros, revirando cada moita em minha busca infrutífera. Eu estava convencido de que ele atentaria contra sua vida, convicção essa que foi reforçada quando soube que alguém, durante sua ausência, entrara na casa. Foi então que resolvi vigiá-lo durante a noite. Uma ovelha morta que encontrei largada na charneca, toda retalhada, mostrou-me que meu pai não estava sem comida e também que o impulso homicida continuava forte dentro dele. Por fim, conforme eu esperava, ele tentou invadir sua casa, ato que, não fosse minha intervenção, teria terminado na morte de um ou de outro. Ele correu e lutou como um animal selvagem; porém eu estava tão desesperado quanto ele e consegui arrastá-lo de volta para casa. Esse derradeiro fracasso convenceu-me de que qualquer esperança de melhora se fora para sempre. Na manhã seguinte, trouxe-o para este estabelecimento, onde agora, alegro-me em dizê-lo, meu pai vai voltando ao normal.

Permita-me uma vez mais, cavalheiro, manifestar meu pesar por tê-lo submetido a tamanha provação.

Sinceramente,
John Light Cameron

E assim foi a história da estranha família cujo destino um dia cruzou com o meu. Desde aquela noite terrível, nunca mais vi nem ouvi falar deles todos, salvo por essa única carta que transcrevi. Continuo até hoje morando em Gaster Fell, ainda com a mente embrenhada nos segredos do passado. Mas quando saio a passear pela charneca, e quando vejo a casinhola deserta entre as pedras cinzentas, é inevitável que meus pensamentos se voltem para o drama bizarro e para a singular dupla que invadiu minha solidão.

Apresentação e tradução de Beth Vieira

ROBERT LOUIS STEVENSON

O rapa-carniça

  Não é preciso apresentar as credenciais de Robert Louis Stevenson como autor de contos de horror: todo leitor que se preza conhece o nome por trás de O médico e o monstro. *Nascido em Edimburgo, em 1850, numa família de religião severa, Stevenson foi criança de saúde frágil, vítima de uma doença pulmonar que o perseguiu a vida inteira e que o levou a migrar da sua Escócia natal rumo a paragens mais ensolaradas: o Sul da França, os Estados Unidos, o Pacífico Sul; acabou por se instalar com a esposa Fanny em Samoa, onde ganhou dos nativos a alcunha de Tusitala, "contador de histórias"; veio a falecer ali, em dezembro de 1894.*

  Mesmo depois de livros deliciosos como A ilha do tesouro, Raptado *e* As novas mil e uma noites, *Stevenson ainda teve que enfrentar algum desdém crítico: passava por ser autor menor, para meninos, dotado de inventiva meramente folhetinesca. O século XX e sobretudo o argentino Jorge Luis Borges encarregaram-se de emendar esse juízo: Borges louvava sua inventiva clara, sua escrita lúcida, e o declarava "digno de nossa amizade".*

  Além de O médico e o monstro, *Stevenson testou várias vezes a mão no conto de horror, quase sempre mesclado a um elemento fantástico; é o caso de "Markheim" e deste "O rapa-carniça". Note o leitor, contudo, que as preocupações morais, infundidas no autor em sua infância calvinista e presentes na história do dr. Jekyll e do sr. Hyde, também se fazem sentir nesta história de 1884. Pois qual será o ápice do conto: a revelação fantástica e terrível que o arremata ou o minucioso processo de corrupção humana que a precede? Onde mora o horror maior?*

Todas as noites do ano, éramos quatro a ocupar o pequeno reservado do George, em Debenham — o agente funerário, o patrão, Fettes e eu. Às vezes havia mais gente; mas, viesse o que viesse, chuva, neve ou geada, nós quatro não falhávamos, cada qual plantado em sua poltrona de sempre. Fettes era um velho escocês bêbado, obviamente homem de boa formação e de algumas posses também, uma vez que vivia em ócio. Chegara a Debenham anos antes, ainda jovem, e pela mera permanência prolongada se tornara cidadão adotivo. Seu manto de chamalote azul era uma das relíquias locais, ao lado da flecha da igreja. Seu lugar no reservado da estalagem, sua ausência da igreja e seus vícios antigos, crapulosos e indignos eram vistos com naturalidade em Debenham. Tinha algumas opiniões radicais imprecisas e algumas infidelidades passageiras, que de tanto em tanto manifestava e pontuava com murros trêmulos na mesa. Bebia rum — cinco copos de lei, toda noite; e, em sua visita cotidiana ao George, permanecia quase o tempo inteiro sentado, o copo na mão direita, num estado de melancólica saturação alcoólica. Nós o chamávamos Doutor, pois dizia-se que tinha algum conhecimento médico e que, em ocasiões de apuro, tratara de uma fratura ou pusera no lugar um membro deslocado; mas, afora esses parcos detalhes, não sabíamos nada de seu caráter ou de sua vida pregressa.

Certa noite escura de inverno — o relógio dera nove horas pouco antes que o patrão se juntasse a nós —, chegou ao George um homem enfermo, um graúdo proprietário de terras da região, vitimado por uma apoplexia a caminho do Parlamento; e o importantíssimo médico londrino do importante personagem foi convocado por telégrafo para a cabeceira do doente. Era a primeira vez que coisa do gênero acontecia em Debenham, pois a ferrovia só recentemente fora inaugurada, e todos nós ficamos devidamente comovidos com o fato.

"Ele chegou", disse o patrão, abastecido e aceso o cachimbo.

"Ele?", disse eu. "Quem? O médico?"

"Ele mesmo", respondeu nosso anfitrião.

"Como se chama?"

"Doutor Macfarlane", disse o patrão.

Fettes já ia avançado no terceiro copo e estava tonto, atordoado, ora cabeceando, ora olhando fixamente à volta; mas a essa última palavra pareceu despertar e repetiu duas vezes o nome "Macfarlane", baixinho na primeira vez mas com súbita emoção na segunda.

"Exato", disse o patrão, "é esse o nome. Doutor Wolfe Macfarlane."

Fettes ficou sóbrio de um só golpe; os olhos despertaram, a voz soou clara, alta e firme, as palavras enérgicas e graves. Todos nos espantamos com a transformação, como se um homem tivesse se erguido do meio dos mortos.

"Desculpem-me", disse ele, "acho que não estava prestando muita atenção na conversa. Quem é esse Wolfe Macfarlane?" E, depois de ouvir o patrão até o fim, acrescentou: "Não pode ser, não pode ser... Mas mesmo assim eu gostaria de encontrá-lo frente a frente".

"Você o conhece, Doutor?", perguntou o agente funerário, boquiaberto.

"Deus me livre!", foi a resposta. "Mas esse nome é incomum; seria estranho existirem duas pessoas com o mesmo nome. Diga, patrão, ele é velho?"

"Bem", disse o dono da estalagem, "jovem ele não é, e o cabelo é branco; mas parece mais jovem do que você."

"Mas é mais velho, vários anos mais velho. Além disso", continuou, com um murro na mesa, "o que vocês veem no meu rosto é o rum — o rum e o pecado. Talvez o sujeito tenha consciência leve e boa digestão. Consciência! Logo eu, falando. Para vocês, sou um velho e bom cristão, um homem direito, não é mesmo? Nada disso, não sou; nunca fraquejei. Talvez Voltaire, na minha pele, tivesse fraquejado; mas a inteligência", disse ele, tamborilando na cabeça calva, "a inteligência era clara e alerta, eu via as coisas e não fazia ilações."

"Se você conhece esse médico", arrisquei-me a dizer, depois de uma pausa um tanto penosa, "devo concluir que não partilha da boa opinião do nosso patrão."

Fettes ignorou minhas palavras.

"É", disse, com súbita determinação, "preciso encontrá-lo frente a frente."

Depois de outra pausa, uma porta se fechou com estrépito no andar de cima e ouvimos passos na escada.

"É o doutor", exclamou o patrão. "Depressa, se quiser alcançá-lo."

Não mais que dois passos separavam o reservado da porta da velha estalagem; a larga escadaria de carvalho dava quase na rua; entre a soleira e o último lance de degraus havia espaço para um tapete turco e nada mais; mas todas as noites aquele pequeno espaço era brilhantemente iluminado, não apenas pela luz da escada e pelo grande lampião pendurado debaixo da tabuleta como também pelo reflexo cálido da vidraça do bar. Era assim, luminosamente, que a estalagem se anunciava aos que passavam pela rua fria. Fettes avançou até ali sem vacilar e nós, logo atrás, vimos como os dois homens se encontraram frente a frente, como dissera um deles. O dr. Macfarlane era atento e vigoroso. Seu cabelo branco realçava feições pálidas e serenas, embora intensas. Estava ricamente vestido, com a melhor casimira e o linho mais branco, uma pesada corrente de ouro para o relógio e botões de colarinho e óculos do mesmo material precioso. Envergava uma gravata branca de laço amplo com bolinhas lilases e trazia no braço um confortável capote de pele. Não havia dúvida de que estava em harmonia com sua idade, transpirando riqueza e circunstância; e era um contraste surpreendente ver nosso companheiro beberrão — calvo, sujo, perebento, enfiado em seu velho manto de chamalote — confrontá-lo ao pé da escada.

"Macfarlane!", disse ele, num volume um tanto exagerado, mais como um arauto do que como um amigo.

O doutor figurão estacou no quarto degrau como se a familiaridade da invocação surpreendesse e mesmo chocasse sua dignidade.

"Toddy Macfarlane!", repetiu Fettes.

O homem de Londres quase cambaleou. Por um átimo de segundo fitou o personagem diante dele, olhou para trás numa espécie de susto, depois disse, num sussurro sobressaltado:

"Fettes! Você?!"

"Isso! Eu mesmo!", disse o outro. "Achou que eu também tivesse morrido? Não é tão fácil livrar-se dos conhecidos."

"Fale baixo!", exclamou o médico. "Este encontro assim inesperado... Logo se vê que o tempo passou. Confesso que no primeiro momento mal reconheci você; mas estou radiante, radiante com esta oportunidade. Por enquanto vai ser apenas olá e até logo, minha charrete está à espera e não posso perder o trem; mas você... vejamos... me dê seu endereço, que não demora terá notícias minhas. Temos que fazer alguma coisa por você, Fettes. Temo que esteja passando dificuldade; mas vamos cuidar disso, já que somos bons companheiros, como gostávamos de cantar em nossos jantares de antigamente."

"Dinheiro!", gritou Fettes. "Dinheiro de você! O dinheiro que você me deu continua no lugar onde o joguei, tomando chuva."

O dr. Macfarlane recuperara até certo ponto o ar soberano e confiante, mas a veemência incomum da recusa fez com que recaísse no embaraço inicial.

Um esgar vil, horroroso, dominou e abandonou sua fisionomia quase venerável.

"Meu caro amigo", disse, "você é que sabe; a última coisa que eu desejo é ofendê-lo. Jamais me imporia a ninguém. De todo modo, vou lhe dar meu endereço..."

"Não quero endereço nenhum, não quero saber qual é o teto que cobre a sua cabeça", interrompeu o outro. "Alguém falou seu nome; temi que fosse você; quis saber se, afinal de contas, existe um Deus; agora sei que não há. Fora daqui!"

Fettes continuava no meio do tapete, entre a escada e a porta da rua; e o grande médico de Londres, para escapar dali, seria forçado a dar um passo para o lado. Era evidente que ele hesitava diante da ideia de tamanha humilhação. Branco que estava, via-se uma cintilação perigosa em seus óculos; mas enquanto ele permanecia imóvel, ainda indeciso, percebeu que o condutor de sua charrete espiava da rua a cena incomum e ao mesmo tempo deu por nossa pequena plateia do reservado apinhada no canto do bar. A presença de tantas testemunhas decidiu-o na hora a fugir. Esgueirando-se rente aos lambris, disparou como uma serpente na direção da porta. Mas suas agruras ainda não haviam chegado ao fim, pois, quando já passava por Fettes, este segurou-o pelo braço e pronunciou as seguintes palavras, num sussurro dolorosamente nítido: "Você voltou a ver aquilo?".

O abastado doutor de Londres soltou um grito lancinante, estrangulado; empurrou seu inquisidor para trás e, cobrindo a cabeça com as mãos, fugiu pela porta como um ladrão desmascarado. Antes que algum de nós pensasse em intervir, a charrete já chacoalhava a caminho da estação. Como um sonho, a cena se encerrou, mas o sonho deixara provas e rastros de sua passagem. No dia seguinte a criada encontrou os belos óculos de ouro quebrados sobre a soleira, e naquela mesma noite todos nós ficamos ali, boquiabertos, junto à janela do bar, e Fettes, junto de nós, tinha um aspecto sóbrio, pálido e resoluto.

"Deus nos proteja, Fettes!", disse o patrão, o primeiro a recobrar o tino de costume. "O que diabos foi isso? Que coisas estranhas são essas que você disse?"

Fettes voltou-se para nós; fitou-nos um por um. "Tentem ficar de bico fechado", disse. "É um perigo encontrar esse Macfarlane; os que fizeram isso se arrependeram tarde demais."

Em seguida, sem nem mesmo terminar o terceiro copo e muito menos esperar pelos outros dois, desejou-nos boa noite e submergiu na escuridão, passando sob o lampião da estalagem.

Nós três voltamos para nossos lugares no reservado, com a grande lareira acesa e quatro velas reluzentes; e, recapitulando o acontecido, nosso arrepio inicial de surpresa transformou-se em clarão de curiosidade. Ficamos até tarde; que eu me lembre, foi nosso serão mais prolongado no velho George. Quando nos separamos, cada um de nós tinha uma teoria que estava preparado para comprovar; e nosso único objetivo nesta vida era desvendar o passado de nosso pobre companheiro e pilhar o segredo que ele partilhava com o grande médico de Londres. Sem querer me vangloriar, acho que, em se tratando de desencavar histórias, eu era mais competente do que meus camaradas do George; e possivelmente hoje em dia não haja um só vivente capaz de narrar-lhes os fatos abomináveis e doentios que se seguem.

Quando jovem, Fettes estudara medicina na faculdade de Edimburgo. Possuía um talento peculiar, aquele talento que recolhe depressa o que ouve para logo tirar proveito pessoal. Estudava pouco em casa, mas era respeitoso, aplicado e inteligente na presença dos mestres. Estes logo o identificaram como um aluno que ouvia com atenção e se lembrava do que ouvia; com efeito, por estranho que tivesse me parecido quando fiquei sabendo disso, na época ele era um aluno querido, muito satisfeito de si. Havia, naquele tempo, um certo professor associado de anatomia, que designarei aqui pela letra K. Seu nome veio a ser conhecido, muito conhecido. Esse homem se esgueirava, disfarçado, pelas ruas de Edimburgo enquanto a multidão que aplaudira a execução de Burke clamava pelo sangue de seu empregador. Mas o sr. K. estava então no auge da moda: gozava de uma popularidade em parte decorrente de seu grande talento e de seu preparo, em parte da incapacidade de seu rival, o professor efetivo. Os estudantes, pelo menos, rezavam por sua cartilha, e Fettes — como de resto seus colegas — julgou assentadas as bases de sua carreira ao cair nas graças daquele homem meteoricamente famoso. O sr. K era um bon vivant e um professor experiente; sabia apreciar tanto uma alusão dissimulada quanto uma preparação meticulosa. Em ambos os quesitos, Fettes gozava de sua merecida atenção, e já em seu segundo ano de estudos conquistara a posição mais ou menos fixa de monitor, ou segundo-assistente da disciplina.

Nessa condição, a responsabilidade pelo anfiteatro e pelas aulas de anatomia recaía particularmente sobre seus ombros. Era ele quem respondia pela limpeza dos recintos e pela conduta dos demais estudantes, e fazia parte de seus deveres providenciar, receber e distribuir as diversas peças a analisar. Foi em atenção a esta última tarefa — muito delicada à época — que o sr. K. o alojara na mesma ruela e, por fim, no mesmo edifício das salas de dissecção. Ali, depois de uma noite de prazeres turbulentos, a mão ainda trêmula, a vista ainda embaçada e confusa, era tirado da cama nas horas escuras que precedem a aurora invernal pelos comerciantes encardidos e desesperados que supriam a bancada para as aulas práticas. Abria a porta para aqueles homens, infames desde então em todo o país. Ajudava-os com sua carga trágica, pagava-lhes o preço sórdido e, quando partiam, ficava sozinho com aqueles restos inamistosos de seres humanos. Dava as costas a tal cenário para mais uma hora ou duas de sono que o restaurassem dos abusos da noite e o refrescassem para as lidas do dia.

Poucos rapazes poderiam ter sido mais insensíveis às impressões de uma vida passada assim, entre os emblemas da mortalidade. Seu espírito era impermeável a toda e qualquer ideia generalizante. Era incapaz de interessar-se pela desgraça ou pela sorte alheia, escravo que era dos próprios desejos e ambições mesquinhas. Frio, inconsequente e egoísta até o fim, tinha aquele mínimo de prudência, inadequadamente denominado moralidade, que mantém um homem longe da embriaguez inconveniente ou do furto sujeito a punição. Almejava, ademais, algum grau de consideração por parte de seus mestres e colegas e não estava inclinado a fracassar conspicuamente nos aspectos externos da existência. Assim, deu-se o prazer de conquistar alguma distinção nos estudos e, dia após dia, prestava serviços impecáveis como assistente de seu empregador, o sr. K. Compensava o dia de trabalho com noites ensurdecedoras e inescrupulosas de diversão; e, todas as contas feitas, o órgão que denominava sua "consciência" dava-se por satisfeito.

O suprimento de peças era um perpétuo problema para ele e para seu patrão. Na sala de aula vasta e industriosa, a matéria-prima dos anatomistas estava sempre a ponto de se esgotar; e o comércio que isso tornava necessário não apenas era desagradável em si, como ameaçava todos os envolvidos com sérias represálias. A política do sr. K. consistia em não fazer perguntas durante as tratativas. "Eles trazem o corpo, nós pagamos o preço", era o que costumava dizer, sublinhando a aliteração — *quid pro quo*. E, continuava, em tom um tanto profano, dizendo à assistência: "Não façam perguntas, por amor à consciência". Não se supunha que as peças fossem providenciadas mediante o crime de assassinato. Se a ideia lhe fosse comunicada nesses termos, ele recuaria horrorizado; mas a leviandade com que falava sobre assunto tão grave era, por si só, uma ofensa às boas maneiras e uma tentação para os homens com quem lidava. Fettes, por exemplo, percebera com frequência o estranho frescor dos corpos. Repetidas vezes, atentara para o aspecto velhaco e abominável dos patifes que vinham procurá-lo antes do amanhecer; e, de si para si, juntando uma coisa à outra, talvez atribuísse um sentido excessivamente imoral e categórico aos conselhos descuidados do patrão. Em suma, considerava que seu dever tinha três ramificações: aceitar o que viesse, pagar o preço e desviar os olhos de qualquer indício de crime.

Numa certa manhã de novembro essa política de silêncio foi duramente posta à prova. Fettes passara a noite em claro, vítima de uma dor de dente lancinante, andando de um lado para outro no quarto como uma fera enjaulada ou jogando-se enfurecido na cama para finalmente cair naquele sono profundo e incômodo que tantas vezes se segue a uma noite de dor, quando foi despertado pela terceira ou quarta repetição irritada do sinal convencionado. Havia um luar tênue e brilhante: fazia um frio cortante, com vento e geada; a cidade ainda não acordara, mas uma agitação indefinível já antecipava o alarido e o trabalho do dia. Os espectros haviam chegado mais tarde do que de hábito e pareciam especialmente ansiosos por partir. Fettes, bêbado de sono, iluminou as escadas que levavam ao primeiro andar. Como em sonhos, ouvia vozes resmungando em irlandês; e, enquanto esvaziavam o saco de sua triste mercadoria, dormitava com o ombro apoiado na parede; foi obrigado a sacudir-se para encontrar o dinheiro dos homens. Enquanto fazia isso, seus olhos deram com o rosto morto. Sobressaltou-se; deu dois passos adiante, de vela erguida.

"Deus Todo-Poderoso!", exclamou. "É a Jane Galbraith!"

Os homens nada responderam, mas se aproximaram da porta arrastando os pés.

"Conheço essa moça, tenho certeza", continuou Fettes. "Ontem mesmo estava viva e saudável. É impossível que esteja morta; é impossível que vocês tenham conseguido seu corpo honestamente."

"Cavalheiro, com certeza o senhor está totalmente enganado", disse um dos homens.

Mas o outro encarou Fettes com olhar sombrio e exigiu o dinheiro na hora.

Era impossível ignorar a ameaça ou exagerar o perigo. O rapaz fraquejou. Gaguejou um pedido de desculpas, contou o dinheiro e assistiu à partida de seus odiosos visitantes. Tão logo haviam partido, correu a confirmar suas dúvidas. Por uma dúzia de sinais inequívocos, identificou a jovem com quem se divertira um dia antes. Horrorizado, deu com marcas no corpo dela que bem poderiam significar o uso de violência. Tomado de pânico, refugiou-se em seu quarto. Ali, refletiu longamente sobre sua descoberta; mais calmo, deliberou sobre o sentido das instruções do sr. K. e o perigo que corria se interferisse em assunto tão sério e, por fim, presa de amarga perplexidade, decidiu pedir conselho a seu superior imediato, o primeiro-assistente.

Este era um jovem médico, Wolfe Macfarlane, querido de todos os estudantes estroinas: inteligente, dissoluto e inescrupuloso em altíssimo grau. Vivera e estudara no exterior. Seus modos eram agradáveis e um tanto ousados. Era uma autoridade em teatro, habilidoso no gelo ou na relva com um par de patins ou um taco de golfe; vestia-se com audácia elegante e, para rematar sua glória, possuía um cabriolé e um vigoroso cavalo de trote. Tinha intimidade com Fettes; mais ainda, seus respectivos encargos pediam alguma vida em comum; e, quando as peças escasseavam, a dupla saía campo afora no cabriolé de Macfarlane para visitar e profanar algum cemitério isolado, chegando à porta da sala de dissecção com o butim ainda antes do amanhecer.

Naquela manhã específica, Macfarlane chegou um pouco mais cedo do que de hábito. Fettes ouviu e foi a seu encontro na escada, contou o caso e mostrou-lhe a causa de seu alarme. Macfarlane examinou as marcas no corpo.

"De fato", disse, com um aceno de cabeça, "parece suspeito."

"E então, o que devo fazer?", indagou Fettes.

"Fazer?", repetiu o outro. "Você quer fazer alguma coisa? Eu diria que, quanto menos se falar no assunto, melhor."

"Alguém mais pode reconhecê-la", objetou Fettes. "Ela era tão conhecida quanto a Castle Rock."

"Esperemos que não", disse Macfarlane. "E se alguém reconhecer — bem, você não reconheceu, não é? E ponto final. O fato é que a coisa toda já vem de muito tempo. Remexa na lama e você vai enfiar K. numa encrenca feia; e você mesmo vai se enrascar. E eu também, aliás. Fico me perguntando que figura a gente faria, ou o que teríamos a dizer no banco das testemunhas. Da minha parte, só tenho certeza de uma coisa: que, em termos práticos, todas as nossas peças foram assassinadas."

"Macfarlane!", exclamou Fettes.

"Ora essa!", riu-se o outro. "Como se você não tivesse desconfiado!"

"Desconfiar é uma coisa..."

"E provar é outra. Claro, eu sei; e lamento tanto quanto você que isto tenha vindo parar aqui", disse ele, tocando o corpo com a bengala. "Para mim, o melhor a fazer é não reconhecê-la; como, aliás", acrescentou friamente, "não reconheço. Fique à vontade, se quiser reconhecer. Não dito regras, mas creio que um homem do mundo faria como eu; e, se me permite, imagino que é isso o que K. espera de nós. A questão é: por que ele nos escolheu para assistentes? E a resposta é: porque não queria gente bisbilhoteira."

Era esse, exatamente, o tom mais adequado para influenciar as ideias de um rapaz como Fettes. Ele resolveu imitar Macfarlane. O corpo da pobre moça foi devidamente dissecado e ninguém reparou, ou pareceu reconhecê-la.

Uma tarde, terminado o trabalho do dia, Fettes passou por uma taberna popular e deu com Macfarlane sentado na companhia de um desconhecido. Era um homem baixo, muito pálido e de cabelo escuro, de olhos negros como carvão. Seus traços faziam pensar num intelecto e num refinamento que mal afloravam em seus modos, pois, visto mais de perto, ele logo se revelou um homem grosseiro, vulgar e obtuso. Contudo, exercia notável controle sobre Macfarlane; dava ordens como um grão-paxá; exaltava-se à menor discussão ou demora e fazia comentários rudes sobre o servilismo com que era servido. Aquele sujeito insuportável logo se afeiçoou a Fettes, cumulou-o de bebidas e fez-lhe a honra de confidências singulares sobre sua carreira pregressa. Se um décimo do que contou fosse verdade, tratava-se de um patife dos mais nauseabundos; e a vaidade do rapaz foi atiçada pela atenção de um homem experiente como aquele.

"Sou um sujeitinho de raça ruim", observou o estranho, "mas o Macfarlane... Esse sim. Toddy Macfarlane. É assim que eu o chamo. Toddy, peça mais um copo para o seu amigo." Ou então: "Toddy, mexa-se, feche aquela porta". "Toddy me odeia", ele repetiu. "É verdade, Toddy. Odeia, sim!"

"Não me chame por esse nome maldito", grunhiu Macfarlane.

"Ouça essa! Você já viu garoto brincar com faca? Ele adoraria passar a faca em mim", disse o desconhecido.

"Nós, médicos, fazemos bem melhor", disse Fettes. "Quando não gostamos de um velho amigo, nós o dissecamos."

Macfarlane levantou a vista de repente, como se a brincadeira não fosse nem um pouco do seu gosto.

A tarde chegou ao fim. Gray — pois era este o nome do desconhecido — convidou Fettes a acompanhá-los no jantar, pediu um festim tão suntuoso que a taberna inteira se alvoroçou e, concluído o assunto, mandou que Macfarlane pagasse a conta. Separaram-se tarde da noite; o tal Gray estava inenarravelmente bêbado. Macfarlane, sóbrio de fúria, ruminava o dinheiro que fora obrigado a esbanjar e as gozações que fora obrigado a engolir. Fettes, com variadas bebidas cantando na cabeça, voltou para casa a passadas incertas e com o espírito em suspenso. No dia seguinte Macfarlane faltou às aulas. Fettes sorriu para si mesmo imaginando-o a pajear o intolerável Gray de taberna em taberna. Tão logo soou a hora da liberdade, pôs-se a percorrer a cidade em busca dos companheiros da noite anterior. Contudo, ao não encontrá-los em lugar nenhum, voltou cedo para casa, foi cedo para a cama e dormiu o sono dos justos.

Às quatro da manhã, foi despertado pelo sinal bem conhecido. Quando chegou à porta, ficou pasmo ao ver Macfarlane em seu cabriolé e, no cabriolé, um daqueles pacotes compridos e horripilantes a que estava tão acostumado.

"O que houve", exclamou. "Saiu sozinho? Como conseguiu?"

Mas Macfarlane, grosseiro, mandou que se calasse e prestasse atenção no trabalho. Depois que levaram o corpo para cima e o depositaram sobre a mesa, Macfarlane fez menção de ir embora. Depois se deteve e pareceu hesitar; por fim, disse com algum constrangimento: "É melhor você dar uma olhada no rosto". "É melhor", repetiu, enquanto Fettes o fitava espantado.

"Mas onde e como e quando você encontrou este aqui?", exclamou Fettes.

"Olhe o rosto", foi a única resposta.

Fettes estava desconcertado; estranhas dúvidas o assediavam. Olhava do jovem médico para o corpo e tornava ao primeiro. Por fim, num repelão, fez como lhe mandavam. Quase esperava a visão que veio de encontro a seus olhos, e mesmo assim o impacto foi cruel. Ver ali, fixado na rigidez da morte e nu sobre a aniagem grosseira, o homem que deixara bem vestido, entupido de carne e vício, na soleira de uma taberna, despertou, até mesmo no insensível Fettes, alguns dos terrores da consciência. Era um *cras tibi* que ecoava em sua alma dois conhecidos seus acabarem estendidos naquelas mesas gélidas. Mas esses eram apenas pensamentos secundários. Sua maior preocupação dizia respeito a Wolfe. Despreparado para um desafio de tal monta, não sabia como encarar o colega. Não ousava erguer a vista, não dispunha de palavras nem de voz.

Foi o próprio Macfarlane quem deu o primeiro passo. Veio quieto por trás e pousou a mão no ombro do outro, gentilmente, mas com firmeza.

"Richardson pode ficar com a cabeça", disse ele

O tal Richardson era um estudante que havia muito cobiçava aquela parte do corpo humano para dissecar. Não houve resposta, e o assassino retomou: "Falando em negócios, você precisa me pagar; lembre-se, as suas contas precisam bater".

Fettes recobrou alguma voz, uma sombra da própria: "Pagar!", exclamou. "Pagar pelo quê?"

"Ora, é claro que você precisa pagar. De qualquer maneira e por todas as razões do mundo, você precisa pagar", retrucou o outro. "Eu não deixaria assim de presente e você não receberia assim de presente; isso comprometeria a nós dois. Como no caso de Jane Galbraith. Quanto mais erradas estão as coisas, mais a gente tem de agir como se tudo estivesse em ordem. Onde o velho K. guarda o dinheiro?"

"Ali", respondeu Fettes com voz rouca, apontando para um armário no canto.

"Então me dê a chave", disse o outro, calmamente, estendendo a mão.

Houve uma hesitação momentânea e os dados foram lançados. Macfarlane não conseguiu conter um esgar nervoso, marca infinitesimal de um alívio imenso, ao sentir a chave entre os dedos. Abriu o armário, tirou tinta, pena e caderno de um compartimento e separou, do dinheiro guardado numa gaveta, a soma cabível na situação.

"Agora, olhe aqui", disse, "o pagamento foi realizado — primeira prova da sua boa-fé, primeiro passo para a sua segurança. Falta agora encerrar o assunto com um segundo passo. Dê entrada do pagamento no livro de contas e nem o diabo poderá com você."

Os segundos seguintes foram para Fettes um paroxismo de pensamentos;

mas, na balança de seus terrores, o mais imediato acabou por triunfar. Qualquer dificuldade futura parecia quase bem-vinda se conseguisse escapar ao confronto presente com Macfarlane. Largou a vela que estivera carregando aquele tempo todo e, com letra firme, deu entrada de data, natureza e montante da transação.

"E agora", disse Macfarlane, "é justo que você embolse o lucro. Já recebi a minha parte. Aliás, quando um homem do mundo tem um golpe de sorte e alguns xelins a mais no bolso — bem, fico embaraçado em mencionar isso, mas há uma regra de conduta para esses casos. Nada de banquetes, nada de livros caros, nada de acertos de dívidas; tome emprestado, mas nunca empreste."

"Macfarlane", começou Fettes, ainda um pouco rouco, "pus meu pescoço no cepo para lhe fazer um favor."

"Um favor?", exclamou Wolfe. "Ora, vamos e venhamos! Até onde percebo a situação, você fez o que tinha de fazer para ficar protegido. Imagine que eu me metesse numa enrascada, o que seria de você? Este segundo probleminha deriva claramente do primeiro. O senhor Gray é a continuação da senhorita Galbraith. Não dá para começar e depois parar. Se você começa, tem de continuar começando; essa é a verdade. Não há repouso para os ímpios."

Um sentimento horrível de baixeza e a traição do destino tomaram conta da alma do infeliz estudante.

"Meu Deus!", exclamou. "O que eu fiz? E quando comecei? Ser monitor universitário — em nome da razão, que mal há nisso? Meu colega Service estava de olho nesse posto; o posto podia ter sido de Service. Será que *ele* estaria na situação em que *eu* estou agora?"

"Meu caro amigo", disse Macfarlane, "que criança você é! Por acaso *aconteceu* alguma coisa com você? Por acaso *pode* acontecer alguma coisa com você se você calar o bico? Homem, você não sabe como é a vida? Estamos divididos em dois grupos — leões e cordeiros. Se você for cordeiro, vai acabar em cima de uma dessas mesas, como Gray ou Jane Galbraith; se for leão, vai viver e comandar um cavalo. Como eu, como K., como todo aquele que tem alguma inteligência, alguma coragem. Você hesita entre os cordeiros. Mas olhe para K.! Meu caro amigo, você é inteligente, você tem topete. Gosto de você, e K. também. Você nasceu para liderar a caçada; e eu lhe digo, por minha honra e por minha experiência da vida, que daqui a três dias você rirá desses espantalhos feito criança numa peça de escola."

Dito isso, Macfarlane se retirou e se afastou pela ruela em seu cabriolé a fim de se refugiar da luz do dia. Fettes ficou sozinho com seus remorsos. Via o apuro terrível em que estava metido. Viu, com indizível desalento, que sua fraqueza não tinha limites e que, de concessão em concessão, descera de árbitro do destino de Macfarlane a cúmplice pago e indefeso. Teria dado qualquer coisa neste mundo para ter sido um pouco mais corajoso momentos antes, mas não lhe ocorreu que ainda poderia ser corajoso. O segredo de Jane Galbraith e a maldita entrada no livro de contas cerraram sua boca.

As horas se passaram; os alunos começaram a chegar; os membros do pobre Gray foram distribuídos para este e para aquele e recebidos sem comentários. Richardson foi agraciado com a cabeça e, mesmo antes de soar a hora da liberdade, Fettes já estremecia de júbilo ao perceber quanto já haviam avançado rumo à impunidade.

Por dois dias continuou a observar, com júbilo crescente, o terrível processo de mascaramento.

No terceiro dia, Macfarlane apareceu novamente. Disse que estivera doente, mas compensou o tempo perdido com a energia com que dirigiu os estudantes. Richardson, em especial, recebeu assistência e conselhos inestimáveis, e o estudante, animado com os elogios do monitor, inflamado por esperanças ambiciosas, já via a medalha a seu alcance.

Antes que a semana chegasse ao fim, a profecia de Macfarlane já se cumprira. Fettes sobrevivera a seus terrores e esquecera a própria baixeza. Começara a felicitar-se pela própria coragem e ajeitara a história no próprio espírito de maneira a poder olhar para trás com orgulho doentio. Pouco via o cúmplice. Encontravam-se, é claro, durante o trabalho; recebiam juntos as ordens de K. Às vezes trocavam uma ou duas palavras a sós e Macfarlane se mostrava particularmente gentil e jovial do começo ao fim. Mas era evidente que ele evitava toda e qualquer referência ao segredo que os dois partilhavam; e mesmo quando Fettes lhe disse num sussurro que havia jogado sua sorte com os leões e que deixara os cordeiros de lado, apenas fez sinal, sorridente, para que o outro ficasse quieto.

Com o tempo, uma nova ocasião voltou a aproximar a dupla. O sr. K. via-se novamente sem peças; os alunos manifestavam impaciência e o professor gostava de contar entre seus atributos o fato de estar sempre bem abastecido. Ao mesmo tempo chegou a notícia de que haveria um enterro no rústico cemitério de Glencorse. O tempo pouco alterou o lugar em questão. Na época, como hoje em dia, o cemitério ficava numa encruzilhada, afastado de toda habitação humana e a uma braça de profundidade sob a folhagem de seis cedros. Os balidos das ovelhas nas colinas vizinhas, os córregos à direita e à esquerda, um cantando alto entre os seixos, o outro escoando furtivamente de poça em poça, o rumorejar do vento nas velhas nogueiras em flor e, uma vez a cada sete dias, a voz do sino e as velhas canções do chantre eram os únicos sons que perturbavam o silêncio que cercava a igreja rural. O Homem da Ressurreição — para usar uma alcunha da época — não se deixaria deter por nenhum dos preceitos sagrados da religião comum. Era parte de seu oficio desprezar e profanar os sinais entalhados em velhas lápides, os caminhos gastos pelos pés de fiéis e enlutados, as oferendas e as inscrições de um afeto consternado. Para aqueles lugarejos rústicos, onde o amor costuma ser mais tenaz e onde alguns laços de sangue ou camaradagem unem toda uma paróquia, o ladrão de corpos, longe de sentir-se repelido pelo respeito natural, era atraído pela facilidade e a segurança da tarefa. Os corpos depositados na terra na jubilosa esperança de um despertar bem diferente eram surpreendidos por uma ressurreição apressada e atroz, à força de pá, picareta e luz de lampião. O caixão era forçado, os paramentos rasgados e os restos melancólicos, vestidos em aniagem, depois de sacolejar horas a fio por estradas secundárias, eram finalmente expostos ao ultraje máximo diante de uma turma de rapazes boquiabertos.

Um pouco como dois abutres adejando sobre um cordeiro moribundo, Fettes e Macfarlane deviam atacar um túmulo naquele lugar de repouso calmo e verdejante. A esposa de um granjeiro, mulher que vivera sessenta anos e que era conhecida de todos pela boa manteiga que fazia e por sua conversa virtuosa, seria arrancada de seu túmulo à meia-noite e levada, morta e nua, para aquela cidade distante que sempre honrara com suas vestes domingueiras; ao romper da aurora, seu lugar ao lado dos familiares estaria vazio; seus membros inocentes e quase veneráveis seriam expostos à última curiosidade do anatomista.

Certa noite a dupla se pôs a caminho já bem tarde, ambos envoltos em mantos e com uma formidável garrafa à mão. Chovia sem interrupção — uma chuva fria, densa, fustigante. Vez por outra soprava um pé de vento que a cortina d'água subjugava. Apesar da garrafa, cobriram um trecho triste e silencioso até Penicuik, onde haviam planejado pernoitar. Pararam uma vez para esconder os apetrechos num arbusto fechado, não longe do cemitério, e outra mais no Recanto do Pescador, para comer uma torrada diante do fogo da cozinha e alternar goles de uísque com um copo de cerveja. Chegando a seu destino, o cabriolé foi guardado e o cavalo alimentado e alojado. Os dois jovens médicos se recolheram a um reservado para fruir do melhor jantar e do melhor vinho que a casa pudesse oferecer. As luzes, a lareira, a chuva que batia na vidraça, a tarefa fria e absurda — tudo atiçava o prazer que aquele jantar lhes proporcionava. A cada copo, seu ânimo melhorava. Pouco depois, Macfarlane estendeu uma pilha de ouro para o companheiro.

"Uma gentileza", disse ele. "Entre amigos, esses pequenos acertos devem ser feitos o mais depressa possível."

Fettes embolsou o dinheiro e saudou os sentimentos do amigo. "Você é um filósofo", exclamou. "Eu era uma besta até conhecer você. Você e K. — vocês dois, com a breca, vão fazer de mim um homem."

"É claro que sim", aplaudiu Macfarlane. "Um homem? Ouça bem, só um homem poderia me ajudar naquela outra madrugada. Muito grandalhão de quarenta anos, lerdo e covarde, teria entregue os bofes só de ver aquela maldita coisa; mas não você, você manteve a cabeça erguida. Eu vi tudo."

"Bem, e por que não?", vangloriou-se Fettes. "O problema não era meu. Não havia nada a ganhar com o estardalhaço, e, além do mais, eu podia contar com a sua gratidão, não é?" E deu tapinhas no bolso fazendo tilintar as moedas de ouro.

Macfarlane sentiu uma pontada de alarme ao ouvir aquelas palavras desagradáveis. Talvez tivesse se arrependido de ter instruído o jovem companheiro com tanto êxito, mas não houve tempo de retrucar, pois o outro prosseguiu em seu rompante de bazófia ruidosa:

"A coisa toda está em não ter medo. Agora, cá entre nós, não quero ser enforcado — disso eu tenho certeza; mas nasci desprezando as lamúrias, Macfarlane. Inferno, Deus, Diabo, certo, errado, pecado, crime e toda essa galeria de antiguidades — isso tudo pode assustar criancinhas, mas homens do mundo como eu e você desprezam essas coisas. Um brinde à memória de Gray!"

Àquela altura, a noite já ia avançada. O cabriolé, novamente arreado, conforme as instruções, foi levado até a porta com os dois lampiões muito brilhantes, e os dois rapazes pagaram a conta e tomaram a estrada. Anunciaram que seguiam rumo a Peebles e tocaram naquela direção até ultrapassadas as últimas casas do lugarejo; depois, apagados os lampiões, voltaram atrás e seguiram por uma estrada secundária na direção de Glencorse. Não havia outro som além do que eles produziam ao passar e da chuva estridente e incessante. Estava escuro como breu; aqui e ali, um portão branco ou uma pedra branca num muro guiavam-nos brevemente pelo meio da noite; mas, na maior parte do tempo, foi a passo lento, quase às apalpadelas, que os dois abriram caminho na escuridão ressonante rumo a seu destino solene e remoto. Em meio aos bosques enlameados que cobriam as proximidades do cemitério, não houve brilho que os ajudasse, e foi necessário riscar um fósforo e reacender uma das lanternas do cabriolé. Assim, sob as árvores gotejantes, rodeados de grandes sombras moventes, atingiram o palco de seus labores profanos.

Ambos tinham experiência no ofício e força com a pá; mal precisaram de vinte minutos para serem recompensados por um tamborilar surdo no tampo do caixão. Nesse mesmo instante, Macfarlane, tendo machucado uma das mãos num pedregulho, atirou-o descuidadamente para trás. A cova em que estavam metidos quase até os ombros ficava junto à beira do platô do cemitério; e, a fim de iluminar melhor os trabalhos, o lampião do cabriolé fora apoiado a uma árvore, junto ao barranco íngreme que descia para o córrego. O acaso fizera mira certeira com a pedra. Ouviu-se um retinir de vidro quebrado; a noite caiu sobre eles; sons ora surdos, ora vibrantes anunciavam o rolar da lanterna barranco abaixo e suas ocasionais colisões com as árvores. Uma pedra ou duas, deslocadas na queda, ressoaram nas profundidades da ravina; em seguida o silêncio, como a noite, retomou seu domínio; e, por mais que tentassem, nada ouviam exceto a chuva, que ora caía impulsionada pelo vento, ora martelava sem cessar sobre milhas e mais milhas de campo aberto.

Estavam tão próximos do fim de sua tarefa abjeta que julgaram melhor terminá-la no escuro. O caixão foi exumado e forçado; o corpo foi inserido no saco ensopado e carregado até o cabriolé; um dos dois tomou assento enquanto o outro, puxando o cavalo pela brida, avançava ao longo do muro e dos arbustos até chegarem ao Recanto do Pescador. Ali havia um brilho débil e difuso, que os dois saudaram como se fosse a luz do dia; guiando-se por ela, açularam o cavalo e saíram sacolejando na direção da cidade.

Os dois tinham ficado completamente empapados durante as operações, e agora, com o cabriolé saltitando sobre as valas profundas, a coisa aprumada entre eles cambava ora para um lado, ora para o outro. A cada vez que aquele contato horrendo se repetia, eles o repeliam depressa; e o processo, por natural que fosse, começou a dar nos nervos dos dois parceiros. Macfarlane fez alguma piada de mau gosto sobre a esposa do granjeiro, que soou oca em seus lábios e caiu no silêncio. O fardo torpe continuava a sacolejar de um lado para o outro; ora a cabeça repousava, confiante, sobre os ombros deles, ora a aniagem ensopada batia gelada em seus rostos. A alma de Fettes começou a ser tomada por uma sensação de congelamento. Fettes observava o fardo e tinha a impressão de que de alguma maneira ele havia ficado maior do que era no começo. Por todo o campo e de todas as distâncias, os cães das fazendas acompanhavam a passagem do cabriolé com uivos trágicos; e ele se convencia mais e mais de que algum milagre perverso se consumara, de que alguma transformação inominável afetara o corpo morto, de que os cachorros uivavam de medo daquele fardo maldito.

"Pelo amor de Deus", disse Fettes, fazendo força para falar. "Pelo amor de Deus, vamos acender uma luz!"

Aparentemente, Macfarlane sentia algo do mesmo gênero; pois, apesar de nada responder, ele deteve o cavalo, passou as rédeas para o companheiro, desceu do assento e tratou de acender o lampião remanescente. Não tinham ido além da encruzilhada para Auchendinny. A chuva ainda caía como se o dilúvio fosse voltar, e não foi fácil fazer lume naquele mundo de escuridão e umidade. Quando, enfim, a chama azul e bruxuleante foi transferida para o pavio e começou a se expandir e a iluminar, lançando um amplo círculo de brilho nebuloso ao redor do cabriolé, os dois homens puderam ver-se um ao outro, bem como a coisa que traziam consigo. A chuva amoldara o pano grosseiro aos contornos do corpo; a cabeça se distinguia do tronco, os ombros pareciam bem modelados; alguma coisa ao mesmo tempo espectral e humana fazia com que os dois viajantes não despregassem os olhos daquele companheiro de viagem fantasmagórico.

Por algum tempo, Macfarlane continuou imóvel, segurando o lampião. Um temor sem nome, como um lençol molhado, parecia enfaixar o corpo e esticar a pele do rosto de Fettes; um temor absurdo, um horror àquilo que não podia ser continuava a crescer em seu cérebro. Um momento mais, e ele teria falado. Mas seu camarada adiantou-se.

"Isto não é uma mulher", disse Macfarlane com voz sumida.

"Era uma mulher quando a metemos no saco", sussurrou Fettes.

"Segure o lampião", disse o outro. "Quero ver o rosto."

E, enquanto Fettes erguia o lampião, seu companheiro desamarrou as cordas do saco e puxou para baixo a parte que cobria a cabeça. A luz caiu em cheio sobre as feições morenas e bem definidas, sobre as faces bem barbeadas de um semblante mais que familiar, muitas vezes visto nos sonhos dos dois rapazes. Um grito selvagem soou em meio à noite; cada um deles saltou para um lado da estrada; o lampião caiu, quebrou e se apagou; e o cavalo, aterrorizado com a insólita comoção, deu um pinote e disparou a galope rumo a Edimburgo, levando consigo, único ocupante do cabriolé, o corpo morto e havia muito dissecado de Gray.

Apresentação e tradução de Samuel Titan Jr.

Títulos originais e data de publicação dos contos

w. w. jacobs, "A mão do macaco", "The Monkey's Paw" (1902)

aleksei konstantinovitch tolstói, "A família do *Vurdalak*: Fragmento inédito das *Memórias de um desconhecido*", "La Famille Du Vourdalak: Fragment inédit des *Mémoires d'un inconnu*" (1847)

h. g. wells, "O cone", "The Cone" (1895)

henry st. clair whitehead, "Os lábios", "The Lips" (1929)

giovanni papini, "A última visita do Cavalheiro Doente", "L'Ultima visita del gentiluomo malato" (1907)

rubén darío, "A larva", "La larva" (1910)

joseph conrad, "A Fera", "The Brute" (1908)

pedro antonio de alarcón, "A mulher alta (conto de terror)", "La mujer alta (cuento de miedo)" (1882)

ambrose bierce, "A janela vedada", "The Boarded Window" (1891)

henry james, "A volta do parafuso", "The Turn of the Screw" (1898)

jack london, "O chinago", "The Chinago" (1909)

PIERRE LOUŸS, "A falsa Esther", "La Fausse Esther" (1919)

VILLIERS DE L'ISLE ADAM, "A tortura pela esperança", "La Torture par l'espérance" (1888)

JULES VERNE, "Frumm-flapp", "Frritt-flacc" (1887)

ACHIM VON ARNIM, "Melück Maria Blainville, a profetisa particular da Arábia", "Melück Maria Blainville, die Hausprophetin aus Arabien — Eine anekdote" (1812)

WALT WHITMAN, "Morte na sala de aula", "Death in the School Room" (1841)

THEODOR STORM, "A casa de Bulemann", "Bulemanns Haus" (1864)

LAMED SCHAPIRO, "*Halá* branco", "Weisse chalah" (1910)

GEORGE SAND, "Espiridião", "Spiridion" (1839)

HORACIO QUIROGA, "O travesseiro de penas", "El almohadón de plumas" (1907)

EDGAR ALLAN POE, "Os fatos no caso do sr. Valdemar", "The Facts in the Case of M. Valdemar" (1845)

GUY DE MAUPASSANT, "Uma vendeta", "Une Vendetta" (1883)

LÉON BLOY, "A fava", "La Fève" (1894)

HUGH WALPOLE, "O *tarn*", "The Tarn" (1923)

BRAM STOKER, "A selvagem", "The Squaw" (1892)

GEORGES RODENBACH, "O amigo dos espelhos", "L'Ami des miroirs" (1901)

EÇA DE QUEIROZ, "A aia" (1893)

VSÉVOLOD MIKHÁILOVITCH GÁRCHIN, "A flor vermelha", "Krásni tsvetok" (1883)

FITZ-JAMES O'BRIEN, "O que foi aquilo? Um mistério", "What Was It? A Mistery" (1859)

THOMAS HARDY, "Bárbara, da Casa de Grebe", "Barbara of the House of Grebe" (1891)

EDITH NESBIT, "A Casa Mal-Assombrada", "The Haunted House" (1903)

ARTHUR CONAN DOYLE, "O cirurgião de Gaster Fell", "The Surgeon of Gaster Fell" (1885)

ROBERT LOUIS STEVENSON, "O rapa-carniça", "The Body Snatcher" (1884)

Sobre o organizador

Alberto Manguel nasceu em 1948, em Buenos Aires, e hoje é cidadão canadense. Passou a infância em Israel, onde seu pai era o embaixador argentino, e fez seus estudos na Argentina. Em 1968 transferiu-se para a Europa e, à exceção de um ano em que esteve de volta a Buenos Aires, onde trabalhou como jornalista para o *La Nación*, viveu na Espanha, na França, na Inglaterra e na Itália, ganhando a vida como leitor para várias editoras. Em meados dos anos 1970, foi editor-assistente das Éditions du Pacifique, editora do Taiti. Em 1982, depois de publicar *Dicionário de lugares imaginários* (em colaboração com Gianni Guadalupi), mudou-se para o Canadá. Editou diversas antologias de contos sobre temas que vão do fantástico à literatura erótica. Autor de livros de ficção e não ficção, também contribuiu regularmente para jornais e revistas do mundo inteiro.

Pela Companhia das Letras, publicou *Uma história da leitura* (1997), *No bosque do espelho* (2000), *Stevenson sob as palmeiras* (2000), *Lendo imagens* (2001), *Dicionário de lugares imaginários* (2003, com Gianni Guadalupi), *Os livros e os dias* (2005), *A amante detalhista* (2005), *A biblioteca à noite* (2006), *A cidade das letras* (2008), *À mesa com o chapeleiro maluco* (2009), *Todos os homens são mentirosos* (2010), *Uma história natural da curiosidade* (2016) e *Encaixotando minha biblioteca* (2021).

1ª EDIÇÃO [2005] 8 reimpressões

ESTA OBRA FOI COMPOSTA EM DANTE PELA PÁGINA VIVA E IMPRESSA
PELA GEOGRÁFICA EM OFSETE SOBRE PAPEL PÓLEN NATURAL DA
SUZANO S.A. PARA A EDITORA SCHWARCZ EM MARÇO DE 2023

A marca FSC® é a garantia de que a madeira utilizada na
fabricação do papel deste livro provém de florestas que foram
gerenciadas de maneira ambientalmente correta, socialmente
justa e economicamente viável, além de outras fontes de
origem controlada.